後村先生大全集卷之八十九

記

端平江閫題名

江西帥昔治洪州，建炎省方，始以朱丞相勝非爲安撫大使，治江州〔一〕，而洪都兼安撫使如故。其後詔從洪守高衛之請，閫移於江，洪之守臣止兼江西兵馬鈐轄〔二〕。隆興升府，閫復於洪，而江州行太守事隸焉。

端平三年春，蒙韃深入，疆吏告急，上慨然遠覽中興舊規，命僉樞魏公了翁督視江淮京湖軍馬，即江州開大幕府，兵部侍郎黃公伯固江西安撫使知江州以參贊軍事。及黃公去，而直寶文閣陳公愷實來，脩江防，蒐軍實，結民心，厲士氣，用能期歲之間亢列城爲大府〔三〕，張弱勢爲强形。暇日命礱石於壁，紀移閫歲月姓氏，自黃公始，且援袁州刺史韓愈爲觀察使王仲舒紀滕閣事，俾某筆之。某雖文墨愧愈，然覽文公賢逾仲舒，況閫之建罷重於閣之興廢，此之營綜急於彼之登覽，因不敢以淺陋辭。

惟潯陽據天塹之中，上聯夔、鄂，下接昇、潤，自昔立國江南者之所重。晉以庾亮、温嶠第一流人臨之。嘗試憑高而望，江山歷歷，其盛心偉識、遺忠餘烈有未泯者。高皇帝移閫之宏樵，聖天子經武之英籌，可謂深且遠矣。某以屬城事統府，設有羽檄，猶當悉敝賦以從，執軍禮以見，其何敢有愛於區區之文乎！顧承命紀事〔四〕，詞樸而核，他日公奬率三軍，犄角諸鎮，乘風聲鶴唳之勢，奏蒙衝鬭艦之捷，某雖衰憊，草露布上尚書，作凱歌被樂府，尚可勉焉。

〔一〕州：原作「西」，據四庫本改。

〔二〕鈐：原作「鈐」，據四庫本改。

〔三〕大：原作「太」，據宋刻本、小草本改。

〔四〕命：原無，據四庫本補。

建寧府新建譙樓

端平二年五月某日，秘書丞兼樞密院檢詳姚公以直秘閣出守建安，兼漕全閩。詔下，士相告語曰：公初元善類，西府賢掾，去可惜，盍留行乎！建士之在朝者則曰：公嘗貳吾州，有恩信，兹行可爲中朝惜，可爲吾州賀。乃不果留。

葺廢爲己責，一清谿洞，再造府朝。將吏禀嚴令，工師受成橅，以紹定四年八月經始，明年十一月落成，縻錢楮若干緡。堂寢顯嚴閎邃，如大家甲族之營其居；譙樓突兀鉅麗，如名藩雄鎮之裕於力。招捕使陳公韡過而嘆曰：輪奐美哉！

初，朝家以祠牒八十助侯贍兵廩徒之費，侯一錢粒粟皆自致，歸祠牒於朝而屬記於余。余觀世之士大夫雅俗勇怯不同，及乎當乘障幹方之任，或曰事不可爲，辭不拜；或曰事尚可爲，患力不足，求兵與財然後往。無雅俗，無勇怯，其説必同。昔越石於并，士稚於譙，咸無資糧，弗給鎧仗，不旬月而荆棘復爲官寺〔三〕，夷虜願爲華人。長源於汴，弘靖於燕，士馬强盛，金帛充斥〔四〕，不俄頃而井邑蕩爲戰場，部曲化爲讎敵。蓋祖、劉能疆理荒殘久廢之郡縣，張、陸不能撫循治安無事之軍府。牧守才不才，一方之休戚、三軍之生死而萬姓之禍福係焉，烏可不謹擇歟？故夫諉事於不可爲，庸人也；有待於資與助，中人也；無待於資與助，豪傑之士也。若王侯馳單車，横絶羣寇，趙侯收餘燼，興復一郡，孰資而助之哉，特其忠憤廉約有以讋盜賊之氣，得軍民之心爾。余故著之，以闢夫諉事之不可爲者也，且以愧夫謂事雖可爲而患力不足者也。

王侯金壇人，趙侯長樂人。

〔一〕握：原無，據四庫本補。

〔二〕猶：原無，據四庫本補。

〔三〕官寺：原作「宮市」，據宋刻本、小草本改。
〔四〕斥：原作「斤」，據四庫本改。

建寧府學重建明倫堂〔一〕

建學閎壯視國庠〔二〕，端平乙未四月辛巳之變，燔官寺幾盡，而學明倫堂毀焉。姚公珏來爲尹、漕〔三〕，先教而後政，緩刑而急學〔四〕。相攸於冬，明年仲秋堂成，以餘材新師弟子之居，屬余記之。

昔者唐虞三代教人之法具存乎經，禼之所敷，箕子之所陳，莫不以倫爲首。三綱同然之理，五常固有之善。同然者均賦於天，固有者無待於人，而古人汲汲於明是理者，何哉？蓋理與欲對，善與利對。理不勝欲，善不勝利，同然者有時而相遠，固有者有時而不存矣。嗚呼！固不可以不講歟。故夫人有聖有愚，理未嘗偏；倫有常有變，人鮮能盡。參、皙、夷、齊，常也；舜、申生，變也。常易處，變難處。中生不以親之耄而隳其恭，舜不以弟之傲而廢其友，處變而不失其厚，倫之不容釋如此。匹夫匹婦，愚也；周、孔〔五〕，聖也。愚者能之，聖或不能焉。周公有愧於仁智，夫子謂未能事於君父，脩至於聖而不忘自儆，倫之難盡如此。六經載此者也，君師倡此者也〔六〕，禮樂刑政扶此者也，學校講此者也，有所講則有所明矣。

公之致美於是堂〔七〕，豈爲學者角詞藝、媒利禄之地哉？群居肄習〔八〕，篤守力行。今日之竭力於親，異日之盡節於君者也；今日之脩於家，異日之措於天下者也；今日之稱於宗族鄉黨，異日之施於蠻貊者也。成材造士自斯堂始，斯堂之新自姚公始，不可以不記。

〔一〕府學：原無，據四庫本補。
〔二〕視國庠：原缺，據四庫本補。
〔三〕珏：原作「瑶」，據宋刻本、小草本改。
〔四〕急：原缺，據四庫本補。
〔五〕孔：原作「禮」，據四庫本改。
〔六〕也：原無，據宋刻本、小草本補。
〔七〕公之：原缺，據四庫本補。
〔八〕群居：原缺，據四庫本補。

龍溪縣復平糴倉

前記首叙邑人致粟之艱使人顰蹙，次述趙侯置倉之善使人欣躍〔一〕，末憂後人之不能繼，其詞峻，其旨深，又使人憮然以爲過慮也。然自嘉定乙亥至端平乙未〔一〕，不二十年而趙侯之粟羽化，倉亦不存，前記所慮殆如蓍龜矣〔三〕。

長樂李侯始至，慨然發憤曰：「彼能廢之〔四〕，吾能脩之。」顓以清儉爲治，二年而新敖立，本錢復會〔五〕，璽書擢侯通守龍川。侯曰：「倉事未竟，不可去此〔六〕。」終更，積粟三千餘斛，視趙侯增千斛焉。出納斂散〔七〕，略倣常平。既爲倉約，復請余識之。

有問於余者：「創與脩孰難？」余曰：方趙侯時，縣計未屈，令俸猶厚也〔八〕。李侯之時異矣，上貢責全銀〔九〕，月俸給純楮，公私困弊。侯儒生，無生財術，顧邑有稅苗縻費錢〔一〇〕，歲幾千緡，及迎新例卷，皆前人以奉一己者，侯悉用之於倉，又銖寸纍積以成之，李侯爲難。又問曰：「昔之廢者可脩，今之脩者能保其不復廢乎？」余曰：以李侯之心，守李侯之約，胡爲而廢？若夫侵本錢，非約也；付吏手，非約也；濫糴賤糶，苟悦之政不可以繼，非約也〔一一〕。有一於此，復趨於廢矣。又問曰：「嚴莫嚴於常平之法，或者玩之，如約何？」余曰：惻隱羞惡之心，人皆有之。李侯之約，將以利其身乎？厚其家乎？抑將以延一邑之命脉乎？如止於利一身，厚一家，渝之可也；如一邑之命脉係焉，非渝李侯之約也，失一方之人心也，犯千百世之公議也。失人心非良吏矣，犯公議非賢士大夫矣。然則是約也，豈不嚴於法乎？又況部刺史、郡守丞臨之，邑人守之，其法蓋未嘗不嚴歟！

李侯名修，字永之〔一二〕，學問有師承，政事有家法。其於是倉未復，雖遷擢不忍去；已復而去，猶卷卷然思所以善其後者。嗚呼，可敬也已！

〔一〕置：原作「致」，據宋刻本、小草本改。
〔二〕乙未：原缺「乙」字，據四庫本補。
〔三〕慮：原缺，據四庫本補。
〔四〕廢：原作「創」，據四庫本改。
〔五〕復會：原缺，據四庫本補。
〔六〕此：原無，據四庫本補。
〔七〕「斂散」及下句「略」：原缺，據四庫本補。
〔八〕猶：原作「獨」，據四庫本改。
〔九〕銀：原作「錢」，據四庫本改。
〔一〇〕税：原作「歲」，據四庫本改。
〔一一〕自「付吏手」至「非約也」：原脱，據四庫本補。
〔一二〕永之：原倒，據四庫本乙。

味書閣 為徐德夫右司作

閣在豐城山間。名，子賤潘公也；筆，廣微袁公也。德夫讀書其上有年矣，去而仕於朝，因以其所讀者爲天子言之。忠憤激發，幾痦上意〔一〕，竟坐是由省闥放還故山。或竊笑曰：「世蓋有剽竊涉獵書之毫芒而光顯遇合者〔二〕，德夫無所不讀，顧齟齬留落如此，意者書誤德夫耶！德夫寧能味此無味之味耶！」德夫亦嘆曰：「有是哉！」

夫書無窮盡〔三〕，味有淺深。嘗試以古今人觀之，行之篤、守之固，味之深者也；先信而後畔，始合而卒離，味之淺者也。叔孫通、魯兩生皆學《禮》，一以取封，一沒世無聞；舒、弘皆學《春秋》，一起徒步拜相，一老擯郡國。豈非深者守道而難合，淺者諧世而易售歟！使其果深於書，捽茹山雌也，脱粟太牢也；苟爲不然，如啗土炭，如嚼蠟火，將唾棄之矣。然則德夫之所味，固世之所不能味，世之所味固德夫之所不屑味歟！

或又曰：「閣僅三間，奚其記？」余曰：不然。石渠、天禄，高則高矣，而不能逃莽大夫之譏；臨春、結綺，美則美矣，而不能湔狎客之謗。德夫閣雖小，然聖賢之事具焉，古今之變合焉，天下後世之責在焉。德夫味之不已，出則爲遺直，處則爲高士，爲全人。是閣與天壤俱敝焉〔四〕，勿記可乎？

〔一〕寤：四庫本作「忤」。
〔二〕顯：原作「顧」，據四庫本改。
〔三〕盡：原缺，據四庫本補。
〔四〕焉：原作「矣」，據四庫本改。

漳州鶴鳴庵

問塗四方者，必有嘉木清泉可憩濯，傳舍行店可依止。南轅則不然，路益荒，人益稀，極目數十里，無寸木滴水，無傳舍行店。昔人酌地里之中，各創庵焉，歲深屋老，頹圮相望。漳牧合沙黄公樸始新諸庵。鶴鳴庵在郡東，地多靈迹。嘗有異僧見二士於此對弈，即之，化鶴飛去。然距城餘二十里，窮林危磴，不類人境。暮投破馹，凛乎折棟墜瓦之虞，鷙獸暴客之恐。公闢古基，改面勢，作堂七間，聽事三間，門廡弘壯如之。於是境内之庵十有七所，以次經畫。創始者曰鶴鳴，更新者曰半沙，曰雲霄，曰僊雲，餘皆復其舊觀。魚孚庵屬泉而費出於漳。竣事，上尚書曰：「昔人守庵以僧，贍庵以田，而庵存；其後有司數易僧，巨室豪右占田而庵壞〔一〕。請令諸庵以甲乙承續。」朝論是之。

初，公與余偕使廣東，公倡諸司叶力繕南中諸庵。繇潮至惠，繇漳至潮，曩號畏涂〔二〕，今深茅叢葦中輪奐突出，鐘魚相聞，筦簟薪水不戒而具〔三〕，與行中州無異，公之惠利溥矣。余聞古之人皆好禮而樂事，厚人而薄己，有避堂而舍賓者，有卑宮而崇館者〔四〕，有窮爲布衣、茅屋不敞而恨無突兀之厦以庇寒士者。然則僧逃庵荒，非地主愧乎？田去僧飢，非巨室恥乎？余書公之事，既以儆夫貴且富者，或曰未也，縱下不戢，驅鄰虐使，尤庵之大患。蓋寓室而傷薪木，曾子之賢至形諸言；毁垣而納車馬，國僑之辨僅免於詰。余又以儆夫行者。

公倫魁名儒，自館殿秉麾節，無留滯之嘆，有治辦之績。漳素凋弊，公爲之期年，修糴政，敞貢闈，餘力猶及於庵云〔五〕。

〔一〕右：原無，據四庫本補。
〔二〕曩：原缺，據四庫本補。
〔三〕薪：原作「新」，據四庫本改。
〔四〕宮：原作「恭」；館：原作「節」。并據四庫本改。
〔五〕猶：原作「獨」，據四庫本改。

鄂州貢士田

士貢於鄉，古也；使士齎糧重趼而至，非古也。古者井地均貧富〔一〕，道路有委積，士起閭里而達於王朝也甚易〔二〕。至漢猶令縣次繼食〔三〕。然貢禹以明經潔行徵〔四〕，自言鬻田百畝以供車馬，當時所以待特起之士僅如此，則於群然應聘者抑可知矣。禹亦幸而有田可鬻爾〔五〕，貧於禹者當何如哉？近世賓興，郡太守具卮酒飲餞之外，舟車扉屨皆士自任，貧而遠者難是行如登天，有不能行者。天台賈公爲鑄錢使者，斥羡幣十萬緡市田〔六〕，爲番貢士莊，餘以贍番學。去而董餉鄂渚，時閫帥創南陽書院〔七〕，公給以官田百三十畝，復斥幣如番之數，以惠鄂士。士飲公德〔八〕，以余與公有世舊，俾書其事於石。

自吾有狄患，邊不解甲且三十年，供億繁，調度闊〔九〕，牧民之官往往奉急符從事〔一〇〕，失其常度。至於主計之臣〔一一〕，執牙籌，析秋毫，苟免乏興，俛仰自嘆曰：「吾不得爲盛德之事矣。」非特材臣能吏然也，雅士莫不然矣，故余於公之事有慨焉。昔漢人論鄼侯餽餉乃萬世功〔一二〕，意且有他謬巧〔一三〕，而其言不過曰養民以致賢而已，蓋爲漢植根本者。桑大夫則異是，以鹽鐵酒榷均輸爲國大利〔一四〕，而疾賢良文學之士如仇，漢之根本遂摇動而不復安。公於笏畫鞭筭之暇〔一五〕，師飽馬騰之餘，又時有蠲弛以寬民，教養以收士，與鄼侯之意合，彼桑大夫之流聞風盇少愧矣。

夫江漢，楚之舊封，異時以辭令争衡中夏，登高能賦，而志節與日月争光者，皆楚産也。國家有事西北，必於上流，謂宜培植其人才以待緩急之用，公所望於鄂之士者在此。其田之頃畝與夫行者居者�廩之式，則有司存。

公名似道〔一六〕，字師憲，以儒術治賦，始至軍無見糧，未幾而有一歲之儲。天子宰臣材公之爲，由尚書郎九卿超拜地官小司徒云。

〔一〕井：原缺，據四庫本補。

〔二〕甚：原缺，據四庫本補。

〔三〕繼：原作「縱」，據四庫本改。

〔四〕徵：原無，據四庫本補。

〔五〕爾：原缺，據四庫本補。

〔六〕緡：原缺，據四庫本補。

〔七〕閫：原缺，據四庫本補。

〔八〕士：原作「一」，據四庫本改。

〔九〕調：原缺，據四庫本補。

〔一〇〕往往：原脱一「往」字，據四庫本補。
〔一一〕主：原無，據四庫本補。
〔一二〕萬：原無，據四庫本補。
〔一三〕有：原作「無」，據四庫本改。
〔一四〕均輸：原缺，據四庫本補。
〔一五〕笏：原作「策」，據宋刻本、小草本改。
〔一六〕似：原作「師」，據宋刻本、小草本改。

風月窩

寒齋所居西偏面古木叢林〔一〕，爲甃屋三間，中置一榻，友之同志者〔二〕，游乎方之外者〔三〕，仕之倦而歸者，至則留語〔四〕，或止宿焉。扁曰風月窩。

客戲主人曰：「昔宋玉授簡於楚王之蘭臺，謝莊託詞於陳王之桂苑，皆以鉅麗之觀發其高寒之思，今吾子追涼於簷，窺光於隙，將無見哂於二子乎？」主人曰：「嘻！詞不詣理，工無益也；學不盡性，博無益也。彼以朒朏量月，雌雄論風，達者視之，奚異兒童？吾聞元化之內，清淑精英之氣〔五〕，在天地爲風月，在人爲性情〔六〕。風至調而止，噭謞叱吸，風之變也；月至明而止，薄蝕陰翳，月之厄也；性至靜而止，喜怒哀樂，性之動也。故言風月者曰清明，曰光霽；言性者曰善，曰寂然不動。夫能即身而反求，韜光而内照，則動者可以中節，靜者可以復初。所謂清明而光霽者，斂之方寸，舒之八荒，六合隨寓而可樂矣，庸詎知彼之蘭臺、桂苑非鼠壤鮑肆乎？吾之甕牖圭竇非瓊樓玉宇乎？」客慙而退。

〔一〕寒：原缺，據四庫本補。
〔二〕友：原缺，據四庫本補。
〔三〕方：原作「風」，據四庫本改。
〔四〕語：原缺，據四庫本補。
〔五〕淑：原作「椒」，據宋刻本、小草本、翁校本改。
〔六〕在：原作「爲」，據四庫本改。

修復艾軒祠田

初，郡人祠艾軒先生於城南，田以贍之者忠定趙公也，碑以實之者正獻陳公也。不幸先生二子繼卒，猶子成季字井伯，有賢名，忠定客也，又卒，家事益落，田爲二姓所得。諸孫曰鈞者愬於計臺，方公大琮喟然太息曰：「鬻祀田，非法也；没價返田，法也。吾使鄉部，寧厚毋薄。」檄郡丞以窠名錢酬元直之半，俾復其舊。會易帥他路〔一〕，事格不行。田既去，祠益圮，鈞復愬於郡，楊公棟亦喟然太息曰：「古者祀鄉國之先賢，以爲先師艾軒非先賢乎？式閭表墓，自昔有之，田非閭墓比乎？」乃新祠宇，復諭二姓曰〔二〕：「先生在不殖寸産，没豈與鄉人較數畝之田者？雖然，諉先生之廉讓，利故家之清貧，取而有之，此名不可安也。方公去矣，窠名錢不可覬〔三〕，其以郡鏹十有二萬酬若等。」二姓退聽，毁券歸祊〔四〕。公又曰是嘗一鬻矣，安保其不再乎，覈其田凡八畝三角三十一步，歲得穀十七斛有奇〔五〕，錢千，圖久遠而可托者莫如學，以田隸學。曰文郁，先生孫也，宜主其祭〔六〕；鈞，井伯孫也，有勞於田。令學官以其歲入分給二子焉。

昔孟子論善士而有一鄉一國與天下之辨，以陳良爲楚産，以仲子爲齊巨擘，至伯夷、伊尹則不然。今夫前陳後方，莆人也，其於先生猶曰吾東家丘云爾〔七〕。忠定番人也，楊公蜀人也，地如此其遠也，歲如此其久也，事先生如此其恭也，豈私於東家者乎！若先生者，所謂天下之善士乎！楊公起倫魁，由樞掾、尚書郎出牧。其來以風化爲先務，旌賢崇德，蒐遺繕廢，於是二劉、二鄭城北四先生之祠皆新〔八〕。

朝廷嘉公治行，就擢刑獄使者。垂發，命某曰：「圮者葺，侵者歸矣，子二大父實同閟宮，其書於石！」某不敢以衰病辭。

〔一〕帥：原作「師」，據四庫本改。
〔二〕諭：原作「鐫」，據四庫本改。
〔三〕可：原缺，據四庫本補。
〔四〕枋：原缺，據四庫本補。
〔五〕得：原作「時」，據四庫本改。
〔六〕主：原作「生」，據四庫本改。
〔七〕丘：原作「某」，據宋刻本、小草本、翁校本改。
〔八〕於：原缺，據四庫本補。

建陽縣廳續題名

建陽名難治而實不然。巍巍考亭，爲宋闕里，兩坊墳籍大備，比屋絃誦，前修言行接乎聞見，士易治也〔一〕；俗勇於鬭，及氣平忿定，易直之心油然而生，怙終遂非者少〔二〕，民易治也；運鹽有法，可以裕上寬下，無江浙閩粤間預借鑿空之取〔三〕，聽訟日纔數十紙〔四〕，賦與訟易治也。矧其山水明秀〔五〕，二橋如畫，茶筍連山，稱妙天下，人家池榭多奇卉珍樹〔六〕，四山之李花極目〔七〕，其土風物産之美，又宦遊者之所樂也。然比歲長官類以傷錦而去〔八〕。趙侯與逈至而嘆無華傳，元紫芝以于蔿于傳〔二〕，所傳之事以常不以異也。

晉江明府林君委余記其邑之飛舄堂，余曰：「明府以通經擢奉常第，政出於學，而名堂之義顧本於王喬，何歟？按《喬傳》〔三〕，舄化鳬，鼓自鳴，皆卓詭不經，與武城、單父、鄴、晉陽、襄城、魯山之事異。《范史》述循吏甚衆，而列喬《技術傳》中〔四〕，明府奚取焉？意者尚其以神道設教乎？」君曰：「非也。」余曰：「明府嘗丞大藩，光顯矣，豈其厭雷地而夢鈞天乎？」君曰：「非也。」余請至再反〔五〕，君曰：「宰邑之難尚矣。彭澤發嘆，爲形役心；山陰矯情，强飯不飲。雖有雅士，一綰銅墨，鮮不改度，矧若周顒輩之瑣瑣歟！夫膠擾者事也，靈明者心也。吾出履公家，應酬乎外；退坐斯堂，存養乎内。以吾靈明治彼膠擾者。昔者漢初君臣嘗用之於天下國家而驗矣，況邑乎？一室猶八極之表也〔六〕，敝屣猶尚方之舄也。」或曰：「明府之言殆有得於黄老歟？」余曰：「《傳》不云乎：『寂然不動，感而遂通天下之故。』又曰：『惟神也，不疾而速，不行而至。』是説也，固黄老之所本歟！」

君名某，福唐人。堂在邑廨之東〔七〕，君所創者。

〔一〕愛：四庫本作「道」。
〔二〕下一「于」字原脱，據宋刻本、小草本、四庫本補。
〔三〕按：原作「王」，據四庫本改。

〔四〕術：原缺，據四庫本補。
〔五〕再：四庫本作「三」。
〔六〕表：原缺，據四庫本補。
〔七〕在：原無；東：原作「間」，據四庫本補、改。

淮東總領所寬廉堂

淳祐乙巳，司農少卿、淮東總領金華王公埜上章再求去，上留之，進本寺卿。訓詞曰：「爾行之以寬裕，本之以廉潔，此朕之所以懇懇用情於爾，而不忍遽促之歸也。祇若成渙，勉爲朕留。」公初出使，慨然謂是職之難有二：操切病民也，出納污人也。故治己者極其嚴，責人者極其寬。至是讀王言而喜曰：「上英睿，洞照羣下，凡臣所爲〔一〕，陛下固知之矣。」乃取「寬廉」二字扁其廳事西偏之堂，謀記諸石，以答天寵。

夫理財之難尚矣。先朝雖重三司使之權，然所任之人皆寇準、晏殊、王堯臣、包拯、蔡襄、宋祁諸名臣。熙豐以後，稍用惠卿、嘉問之徒講之於內，薛向、吳居厚之流行之於外。元祐知其弊，擢李常版曹，出鮮于侁將漕以救之。未幾，豐亨豫大之論起，有魏伯芻者，以胥吏之智變鈔引之法，求多不已，遂啓侈心而召狄患。南渡德音，首欲痛革，然賦入既狹，兵費浸闊，其取之於民者終不能復祖宗之舊，而四總建焉。蜀稱趙開，昇、潤、鄂三王人各極一時才臣能吏之選〔一〕，百餘年間，酒茗鹽鐵蒐求無遺蘊矣。於是用事者方以爲未，至更出新智以圖富强，卒之無他繆巧，不過籠商賈、困郡縣而已。蓋時賢所操之術，非獨惠卿、嘉問之所不肯談，向、居厚之所不敢爲，亦伯芻輩之所不忍盡試者也〔三〕。使其利歸公室，猶且爲國聚怨，況或以潤其屋而肥其家乎？上益厭之而擢任公等〔四〕。兵曰〔五〕：「公通儒，識我飢飽矣。」民曰：「公長者，知我疾痛矣。」余來江鄉，耳聞目擊者如此〔六〕。

或曰：「方今多壘之秋，財殫粟亡，非手運牙籌如飛者殆不能濟〔七〕，而王人之言雍容如彼〔八〕，吾子之論舒緩如此，如事功何？」余曰：「漢下告緡搜粟之令，罪至没入，天下莫應。及欲免兒寬，則車牛擔負爭輸〔九〕，惟恐右内史之去，以寬不以嚴也〔一〇〕。渭上之耕，木牛流馬之運，厥功大矣，而其根本乃在於成都。田十五頃，桑八百株，以廉不以沃也。行督責之政〔一一〕，以稅民深者爲賢，客斯之法也；夸禄賜之富以文其與民爭利之過，桑大夫之言也。」或者語塞，因次第其説以復公命。

〔一〕凡：原缺，據四庫本補。

〔二〕潤：原作「澗」，據四庫本改。

〔三〕試：原作「識」，據四庫本改。

〔四〕益：原缺，據四庫本補。
〔五〕兵：原作「君」，據四庫本改。
〔六〕者：原無，據宋刻本、小草本、翁校本補。
〔七〕飛：原缺，據四庫本補。
〔八〕彼：原作「披」，據四庫本改。
〔九〕輸：原作「輪」，據四庫本改。
〔一〇〕以：原作「矣」，據四庫本改。
〔一一〕督：原作「賢」，據四庫本改。

南劍州創延安橋

端平初元，上既親政，放黜貪濁，簡拔循良，詔以延平通守、太學博士温陵董公洪就綰州紱。余時蒙恩詣行在所，道出其州，公握手相勞苦，曰：「吾上事甫三日，方閉閤深思，懼無以稱宅生之計，未敢與故人樂飲也。」余悚然辭去。暮宿黄孫口，未至數里，有橋焉，接腐木爲之，可十餘丈。下臨不測，覆以棧，半朽矣。舉足則軋軋有聲，幸達彼岸，廻顧猶心悸未已。問土人，知爲應曆橋。因遺公書言狀，然意郡事倥偬，未暇也。

明年，公治聲聞京師。又明年，余去國，至其所，前之腐木易以堅石，朽棧化爲康莊，上屋傍庵，扁曰「延安橋」矣。余驚喜過望，顧逐客例不入城府，不果扣公作橋始末。既還里，公書來曰：「吾捐金使僧宗肇經始〔一〕，衆皆樂施。費錢楮各三千緡而橋成，歲給官米予庵之守者，有餘以葺橋。」又曰：「議發於子，請筆之。」余喟然嘆曰：公可謂仁矣！是橋介於二州之間，非專延平責也，公挈爲己任。一旅人之言，非上官急符比也，公聞而動心，可不謂之仁哉？古之長吏率躬行阡陌，視民疾苦而興除之。後世牧守深居黃堂，四封之內，耳目不接，雖有怵惕惻怛之心，無自而發，故必好問而後能周知，必虛心而後有來告。然則孰問？曰：問諸民焉，耕於野負於塗者是也〔二〕；問諸士焉，脩於家議於校者是也；問諸賓客焉，蓋公、徐穉之流寓於是邦，季札、叔向之倫行李之出於吾境者是也〔三〕。民所不能言者，士將告之矣；士所不能言者，賓客將告之矣。異時倫魁勝流所至皆貴倨，不屑吏事，公奉法令甚謹，治身尤嚴。州始凋弊，勤而撫之，遂復舊觀，餘力且及於橋，亦足以見公材器之恢然者也。使其居高位，當重任，所問愈廣，所告愈大，集衆思，定謀策，協羣力，扶顛危，以之涉巨川，柱洪流可也，何至發野渡孤舟之嘆耶！

先是，州南有陌平橋，尤險而弊，公亦以過客辰倅林君百嘉之言撤而新之，扁曰延平橋。又於其間創杉洲、藥材二橋〔四〕，命僧可久平夷尤溪險路。肇、久二僧皆以才選，肇嘗造吉溪橋者〔五〕。

〔一〕捐：原作「搆」，據小草本、翁校本改。
〔二〕者：原無，據小草本、翁校本補。
〔三〕吾：原無，據小草本補。
〔四〕洲：原作「州」，據小草本、翁校本改。
〔五〕溪：原缺，據小草本補。

澧州重建州學

國家文治盛於漢唐，郡無小必有學。澧學中燬於兵，南渡草創，規制尚簡。紹熙初有講堂，嘉定闢地百畝，遂遷廟學，教養之具始備。淳祐乙巳秋，郡大火，官寺民居半爲烟埃，而學復廢。徐侯桌既書焚室〔一〕，益修郡政〔二〕，披翦荆棘〔三〕，再造是邦。喟然嘆曰：學與社稷並，可一日闕乎？首創大成殿、明倫堂，敞直舍。大使少保孟公助以楮幣三萬、米斛三百，於是所謂六經閣、兩廡、四齋、帑庾之室，皆復其舊而壯麗過之。澧士請余筆之於石。

按《楚詞》曰「澧有蘭」，又曰「遺余屧兮澧浦」，澧以清淑聞天下久矣〔四〕。自頃疆場弗靖，狄患日深，楚之舊封寖邊風寒。或謂侯宜修篳路藍縷之舊法〔五〕，收其奇材劍客以備一旦之用，而侯視四境之事若以爲無急於學，不亦迂乎？余曰：吾子所以慮國之西門者至矣，然而未也。楚自春秋以來，常與中國爭衡。方其盛也，屈完以辭令之末能折齊之驕，而方城、漢水之險不與焉；及其衰也，項燕以名將之賢〔六〕，不能當秦之暴〔七〕。荀卿、屈原之徒既盡，而楚遂夷爲三户矣。余嘗謂德綏力服之言與《中庸》寬柔金革之論合〔八〕，至於《荀子》之書、《離騷》之作〔九〕，先儒稱其吐詞爲經，義兼風雅。上下數百年間，其名人賢士議論相接，文獻不墜，與其國相爲存亡如此，皆楚産也，豈特北學於中國哉！侯之修泮，士之來學，非曰角詞藝、媒利禄而已，必紉幽蘭、服寶璐〔一〇〕，必不與蕭艾同化，不但無愧於楚之先大夫，雖《江漢》《汝墳》之遺風，庶乎其可興矣。夫欲强國勢自人心始，欲淑人心自教化始，然後知郡之他務猶可緩，而侯之此舉果非迂也。

侯儀真人，嘗守蘄，虜衆圍之〔一一〕，卒以城全。學成之歲，天子就擢侯常平使者，將以其葺扶一郡者而經理全楚也〔一二〕，故樂爲之書。

〔一〕侯：原作「俠」，據小草本改。

〔二〕政：原缺，據翁校本補。

〔三〕翦：原無，據小草本補。

〔四〕清淑：原缺，據小草本補。翁校本作「文學」。

〔五〕修、之：原無，據小草本、翁校本補。

〔六〕名將之賢：原無，據小草本補。

〔七〕不、暴：原無，據小草本補。
〔八〕謂：原缺，據翁校本補。
〔九〕荀子：原缺，據翁校本補。
〔一〇〕幽：原缺，據翁校本補。
〔一一〕衆圍：原缺，據翁校本補。
〔一二〕以：原缺，據翁校本補。

後村先生大全集卷之九十

記

廣州重建清海軍雙門

清海軍門始葺於紹興丙子，折公彥質也〔一〕；改作於淳祐甲辰，方公大琮也。南州土雜沙蜆〔二〕，木無霜雪，板幹不力，斵削尤疎〔三〕，城壁廬舍不久輒隳。公審其然〔四〕，築基廣十丈四尺，深四丈四尺，高二丈三尺。虛其東西二間爲雙門，而樓其上者七間。凡基皆甃以石，覆以甎。門之柱八，各三丈六尺，旁柱三十有六。凡柱皆易以堅木。闢兩旁地爲兩翅，環以翅樓，前爲頒春、宣詔二亭。用木以株計者千五百，石以條計者五萬，甎瓦釘各十萬，灰萬石，工六萬三千，縻錢二萬若干緡。明年某月告成，公大饗參佐、賓客、將吏其上，鐃吹轟空〔五〕，斗酒系道，觀者數萬，皆曰輪奂美哉。公以余嘗護漕而攝閫也，乃授簡使書之〔六〕。

按作南門筆於經，立臯門詠於《詩》，重其事也。余行天下，州無小必致美其譙。巍巍統府，舊譙庳甚〔七〕，勿稱威重，岌焉將壓，尚莫顧省，諉曰州貧無浪費也〔八〕，民勞勿重困也。公既繕三城，新屯樓八十二所，城西隅有亭曰南海勝觀，公又亭於東隅曰番禺都會，而是門之役最鉅，視福、泉、建安加壯麗焉〔九〕。然福資浮屠建，求科降，泉仰賈胡，惟公自用節縮餘力，不以蘄人。南兵習勤苦，多伎藝，公拊而用之，畚者甓者斤者圬者皆兵也，不以煩民，可謂仁且智矣。自唐至本朝，廣府常以富盛雄諸道，後寖不如昔〔一〇〕。楊公長孺清吏也，嘗會州用，歲闕數萬緡。故前乎此者或掩奪商賈，或没入豪右，或遣軍吏懋易以規贏〔一一〕，然軍府卒不能富，而霸政時出，民夷之懼者衆矣。公純乎儒術，前數者不一試，所入租賦而已。期年積鏹十萬緡，明年如之，又明年亦如之。爲備安三庫，稍出其錢與民通子本，子錢不過六厘，別儲之以備他費。余請公曰：「公勝流，不以心計名，一旦能使枵然大州化爲殷實，荒陋改觀，緩急有備，過前十數公遠甚，豈有法可傳哉？」公謝曰：「此陛下仁聖，朝廷威德也，吾何力之有，直幸焉耳。蓋州貧非一端，其大者曰調發，曰迎送，曰糴運之費，曰契錢之法〔一二〕。自吾至，四封無警，或小警即定，一也。他人亟遷數易，而吾四期不得代，二也。詔書罷糴契錢還州，三也。子謂吾有他謬巧乎？」

余聞昔之稱南伯者必以清德，宋廣平其首也，孔戣、鄭權抑其次焉。公過於苦淡，服用質素，貴爲方伯，一室蕭然。夫清則費簡，儉則財聚。曰清儉者，公之實踐；曰幸者，公之謙志也。至於妙選而久任之，陛下真仁聖哉！

公莆田人，端平名諫臣，嘗立柱下，掌内史書命，今待制寶謨知廣州、廣東經略安撫使。於是績狀顯著，天子將趣公歸矣。

〔一〕質：原作「盾」，據小草本改。
〔二〕蜆：原無，據小草本補。
〔三〕斷：原作「斷」，據小草本改。
〔四〕然：原無，據小草本補。
〔五〕鐃：原作「鐃」，據小草本改。
〔六〕「使」下原有「者」字，據小草本删。
〔七〕庳：原作「庳」，據小草本改。
〔八〕「州」下原有「無」字，據小草本删。
〔九〕泉：原作「全」，據翁校本改。
〔一〇〕寖：原作「寢」，據小草本改。
〔一一〕羸：原作「羸」，據小草本改。
〔一二〕法：原作「去」，據小草本改。

專壑堂

謙甫少所交皆海内長者〔一〕，歲晚凋謝略盡，謙甫亦老，賴故人天台賈公力，買田築室於西山之下，而請余記其所謂專壑堂者，曰：「吾生讀書於是，死埋骨於是矣。」余曰：「昔畏壘化庚桑而尸祝，晉鄙薰陽子而善良，賢者所居，仁遜興焉。今吾子顧專是壑，將置民物於度外乎？」謙甫曰：「非也。夫訏謨定命，廟堂崇高之位，賢者專之；決機料敵，帷幄深嚴之地，智者專之；南北對壘，旗蓋爭奪之場，勇者專之；上腴爽塏，連亘相望，埒國之貲，傾城之姝，强有力者專之。吾賢不如彼，智勇不如彼，凡彼所專者吾不得而有，吾所專者彼烏得而涉吾地哉？」余曰：「功名時也，窮達命也，吾子謂力不如彼則然矣，謂賢與智勇不如彼，然乎哉？」

謙甫又曰：「吾名堂本半山，豈惟半山，獨樂之園取義亦然，敢問半山、涑水非歟？」余曰：「士必能處然後能出，能退然後能進。涑水之處也，與邵子、程子同遊；其出也，遂能與元祐諸君子共國〔二〕。自始至終曷嘗獨樂乎？半山之進也，與羣小共國；其退也，炙手之勢一寒，翹材之客皆去，騎驢荒坡，幅巾叢林，牢落甚矣。其踵門而來者，曩日下御史獄、黄州之遷官也。嗟夫，公亦可以悟矣！伺候光範者宜猜而信，追隨鍾阜者宜信而猜，豈非專之一念，雖退老而未忘乎？專門之儒必陋〔三〕，專房之女必媢〔四〕，專國之臣必恣，壑雖美，無以專爲也。謙甫詳評二公之事〔五〕，深味老夫之言，親鄰曲如天倫，視樵牧如賓友，不與煬舍爭竈席，不以骯髒驚魚鳥，桃峰即畏壘也，薪里即晉鄙也，一壑即天下國家也，今日不專於此，他日必不專於彼矣。」

謙甫名自遜，宋氏。

〔一〕者：原無，據小草本補。
〔二〕與：原缺，據小草本補。
〔三〕儒：原作「學」，據小草本、翁校本改。
〔四〕媢：原作「娼」，據小草本改。
〔五〕詳：原缺，據小草本補。

御書撫州忠孝堂

郡舊有顔公祠，前人紀詠詳矣。王祥卧冰池在孝感寺〔一〕，距城五里許，相傳奉其母避地於此，寺即故宅。自晉至今，未有表章之者。提舉常平鄭侯逢辰既至，懷賢謁祠，訪古得池，有慨於心，更卜爽塏，合而祀之，且請敕額於朝。會侯改持憲節，去撫之贛，請益力。都省下之儀曹，儀曹下之漕臣〔二〕。侯謂此爲依草附木、希求封爵者設〔三〕，非所以待忠臣孝子也。必如常格，是比干之墓勿封而曹娥之江不廟也〔四〕。乃拜疏曰：「聖天子方奮英斷，修人紀，盡力君親者顯擢，得罪名教者永棄，若真卿之忠、祥之孝，宜出聖斷，列在祀典。矧今雲章奎畫徧天下，願以萬幾餘暇，親灑祠扁，以詔無窮。」疏奏，上御邇英以訪刑部尚書王公伯大、侍御史鄭公寀，皆頓首乞如鄭侯所請。翌日，御書「忠孝堂」三大字以賜，昭回之光下燭江國，侯奉表馳馹以謝。於是閟宮落成，乃屬某記之。

按魯公仕昏闇之朝，疎之擯之，以至迫之於險而不敢廢臣節；司空奉猜虐之親，飢之寒之，以至撻之流血而不敢失子道。夫污君伯夷之所羞，微子之所去，繼母伯奇、曾參之所難事，而二公所立如此，雖古聖賢有不能加矣。議者以魯公求容於鬼質之相而不早退，司空晚節仕晉爲遺恨，且貴爲尚書而全家食粥，其徘徊不去，豈有心於富貴哉，將以狗國家之急、立歲暮之節也。若夫慟哭魏主〔五〕，不拜司馬昭，與奮筆作《勸進表》、冠名於《受禪碑》者亦異矣。

鄭侯居家有内行，立朝能盡言，典州奉使有風力，喜名節而尚教化。是舉也，昭九重勸懲之意，發千載幽潛之光，示萬世臣子之法，可書也已。

〔一〕感：原缺，據翁校本補。小草本作「義」。

〔二〕漕：原作「曹」，據小草本、翁校本改。

〔三〕爲：原無，據小草本、翁校本補。

〔四〕廟：原作「廣」，據小草本改。

〔五〕主：原作「王」，據小草本、翁校本改。

福建安撫司二準備差遣廳

準遣建罷不常〔一〕。增西廳，以監牛田場兼之，自嘉定某帥始，復東廳自端平文忠真公始。閫闕歲計係乎鹺，二屬秩雖卑，西主烹煎，東主給售，帥得自辟。徐君憲、王君稼皆以才爲安撫使尚書趙公羅致。舊無廨，始度地於府治西北隅，背郡圃，迫馬厩，尤庳隘。公曰：「圃可縮也，厩可徙也，致客而不能館，可乎哉？」乃捐庫錢二百二十萬，益以没官山木、廢寨瓦石〔二〕，伻圖於丙午，落成於丁未。二廨規橅位置悉公指授，稼俾余記之。

今諸道使者之屬皆稱雄盛，帥非諸使之長乎〔三〕，而其屬獨牢落，廳寒如冰，吏卒鵠結〔四〕，率取諸曹掾所□。曩余參真公謀議，熟知之。時廨廢爲潛火局，假屋以居，機宜寓僧寺，僅存一幹官直舍，諉曰閑慢官爾。然彼之所謂雄盛得意者〔五〕，嘗求其故矣。賦訟繁而文書多也，予奪健而聽信專也，蓋智以繁而昏，力以多而分，健之弊爲薄，專之弊爲諂。是數者，固常情之所騖而有識之所畏也〔六〕。閫幕則異是矣，居常無事，不幸有小調發〔七〕，急符旁午，吏卒並緣饜飫，隅總依憑桀驁，不但賓主汲汲鮮歡，郡邑皇皇奔命，而更番之舟、漁業之民〔八〕，皆騷然失寧於四封之内矣。惟夫歲豐盜熄，野無桴鼓，吾主人可以雅歌而緩帶，吾儕可以長衣而清談，奈何不此之樂而彼之羡乎！

公忠定丞相嫡孫，治如忠定，官自髫齔，革去敷抑，勦平海盜，鯨浸不驚，以羡錢糴粟萬斛備緩急，祖孫相望，爲閩賢帥。其待士尤有禮，昔有廢客館爲庫廄者，公今徙廄築館，以龍媒汗血之未得爲緩，而以樂毅、劇辛之未至爲急〔九〕。公有合羣才、康斯世之志矣，惜其局於方面也。

公名必厚，字立夫；稼字無逸，由東廳改秩；憲字某，由西廳陞幹辦公事。

〔一〕建：原無，據小草本補。
〔二〕寨：原作「塞」，據小草本改。
〔三〕使：原作「侯」，據小草本改。
〔四〕卒：原作「率」，據小草本、翁校本改。
〔五〕然：原缺，據小草本、翁校本補。
〔六〕驚：原缺，據翁校本補。
〔七〕有：原缺，據翁校本補。
〔八〕漁業：原缺，據小草本補。
〔九〕辛：原作「卒」，據小草本、翁校本改。

寧都縣新築城

淳祐丙午，余仕於朝，寧都縣尹夙君子與以書來曰：「吾視事之翌日，盜起廣昌，犯池、富，贛卒未至，賊鋒剽甚，衆欲潰去。吾集吏民議戰守，急調尉寨兵〔一〕，益以義丁千人，深入苦戰，官軍乘之，擒酋殲黨。時四鄰震擾，吾境獨全，衆相賀。吾曰未也，土城卑惡，盍改作乎。率僚佐，選隅總，畚新土，杵實基，周匝七百餘丈，悉甓之，願記其事於石。」余曰：其小需。丁未，余去國，君使兩至責前諾。余又曰：其小需。君，余故人也，豈於不腆之文有所靳哉！顧多事以來，以平冦築城受賞者多矣，甫平覆出，朝築夕圮。豈特二者難保其往哉，施於有政亦然，初令而晚繆，始仁而終鄙，矯强於暫而頹放於久者，皆是也。戊申，君之使又至，曰：「吾授代者無兩月，記不可復需矣。」余然後知君之政果成、城果堅而冦果平也。

蓋天下倏至之變，常伏於常情智慮之表。曩睦寇殘二浙，近汀寇犯劍、邵，曰是中州内地素不防慮爾。若夫寧都爲羣盜四達之途，不能數歲安静，前日非無智者，至君乃克有城，獨何歟？媮者忽禍變，鄙者憚勞費，黠者方以無城爲幸，寇至有紀侯之去、檀公之走而已。君眇然一儒生，化刀劍爲櫌鋤，革瓦礫爲金湯。有地百里而善用之如此，使君事權重於銅墨之寄，封域大於子男之邦，其所就有未可量者〔二〕。是役也，靡錢二萬二千緡有奇，合諸臺、郡邑、士民之力而成，君之遺愛與是城相爲不朽矣。

君嘗宰河源，勦寇寧民，已著風績，以經略使薦詔減年勞。至是首摧盜鋒，又先事伐謀〔三〕，禽劇賊古八、盧五，僇渠魁，貸脅從。桴鼓聲息則於其間飾縣庠、梅江書院，各增其畬。夏旱先發官廩而後勸分，自郭達野，置糶場五十三所，至秋止。部使者尚書郎鄭公逢辰、大匠吳公子良俱以治行薦。初，朝家行廣昌賞，加君一秩，惟築城功未報。君建安人，擢進士第。

〔一〕寨：原作「塞」，據小草本、翁校本改。

〔二〕「就」下原有「者」字，據小草本删。

〔三〕伐：原作「代」，據小草本改。

饒州新城

番爲州尤貧，版曹洎諸使責逋，吏卒日呼叫於庭。遇州倉受輸〔一〕，兩王人各遣其僚按所入瓜分之，以其餘殘者畀州，州遂乏絶，二千石比以弗績去。弄印滋久，以鑄錢使者兼之。淳祐丙午，余自江表召對，頓首上前言列城單弱狀：臣待罪臯事，寄治於番，城圮且盡，而譙樓扶以二木，識者寒心，宜繕金湯，修守備，以待緩急。會朝家多事，議格不行。明年，詔擢著作郎兼右司郎官新安程侯元鳳領州事。侯至，視城壁而嘆曰：「保境衛民，守臣職也。城惡如此，顧以州貧自諉，可乎？昔之人有篳簬籃縷而造邦者，有布衣帛冠而强國者。」乃一以簡儉爲治〔二〕，桑蔭未徙，板幹並興。屬通守史景卿出納〔三〕，路分夏榮顯課工程，木石灰磚予價，夫匠給傭，兵校增廩，厚犒勤拊，説以忘勞。不期年而十二里三千三百餘丈之城，與樓門八，斗門貳，悉復舊觀。其費一出於州，上不以累大農〔四〕，下不以煩民，惟臬、治二臺各助楮幣三千而已。番人登高望之，端直如引繩，迴環如錯繡，皆相告曰：吾儕昔處風寒，今在堂奧。州之守備固，然侯之勤苦甚矣，請記其事，以告來者。

余聞任城郭封疆之寄，不患外有卒至之變而患内無可恃之具。使其果有可恃若田單之於即墨，臧質之於盱眙，杜慆之於泗，皆以小國寡民而强敵環而攻之，終不能克。否則郢可入，歷可襲，□□□□譎取，雖雄都巨鎮不能以自存矣。侯之此舉振牧守當爲之職〔五〕，杜姦宄不肖之心，異乎崇飾亭傳者，其有勞於國也夫，其有德於民也夫！

城始繕於嘉定乙亥，至侯改築僅三十餘年耳，蓋仆百尋之木者蠹也〔六〕，潰千丈之隄者蟻也。先事豫備，前人之忠也；補罅葺漏，後人之責也。況番城其南瀕江，水齧之而無防，稍北依山〔七〕，樵牧踐之而不禁〔八〕，城何恃而久乎？及其微而易之易也〔九〕，至於大弊極壞而後圖之，不得已也。嗚呼，此固侯與番人所望於來者歟！

侯館殿名流，省闥賢從〔一〇〕，出而試郡，績狀昭著，詔兼冶鑄之節，將召侯歸矣〔一一〕。

〔一〕「倉」下原有「使」字，據小草本、翁校本删。
〔二〕一以：原倒，據小草本乙。
〔三〕吏：原作「吏」，據小草本改。
〔四〕大：原無，據翁校本補。
〔五〕振牧守：原缺，據小草本補。
〔六〕仆：原作「撲」，據小草本改。
〔七〕北：原缺，據小草本補。
〔八〕牧：原作「木」，據小草本、翁校本改。
〔九〕後「易」字原無，據小草本補。
〔一〇〕從：原缺，據小草本、翁校本補。
〔一一〕歸矣：原缺，據小草本補。

城山三先生祠

由熙寧橋南行可二十里，城山在焉。望之紫翠崒屼，欲與壺公差肩。其下平疇沃野，清泉茂樹，環而家者千數百年之舊族，當世之顯人不在東家在西鄰也。其父兄隆儒而嚴於教，其子弟力學而攻於文〔一〕，立聲名，取科級，榜不絶書，有貴爲柱史者，魁多士者。人徒見其人物之極盛而未知其爲師友之餘澤，此三先生祠之所由作也。

初，艾軒來，水南學者空郡從之〔二〕，而紅泉、東井之學聞天下。艾軒去，網山嗣講業〔三〕；網山卒，樂軒嗣焉。里中前一輩及老艾之門者衆矣，然數十年間更相推讓，卒以傍邑二士接艾單傳，所謂公論在人心者邪！林侯肅翁受學樂軒，下車首爲學者言三先生之學。自南渡後，周、程中歇，朱、張未起，以經行倡東南，使諸生涵泳體踐知聖賢之心不在於訓詁者，自艾軒始。疑洛學不好文辭，漢儒未達性命，使諸生融液通貫，知科舉之外有理義之學者，自網山、樂軒始。蓋網山論著酷似艾軒，雖精識不能辨，樂軒加雄放焉。其衛吾道，闢異端甚嚴。嘗銘某人云：「佛入中原祭禮荒，胡僧奏樂孤子忙。」里人化之。使網山、樂軒而用於世，所立豈在艾軒下哉？聽者悚然，如覿三先生之容。侯復嘆曰：吾昔講肄於是，游息於是，歲月幾何，泉石魚鳥歷歷可識，而先師已遠不可見矣〔四〕。則又愾然有祠三先生之意。山絶巔有精舍，新祠在其左，俯瞰國清塘，水光山色横陳乎前。乃像衣冠，乃集衿佩，以庚戌四月甲辰躬行裸薦之禮。序飲而退，命余記之。

余惟在三之誼，師居其一，故侯芭白首《太玄》，後山瓣香曾氏，所以敬接承、嚴付受也。昔網山之事艾軒也，死則腰絰，忌則哭墓，樂軒之事網山也亦然。至侯則慨林、陳之後微絶，既祀樂軒於家廟，又白尚書併禁二墓采樵，俾鄉校合祀焉。歲時若遠遊，而歸必墓祭〔五〕，出處必命祝史以告。及牧斯土，復倡邦人嚴奉而烝嘗之。彼背師而從許行與諱稱京房門人者，視侯宜少媿矣。余不識三先生而於艾軒累世通家也，於網山子綺伯童子師也，於侯友也。侯爲余言，近世諸儒流略通、體用全〔六〕，皆莫敢望樂軒。侯嘗秉筆玉堂，開卷邇英，貴近矣，顧惓惓於疇昔傳道授業解惑之匹夫，往往見於羹墻，豈非心悦而誠服者歟！

艾軒林氏，名光朝，字謙之。網山月魚林氏，名亦之，字學可。横塘樂軒陳氏，初名某，因讀《詩·采蘋》有悟，改名藻，字元潔，艾軒固印證之矣。侯名某，與網山俱福清人。樂軒由長樂僑福清云〔七〕。噫！以水南文物之懿，守侯風化之善，前輩師友之賢，設遇名筆，必有以發揚蹈厲之者，而余纍然病眊，筆墨不靈，僅記歲月而已。

〔一〕「弟」下原有「者」字，據小草本删。
〔二〕郡：原作「羣」，據小草本改。
〔三〕講：原作「搆」，據小草本改。
〔四〕而：原作「面」，據文意改。
〔五〕而：原無，據小草本補。
〔六〕全：原作「余」，據小草本改。
〔七〕僑：原作「橋」，據小草本改。

泉州重建忠獻堂

温陵太守尚書郎安陽韓侯識貽前史官劉某書曰：「吾六世祖中令公以景德丁未出牧是州，明年七月而忠獻生於郡齋，至祥符辛亥召還〔一〕。泉人曰中令吾郡之父母也〔二〕，有去思，忠獻吾侯之子也，有大勳業，爲堂三間，因諡名堂，以借重是邦焉。後爲俗子改易。乾道己丑，梅溪王公始復舊扁。今扁存而屋老且仆矣〔三〕。忝拜廳之榮而隳肯堂之責，吾爲此懼，乃以節縮餘力撤而新之。」又曰：「吾之來以淳祐己酉秋，距忠獻始生甲子凡四周；堂之成以庚戌夏，距梅溪復扁八十有二祺。子雖哀疚〔四〕，其勉筆之也。」

按《甘棠》之詩曰「召伯所茇」〔五〕，説者曰：「召伯不欲煩民，廬於遠野小棠之下，思其人敬其樹也。」《閟宫》之詩曰「新廟奕奕」，説者曰：「閔公廟也。」又曰「周公皇祖，其亦福汝」，説者曰：「慶孝孫之辭也。」古之善政必有遺愛，故家必有象賢。以周、召二公之盛德而不能無待於虎之旬宣、僖之修復，然虎去康公十世，僖去周公十七世矣，豈若韓氏六世之近乎？遠野之廬，閔公之廟，敬之嚴之如此，況中令凝香之地、忠獻懸弧之室乎？侯剛廉無欲，凝重有威，軍府肅然，民夷信服〔六〕，蓋景德、祥符、嘉祐〔七〕、治平之文獻淵源所漸然也。初，侯家三世迭守相臺，海内榮之。自南北分裂，雖晝錦冠劍隔絶之可嘆，然兹堂輪奂新美而未已，韓氏之盛詎可量耶！

惜余荒眊久〔八〕，精華竭，所以美皇祖而慶孝孫者，有慚於《雅》《頌》，姑承命記實而已。

〔一〕召：原作「君」，據翁校本改。
〔二〕「泉」下原有「州」字，據小草本、翁校本删。
〔三〕仆：原作「撲」，據翁校本改。
〔四〕子：原作「予」，據翁校本改。
〔五〕所芟：原無，據翁校本補。
〔六〕夷：原作「靈」，據翁校本改。
〔七〕嘉：原作「淳」，據小草本、張本改。
〔八〕惜：原作「借」，據翁校本改。

邵武軍軍學貢士莊

閩無富士，樵士尤窶〔一〕，舊有貢士莊，薄甚，士無以自資，而官之所以資之者又微，蓋有不能行者。莆田方君來教樵學，節浮費，去冗食。歲餘，會學廪之贏，益以所却茶湯錢，得舊楮三萬二千，買田七百餘秤，積三歲之入可得萬楮。君曰：舊莊待四邑之士常不足〔二〕，吾莊姑爲學設，由學而貢者歲率十人〔三〕，人獲千楮，足矣。

自科舉法行，續食禮廢，道路扉屨皆士自齎，勸駕之吏不過草草宴設，巵酒篇詩之外毫髮不任也。是莊之有無既非執事者之責，故雖雄都鉅鎮，臨之以達官顯人，有可爲之力而不暇議此甚迂之舉〔四〕。若夫文學掾號冷廳，一室之內，螢雪之几，苜蓿之盤，微矣薄矣，乃能以其不足之飯與素所教育之英才剖而食之。使君稍進而受天子兵民之寄，必固結，必勤恤，必不肥於厩而殍於野也，必不富其家而飢其師也。又進而居廟堂之上，必不忍存我而不厚其蒼生也。

初，寓貴尚書杜公杲欲助田未果，至是二子庶、廡以三千楮來助。君名澄孫，字蒙仲。

〔一〕窶：原作「屢」，據小草本、翁校本改。

〔二〕「四」下原有「方」字，據小草本、翁校本删。

〔三〕率：原作「卒」，據小草本、翁校本改。

〔四〕「議」與「舉」，原互换，據小草本、翁校本乙。

福州濬外河

古河繚城内外，如人氣血周於一身。歲久而淤，忠定趙公嘗濬之〔一〕。甲子踰一周，水道故存，居人益搭爲浮屋〔二〕，築爲高砌〔三〕，堙爲平陸矣。淳祐戊申，待制陳公既濬内河〔四〕，脩撰趙公至而嘆曰：「胸腹雖通，支節猶壅，未也。」顧内河纔六百丈而外河加二百餘丈，役不可已，民不可勞，乃白於朝，詢於衆。於是寄公之尊貴者、屬吏之才敏者〔五〕，皆條利便來告，公虚心以聽。先是寺産滿百錢者濬三尺，産二百以下皆敷，公下令産滿百者濬二尺而已，濬内河者半之，負郭三邑寺産三百以下、餘十縣寺産六百以下者皆免敷。遂畫界限，度丈尺，總以十大寺而餘寺分隸焉。近寺募工〔六〕，遠寺助費，率以産滿百者助二工，按籍給由，下之十縣，以僧督僧，吏拱手不得與。寺尤遠而輸未至者，先兑庫錢。委郡丞趙君時顒、帥屬林君叢桂、節度推官徐君士廉涖其役〔七〕，不徙木而信，不施抶而勉。起淳祐庚戌九月，乙亥十月而畢。河深五尺〔八〕，廣一丈。用工四萬六千有奇，工給寶瓶楮三，通不過敷楮十四萬而百年水道唾手而復。先是，大寺苦數役〔九〕，小寺不免敷，而中寺殷實者以賄吏免，强有力者以挾貴免。公明不受欺，公不受私，免敷者沾實惠，應敷者無後言。前之搭屋築砌者凡百二十五家，公不欲盡返侵地，撤蔽通淤而止，又扣户補助之，蠲瀕河公私僦金一旬。吏士之宣勞者賞犒有差〔一〇〕。

竣事，士民有乞濬銚爐橋支河者，有言忠定公昔爲西南二湖〔一一〕，今南湖半爲筊池，蓄泄無所，田失灌注，民罹漂害。公使未敷之寺分濬之，計支河六十六丈，南湖四十四丈〔一二〕。是役也，世達民氣，助火政〔一三〕，通潮汐，行舟棹，其大者壯軍府之容，增金湯之勢，公之慮深且遠矣。世常患佛者不耕而食，爲吾民蠹，余於閩但見佛者爲吾民之衛〔一四〕。猝建一事，驟使萬人，吾民晏然若罔聞知者，皆緇流以身當之。善爲政者知其然，必不窮其力，必不數易主首，非曰能爲吾福田利益也，所以厚吾民保障也。

公名希瀞，自九卿以鈇鉞出鎮，重厚持大體，文武有威風，惠利不可殫紀，浚河特其一條。公以余曩聯事江左，今占籍部内，馳騎授簡〔一五〕，俾識顛末。昔者鄴令引渠溉田，南陽太守通溝均水〔一六〕，其事初未甚著，而班、馬之筆足以發之。余眊且衰，於公嘉績不能贊述萬一，尚庶幾實録云爾。

〔一〕定：原缺，據小草本補。

〔二〕「益」原作「蓋」，「爲浮」二字原無，據小草本改、補。

〔三〕築：原作「駕」，據翁校本改。

〔四〕濬：原缺，據翁校本補。

〔五〕吏：原缺，據小草本補。

〔六〕募：原作「幕」，據小草本改。

〔七〕「帥」原作「率」，「泣」原作「溢」，據小草本改。

〔八〕尺：原作「里」，據小草本改。

〔九〕數：原無，據翁校本補。

〔一〇〕勞：原缺，據翁校本補。
〔一一〕有言：原缺，據小草本補。
〔一二〕本句原脱，據小草本補。
〔一三〕助火：原作「順大」，據小草本改。
〔一四〕閫：原作「民」，據小草本改。
〔一五〕騎：原缺，據小草本補。
〔一六〕溝：原缺，據小草本補。

建陽縣增買賑糶倉田

初，儲侯置倉，積米三千五百石，且買田六十餘石以輔之。其後倉廢，米存者纔五之一〔一〕，田奪隸橋庵〔二〕。余既修廢糴滿五千石〔三〕，返田於倉，又增田五十餘石。倉有田百餘石〔四〕，自儲侯及余始也。噫！余垂解銅墨，客或哂余曰〔五〕：「令以三年爲任，有不及三年者，前後人意見不必同，子倉何恃而久乎？」余謝曰：「恃此心耳。吾心如禪家之燈，後人必有傳此燈者，姑待之。」余去，縣印凡數易，至楊侯大雷，倉田可五百餘石矣。淳祐辛亥，余行役道溪上，士民遮道曰：前人增倉田率不能多，惟楊侯幾二百石。今任侯捐三千緡，所增過楊侯之數，昔未有也。於是高士江某世號江三白者，捐七百餘緡，增五十餘石。寓士宋君某，番禺帥長子，捐田二十餘石繼之〔六〕。通舊田幾八百石〔七〕，盛矣哉！

余聞邇年大家多飛寄〔八〕，中産困敷抑，爲倉之害，救之之策不過官自覈産〔九〕，倉自增田而已。産實則糴公，田多則糴少〔一〇〕。昔也歲糴五千〔一一〕，今減千石矣。他日田愈多，糴愈少，奚飛寄、敷抑之足憂哉？由儲侯至余，未三十年倉壞而米羽化，繼儲者之失也〔一二〕。由余至任侯又將三十年，倉與米無恙而田之增者七倍，繼余者之賢也。若二侯，蓋其尤著者也。侯蒞壯哉縣，未嘗大聲疾呼，而强梗者柔服，蠹壞者設飾，臺府皆稱其治爲七邑之冠冕。人言侯薰沐其身如玉雪，凡米鹽出入之贏，他人以實苞篚囊槖者〔一三〕，侯皆舉而歸之於倉，如江師施衣盂、宋君割伏臘，不私於一身一家而公其惠於百里之人。使令君皆二侯，倉官皆如宋，邑人皆如江，心心相傳、燈燈不滅矣。

余行天下，嘗謂建溪俗尤近古。余去官久，每出其境，城郭村落父老子弟必幡華迎餞，追隨不置。晚罹艱棘，耆宿有齎糧行千里相弔者。以邑人之不忘余如此，則其於任侯宜何如也！余老諄，爲舊民記見大夫之美，姑述其大槩如此。其田之頃畝、斛斗，刻之碑陰。侯名某，四明人，擢儒科，將進用於朝矣。

〔一〕之：原作「支」，據小草本改。

〔二〕庵：原缺，據小草本補。
〔三〕余既：原缺，據小草本補。
〔四〕「有」字原缺，「百」下原有「畝」字，據小草本補、刪。
〔五〕或哂：原缺，據小草本補。
〔六〕「寓士」至「餘石」凡十六字，原無，據小草本補。
〔七〕八：原無，據小草本補。
〔八〕「余」原在「年」下，據小草本乙。
〔九〕「數」上原衍「覆」字，據小草本刪。
〔一〇〕少：原作「小」，據小草本改。
〔一一〕糴：原作「糶」，據小草本改。
〔一二〕繼儲：原倒，據小草本乙。
〔一三〕「以」下原有「爲」字，據小草本刪。

陟思庵

浦城徐用晦葬其先夫人於李原，又葬其先君子於馬鞍山。《詩》曰「死則同穴」，古也，故孔氏合葬於防。《傳》曰「魂氣無不之」，亦古也，故三妃不從於蒼梧。今二墓距家不過三四里，而鞍山尤近，陟屺則鞍山旁繚，陟岵則李原下瞰〔一〕，氣勢聯絡，紫翠隱映。鞍山差狹，用晦庵於李原，前後各五間，虚其中三間以酌獻酢飲，而止客於東西房焉。墓坐壬向丙〔二〕，庵坐丑向未〔三〕，采詩人之義，扁曰「陟思」，請余記之。

夫穴藏廟祀皆禮家所嚴，然子貢謂送葬之哀不如返虞之速，廟重於穴，古之道也。由漢而後，始有旁置萬家者，大治塚舍周閣重門者。崇飾於墓，簡忽於廟，雖學士大夫莫不然矣。余爲用晦秉是筆，良以世衰俗壞，子職多闕，有親存而孝衰者，況窀穸封崇之後，霜露焄蒿之餘乎？用晦於親之存也能幹其蠱，殁也能致其哀，瞿瞿皇皇，有求而不得、望而弗至之意，是可録已。

徐氏浦城之望，中科目、登臺閣、秉麾節者世不乏人。用晦嗜學而好禮，少薦於鄉，所以顯揚其親者固有待也。用晦字也，名灼，生於莆而後於建。既於所後盡敬極孝，而猶拳拳於所生，歲時或千里攜其孥來爲壽〔四〕。古有秀孝之選，非斯人之流歟！

〔一〕瞰：原作「暇」，據小草本改。
〔二〕向丙：原倒，據小草本乙。
〔三〕向未：原倒，據小草本乙。
〔四〕孥：原作「拏」，據小草本改。

後村先生大全集卷之九十一

記

羣山囿堂

錫山爲長沙郡之望，丞相趙公舊第擅錫山之勝，至是又堂於山之絶巔，取韓詩「羣山囿」之句以名之〔一〕，而今皇帝書之，奎璧之光〔二〕，上燭霄漢，下被泉石，信開闢以來殊尤鉅麗之觀也。自昔游覽之地，出於偏州下邑則目力有所止，或在深山窮谷則脚力不能至，求其雄傑足以統會、宏曠足以容受者少矣。惟斯堂不然，楚山呈狀，湘江倒影，東城南書院，西岳麓宣公、忠肅公書院在焉。凡屈、賈名賢之蹟，老、釋化人之宮，異時吾儕捫蘿躋攀於烟霏紫翠之間，一葉遡沿於江蘺香芷之濱，重跰而來，及厓而返者，莫不自獻於几席之上，履屐之下，雖處闤闠而無市聲之至，不出户庭而有卧遊之樂，湘中他樓觀皆不敢望其髣髴，豈非所謂雄傑足以統會、宏曠足以容受歟？

蓋天下清絶之景，常屬之閑退之人。若夫仕至將相，安危佩於身，事物衡於慮，負夔、禹之望而抗巢、許之志，固未有兼之者。公力辭相印不拜，改内祠、經筵不拜，改特進、觀文殿大學士、判鄉閭猶不拜，詔居陪京，以便諮訪，然公角巾東路矣。惟退惟閑，斯堂之景遂爲公有。向使雞鳴入漏舍，日昃出朝堂，以一身叢四海九州之責，將膠膠擾擾之不暇，顧欲合族交賓、論文樂飲於此，得乎？昔平泉竹石僅獲一夕之享，緑野鐘鼓不能蓋晚節浮沉之愧。公每語親朋：「裴、李所遭之時然爾。吾平生數當事任，踏危險，憑國威靈，幸而有濟。中罹讒甚，懼不自全，賴陛下仁聖，終始照知。老矣，釋重負而尋初服，秋毫皆帝力也。吾雖退，曷嘗一飯忘吾君哉？」天下聞公言而壯之。《詩》曰：「維嶽降神。」公既鍾七十二峰神秀之氣，宜其外翰王室〔三〕，内補衮職，爲國申、甫。登斯堂者，固喜公之暫逸，而又知公之必不容以久閑也。

某丙午召對，由卑冗歷高華，出上親擢，亦公密啓，已在公圃中矣。公來賜命〔四〕，曰「子記吾堂」，其敢以荒落辭？

〔一〕名：原作「明」，據小草本、翁校本改。
〔二〕璧：原作「壁」，據小草本改。
〔三〕翰：原作「朝」，據小草本、翁校本改。
〔四〕來：原作「未」，據小草本、翁校本改。

潮州修韓文公廟

廟始在州宅後，蘇碑云在州南七里者，元祐庚午王侯滌之所徙也。淳熙己酉，丁侯允元又徙韓山，夷石爲廟，地尤濕〔一〕。甲子一周，屋既老，淳祐辛亥，劉侯希仁以爲非吏民懷遺愛、崇先賢之義，屬郡文學吕君大圭修廢，捐俸楮三千以倡。俄而劉侯去，衆曰：役鉅費闊，且奈何？會臬使吳侯燧行部，全侯昭孫至郡，各助楮二千，倅樊君應亨、海陽令王君衜翁各半之。仕於州、遊於校者皆有助，吕君又裨以俸金。自門及奥，輪奂新美。柱若壁之用土木者，皆易以石。縻楮四萬，以寶祐初元季秋落成，遂併新八賢祠，甓堅革腐，規制如廟。八賢者，皆潮之名輩耆德。吕君介劉侯請記於余。

自古生有權位能潤澤其人，殁有精爽能聳動災福之者，皆得祀。賈誼、文翁以學，朱邑、羊祜以惠，宋璟以清，巡、遠以節，殆不勝紀。然事久而愛泯，時異而敬衰者多矣。若夫權位尚微，世代益遠〔二〕，斯文入人肝脾，去思浹人骨髓，血食數百年如一日，余行天下，惟韓廟爲然。公在潮僅七閱月而去，而潮人奉嘗至今，悽愴如見。至於登覽之山，手植之木，猶起敬起愛未已，此豈智力之所能致哉！世或以《謝上表》議公，余曰：方帝怒未解，裴度、崔羣不能救，仕進之塗窮，廟堂之援絶，他人處此必懟必躁，否則緣他謬巧以媒復用。公引咎歸美而已，不賢於怒悻悻而去、不向國門而坐者乎？以瘴癘老病祈哀君父而已，不賢於貽書子公、達函桓温者乎？公不顧其身之萬死，而庶幾其君之一悟〔三〕，豈有毫髮世念於其間？素講之學、未行之志，猶有萬一冀爾。潮在八千里外而章奏直達，左右不能蔽。於時韓、柳齊名，柳牧龍城五年，公不旋踵徙袁，憲宗真明主哉！使公再入而懲前事，循嘿可矣；方且折廷凑〔四〕，忤逢吉，視論佛骨有進無退。彼智不足以知公而輕量公深淺者，妄也。公之南遷，雖戚里諸貴多爲論雪，禱神而神享，驅鱷而鱷去，惟鏄甚直，目爲狂疎〔五〕。若鏄者，不惟有慙於貴戚，其幽暗甚於鬼而頑冥不如鱷矣。故詳著之，列於蘇碑之次。

又言：劉侯以中書、吴侯以前御史、全侯以上閤外補。樊君〔六〕，臨川人；王君〔七〕，温陵人。吕君郡士陳確竭勞於廟，八賢之役〔八〕，許希問、盧密、劉杰叶力於祠〔九〕，皆宜書。

〔一〕濕：原作「温」，據小草本改。
〔二〕益：原作「遥」，據小草本改。
〔三〕幾：原作「哉」，據小草本改。
〔四〕凑：原缺，據小草本補。
〔五〕直目爲：原缺，據小草本補。
〔六〕君：原無，據文意補。

〔七〕王君：原缺，據小草本補。
〔八〕役：原作「後」，據文意改。
〔九〕許：原無，據小草本補。

山中祠堂

古之見祠於其生長之鄉或其游息之地者，皆未必有權位、勳業人也。屈原祠於楚，李白祠於采石，孟浩然祠於襄陽，秦系祠於九日山，陸龜蒙祠於吳，方干祠於釣臺〔一〕，林逋祠於杭，此六七公生流落偃蹇於外〔二〕，没又無以驚動禍福其人〔三〕，然過其祠者必下馬瀝酒，必徘徊題咏然後去，豈非權位、勳業如空花幻影，回首變滅，獨文字如江河流行、萬古而不廢歟？

宋諸王孫庚夫字仲白〔四〕，嘉定間擅詩名，官卑齡促，士林惜之。端平乙未，太守廬陵楊侯夢信從衆請，祠之於城南青涼歧〔五〕。縉褐鈞冕輅之貴〔六〕，泉菊等牲牢之享。仲白精爽雖不肯使曹瞞輩腹痛，然其詩句猶可愈鄭虔妻輩瘧疾也。時江湖吟者凋零略盡，仲白子時頤屬予以記。

〔一〕臺：原無，據小草本補。
〔二〕於外：原缺，據小草本補。

〔三〕又：原作「有」，據翁校本改。
〔四〕諸王：原缺，據小草本補。
〔五〕歧：原無，據小草本補。
〔六〕縮：原作「縮」，據小草本改。

孝思堂

楊君純孝也，未嘗自言，鄉鄰言於縣，縣言於州，太學生王剛等言於學官。既而州以其事上尚書，司業、祭酒亦誦言於朝，有詔旌表其門閭。君家於吉之太和而館於贛之興國，迎母就養，母卒葬焉。興國之人曰：君館吾里，母窆吾里，吾縣之孝子也。太和之人曰：君占籍吾里，生長吾里，吾縣之孝子也。嘗欲奉匱歸祔於先塋，贛人遮止，改其太平鄉爲孝感鄉。太和尹師侯應極扁君所居爲孝感堂〔一〕，又表其坊，能言之士已記之矣。君愓然曰：二鶴翔墓，雙闕施門，在彼者也，吾不敢知也；霜露時雨，悽愴如見，在我者也，終吾身而已。別爲孝思堂焉，而徵記於余。

余惟割股療親雖不見於經，然可以義起，至韓退之乃確然以鄠人爲非〔二〕。夫經以不傷身體髮膚爲孝，不有申生乎；禮以不滅性爲孝，不有曹娥乎？而況毁膚之害未至於雉經，裹創之痛未烈於魚腹，申生得以爲共，曹娥得以爲孝。然則君之行矜式於州里、旌異於聖朝也宜哉！

君既永感矣，忠孝一理，君親一致。他日移之於君，取蝥弧而先登者，即前日遺愛之考叔也；不拜大將軍者，即前日卧冰之王祥也；叱欲從朱泚者，即前日歸覲之何蕃也。余老誖，姑誦所聞以告。君名懋卿，字景堯。

〔一〕極：原缺，據小草本補。
〔二〕鄂：原作「鄂」，據小草本改。

重建忠景趙侯廟

自晉康郡升潛藩，牧守寖重，然中朝士大夫猶憚遠罕就。寶祐甲寅，詔以前太學録温陵徐侯明叔知府事。侯既見吏民，宣德意，乃謁學廟。至忠景趙侯祠，垣屋頽圮，像設攲仆，泫然出涕曰：「此吾郡之巡、遠也，郡人其忘之乎？」立出庫錢，委寓士梁某、馮某協衆力，作新廟。堂寢各三楹〔一〕，門廡戟衛〔二〕，侈於舊觀。像侯於前，以兵官馬貴配，後以王夫人配，繪從死者於兩廡。既落成，徐侯率賓佐將吏欵謁祠下，莫敢不恭，遣帳騎來求余記。

按侯死節，《國史》及陸侯起《忠顯堂叙》紀載詳備，元絳閔忠之詩尤悲壯〔三〕，後有名筆無以加矣。昔天寶之季，兵起幽、薊，河北二十四郡同日陷賊，惟二顏著節。及皇祐間盗發溪峒，嶺海數十州官吏皆望風遁去，惟趙侯及邕、封二牧嬰城死難〔四〕，與二顔相望於千載。然魯公猶不免委郡歸朝，非立晚節，幾有愧於其兄矣。故余反復趙侯之事，有深慨焉。康、端接境，同時端守戰敗而去，天子薄其罪，奪一官而已，後又召入館閣。使侯遠引魯公，近援端守，公議未必責，國憲未必加，家未必毁，身未必死，而侯顧於禍福死生之際明所決擇如此，豈不凛然烈丈夫哉！史言侯有兵二百，而陸《叙》言兵不滿百，陸繼侯者，當以侯爲實。

自皇祐至今二百餘年，南方久安，比歲屢傳韃謀斡腹〔五〕，或以爲憂。余曰：張中丞不云乎，「臣死當爲鬼以厲賊」。使諜傳之果然也〔六〕，侯與邕、封二牧在帝左右，訶叱風霆，盡滌穢腥，彼惟不來，來則送死矣。徐侯字仲晦，清政尚名節〔七〕，此下車第一義。余既書之爲守臣法，又系以迎送神詩二章。趙侯名師旦。辭曰：

采山蔌兮溪蓀，挹寒泉兮盈罇。鼓駭駭兮簫悲，侯之來兮兩轓。山川兮良是，陵谷兮覆翻。昔敗屋兮頹垣，今峻陛兮崇軒。樹侯所茇舍兮，民侯之裔孫。生與郡兮俱亡，没與郡兮俱存。春禱兮秋賽，年年歲歲兮民不我諼。右一

祭散兮人歸，廟閴兮山空。嗟濁世之不可久兮，悵風馭之如龍。侯將去兮返顧〔八〕，憂我民兮瘝恫。布和風兮甘雨，魚蟹賤兮秔稌豐〔九〕。侯於吾民兮靡有厭斁〔一〇〕，民之報侯兮無窮。右二

〔一〕堂：原無，據小草本補。
〔二〕廡：原作「廉」，據小草本改。
〔三〕元：原作「苑」，據小草本改。
〔四〕「邕」下原有「俟」字，據小草本删。
〔五〕斡：原作「幹」，據翁校本改。
〔六〕「果然」下原有「否乎」二字，據小草本删。
〔七〕政：原無，據小草本補。
〔八〕兮：原無，據小草本補。
〔九〕「賤」原作「賊」，「稌」原作「稔」，據小草本改。
〔一〇〕俟：原作「疾」，據小草本改。

饒州天慶觀新建朝元閣

舊觀在湖水北，去郭可二里。建於南齊，名玄真觀，梁改震澤〔一〕，唐改開元〔二〕。至大中初，郡人夜聞風雷，黎明觀移於郭内湖水之南〔三〕。舊記如此。祥符改名天慶，宣和加「神運」二字，淳熙庚子燬焉。新觀僅復，舊規未完，道士程聞一謀新三門，未遂而蜕。其徒李師古追述師志，募衆力，捐私錢，門既雄壯，遂建朝元閣五間，高百尺，横徑二十餘丈〔四〕，層簷入雲，危檻憑虛〔五〕，中列仙聖，外飾金碧，縻錢五千緡，太守玉堂林公希逸大書「神運福地」四大字揭於外簷。師古謂余嘗仕於番，以記見屬。

余惟老氏之道以儉爲寶，其言曰：舍儉且廣死矣。至列子始誇大化人之宫，若神鬼所營，侔於清都紫微鈞天之居，其流爲竹宫甲帳、珍臺閒館之事。及林靈素輩出，神霄宫遂徧天下，黄冠尤貴者秩視法從，聚京師，美衣玉食者幾二萬人。嗟夫！余讀傳記所載，至人方士多衣槲葉，編蓬茨以自蔽〔六〕，至於殫生人膏血以飾其居，窮巧極麗，受齋施鉅萬，占田數百千頃〔七〕，務與浮屠相長雄，豈老氏本旨哉？然今之羽流營營名利〔八〕，甚於市朝之人，其稍潔雅者不過自致美一堂爾。師古獨視衣盂如糞土，興百年之廢於立談之頃，爲衆而不爲身，可書也。

閣據登臨之要，南閣山，東東湖〔九〕，西澹津，津西南則州治芝山，一州之景莫不自獻。以寶祐三年某月某日落成。程尊師嘗住青城山丈人觀，師古今爲道副，觀主首曰汪汝澄、清一、胡守中、王元彰〔一〇〕，幹緣道士曰王九萬、王自正、王晞列、李虛白、程元善、李有權云。

〔一〕改：原作「陂」，據小草本改。
〔二〕開：原無，據小草本補。
〔三〕「明」下原有「開」字，據小草本删。

〔四〕徑：原作「經」，據小草本改。
〔五〕憑：原作「平」，據小草本改。
〔六〕茨：原作「美」，據小草本改。
〔七〕千頃：原缺，據小草本補。
〔八〕營營：原缺，據小草本補。
〔九〕東湖：「東」字原缺，據小草本補。
〔一〇〕「清一」上原有「汝」字，據翁校本刪。

雲峰院重修建法堂

比丘尼之聚居於莆者，惟雲峰院尤嚴肅有規矩〔一〕。攷舊記〔二〕，唐末開山由慧琛始，元祐請額由慧真始，紹興新佛殿由法昇始〔三〕，嘉定作羅漢閣由體觀、端如始〔四〕。數百年間〔五〕，其徒心燈相續，崇飾所居如大叢林，惟法堂尚因陋〔六〕。余五六歲時，常侍先君、先夫人至焉。者危即是堂爲伊蒲供〔七〕，先君爲賦詩，有「橘堂竹閣」之句。後五十餘年〔八〕，淳祐之辛丑，聞新堂成，丹碧晃耀，與殿閣相稱〔九〕，又新其三門。是院無寸産，來者皆自齎糧，而興距役〔一〇〕，造偉觀，若化人所爲。蓋首施衣盂者師侃也〔一一〕，助賫願力者住山師默也〔一二〕。二師來請記。

余聞古之求道者〔一三〕，或在雪山極寒、海岸孤絶之地，人跡之所不至，與鷙獸毒蟒爲鄰〔一四〕，無所謂宮室之美也〔一五〕；或立雪平膝，或脇不霑席〔一六〕，或卧婆羅雙樹下而蛻，無所謂莞簟之安也；或持鉢行乞，或併日食一麻一麥，無所謂天厨之供也〔一七〕。今衲子居必華榱，食必精鑿，歿必唱衣，所以厚其身者至矣〔一八〕。二師致美斯堂，爲法筵龍象聽第一義而設〔一九〕，不賢於厚其身者乎？初，參預莊敏龔公爲《殿記》，謂佛拒從母出家〔二〇〕，又謂維摩室中求女人相了不可得，其詞意之嚴如此。余則曰：文殊佛也，有三昧力，乃不能出女子之定；龐蘊父也，至末後着反不如靈照之捷。二女豈不凛然烈丈夫哉！二師登堂，諗於大衆，以龔公語自警，又以余語自勉。

〔一〕規矩：原缺，據小草本補。
〔二〕孜：小草本作「致」，當是形近而誤，兹據文意補作「孜」。
〔三〕紹興：原缺，據小草本補。
〔四〕端如始：原缺，據小草本補。
〔五〕數：原缺，據小草本補。
〔六〕惟法堂：原缺，據小草本補。
〔七〕者危即：原缺，據小草本補。

〔八〕後五：原缺，據小草本補。
〔九〕殿閣相：原缺，據小草本補。
〔一〇〕而與距：原缺，據小草本補。其中「距」似當作「鉅」。
〔一一〕侃也：原缺，據小草本補。
〔一二〕助賁：原缺，據小草本補。
〔一三〕求道者：原缺，據小草本補。
〔一四〕「與鷙」原缺，「鄰」原作「麟」，據小草本補、改。
〔一五〕謂：原作「爲」，據小草本改。
〔一六〕或脇：原缺，據小草本補。
〔一七〕供：原缺，據小草本補。
〔一八〕「其」字原缺，「至」原作「多」，據小草本補、改。
〔一九〕而：原缺，據小草本補。
〔二〇〕謂：原缺，據小草本補。

藏庵後記

竹溪爲其所親方君記所謂藏庵者，其義高矣美矣，君復求予一轉語。余曰：《繫辭》曰「退藏於密」，《記》曰「惡其著也」，蓋能密而後能藏，不密則著矣。自古賢達之士，如許由以讓天下著，夷齊以叩馬之諫著，嚴光以客星著，申白以《詩》著，梁鴻以《五噫之歌》著，殷、謝以盛名著，陽城以卓行著，李勃以索價著。是十數公者，其始豈不欲藏，而不知其所以藏之道，其跡遂著於世而不可掩。故當時之人有牽牛而去不飲其溪流者，有欲兵之者〔一〕，有遣吏呼召之者，有遭髡鉗者，有爲時君所罪者，有見嘲以小草者，有被廢爲民者〔二〕，有著論移書譏玩之者，取名幾何，受侮不少矣。蓋撓敗吾之藏，聲聞也；挑抉吾之藏〔三〕，言語文字也。君終身肥遯，絶去聲聞，潛心妙道，掃空言語文字，夫如是，則幾於密而知所以藏之矣。君矍然曰：子言太高，請卑之。余曰：隱形〔四〕，小術也，然學之不進，或露其衣帶，或爲人所溺。七尺之軀大於帶，一毫之挫辱於溺。惟齊、魯兩生，杏壇漁父，野王二老，桃源避秦之人，皆以藏於密而免。君其深藏元身，亦深藏吾記，毋爲外人所窺。

君名袞，余兄都官之倩〔五〕。

〔一〕兵：原缺，據小草本補。
〔二〕民：原作「名」，據小草本、翁校本改。
〔三〕抉：原作「扶」，據小草本改。
〔四〕形：原缺，據小草本補。
〔五〕官：原作「管」，據小草本改。

瑞金縣重修社稷壇

壇在縣西北隅。慶元丁酉，前令尹陳公孔碩更築。燬於紹定己丑〔一〕，垂三十祼〔二〕，遺基荒圮，不屋不垣，掃地行禮，雨則亟拜淖中，或望祭城上。今令尹林君拱辰以寶祐丙辰秋孟上事，越三日，奉蘋幣欵謁。逾旬〔三〕，農以旱告，躬禱而雨。君徘徊壇下，嘆曰：今官寺民居苟完矣，惟奉神若是，非所以尊祀典而召和氣也。乃芟荒穢，辨方位，五壇隱然，各篆二字，陳公筆也，命修崇之。壇各三級，周以繚垣，凡六十有二丈。爲齋廳三間，翼以兩廈，後爲燕亭，傍爲守者之居，於是陳公之舊觀皆復。

昔韓退之謂天下通祀惟孔子與勾龍棄，君既歸學畬，新祭器，又致嚴於社稷如此，其爲政知所崇尚矣。《詩》曰「以御田祖」，謂后土、后稷也。又曰「以祈甘雨」，謂雨暘祈禱必於是也。又曰

「以穀我士女」，謂神享之也。其後水旱始有焚巫、祭龍、乞靈於土木偶者〔四〕。君禮法中人，其施爲一準於古，四封之内肅然如令尹之臨其前，神人悦豫，年穀順成，桴鼓不鳴，若有相之者。君距陳公之時甲子一周矣，邑人謂君可繼陳公。

是役也，君貽書屬余以記，且曰助我者少府黄君秀實也。二君皆奮科第，其賢皆可書。

〔一〕燬：原作「煅」，據小草本、翁校本改。

〔二〕十：原作「千」，據小草本、翁校本改。

〔三〕旬：原作「旦」，據小草本改。

〔四〕木：原作「未」，據小草本改。

孝友堂

初，寒齋自銘壙室曰：「田源之山，清遠之里。一水交流，三峰鼎峙。誰其藏者，父子兄弟。惟孝惟友，後人視此。」子真、子常既爲冢舍，取「孝友」二字扁其堂〔一〕。

客曰：寒齋爲性命之學，遺萬法而立於獨，末後數偈皆超然解脱，斯銘顧惓惓倫紀如此，豈兼取儒釋而然歟？余曰：子謂儒釋異歟？客曰：孔氏家法，孝友而已；瞿曇逃父，賢沙、黄檗絶母〔二〕，達摩哀迷之際方且入定，心法之妙不告二兒，非異乎？余曰：儒釋有異同之迹，倫紀無絶滅之理。世所傳釋氏事多失之過而流於誕，其忠厚而蹈乎常者余信之，乖悖而不近乎情者余疑焉。試以其書考之。已入涅槃，猶起棺中，爲母説法，他日迦葉本遺意以金縷僧迦黎衣屬之阿難〔三〕。嗟乎，釋氏何曾自外於倫紀哉！世又謂龐藴將終，使女視日，女合掌坐亡。藴曰：「我女機捷，亦死。」長子在田，龐媪往告，子倚鋤而化。禪家夸詡，以爲美談。信斯言也，人類絶矣。余解之曰：合掌坐亡者，不忍訣其父母；倚鋤而化者，毁也，禪在其中矣。此寒齋銘壙、二子扁堂之意也。余爲二子作記，亦爲釋氏辨誣。客謝曰：乃今聞所未聞。

〔一〕孝友：原倒，據翁校本乙。

〔二〕檗：原缺，據小草本補。

〔三〕阿：原作「何」，據翁校本改。

林氏一門忠義祠堂

林氏之譜曰：武王造周，褒忠賢之後，封比干遺腹子堅於博陵，賜姓林氏。傳七十有七世，名禄者從晉南渡，終晉安太守，閩之林氏皆祖禄。又傳二十世，名讜者爲唐侍御史。又四世入本朝，名深之者贈通議大夫。始兄弟策名，二子繼之，孫又繼之，爲莆名家，以忠義祠於鄉國者有四人焉。主客公名冲之，擢元符第，久滯省寺〔一〕。會猶子震忤時相，相遷怒，以金人犯塞，擢公省郎，介陳過庭使虜，抗節不屈，囚執凍餒〔二〕，死不毛〔三〕。洪忠宣公歸奏其事〔四〕，詔官其二子。大蓬公名震，擢崇寧甲科，歷諫官、柱史、瑣闥，攻京、卞最力，諫燕、雲最切〔五〕。左遷文館，出守九郡，甫至輒徙他郡，死於道路。京、卞敗，已不及見。刪定公名霆，擢政和第。主客之使虜也〔六〕，慨然曰：「吾兄累叔父。」三上書請代往，不報，還里不復仕。紹興將與虜和，以敕局召。公奏記時相曰：「公何忍以二帝置萬里外，易一相位乎？」力辭新命。相怒，請遠竄，會薨不果。築室芹山，與鄭夾漈諸老游，以終其身。茶幹公名郁，主客子也，擢宣和第。建卒叛，殺王官，公以義叱責遇害，詔官其一子。按歐公録五代死節者，歷數姓十餘主，僅得三人焉，其難如此。又以前史參考，惟卞壼、袁粲、田布父子、兩龔、二顔兄弟相望於簡冊，然卒數十百年始一見，未有一門四人伏節死義如林氏之盛者。

初，刪定公位不滿德，有孫大鼎受學艾軒，竟不成名。是生監丞君光世，由布衣以《易》學被遇明主，列史屬，擢朝紳，奏事殿上，玉音嘆獎。君不以身之遭逢爲喜，而以先世之未褒崇爲大欠闕。其子太學生必卿亦詣闕自言。先是，寶慶中禮部以詔書下本郡立祠給田〔七〕，郡不即與。至是申前詔，閩帥□公巖之、郡守宋公遇各助金而祠成〔八〕，享以廢剎田斛。祠在朱紫坊舊宅，百年喬木存焉。主客之後中微，析以售人，帥命以帑金代償。君曰：「重費公家，可乎？」以私錢千二百餘緡以贖〔九〕，又盡贖傍地。俄而朝擢君知潮州，過家上冢，君感泣曰：「吾起窮書生，數年間秩二千石，非己之能，先世忠義之澤也。」乃盛陳吏士旌旗鼓吹，率其宗之稺耋，自期至緦皆會祭祠下，里人聚觀，啧啧嘆息。君請余曰：「公前史官也，爲我記之。」

昔韓退之謂甄濟固當書，逢能標白其先人，亦當牽聯得書。余謂主客父子一死於虜，一死於賊，大蓬兄弟皆死於權臣，無愧於濟矣，君昭揭先美以詔來裔，無愧於逢矣，於法皆當書。

〔一〕省：原作「者」，據小草本改。
〔二〕囚：原作「因」，據小草本補。
〔三〕毛：原缺，據小草本補。
〔四〕忠宣：原倒，據小草本乙。
〔五〕最：原缺，據小草本補。
〔六〕虜：原缺，據翁校本補。
〔七〕詔：原缺，據小草本補。
〔八〕帥：原缺，據小草本補。
〔九〕句首「以」字原缺，據翁校本補。

絅錦齋

蒙仲幼負軼材，凡脱諸口、筆諸紙者，皆麗密可傳玩，絢爛有光彩，同學兒避三舍，里之父兄皆有生子當如仲謀之歎。試廣場，千人亦見，萬人亦見。既擢上第，乃以絅錦名書室。或問錦，蒙仲曰：「美飾也。其義則六藝其經也，諸子百家其緯也，性命道德仁義禮樂其文也〔一〕。」或問絅，蒙仲曰：「《詩》之注曰『禪衣也』。其義則以闇然者爲色，以淡爲味，以簡而温者爲文理。」或人未喻，蒙仲曰：「昔者子有時而微服，禹不厭於惡衣，衿見肘者爲大勇，冠切雲者爲沉纍。極而言之，文通夜夢妖也，菁華一落而才盡矣；翁子晝行裁也，富貴幾何而禍至矣。故夫徇物欲者喪天德，飾外觀者虧内美。」或人灑然而悟，以其言告劉叟，叟因書以爲記。

〔一〕性：原作「惟」，據翁校本改。

重建九座太平院

院創於唐咸通間〔一〕，入宋香火益盛，忠惠蔡公大書「九座山」三字以表揭之。不幸燬於嘉定乙亥，再燬於寶祐乙卯〔二〕，緇流相吊，諉曰魔厄。太守潘公墀求名僧能聳動羣聽者〔三〕，得祖日，甫開堂說法，忽蜕去。他衲子莫敢行〔四〕，於是華嚴主僧法本以才被選，余爲作疏勸緣。本與其徒持鉢至泉，樂鄉蔡公次傳慨然曰：「此正覺師道場也，吾昔宰兹邑，禱雨暘必應，吾不敢忘。」誦言於人，泉之貴豪、旁境之檀信翕然樂施，得錢萬緡、粟五百斛。未幾〔五〕，曰殿，曰鐘樓，曰經閣，曰羅漢堂、大士堂〔六〕、僧迦堂、祖堂，曰法堂、僧堂、寢堂，曰方丈，曰官廳，曰庫堂〔七〕，曰鬱密寮、盧隱寮、壽寮，曰浴院，曰門，曰廡〔八〕，起乙卯冬，迄己未春，俱復舊觀。昔之建叢林者多在通邑大都，是刹介於仙遊、永福、德化、龍溪萬山之間，去郡縣絶遠，人迹之所不至。夫與木石居，與鹿豕遊者，聖人之事也，師以一僧能之，不亦大丈夫哉！惟其志念誠故歸嚮多〔九〕，願力大故靈異遠。歲入不能六百斛，而待飯僧行常二千餘指〔一〇〕；四面皆重崗叠巘，而數州之物利無脛自至〔一一〕；滅度已數百載，而尸祝之者如一日。余曩至山中，覽遺迹、考舊聞如此。新刹既成，大衆述本之勤，請碑其事。

余觀世之有權位者，作一亭，繕一橋，必有紀載。本奮空拳，造大刹，求記非僭也，記之非夸也。或訹本曰：居今之世，不惟仕者擇官趨便安而避敗壞，惟釋亦然。昔鍾魚掃地，龍象悲泣，俾升此座，既不謙巽，今輪奂美矣，蠱壞飾矣，將有欲得若之處者，如之何？余聞而笑曰：佛以山河國土頭目髓腦與人，了無吝色，本豈戀三宿而重一去哉？顧禪刹保障吾民者也，公卿貴人外護佛法者也，數易帖則刹貧，驟拘椿則衆散，刹之隆替，民之苦樂係焉。況彼宗有功德陰果之説，吾儒有食功食志之辨，若使盡力拮据者避席而去，傍觀夷侯者端坐而享，非郡家選才賢勞之義〔一二〕，亦賢侯之所必不爲也，本何憂？

〔一〕咸：原作「或」，據小草本改。
〔二〕句首原有「又」字，據翁校本删。
〔三〕墀：原作「穉」，據小草本改。
〔四〕莫：原缺，據翁校本補。
〔五〕未：原作「米」，據翁校本改。
〔六〕堂：原缺，據翁校本補。
〔七〕庳：原缺，據翁校本補。
〔八〕廡：原作「廉」，據翁校本改。
〔九〕念誠：原缺，據翁校本補。
〔一〇〕待：原缺，據小草本補。
〔一一〕物：原缺，據翁校本補。
〔一二〕賢：原缺，據翁校本補。

風亭新建妃廟

妃廟遍於莆，凡大墟市、小聚落皆有之。風亭去□□十里〔一〕，有溪達海。元符初，水漂一爐，遡沿而至〔二〕，夜有人感夢〔三〕，曰湄州之神也，迎致錦屏山下〔四〕，草創數楹祀焉〔五〕。既而問災祥者、禱水旱者遠近輻輳，舊宇庳甚，觀瞻不肅。紹興間，里士林君文可始割田以廣神居〔六〕。嘉定蔡君定甫始爲官廳，紹定爲鼓樓，然皆未成而圮。於是林君謙父捐金葺廢，黄君南叔叶力鳩工，新廟百堵，以某年某月某日落成，向之庳者閎麗、圮者堅完矣。

《語》有之：「生封侯，死廟食，大丈夫事也。」妃以一女子，與建隆真人同時奮興，去而爲神，香火布天下，與國家祚運相爲無窮，吁，盛矣哉！異時航海梯山者，勤王敵愾者〔七〕，猝遇颶風暴虜、雪濤白刃，命懸漏刻，心蘄默禱，往往見神於雲烟島嶼之間，莫不獲安穩趣。非但莆人敬事，余北游邊，南使粤，見承、楚、番禺之人祀妃尤謹，而都人亦然。海潮齧隄，聲撼行闕，官投璧馬不驗，衝決至艮山祠，若爲萬弩射回者。天子驚異，錫妃嘉號，特書不一書，今爲靈惠嘉應協正善慶妃〔八〕，又封妃父曰某侯，母曰某夫人。昔蒙叟稱姑射神人，曰「綽約若處子」，又曰「乘雲氣、御飛龍而游於四海之外」，又曰「其神凝，使物無疵癘而年穀熟」。蓋肩吾聞之接輿者如此，而或者方以爲寓言，雖肩吾亦疑其大而無當。以妃之事觀之，其始初非處子歟？其神通變化非乘雲御龍者歟？其功用則四封寧謐，無所震恐〔九〕，二陂蓄泄，無大水旱，非疵癘息而年穀熟歟？今乃知蒙叟非寓言〔一〇〕，而余之所述皆實録也。文可〔一一〕，南□□有之之大父〔一二〕。定甫，忠惠公之諸孫。南叔，廣州文□□□里之諸父，爲妃父母求封爵者。謙父亦善士，求□□父老林豐。

〔一〕去：原缺，據小草本補。
〔二〕至：原缺，據小草本補。
〔三〕夜有人：原缺，據小草本補。
〔四〕下：原作「山」，據小草本改。
〔五〕焉：原缺，據小草本補。
〔六〕神：原作「人」，據小草本改。
〔七〕敵愾：原倒，據小草本乙。
〔八〕今：原作「令」，據小草本改。
〔九〕所震：原缺，據小草本補。
〔一〇〕今乃：原缺，據小草本補。
〔一一〕文可：原缺，據小草本補。
〔一二〕南：原缺，據小草本補。

後村先生大全集卷之九十二

記

汀州重修學

汀學凡三徙，今學創於紹興癸丑，太守長樂鄭公强也。甲子踰再周，修廢者非一人，然皆量力惜費，不過支吾其將壓，藻飾其外觀，不旋踵又敝矣。寶祐戊午冬，詔以宗正丞兼吏部郎臨海胡公出牧，初謁先聖、先師，周覽黌舍，踧踖動容。越明年己未，改元開慶，首繕大成殿，次門廡，濬藻池，架石梁，一準學制；次明倫堂、芳桂堂、稽古閣、御書閣，皆撤而新之；作正、録位，葺諸齋、祭器庫。經始於夏，落成於秋，凡用木石圬墁之工九千六百有奇，泉粟若干緡石。於是汀士祠公於學以配鄭公，而正、禄鍾明之、周必等百餘人來請余碑其事。

余謝曰：「歌僑存校，鄭人也；頌僖修泮，魯人也；爲蜀守作《中和》、《樂職》之詩〔一〕，亦蜀人王子淵也。諸君奈何謙巽，屬筆於耄荒之叟乎？」衆固請曰：「汀、莆相去非若秦、越也，吾子非閩産歟？」余辭不獲〔二〕，則誦所聞以復曰：「古者一鄉一國，必有善士。修於家，游於校，舉選於鄉里，一鄉之善士也；楚之荀卿，齊之浮丘伯、伏生，魯之申生，一國之善士也；修而至於子思、孟軻，則又天下之善士焉。瞻言茲土，尚論先賢，有擢紹聖乙科、崇寧詞科坐上書入元祐黨籍者〔三〕；有舉隱逸、八行不可致〔四〕，太守訪廬而拒不納者；有擢隆興甲科，歷館閣郎省，剛介不苟合，爲餘干之上客、考亭之畏友者。此三數公之立身制行，非諸君之東家丘乎〔五〕？吏部公之崇儒恢學，非今日之常袞乎〔六〕？諸君盍嚮於是，肄業於是，矜式前修，薰陶至教，將見美俗成而異材出矣。曩余與公並遊三館，議者患士馳騖，罷遣京庠遊學，公對延和力諫，出而補郡。其所崇尚如此，素蘊然也。」衆皆竦聽。予又曰：「自昔治汀者類言其俗易動難安，公書抵予〔七〕，但言士嗜學、民樂業而已。蓋公既私淑其秀孝，又勤拊其困窮，於士若民有百年之思。異時郡家常窘調度，至公均濟倉增宿儲，廂禁卒給全廩，平糶估，厚盜賞，力尚沛然。邦人言公清苦不自封殖，自下車積例卷所入別儲之以佐經費。人見其厚於士民也，不知其薄於己也，諸君併記之學宮〔八〕，何如？」衆曰唯唯。公名太初。

〔一〕蜀：原作「獨」，據翁校本改。
〔二〕辭：原作「辟」，據翁校本改。
〔三〕詞：原作「祠」，據小草本改。
〔四〕八：原作「入」，據小草本改。

〔五〕丘：原作「立」，據小草本改。
〔六〕常：原作「當」，據小草本改。
〔七〕抵：原作「拉」，據小草本改。
〔八〕諸：原作「儲」，據小草本改。

獨不懼齋

鄉先生黄德遠名其書室曰「獨不懼」，或問曰：「先生勇乎？」先生曰：「吾蠖屈而龜縮，惡乎勇？」或請其説，先生曰：「吾寡聞無師，孑立無友，非獨乎？吾鄉譽不以爲榮，國毁不以爲辱，求諸我而已，非不懼乎？」

或以問答之語告予，予曰：此先生謙志也。吾聞先生此室，左聖經賢傳，右古今文章，先生無師乎？座下常數百人，高第占籙牒、擢科名者項背相望，先生無友乎？《語》曰：「勇者不懼。」充之以道義而無餒，臨之以威武而不屈，夫是之謂勇，否則魏勃股弁、舞陽色變，有時而怯矣。學者當以聖賢爲師，存養於平時，奮發於一旦。叱齊侯，尸少正卯，即恂恂鄉黨之仲尼；千萬人吾往，亦兢兢臨履之曾子也。竊意先生不懼之旨如此。

或又曰：「子長於先生九歲，而卑下之如是耶〔一〕？」余曰：生乎吾後，吾從而師之，古之道也。了翁輩行在龜山前，一則曰中立先生，二則曰中立先生。莆之士者皆曰德遠先生，虎帥以聽，不亦可乎？

先生名績，德遠其字。

〔一〕耶：原作「也」，據小草本改。

小孤山

初，寒翁之齋甚樸，亭臺尤草草，柳風蓉月足以吹面照懷而已。二子亦隱居求志，因先人之舊稍推廣之，植梅數百株，增屋數十楹〔一〕。曰「付珠」者，二子自名，自箋其義；曰「小孤山」者，予所名，二子屬筆於余記之。

或問余所本，予曰：昔艾軒先生有「吟詩合住小孤山」之句。和靖林也，艾軒、寒翁亦林也，此予爲二子名軒之意也。昔人園圃必有奇花異卉，如洛之牡丹、蜀之海棠、廣陵之芍藥。當其盛時，靚粧炫服，各極姿態。及夫一氣凄變，千林摇落，向敷榮者今皆安在，意造化生物之機緘至是息矣。而梅出焉，層冰積雪之後，斷原荒澗之濱，明月寶璐，照映穹壤，幽薌絶艷，可敬而難褻。有凍槁自守之樂〔二〕，未嘗爲玉箋羯鼓之所點涴者，獨此花爲然。

度，余以爲花中惟蘭，人中惟孤竹二子、魯兩生、□四皓、漢羊裘男子、晉柴桑處士似之，訂其標度，豈非百卉之先覺、衆芳之後殿歟？本朝自天聖、明道以後〔三〕，高人勝士皆以和靖比梅。甚矣，寒翁之似和靖也，二子之似寒翁也，然則小孤山之名不屬之二子而誰屬？

〔一〕十：原作「百」，據翁校本改。
〔二〕有：原缺，據小草本補。
〔三〕後：原缺，據小草本補。

碧栖山房

昔讀孫興公賦及諸傳記，所謂「赤城如霞，瀑流界道」，應真飛錫仙人采藥之地，其高四萬八千丈，比之海中蓬萊。其山自天台西南馳抵仙居，蟠紆聳秀，小山浸清溪，曰南峰，而篁村在其陽，友人陳侯德公之别墅也。初繇小澗爲漈橋以通村，稍進至雪崖松嶺，柳灣蓮汫，瀰望皆滄波，山房在焉。其寢息遊觀之處，經營樸斲之制甚簡素，然極天下之幽邃。又攀緣而上，曰高齋，曰丹砂�，曰竹坨，曰梅嶂，曰月館，曰石龜池，曰漁磯，曰白鷺灘，曰桃花山，凡二十所。主人各紀以一詩，其五言與輞川之倡和，其七言與武夷之欸乃，音節相頡頏也。德公棲遁其間久矣，始若茹芝絶粒，不預人家國者，一旦遇明主，内歷館殿，侍旃厦，外擁旌麾，使越閩，席未煖而銀信已至，然寤寐舊棲之志本末不渝。

始德公采太白詩語，自號碧栖，至是上親御翰墨，大書二字以賜，龍騰鳳躍，爲帝中第一，與先朝臣子謳、臣成大薌林、石湖之題相輝映。德公寶奎畫而侈聖恩，扁於所居之樓，又扁於山房，屬予筆之。

客問余曰：「上臨御久，閱士多，以尺度進退士大夫，惟於德公恨相見晚，不次甄拔，豈非一言悟意者耶〔一〕？」余曰：「惡！是何言也？歲辛亥，余以柱史勸講，上問：『卿識陳仁玉否〔二〕？』對曰：『臣因尤焴、陳韡識之。』又問：『見其文字否〔三〕？』對曰：『臣見其史論及承詔撰進《皇朝禋典》、《行都志》等書〔四〕，皆精博不可及。』上曰：『朕委卿史事，何不辟以自助？』對曰：『昔曾鞏纂史，辟陳師道爲屬，當時以師道布衣，不報〔五〕。臣才學安敢望鞏，恐未易辟。』因奏：『聖君所行，即是故事，若諭大臣姑令入館檢閲，書成進用未晚。』上稱善。會余去國，虚齋趙端明專史筆，贊上決，德公卒由檢閲登朝。其奏篇凜然，法家拂士也；其論著粹然，至言妙義也。上聞其名非一日，諸老薦其才非一人，而尤爲立齋杜丞相所知，豈若虞卿、車千秋輩乎？」

客曰：「德公遭時如此，不汲汲於雲龍風虎之遇合，而拳拳於曉猿夜鶴之驚怨，豈君臣相須之義歟？」予曰：「謝公高卧東山，掩鼻富貴；鄴侯讀書衡岳，無意婚宦。其後却苻堅百萬，輔肅、代中興者，世主强之，非二公求之也。」客曰：「此異代事爾。」予曰：「种明逸隱豹林谷〔六〕，不求聞達，我章聖皇帝攜其手登龍圖閣。德公既力辭大匠之召，上亦以閩人愛德公，進直小龍因任，蓋將以待終南處士之禮而待之矣，子姑俟之。」

客避席而去〔七〕，因次第其語爲《碧栖山房記》。

〔一〕悟：原作「誤」，據小草本改。
〔二〕玉：原作「王」，據小草本改。
〔三〕見其：原倒，據小草本乙。
〔四〕承：原作「丞」，據小草本改。
〔五〕報：原作「服」，據小草本改。
〔六〕逸隱：原倒，據小草本乙。
〔七〕而：原作「去」，據小草本改。

惟孝庵

子真生壙自靈石移郭墓，謂其近於父祖也〔一〕。郭墓距先塋僅二里，子真猶以爲遠，景定壬戌之臘，復移於官林。其言曰：「同幼爲寶章公鍾愛，若望其可亢宗者，今四五十而無聞，其忝祖也甚矣。官林在福勝之西二百步，語音相聞，依祖一幸也；翁陂之山爲震，此山爲兑，坐向甲庚皆合，瞻父二幸也。惟孝之義詳於前記，今新庵落成，願識歲月焉。」諺曰：「皮皮隔一皮，孫子不如兒。」野哉，是言也！先民必念祖訓，必述祖德，尊禰忘祖，俚俗之見，學士大夫則不然。漢韋氏自賢至孟五世，河汾王氏自通至元則博士六世，二儒猶繼其志，續其書，況王父之近哉！初，寶章公以雅望、寒齋以卓行顯揚中舍，子真、子常又以至性高致顯揚寶章，此誠爲人子、爲人孫者之法。夫全而生之，必全而歸之，然出而仕者與仕而貴者多虧少全，今古一律。惟林氏一門仕者不必貴，處者不輕出，嗚呼全矣！

〔一〕「父祖」原倒，「也」原作「母」，據小草本乙改。

順寧精舍

余友卓君善夫奮甲科，宰巖邑，進列於朝，甫一再遷〔一〕，以風聞去。尋起牧星渚，瓜熟輒爲人所奪，家食者七年。善夫處之怡然，方且依先塋，規壽藏〔二〕，於長基中開幽堂〔三〕，前築精舍，扁曰「順寧」，援趙臺卿刻石於墓、司空表聖賦詩於壙以自擬，若將終焉。請余記之，未果〔四〕。嘉定改元余召，明年善夫召。余先引去，善夫擢太史氏、尚書郎〔五〕，向用矣。余得其書，顯庸之念薄，止足之意多。未幾果丐外，君相留之不可，適清漳弄印，擁麾而南〔六〕。過家上冢，未遑他務，首訪余曰：「君逋吾記，吾礱石久矣。」余謝曰：「記者，所以發主人未盡之意，善夫已未地粱之作高矣美矣〔七〕，余何以加？」善夫請不置。

余惟順寧之義貫乎存歿之際，古難其人。邴丹仕不肯過六百石，龔勝辭九卿而歸，時行時止，是之謂順。彥回少立志行，晚喪名節，雖爲三公，常以扇鄣羞，蓋倒行而逆施爾，非順也。黔婦謚夫曰康，龐公遺子以安，全生全歸，是之謂寧。夷甫身執朝權，弟居方岳，自謂三窟，卒排墻而死，蓋行險以僥幸爾，非寧也。善夫前退處無寂寂之嗟，後進爲不汲汲於合，不以厚吾之生者爲榮，而以玉女於成者爲樂，使横渠復出，必爲吾子撤臯比矣。

善夫名得慶。

〔一〕遷：原作「還」，據翁校本改。
〔二〕壽：原作「寺」，據翁校本改。
〔三〕開：原缺，據小草本補。
〔四〕未果：原缺，據小草本補。
〔五〕氏：原缺，據小草本補。
〔六〕南：原缺，據小草本補。

〔七〕地：原缺，據小草本補。

福清縣重建譙樓

縣譙創於唐之聖曆，燬於寶祐之丁巳。至景定辛酉，王侯庚來綰銅墨，喟然嘆曰：「門廡庫，堂寢陋，皆可緩，惟譙所以宣朝廷詔令、肅士民觀瞻之地，化爲焦土，令不敢過而問，使後世謂人無能，可乎哉？」或曰：「如縣帑垂罄何？」侯曰賦不可增也，民不可勞也，然役不可已也，捐俸千楮爲倡。帥馬公天驥助巨杉三十條，諸寄公巨室合助楮六萬五千一百。學職林裕泰、陳達卿畫策請於州，以待補據付縣給，得楮八千四百，諸澳願易船據，得楮一萬二千六百，計瓶楮八萬六千八百。侯曰足矣，乃揀日修廢。境内海壇里海湧大木〔一〕，長七丈，圍二丈，若天相者。市材於永福，率陸運，旬日攀躋岡嶺，至水次，又水運，經大海閩安、海口兩鎮至縣河。以壬戌仲冬經始，癸亥季夏落成。樓舊五間，今增爲七。前列頒春、宣詔兩亭，長春、叢桂二坊。侯請竹溪中書林公希逸篆縣扁，而屬予記之。

侯余友也，嘗教莆、杭、福三州，博洽英妙。士友皆曰此渠觀中人，必速化騰上，侯方以格封男，戴星勤民，飲冰律己，剛而近仁，明不至察，據案生面凛然，至於禮賢下士則又孜孜虚心問政。奉詔褒文介、文遠、文隱三先生，表坊式閭〔二〕，聞者興起。嘗領賓客登樓四望，作而曰：

「美哉玉融山乎！秀異之氣，鍾爲英傑，有文辭行中朝、事業書國史者，有貴爲鈞樞侍從〔三〕，或達官聞人萃見於一門者，固盛矣。至於前西塘，後寒齋，二賢皆青衫白首，其所植立乃在文詞事業之外，豈非吾徒之所當景慕歟！」客皆悚然。

是役也，侯未嘗急聲疾呼，而四民懽然趨之，諸刹亦鳩工三千餘效斤斸，既而相率繪侯像祠之於樓。世嘗患邑不可爲，又曰令權輕，以侯修廢之事觀之，邑果不可爲歟？令權果輕歟？余既諾侯秉筆，聞其屬疾〔四〕，走長鬚候問，已不能答。歸言邑人修佛老事爲侯祈安者以千百數，其得人心如此。帥王公鎔惜侯夭〔五〕，選糾掾顔君泳來攝。公廉有侯之風〔六〕，故能遵守其已成者，增廣其未備者。遺予書曰：「邑人礲石待君記久矣。」余惟王侯首飾曠載之蠱，有百年之思，一宜書；顔君不没前人之美，二宜書；主簿余君景叔宣賢勞之助，三宜書；林、陳二士與有力焉，皆宜牽聯得書。

〔一〕湧：原作「擁」，據翁校本改。

〔二〕坊：原作「方」，據小草本改。

〔三〕樞：原作「極」，據小草本改。

〔四〕聞：原作「間」，據小草本改。

〔五〕公：原缺，據小草本補。

〔六〕廉：原作「兼」，據小草本改。

協應錢夫人廟

莆四境三面海，厥田下下，不幸霪潦，怒濤衝激，則田與海通〔一〕。惟負郭二十餘里之田號爲沃壤，以南北二陂存焉。北延壽陂自義勇吳侯始〔二〕，南木蘭陂自錢夫人始。侯患水獸齧防，與蛟俱斃；夫人憤狂瀾潰隄，葬魚不返。二人英烈相似。吳廟於北，錢廟於南，其來久矣。然吳侯事有鄭褒紀載，又數膺封爵，惟錢夫人事附見故吏部尚書林公所作《李長者傳》、夾漈鄭公碑〔三〕。《傳》無鋟本，碑爲野火所焚，二百年間廟於香山〔四〕、於陂西田里尸祝之而已〔五〕。至淳祐末，趙侯與譓始合錢、李有請於朝〔六〕，詔錫協應廟額。

余論次舊聞，竊謂夫人以傍邑一處子，捐金五緡，創興是役，爲圳一〔七〕、溝三十六〔八〕，其功隳於垂成者，將軍巖前所築之堰爾，圳與溝自若也〔九〕。蓋改堰於下流二十里雖李之功，然障三縣之水，田圳連溝〔一〇〕，灌田之餘，斡之入海〔一一〕，本錢之謀。昔北山公所居面太行、王屋二山，病出入之迂也，欲平其險。一念之烈，帝感其誠，命夸娥氏二子負二山厝它所。余意夫人之靈上訴於帝，決河塞、壞陂復，誰之力也！世以成敗論人，夫人視身如鴻毛，豈與人較此區區者，辨之贅矣。余獨哀夫人志義之高古，惠利之及遠，而聲迹乃未赫然暴於天下後世，又有重不幸焉。

古廟惟像夫人，西陂之廟乃與李、林、黎三士合祠。《詩》刺無禮〔一二〕，《春秋》惡逆祀，其鄙野不經至此，與韋生侑后土、小姑嫁彭郎何異〔一三〕？今廟前祀夫人、白湖妃，於殿後列三士者於堂，若合位置矣，余猶以同門異室爲疑。自爲雙廟〔一四〕，必如娥英、巡遠而後可。夫人潔於姬、姜，三士賢於魯男子，使之並栖合食，雖築百堵，刲萬羊，其不顧歆也決矣。或曰：「然則如之何而可？」余曰：「析爲東西二廟，可乎？奏請各加封爵，可乎？」或曰：「以待君子。」乃先書夫人之事於石，辭曰：女子神靈兮謂誰，自遂古兮有之。女媧啓母兮以聖以賢，湘靈兮以堯女舜妃，曹娥兮以孝，妙善兮以慈，塔廟兮相望，竹帛兮昭垂。嗟夫人兮孺弱，有百世兮遠思。堰滔天兮洪流，捐埒國兮巨貲〔一五〕。千丈兮將合，一簣兮忽虧。憒前勞兮虛擲〔一六〕，甘下從兮沉纍〔一七〕。由治平兮至今，民奉嘗兮不衰。月夕兮花朝，原野兮融怡。彷彿兮若有覩，紛紅纖兮繡旗。里人兮告語，錢媛兮出嬉。春潦兮秋濤，天澤兮渺瀰。羣櫂夫兮歌呼〔一八〕，千神炬兮合離。老農兮扣稽，錢媛兮護陂。昔童稚兮聞見，恐耄荒兮軼遺。烏虖，千載而下，豈無蔡雍兮有感斯碑！

〔一〕田：原作「曰」，據小草本改。

〔二〕壽：原作「受」，據小草本改。

〔三〕「夾」原作「來」，「鄭公碑」三字原缺，據小草本改、補。

〔四〕山：原缺，據小草本補。

〔五〕於陂：原缺，據小草本補。
〔六〕合錢李：原缺，據小草本補。
〔七〕圳：原作「訓」，據小草本改。
〔八〕三十六：原缺，據小草本補。
〔九〕本句原缺，據小草本補。
〔一〇〕圳：原缺，據小草本補。
〔一一〕斡：原作「幹」，據小草本改。
〔一二〕無：原缺，據小草本補。
〔一三〕韋：原缺，據小草本補。
〔一四〕爲：原缺，據小草本補。
〔一五〕埒：原作「捋」，據文意改。
〔一六〕擲：原缺，據翁校本補。
〔一七〕甘：原缺，據翁校本補。
〔一八〕櫂：原作「擢」，據文意改。

協應李長者廟

陂始於錢夫人，成於李長者，非一家一人之私言也。初，錢陂既壞，有林茂才者接爲之，今元豐橋有遺迹〔一〕，垂成亦毁，皆治平間也。熙寧初，詔募能興陂者，長者始窮溪源〔二〕，度地勢，爲今陂。其地在錢之下〔三〕，林之上。先用木楗〔四〕，悉更以石，爲石柱三十有二間。其接聯處立相鈎鎖〔五〕，浪不能齧，斡東流使南〔六〕，行三十餘里而入於錢氏之溝。又爲小溝無數以分受之，爲閘以蓄泄之，合仙遊、永春、德化之水趨焉，溉田數百萬頃。或潦濤溢決，閘不一二版則巨浸入於海也，皆未有陂〔七〕，所恃六塘朝滿夕除，農家病焉。至是陂水沛然，遂乾五塘爲田〔八〕，僅留國清一塘以助陂，而盡歸白地於官，以田七百斛贍學〔九〕，郡有官莊，學有新畬，南洋斥滷化爲上腴。民德長者，祠之且二百載。淳祐末，詔從郡守趙侯與譔之請，與錢夫人皆賜協應廟額。

余嘗覽三賢陳迹，獨長者之陂尤得地利。凡涉川者、造輿梁者，必避湍急而就寬廣，夫惟不與水争勢而後能導水之勢。長者監前人而生新智，豈必待神僧讖語、異人指授如尚書林公所云乎〔一〇〕？吁！水利博矣，禹功遠矣，如西門豹、鄭國〔一一〕、史禄、李冰、召信臣、鄭當時之流，其事雖在春秋、戰國、秦、漢之前，民到於今稱之。然此六七公非守令則官吏〔一二〕，職當然耳。當陂之未成也，莆牧宰、耆老求東□畚土之助而不可得〔一三〕，長者家異縣而狥鄰封之急〔一四〕，無寸柄而任飢溺之責〔一五〕，傾家得七萬緡以就斯役〔一六〕。其成也，官以大小孤白地酬獎，後人塍地爲田者數倍收〔一七〕；其歿也，裔孫或家於莆，歲食陂田，沾丐及於侯官之宗，仁智兩盡矣。

夫兩鵠告成，喜之也；萬牛致饗，報之也。新廟分錢、李爲二室，而長者以林、黎二君配。長者名宏，侯官人。錢、林皆長樂人。林名從世。黎名畛，爲莆田簿。錢媛之死，縣委覆實，壯錢志節，有嘆息語〔一八〕，登時暴卒。俚俗因有冥婚之謗，不但錢媛誼不受污，黎君亦豈可厚誣哉！昔畏壘之人尸祝庚桑，林君近之；冥勤其官而水死，黎君近之。其與長者合祠宜矣。古者田家作苦，必有倡予和女之聲，命曰「勞歌」。長者勞一身而佚一郡，勞之大者矣，乃采勞歌之意，爲辭以授社人，俾禱賽之際歌以樂神。其詞曰：

負鍤兮如雲，散金兮如泥。千丈兮屹然，萬石兮貫之。天壤兮有敝，巨防兮不隳。有蓄兮有泄，非弩射兮璧祈。昔斥鹵兮今穮，昔堇荼兮今飴。故老兮告余，大檀兮所爲。儼新宮兮位置，慰邦人兮瞻思。釃酒兮割牲，伐鼓兮吹篪。大孤之東兮木蘭之西，駕華輈兮建靈旂。彼依草附木兮魈與夔，冕服赫奕兮金碧翬飛。神一命之錫兮三間之祠〔一九〕，生不伐勞兮死不嗟卑。賢哉若人兮知者爲誰〔二〇〕，恨札惡兮詞蕪，有愧於鄴令之傳兮韋丹之碑〔二一〕。

〔一〕迹：原缺，據翁校本補。

〔二〕長者：原缺，據翁校本補。
〔三〕地在：原倒，據翁校本乙。
〔四〕先：原缺，據小草本補。
〔五〕立：原缺，據小草本補。
〔六〕斡：原無，據小草本補。
〔七〕皆：原作「者」，據小草本改。
〔八〕五：原缺，據小草本補。
〔九〕斛：原作「解」，據小草本改。贍：原作「澹」，據文意改。
〔一〇〕如：原缺，據小草本補。
〔一一〕鄭：原缺，據小草本補。
〔一二〕則官：原缺，據小草本補。
〔一三〕求東：原缺，據小草本補。
〔一四〕鄰：原作「鄭」，據小草本改。
〔一五〕溺：原作「渴」，據小草本改。
〔一六〕役：原無，據小草本補。
〔一七〕數：原無，據小草本補。

〔一八〕息：原作「恩」，據小草本改。
〔一九〕祠：原作「桐」，據小草本改。
〔二〇〕知者爲：原無，據翁校本補。
〔二一〕碑：原缺，據翁校本補。

惟孝庵後記

子真卜壽藏於靈石寺前有年矣，既而幡然曰：「翁陂田源之阡，距福勝僅二里許，吾其可以遠去父祖哉！」遂改卜郭墓山〔一〕。其地距福勝、翁陂亦二里許。預規壙室，爲冢舍，取寒翁銘坎語扁曰「惟孝庵」。或問子真曰〔二〕：「何哉！子所謂孝者，豈親嗜芰祭必薦芰，親名晉不敢舉進士，親名岳不敢聽樂乎？」子真曰：「非此之謂也。」或曰：「豈表高陽之里，立曲江之廟，置冢旁之萬家乎？」子真曰：「非此之謂也。」或請其説，子真曰：「《語》曰：『父在觀其志，父没觀其行。』觀其志將以養其志也，同不天，終同之身若曾子所以事曾皙者，已無及矣。若夫觀父之行，安敢不勉？蓋宗族稱孝，鄉黨稱弟，吾翁之家行也。善者薰陽子之德，不善者畏邵先生之知，吾翁之鄉行也。所著《石塘閑語》，研窮性命之精微，融液孔、墨之同異，吾翁之言行在焉。詔書物色，退託於病，朝廷給札，力辭以訥，視榮利如涕唾，此直吾翁細行而世俗之所謂高致者〔三〕。至於前不及象山，後不及慈湖□□□，而心學之妙非由師授，獨得三賢骨髓。昔惟靈□□公、今惟東澗湯公知之〔四〕，同也非曰能之，願學焉。」

同林氏，子真字也，余録其語爲庵記。

〔一〕卜：原作「小」，據翁校本改。

〔二〕真：原作「貢」，據翁校本改。

〔三〕細：原作「世」，據小草本改。

〔四〕湯：原作「楊」，據小草本改。

惟友庵

翁陂山分二支：其一爲郭墓，伯氏既相攸矣；其一爲東嶺〔一〕，子常卜生壙焉。距福勝、翁陂、郭墓各二里許〔二〕。築小精廬〔三〕，析寒翁坎銘語〔四〕，扁曰「惟友庵」。余嘗患人心不同，雖一家父子兄弟，有嗜好相反如冰炭者。伯夷、叔齊，曠古一見，而閼伯、實沈常比肩於世。委巷之人不足責也〔五〕，故家名族亦然。至如制行同孝謹，臨財同退讓〔六〕，讀書同義趣，作文同機鍵，奕世傳一心、百年如一日〔七〕，如石塘林氏者鮮矣。寒翁既没，子常事兄如父，家政聽焉。子真亦極友愛，連牀之語至曙，一膳之珍必剖，蓋二子不出户庭而一鄉之人化焉。《語》曰「朋友切切偲偲，兄弟怡怡如也」，豈非朋友可責善而兄弟不可傷和乎？

余聞涑水公與兄坐久〔八〕，必問兄體中寒燠飢飽；吕汲公虚相府之東以奉兄，而自與夫人居西偏〔九〕。如二公〔一〇〕，謂之敬兄可也。介甫、子宣得君行政，一時諸賢極頰舌之力不能争〔一一〕，而平甫、子開猶欲以家庭講切之言斡回其勢〔一二〕。如二子乃可謂之愛兄矣，孰謂兄弟不當切偲乎？今日之修於家者，他日措之於天下國家者也，二君勉之！子常名合。

〔一〕爲：原缺，據翁校本補。
〔二〕許：原缺，據翁校本補。
〔三〕築：原缺，據翁校本補。
〔四〕析：原作「折」，據翁校本改。
〔五〕責：原作「貴」，據翁校本改。
〔六〕退：原缺，據翁校本補。
〔七〕年如一日：原缺，據翁校本補。
〔八〕涑：原缺，據翁校本補。

〔九〕偏：原缺，據翁校本補。
〔一〇〕如：原缺，據小草本補。
〔一一〕諸賢極：原缺，據小草本補。
〔一二〕講切：原無，小草本作「謂切」，兹據小草本及文意補、改。

義勇普濟吴侯廟

余既爲錢、李二人書繫牲之石〔一〕，北洋耆老請曰：「吴侯之事非先於錢、李乎〔二〕？去廟數步，鶴表馬鬣，非子先人墓乎〔三〕？雩壇磐石，非子昔所釣遊乎？」又曰：「吾與子生瀕海之鄉〔四〕，無水旱之虞，鼓腹而擊壤，長息而抱孫者，皆吴侯之功也。山川鬼神猶未之忘，子忘之歟？奚爲詳於南而略於北也？」余謝曰：廟有淳化間温陵進士鄭公所作《吴侯傳》，在歐、曾未出之前，文字古雅，豐碑無缺〔五〕，余文豈能有加於鄭乎？

按《郡志》，言陂創始於唐建中，又有耆老言，侯嘗爲莆田令。以《傳》參考，作陂在神龍間〔六〕，非建中；侯實主陂事，非宰邑也。至本朝大觀賜廟額，紹興封義勇侯，淳祐加普濟，封配葉爲昭惠夫人。寶祐請進爵，詔方下其事。

余爲童子時，見廟極庳狹。嘉定乙亥，余從弟前進士希道合衆力創寢殿。甲申，鄭炎等造前殿。端平乙未，楊侯夢信增官廳，門廡華敞於舊矣。貢士徐端衡復揭華表於官道，將砌石路以趨廟，皆不可以不記。昔陂未成，潮汐至使華橋，侯始墢海捍潮，堰溪溉田，向之鹹地悉爲沃壤，不知其幾千萬頃也〔七〕。既成，憤蛟潰隄，窮穴除害，其事與李冰、周處相望於史冊。長吏到罷必謁，禱賽以時，甘霆蘇槁，陰兵誅畔〔八〕，公私蒙賴，不可殫述，而陂功最鉅。嗟乎！決河以負薪塞，怒濤以强弩退，有氣力者能之。若夫無專城偏霸之勢，號召役使之柄，生能禦災患，死不可磨滅者，志也。侯真烈丈夫哉！蓋均是人也，有視飢溺由己者，有若秦人視越人肥瘠者；均是身也，有殺之以成仁者，有不拔一毛以利天下者。侯毀家棄生而粒食一方之人，志義決於一時，惠利及於萬世，莆人尸祝六百載如一日，有以也夫！

侯初命，詹侯丕遠也；再命，陸侯涣也；三命，趙侯與諲也；四命未下者，宋侯遇也。乃譔次之而係以詩曰：

莆壘小兮地偏，鮮曠土兮平原。出北郭兮遐眺，眇萬頃兮雲連。始經野兮誰歟，儼周井兮秦阡。溪貫其間兮逶迤延緣，泄以殺潦兮溝以潴泉。吳侯兮創智，遺老兮相傳。朝成暮圮兮孰知其然，漩渦之下兮有物蜿蜒。侯提寶刀兮奮空拳，捐不貲之軀兮探不測之淵，水怪斃兮金隄堅。吾聞古之仙者兮必功行之全，意其乘風月兮昇上玄〔九〕。異務光之狷兮湘纍之冤，躡大鵬之背兮豈其墮飢蛟之涎。遼遼兮唐初，歷歷兮目前。侯視予兮邑子，予敬侯兮先賢。矧汾曲兮田廬，與靈蹟兮接聯。昔仕兮今農，昔髫髦兮今華顛。鼓簫兮悲壯，蕉荔兮甘鮮。余最老而高歌兮童子和焉，相率祝侯兮歲歲年年。

〔一〕余既：原缺，據翁校本補。
〔二〕之事：原缺，據翁校本補。
〔三〕墓：原缺，據翁校本補。
〔四〕瀕海：原缺，據翁校本補。
〔五〕缺：原無，據翁校本補。
〔六〕龍：原無，據小草本補。
〔七〕千：原作「十」，據翁校本改。
〔八〕兵：原作「岳」，據翁校本改。
〔九〕風月：小草本作「剛風」。

雪溪亭

剡溪以清絶擅天下，亭在縣南，負郭枕流。舊名「戴溪」，尚書芮公煇更名「興盡」。年深屋老，今刑獄使者御史東陽何公撤而新之。公之言曰：舊名二字犯岷隱翁，新名雖佳，顧安道主也，子猷賓也，以「興盡」名亭係於賓矣。乃扁曰「雪溪」，樗寮書之，而移書後村叟，俾識歲月。

蓋名士莫盛於晉，尤莫盛於剡，然或暫遇，或偶至，而戴氏世居之喬木宿草在焉，溪不屬戴奚屬哉！世評其人，直曰栖道而已，此爲知安道之淺者。正始、永嘉，虛誕欺世，大者勸進，小者望塵，退而窮經著書者誰歟？桓温、道子氣焰動人，殷浩達函，謝公出涕，死不降志辱身者誰歟？惟二戴父作子述，經學隱節相望於晉、宋二史。子猷寧無肉而不肯無竹，寧拄笏看山而不受大司馬之料理，非若人孰可友安道者？

嗟夫！盜泉辱井，過者掩鼻。至若戴公結廬之里，王郎回舟之處，則汗青筆之以爲美談，畫家圖之以爲勝踐，騷人墨客模寫之以爲絶景，士其可以不矯强自立乎？

何公嘗尹剡，興學聘師以淑秀孝，置廩儲粟以備儉荒。費累鉅萬，人皆服公治辦〔一〕，而不知其清苦節縮使然〔二〕。天子既采民譽，旌邑最，入峨豸冠，出陳臬事，昔墨綬，今繡衣，桑蔭未徙，越人榮之。公於剡百廢具舉，惟亭經始於建臺之歲，落成於明年之秋，宜覽眺，宜栖止。其山川景物可以心賞不可以文傳也，余獨謂非剡溪不足以容安道之隱趣，非雪不足以發剡溪之奇觀，非安道不足以動子猷之高興，非何公冰玉人不足成千古之清事。

公名夢祥，字視履。

〔一〕公：原無，據小草本補。

〔二〕使：原缺，據小草本補。

趙氏義學莊

莊與學皆在衡山縣崇嶽鄉紫蓋里，地名神前。趙氏祖居於是，至忠肅公而族益蕃。忠肅公既貴，欲倣范文正公置義田以厚其宗而未果。及丞相衛公，世載勳勞，致位二府，慨然曰：「遺言在耳，吾昔與二兄謀共成先志，不幸二兄奄忽，今非吾責乎？」莊約雖本高平氏，然吳下田止千畝，公曰：「文正家在潁昌〔一〕，族在吳，吳田爲贍族設，家不預也。吾家與族皆居於潭，皆食於莊，非五千畝不可。」莊有籍，五世以下入籍計口，衣食悉遵高平之約，惟嫁娶喪葬各加厚，至於笄冠乳哺有助，尤貧者計口外歲有特給〔二〕。又沾丐及於異郡之族，則推廣舊約之所無者，擇族之賢而廉者二人掌其出納。

既成，援嘉定免文正義田科敷之詔，拜疏於朝，璽書報可。公之所以厚其宗者如此，又曰有養而無教，未也，乃立義學，中祠忠肅，旁闢四齋。歲延二師，厚其餼廩，子弟六歲以上入小學，十二歲以上入大學。課試中前列者有旌，發薦擢第、銓集補入者有贐。學規如岳麓、石鼓，而所以禁切其佻闥、繩糾其踰禮敗度者尤嚴〔三〕。余觀前賢有文正、忠肅之志者多矣，然無忠宣與衛公爲之子，故其事未易成，雖成亦不能久。以二公之賢，又生二相以似續之，蓋宋興三百年〔四〕，元臣故老奕世以施貧活族聞於代者，高平氏、趙氏兩家而已。

昔江左門户之大、人物之盛，無出王、謝。以余考之，濬、冲貴爲台輔，園田水碓遍滿天下〔五〕，其女嫁貸錢數萬，從子婚遺一單衣〔六〕，後皆責取。於其女及猶子如此，況族子乎？謝氏則不然，太傅僅有一土山墅。史稱樓館竹木之樂與中外子侄共之，肴饌之侈，日費百金，末後以墅與甥，了無吝色〔七〕。不徒厚之而已，家集之際，或雅言、或聯句以儆勵之。它日與子弟言詩，則謂「楊柳風雪」未若「訏謨定命，遠猷辰告」之句，是以相業教詔之矣。及乎親炙久，濡染熟，玄、琰志義奮發，能以八千而走百萬之虜，遂爲經濟之彦。諸孫如康樂，如惠連，如玄暉，亦迭主風騷之盟。雖道韞一女子，猶責其弟學之不進。孟子曰「人樂其有賢父兄」，余於謝傅見之。衛公，今之謝傅也。莊之始末詳於奏疏及公之自序。蒙公教養者，可不以幼度兄弟之事業及羣謝之文獻自勉乎〔八〕？

〔一〕頫：原作「穎」，據文意改。

〔二〕外：原無，據小草本補。

〔三〕繩：原作「純」，據小草本改。

〔四〕三：原作「二」，據小草本改。

〔五〕碓：原作「確」，據小草本改。

〔六〕衣：原作「氏」，據小草本改。
〔七〕了：原作「子」，據小草本改。
〔八〕乎：原無，據小草本補。

後村先生大全集卷之九十三

記

水村堂

余友少司農林君作堂三間於城南水亭村之嶇嵎山，今上親灑奎畫，作「水村」二大字以賜。君既北面稽首跽受，乃撰日揭扁，大會里人以落之。授簡於余，俾識其事。

君少負軼才，不屑場屋，去而客江湖，又去而游邊。淮東漕黄漢章上其所著《易鏡》，上覽而驚異，以爲先儒所未發，詔漢章津送赴闕，由布衣爲史館檢閲，遷校勘。史成奏御，改京秩，由匠丞牧潮州。以都官郎中召，時胡馬飲江，廷議移蹕。君過家不入，戴星于邁。里人祖道，君忼慨謂余：「吾受上不世之知，此行必以死報，他日以墓誌累君。」虜已據白鹿磯，烽照甘泉，君入對言：「臣誓不與賊俱生。」上使銜命趣宣撫使、丞相賈公進師，及行次齊安，丞相已乘勝順流而至。君即軍中宣詔，丞相以上意激厲將士，我師人人殊死戰，虜之已渡未渡者皆殪。一洗塞氛，再造江表，君與有勞。丞相歸衮，君進大匠，擢提舉浙東常平茶鹽。時中外庶定，君上《景定嘉言》二十篇，詔下後省看詳。余適待罪詞掖，奏君所言大補益治體，小箴切時弊，文字簡潔條鬯，貫穿古今。詔賜同進士出身，又別賜宸翰奬諭云：「憂愛出乎忠忱，詞藻根於學力，與楊萬里《千慮策》相頡頏。」堯言播告，朝野歆艷。召拜少卿，兼史職。垂上津要矣，俄去而食祠。起牧洪都，未上而銷印。余視世之仕者鮮不以得失爲欣戚，君或仕或止，無幾微見言面。既即家作忠愛堂、學力齋，二扁亦奎畫也。又傾賜金買山治墅〔一〕，若往而不返者。其言曰：「吾苦學精思，世莫我知，上不次拔擢至此，然不獲吾用，吾負吾君。昔有上書願擊匈奴者，願請纓係南粵者。吾老矣，惟有羹墻見堯，富壽祝堯，耕鑿歌堯而已。」余聞其言而壯之。

堂之西，君三世松檟參天，傍有祭田，皆曾大父刪定公經畫。其下衆水匯而爲湖，環而居者數百家。湖溉田數千畝，爲斗門，水旱聽民啓閉。君以昭回之光下燭是堂，非衣冠不敢登。稍東爲鏡湖亭，可坐數十人，四壁空洞，不設户牖，樵兒牧子桑女饁婦來往游息，君野服杖藜與之同樂。亭東西北諸峰廻環如畫，壺山朝挹其前，風月佳時，水光山色不減杭、越。君又言幼時聞守冢者誇人云：「我林萊、林邵子孫。」時猶未曉其語，後入館閲永嘉四溪林氏家譜，言林羣晉太元中爲郡大中正，世居嶨嶀山，林萊、林邵其後也，乃知自晉已有此山。余嘗爲君家忠義祠記，論次其先美詳矣。若君己未之召，國家危急，雖三板之城而不敢失高共之禮。壬戌之去，癸亥、甲子之處山林深密，雖一飯之頃而未嘗忘杜陵之心，豈非家學世德之有本者如是歟！

君名光世，字逢聖，今爲朝請大夫、直秘閣。

〔一〕傾：原作「頃」，據小草本改。

新築石塘

水行穹壤間〔一〕，如天有雨露無則乾，如地有井泉無則渴，如人有血脉無則夭。閩下四郡負山而瀕海，高者山至崔巍，力耕未止，卑者彌望斥滷，不可種藝。智者相地形，爲陂塘，使水有所蓄洩，以補造化不及之功。

玉融爲邑，惟石塘地號上腴，然原田棋布，棟宇櫛比，有塘之名，無塘之實，往往涔蹄一泓，僅可供桔槔耳。塘大姓曰林氏，自龍學公與西塘鄭公齊名，四傳至觀字子光、同字子真、合字子常，並修家政，培世德，凡寶章公厚倫贍族之事緒成之，寒翁寄傲舒嘯之所莊嚴之，垣屋亭榭，完矣美矣，所欠者濠濮間趣。視四傍多茀地，乃因農隙叶力濬之，周圍千二百尺，環甃以石，種荷、柳焉。竹溪中書林公大書「石塘」二字，徑四尺，刻隄上。亭其東西，臨流者曰清淺，在水中央者曰華藏海〔二〕。東岸則精舍、草庵、秋風亭、小孤山、付珠〔三〕，西岸則寶章公居宅，直北則芙蓉亭、春草亭，遂爲一邑偉觀。都人士驚喜曰：昔沮洳磽确，今渺瀰沃衍；昔蓬跳雀躍，今鷺翹鶴下。花朝月夕，雩舞櫂歌，如浴沂而涉湘也。不但耕夫芸叟賴以沾膏潤，騷人墨客資以發才藻，亦山經地理家以爲合於陰陽向背也。昔李贊皇謂鬻平泉非吾子孫，以平泉一草一木遺人非佳子孫；柳子厚謂上世藏書三千卷，在善和宅。然贊皇自不能一夕安平泉，善和宅及子厚在已三易主。今林氏之尊老遠矣，而代有象賢，愈蕃而大，樵牧愛護其松楸，郡邑表章其宅里。予嘗訪其屋壁舊藏，則手澤如新，曾玄論著篇帙多於祖禰，是豈非盛德之後、積善之家乎！觀，養直子也；同、合，寒翁子也。觀清白吏，既通朝籍，不忍去親而仕。同、合皆布衣隱約，志氣修而道義尊，大節可書，築塘特其細爾。

〔一〕行：原作「竹」，據小草本改。

〔二〕華：原作「葉」，據小草本改。

〔三〕付：原作「村」，據小草本改。

林寒齋烝嘗田

寒齋既没，二子同、合自列於府言：寒齋所受先世産錢一貫九百二十一文二分五釐、苗米二十三石三斗三升三勺，某兄弟以分産異居爲恥，願以薄産盡撥充寒齋烝嘗，永不分析。府帥資政樞相古心江公書牘尾云：「協居共籍，欲以貽之無窮，和厚油翼之意自然可挹。縣而知有政之本原，獨不當取以列於郡、上於朝乎?」劉縣改寳章林國博户爲寒齋文隱林先生烝嘗户。

余聞之曰:祀田尚矣。古者以綿田祀子推,汾晉之人奉嘗之至今;以許田祀周公,其後魯弱鄭强,初以璧假,終以祊易。蓋周公之祀尚不能保,況下於此者乎?夫人情孰不欲永其先人之祀,然子若孫有賢愚貧富之異,於是有國者爲之禁防焉。曰贍塋,曰烝嘗,其慮甚周,其法甚密,天下通行,而隆興、淳熙隨勑於吾閩尤加詳焉。余行天下,江浙巨室有朝爲陶朱、暮爲黔婁者,惟閩人千金之産,百畝之田,或傳十數世而不失。一聞贍塋、烝嘗之名,賢者畏義而不忍得,不賢者畏法而不敢取。立法至此,仁至而義盡矣。

自教失俗薄,而七世同財、九世同居之事遂爲美談。先賢惟范公爲義莊以贍族,温公洛中田園以兄郎中爲户,然二公皆鼎貴,爲此易易耳。同與合也,處隱約而能力行好事,生叔季而欲挽回淳風。使古心公未召,必上其事於朝,推一家之友睦以興一國之仁遜矣。是又有待於後之人。

漳州諭畲

自國家定鼎吳會,而閩號近裏,漳尤閩之近裏,民淳而事簡,樂土也。然炎、紹以來,常駐軍於是,豈非以其壤接溪峒,茅葦極目,林菁深阻,省民、山越往往錯居,先朝思患豫防之意遠矣。凡溪洞種類不一,曰蠻,曰猺,曰黎,曰蜑。在漳者曰畲,西畲隸龍溪,猶是龍溪人也。南畲隸漳浦，其地西通潮、梅，北通汀、贛，姦人亡命之所窟穴。畬長技止於機毒矣〔一〕，汀、贛賊入畬者教以短兵接戰〔二〕，故南畬之禍尤烈。二畬皆刀耕火耘，崖栖谷汲，如猱升鼠伏，有國者以不治治之。畬民不役〔三〕，畬田不税，其來久矣。厥後貴家闢産，稍侵其疆，豪幹誅貨，稍籠其利，官吏又征求土物蜜臘、虎革、猿皮之類。畬人不堪，愬於郡，弗省，遂怙衆據嶮，剽掠省地，壬戌臘也。前牧恩澤侯有以激其始，無以淑其後。明年秋解去，二倅迭攝，郡寇益深〔四〕，距城僅二十里，郡岌岌甚矣。帥調諸寨卒及左翼軍統領陳鑑、泉州左翼軍正將謝和，各以所部兵會合勦捕，僅得二捷，寇暫退，然出没自若，至數百里無行人。

事聞，朝家調守，而著作郎兼左曹郎官卓侯首膺妙選。詔下，或曰：「侯擢科甲有雅望，宰巖邑有去思，責之排難解紛，可乎？」侯慨然曰：「君命焉所避之！」至則柈然一城，紅巾滿野，久戍不解，智勇俱困。侯榜山前曰：「畬民亦吾民也，前事勿問，許其自新。其中有知書及土人陷畬者，如能挺身來歸，當爲區處，俾安土著。或畬長能帥衆歸順，亦補官資〔五〕。如或不悛〔六〕，當調大軍，盡鉏巢穴乃止。」命陳鑑入畬招諭。令下五日，畬長李德納欵。德最反覆傑黠者，於是西九畬酋長相繼受招。西定，乃併力於南，命統制官彭之才勦捕，龍巖主簿龔鏜説諭，且捕且招。彭獲三捷〔七〕，龔挺身深入，又選進士張杰、卓度、張椿叟、劉□等與俱。南畬三十餘所，酋長各籍户口三千餘家〔八〕，願爲版籍民。二畬既定，漳民始知有土之樂。

余讀諸畬欵狀，有自稱盤護孫者。彼畬曷嘗讀范《史》，知其鼻祖之爲盤護者，殆受教於華人耳，此亦溪峒禁防懈弛而然歟〔九〕！

侯參佐裒畬事顛末二卷〔一〇〕，鋟梓示余。昔漢武帝患盜賊羣起，命御史大夫衣繡持斧以威之，曾不少戢。龔遂一郡守爾，既至郡，前日之盜皆解刀劍而持鈎鉏。侯初剖符，固欲用昔人治渤海之策，竟踐其言。夫致盜必有由，余前所謂貴豪闢産誅貨、官吏征求土物是也。侯語余曰：「每禍事必有所激，非其本心。」嗚呼，反本之論，固余之所服歟！侯素廉儉，山前調度百需如蝟毛起〔一一〕，專以苦節，不至乏絶。自奉如窮書生，與官吏議事、賓客清談〔一二〕，不過文字，飲數行，未嘗卜夜。時閲例卷多削去〔一三〕，其清苦有李公韶、徐公復二牧之風。昔張奂爲安定都尉，羌帥有感恩遺奂馬及金者，奂返其物〔一四〕，威化盛行。史謂羌性貪而貴吏清。嗚呼，清白之吏固畬之所貴歟！侯功成而無德色，惟爲將佐、僚屬、士友論功於朝，曰：不賞後無以使人。頃余亡友虚齋趙公爲漳民免丁錢，余嘗大書於石，今卓侯夷難之功不下虚齋，乃本《諭蜀》之義作《諭畬記》，使漳人刻石，與前碑角立。

侯名德慶，字善夫，莆陽人。

〔一〕技：原作「拔」，據小草本改。

〔二〕入：原作「人」，據小草本改。

〔三〕役：原作「悦」，據小草本改。

〔四〕寇：原作「冠」，據小草本改。
〔五〕官：原作「常」，據小草本改。
〔六〕悛：原作「投」，據小草本改。
〔七〕獲：原缺，據小草本補。
〔八〕千：原作「十」，據小草本改。
〔九〕弛：原無，據小草本補。
〔一〇〕裒：原作「褒」，據小草本改。
〔一一〕百：原缺，據小草本補。
〔一二〕與官：原缺，據小草本補。
〔一三〕閱：原缺，據翁校本改。
〔一四〕返：原缺，據小草本補。

薦福院方氏祠堂

忠惠方公用太史公《自叙》法，論述其世次甚遠。至唐末諱琡者〔一〕，爲都督府長史。子諱殷符，爲威王府諮議，以平巢功進銀青〔二〕，兼御史中丞，僖宗中和四年也。中丞七子，第三子諱廷範，歷宰長溪、古田、長樂三邑，遂定居於莆〔三〕。愴念中原，藁葬祖父衣冠於烏齊、豐田。及卒〔四〕，葬靈隱山。以子貴，賜金紫。然古老相傳，猶號長官云〔五〕。長官嘗欲營精舍以奉先合族而未果，六子水部員外郎仁逸、秘書少監仁岳、著作郎仁瑞、大理司直仁遜、禮部郎中仁載、正字仁遠協力以成父志〔六〕。請隙地於官，買南寺某司業圃以益之，於是薦福始有院。既共施寶石全莊田三十石種，又施南箕田七石種、南門田三石種，秘監也；施漈上田三石種，正字也；施濠浦田十石種，禮部也；增景祥橫圳田六石種，僧叔祖住山有麟也。計種五十九石，産錢七貫二百六十五文，於是薦福始有田。見於莆田令君吕承祐之記〔七〕。舊祠長史、中丞、長官三世及六房始祖於法堂，遇中丞祖妣、長官祖二妣忌則追嚴，中元盂蘭供則合祭，六房之後各來瞻敬，集者幾千人。自創院逾三百年，香火如一日。後稍衰落，賴寶謨公、忠惠公後先扶持而復振。

至景定庚申，院貧屋老，賦急債重，主僧寶熏計無所出，將委之而逃。忠惠子寺丞君憫七祖垂廢祀，慨然出私錢輸官平債。經理兩年，銖寸纍積，一新門廡殿堂〔八〕，乃帥宗族白於郡曰：「郡計取辦僧刹久矣〔九〕，新住持納助軍錢十分，滿十年换帖者亦如之，問助軍多寡，未嘗問僧污潔，刹烏得不壞？願令本院歲納助軍一分，歲首輸官，主僧許本宗官高者選舉。」又曰：「院以葺理而興，以科敷而廢，今後除聖節、大禮、二稅、免丁、醋息、坑冶、米麵、船甲、翎毛、知通儀從〔一〇〕，悉照古例輸送〔一一〕，惟諸色泛敷如修造司需求陪補、僧司借脚試案等，官司所濟無幾，小院被擾無窮，乞並蠲免。」郡照所陳給據，仍申漕臺、禮部，禮部亦從申符下郡縣。乃諗於廣族曰：「南山，祝聖道場也。歲滿散日，族之命士有隨班佛殿而不詣祠堂者，自今祝香畢並拜祠，飲福院辦麵飯，併勞僕夫。又靈隱金紫墓昔拘烝嘗分數〔一二〕，命士、舉人、監學生多不預祭，自今省謁，院辦酒食，請衆拜掃。内赴官入京人免分胙。」衆議曰：「宜著爲規約，願世守之。」寺丞屬余記其事。

余惟古之尚論世家者，曰種德，曰積善。然成季、宣孟無後，皋陶、庭堅不祀，非種積之不善，殆顯揚之未至。初，長官以孤身仕閩，猶爲唐官。及五季分裂，仕者各就其方，六子皆仕王氏。入宋，長官諸孫擢科甲、以文業著見、號名臣者項背相望，遂爲本朝故家甲族。余讀忠惠序譜之言曰：「合天下諸方莫如莆之盛〔一三〕，合莆之諸方莫如長官之盛。」蓋秘監五傳而有宗卿焉，禮部九傳而有忠惠焉。宗卿哭奏陵寢，淚濺御袍；忠惠昌言倫紀，語觸天顔〔一四〕。聞其風者，百世興起。七祖種積於前，二賢顯揚於後，其世祀也宜哉〔一五〕！新祠成，併祀二賢於兩傍，以爲萬世臣子軌則，非直侈方氏一門衣冠之盛而已。寺丞方盛年而繼先志，捐私財而倡義舉，力善進德未已〔一六〕，余當屢書不一書。

宗卿諱庭實，忠惠諱大琮，實謨諱信孺〔一七〕。寺丞名演孫，方需次建昌守。主僧法通，刺血書《楞嚴》、《華嚴》二經者〔一八〕，寺丞之所選舉。始院惟一僧〔一九〕，通至未幾，變律爲禪，今有十二僧，略如叢林云。

〔一〕末：原缺，據小草本補。
〔二〕「以平」二字原缺，「巢」原作「果」，據小草本補、改。
〔三〕定：原缺，據小草本補。
〔四〕卒：原缺，據小草本補。
〔五〕云：原缺，據小草本補。
〔六〕正字：原缺，據小草本補。
〔七〕承：原作「丞」，據小草本改。
〔八〕堂：原作「坐」，據小草本改。
〔九〕刹：原作「利」，據小草本改。
〔一〇〕船：原作「般」，據小草本改。
〔一一〕輸：原作「書」，據小草本改。
〔一二〕烝：原作「丞」，據小草本改。
〔一三〕盛：原作「成」，據小草本改。
〔一四〕語：原缺，據小草本補。
〔一五〕其：原作「世」，據小草本改。
〔一六〕德：原作「方」，據小草本改。

〔一七〕寶：原作「賢」，據文意改。孺：原作「儒」，據小草本改。
〔一八〕「楞嚴」下原有「經」字，據小草本删。
〔一九〕惟一：原缺，據小草本補。

宴雲寺玉陽先生韓公祠堂

古鄉先生没，祭於社。社者何？非若郡邑之社不屋而壇也，有名號而無像設也。三家之市，數十户之聚，必有求福祈年之祠，有像設焉，謂之里社是也。祀鄉先生於是，敬賢之意與事神均也。鄉先生非必皆城市人，如四皓廟於商山，庚桑子尸祝於畏壘，隨所居之地里而祠之，古之道也。本朝以文治，郡邑必有學，鄉先生必祠於學。福唐都會，前此大儒名公卿合祠於郡泮矣，惟文山鄭先生育、玉陽韓先生永居懷安縣郭，皆老死布衣。邑士先祠文山、後祠玉陽於縣學，見於前臬使陳公仁玉所作《玉陽祠記》。然祠立於景定壬戌，記成於明年癸亥，謂癸亥始祠誤也。

既而連帥王公鎔至而歎曰：「徒祠而無以爲享，久必廢。」郡多不濟剎〔一〕，取宴雲小寺産錢僅二百充祠田，令奉祠人主之，命僧有功住宴雲寺，就佛殿後立玉陽祠。余聞之曰〔二〕：亦祭於社之義也。王公去〔三〕，今大參古心江公以鈇鉞出鎮〔四〕，大書八字，曰「玉陽先生韓公祠堂」。邑江士友黄登孫等請余記之〔五〕，將刻於二祠。

按古之稱公者或以爵，太公、周公、召公、畢公是也；或以齒，黄石公、河上公、譚公、毛公、江公是也〔六〕。古心公所書「韓公」本此。或曰：「二先生其生也澹然枯槁，無萬鍾千駟之慕；其没也游□汗漫〔七〕，豈必歆秋菊寒泉之薦？」余曰：景行前輩，表章兩儒〔八〕，斯邑江士友風俗之厚也〔九〕。先後二閫崇尚教化，置田立祠〔一〇〕，亦邑大夫學愛之寓也。始余不及識二先生，而及交文山之子舜藻、玉陽之子斗游〔一一〕。舜藻墨妙筆精〔一二〕，斗游學明行修，有二父風。舜藻已矣〔一三〕，惟其有之，是以似之，予於斗也有望焉。若夫玉陽之學問行誼，余所見於前臬使之記詳矣〔一四〕，兹不復著。

〔一〕濟：原缺，據小草本補。
〔二〕曰：原缺，據小草本補。
〔三〕去：原作「玄」，據小草本改。
〔四〕鈇鉞：原缺，據小草本補。
〔五〕黄登孫等：原缺，據小草本補。
〔六〕譚：原缺，據小草本補。
〔七〕汗漫：原缺，據小草本補。
〔八〕兩儒：原缺，據小草本補。

〔九〕斯：原缺，據小草本補。
〔一〇〕置田立祠：原缺，據翁校本補。小草本作「之天也」。
〔一一〕而及交：原缺，據小草本補。
〔一二〕精：原缺，據翁校本補。
〔一三〕舜：原無，據小草本補。
〔一四〕見於：原缺，據翁校本補。

芹澗橋

芹嶺在衢之開化〔一〕。端明演山黄公裳少過之，有「更高千萬丈，還我上頭行」之句，後魁天下，遂爲詩讖。白雲徐公之來〔二〕，始亭其上，勒詩於石，侍郎韋軒王公與權跋焉。澗在嶺之陽，東流百折，入於淮、江，饒、徽孔道也。昔人以枯椿斷木雜沙土橋澗上，以便往來，期歲輒朽壞難行〔三〕。如遇漲潦積雪〔四〕，或揭厲濡足乃達彼岸。徐君汝丁字登明〔五〕，所居瀕澗，乃以私財撤而新之。伐石於山，市木於鄉〔六〕，僦夫廪匠，不以絲毫累里人。伯氏汝乙字伯東〔七〕，方總戎於閩，捐俸來助。景定甲子橋成。風月佳時，芹嶺潑黛於雲漢之表，淮江抹練於欄檻之外。止者行者，負者乘者，皆相賀曰：「昔畏塗，今康莊，誰之力也！」前太守、今大宗伯東軒常公挺既榜其里曰「香芹福地」〔八〕，樞相忠齋留公夢炎大書「芹澗橋」三字以落之〔九〕。伯東來請余記。

自有宇宙，已有是嶺與澗，然至演山而嶺始著名〔一〇〕，至徐氏一翁二季而澗始有橋，豈山川之秉靈亦如士之生世，顯晦自有時耶！余聞積善必有餘慶，陰德必有陽報。昔二宋方少，異僧相小宋掄魁，大宋甲科。後十年僧見之，驚謂大宋曰：「君神采頓異，若嘗活百千萬人命者，必爲掄魁矣。」公曰：「貧儒何力及此。」僧曰：「肖翹之物皆命也。」公言：「昨見堂上雨漂蟻穴，羣蟻擾擾，戲爲竹橋以渡之。」僧曰：「是矣。」及唱第，大宋第一，小宋甲科〔一一〕。夫人命重於羣蟻，橋費鉅於片竹，徐氏其興乎！高科異等不在身必在其後乎〔一二〕！白雲表章演山之詩，蓋其先兆矣。雖然，二宋以文章事業重，與歐、晏齊名；演山以德望重，朱文公見而屈膝〔一三〕，不專以科目重也。二君勉之。

〔一〕芹嶺：原缺，據翁校本補。
〔二〕徐、來：原缺，據翁校本補。
〔三〕朽壞難行：原缺，據翁校本補。
〔四〕如遇：原缺，據小草本補。
〔五〕丁字登明：原缺，據小草本補。
〔六〕市：原缺，據小草本補。

〔七〕字：原作「氏」，據小草本改。
〔八〕香芹：原作「秀」，據小草本改、補。
〔九〕留：原作「劉」，據小草本改。
〔一〇〕始：原作「是」，據小草本改。
〔一一〕甲科：原倒，據小草本乙。
〔一二〕必：原作「心」，據小草本改。
〔一三〕朱：原作「宋」，據小草本、翁校本改。

鐵壁堂

景定辛酉，詔起前少宗正朔齋劉公震孫直寶謨閣、江東提舉，贊書曰：「端平初，朕號召蜀珍〔一〕，畢集於朝，爾其一焉。其後諸人相繼至宰輔、侍從者十之九，爾家世人物、言論風旨皆西州第一，顧流滯周南，坐老歲月。及舊人欲盡，鐵壁獨存。昔孝皇命朱熹使浙東，爾其以前修自勉。」公俆上恩，即寓里建鐵壁堂〔二〕。

後五年，公自前起居郎兼中書舍人爲秘閣修撰、福建提舉，行部至莆。蓋余與公別三十年矣，尊酒相勞苦，慷慨謂余〔三〕：「江東贊書，實君視草，其爲余記斯堂也。」余惟壁非止於屋壁而已，昔人於城曰城壁，於軍屯曰壘壁，取其高不可踰、堅不可攻爾。苟爲不然，有入趙壁立漢幟者矣，有以十餘騎馳入吳壁者矣。士之節守亦然。王夷甫風流之宗，晉人有「巖巖清峙，壁立千仞」之目。貴爲三公，世亂朝危，方且謀窟自安，委師勸進，不知所謂「巖巖千仞」者至此安在！本朝黨籍諸老，雖無東漢刀鋸之禍，然經紹聖、崇寧烟瘴之祻〔四〕，范氏子欲爲忠宣免禍之計，鄒道鄉晚節召用〔五〕，有「雲梯」之譏〔六〕。獨吾家元城翁確磨不變〔七〕，見號南都鐵壁。自端平以後，局面國論凡幾更矣〔八〕，士大夫兩來三變者有之〔九〕，早令晚謬者有之。公居其間〔一〇〕，尤負重名，持正論，然暫入輒出，垂老始復入，雖入實未嘗一日安，其大節與元城翁相望，惟公然後無愧於鐵壁之名。

昔梅溪王公龜齡語王公嘉叟：「吾輩離合不可期，但常留此面相見。」猶記端平與公同朝〔一一〕，余甫五十，公甫四十，今余八十，公亦且七十矣，願與公各留此面，亦所以共堅此壁也。

〔一〕珍：原作「球」，據翁校本改。

〔二〕寓：原作「萬」，據小草本改。

〔三〕謂：原作「請」，據小草本改。

〔四〕祻：原作「村」，據小草本改。

〔五〕道：原作「通」，據小草本改。

〔六〕雲梯之讖：原作「雲機之梯」，據小草本改。
〔七〕確磨不：原作「魔石」，據小草本改、補。
〔八〕國：原作「毋」，據小草本改。
〔九〕變：原作「齊」，據小草本改。
〔一〇〕間：原作「家」，據小草本改。
〔一一〕平與：原作「本歟」，據小草本改。

泉山書院

通天下讀朱文公之書，尊文公之道，其始生之鄉、僑居之里、宦遊之邦，與乾、淳諸老盍簪傾蓋講貫切磋之處，往往肖其像，庋其書，聚承學之士〔一〕，敬事而傳習焉。如徽，如建，如南康，如清漳，如潭、衡，曰精舍，曰書院，皆奎畫書扁〔二〕，或郡文學兼領，或別置師弟子員，規式略如白鹿。泉乃公舊游，顧未之有〔三〕，非大欠闕歟！

按文公主同安簿，凡四考而去，紹興丁丑也，距今一百十一載矣。世代雖遠，然與邑士問答略見《大同集》，縱田夫野叟忘之，士忘之乎？會温陵弄印，詔知南外宗正黄巖趙公兼郡紱〔四〕，士友合詞請曰：「公先大君子遠菴非文公高弟乎？公非朱自出乎？」公瞿然曰：「僕雖懦緩〔五〕，郡雖凋匱，於此不敢不勉。」乃卜城東偏廢寺基，創立泉山書院。前爲燕居堂，夫子危坐，顔、曾、思、孟跪侍。兩堵則圖濂溪、二程、邵、張、涑水六君子，滄洲之制也。堂下則圖先賢芸閣呂氏、龜山楊氏、河東侯氏、文定胡氏、籍溪胡氏〔六〕、草堂劉氏、豫章羅氏於右廡，上蔡謝氏、廣平游氏、和靖尹氏、韋齋朱氏、致堂胡氏、屏山劉氏、延平李氏、南軒張氏、東萊呂氏於左廡，凡□□□□□之制也。後爲文公祠，以勉齋黄氏、遠菴趙氏、西山真氏、復齋陳氏配。講堂南峙，取北面尊師之意。四齋旁列，曰志道、據德、依仁、游藝，則大同名齋之舊也。以咸淳丙寅春經始，仲冬甲寅落成，行舍菜禮。公坐皋比，揮麈尾，衿佩環聽，争先筆受。遂請額於朝，移書克莊，俾識顛末。

前此賢牧寧智不及是，良以文公如龍鸞夭矯，已騰霄漢，豈必追記其蟠泥栖枳時耶〔七〕！夫天生大聖賢，非若常人有老少之異，曰不惑，曰知命，曰耳順，曰從心，實基於志學，而叱齊侯、墮三都，亦自牛羊遂、會計當而推之也。昔之懷賢者尚愛其所憩之棠〔八〕，所種之木，況其初筮之州乎？惟西橋之趙爲宋間、平，某嘗受舉於淮漕〔九〕，受印於閩臬，受廛於莆守，皆宗正諸父兄，而又受教遠庵，納交象賢，知其染濡於家庭者久矣。一旦施之大敝極壞之郡，水無租瘢〔一〇〕，村無退箒〔一一〕，顓以節縮支吾乏絶。其表章大儒，淑艾後學，蓋世吏視爲迂緩不切者。克莊何幸，秉筆附名於不朽。

遠菴諱師夏。宗正名希悰，見泰其自號云。

〔一〕承：原作「成」，據翁校本改。
〔二〕書：原無，據翁校本補。
〔三〕顧未：原作「顛末」，據翁校本改。
〔四〕「詔」原作「綬」，「巖」原作「若」，據翁校本改。
〔五〕懦：原作「儒」，據翁校本改。
〔六〕胡：原作「古」，據小草本改。
〔七〕耶：原作「即」，據小草本改。
〔八〕棠：原作「堂」，據小草本改。
〔九〕舉：原作「學」，據小草本改。
〔一〇〕租：原作「相」，據小草本改。
〔一一〕退筲：原無，據小草本補。

雷院

院在福州天王崎〔一〕，郡人雨暘必禱。大府丞朱挺書其扁，今主其事者，宗學升俊齋諭趙君時械也。求予文記之，久不克爲。釋褐洪君英伯盛稱趙君信義通神明，俯仰無愧怍。洪國之譽髦，不以一字假人，獨於趙鄭重如此，若激發老夫速踐前言者。

《傳》曰：「尸居而龍見，淵默而雷聲。」夫尸居淵默，塊然無作爲之時也，然則龍非葉公之所能見，雷非阿香之所能推矣。世之黃冠師、紈袴子多自言通道術、持符咒，然大言有餘，細行不足。或跌蕩犯黑帝之威，或彷彿起瑤姬之慕，往往禍福立見，甚則震死，小亦病風喪心。人自取之爾，雷何心哉！君獨行不愧影，獨寢不愧衾，其大端大本若是，豈特洪君之畏友哉，雖余之老，亦將往從之矣。

〔一〕崎：原作「琦」，據翁校本改。

潮州司理廳

友人李艮翁南宮嘗爲余言其所親趙君若鈺之賢且才。其尉東陽，上官爭欲出我門下。再轉爲潮之李掾〔一〕，郡參佐、邑丞簿尉官廨皆堅好，惟李廳乃開禧老屋，上漏下濕，一甲子無葺廢者。君始至，嘆曰：「卑官求一身一家便安可也，奈何無一椽地奉吾親乎！」顧頹弊已甚，無寸椽一瓦可用，決於心，白於長。監郡鄒君愿行守事〔二〕，助錢二十萬，君請借三月俸，於是由獄及廨，由寢及堂，由内達外，皆撤而新之，而請記於余。

余謂官不必高，土木之功不必鉅麗，紀其可紀者而已。古今爲人記輪奐之役者多矣，惟《藍田丞廳》一記掃空萬古。夫丞廨不高於滕閣，不大於漏院，而使人傳誦其記，與王勃、王黄州之文相頡頏於千百載，後之覽者將有感於斯文耶！

初，陽巖洪公嘗歷是官，君扁其東偏曰「景陽」。自洛學訓「景」爲「大」，訓「行」爲「路」，文忠真公爲之改字，而天下之「景」皆改爲「希」矣。然《孝經序》云「景行前哲」，則唐人猶未以「景行」爲「大路」也。今姑從《孝經序》扁曰「景陽」，君更與洪公商榷〔三〕，何如？

〔一〕掾：原作「豫」，據小草本改。

〔二〕愿：原缺，據小草本補。

〔三〕榷：原作「確」，據小草本改。

重建靈祐廟鼓樓

廟始於唐初，惟一間。至本朝宣和庚子重創，猶儉狹，至紹興乙亥始宏壯，至嘉定始有鼓樓。紹興丁丑，廟號靈祐〔一〕，隆興甲申、淳熙癸卯、慶元丁巳累加侯爵，至嘉定癸未加公爵，淳祐己酉加王爵〔二〕。《廟記》，荔臺翁之章所作〔三〕，今甲子一周。翁，鄉前輩。故復齋陳公宓、肯堂鄭公寅爲書丹篆扁。翁《記》不及近事。古人言生封侯、死廟食，必天下異人。神起匹夫，號詹師，用符籙制伏猛獸，驅祟療病。然由唐至今，爵冠五等，血食一方，盛矣哉！其亢把茅，爲靈宇，使里人揭虔妥靈，爲重樓複閣，與白湖、龍岫之祠等。廟介於故元樞居第、尉廨之間，人神相安。故老傳神建炎中嘗導弧卒捕黄共草寇〔四〕，至今尉有逋寇，禱神必獲。神先壠在秋蘆溪之西，遇人家拜掃時，父老必奉神輿衛，往返松楸，燈燭鼓吹，傾城空巷。

嗚呼！没能驚動禍福其人，又能顯揚其親，惟靈應蘇侯與涅槃師爲然。邑士林君希吉重創鼓樓，侈大於嘉定矣。

〔一〕靈：原作「是」，據翁校本改。

〔二〕祐：原作「熙」，據小草本改。

〔三〕章：原作「草」，據小草本改。

〔四〕共：原缺，據小草本補。

後村先生大全集卷之九十四

序

甲申同班小録

合天下選人至多也，合天下京狀至少也〔一〕，以至少之數待至多之求，難矣。況夫修爲繫乎人，遇合繫乎天，在人者可勉，而在天者不可徼也。噫，愈難矣！

蘇明允有言：「莅官六七考，求舉主五六人，誰不能者？」病其法之易也。然自明允爲此言幾二百年，士大夫未有以改官爲易者，何也？蓋慶曆以來，薦舉之制加密矣。敏者十年，滯者或三四十年，而後得預於歲引之數。夫惟選之遴故賢路通，得之難故人情勸，試之久故民事練，由今之法足矣，烏得尚膠前論哉！

嘉定甲申春，上臨軒引陳誠之等，故事有題名小録，因著其説於篇首，以侈上恩、勵同志云。

〔一〕少：原作「小」，據四庫本改。下句同。

和平志 代人

舉一世所共榮者，曰科目、曰官職、曰世家而已。然是三者絶續晦顯常不可必，其或綿延一二百載，絶而復續，晦而復顯，則通天下以爲罕見矣。夫舉一世所共榮，通天下所罕見，而萃於一州一邑，謂之甚盛可也〔一〕，況萃於一里乎！

和平里在邵武縣之南鄉，里有危氏、上官氏、黄氏，上官氏尤盛。自景祐至嘉定，此三姓擢進士第者二十餘人，入太學、預鄉試，累累不絶書。起徒步至顯官，因而傳子孫，爲世家、榜籍迭書、衣冠襲起者，不可以數計也。烏乎盛哉！然以科目、官職、世家定榮悴盛衰，蓋近世俗人之論，吾聞古之君子所謂没而不朽者，不在是也。上官氏對策熙寧，不附新法，晚入元祐黨籍，其子留守汴都，不屈於虜而死。二公所立如此，近於天下之善士矣，豈特足以重吾里哉！先民有言：「誰謂華高，企其齊而。」既以自勉，且勉里人。

〔一〕甚盛：原倒，據四庫本乙。

送陳子東〔一〕

金華葉潛仲，君子人也。曩仕於撫，予捧檄至焉，始定交。後十年，予從事廣西經略使府，潛仲適佐漕幕〔二〕。嶺外少公事，多暇日，予二人游釣吟奕必俱。神厓鬼洞，束緼盲進〔三〕，唐鐫宋刻，剜苔疾讀，登巘放鶴，俯湫呼龍，平生樂事莫如桂州時也。既而余二人考舉及格，同日出嶺，潛仲還婺。予歸莆，乃聞潛仲病卒，悲夫，尚忍言之！

陳君子東，潛仲客也，忽攜潛仲手鈔詩卷相訪，又出潛仲之子字天啓者詩十數首，字畫句法，遂逼乃翁。嗚呼，潛仲可謂能教子矣！子東惓惓交誼〔四〕，語潛仲平生輒忼慨涕下。嗚呼，潛仲可謂能取友矣！昔人云生子當如孫仲謀，殆爲天啓發也；又云見元賓之所與如見元賓，殆爲子東發也。

〔一〕子：原無，據四庫本補。

〔二〕佐：原無，據四庫本補。

〔三〕盲：原作「育」，據四庫本改。

〔四〕子：原無，據四庫本補。

劉圻父詩

余嘗病世之爲唐律者膠攣淺易，窘局才思，千篇一體，而爲派家者則又馳騖廣遠，蕩棄幅尺，一嗅味盡。麻沙劉君圻父融液衆格，自爲一家，短章有孔鸞之麗，大篇有鯤鵬之壯，枯槁之中含腴澤，舒肆之中富揫斂，非深於詩者不能也。矧其貴山林，賤城市，視蟬冕如布衣，見朱門如蓬户，静定之言多，躁動之意少，庶幾乎冲澹以自守，遺佚而不怨者矣。

雖然，文以氣爲主，少鋭老惰，人莫不然。世謂鮑昭、江淹晚節才盡，予獨以爲氣有惰而才無盡〔一〕。子美夔州、介甫鍾山以後所作，豈以老而惰哉！余幼亦酷嗜。歲月幾何，顔髮益蒼，事物奪其外，憂患攻其内，耗亡銷鑠，不復有一字矣。圻父幸在世故膠擾之外，爲事物憂患之所恕，養氣益充，下語益妙，它日余將求續集而觀老筆焉。

〔一〕爲氣：原倒，據四庫本乙。

送高上人

儒詆釋爲夷教。義理一也，豈有華夷之辨哉！吾聞身毒、罽賓諸國皆有城郭君民，其法度教令雖不可得而詳，竊意其奬忠孝而禁悖逆，大指無以異於中華。不然，則其類滅而國墟矣。如世所傳賢沙、黃檗之事，在人爲悖子，在物爲梟獍，非特中華之所禁，固身毒、罽賓之王之所必誅者也。凡釋皆宗釋迦。彼以王子之貴，當國統之重，不逃則不得去。若夫賢沙、黃檗，民也，不逃親亦可去。既逃之，又棄之，又絶之，視其親凍餓轉死，終不與粒飯匕藥。噫，其不識罪福甚矣！

高上人禪價重東南，慨二師之被誣，著論力辨；痛先親之暴露，飛錫歸窆。築慈母庵、思親精舍焉。國家之於孝子，小則饋酒纔，大則旌門閭，奬之至矣，然古今孝子不多見。民而孝，世以爲祥瑞矣；釋而孝，非祥瑞之尤乎！

高，縣人也；予，縣人也。將饋之酒纔，高齋素；將請於上而旌其閭，高無家。烏乎，吾無所用吾情矣！於其行，姑書此附於西山先生贈卷之後。

陳敬叟集

寶慶初元，余有民社之寄，平生嗜好一切禁止，專習爲吏。勤苦三年，邑無闕事，而余成俗人矣。然少走四方，狂名已出，邑中騷人墨客如陳敬叟、劉圻父、游季仙輩往往辱與之游。主人詩律久廢，不復有一字，常命小吏設筆硯〔一〕，觀衆賓賦詠以爲樂〔二〕。嘗評諸人之作，圻父得之夷淡而失之槁乾，季仙得之深密而失之遲晦，惟敬叟才氣清拔，力量宏放，險夷濃淡、深淺密疏，各極其態，不主一體。至其爲人曠達如列禦寇、莊周，飲酒如阮嗣宗、李太白，筆札如谷子雲，行草篆隸如張顛、李潮，樂府如温飛卿、韓致光，余每歎其所長，非復一事。

既解銅墨，歸卧山中五六年，谿上故人獨敬叟書問不絶，其交誼又過人如此。一旦緘其藁來，曰：「爲我序之。」嗟夫，余何足以知君哉！追念昔者會集諸君鋭甚，頗哀余衰，猶能旗鼓助譟其旁；今志氣銷磨，由衰至竭。敬叟未知其然，顧方援麾挑戰，余遠避之，悲傷感慨，殆如伏波曳足土室中矣。嗟夫，余何足以序君哉！

敬叟名以莊，穀城黄子厚之甥，故其詩酷似云〔三〕。

〔一〕小吏：原作「少史」，據四庫本改。
〔二〕詠：原作「永」，據四庫本改。
〔三〕酷：原作「相」，據四庫本及《莆陽文獻》卷九改。

瓜圃集

近歲詩人惟趙章泉五言有陶、阮意，趙蹈中能爲韋體，如永嘉諸人極力馳驟〔一〕，纔望見賈島、姚合之藩而已。余詩亦然。十年前始自厭之，欲息唐律，專造古體。趙南塘不謂然，其說曰：「言意深淺，存人胸懷，不繫體格。若氣象廣大，雖唐律不害爲黃鐘、大吕，否則手操雲和，而驚飈駭電猶隱隱絃撥間也。」余感其言而止。

亡友翁應叟尤工律詩，集中古體不一二見，無乃與余同病乎？然觀其送人去國之章，有山人處士疏直之氣；傷時聞警之作，有忠臣孝子微婉之義；感知懷友之什，有俠客節士生死不相背負之意。處窮而耻勢利之合，無責而任善類之憂。其言多有益世教，凡敖慢褻狎、閨情春思之類，無一字一句及之，是豈可以律詩而槩少之耶？蓋應叟晚爲洛學，客游所至，必交其善士，尤爲西山真公所知，其詩有自來矣。

既歿數年，子元孺始請余序其集。夫作詩難，序詩尤難。小序最古最受攻，至朱文公始盡掃而去之，而《詩》之義自見。詩之顯晦不在乎序之有無也決矣。嗟乎，作詩者何人歟？《鴟鴞》、《七月》，周公也；《棠棣》，召穆公也；《駉》〔二〕，史克也；《祈招》，祭公謀父也；《黍離》，周大夫也〔三〕。皆古之聖賢也，謂小序不足以知古聖賢之意則有之矣。至於寺人傷讒，女子自誓，蟋蟀譏儉，碩鼠況貪，與其他比興風刺，往往出於小夫賤隸之口，涂之人猶知之，而況子夏孔門之高弟、衛宏漢世之名儒乎？以高弟、名儒之學問而有不能通匹夫匹婦之情性，若余者，其敢自謂知朋友之意乎？雖然，交游三十年，一死一生，問其人則曰未詳也，問其詩則曰未達也，其又可乎？乃述所見於篇首，顧予文未必能重應叟之詩，應叟之詩或足以重余文也。

應叟名定，別字安然，瓜圃其自號云。

〔一〕諸：原作「詩」，據四庫本改。
〔二〕駉：原作「頌」，據四庫本改。
〔三〕周：原無，據四庫本補。

退庵集

自先朝設詞科而文字日趨於工，譬錦工之機錦，玉人之攻玉，極天下之組麗瑰美，國家大典冊必屬筆於其人焉。然雜博傷正氣，絺繪損自然，其病乃在於太工〔一〕。惟番昜三洪，筆力浩大，不窘於記問，不縛於體式，士之得其門者寡矣。退庵居士陳公某〔二〕，文安公之壻，著名淳熙中。某生晚不及識公，得其遺文十五卷讀之，嘆曰：是提孤軍與三洪對壘者。

夫文不能皆工，故曾子固劣於詩，温公自言不習四六。公儷語高妙，殆天畀不可學〔三〕；詩簡而遠〔四〕，近而深，有味外之味；古文鍛煉精粹，一字不可增損。在人其禮法之士，在兵其節制之師歟！某常恨古今詞人往往詞勝理，華過實。公啓以包、吕勉中司，以東南民力竭規總餉。書上内相，謂文人多託文以濟姦；上執政，謂貧賤憂戚非造物之見厄。其識度操守如是。使公有言責，必不受風旨、供副封；掌封駮，必不奉行中批内降；代王言，必不擲筆而發名節掃地之嘆。而年纔五十，仕止提轄文思院，世未知公。身没言立，往往惜其不貴且壽，此豈足以論公歟！

初，密學公閩人〔五〕，其後徙浙，嘗作《研銘》、使廣東者，公之父也；今以詩書禮樂帥江西者，公之子也。奕葉顯融，而浙中僑居茅竹數間，僅通户牖，帥鼎貴而不忍改築〔六〕，曰：吾先君之廬也。嗚呼，亦足以觀公家法矣！

〔一〕工：原作「上」，據四庫本改。

〔二〕某：原作「集」，據四庫本改。

〔三〕畀：原作「界」，據四庫本改。

〔四〕詩：原作「謂」，據四庫本改。
〔五〕學：原作「李」，據四庫本改。
〔六〕鼎：原無，據四庫本補。

艾軒集

以言語文字行世，非先生意也。先生乾、淳間大儒，國人師之。朱文公於當世之學問有異同，惟於先生加敬，於時朝野語先生不以姓氏，皆曰艾軒。晚爲中書舍人，中批某人賜出身，除殿中侍御史，先生封還曰：「輕臺諫、羞科目矣。」天子知先生決不奉詔，改授工部侍郎，不拜而去。其學問、名節如此。以言語文字行世，非先生意也。然先生學力既深，下筆簡嚴，高處逼《檀弓》、《穀梁》，平處猶與韓並驅。在時片簡隻字人已貴重，今其存者如峋嶁之碑、岐陽之鼓矣。

初，先生爲布衣已負重名，後貴顯於朝，愛先生者皆以晚節爲憂。及西掖去國〔一〕，然後吕成公喜曰：「過江以來未有也。」烏乎，修而至於先生，而前輩責備之嚴如此，則凡修而未至於先生者，其可以無日新之德乎！其可不畏晚繆之譏乎！向使先生希旨書行，必根著不去〔二〕，爲李嶠，爲張説；先生一奮其袂〔三〕，遂爲李藩，爲袁高。義利萌於一念，芳臭分於千載，故余讀先生之書重有感焉。

先生没六十年，微言散軼，復齋陳公某所序者僅十之二三。外孫方之泰訪求裒拾，彙爲二十卷，勤於李漢、趙德矣。東陽范侯鎔欲鋟梓，會迫上印不克就，毗陵張侯友乃緒而成之。余二大父實率鄉人以事先生者也，序非通家子弟責乎？敬不敢辭。

〔一〕西：原無，據四庫本補。
〔二〕根著：原作「更署」，據四庫本改。
〔三〕袂：原作「決」，據四庫本改。

野谷集

趙澧汝鐩

古人之詩大篇短章皆工，後人不能皆工，始以一聯一句擅名。頃趙紫芝諸人尤尚五言律體。紫芝之言曰：「一篇幸止有四十字，更增一字，吾末如之何矣。」其精苦如此〔一〕。以余所見，詩當由豐而入約，先約則不能豐矣；自廣而趨狹，先狹則不能廣矣。《鴟鴞》、《七月》，詩之宗祖〔二〕，皆極其節奏變態而後止〔三〕，顧一切束以四十字，可乎〔四〕？

明翁詩兼衆體，而又徧行吳、楚、百粤之地，眼力既高，筆力益放。卷中歌行跌宕頓挫，剸蛟縛虎手也。及斂爲五七言，則又妥帖麗密，若唐人鍛鍊之作。訂其品，自元和、大曆遡於建安、黄初者也。余舊聞明翁工詩，而尤自珍閟〔五〕，數出鄙語挑戰，明翁終閉壁不出。及歸後村，明翁自番禺鈔新舊藁見寄。嗟乎！余幼交明翁，白首始見其詩，蓋其深厚不事衒鬻，立身行已皆然，不獨於詩然也。余每自謂粗知明翁，今思昔之知明翁者淺矣。余知明翁而明翁不輕示余如此，詎肯爲不知者出哉？

野谷，明翁別墅。余在郡日淺，未及往游而去。此一卷詩最佳，末《寄園丁》四十韻尤高妙。

〔一〕精：原缺；苦：原作「言」。據四庫本補改。
〔二〕宗祖：原缺，據四庫本補。
〔三〕後：原作「能」，據四庫本改。
〔四〕可：原缺，據四庫本補。
〔五〕而：原作「之」，據四庫本改。

賈仲穎詩

永嘉多詩人，四靈之中余僅識翁、趙，四靈之外余所不及識者多矣。賈君仲穎，余所未及識者之一也。君生風雅之國，爲社友所推，不問可知其詩矣。趙幾道、德嘉兄弟人物如璧〔一〕，君與之友，又可知其人焉。賈氏自太傅爲西漢文詞之宗，至以詩名於盛唐，島鳴於晚唐，君豈其苗裔歟！觀其大篇氣力雄拔，音節頓挫，吊湘、賦鵬之遺〔二〕；五七言如「燈花寒影裏，詩句雨聲中」，如「盡開窗户容秋月，偏倚闌干看晚山」，舍人司倉得意句也。君雖不遇以死，子嗣其業，以行藝貢於鄉〔三〕，信矣賈氏之多才子耶！

〔一〕幾：原作「譏」，據四庫本改。

〔二〕鵬：原缺，據四庫本補。

〔三〕貢：原無，據四庫本補。

水木清華詩

平海軍節度推官廳事之西有泉有梅，肅翁采昔人詩語，以「水木清華」扁其齋，寓士同僚從而詩之者若干人。余病痺不出户限，既不能越邑從君游，詩律久廢，呻吟累月，又不能就一字。惟古詩有大序，有小序。《蘭亭》詩右軍爲序，《桃李園》詩太白爲序，《石鼎聯句》退之爲序，聚衆作而一人序之，其來舊矣。《傳》曰「木水之有本原」，肅翁其有本原者乎〔一〕！

然則孰爲本？肅翁以詞賦魁天下，集英對策第四，而無矜色，無驕志，小心問學，謙虛求益，此本也。孰爲原？夫泉，民俗富饒、賈胡走集之地，仕者鮮不染指，肅翁居其間，獨不爲珠犀點涴，此原也。本盛則末華，原澄則流清，蓋清者可以範俗，華者可以飾治矣。

〔一〕其：原作「之」，據四庫本改。

張尚書集

國朝用人，尤嚴資格。乾、淳間，天子益厭拘攣，稍於科舉之外擢士，張公栻、魏公掞之以經行進，韓公元吉、王公秬、劉公孝韙、陸公游以文章用，其餘起山林遺逸、由故家子弟遇合光顯者，不可殫紀〔一〕。故户部尚書傃齋張公，蓋當時親擢之一也。公之學授於家庭，又所交皆天下賢俊，而仕當朝廷極盛之時。故其詩冲澹和平，可荐之郊廟，非如孟郊、賈島鳴其窮愁而已；牋奏温潤麗縟〔二〕，可施之典冊，非如陳琳、阮瑀工於書檄而已。在上前論議，或累牘，或數語，詳而貫於理，簡而周於事，鑿鑿乎有用之言也。

初，公在州縣，故相正獻陳公、鄭卿景望、趙卿德莊争以文墨薦〔三〕。及後宦達〔四〕，更以才業顯，爲漕總，爲司農、太府，爲版曹長貳，皆金穀要劇之任。考其奏篇，如論坊場額重、和買價高〔五〕，又欲取郡縣十年以來創增之賦剗除復舊。晚牧婺州，遂以蠲租負謗。於是掩卷而作曰〔六〕：「此固文靖之心法，而張氏之世德歟！」彼以文譽公者，特見其外爾；至以才稱公者，亦豈足以知其内哉？

莆田使君，公之孫也，詞學亢宗，儒雅飾吏〔七〕。既修泮宫〔八〕，刊《艾軒集》，乃取家集而併傳焉。《詩》曰：「惟其有之，是以似之。」公可謂能似文靖矣，使君可謂能似公矣。某先君子嘗游公父子之間〔九〕，使君有命曰：「吾子宜序先集。」某敬拜曰：「諾！」

〔一〕紀：原作「絶」，據四庫本改。
〔二〕温潤：原倒，據四庫本乙。
〔三〕「陳公」上原有「公」字，據四庫本删。
〔四〕宦：原作「官」，據四庫本改。
〔五〕買：原作「賈」，據四庫本改。
〔六〕掩：原作「提」，據四庫本改。
〔七〕儒：原作「如」，據四庫本改。
〔八〕宫：原作「官」，據四庫本改。
〔九〕間：原作「門」，據四庫本改。

王南卿集

余發番禺，送者系路，秋暑猶在，宿酲未解〔一〕，坐舟中如炊甑。偶得順風，張帆伸首，蓬外紫翠插空，舟人曰羅浮山也，意稍舒豁。明日，縣尹王旦攜其先大夫義豐公遺文五卷示余，讀之終編，渙然如甘露之蠲渴，洒然如清泉之濯垢也，可謂能言之流矣。

蓋公之言曰：「文惡蹈襲〔二〕，其妙在於能變，惟淵源者得之。豈惟文哉，議論亦然。」故公之諸文變態無窮，不主一體；論事必考古今〔三〕，據義理，不祖舊説。詩高處逼陵陽、茶山，四六佳者不減汪、綦〔四〕。如《王景文集序》、《爵文》，雖歐公於子美、曼卿不能加矣。謂《中興頌》異於仲尼諱魯之義，謂《歸來辭》作於劉裕簒晉之先，世之同結而不敢異、譽潛而失其實者所未知也〔五〕。

公襄敏諸孫，常自稱將種。南宫對策，乞都建業；零陵封事，論一馬可贍五兵，宜罷搉馬；晚守濠梁，請復曹瑋方田，修种世衡射法〔六〕。而仕止一麾。朱文公嘗嘆公之材略已所不及，而不盡用，世必有任其責者。余讀公之文，悲公之志，乃取文公之語冠之編端，以行於世，且以慰公之子焉。

公名阮，字南卿。義豐，所居山名。

〔一〕醒：原作「醒」，據四庫本改。
〔二〕文：原無，據四庫本補。
〔三〕考：原無，據四庫本補。
〔四〕佳者：原無，據四庫本補。
〔五〕知：原作「而」，據四庫本改。
〔六〕射：原作「謝」，據四庫本改。

石塘閑話

六記百詩〔一〕，寒齋所著，總曰《石塘閑話》。蓋大藏五千餘軸〔二〕，傳燈千七百人，精英骨髓盡在是矣。然佛學起於六經諸子之後，其説奇特，孤行於天地間，有何不可？至李習之、柳子厚稍引《易》、《論語》、《莊》、《列》之書以印證之，此乃儒者不能自守〔三〕，求附於佛，非佛之不能自立求助於儒也。余聞佛之妙在於離言語處，拈花面壁，豈有句義可詮註哉？其後話頭百千，則語録五車，亦太繁矣。夫方書不爲扁鵲設，圖訣不爲奕秋設〔四〕。泥方，凡醫也；按圖，低棋也。善讀寒齋書者，更高著眼目。

〔一〕記：原作「紀」，據小草本改。
〔二〕藏：原作「歲」，據四庫本改。
〔三〕守：原與下句「求」互倒，據四庫本乙。
〔四〕奕：原作「變」，據四庫本改。

竹溪詩

唐文人皆能詩，柳尤高，韓尚非本色。迨本朝則文人多，詩人少。三百年間，雖人各有集，集各有詩，詩各自爲體，或尚理致，或負材力，或逞辨博，少者千篇，多至萬首，要皆經義策論之有韻者爾，非詩也。自二三鉅儒及十數大作家，俱未免此病。乾、淳間，艾軒先生始好深湛之思，加煅煉之功，有經歲累月繕一章未就者。盡平生之作不數卷，然以約敵繁、密勝疏、精揜粗，同時惟吕太史賞重，不知者以爲遲晦。蓋先生一傳爲網山林氏，名亦之，字學可；再傳爲樂軒陳氏，名藻，字元潔；三傳爲竹溪，詩比其師〔一〕，槁乾中含華滋，蕭散中藏嚴密，窘狹中見紆餘。當其撚鬚搔首也，搜索如象罔之求珠，斲削如巨靈之施鑿，經緯如鮫人之織綃。及乎得手應心也，簡者如蟲魚小篆之古，協者如韶鈞廣樂之奏，偶者如雄雌二劍之合。天下後世誦之，曰詩也，非經義策論之有韻者也。

初，艾軒没，門人散，或更名它師，獨網山、樂軒篤守舊聞，窮死不悔。竹溪方有盛名，而一飲啄不忘樂軒，廟祀之，墓祭之，其師友之際如此，詩直其土苴耳。余少亦苦吟，後避謗，且畏禍〔二〕，遂廢不爲，然意根除剗，久而未盡。晚見竹溪之詩，歎曰：吾詩可結局矣。竹溪林氏，名希逸，字肅翁〔三〕，與網山、樂軒俱福清人，余與艾軒俱莆田人。

〔一〕比：原作「此」，據四庫本改。

〔二〕畏：原無，據四庫本補。

〔三〕肅：原作「淵」，據小草本改。

王子文詩〔一〕

古詩皆切於世教。「訏謨定命，遠猶辰告」，大臣之言也；「敬之敬之，命不易哉」，諫臣之言也；「棠棣之華，鄂不韡韡」，宗臣之言也；「載馳載驅，周爰咨諏」，使臣之言也〔二〕；「之子於征，有聞無聲」，將率之言也；「豈弟君子，民之父母」，君國子民之言也。禹之訓、皐陶之歌、周公之詩，大率達而在上者之作也；謂窮乃工詩自唐始，而李、杜爲尤窮而最工者。然甫舊諫官，白亦詞臣，豈必皆寠生寒人〔三〕，饑餓而鳴哉！

潛齋年未四十，導密旨，班列卿，使畿内〔四〕，牧潛藩，言議風旨聞天下，不以詩自名。余得其詩讀之，本學術，隆師友，扶忠賢〔五〕，絀邪佞〔六〕，愛君如愛親，憂民如憂己，合於詩人之所謂六義者。蓋江湖草野之士，白首專攻不過得數十百篇，潛齋方有權位，竊意豐於彼者必嗇於此，而其詩至二十卷，又皆粹美無疵，閒雅有味，詎可以常情測度哉！

抑余有恨焉，爲其集止樵川也〔七〕，豈自爾遂無作乎？將靳固不以示人乎？昔廬陵、半山二公愈貴愈顯，其詩愈肆，巋然爲吾宋詩祖〔八〕。潛齋其盡發閟藏，取樵川以後稾録傳之，無使異日觀者嘆曰：陳簡齋自大用後不復有詩。潛齋當不以余言爲僭也。

〔一〕此文四庫本題作「王卿子詩集序」。
〔二〕「棠棣」至「使臣之言也」原無，據四庫本補。
〔三〕寒：原無，據四庫本補。
〔四〕畿：原無，據四庫本補。
〔五〕扶：原作「攀」，據四庫本改。
〔六〕佞：原無，據四庫本補。
〔七〕其集止：原無，據四庫本補。

〔八〕宋詩：原無，據四庫本補。

趙寺丞和陶詩

自有詩人以來，惟阮嗣宗、陶淵明自是一家，譬如景星慶雲，醴泉靈芝，雖天地間物，而天地亦不能使之常有也。然嗣宗跌蕩棄禮法〔一〕，矜傲犯世患，晚爲《勸進表》以求容，志行掃地，反累其詩。淵明多引典訓，居然名教中人，終其身不踐二姓之庭，未嘗諧世而世故不能害，人物高勝，其詩遂獨步千古。唐詩人最多，惟韋、柳得其遺意〔二〕。李、杜雖大家數，使爲陶體則不近矣。本朝名公或追和其作〔三〕，極不過一二篇。坡公以蓋代之材，乃徧用其韻。今松軒趙侯復盡和焉。出牧吾州，袖以教余。退而讀之，見其揫斂之中有開拓，簡淡之内出奇偉，藏大巧於樸〔四〕，寄大辨於訥，容止音節不辨其孰爲優孟，孰爲孫叔也〔五〕，可謂善學淵明者矣。

客難余曰：「昔坡公和篇初出，潁濱獨云淵明不肯束帶見督郵。子瞻既辱於世，欲以晚節自擬淵明，誰其信之？今吾子推趙配陶，將毋與潁濱異耶？」余曰：坡公和陶於老大坎壈之餘〔六〕，趙侯和陶於盛壯顯融之日。夫如是，則知貴其身而求乎内矣。貴其身者必重名節，求乎内者必輕外物，其去淵明何遠之有？潁濱復出，不易吾言矣。

〔一〕法：原與下句「矜」互倒，據四庫本乙。
〔二〕得：原無，據四庫本補。
〔三〕「公」下原有「者」字，據四庫本删。
〔四〕巧：原作「功」，據四庫本改。
〔五〕爲：原作「其」，據四庫本改。
〔六〕大：原作「夫」，據四庫本改。

趙虚齋注莊子内篇

往歲水心葉公講學析理多異先儒。《習學記言》初出，南塘趙公書抵余曰：「葉猶是同中之異，如某則直異耳。」余駭其言而未見其書也。

端平初，余爲玉牒所主簿，趙爲卿；攝郎右銓，趙爲侍郎。朝夕相親，稍窺平生論著，於《書》、《易》皆出新義，雖伊洛之説不苟隨，惟《詩》與朱子同。且語余曰：「莆人惟鄭漁仲善讀書，子可繼之，勿爲第二流人。」鄭名樵，所謂夾漈先生者。余謝不敢當。方欲盡傳其書，俄皆去國矣。耆雋凋落，舊聞益荒。太常博士鄭君彝叟道莆，爲余言虚齋趙公方爲諸經作傳。余固厚公，以書叩問，公答云云。大指多與南塘合，然靳固未肯輕出，曰：出之將駭一世矣。

余既老病，無復四方之役，常恨不得挾冊以從公游。一日於親友家得公所作《逍遥遊解》，盡黜舊注，自成一家，以數明理，以理斷疑。如巧歷然，起一筭子而千歲之日可知；如國棋然，下一冷着而滿盤之子皆活。訥而辨〔一〕，簡而盡。心竊歎伏，遂從公求得《内篇本旨》而傳録焉〔二〕。余少亦嗜此書，至是悟而笑曰：許多年在郭象雲霧中，乃今彷彿見蒙叟户庭矣。又悟世儒箋傳之學皆隨聲接響，按模出塹爾，如水心、南塘，如虚齋，乃可謂之善學。因漆園之書以推它書〔三〕，其高妙精詣、切於世用抑又可知也。

昔南塘自以其《易》學講於旃厦，公行矣扈蹕甘泉，開卷邇英，其盡取諸書獻之乙覽，列之學官，與天下共之，毋徒藏名山而俟來哲也。

〔一〕訥：原作「納」，據小草本、翁校本改。
〔二〕本：原作「求」，據四庫本改。
〔三〕後一「書」字原作「官」，據四庫本改。

唐五七言絶句

野處洪公編唐人絶句僅萬首，有一家數百首並取而不遺者，亦有復出者，疑其但取唐人文集、雜説〔一〕，令人抄類而成書〔二〕，非必有所去取也。余家童子初入塾，始選五七言各百首口授之〔三〕。切情詣理之作，匹士寒女不棄也〔四〕，否則巨人作家不録也。惟李、杜當別論。童子請曰：「昔杜牧譏元、白誨淫，今所取多邊情春思宮怨之什〔五〕，然乎？」余曰：《詩·大序》曰：「發乎情性，止乎禮義。」古今論詩〔六〕，至是而止。夫發乎性情者，天理不容泯；止乎禮義者，聖筆不能刪也。小子識之！

〔一〕疑：原作「宜」，據四庫本改。
〔二〕成：原作「威」，據四庫本改。
〔三〕選：原作「遺」，據四庫本改。
〔四〕士寒：原缺，據四庫本補。
〔五〕邊：原缺，據四庫本補。
〔六〕論：原無，據宋刻本、小草本補。

本朝五七言絶句

《唐絶句詩選》成，童子復以本朝詩爲請，余曰：兹事尤難。楊、劉是一格，歐、蘇是一格，黃、陳是一格，一難也；以大家數掩羣作，以鴻筆兼衆體，又一難也。昔趙公履常欲編本朝詩〔一〕，輒止，其意深矣。余病眊，舊讀不能盡記，家藏前人文集苦不多，里中故家書類散落不可借，暇日姑取所嘗記誦南渡前五七言亦各百首授童子。或曰：本朝理學、古文高出前代，惟詩視唐似有愧色。余曰：此謂不能言者也。其能言者，豈惟不愧於唐，蓋過之矣。

〔一〕昔：原作「黃」，據四庫本改。

中興五七言絶句

客問余曰：吕氏《文鑑》起建隆，迄宣、靖，何也？曰：炎、紹而後，大家數尤盛於汴都，其人非朝廷之公卿即交游之祖父，並存則不勝記誦之繁，精練則未免遺落之恨，去取之際難哉。客曰：子選本朝絶句，亦此意乎？曰：固也。客曰：昔人有言：唐文三變，詩亦然〔一〕，故有盛唐、中唐、晚唐之體。晚唐且不可廢，奈何詳汴都而略江左也？余矍然起謝曰：君言有理。乃取中興以後諸家五七言〔二〕，各選百首。内五言最難工，前選猶有未滿人意者，此編則一一精善矣。窮鄉無借書處，所見少〔三〕，所取狹〔四〕，可恨惟此一條爾。至於江湖諸人，約而在下，如姜夔、劉翰、趙蕃、師秀、徐照之流〔五〕，自當別選。客曰：《文鑑》可併續乎？余曰：以俟君子。

〔一〕亦然：原倒，據四庫本乙。
〔二〕家：原作「篇」，據四庫本改。
〔三〕少：原無，據四庫本補。
〔四〕所：原無，據四庫本補。
〔五〕如：原無，據四庫本補。

後村先生大全集卷之九十五

序

王隱君六學九書

近世丹家如鄒子益、曾景建、黄天谷，皆余所善，惟白玉蟾不及識，然知其爲閩清葛氏子。鄒不登七十〔一〕，黄、曾僅六十，蟾尤夭死。時皆無它異，反不及常人，余益不信世之有仙而丹之果可以不死也。

晚使江左，始識丹池王君，示余所著書。余讀而異之，因記曩與諸人語〔二〕，鄒專任佛，黄涉獵道家書不能精，蟾學與黄類，惟景建浩博可畏，扣之不窮，三人者不足以涉其藩。甚矣，丹池之書似吾景建也。丹家所知有所限止，君於析理本洙泗，接關洛，於周子《太極圖》之外爲新圖焉，未知與譙天授、袁道潔何如也〔三〕。於談禪離句義，合儒釋〔四〕，爲《大覺牟尼圖》焉〔五〕，覺範、如璧輩不及也。於道家本《易》、《老》、《參同契》，其説精詣，殆麻衣、崆峒道士所未發也。於兵法起風后〔六〕，至武侯，上下數千年，圖其分合，抉其微妙，有薛季宣、蔡季通所未解也。論世事皆中窠臼，鑿鑿可行，則种放、常秩之儔匹也。爲文章散語老辣，韻語高勝，亦曼卿、子美之彷彿也。嗟夫！景建已矣，痛亡友之不作，喜斯人之猶存，乃序其書而歸之。

君交游皆大貴人，持論不少貶屈，如勸史丞相早退，與鄭丞相論邊事，皆可傳，亦坐此落泊。歲不我與，栖栖道涂，方求所謂大藥貲者。余扣君曰：「仙家所謂三千功行者，何也？」君曰：「活人爲第一義，余有志無力。今以書幣招我者實位將相，臨方面，南北生靈所賴以休息者〔七〕，有福德，有資力，吾事其遂濟乎！」余始悟安期生畫策，梅福上書，始未嘗不冀其有遇，不遇乃遁去耳。又扣君曰：「吾聞仙者曰純陽，曰無漏，鄒晚置妾，曾在道州生子，黄、葛不能無婦人，君亦然，何也？」君曰：「若所言内丹也，可以延年爾，大丹成則飛騰變化去矣。」余欲留君共究其論，春江渺然，風怒帆駛，極目久之。君許它日訪余商榷，而君游無期，余歸有日，未知尊酒相屬於何處也。君名允恭，字元肅，會稽人。

〔一〕登：原作「曾」，據四庫本改。
〔二〕語：原作「與」，據四庫本改。
〔三〕袁：原作「表」，形近而誤。袁道潔即南宋袁溉。下篇同。
〔四〕合：原作「今」，據四庫本改。

〔五〕大：原作「天」，據四庫本改。
〔六〕於：原作「乎」，據四庫本改。
〔七〕休：原作「體」，據四庫本改。

季父易藁

《易》學有二：數也，理也。漢儒如京房、費直諸人，皆舍章句而談陰陽災異，往往揆之前聖而不合，推之當世而少驗。至王輔嗣出，始研尋經旨，一掃漢學，然其弊流而爲玄虛矣。本朝數學有華山陳氏、河南邵氏。今邵氏之書雖存，通者極少。理學有伊川程氏、新安朱氏，舉世誦習，衆説幾廢。余嘗恨程、邵同時，不相折衷，曰《傳》，曰《皇極經世圖譜》，遂判爲二書而不可合。天下豈有難通之書，亦豈有理外之數哉！噫，《易》更三聖，説《易》者非一家。程氏排臨川之學者，及教人讀《易》必輔嗣、介甫；朱氏尊伊川之言者也，至《本義》則多程之所未發。議論以難疑問答而詳，義理以講貫切磋而精，此季父《易藁》之所爲作也。

初，余爲建陽令，季父訪余縣齋，因質《易》疑於蔡隱君伯静〔一〕。後二十餘年而書成，大旨由朱、程以求周、孔，由周、孔以求羲、文。其篤守師説，雖譙天授、袁道潔無以加，視世之高談先天、徑造微妙者，彼虚而此實矣。

季父名彌邵，字壽翁。中歲棄科舉，閉門著書，動必由禮，行義爲鄉先生。家貧，食於學。晚舍去，併學俸却之。太守眉山楊侯棟、郡博士括蒼俞君來，即學爲堂，示舍蓋之意，季父僅一至焉。後楊侯使本道，又論薦於朝，不報。卒年八十二。俞君乃取昔所却俸爲刊《易藁》，而授簡其猶子克莊序之。

〔一〕君：原無，據四庫本補。

張昭州集

淳祐丁未，予自少蓬免歸後村，衰耗廢退，巷無行迹。一日有奉函書剥啄柴荆者，問之則辰州糾曹張掾之使也〔一〕。亟發書，累繭無它辭，而槖其先大夫遺文四十卷以請曰：「惟先生序之〔二〕。」余因記曩游桂幕，臺閫森立，賓佐人人務鑱鋭出新奇中上官意。大夫君方監郡，獨夷澹自守，專以寬静裨大尹，綏遠人。遇休沐或風日佳時，必命客聯騎，縱覽幽壑〔三〕，徜徉永日。既而詔以君牧昭州，同志餞之於湘南樓。時予知君持身如古君子，愛民如漢循吏，餘事見於翰墨而已〔四〕，未深叩而細論也。至是盡讀所謂四十卷者，喟然歎曰：前日之量君者不亦淺哉！

蓋君詩師石湖、誠齋，然出入衆體。《與某太守》云：「未能子字民，但欲兄事錢。」《嚴瀨》

云：「策勛簑笠上，自是一雲臺。」《答二禽》云：「憂兄行不得，勸客不如歸。」酷類其師。《秋雨》云：「獨木乘危涉〔五〕，勞薪帶濕吹。」《暮夜》云：「蝙蝠廻旋舞，蚊蟲跋扈飛。」類唐子西。《雜詩》云：「阮孚幾蠟屐，晏子一狐裘。」又云：「移封初悶悶，通道忽陶陶。」類陸放翁。《咏牡丹》云：「紫垂户外瞻天近，緑墜樓前到地香。」類二宋。《南樓晚望》云：「江漢西來天地白。」咄咄逼蘇子美、石曼卿。四六師平園，帖妥精確，雖猝遽應酬之作，皆有義理之脉。它文亦多可傳誦。君之所蘊如此，而余初不能知。甚矣，余之淺陋可愧，君之深厚可敬也！

當寶、紹間，仕有捷徑，挾他繆巧，立致顯融，君方掩鼻權利〔六〕，白頭斗壘，在時輩中最爲滯留。端平改紀〔七〕，奬擢廉退，而君不少需以死矣。昔與君别，掾不勝衣，今遂能會粹手澤來求余文。回首舊遊〔八〕，邈焉二紀，撫卷感愴，既以君之才不及於用爲君恨，又以君之子能傳其業爲掾喜也。

君吉之永新人，名潞，字東之。

〔一〕問之：原無，據四庫本補。

〔二〕生：原作「友」，據四庫本改。

〔三〕幽：原作「巖」，據四庫本改。

〔四〕於：原無，據四庫本補。

〔五〕危：原作「虚」，據宋刻本、小草本改。
〔六〕君方：原作「者君」，據四庫本改。
〔七〕改紀：原缺，據四庫本補。
〔八〕首：原作「道」，據四庫本改。

網山集

學必有師，師必有傳人。揚雄之徒，以侯芭爲傳人；授業河汾之門者衆矣，以董常爲傳人。侯、董皆窮鄉匹士，功業不著於世，而師道之傳在焉〔一〕。隆、乾間，南方學者皆師艾軒先生，席下生常數百人，去而貴顯者相望。然自先生在時，言高弟必曰網山〔二〕。後先生卒六十載〔三〕，學者論次先生嫡傳，亦必曰網山。夫未遇一布衣，死則死矣，而能亢其名〔四〕，與當世大儒並行，非孟子所謂豪傑之士乎？

余嘗評艾軒文高處逼《檀弓》、《穀梁》，平處猶與韓並驅。他人極力摹擬，不見其峻潔而古奥者，惟見其寂寥而稀短者，縱使逼真，或可亂真，然虎賁之似蔡邕也，優孟之似叔孫也，有若之似夫子也〔五〕，形也。至於網山論著，句句字字足以明周公之志，得少林之髓矣。其詩律高妙者絶類唐人，疑老師當避其鋒，它文稱是。然甫五十死。子名簡子，字綺伯，客死，其後遂絶。

余童子時師事綺伯，又與網山之嫡孫竹溪林侯肅翁交友〔六〕。肅翁既序其遺文矣，某復識其後。網山林氏，名亦之，字學可，福清人，一號月魚先生。

〔一〕而師道之傳在焉：原作「之師道傳世焉」，據四庫本改。
〔二〕句首原有一「高」字，據四庫本删。
〔三〕十：原作「年」，據四庫本改。
〔四〕亢：原作「有」，據四庫本改。
〔五〕也：原無，據四庫本補。
〔六〕溪：原無，據張本補。

樂軒集

初，網山既得師傳，嗣講席，户外之屨幾半艾軒。於是網山之徒又推樂軒爲高弟〔一〕。一日侍網山謁老艾，艾受其拜，接之如孫。然網山僅得中壽，使其高年，必不終窮也。樂軒七十五乃死，年出於其師，而窮尤甚於其師。城中無片瓦，僑居福清縣之横塘，閉門授徒，僅足自給。至浮游江湖，崎嶇嶺海，積緡得百千〔二〕，歸，買田數畝〔三〕，輒爲人奪去，士之窮無過於此矣。今讀其文，闡學明理，浩乎自得，不汲汲於希世求合。螢窗雪案，猶宗廟百官也；菜羹脱粟，猶堂食萬錢也。入則課妻子耕織，勤生務本，有拾穗之歌焉；出則與生絃誦，登山臨水，有舞雩之詠焉。

自昔遺佚阨窮之士，功名頓挫，時命齟齬，往往有感時觸事之作以洩其無憀不平之鳴，若虞卿之愁、韓非之憤、墨翟之悲、梁鴻之噫、唐衢之哭是已。樂軒生平可愁、可憤、可悲、可噫、可哭之時多矣，而以樂自扁。樂之爲義，在孔門惟許顔子，先儒教人必令求顔子之所樂。嗚呼，此固樂軒之所聞於二師歟！

樂軒没二十餘年〔四〕，余從竹溪林侯肅翁傳抄遺藁〔五〕，姑叙其平生大致如此。肅翁又樂軒高弟也，他日居魏文貞之地，秉陳叔達之筆，當爲河汾先生立傳，無使天下後世有遺恨云。

樂軒陳氏，名藻，字元潔。

〔一〕於是：原作「樂軒」，據四庫本改。

〔二〕千：原作「年」，據四庫本改。

〔三〕田：原無，據四庫本補。

〔四〕「没」下原有「於」字，據四庫本删。

〔五〕遺：原作「余」，據四庫本改。

江西詩派

總　序

呂紫微作《江西宗派》〔一〕，自山谷而下凡二十六人，内何人表顒、潘仲達大觀有姓名而無詩，詩存者凡二十四家。王直方詩絶少無可采，餘二十三家部帙稍多。今取其全篇佳者、或一聯一句可諷詠者、或對偶工者，各著於編，以便觀覽。派中如陳後山彭城人，韓子蒼陵陽人，潘邠老黄州人，夏均父、二林蘄人，晁叔用、江子之開封人〔二〕，李商老南康人，祖可京口人，高子勉京西人〔三〕，非皆江西人也。同時如曾文靖乃贛人，又與紫微公以詩往還而不入派，不知紫微去取之意云何，惜當日無人以此叩之〔四〕。後來誠齋出，真得所謂活法〔五〕，所謂流轉圓美如彈丸者〔六〕，恨紫微公不及見耳。派詩舊本以東萊居後山上〔七〕，非也。今以繼宗派，庶幾不失紫微公初意。

黄山谷

山谷豫章人。國初詩人如潘閬、魏野〔八〕，規規晚唐格調，寸步不敢走作〔九〕，楊、劉則又專爲崑體，故優人有「撏扯義山」之誚。蘇、梅二子稍變以平淡豪俊，而和之者尚寡。至六一、坡公，巍然爲大家數，學者宗焉。然二公亦各極其天才筆力之所至而已，非必鍛鍊勤苦而成也。豫章稍後出，會粹百家句律之長，究極歷代體製之變，蒐獵奇書〔一〇〕，穿穴異聞，作爲古律，自成一家，雖隻字半句不輕出〔一一〕，遂爲本朝詩家宗祖，在禪學中比得達摩，不易之論也。其《内集》詩尤善，信乎其自編者。頃見趙履常極宗師之〔一二〕，近時詩人惟趙得豫章之意，有絶似者。

後山

後山樹立甚高，其議論不以一字假借人，然自言其詩師豫章公。或曰：黄、陳齊名，何師之有？余曰：射較一鏃，弈角一著，惟詩亦然。後山地位去豫章不遠，故能師之〔一三〕，若同時秦、晁諸人則不能爲此言矣〔一四〕。此惟深於詩者知之。文師南豐，詩師豫章，二師皆極天下之本色，故後山詩文高妙一世。然《題太白畫像》云：「江西勝士與長吟，後來不憂身陸沉。」勝士謂饒德操也。按德操此詩「去手污吾足」之作〔一五〕，太爭地位，太白非德操遂陸沉耶？似非篤論。

韓子蒼

子蒼蜀人，學出蘇氏，與豫章不相接，吕公强之入派，子蒼殊不樂。其詩有磨淬剪裁之功，終身改竄不已，有已寫寄人數年，而追取更易一兩字者，故所作少而善。

徐師川

豫章之甥，然自爲一家，不似渭陽。高自標樹〔一六〕，藐視一世，同時諸人多推下之〔一七〕。然集中不能皆善。舊傳豫章見師川《雙廟》詩，勉諸洪進步。今《雙廟》詩不存，則其詩零落亦多矣。師川在靖康中，朝列有改名避僞楚諱者，師川名婢曰昌奴，朝士至則呼之。以名節自任，故其詩云「直道庶幾師柳下，不應四海獨詩名」，可謂實録。諸人所以推下之者，蓋不獨以其詩也。

潘邠老

東坡、文潛先後謫黄州，皆與邠老游。其詩自云師老杜〔一八〕，然有空意，無實力。余舊讀之，病其深蕪，後見夏均父讀邠老詩，亦有深蕪之評〔一九〕。

三洪

三洪與徐師川皆豫章之甥。龜父警句往往前人所未道，然早卒，惜不多見。駒父詩亦工。初與龜父遊梅仙觀，龜父有詩，卒章云「願爲龍鱗攖，勿學蟬骨蜕」，是以直節期乃弟矣。駒父後居上坡〔二〇〕，晚節不終，不特有愧於舅氏，亦有愧於長君也。玉父南渡後爲少蓬，聞師川召，有《懷駒父》詩云：「欣逢白鶴歸華表，更想黄熊出羽淵。」然師川卒不能返駒父於鯨波之外。玉父愛兄之道至矣，余讀而悲之。

夏均父

均父集中如擬陶、韋五言，亹亹逼真，律詩用事琢句超出繩墨〔二一〕，言近旨遠，可以諷咏。蓋用功於詩而非所謂無意於文之文也。然竦之諸孫，故其詩云：「堂堂文莊公，事業何峥嶸！」孟子曰「孝子慈孫，百世不能改」，均父欲改之乎？其志亦可悲也。

二　謝

吕紫微評無逸詩似康樂，幼槃詩似玄暉〔二二〕。按康樂一字百鍊乃出冶〔二三〕，玄暉尤麗密。無逸輕快有餘而欠工緻，幼槃差苦思〔二四〕，其合玄暉者亦少。然弟兄在政、宣間科舉之外，有岐路可進身，韓子蒼諸人或自鬻其技至貴顯，二謝乃老死布衣，其高節亦不可及。

二　林

二林詩極少，曾端伯作《高隱小傳》，云有詩文百二十卷，今所存十無一二。兄弟皆隱君子，不但以詩重。

晁叔用

喻汝礪作《具茨集序》云：「余曩游都城，與晁用道爲同門生。後三十六年，識公武於涪陵，不知爲用道子也。一日來謁曰：『先公平生論著，自丙午之亂，存者特歌詩二百許篇，敢匄先生一言以發之。』又出其家譜牒，乃知其先公名冲之，字叔用，世所謂具茨先生者也。予聳然曰：是吾用道耶！第令字叔用爲小異耳〔二五〕。方紹聖初，天下偉異豪爽特絶之士離讒放逐，晁氏羣從多在黨中，叔用於是飄然遺形迹而去之，宅幽阜，廕茂林，棲於具茨之下〔二六〕，世之網羅不得而攖也。暨朝廷諸公謀欲起之，乃復任心獨往〔二七〕，高挹而不顧，世之榮利不得而羈也。至於疾革，乃取平生所著書聚而焚之，曰：『是不足以成吾名。』世之言語文章不得而污也。然則吾叔用所以傳於後世者，果於詩乎？顧其胸中必有含章内奥而深於道者矣。宋興，至咸平、景德中，儒學文章之盛不歸之平棘宋氏，則屬之清豐晁氏。二氏者，天下甲門也。文元公事章聖皇帝二十年，當是時，甄明舊儀，緒正禮樂，一時詔令皆出其手，於是朝廷典章法度之事，非六籍之英則三代之器也。迨其子文莊公繼踐西省，時文元公方請老家居也。宋宣獻謂世掌書命者，惟唐新昌楊氏及見其子，而晁氏繼之。叔用以文莊爲曾大父〔二八〕，以文元公爲高祖，家藏至二萬卷，故其子孫焠掌勵志，錯綜藻績之，皆以文學顯名。余嘗從叔用商近朝人物、嘉言善行、朝章國典、禮文損益〔二九〕，靡不貫洽。以詩鳴者豈叔用之志也哉？雖然，叔用既已油然棲志於林澗曠遠之中，寓事寫物，形於興屬，淵雅疏亮，未嘗爲悽怨危憤激烈愁苦之音，其於晦明消長、用舍得失之際，未嘗不安而樂之也。嗚呼，所謂含章内奥而深於道者，非耶！秦漢以來，士有抱奇懷能，流落不遇，往往燥心汗筆，有怨悱憤悁沉抑之思〔三〇〕，氣候急刻〔三一〕，不能閑退，古之詞人皆是也。太史公作《賈誼傳》，蓋以屈原配之，又裁録其二賦焉。至誼論三代之陶世振俗、固結天下之具，與夫秦之所以暴興急亡、斬艾天下之術〔三二〕，則還有所不録，豈謂誼一不平於中，遂哀怨抑鬱，泣涕以死，借使文帝盡用其論，誼又安能有所建立於天下乎？惟深於道者遯於世而不怨，發於詞而不怒，君子是以知其必能有爲於世者也。吾於叔用，豈直以詩人命之哉！」此序筆力浩大，與叔用之詩相稱。余讀叔用詩，見其意度沉闊，氣力寬餘，一洗詩人窮餓酸辛之態。其律詩云：「不擬伊優陪殿下，相隨于蔿過樓前〔三三〕。」亂離後追叙承平事，未有悲哀警策於此句者。晁氏家世貴顯，而叔用不肯於此時陪伊優之列而甘隨于蔿之後，可謂賢矣。它作皆激烈慷慨，南渡後惟放翁可以繼之〔三四〕。

汪信民

呂滎陽居符離〔三五〕，信民爲教官，從滎陽學，故紫微公尤推尊信民。其詩曰：「富貴空中華〔三六〕，文章木上癭。要知真實地，惟有華嚴境。」蓋呂氏家世本喜談禪，而紫微與信民皆尚禪學。

李商老

公擇尚書家子弟也，東坡、山谷、文潛諸公皆與往還。頗博覽强記，然詩體拘狹少變化。

三　僧

三僧中如璧詩輕快似謝無逸〔三七〕，亦欠工。祖可默讀書，詩料多無蔬筍氣，僧中一角麟也。善權與可相上下。

高子勉

親見山谷，經指授，記覽多，如《麥城》詩押險韻，略無窘態。集中健語層出。紫微公乃以殿諸人，何也？可升之。

江子之

子我弟也。子我詩多而工〔三八〕，舍兄而取弟，亦不可曉。豈子我自爲家，不肯入社如韓子蒼耶！

李希聲

與徐師川、潘邠老諸人同時。

楊信祖

「吏道官官惡，田家事事賢」，唐人得意語也〔三九〕。

吕紫微

紫微公作《夏均父集序》云：「學詩當識活法。所謂活法者，規矩備具而能出於規矩之外，變化不測而亦不背於規矩也。是道也，蓋有定法而無定法，無定法而有定法。知是者則可以與語活法矣。謝玄暉有言：好詩流轉圜美如彈丸〔四〇〕，此真活法也。近世惟豫章黄公首變前作之弊，而後學者知所趣向，畢精盡知，左規右矩，庶幾至於變化不測。然余區區淺末之論，皆漢魏以來有意於文者之法，而非無意於文者之法也。子曰：『興於詩。』又曰〔四一〕：『詩可以興，可以觀，可以羣，可以怨，邇之事父，遠之事君，多識於鳥獸草木之名。』今之爲詩者，讀之果可使人興起其爲善之心乎？果可使人興、觀、羣、怨乎？果可使人知事父事君而能識鳥獸草木之名之理乎？爲之而不能使人如是，則如勿作。吾友夏均父賢而有文章，其於詩蓋得所謂規矩備具而出於規矩之外，變化不測者。後更多從先生長者游〔四二〕，聞人之所以言詩者而得其要妙，所謂無意於文之文，而非有意於文之文也。」余嘗以爲此《序》天下之至言也，然均父所作似未能然〔四三〕，往往紫微公自道耳。所引謝宣城「好詩流轉圓美如彈丸」之語〔四四〕，余以宣城詩考之〔四五〕，如錦工機錦，玉人琢玉，極天下之巧妙，窮極巧妙然後能流轉圓美。近時學者往往誤認彈丸之諭而趨於易〔四六〕，故放翁詩云「彈丸之論方誤人」。又朱文公云：「紫微論詩欲字字響〔四七〕，其晚年詩多啞了。」然則欲知紫微詩者，以《均父集序》觀之，則知彈丸之語非主於易；又以文公之語驗之，則所謂字字響者，果不可以退惰矣〔四八〕。

〔一〕宗：原作「總」，據四庫本改。
〔二〕晁：原無，據四庫本補。
〔三〕高子勉：原脱「子」字，據後文補，謂高荷也。
〔四〕惜：原無，據四庫本補。
〔五〕「得」下原有「秀」字，又「法」原作「潑」，據四庫本删改。
〔六〕圓：原作「完」，據四庫本改。
〔七〕詩舊本：原作「中」，據四庫本改、補。
〔八〕「國初詩人」及「野」字原無，據四庫本補。

〔九〕「作」上原有「也」字，據四庫本删。
〔一〇〕奇書：原作「筆」，據四庫本改。
〔一一〕輕：原無，據四庫本補。
〔一二〕極：原無，據四庫本補。
〔一三〕師：原在下句「若」字下，據四庫本乙。
〔一四〕秦：原作「人」，據四庫本改。
〔一五〕去：原作「云」，據四庫本改。
〔一六〕樹：原無，據四庫本補。
〔一七〕同時諸：原無，據四庫本補。
〔一八〕師：原作「詩」，據四庫本改。
〔一九〕「評」上原有「病」字，據四庫本删。
〔二〇〕駒：原作「餉」，據四庫本改。
〔二一〕超：原作「趨」，據四庫本改。
〔二二〕幼：原脱，據四庫本補。
〔二三〕「乃」下原有「時」字，據四庫本删。
〔二四〕差：原作「羞」，據四庫本改。

〔二五〕宇：原作「自」，據四庫本改。
〔二六〕棲：原無，據四庫本補。
〔二七〕任：原作「仕」，據四庫本改。
〔二八〕「文」下原有「章」字，據四庫本删。
〔二九〕言：原作「文章」，據四庫本改。
〔三〇〕悱憤悏：原作「悱悱悏悏」，據四庫本删改。
〔三一〕候：原作「喉」，據四庫本改。
〔三二〕急：原作「棘」，據四庫本改。
〔三三〕蔿：原作「爲」，據四庫本改。
〔三四〕惟：原無，據四庫本補。
〔三五〕滎：原作「榮」，據四庫本改。
〔三六〕華：原作「葉」，據四庫本改。
〔三七〕詩：原作「封」，據四庫本改。
〔三八〕工：原作「上」，據四庫本改。
〔三九〕得意：原無，據四庫本補。
〔四〇〕流：原無，據前後文所引同一語句補。

〔四一〕又曰：原無，據四庫本補。
〔四二〕更：原作「果」，據四庫本改。
〔四三〕然：原無，據四庫本補。
〔四四〕美：原無，據四庫本補。
〔四五〕考：原作「巧」，據四庫本改。
〔四六〕諭：原作「論」，據四庫本改。
〔四七〕欲字字：原作「字欲」，據四庫本乙、補。
〔四八〕惰：原作「道」，據宋刻本、小草本改。

鐵庵遺稿

寶章閣直學士方公既没，余於其家得公諫垣奏疏四，又二疏藁而未上，右螭直前疏二，西掖繳疏三，進故事八，雜表章二十五。如良醫以單方起危疾，不雜試也；如善弈以緊着救壞局，不泛應也。外制三十六，如湯盤孔鼎，單辭隻字足矣，不在多言也；如廟瑟一倡足矣，不待九奏也。君遺補僅數十日，而千古之名節係焉；通所作僅八十篇，而一代之文獻在焉。

自端平以來，天下推賢諫臣曰平齋，曰實齋，公稍後出，幾與齊名。初，公被上親擢，第一義大戇矣，人爲公懼。公不以爲悔，每對必申之，又於駁論李子道、鄒雲從極言之。中坐此留落，而孤忠自信，素論不改，猶時於表章致其惓惓焉〔一〕。余嘗謂言之非難，容而受之爲難。凡公所言皆人主所難堪〔二〕，然自始至終無歐、余之擯斥而有歐、余之福，有鄒、陳之遭遇而無鄒、陳之禍，行簡、嵩之雖無至誠樂與之意而不能害，峴雖加以非所宜言、大不敬之罪而卒莫中傷者，誰之力歟？漢人有言：主聖則臣直。然則非公之直也，陛下之聖也。

公他言皆典嚴精麗。與人尺牘，蟬聯績密，語妙天下，可以寶翫。尤勤民事，決訟或數千言，皆切於世教民彝，異乎所謂龍筋鳳髓者。公之子演孫方彙次爲《別集》云。

公諱大琮，字德潤。

〔一〕時：原作「待」，據小草本、翁校本改。

〔二〕主：原無，據翁校本補。

劉尚書集

吾鄉諸老惟蔡公遺文最詳備。陳諫議當時、朱給事君貺，黨籍忠賢也；王察院景深，道鄉輩人也。集皆不傳。渡江以來，如陳、龔二公僅有詩、奏議刊行。龔言語妙天下，四六尤高，世或不得而見〔一〕。至於葉、鄭兩宰輔〔二〕，薛、陳二柱史，鄭漁仲山林特起，黄伯耆臺閣勝流，今家集存否不可知，其言議風旨日遠日亡，更數十年，將恐後學晚生不復見前輩之大全矣。蓋其始也，或失於因循而未暇論次，或有所避就而不欲流布；其久也，遂至於散逸而不可收拾。此豈非象賢繼志者之責乎！

故詹事、尚書文肅劉公集三十卷，自奉大對至歷館殿、給諫、方面，凡所建白，多者萬言，少者數語，皆條達懇切；自古律詩至駢儷、記序、誌狀之屬，皆典實嚴重；自朝廷大議論至交親小往復〔三〕、出告吏民、入語子弟者，皆忠信誠慤。訂公之文，命意主乎厚，非資鍥薄者所能道〔四〕；措語極其平，雖尚奇崛者無以加。其在言路，方誅權臣，召故老，朝無大姦慝，故公無大擊搏，爲國家扶公道、合善類而已。其宰嵊縣，大蝗，因出詔蠲越諸邑丁税。既而止及會稽、山陰、蕭山，公投匭固争，請如初詔。後歷臺院，乞增糴本，賑饑疫，埋戰骼，掩道殣，罷四川魚水錢，毋鬻不濟寺產。秤提法行，觸罪者衆，公累疏諫止，因宰掾白事峻責之，以此獲怨。其論天下事大指如此。素有至性，敬伯兄如父，愛二季如子。築第西郭，即虚山絶頂爲友于堂。俄而伯先逝，公繼薨，角巾之志未酬，對牀之約不遂，悲夫！

求己齋者，公自號也。初，公以邑最薦，與四轄。時學禁方嚴，諸賢皆逐，力乞漳倅而去〔五〕。留滯七年，始見進用。及由樞掾出漕湖外，舟至蘭溪，中司以臺法辟，去而復留。考公本末，未嘗求合於世，而世於公自不能捨，所謂求諸己而不求諸人者歟！

劉氏舊通譜，余王父與公先大夫、先君與公再世同年，於是計院兄以集序見屬〔六〕。余幼受教於公，今老矣，惜諸家述作之罕傳，幸吾宗文獻之有考，序之所以美後人纂述之勤，且以勉里中之象賢繼志者也。慶元初，朱文公與余叔父麟臺書字公曰：「仲則辭中除而就外補〔七〕，不可及也。」絜齋袁公誌公墓逸此一事，因附見之。

公諱榘。子煒叔，倉部郎中，附叔，太府寺丞，皆前卒；燧叔，計院兄也。

〔一〕或：原作「遂」，據翁校本改。

〔二〕「葉」下原有「陳」字，據小草本删。

〔三〕論：原無，據小草本補。

〔四〕「鍥」下原有「博」字，據小草本、翁校本删。

〔五〕倅：原作「猝」，據小草本改。

〔六〕計：原作「討」，據小草本改。

〔七〕「辭」字原缺，「中」原作「仲」，據小草本補、改。

後村先生大全集卷之九十六

序

王與義詩

天台王君公矩示余古律詩四十首、長短句十首，其輕虚如飛燕之舞於掌上，其縮歛如沐猴之戲於棘端。昔人評山濤用少少許勝人多多許，殆爲君發也〔一〕。前輩有學詩如學仙之論，竊意仙者必極天下之輕清而後易於解脱，未有重濁而能仙也。君之作庶乎輕清矣，然余聞之，丹家冲漠自守，專固不怠，一旦嬰兒成，顖門開，足以不死矣。此養内丹者之事，癯於山澤之仙也。若夫大丹則異於是，傳方訣必有師，安爐竈必有地，致金汞必有貲〔二〕，又必脩三千功行以俟之。及其成也，笙鶴幢節不期而至〔三〕，王喬驂乘，韓衆執轡，翱翔太清而朝於帝所。此天仙也，異乎前之癯於山澤者矣。余以其説推之於詩，凡大家數擅名今古〔四〕，大丹之成者也；小家數各鳴所長，内丹之成者也。君之學不至於大家數不止〔五〕，因序以勉之〔六〕。

君名與義。

〔一〕君：原無，據小草本、翁校本補。
〔二〕金汞：原作「久永」，據小草本、翁校本改。
〔三〕「節」下原有「本」字，據小草本、翁校本刪。
〔四〕大：原作「夫」，據小草本、翁校本改。
〔五〕止：原作「肯」，據小草本、翁校本改。
〔六〕以：原作「與」。據小草本、翁校本改。

韓隱君詩

古人不及見後世書〔一〕，而偶然比興風刺之作至列於經〔二〕；後人盡讀古人書〔三〕，而下語終不能髣髴風人之萬一，余竊惑焉。或古詩出於情性，發必善；今詩出於記問，博而已。自杜子美未免此病，於是張籍、王建輩稍束起書袋，剗去繁縟，趍於切近。世喜其簡便，競起效顰，遂爲晚唐體，益下，去古益遠。豈非資書以爲詩失之腐，捐書以爲詩失之野歟！

懷安韓君斗袖其乃翁詩一編越邑示余，凡舂容者、寂寥者皆合節奏。如《地震》、《日蝕》、《詰鼠》、《厭蝨》諸篇，其辭出入貫穿百家，雖襲舊體，各有新意，博而不腐，質而不野。以今人詩較之，盆盎中罍洗也。翁至死不下山，亦未嘗出其藁，余得之驚喜。坐客有曰：「趙章泉詩踰萬首，韓仲止、鞏仲至幾半之，至少者亦千首，翁盡平生所作纔五十章，無乃太簡乎？」余曰：諸薌積千斤皆浮〔四〕，惟沉雖葉薄銖輕者亦沉，以其重也。烏乎，翁詩不翅足矣，奚以多爲！聞翁窮經考古，所著非一書，余將求而觀焉。斗亦苦學，筆力與翁上下，必能顯揚翁者。

翁名永，字昭文。

〔一〕書：原無，據小草本補。

〔二〕而：原作「之」，據小草本改。

〔三〕「盡」下原有「誦」字，據小草本刪。

〔四〕積：原無，據小草本補。

林同孝詩

寒齋力辭聘召，死於隱約。子同、合以表其阡，旌其閭爲未足也，行其書焉，嗣其學焉。同又摭載籍以來孝於父母者〔一〕，事爲一詩〔二〕，詩具一意，各二韻二十字，積至三百首。起邃古迄叔季兼取〔三〕，明天理未嘗泯也；自聖賢至夷狄異類並録，見天性未嘗異也。事陳而意新，辭約而義博，賢於煙雲月露之作遠矣。始寒齋之事寶章也，視調膳褐襲之節以康其體，躬場圃井臼之勞以裕其力，人知寶章之勇於退而不知其退之有以自樂也。合、同之事寒齋也亦然。昔曾元養參，已不如參之養皙；石奮諸子，恬侯稍不逮建〔四〕，至孫而孝謹遂衰。今石塘之林，奕世家法嗣守之不墜〔五〕，有古人所難能者。惜其兄弟具未脱白，修於家、浮沉於閭里而已。

余常恨世儒率華過其實，惟同華實相副，其操行蓋漢孝廉之盛舉也，詞藝亦唐進士之高選也。頃艮齋謝公嘗彙《孝史》五十卷上之阜陵，同此詩它日必與謝公之史並行。淳祐庚戌白露節，前史官劉克莊序〔六〕。

〔一〕又：原作「文」，據小草本改。
〔二〕詩：原作「書」，據小草本改。
〔三〕兼取：原作「廉恥」，據小草本改。
〔四〕「侯」原作「淡」，「建」字原無，據小草本及《孝詩》卷首原序改、補。
〔五〕墜：原作「遂」，據小草本改。
〔六〕「淳祐」以下原無，據《孝詩》卷首原序補。

迂齋標註古文

彙衆家文爲一編，蕭統以前無是也。統合先秦、二漢、三國、六朝之作爲三十卷，姚鉉專録唐文爾，乃至百卷。卷帙益多，文字益濫，《選》《粹》之優劣即統、鉉之優劣也。本朝文治雖盛，諸老先生率崇性理，卑藝文。朱主程而抑蘇，吕氏《文鑑》去取多朱氏意，水心葉氏又謂洛學興而文字壞。二論相反，後學殆不知所適從矣。

迂齋標注者一百六十有八篇，千變萬態，不主一體，有簡質者，有葩麗者，有高虚者，有切實者，有峻厲者，有微婉者〔一〕。夫大匠誨規矩而不誨巧，老將傳兵法而不傳妙，自昔學者病焉。至迂齋則逐章逐句，原其意脉，發其秘藏，與天下後世共之。惟其學之博、心之平〔二〕，故所采掇尊先秦而不陋漢、唐，尚歐、曾而並取伊洛，矯諸儒相反之論〔三〕，萃歷代能言之作，可以掃去《粹》、《選》而與《文鑑》並行矣。

迂齋樓氏，名昉，字暘叔，以古文倡莆東。經指授成進士名者甚衆，其高第爲帝者師、天下宰，而迂齋已不及見。今大漕寶謨匠監鄭公次申亦當時升堂入室者也〔四〕，既刊《標注》十卷〔五〕，貽書余曰：「子莆人也，非迂齋昔所下榻設醴者乎，其爲我序此書。」余曰：謹受教。

〔一〕句末原有「也」字，據翁校本删。
〔二〕「心之」下原有一「心」字，據翁校本删。
〔三〕反：原作「友」，據翁校本改。
〔四〕「申」原作「時」，「入」字原無，據小草本改、補。
〔五〕「十」下原有「首」字，據小草本删。

德興義田

一鄉一里之事，合一鄉一里之力以任之，古也。使一户任之，非古也。今夫一闤之市、三家之聚，必有詭挾逃亡之賦〔一〕。縣大夫不能考覈，無所追呼，必於户長乎責。役户有蕩産災身之患而餘家無動容變色之撓，豈守望相助之義乎？中下户畏是役，以無産爲幸，或飛寄使之盡然後已，惟愿而弱、智與力不能飛寄者抑首受役，江鄉諸邑皆然。德興明府卓君始按民産高下〔二〕，各使出穀，名曰義莊，募人充户長。三十七都之人，賢者相勸勉，富者先倡率，奉明府令莫敢有違，其美秀而文者争奮筆以紀録焉。

初，淳熙間蜀人李文昭爲宰，實教民爲義役，邑人德之，廟食至今。卓君又倣代役之意〔三〕，創立是莊。異時家家飛寄，是役也，中下户各自實其産，一利也。革抑差之弊〔四〕，募樂充之人，二利也。合衆力爲之，惠而不費，三利也。自李至卓，甲子踰一周矣，治辦之材多〔五〕，循良之迹少，蓋先後得二賢令而後害始去，書之以待傳循吏者。

君名得慶，莆田人。

〔一〕挾：原作「扶」，據翁校本改。

〔二〕府：原無，據翁校本補。

〔三〕倣：原作「佐」，據小草本改。

〔四〕抑：原作「一」，據小草本改。

〔五〕辦：原作「辨」，據翁校本改。

送卓渙之羅浮〔一〕

國家憂顧在西北，功名機會在西北。天下士不游廣陵謁陳登，適荆依劉表，則入蜀客嚴武，是二三公有事權氣力〔二〕，呼吸間能使人不貧不賤，杖策而往，嬴糧而從，宜也。若嶺嶠偏遠，無進取蹊徑，世以爲霧潦炎熱之地。士或南轅，親友諫止，不可止則握手鄭重以尊生爲祝〔三〕，不相知者至有息陰止渴之疑。

余弟處和作牧於惠，謀同載之士，余曰：「愛弟者莫若兄，余既老病不能偕，卓君怡甫余友也，學醇行潔，忠信直諒，客若人於郡齋，日接談論，主人者可以寡過矣。」弟以兄言爲然，具書幣以請，怡甫往反辭甚力。余曰：「惠在廣左，未爲深入，蘇、唐二公遺蹟在焉〔四〕。羅浮山、豐湖之勝甲東南，余曩使粤〔五〕，更再寒暑，幸免黄茆之沴，亦無薏苡之謗，是在人而已。元城公有止酒之戒，田承君有在京師病傷寒之喻，苟伐天和，雖在中州而病，不必南州能病人也。前人有夷齊不易心之論，苟萌得心，雖飲廉泉而濁，不必貪泉能汚人也。怡甫昔與故閩清鄭明府周旋尤久，今明府之子將參余弟軍事，竊意明府之念其子無以異於余之念弟也〔六〕。怡甫既善其父兄，於其子若弟安能恝然乎？」怡甫乃束書問塗〔七〕。余家人與里人皆賀余弟能致此士，它日賓主來歸，余固衰憊，尚能攜斗酒彘肩，出里門一笑相勞苦〔八〕。

〔一〕涣：原作「漁」，據小草本改。
〔二〕氣：原作「勢」，據小草本改。
〔三〕祝：原作「足」，據小草本改。
〔四〕蹟：原作「績」，據小草本改。
〔五〕粤：原作「奥」，據小草本改。
〔六〕府：原作「甫」，據小草本改。

〔七〕塗：原作「余」，據小草本改。

〔八〕笑：原無，據小草本補。

山中別集〔一〕

始余請南塘選仲白詩，南塘更以屬余，苦辭不獲。南塘詩評素嚴，而余尤縛律，每去取一篇常三往返然後定，有全篇皆善而爲一字半句所累者皆不録，故集止百篇。後十餘年〔二〕，見南塘持論稍寬〔三〕，惟余縛律如故。又二十年，余益衰老，從時願求仲白遺藁熟復〔四〕，喟然而嘆曰：天乎，余之有罪也！蓋《國風》、《騷》、《選》不主一體，至沈、謝始拘平仄，詩之變，詩之衰也。仲白之志，常欲歸齊、梁而返建安、黄初，蜕晚唐而追開元、大曆，於古體寓其高遠於大篇，發其精博於短章，窮其要眇。《雪夜感興》等作，咄咄逼子昂、太白，顧專取律體而使仲白之高遠者、精博者皆不行於世，所謂要眇者又多以小疵遺落。天乎，余之有罪也！乃雜取百篇爲《別集》，以志余過。凡仲白集外之棄餘，皆他人卷中之警策也。初選余年三十三，再選六十八矣。

時願字志仁，以甲科郎教胄子，出倅福、泉云。

〔一〕中：原作「名」，據翁校本改。

〔二〕十餘年：原作「年餘」，據小草本改。

〔三〕本句「持論」與「稍寬」之間原有四百八十字，乃本卷《竹溪集序》（見後）之文，今據翁校本移併。

〔四〕仲：原作「仲」，據翁校本改。

慶元縣鄉飲酒

寶祐癸丑日南至，慶元縣尹羅君澄源行鄉飲酒於縣齋，鄉大夫士庶會者三百餘人，九十者二人，八十者六人，七十、六十者二十人，餘序長幼有差。主賓僎介酬獻如儀，工歌笙磬作止叶雅。觀者興起，咸曰：「創邑一甲子矣，是禮也，惟舊尹趙尚書汝述一舉行〔一〕，今將五十年始再見。」士則曰〔二〕：「尹以賓友遇我，有一善得不往告之乎〔三〕？」民則曰：「尹以禮遜迪我，有一不善得無梗其化乎？」蓋武城、單父遠矣，善乎密令之言曰：「以禮教汝，必無怨惡；以律治汝，小者可論，大者可殺也。」君亦欲先教其民而後施政刑焉，賢矣哉！

或曰：「今之吏其不合於古者多矣，古之禮其僅存於今者少矣。上之賦役，下之冠婚喪祭，不能皆古，獨鄉飲往往行於郡國，毋乃近於迂乎〔四〕？」余曰：古人於禮之不幸而已失者，猶能求之於野；今人於禮之幸而僅存者，乃不能求之於書。充君之志，冠婚喪祭皆可以稍復古，豈惟鄉欽哉！君温陵人。頃余與其先大君子諱知古同受學西山，同宰邑建溪。老矣，聞君能似其父，喜而筆之。

〔一〕舉：原作「本」，據翁校本改。

〔二〕士：原無，據翁校本補。

〔三〕告：原作「苦」，據翁校本改。

〔四〕乎：原作「者」，據小草本改。

送葉大明 日者

余晚擯於時，負謗甚醜，狥名矜衒者見其衰颯類疏之，視時鄉背者知其不復用〔一〕，或訕侮而蹈籍焉。晨起，門有剥啄，出迎則建安葉君大明也。袖一卷書，爲余談命，曰：「君知所以退閑乎？孛爲之也，將以十月出矣。孛出而木星入，且爲君福，敢賀。」

余愀然曰：曩余去國，其罪嘗著於時賢清議之所云云，謂余獲戾於時賢則有之，未嘗獲戾於孛也。古之君子遭謗則自修，聞過則内訟，余且不敢以時賢之用舍爲忻戚，安敢以孛、木之出入受吊賀乎？況人之嗜好各有不同，衆慕進爲，余慕退閑。體不耐勞〔二〕，性復喜佚，得於天者然也。憶在列時，身兼數職。朔祭則以亞卿初獻，跪拜無數，起夜分行事，盡五鼓受胙退。明禋則傴僂却步，導上行黃道。雖甚親近，亦甚兢懼。侍立則黎明夾香案，二府奏事，諫官、御史上殿輪對，朝辭班絶，又升殿立俟，駕興乃趍出。余時已六十五，頭目眩暈，腰脚頑痺，常恐顛仆於宗廟、朝廷之上。而尤窘者，衰暮荒落，旃厦顧問，奉對空疏。遇院吏以詞頭至，含毫搔首，思索一字如汲眢井。當此之際，念欲掛冠還笏，爲一不識字老農而不可得。今蒙寬恩放歸田里，睡至日高丈五〔三〕，坐茂樹，臨釣磯，或抵暮忘返。而又束書不觀，焚筆硯不爲文，度人間至閑至佚無出余者，視向之且拜且立〔四〕，且備顧問而費思索〔五〕，其得失乘除何如哉？

夫前之使余進爲者，木之屬也，君所謂福，余所謂災也。後之使余退閑者，孛之屬也，君所謂災，余所謂福也。昔韓子自推日辰〔六〕，歎斗牛之不神，惟箕簸揚而不已。韓子之尤箕，猶葉君之尤孛也。余謂箕雖能起韓子之謗，亦能揚韓子之善；斗牛有神，不過爲韓子服車箱、挹酒漿而已。二者將安擇乎？孛乎孛乎，徐行無疾。相余退閑，舍勞就佚。願言挽留，共保終吉。詎敢淺心，幸君之出？

葉君名應祥，將游桐城，書以爲贈。

〔一〕視：原無，據翁校本補。

〔二〕體：原作「休」，據小草本改。
〔三〕丈：原作「天」，據小草本改。
〔四〕向：原作「回」，據小草本改。
〔五〕問：原作「門」，據小草本改。
〔六〕自：原無，據小草本補。

吳歸父詩

頃余爲大蓬，玉山吳君垚攜先君與其先大君子書，稱其詩律清新，求余着語。余見先君之書矣，未見君家集也，就求之，君行李無本。後四年，余屏居田舍，君橐一卷示余。讀之累日，古體淡泊簡遠，有陶、阮遺意；律體切近帖妥，唐家數中名作也。其書高者造極，深者入微，一洗詩人寒饑呻吟之態。然盡卷惟二十七首。垚泣曰：「先人名周，字歸父，擢乙丑第，爲松陽主簿，卒官下，年三十有六。遺藁散亡，垚長而訪求，止此爾〔一〕。」余頃見唐《任藩集》纔十詩，然字字精鍊。歸父二十七首，少乎哉？歸父與章泉趙公、澗泉韓公同里閈〔二〕，接議論，人物高勝，無詩猶傳，況其詩之可傳歟？

〔一〕此：原無，據小草本補。

〔二〕閒：原作「閑」，據小草本、翁校本改。

林同詩

余嘗患近人之作多俗間淺近之言，少事外高遠之趣，達者酣豢寵利，窮者夢想功名，情見乎詞，千人一律。惟寒齋父子不然。子真幼於程文尤工，然性純孝。寒齋嘗病，左右侍湯液，至不忍入州應舉。嘗赴胄試，自里抵京得詩一卷，十之九皆思親之言。年未四十，慨然罷舉。志尤潔，非躬耕不食。植梅百株，日哦其下。鈔新舊藁示余，無一字一句墮落世網〔一〕，獨於古今所謂仁人志士、忠臣孝子，每致其惓惓。昔韓子評歐陽詹云〔二〕：「讀其書，知其於慈孝最隆」；答李翊云：「仁義之人，其言藹如也。」以子真所作考之，信然。

子真素多病。寶章公葬福勝，距石塘十五里，余嘗偕往，涉溪陟巘，野風栗烈。余時已六十一，坐凉輿，無織扇，往還皆然。子真暖簷垂帷，不敢出也。今又九年，聞子真尚怯寒惡風，終歲不越户限。余垂七十，亦病卧一榻〔三〕，非復前日之後村翁矣。嗟夫！造物之所甚靳者，富貴也，功名也。余與子真既已割棄此念，至於筆以老而嚴，吟以窮而工，是區區者，忍不予畀哉！春益暖，病益愈，當招子真過我共究其論。

子真林氏，名同。或問子真可方何人，余曰：先朝魏野與其子閑俱入《隱逸傳》，俱有詩名。甚矣哉，寒齋之似野，子真之似閑也！

〔一〕無：原無，據小草本補。
〔二〕云：原無，據小草本補。
〔三〕病、一榻：原無，據小草本補。

刻楮集

吾家季子《刻楮集》僅二百首，然皆超詣，短章稀句賢於他人鉅篇累韻。其尤高者如岐山威鳳〔一〕，曠代一鳴，不常聞也；優鉢曇花，浩劫一開，不數見也。可謂有雅人之高致，極詩家之能事矣。

初，余由放翁入，後喜誠齋，又兼取東都、南渡江西諸老，上及於唐人大小家數，手鈔口誦。季嗜好與余同，小窗殘燭，講之二十餘年。余坐馳騖妨書課，應酬奪苦思〔二〕，所作徒十倍於季，往往多而不能精，駁而不能醇，豈非余之力分，季之功專，優劣所由判歟！

愛季者皆惜其未脱白。夫士以不降志辱身爲難，馬文淵白首遠征，病卧壺頭，願爲少遊乘款段下澤出入鄉里而不可得。何次道既貴，勸幼道仕，答曰：「吾第五之名何減驃騎？」余之仕功名未及文淵，官職未及次道萬一，而一生蹈患難，叢謗毁，愧初心而辱先訓多矣。季雖嘉遯〔三〕，其植立高〔四〕，氣宇全，有德有言，自傳於後，漢人所謂家之珍寳、國之英俊也。惜其不生於興廉舉孝之世，羔雁靡至，猿鶴與游爾。訂其人品則少游、幼道之流也，豈以外物動其浩然哉！余所序者止於寳祐甲寅〔五〕，他日新集出，當爲後序。

季名克永，字子修。

〔一〕 戚：原無，據小草本補。

〔二〕 苦：原作「若」，據小草本改。

〔三〕 嘉：原作「家」，據小草本改。

〔四〕 立：原作「力」，據小草本改。

〔五〕 「序」原作「存」，「於」原作「余」，據小草本改。

竹溪集

始余見竹溪詩而愛之，既而又見其未第時所論著二巨編，煅煉攻苦而音節諧鬯，邊幅寬餘而經緯麗密〔一〕，歎曰：此非場屋荒速、山林枯槁者之言〔二〕，必極文章之用而後已。未幾，竹溪果被遇明主，給尚方筆札，遂入翰林，侍講緝熙〔三〕。傍無寸援，直提一筆，大則鼓雷風於天上，小亦隨物賦形，膏馥所沾，華采所被，士争傳寫，家藏而人誦之。子泳彙其藁以示余。自昔文人鮮不以壯老爲鋭惰，江文通晚有景純索筆、景陽取錦之夢，余謂非二景果有靈也，乃文通氣索才盡之兆爾。竹溪所編視前二編且數倍，老氣盛於壯，近製高於舊，其筆錦乃天授，豈資於人哉！

夫學以積勤而成，文以精思而工，有五十而學《易》，九十而傳《書》者，有十年成一賦者，有懸千金募人增損一字者。猶賈然〔四〕，居之多者貨良；猶染然，漬之久者色深。彼束書閣上，棄槃墻角，尚忘故讀，安有新意？惟竹溪已顯融尤刻厲，聚古今菁英，窮翰墨變態，書不虞褚、吟不韋柳、文不昌黎艾軒不止也。故其旂厦之文精粹，典冊之文華潤，金石之文古雅，義理之文確詉，達生則蒙叟〔五〕，談空則無盡，藏妙巧於質素，寓高遠於切近，宜乎備衆體而爲作者之宗，殿諸老而提斯文之印者也。

昔與竹溪相期此事〔六〕，余老耗亡遂盡，竹溪願力不退轉，筆力益怒長，余仰視之，如凍蛩之和韶鈞、跛鼈之追驥騄矣。初，鄭丞相以御槧徵竹溪文，終不肯獻一字，玉音嘉奬。及與史宅之同掾公府，史方以括田媒大用〔七〕，物情趨附，竹溪獨面折不少恕，遂拂衣去。余亡友黄元輔諫疏云：「編修官林某以忤宅之謫守。」嗚呼！元輔端人也，其論竹溪出處如此，此又世所未知者，因附見於集序焉。

竹溪林氏，名某，字肅翁。

〔一〕邊：原作「還」，據翁校本改。

〔二〕自本句「逮山林」至文末「出處如此」之「出處」凡四百八十字，原誤入本卷前文《山中别集序》，今據翁校本移併。

〔三〕講：原無，據小草本補。

〔四〕貫：原作「貿」，據小草本改。

〔五〕叟：原作「言」，據小草本改。

〔六〕期：原作「斯」，據小草本改。

〔七〕用：原與下句「物」互倒，據小草本乙

徐先輩集

世謂堆故事、纍駢語起於唐〔一〕，不知自西京鄒陽輩已然〔二〕，至唐尤甚爾。及韓、柳出，而後天下知有古文。然韓、柳能變文字之體製，而不能變科舉之程度，上以此取，下以此應，雖有豪傑之士不能自拔〔三〕，吳子華、韓致光之倫是也。

友人徐君端衡出其十一世祖唐正字光禽文集，又纂輯公遺事及《年譜》以示余。按劉山甫誌墓，詩賦外有著書二十卷、《温陵集》十卷〔四〕。南渡初，公族孫著作佐郎師仁作集序〔五〕，有《雅道機要》一卷，得於蔡君謨家者，今皆不傳，所傳者律賦及《探龍集》各五卷、詩八卷而已。夫士不幸而不遇於當時，所賴以自見於後世者書爾，而公所著他書皆羽化，惟詩賦與儷語僅存，豈不重可歎歟！然其僅存者已足與子華、致光並驅矣。唐人尤重公賦，目爲錦繡堆〔六〕，日本諸國至以金書《人生幾何》、《御溝水》、《斬蛇劍》等篇於屏障〔七〕。

初策名過汴，朱温欲辟公，諷使改「秦皇漢武不死何歸」之語，公不肯改而去〔八〕。或者乃謂公再試於汴，以此賦魁多士。按公乾寧元年登第〔九〕，越四年歸閩，又十年温始篡唐。未篡，汴無放榜之事；既歸，公無至汴之理，或者之言謬矣。張丞相齊賢記公醉犯温諱，憂不測，作《游大梁賦》以獻。温大喜，字酬一縑，使軍士皆誦之。當時卿相多由汴以進，公獨舍汴而歸，蕭然於草堂之下、釣磯之上，以終其身。始不改賦者，不樂客兔園也；去而獻賦者，詭辭也，脱虎口也，否則甆温手矣。集中惟一眼胡奴之作削而不取，其惡梁如此。

方唐之亡也，士大夫貴顯而全節者惟司空表聖、韓致光二公，阨窮而自守者惟公與羅隱。隱依錢氏，公依王氏，猶子美客劍南之意也。公昔交長安貴人甚多，晚惟與二公及隱有倡酬。致光後避地入閩，隱近在浙，表聖遠居西華，而公惓惓不忘，其忠唐如此。嗚呼〔一〇〕，亡唐者豈朱三之罪哉！蓋崔氏、柳氏、楊氏皆唐大族，累世卿相，而緇郎挾温劫天子遷洛，璨爲賣國牙郎，涉手提傳國寶授溫〔一一〕；表聖、致光皆疏遠，乃高蹈而去，不踐二姓之廷，難也。公與羅生一前進士，一布衣，朝不坐，宴不與，而老死不在受禪碑中，又難也。前輩止呼公爲徐先輩、徐正字，而王氏辟奏官職並不稱，得其實矣。

端衡以詞藝薦於鄉，庶幾無忝爾祖者。

〔一〕「堆」原作「推」，「纍」原作「參」，據小草本改。
〔二〕陽：原作「揚」，據小草本改。
〔三〕有豪傑：原作「賢豪」，據小草本改、補。
〔四〕溫：原缺，據小草本補。
〔五〕佐：原作「左」，據小草本改。
〔六〕繡：原作「銹」，據小草本改。
〔七〕何：原作「阿」，據小草本改。
〔八〕肯：原無，據小草本補。
〔九〕乾寧：原置「元年」下，據小草本乙。
〔一〇〕嗚：原作「鳴」，據小草本改。
〔一一〕提：原作「根」，據小草本改。

送謝旿

余少嗜章句，格卑調下，故不能高。既老，遂廢不爲。然江湖社友猶以疇昔虛名相推讓，雖屏居田里，載贄而來者常堆案盈几，不能遍閱〔一〕。一日建士謝君袖二編見過〔二〕，其間有韻者切近而簡遠，可企任藩、項斯；無韻者幽深而峻潔，欲與孫樵、陸龜蒙相上下。因嘆君以如此之才而世乃未有知者，余獨知之，顧閑退無氣力，不足爲人軒輊。

蓋詩至唐尤盛，人主以此拔士，得戴叔倫、韓翃之流焉；主司以此取士，得錢起、徐凝之流焉；藩鎮以此取士，得李商隱、羊士諤之流焉。迨至唐衰，錢鏐、王審知父子猶能收羅隱、徐寅於幕府。本朝文治過唐遠甚，經義詞賦之士悉尊寵用事，惟詩人遇合者少〔三〕。内而公卿〔四〕，外而强大諸侯，窮貴極富，致士滿門，類多抵掌談功名、飛筆作牋記者，未嘗容一詩人也〔五〕。君爲一世所不好之學，挾背時難售之貨，僕饑驢瘦，道之云遠，夜闌酒盡，相對太息。夫窮達有命，特未可料，君志氣甚壯，歲年未暮，安知異日不和薰風之琴而絃清廟之瑟乎！

君名旿，字照鄰。

〔一〕閲：原作「門」，據翁校本改。

〔二〕見：原無，據翁校本補。
〔三〕惟：原無，據小草本補。
〔四〕内而公：原無，據翁校本補。
〔五〕未：原作「朱」，據翁校本改。

送葉童子

古人三年通一經，是九經幾費三十年也。若是其難乎？曰〔一〕：非誦其詞之難，通其義之難，通義而又能托之辭者尤難。潮士葉龍瑞之子南六歲應童科，果中之，不但一過目即成誦〔二〕，其下筆屬文若老於場屋然，所謂難而又難者也，童子皆退立下風矣〔三〕。

自昔蚤慧而有終譽者，黄香、李泌不一二數，終軍、劉晏皆有可恨。本朝惟晏元獻、楊文公巋然爲名臣〔四〕，如蔡伯晞、周孟陽輩碌碌無傳，豈耄而荒者聰明不及前乎？童而習者口耳不足恃乎？抑事業志節有在於記誦文藝之外乎？

潮雖南州，自趙德、吴子野已能自附於韓、蘇，姓名在文字之錄、耆舊之傳。今文風幾侔於江、浙、閩、蜀，而君父子出焉。道莆，訪余田舍。余曰：「君將何之？」父曰：「兒挑試後省、寘之上等者，紫薇主人訥齋也。」子曰：「生我教我者父也，成我者訥齋也。訥齋相矣，吾將掃光範門而候謁焉〔五〕。」余曰：蹑下土而觀上國之光，髫髦之選也；起匹夫而見知天子之宰，曠世之遇也。吾子行矣！

〔一〕曰：原無，據翁校本補。

〔二〕過：原作「遇」，據翁校本改。

〔三〕立：原無，據翁校本補。

〔四〕公：原作「光」，據小草本改。

〔五〕掃：原無，據小草本補。

後村先生大全集卷之九十七

序

仙谿志

古書有《九丘》，有《方言》，今圖經之類爾，然左史倚相至與典墳共讀〔一〕，揚雄勤勤纂輯，豈其書果不可闕歟！吾郡三邑，仙遊最鉅，其山川之美、户口之衆，前未有記載者。少府黄君始奮爲縣志，上下數百年間，人事之變、風土之宜，采之舊聞，訪之故老，皆有考據，釐爲十五卷。其言曰：地以人重。瞻言舊耆，有列於慶曆諫官者〔二〕，有危言讜論相望於元祐黨籍者〔三〕，有與鄒道鄉同貶者，有爲乾道名宰相者。其他魁彦勝流，不可勝書。故其志人物尤詳焉。曩余嘗同鄭子敬、方孚若至邑，西清陳公時年八十餘矣，爲余三人設醴，清談竟夕，多及乾、淳間事，健少年不及也，豈其水深土厚，所産皆秀傑歟！黄君俾予序其書，不獲辭。

君名巖孫，字景傳，温陵人。秩滿，臺郡皆以才薦，將去爲潮州郡文學矣。

〔一〕與：原作「於」，據翁校本改。
〔二〕「曆」原作「曆曆」，「者」字原無，據翁校本删補。
〔三〕「危」原作「爲」，「讜」原作「黨」，據翁校本改。

宋去華集

吾里多名輩鉅人，南渡以來推二宋焉。諱棐字材成者，爲思陵侍從，事見國史；諱藻字去華者，爲阜陵朝士，位減諸父而與齊名。始貢辟雍，四上春官。大駕南巡，以布衣進十論，補官爲懷集尉〔一〕，復以漕薦擢戊午第。乾道初召，既而由浙東常平使者罷歸，遂不復出。鄉人尊之曰「去華先生」，然遺書不少概見。其孫鉞忽示家集，進論、時議各一卷，《群經滯穗》八卷。其論東晉曰：「不築壇勞師，不市駿揖蛙，而先立太學之官，行親雩之禮，不念中原而厚於豐沛、南頓，據鼎秉鈞者不同心，枕戈擊楫者有遺恨。」激烈於湛庵、無垢矣。《滯穗》蓋晚年精思而作，於先儒不苟同，亦不苟異；於舊説取其通，不取其鑿。書成以獻乙覽，竟不得以其説陳之旃厦，命也。

公事兩朝，屢賜對，奏篇皆不見集中，惟《年譜》略記乾道對語，謂：「江上諸屯，祖宗所無，乞用藝祖命李漢超輩守邊郡策，令諸戎帥各以其兵分屯淮郡。」此大議論也，零落殆盡，惜哉！公諸孫皆傳家學，有擢世科、至列卿方伯者〔二〕。鉞燈窗攻苦，場屋頓挫，以父任列西班，非其志也。於公遺文勤勤補綴，諸昆有愧色矣。

余聞公尤長於詩，嘗與鄉守倡和，守疑諷己，言公父葬寺地，朝論不直之。時忠定趙公帥閩，折簡招公，有歌者後至，忠定欲譴之，公即席有「吟詩傷宿草，侍晏損名花」之句，忠定笑而止。前輩風流醖籍如此。竊意公奏篇詩草尤有可尋訪者，鉞之責也。

〔一〕懷：原無，據小草本補。

〔二〕「科」原作「利」，「者」字原無，據小草本改、補。

陳天定漫藁

以近人之作與陳君文卷並觀，若梨園胡部方奏曲，忽聞廟瑟焉；若瓦釜土簋方用事〔一〕，忽陳罍洗焉；若短後衣、曼胡纓方馳騁擊刺，忽覩儒服焉。散語既峻潔無冗長〔二〕，有韻者亦簡淡有義味，體近而思古，貌槁而神腴，第其品在能言之流。其自箴曰：「以忿加我，是謂逆境；以慾加我，是謂順境。處境之道，持敬爲主。待以兄弟，忿平慾去。」此理到之言也，豈愿夫輩所能道乎！然卷中與當時名公卿酬酢多而與山間林下人往還少，若將借譽於彼者，是大不然。珠潛劍埋，猶現光怪，文字在天地間決無泯没之理。夫挾權位以軒輊人物，貴顯者之任也；持衡尺以裁量文章，非貴顯者之任也。君求諸己足矣，奚彼之求哉？

君名天定。

〔一〕瓦：原作「丸」，據小草本改。

〔二〕既峻：原作「峻」，據小草本改、補。

晚覺閑藁〔一〕

近時詩人竭心思搜索，極筆力雕鐫，不離唐律，少者二韻，或四十字，增至五十六字而止。前一輩以此擅名，後生歆慕，人人有集，皆輕清華艷，如露蟬之鳴木杪，翡翠之戲苕上。非不娱耳而悦目也，然視古詩蓋有等級。毋論《騷》《選》，求一篇可以籍手見岑參、高適輩人，難矣。雖窮搜索雕鐫之功〔二〕，而不能掩其寒儉刻削之態。

惟晚覺翁之作則不然，其貫穿融液，奪胎換骨，不師一家；簡縟襛淡，隨物賦形，不主一體。卷中二韻者、四十字者、五十六字者，尚可以心思筆力爲也。至其大篇險韻，窘狹處運奇巧，平易中現光怪，如決河齧防而注〔三〕，强弩持滿而發，不極不止，非心思筆力可爲也〔四〕。夫子曰：「辭達而已矣。」翁其辭達者歟！韓子曰：「氣盛則言之短長與聲之高下者皆宜。」翁其氣盛者歟！

翁博極羣書，有《易》學，秋賦危中鵠者屢矣，而輒失之，遂棄場屋，以琴詩自娱。余序此集，不惟見翁久幽不改之操、遯世無悶之意〔五〕，且爲詩家洗寒儉刻削之誚。

翁章氏，名橪，字林伯。

〔一〕閑：原缺，據小草本補。

〔二〕雕鐫：原無，據小草本補。

〔三〕防：原無，據小草本補。

〔四〕可：原無，據小草本補。

〔五〕悶：原作「閟」，據小草本改。

翁應星樂府

曩余使江左，道崇安，君袖詩謁余於逆旅。余讀而奇之，訪其家世，君曰：「浩堂吾兄也。」余歎息曰：「君可謂難爲弟矣〔一〕。」别去一甲子，不與君相聞，君忽貽書，抄所作長短句三十餘闋寄余。其説亭鄣堡戍間事，如荆卿之歌、漸離之筑也；及爲閨情春怨之語，如魯女之嘯、文姬之彈也。至於酒酣耳熱、憂時憤世之作，又如阮籍、唐衢之哭也。近世惟辛、陸二公有此氣魄，君其慕藺者歟！然長短句當使雪兒囀春鶯輩可歌，方是本色。范蜀公晚喜柳詞，以爲善形容太平。伊川見小晏「夢魂慣得無拘檢，又踏楊花過謝橋」之句，笑曰：「鬼語也！」噫，此老先生亦憐才耶？余謂君當參取柳、晏諸人以和其聲，不但詞進，而君亦自此宦達矣〔二〕。

〔一〕謂：原作「爲」，據小草本改。

〔二〕宦：原作「官」，據小草本改。

唐絶句續選

余嘗選唐絶句詩，既板行於莆、於建、於杭，後十餘年，覺前選太嚴而名作多所遺落。或儆余曰：「子徒知病野處之詳，而不知議者病後村之略也。」余曰：「謹受教。」乃裒諸家五七言〔一〕，各再取百首，名《續選》。内五言僅得七十首〔二〕，以六言三十首足之〔三〕。蓋六言尤難工，柳子厚高才，集中僅得一篇，惟王右丞、皇甫補闕所作絶妙〔四〕。今古學者所未講也〔五〕，使後世崇尚六言自余始，不亦可乎？前選未收李、杜，今併屈二公印證。

寶祐丙辰立秋〔六〕，後村翁序。

〔一〕「言」上原有「六」字，據小草本删。
〔二〕内：原作「四」，據小草本改。
〔三〕之：原作「言」，據小草本改。
〔四〕右：原作「石」，據翁校本改。
〔五〕古學：原倒，據小草本乙。
〔六〕立：原無，據小草本補。

本朝絶句續選

本朝詩尤盛於唐〔一〕，使野處公編本朝絶句，殆不止萬首。詩愈盛，選愈嚴，遺落愈多，後世愈有遺恨矣。此《本朝續選》之所爲作也。起建隆，迄宣、靖，得詩如《唐續選》之數。或曰：比唐風何如？曰：五七言余固評之矣，六言如王介甫、沈存中、黄魯直之作，流麗似唐人而妙巧過之。後有深於詩者，必曰翁之言然。

寶祐丙辰寒露節〔二〕，後村翁序。

〔一〕盛：原無，據小草本補。

〔二〕寒：原無，據小草本補。

中興絶句續選

南渡詩尤盛於東都。炎、紹初則王履道、陳去非、汪彦章〔一〕、吕居仁、韓子蒼、徐師川、曾吉甫、劉彦冲、朱新仲、希真〔二〕，乾、淳間則范至能、陸放翁、楊廷秀、蕭東夫、張安國，一二十公皆大家數，内放翁自有萬詩。稍後如項平父、李秀章諸賢〔三〕，以至江西一派、永嘉四靈。佔畢於燈窗，嗚號於江湖，約而在下，以詩名世者不可殫紀，如之何限以二百篇也！《續選》如東都之數，惟五言僅六十而六言加十焉。野處編六言，終唐三百年止得三十餘篇〔四〕，余於本朝得七十篇，倍於唐矣。既而又以《中興七言拾遺》百篇附卷末。

寶祐丙辰日南至，後村翁序。

〔一〕汪：原作「江」，據小草本改。

〔二〕真：原作「貢」，據小草本改。

〔三〕秀：小草本作「季」。

〔四〕止：原作「上」，據小草本改。

教海要津

達本裒輯是書，凡前代釋子通儒書者，華人談佛學者，千百載間紀述賦詠，網羅略盡〔一〕。以余觀之，如蕭氏父子區區因果，隋唐諸帝諄諄緣業〔二〕。南朝而下，士人則又以其流連光景、嘲弄風月之技施之内典，如《尼净秀行狀》之類〔三〕，非特迂誕，抑且以迷爲覺〔四〕。雖其間大浮圖支遁、道安、玄奘輩，横説竪説，極其辨博，至義墮處亦不免援儒書以暢其意〔五〕。求其言簡而詣、空而實，卓然了此一大事，未有及慧遠者〔六〕。本自名其書曰《教海要津》，夫望之渺然無邊際者海也，可瞬息達彼岸者筏也，祖師密授，元無一字注脚。卷中如沈、謝、徐、庾、江總、任昉諸人，縱説到天花亂墜，究其歸宿皆流浪生死海中，欲濟而無筏者也，是惡知津乎？然近世儒釋於本色書率未過目，本釋也，兩下簡冊涉獵一匝，亦足以愧空空之鄙夫矣。

余聞本將倣此義例，取建隆以來談禪文字彙爲續編〔七〕，因勉之曰：昔者嘗究熙陵、阜陵聖製一二，真得西來意者。大臣如張無盡力量雄，可奴視房融、裴休；名儒如陸象山、楊慈湖見處高〔八〕，非李習之、柳子厚所及；大浮圖如兜率悦、芙蓉楷、徑山杲、拙庵光氣魄大，有一句捧不起者，有一喝使人三日聾者。若能著眼勘辨，一一拈出，豈不快哉？它日書成，余又當爲汝下一轉語。

〔一〕綱：原作「綗」，據翁校本改。
〔二〕業：原作「葉」，據翁校本改。
〔三〕如尼：原缺，據小草本補。
〔四〕迷：原作「述」，據小草本改。
〔五〕亦：原作「非」，據小草本改。
〔六〕遠：原作「求」，據小草本改。
〔七〕字：原缺，據小草本補。
〔八〕陸象山：原作「陸龜山」，據小草本改。

趙逢原詩〔一〕

古者藝必有師，師必有傳人。師之所在，其傳必廣。王豹處於淇而河西善謳，綿駒處於高唐而齊右善歌，其來尚矣。惟學亦然。屈原楚人也，故騷盛於楚；浮丘伯、轅固齊人，申公魯人也，故《詩》學盛於齊、魯；卿、雲蜀人也，故詞賦盛於蜀〔二〕。上饒郡爲過江文獻所聚，南澗、方齋之文、稼軒之詞皆名世，至章泉、澗泉又各以其詩號爲大家數。然世之所以共尊翊二公，帖然無異論者，豈直以其詩哉！其人皆唾涕榮利，老死閑退，槁而不可榮，貧而不可賄，有陶長官、劉遺民之風，雖無詩亦傳，況其詩自妙絶一世乎？

趙君逢原示余《江村摘藁》，古體深得韋、柳遺意，律體不犯姚、賈一字〔三〕，掃世間浮淺之習，爲事外清遠之言。嗚呼！韓、趙遠矣，君稍後出，而研尋所得〔四〕，造詣所及，乃與向來嘗承謦欬〔五〕、經指授者無異，可謂二師之傳人矣〔六〕。昔南塘趙公題章泉梅詩云〔七〕：「梅是翁之折角巾，無梅渠不謂高人。可憐世上癡兒女，滿口梅花欲效顰。」南塘既以此評章泉之作，余請以此序逢原之詩，可乎？

逢原名崇㯪，富春秋〔八〕，擢儒科，通朝籍，蓋進而未止者。

〔一〕逢：原作「庭」，據翁校本改。
〔二〕於：原無，據翁校本補。
〔三〕犯：原無，據小草本補。
〔四〕研尋：原倒，據小草本乙。
〔五〕承：原無，據小草本補。
〔六〕之：原無，據小草本補。
〔七〕塘：原作「唐」，據小草本改。

〔八〕句首原有「雲」字，據小草本删。

葉朝瑞詩

建士葉應祥擕其宗人葉朝瑞詩卷求余著語，閱其詩多佳處，然自號曰「静默」，則余所未諭。自昔詩人高者仰天攀星〔一〕，深者入海求珠，如蜂之采、蛛之織，擾擾終日，如之何而可静也？如蜩蟬，如螻蟈，如螿之鳴啾啾達曙〔二〕，如之何而可默也〔三〕？余束髮有吟癖，既耄知此二病能殘余生，害余性，遂割棄不爲，然後百骸少寧，七竅免鑿。蓋曰静曰默，老者之事，不虞君之涉吾地也。司空表聖嘗云：「後生乞汝殘風月，自作深林不語僧。」吾方將以風月乞汝，又惡得静而默乎？

〔一〕星：原作「皇」，據翁校本改。
〔二〕螿之鳴啾：原缺，據小草本補。
〔三〕而：原無，據小草本補。

蕭居士書華嚴經

前賢多自札道釋書〔一〕，王右軍有《黄庭經》，歐、虞有《多心經》，歐又有《陀羅尼呪》。然此經呪皆簡短，惟柳書《金剛經》字差多爾。吾里大善知識蕭居士宗永手寫《華嚴經》八十一卷，是經十萬言〔二〕，在《大藏》中尤浩繁，部帙幾半《通鑑》。温公謂士大夫閲《通鑑》終編者少，余謂今僧家於《華嚴》亦然。

頃見靈石主僧祖日手抄本，小字端謹如雕刻。然日公時方少壯，既老不復能矣。今居士以九十之年能之，使日公及見，當合掌讚歎，況俗人乎？余二十七八歲時嘗讀是經，且筆其至言妙義於簡，今追思之，了不省記，作字不能五七行則手戰。嗟夫！余小居士十七歲，而衰健之判如此，豈特松栢、蒲柳異禀而然歟！里人言居士處世如馬少游不入城，如龐德公身享上壽，子亦白首，孫桂發知名太學〔三〕，垂以舍法解褐。靈椿丹桂，萃於一門，積善之報也。

〔一〕札：原作「礼」，據翁校本改。

〔二〕十萬言：據後文所述，《華嚴經》當不止十萬言，此或有脱誤。

〔三〕桂：原作「社」，據小草本改。

宋希仁詩

近世詩學有二，嗜古者宗《選》，縛律者宗唐。其始皆曰吾爲《選》也，吾爲唐也，然童而學之以至於老，有莫能改氣質而諧音節者，終於不《選》不唐，無所就而已。余謂詩之體格有古、律之變，人之情性無今昔之異〔一〕。《選》詩有蕪拙於唐者，唐詩有佳於《選》者，常欲與同志切磋此事，然衆作多而無窮，余論孤而少助。晚見宋君希仁詩而異之〔二〕。君永嘉人，智足以知四靈之短〔三〕，而欲合諸家之長。其《戍婦詞》云：「君去無還期，妾思無已時。軍中無女子，誰爲補征衣？」又云：「或傳雲中危，夫死賢王圍。恐傷老姑心，有淚不敢垂。」《和陶》云：「城中豈云隘，我見無夷途。所以龐德公，車不向此驅。斜陽挂林杪，野花續春餘。」《喜弟歸》云：「數年何處客，昨夜獨歸船。」《送僧》云：「漂泊知何處，艱難亦到僧。」《旅夜》云：「更長初過雁，蟄後稍無蛩。」《廢墓》云：「多年翁仲在，寒食子孫稀。」皆油然發於情性。蓋四靈抉露無遺巧，君含蓄有餘意，余不辨其爲《選》爲唐，要是世間好詩也。或曰：「君詩已經曹、戴二老評量矣，子言非贅歟？」余曰：「《詩》有大、小《序》，相傳《大序》子夏也，《小序》衛宏也。余雖不敢望孔門高弟，豈不自附於漢儒乎？」

君名慶之。

〔一〕人：原作「久」，據翁校本改。

〔二〕宋：原作「朱」，據翁校本及本文標題改。

〔三〕短：原作「端」，據翁校本改。小草本作「偏」，亦通。

宋希仁四六

作四六如掄衆材而造宫，棟梁榱桷用違其材，拙匠也；如和五味而適口，鹹酸甘苦各執其味，族庖也。鍊字如鑄金，一分銖未化，非良冶也〔一〕；成章如織素，一經緯不密，非巧婦也。用故事如漢王奪張耳軍，如淮陰驅市人而戰，否則金不止，鼓不前，反爲故事所使矣；偶全句如龍泉之合太阿，叔寶之壻彦輔，否則目一眇，支偏枯，反爲全句所累矣。

余閲近人所作數十百家，新者崖異，熟者腐陳，淡者輕虚，深者僻晦，或淳漓相淆雜，或首尾不貫屬，均爲四六之病。惟宋君希仁筆端有前數者之長而無數者之短，退之所謂可以鳴國家之盛，非斯人其誰？惜乎西山、南塘不及見，而余亦老矣。昔乖崖公訪希夷於華山，獲紙筆之贈，公曰：「驅我入鬧處去耶？」余乏希夷風鑑，然以文字求之，知君他日之必入鬧也。萬一余窮健未死，君無負余卦錢〔二〕。

〔一〕治：原作「治」，據翁校本改。
〔二〕余：原作「全」，據小草本、翁校本改。

聽蛙詩

十年前，翁示詩一編，純唐律也。余跋以二詩〔一〕，有「放開隻眼饒初祖」之句。晚又得其《別集》，凡五十餘首，皆大篇險韻，余始悟前編如壺丘子以杜德機示季咸〔二〕，如韓退之匿麾幢不使張籍見者，然後悔余知翁之未盡也。近時小家數不過點對風月花鳥，脱換前人別情閨思，以爲天下之美在是，然力量輕，邊幅窘，萬人一律。翁獨以胸中萬卷融化爲詩，於古今治亂、南北離合、世道否泰、君子小人勝負之際，皆考驗而施衮斧焉，山澤而抱廊廟之志者也，葵藿而任肉食之憂者也〔三〕。里中後生小子莫知翁爲何人，惟亡友王卿實之尤敬重。自實之仙去，翁唱和幾息，悲夫！鯤鯨吞吸與鼠殊量，龍象蹴踏非驢所堪，孰能起實之於九原而與翁遊哉〔四〕！

〔一〕詩：原作「首」，據小草本改。
〔二〕季：原作「李」，據小草本、翁校本改。

〔三〕葵：原作「藜」，據小草本、翁校本改。

〔四〕原：原作「泉」，據小草本、翁校本改。

通鑑記纂

外舅玉融林公博極羣書而反之以約，辨雕衆甫而對人若訥不能言〔一〕。其厭麾節而徑歸，却弓旌而堅卧也，年事向高矣。余歲一詣公，至必留，久者或數月，無一飯不相陪。夕輒延入卧内，飲數行，余退解衣鼾睡，公方篝燈開卷，且讀且抄，往往聞鷄聲未已〔二〕。公爲人深厚，余不敢叩讀且抄何書也。

公殁，寒齋兄弟始出《通鑑記纂》三大帙，手澤粲然，薄紙密行，字如蠶種，類場屋懷挾之爲者〔三〕。於涑水一部書，考訂甚精，簡切處如范《唐鑑》〔四〕，詳備處如袁氏《紀事本末》，抑揚予奪處如胡氏《管見》。偶遺忘處，明日復以片紙附益之。凡前人言行有適然相類者，前代事有千載議論未定者，必參合諸書，會萃衆説，蔽以己意。温公才德之辨極嚴，至公乃曰：「古之所謂才者，明允篤誠，齊聖廣淵，元凱之倫也，與後世之才異。」其説粹於温公矣。三大帙者，余三十年前尚能讀，今益耄昏眵，携就晴簷繙閲〔五〕，移晷始竟一章。

於是寒齋墓木已拱，二子曰同，曰合，抱其書泣謂余曰：「大父遠矣，序以累公。」昔向秀註

《南華》，身後子幼，書爲郭象所竊。公節高而言立，又有子如寒齋〔六〕，孫如同、合，此書無余序猶傳，亦決非郭象輩能竊也〔七〕。

〔一〕雕：原作「雖」，據小草本、翁校本改。
〔二〕聲：原無，據小草本補。
〔三〕者：原無，據小草本補。
〔四〕唐鑑：原作「唐通鑑」，徑删「通」字。
〔五〕晴：原在上句「昏」字下，且誤作「睛」，據小草本乙改。
〔六〕「寒齋」及下句「孫如」，原無，據小草本補。
〔七〕「能」下原有「爲寒齋孫」四字，據小草本改。

詩境集

昔之評文者，曰「文以氣爲主」，又曰「氣盛則言之短長與聲之高下皆宜」。本朝評坡文者衆矣，往往稱其天才超軼、筆力浩大而已。至我阜陵獨曰：「氣高天下，乃克爲之。」嗚呼！阜陵之言可謂盡坡公之平生矣〔一〕。

故詩境方公少時語出驚人〔二〕，爲誠齋、放翁所知〔三〕。稼軒所居雪樓火〔四〕，公唁之，有「何處卧元龍」之句。時稼軒樂章豪一世〔五〕，公以偏師劘壘。初筮，有《南海百詠》。權侂挑虜南吠〔六〕，公丞蕭山，未三十，以選使軍前議和。垂成矣，虜有所邀索，皆峻拒，而虜怒。反命，乞國書免繫平章銜〔七〕，侂詰其故，公以虜求首謀對。而侂怒〔八〕，謫公清江，有《南冠萃藁》；牧韶、道兩州，有《曲江》、《九疑藁》；歷廣西憲、漕，淮東漕，牧真州〔九〕，有《桂林》、《淮南》諸藁。坐議邊事與當國不合，免歸〔一〇〕，益大肆於翰墨。歸六年而卒，得年四十六爾。

後四十年，孫香山明府大年會粹公叢藁爲十三卷，别刊《使虜語録》，以《國史》本傳附卷末，而請余序之。余與公素相親狎。公於書一目十行，詩文操筆立成，而宫羽協諧，經緯麗密，若素思而得者。事大如山，衆相顧失匕箸，公神閑意定，起而應之。其條世務，畫軍册，他人累千百言不能盡者，公片語而決。余久荒惰〔一一〕，不能知公文字藴奥。竊以爲集中無韻之作，言之短長者也〔一二〕；有韻之作，聲之高者下者也。藝之至者不兩能，涑水不工四六〔一三〕，南豐不能詩，公何以能集衆長而擅一家哉〔一四〕！豈非阜陵所謂「氣高天下」者爲之本歟！此集名爲《大全》〔一五〕，然送余赴廣西幕五言古體長篇，自謂得意者，今逸此篇，它逸詩尚多。四六多警策〔一六〕，亦不載，明府其訪求而補綴焉。

〔一〕坡：原作「城」，據翁校本改。

〔二〕少：原無，據小草本補。
〔三〕「翁」原作「齋」，「知」原作「少和」，據小草本删改。
〔四〕火：原作「大」，據翁校本改。
〔五〕稼：原脱，據翁校本補。
〔六〕佹：原缺，據小草本補。
〔七〕銜：原作「御」，據小草本改。
〔八〕佹：原缺，據小草本補。
〔九〕真：原作「有」，據小草本改。
〔一〇〕句首原有「漕」字，據小草本删。
〔一一〕荒：原作「萎」，據小草本改。
〔一二〕者：原無，據小草本補。
〔一三〕工：原作「二」，據小草本改。
〔一四〕長：原無，據翁校本補。
〔一五〕句首原有「長」字，據翁校本删。
〔一六〕警：原作「驚」，據翁校本改。

楊彥侯集

古作者皆自傳其文〔一〕，不託人以傳也。託人以傳者，必其人之文與我相上下，如劉之序柳，蘇之序歐，然後無媿。若趙德之序韓〔二〕，殆似以莛撞鐘、蠡測海矣。

清漳楊公彥侯，乾、淳耆舊，文既高雅，而序之者皆當世名卿相，余不能悉記〔三〕。追念少小受學於故諫議忠簡傅公，公不妄語，不溢美，其評公之文曰：「典實渾厚。」又曰：「雖或汪洋閎肆，其歸無一字之不實。」余以忠簡之評攷楊公之文〔四〕，信然。昔河汾王氏論歷代文士十有六人，略曰：「謝靈運小人哉，其文傲；沈休文小人哉，其文冶；謝莊、王融纖人也，其文碎；徐陵、庾信夸人也，其文誕；謝朓淺人也，其文捷；江總詭人也，其文虛。」曰冶曰碎，則不渾厚矣；曰誕曰捷曰虛，則不典實矣〔五〕。此河汾氏所以退沈、謝輩而進荀悅、陸機，忠簡公所以厭近作而深嘉屢嘆於楊公之文乎〔六〕！楊公與東溪高公彥先同時，高輩行稍先，與公倡和，尚書顏公幾聖諸賢皆從公游，其師友淵源如此〔七〕。

公諱汝南〔八〕，子孫多象賢〔九〕。求余文者，曾孫新懷安丞思謙。

〔一〕「傳」字原在句末，據翁校本乙。

〔二〕德：原作「得」，據小草本、翁校本改。
〔三〕記：原作「既」，據翁校本改。
〔四〕致：原作「致」，據小草本改。
〔五〕曰捷曰虚則不典：原作「曰虚則不典曰捷曰傲曰」，據翁校本改。
〔六〕文：原作「交」，據翁校本改。
〔七〕如：原無，據翁校本補。
〔八〕諱：原無，據小草本補。
〔九〕象：原作「衆」，據小草本改。

茶山誠齋詩選

余既以吕紫微詩附宗派之後〔一〕，或曰：「派詩止此乎？」余曰：非也。曾茶山贛人，楊誠齋吉人，皆中興大家數。比之禪學〔二〕，山谷初祖也，吕、曾南北二宗也，誠齋稍後出，臨濟德山也。初祖而下，止是言句，至棒喝出，尤徑捷矣〔三〕，故又以二家續紫微之後〔四〕。初，陸放翁學於茶山而青於藍〔五〕，徐淵子、高續古曾參誠齋，警句往往似之。湯季庸評陸、楊二公詩，謂誠齋得於天者，不可及已〔六〕。

〔一〕詩：原無，據小草本補。
〔二〕比：原作「此」，據小草本改。
〔三〕徑捷：原作「經捷」，據小草本改。
〔四〕後：原無，據小草本補。
〔五〕「學於」下原有「後」字，據小草本删。
〔六〕已：原無，據小草本補。

嘉禾縣圖經

古書有九丘，序《書》者曰：「丘，聚也。」言土地所宜、風氣所生皆聚焉。至周更名職方氏，《序》又曰：「孔氏述職方以除九丘。」是倚相之所讀者，孔氏既除之矣。然考之《夏官》，職方氏所掌大而邦國都鄙，微而財用穀畜〔一〕，悉圖而辨之，則猶丘聚之義。後世圖經本此〔二〕。雙溪，建巖邑，山明水秀，茶筍妙天下。南渡後，名臣鉅儒接踵奮興，是邑殆如魯之洙泗、吾宋之關洛，文物大備，惟縣志無所考，非闕典歟？曩余爲宰於斯，得劉溪翁《圖經》手藁，甚詳密，欲纂輯不果。後見《建安新志》多采於溪翁，蓋郡人知有溪翁之書而邑人反不知，豈非余之愧哉！其後邑趨於壞，金華趙君與膺寔來〔三〕，未幾而僵者植，蠹者飾。余南歸假道及於縣〔四〕，士民譽長官不容口〔五〕。他人敝精力應酬簿書期會不給，君乃有餘暇及於縣志，請余序之。

噫！當余之時，力猶可爲而余不克爲；君承不可爲之後，而談笑爲之，得無重余之愧哉！然邑之城郭都鄙、土風物産，遠則故老之記聞，近則縣名之更改，與夫名公鉅儒之言行，大家世族之原委，開卷瞭然矣。初，君之先大君子諱希伋，嘗綰銅墨，清而剛，有千百年之思。去三年而余繼之，余去三紀而君繼之。回思拙政，前不及君先君子，後不及君，因序此書，聊識余愧。

溪翁名某，字叔通。

〔一〕畜：原作「蓄」，據小草本改。

〔二〕本：原作「木」，據翁校本改。

〔三〕來：原無，據小草本補。

〔四〕「道」字原在「縣」下，據翁校本乙。

〔五〕「譽」原作「舉」，「容」原作「客」，據小草本改。

信庵詩

叔孫穆叔有云〔一〕：「太上立德，其次立功，其次立言。」信斯言也，是有功德者無待於立言歟〔二〕？嗚呼！賡喜起之歌，臯陶也；作《鴟鴞》、《七月》，周公也；《棠棣》，召穆公也；《江漢》，尹吉甫也。皆古大臣也，謂之其次立言，可乎？自穆叔之論行世，始以文爲道之小技，詩又文之小技，王公大人率貴重不暇爲，或高虚不屑爲，而山林之退士、江湖之旅人，遂得以執其柄而稱雄焉。自晉、唐以來已然矣。

少保、丞相、魯國信庵趙公事兩朝，出將入相四十三年，天下知其爲大勳德人也。某丙午待罪史局，竊窺公所記時政、聖語，辭簡而事核，固已服公史筆。壬戌告老歸田，又獲公詩藁，七言絶句一百四十三，古律詩十八，五言絶句五十，古律詩五，六言詩六，發曠懷雅量於翰墨，寓雄心英槩於杯酒。其訏謨定命則雅人之致，家庭唯諾則萬石之訓，結交氣義則河梁之作，望古慷慨則梁父之吟。至於陶寫性情，賞好風月，雖玉臺香奩諸人極力追琢者，不能及也。然後又服公詩律。某嘗謂近世善評詩者無出邵康節、陸放翁。邵誦韓詩「蝶鬧棹閑」之句，以爲怨而不傷、婉而成章。陸《題萊公祠》云：「巴東詩句澶州策，信手拈來盡可驚。」公亦曰：「昨日風吹花已盡，今日風吹花又開。世事不須深着意，只須把作看花回。」其於功名富貴之際如此。夫棹蝶，一時戲筆也，然微婉有無窮之味。澶州之策，宗社大計也，顧與巴東詩句並言。邵、陸評詩與孔氏「有德者必有言」之論合，異於穆叔之言矣。

公門下客如宋子京、歐陽永叔者比肩，乃不遠三千里命某以集序，豈非以其愚戇有公論、耄退無諛辭歟！

〔一〕云：原無，據小草本補。

〔二〕「是」下原有「云」字，據小草本删。

後村先生大全集卷之九十八

序

刻楮集後序

余長季二十歲，作《前序》時余未七十，季未五十，意季之詩愈出而愈無窮也。壬戌，余告老得歸，喜曰：「可以尋小窗殘燭之盟矣。」行至鐔津，得季凶問，慟絶幾墜車下〔一〕。入門，六親皆在，惟季不可復見。舊怡愉切偲之地〔二〕，書去架，塵滿几，觸目皆愁緒矣。既葬季，命小姪佑甫收拾遺藁，又得百首，皆季手料簡者，是爲《後集》。夫詩參衆作而後見工拙。前社友多詠諸老，如老儒、老僧、老道士之類〔三〕，余亦效顰。以季所作觀之，其過余遠甚，使更假之年，吾未見其止也。悲夫！人琴俱亡之痛，終吾身而已矣〔四〕。

〔一〕車：原作「地」，據翁校本改。

〔二〕偲：原作「思」，據小草本改。

〔三〕道：原在「老僧」前，據小草本乙。

〔四〕吾身：原無，據小草本補。

辛稼軒集

自昔南北分裂之際，中原豪傑率陷没殊域，與草木俱腐。雖以王景略之才，不免有失身苻氏之愧。建炎省方，畫淮而守者百三十餘年矣，其間北方驍勇自拔而歸如李侯顯忠、魏侯勝，士大夫如王公仲衡、辛公幼安，皆著節本朝，爲名卿將。辛公文墨議論尤英偉磊落，乾道、紹熙奏篇及所進《美芹十論》、《上虞雍公九議》，筆勢浩蕩，智略輻凑，有《權書》、《衡論》之風。其策完顔氏之禍，請絶歲幣〔一〕，皆驗於數十年之後。符離之役，舉一世以咎任事將相，公獨謂張公雖未捷，亦非大敗，不宜罪去。又欲使顯忠將精鋭三萬出山東〔二〕，使王任開、趙賈瑞輩領西北忠義爲前鋒，其論與尹少稷、王瞻叔諸人絶異〔三〕。烏虖！以孝皇之神武，及公盛壯之時，行其説而盡其才，縱未封狼居胥，豈遂置中原於度外哉！機會一差，至於開禧，則向之文武名臣欲盡而公亦老矣。余讀其書而深悲焉。

世之知公者，誦其詩詞而已〔四〕。前輩謂有井水處皆倡柳詞，余謂耆卿直留連光景、歌詠太平爾，公所作大聲鏜鞳〔五〕，小聲鏗鍧，横絶六合，掃空萬古，自有蒼生以來所無〔六〕。其穠纖綿密者，亦不在小晏、秦郎之下，余幼皆成誦。公嗣子故京西憲秠欲以序見屬〔七〕，未遣書而卒，其子肅具言先志。恨余衰憊，不能發斯文之光焰，而姑述其梗概如此。

〔一〕「請」上原有「論」字，據小草本删。
〔二〕「忠」上原有「有大」二字，據小草本删。
〔三〕「尹」上原有「君」字，據小草本删。
〔四〕已：原作「以」，據小草本改。
〔五〕作：原作「無」，據小草本改。
〔六〕無：原無，據小草本補。
〔七〕秠：原缺，據小草本補。

平湖集

景定庚申，上既躬攬權綱，去凶舉相，凡爲前揆媢忌擯遠者以次號召。於是平湖陳公以外府丞起家，俄擢中秘書，余亦牽聯同升史事。稍暇，公出所論著十餘帙〔一〕，使余評之。會公進司言責，謁見有時，論質寖疏，余亦苦書詔填委，久不克爲。

及告老而去，公責前諾。余歸，始紬繹公衆作而嘆息曰：本朝五星聚奎，文治比漢唐尤盛。三百餘年間，斯文大節目有二：歐陽公謂崑體盛而古道衰，至水心葉公則謂洛學興而文字壞。歐、葉皆大宗師，其論如此。余謂崑體若少理致，然東封、西祀，粉飾太平之典，恐非穆修、柳開輩所長；伊洛若欠華藻〔二〕，然《通書》、《西銘》，遂與六經並行，亦恐黄、秦、晁、張諸人所未嘗講。公之文多萬言，少千字，出入經史，貫通倫類。操簡立就，初不經思，雖踏壁冥搜者不能逮。及其研理學，衍師説，章分句析，千條萬緒會歸於一，雖立雪飽参者有愧色。至於表、牋、啓、記、序、銘、跋、古律詩，彙分昈列，臺閣之文温潤，金石之作古雅，有似汪、綦者，有似蘇、曾者，有似《騷》、《選》者，有似唐風者，可謂無崑體之偏而得洛學之全矣〔三〕。

公尤長於論諫，前後纍百疏。每奏一篇，上輒稱善，雖彈貴臣，繩左戚，皆和顔容受，不以爲忤。其言貪吏勢家譁徒黠胥之害民也，六曹請托之撓法也，秋苗折納之剥下也，訟未結絶部符改送之爲姦也，盜鑄僞造之蠹錢楮也，玉音宣諭宰輔，每曰：「陳某所奏切當，宜痛革必行〔四〕。」蓋公素謹密〔五〕，所言尤切至者往往焚藁，世莫得而知。惟堯言播告中外〔六〕，至四至五，如揭日月，有目咸見〔七〕。

烏乎！聖人之言經也，腐生謏儒何所容喙〔八〕。顧嘗待罪詞臣矣，史官矣，覩明主之好文賞諫，喜故人之得君行道，兹獲以鄙朴之詞序鉅麗之作，不亦操觚弄翰之快乎！

〔一〕著：原作「着」，據翁校本改。
〔二〕華：原作「葉」，據翁校本改。
〔三〕之偏：原脱「之」字，據翁校本補。
〔四〕行：原無，據小草本補。
〔五〕謹：原作「講」，據小草本改。
〔六〕句首原有「行」字，據小草本删。
〔七〕見：原作「知」，據小草本改。
〔八〕諛：原作「諛」，據小草本改。

曹東甽集

故待制文恭東甽曹公既殁〔一〕，余得其奏疏、講義、進故事、申省狀、雜著、古律詩若干卷於其長子延平通守恰老，請余序之。是歲余召，通守亦進列於朝，每見請益力，余以詞頭山積爲解〔二〕。俄而出牧於莆〔三〕，余既告老，執民禮事地主，且懷公曩遇〔四〕，發笥温故，而竊歎曰：斯文豈待序而傳者！蓋公當寳紹間，登纔十年，不爲當國所知。上因輪對默察其忠，玉音每記其名氏。端平改瑟，首擢爲浙西常平使者。陛辭一疏，言論慷慨，建臺累牘，念慮憯怛，不曰外臣而有遐心。移憲浙東，召拜諫省，首言：「事至於誤〔五〕，誤至於悔〔六〕，雖欲起而救之，其動搖根本、流毒生靈多矣，況至於再誤耶？」又言：「前日之誤在於戰，此既往不可追之悔；今日之誤在於和，尚可乘其機而轉移。」當喬鄭去留、群情觀望之際，而公之論其平如此。上召某執政，公言：「其人有主和之名，奈何召之以戰公議？」上密令潛邸舊人奏事，公乞且試之外庸，又言：「邇日除授往往片紙中出，不謀之大臣〔七〕，不參之公議，近習日進，倖門日開，臣恐大厦傾而漏舟覆矣〔八〕。」他論建寢廣。遷起居郎，權禮部侍郎，皆不拜。免牘云：「以史官則不居，以從官則居之，是臣自具彈文矣。」謁告累月，上知不可留，以集撰帥閩〔九〕。節麾所至，條陳民瘼，臧否吏治，粗言細語，皆有義味。詩直公餘事爾，他人爲之，有欲嘔出心肝者，有斷數髭而成五字者。公古風調鬯流麗，得元、白之意；律體精切帖妥，拍姚、賈之肩，非若小家數然。

余嘗接公議論，魁然厚重長者。與人處油油然與之偕〔一〇〕，若無所異同者，及在人主前辨忠邪、決去就，則義形於色，不可屈撓〔一一〕。自閩還里，召不復出。其諫書他日當與杜相範、唐卿璘並傳〔一二〕。永嘉多詩人，余及識紫芝、靈舒，公集中亦有與舒往還者，因併記之而奉巨編歸之司直使君。

〔一〕既：原無，據小草本補。
〔二〕以：原無，據小草本補。

〔三〕「而」下原有「以」字，據小草本删。
〔四〕遇：原作「過」，據小草本改。
〔五〕言事：原倒，據小草本乙。
〔六〕誤：原無，據小草本補。
〔七〕「大臣」及下句「不參」，原置後文「日進」下，「之」字原無，據小草本乙補。
〔八〕「臣」下原有「之」字，據小草本删。
〔九〕帥：原作「師」，據小草本改。
〔一〇〕偕：原作「皆」，據小草本改。
〔一一〕㨉：原作「指」，據小草本改。
〔一二〕卿：原作「鄉」，據小草本改。

林太淵文藁〔一〕

始余見太淵詩，驚其超詣，然未見其散語也。既而稍得其一二雜著〔二〕，尤超詣於詩。余晚收召，太淵奉閫檄往來淮浙，旅食輦下最久，雪天雨夕必過余商搉此事，往往達旦，盡出其《過庭藁》若干卷〔三〕。余閲他人之作，或一聯警策而全篇陳腐，或初意高深而卒章卑淺。惟太淵詩文設的於心，發無虛弦，具藁於腹〔四〕，成不加點。讀之盡卷，不見其辭窮義墮處，然猶未盡見其儷語也〔五〕。別後得其《謝薦舉啓》壹卷，又超詣於散語。四六家必用全句，必使故事，然鴻慶欠融化，梅亭稍堆垛，要是文字之病。太淵所作翦截冗長，剗去繁蕪，如以鳳膠續斷、獺髓滅瘢。人見其粹美無瑕，意脉相貫，孰知良工之心苦焉！

或曰：「輩行後於太淵者，却立於下風九萬里〔六〕，宜也；前於太淵者，亦瞠乎若後，何耶？」余曰：鈞一也，有連六鰲者，有得寸鬐於沮洳者，力有强弱也；庖一也，有解十九牛而刃若新發硎者，有月更刀者，技有巧拙也。安得人人而太淵乎？

太淵林氏，竹溪中書君之冢子，名泳。

〔一〕文：原無，據翁校本補。
〔二〕著：原作「着」，據翁校本改。
〔三〕庭：原作「遲」，據翁校本改。
〔四〕具：原作「其」，據翁校本改。
〔五〕儷：原作「儷」，據翁校本改。
〔六〕「却」原作「群」，「下」原作「不」，據翁校本改。

游受齋集

寶慶初元，余宰建陽，受齋莊簡游公方燕居里第。余數至似山堂考德問政，謁入必倒屣，留語必更僕。比余去不得罪於民，公之教也。公薨二紀，余與公仲子尚書郎孝嚴、長孫潮牧寺丞義肅會於溪上，握手道舊，於是公墓木拱矣。余既告老，寺丞自潮貽書曰：「大父隧碑〔一〕，實齋筆也；謚議，奉常考功筆也。獨遺文若干卷未序〔二〕，敢以累子〔三〕。」余疇昔得公片言寸簡皆佩服珍誦，耄矣，始見斯文大全〔四〕，顧非幸歟！

余觀前人各有論著，然朝鋭暮惰者其氣索，初令晚謬者其詞餒，自漢弘、寬，唐柳、劉皆有此疾。嘉定甲申，權焰赫然〔五〕，上下以言爲諱。公爲尚書郎，獨勸先帝收民心、軍心、士心，又言〔六〕：「與其扞格齟齬以起天下不平之論，孰若平心定氣以來天下盡忠之言。」臺疏擊去之，出守溫陵，不召者五年。初，安晚鄭丞相客授峽州，奇其人，羅致漕幕。及相端平，擢公卿列〔七〕，且兼導旨。北伐議起，附和者多。公入對，首進根本之論，極言邊民和糴餽餉之苦，又援南軒張公之言，欲得中原百姓之心，必先固結境內百姓之心，以是又不容於朝。然鄭丞相素敬公，畀以鄞閫，且以書戒親舊曰：「此公不可犯。」在鄞，以法從召，不拜。後累召皆不至。終鄭丞相去，只帶集撰〔八〕，至李丞相始陞次對〔九〕，及告老始進雜學士。蓋公自一命至三品〔一〇〕，自弱冠至開九衰，夷險一致，壯老一節〔二二〕，故發之於文，塞下者士稚、越石之壯，榻前者劉向、周堪之忠，家庭者朗陵、太丘之訓，郡國者召伯、國僑之愛〔二三〕，里社者二疏、兩龔之趣。他人占一技不啻足〔二三〕，公何以能包衆有而備全美也〔二四〕！豈非積之深〔二五〕，養之厚，其胸中無毫髮之可愧，故筆下不繩削而自合歟！

余嘗歎寠人寒生所知不遠，公家自御史文肅公得伊川單傳，默齋文清公爲南軒高第，公師祖而友兄〔二六〕，百年文獻在焉。余少游冶城，讀《忠襄楊侯廟碑》，願北面默齋而不可得，其集皆能成誦。公詩文絶肖默齋，合二集雜觀，殆不能辨。於伯氏一言一句，終身記之不忘，其恭兄有如此者。偏交諸老，尤爲後溪劉公所知。余昔有文誄公，述公大節已詳，序爲文集而作，實齋、奉常考功所稱道者不復出也。

〔一〕隧：原作「隊」，據翁校本改。
〔二〕「卷」下原有「書」字，據翁校本删。
〔三〕敢：原作「致」，據翁校本改。
〔四〕始：原作「如」，據小草本改。
〔五〕然：原無，據翁校本補。
〔六〕又：原作「反」，據翁校本改。

〔七〕「卿」下原有「公」字，據小草本删。
〔八〕只：原作「吴」，據小草本改。
〔九〕陞：原作「陸」，據小草本改。
〔一〇〕品：原作「命」，據小草本改。
〔一一〕壯：原作「莊」，據小草本改。
〔一二〕愛：原作「受」，據小草本改。
〔一三〕技不啻：原無，據小草本補。
〔一四〕「備」下原有「技不」二字，據小草本删。
〔一五〕「深」及下句「養之」，原無，據小草本補。
〔一六〕友：原作「女」，據小草本改。

宗忠簡遺事

自古夷狄如苗、葛、昆夷、玁狁之類，不過蚊虻然，驅之足矣。至春秋之吴、楚，稍如蛇豕，荐食中國，小者争霸，大者問鼎。於斯時也，非一夷吾出而以身當之，舉天下皆左衽矣。厥後狄難莫慘於晉之永嘉，夷甫勸勒稱尊〔一〕，茂弘定都江表，伯仁對泣新亭而已，惟越石、士稚出而以身當之。越石之言曰：「臣與二虜勢不並立，聰、勒不梟，臣無歸志。」士稚之言曰：「祖逖不能澄清中原而復濟者，有如大江！」故能以一殘弊荆州與勒對壘，以三千衰隊剪荆棘，立府縣，使河南盡爲晉土。余讀史至此，未嘗不嘉其志氣之壯，而惜其功業之不遂。

靖康之禍〔二〕，略如永嘉〔三〕，有張大女真可畏如虎如蛟者，有勸河北諸郡清野者，有止勤王之師者，有秉汗馬牽牛之筆者〔四〕，惟忠定李公、忠簡宗公、忠獻張公出而以身當之，而宗公之事尤難。其領開封也，粘、斡雖去〔五〕，尚屯兵河上，都人懔懔，莫有固志。公至旬月，軍民按堵〔六〕，拊凋瘵以恩，馭豪猾以威，降胡潰卒，望風嚮附。兩河羣盜百萬，號公「宗爺」，願效死力，山寨豪傑皆自備糧械，聽公調發。公因人心奮激，尅期北向，二十四疏請上回鑾以繫衆心，「臣當躬冒矢石，爲諸將先」，優詔嘉歎。而有陰沮之者，公憂鬱，瘍生於背。諸將問疾，公曰：「吾固無恙，若等能滅讎虜，吾死無恨。」衆皆泣。屬纊，猶呼「過河」者三，忠臣義士聞而痛之。初，虜不敢越汴而南，以公在焉。後使杜充代公，虜始越汴犯淮，大駕去淮幸浙，而中原遂幅裂矣。

余嘗論之，忠定初相，擢公尹京，遣傅亮、張所使兩河，譬之於弈，止此兩着，壞局可活矣。於是忠定僅七十餘日策免，公賫志以歿，忠獻亦不久於位〔七〕，檜相十九年，名臣良將皆死其手。烏乎，天也！公與汪、黄皆霸府舊僚，二人方希世用事，公奏記大元帥，以近剛正、遠柔邪爲先，若陰諷之者。又顯斥之曰：「潛善閩人〔八〕，伯彦徽人〔九〕，朝夕贊陛下南幸〔一〇〕，棄河南北、京東西、淮南、陝西七路千百萬生靈如糞壤草芥，不知二三大臣何故厚於賊虜、薄於國家如此。」二人見之，滋怒。初，大元師偕王雲出使，非公守磁遮留帳殿，幾墮虜計，汪、黄雖切齒於公而不能害，天子保全之也。昔孔明論「先漢以親賢臣而隆，後漢以親小人而頽」，與公正邪之論合。古之人有讀樂毅書而泣者，有讀《出師表》而淚滿襟者，余於公奏篇亦云。公始辭呂參政惠卿辟書，中忤林靈素黜謫，晚稍見用，尹京時已六十九，明年而薨。世治則不識真卿之面，國難則能抗越石、士稚之志，使夫子復生，必有微管之歎矣。

公《遺事》行世已久，今連帥寶謨王公鎔，公外孫也，稍采摭舊聞以傅益之〔一一〕。寶謨公衣繡授鉞於閩，劾大吏，繩巨猾，殲逋寇，條約清明，令行禁止，有公之風。

〔一〕勒：原無，據小草本補。

〔二〕「禍」原作「遇」，據小草本改。

〔三〕永：原作「求」，據翁校本改。

〔四〕牛：原作「羊」，據小草本改。

〔五〕斡：原作「幹」，據小草本改。「粘、斡」指金帥粘罕、斡離不。

〔六〕按：原作「接」，據小草本改。

〔七〕「久」下原有「定」字，據小草本删。

〔八〕闖：原作「閑」，據小草本改。
〔九〕徽：原作「徽」，據小草本改。
〔一〇〕陛：原缺，據小草本補。
〔一一〕傳：原作「傳」，據小草本改。

虞德求詩〔一〕

從子勳監嵢峽鎮，寄詩一軸來，曰此虞君德求所作，張君宗瑞所書〔二〕，又曰德求之子欲余序之。余讀之盡卷，及諸賢跋語，詳君生於淳熙己酉，歿於寶祐乙卯，年六十五。計平生詩當千篇，少亦數百，今卷中止有三十二首，乃張君摘書者。夫作詩難而觀詩尤難，聖筆所刪之外，他人去取鮮能知作者之意。大、小《序》且不免譏評，況下於此者乎？張君謂此三十二首爲德求得趣之筆〔三〕，然乎否乎〔四〕？余恐其不止此也。近世詩人莫盛於温、台。水心葉公倡於温，四靈輩和之；竹隱徐公倡於台，和者尤衆，德求其一也。余長德求三歲，自丱角走四方，江湖社友多所款接，然如德求者乃未之識，甚矣余之孤陋寡聞也！它日得君全集，當别爲下語。德求名某〔五〕，其子名某〔六〕，某官。張君名輯。

〔一〕求：小草本作「永」。
〔二〕宗瑞：原作「崇端」，據小草本改。
〔三〕得：原作「德」，據翁校本改。
〔四〕否乎：原在後文「水心」下，據翁校本乙。
〔五〕某：原作「集」，據小草本改。
〔六〕其子名某：原作「某子其名某」，據小草本改。

閑話緒餘

寒齋之書曰《閑話》者，得慈湖、絜齋骨髓〔一〕，惜象山不及見。子真接爲書曰《閑話緒餘》，余覽之贊歎曰：孝子慈孫之言也〔二〕。蓋向有歆與無子同，鑑有超與無孫同。今福勝、翁陂二墓之木拱矣，而子真之言論風旨一則曰祖德，二則曰父訓。既筆之書〔三〕，至於自規壽藏，必前瞻父、傍依祖乃愜志。世之能言者不必能行，子真析理雖極於微妙，制行不離乎平實，其微妙者可能，平實者不可能也。

或者疑曰：「君子語大天下莫能載，語小天下莫能破。由儒家者流言之，性與天道大也，庸言庸行小也，下學而上達，始士而終聖，固有等級。是書詳於語大而略於語小〔四〕，若以爲一蹴可至，然乎否耶？」余曰：子真於庸言庸行信之謹之至矣〔五〕，性天非高也，語大非夸也，余將往而從焉。

〔一〕湖：原作「潮」，據翁校本改。
〔二〕也：原無，據翁校本補。
〔三〕既：原無，據小草本補。
〔四〕詳於：原無，據小草本補。
〔五〕謹之：原無，據小草本補。

勿失集

寒齋遺同、合雙明珠，祝之曰：「謹勿失墜。」二子嗣其學，各爲書。同書余序之矣，合所著曰《勿失集》，皆過庭付授、對牀講貫者。其間至言妙義，非今士意度所及，儒中之象山、僧中之大慧、道家者流之劉高尚也。集中四賦二論，高簡流麗，欲逼唐子西、王逢原。箴銘序贊切世用者皆中窾曰，惟詩談方外者當別論〔一〕。余每謂寒山子何嘗學爲詩，而詩之流出於肺腑者數十百首〔二〕，一一如巧匠所斲、良冶所鑄，惟大儒王荆公擬其體似之〔三〕，他人效顰不近傍也〔四〕。荆公素崛强，非苟下人者，讀寒齋父子詩當作如是觀。

〔一〕方：原作「力」，據翁校本改。
〔二〕百：原缺，據翁校本補。
〔三〕公：原無，據翁校本補。
〔四〕「不」下原有「公」字，據翁校本刪。

李後林詩

曩被命刺袁，道盱，見侍郎聶公善之論當世詞人，盛稱後林李公伯高詩〔一〕，余願交焉。至豐城，聞李公居邑之麻原，屬迫上日，不果迂道求見。丙午，余被召，至廟山，有以詩筒至者，啓視則李公贈余七言也，相期甚遠。時公自省闥論事斥，不以去魯出晝爲慼，而以求友論文爲樂。因歎前過其里，後遇諸塗，皆交臂失之一見〔二〕，人生會合之難也如此。晚忝詞臣，寓廨與公友人中秘書歐陽公權同巷，然後見公詩大全，蓋過江後一大家數也。

公權請余序之。時禁中書詔填委，既諾而不果爲。及告老歸，屬疾在目，又不果爲。公權及公以書責前諾，及發篋温習，作而曰：世緣深者天機淺，律體工者古風拙，語綺者力輕，辭繁者味短，世有垂天之翼、專車之骨，吾未之見也。他人之作皆然〔三〕，惟後林詩如陽春花卉，紅紅白白，不以剪綵刻楮爲巧；如大將旗鼓〔四〕，堂堂正正，不以翹關挾輈爲勇。清絶者如揮王、謝之麈尾，正大者如坐關洛之皐比，浩博者如韓、杜之《南山》、《北征》，高妙者如陳子昂、朱晦翁之《感遇》、《感興》〔五〕，憑高懷古者逼《鳳凰臺》、《黄鶴樓》之作，登山臨水者挾《廬山高》、《赤壁賦》之氣，傷時惜賢者雖送質肅、澹菴之什無以加也。學問志節繫焉，去就離合見焉，詩云乎哉！余少亦酷嗜，既耄而昏，意有欲言，辭不能發，安得飛車從公劇談、抵掌商榷此事乎〔六〕！

〔一〕伯：原作「百」，據小草本改。
〔二〕一：原無，據翁校本補。
〔三〕之：原無，據小草本補。
〔四〕「將」下原有「於」字，據翁校本删。
〔五〕感興：原缺，據翁校本補。
〔六〕榷：原作「確」，據翁校本改。

徐貢士百梅詩

余二十年前有《百梅絶句》，和者甚衆，或縉紳先生，或江湖社友，體製各異。出而用世者其言瀏麗，處而求志者其言高雅，余巾襲至今。晚得清漳江君咨龍、東龐徐君用虎〔一〕，既盡屬和，且爲之義疏。詩篇篇警策有新意，若自爲倡首者，非趁韻之作也〔二〕。所謂義疏，又援引該洽，片辭隻字必穿穴所本，往往發余所未知。昔人服善甚至〔三〕，以競病、推敲判工拙，有「一字師」之語〔四〕。若二君者，豈惟予之一字師哉！然二君皆老於場屋，未脱白。龍飛天子將親策於庭〔五〕，此詩賡載薰風慶雲之歌，和過沛横汾之曲，極文章之用而後已，未宜與余爭此冷淡生活也。

〔一〕龐：小草本、翁校本皆作「隴」。
〔二〕「非」下原有「也」字，據翁校本删。
〔三〕昔：原作「音」，據翁校本改。
〔四〕「有」下原有「工」字，據小草本删。
〔五〕庭：原缺，據小草本補。

林子彔詩〔一〕

五言詩三百五篇中間有之，逮漢魏蘇、李、曹、劉之作，號爲「選體」。及沈休文出，以浮聲切響作古，自謂靈均以來未覩斯閟，一唱百和，漸有唐風矣〔二〕。唐初如陳子昂《感寓》，平挹《騷》、《選》，非開元、天寶以後作者所及。李、杜大家數〔三〕，姑置勿論。五言如孟浩然、劉長卿、韋蘇州、柳子厚，皆高簡要妙。雖郊、島才思拘狹，或安一字而斷數髭，或先得上句，經歲始足下句，其用心之苦如此，未可以唐風少之。近世理學興而詩律壞，惟永嘉四靈復爲五言〔四〕，苦吟過於郊、島，篇帙少而警策多，今皆亡矣。

静學林君子彔，茂陵名執政之孫，有詩名而不肯表暴，有吏能而深自晦匿，居西湖北山三十年〔五〕。嘗倅吳，去非其罪，歸北山不復出。余敬其人，得其詩若干首，皆五言也，無郊、島之艱深〔六〕，而有元、白之曠達。惜湖山寂寞，不及與四靈上下其論。予耄且盲，醫禁予思索〔七〕，友勸予静默〔八〕，於君詩不能屬和，姑録而藏之。

〔一〕詩：原無，據文意補。

〔二〕矣：原無，據小草本補。

〔三〕杜：原無，據翁校本補。
〔四〕五：原無，據翁校本補。
〔五〕山：原無，據小草本補。
〔六〕艱：原作「難」，據翁校本改。
〔七〕予：原缺，據翁校本補。
〔八〕勸予：原作「觀勸」，據翁校本改。

二林詩後

子真詩如靈芝醴泉，天地精英之氣融結而成。如德山、趙州機鋒，如寒山、梵志詩偈，不涉秀才家筆墨蹊逕，非頂門上具一隻眼，未易觀而得之也〔一〕。余於二十年前見子常詩，警句的對大率如唐大家數之作，余有咄咄逼人之嘆。今得其近製，其間出奇運智〔二〕，殆欲求工於古人者。余益嘆君進未止，豈余老古錐如新戒縛律，君大自在如散聖安禪。因書其後以求商榷。

〔一〕本句及下句「余於」二字原缺，據翁校本補。
〔二〕奇運：原作「寄連」，據翁校本改。

送林太淵赴安溪

余友安溪明府林君太淵將綰銅墨〔一〕，乞言於余，且援龍泉《送劉茂實宰奉新序》曰：「必如此然後與龍泉方駕。」予愧謝曰：人各有能有不能。龍泉末意欲上之人去煩密之法，無破産之役，無雜名之斂，不以所難責吏，又欲長民者因今之法度以行其政事之仁，真不刊之名言也。至於論選人至改官格法，及士大夫有視邑如鑊如灘者〔二〕，其文千變萬態，雖荀卿、莊周無以加。

君迫上日，余遇耄期，臨别無新意以激發吾友，而古事又太淵之所厭聽。雙溪余舊封男處也，貴寓如朱、如游、如後山五夫諸劉皆鼎貴〔三〕。余始至〔四〕，或不順吾令，余責己而不責人〔五〕。久之，邑人察余無他，益相親狎，有隱瘼或旱潦當減放〔六〕，必余告。舊煩於訟，期年日僅數紙，或無訟，吏不勝饑，多遁去。郡胥或問邑駔何以久無翻訴，駔曰〔七〕：「宰所剖決，農夫皆能傳誦〔八〕，士大夫或傳寫以教子弟。」比再期及垂滿，民恐余去。余室人疾革〔九〕，民守縣門，爲佛老事以祈福。後余被召造朝，或擁麾節來往，去邑近或十年，遠或三紀，而其人聞余至，雖深山窮谷戴白之老〔一〇〕，争持幡花迎餞。余晚遭陟屺，父老相率百餘人至莆唁問，雖余子弟過其境亦候問不絶。前日鼎貴諸老皆已仙去，其存者非子則孫，亦皆通顯，往往出其上世手澤，或誦余舊詩文，叙父執之敬〔一一〕。溪上風俗之厚，豈非紫陽翁教化之所濡染與！

余未嘗至安溪，然及接鄉先輩復齋陳公緒論〔一二〕。後五十年，繼之者曰菊窩李侯，去七年而太淵繼之。歷年如此其久，閱人如此其多，甘棠之思希闊如此，然則謂邑難治而俗薄不可返古者，豈其然歟？太淵以文詞擅雄名，嘗爲今師垣辨章魏公所知〔一三〕，薄速化而甘須入，太淵嗜好豈與世相反哉！是行也，使偃室聞絃歌之聲，翹館有部注之客，不亦昭代之盛舉乎？余既爲太淵喜，又爲邑人賀也。

君名泳，寶祐癸丑進士，竹溪中書君之冢子〔一四〕，太淵其字也，別號方寮。

〔一〕溪：原無，據翁校本補。
〔二〕如灘：原倒，據翁校本乙。
〔三〕諸：原作「史」，據小草本改。
〔四〕始：原作「如」，據小草本改。
〔五〕責己而、人：原無，據小草本補。
〔六〕潦：原作「淹」，據小草本改。
〔七〕曰：原作「白」，據小草本改。
〔八〕誦：原作「詞」，據小草本改。
〔九〕余：原無，據小草本補。

〔一〇〕深：原作「窮」，據小草本改。

〔一一〕父：原無，據小草本補。

〔一二〕論：原無，據小草本補。

〔一三〕師：原作「帥」，據小草本改。然「師垣」似當作「師相」，蓋賈似道以少師爲丞相，故以「師相」稱之。

〔一四〕君：原作「名」，據翁校本改。

後村先生大全集卷之九十九

題跋

黄録參廣西平蠻録

往年余從事江淮制置使府，實與虜對壘。同舍郎數年間貴顯略盡，獨余無尺寸功，請監南嶽廟歸。既又從事廣西經略使府，海南黎寇入省地，胥吏逐太守，士或徒手取爵賞，立聲名，余亦傍觀而已。彼諸人非皆狀貌魁傑及有它謬巧，其所以能異於余者，勇耳。今黄君以廣東尉擒廣西賊，不由外臣保奏，徑攜功狀白都堂，遂改京秩。余觀黄君狀貌非甚魁傑，又非有它謬巧，其所以能致其身者，亦勇耳。噫！人以勇得功名，余以怯失機會，故題此書之末以識余愧〔一〕。

〔一〕書：原無，據小草本補。

何秀才詩禪方丈

詩家以少陵爲祖，其説曰語不驚人死不休；禪家以達摩爲祖，其説曰不立文字。詩之不可爲禪，猶禪之不可爲詩也。何君合二爲一，余所不曉。夫至言妙義固不在於言語文字，然舍真實而求虚幻，厭切近而慕闊遠，久而忘返，愚恐君之禪進而詩退矣。何君其試思之。

南城包生行卷

敏道從朱、陸二先生學而微喜談禪，今其子又以墨法知名。噫，義理之學逃歸杲佛日、光拙庵，逢掖之家化爲李庭珪、潘谷耶！雖然，明窗佳研，呼童磨試，然後知近日墨工皆出其下矣。念昔與敏道俱爲絜齋侍郎袁公之客，袁公墓木已拱，敏道白髮蕭蕭，余亦流落不偶。甚矣，余二人貨之難售，反不若小包君墨之易售也！君持此紙歸示乃翁〔一〕，當亦拊掌一笑。

〔一〕示乃：原作「似」，據適園叢書本《後村題跋》卷一補、改。

孚若贈翁應叟歲寒三友圖

孚若晚擯不用，賜金揮盡，嬖奴寵姬皆辭去，然好客愈篤，往往質笥衣、粥廄馬以續車魚之費。後無可質粥，客亦辭去，惟余與應叟一二人留其門〔一〕。悲夫，尚忍言之！應叟歸，道城南，行西淙之下，謁新丘，登舊山，臺傾池平，竹樹枯死，余知其必發羊曇之哀、動唐衢之哭也。諸人既跋詩畫，余獨記舊事，且系小詩云〔二〕：「易結千金客，難扶六尺孤。憑君傳掬淚，一爲灑西峬。」孚若葬處。

〔一〕余：原無，據《後村題跋》卷一補。

〔二〕云：原無，據《後村題跋》卷一補。

朱相士贈卷

往時樓暘叔有文名，君謂予：樓眉濃，不能爲清望官。錢宏祖帥廣西，年甫四十餘，君又謂余：錢且暴死。既而皆然，獨言某人當爲二府，某人當爲侍從，某人鬼形主凶，久而未驗。余觀君造次之言多中，揣摩之論輒差，豈非有心於售術，不若無心而信術歟！君脛長而膊聳〔一〕，面瘠而下鋭，望之如鸛鶴。余雖不曉風鑑，然知君非腰錢十萬、封侯萬户之相也決矣。余方以實語規君，君無以虚談戲我。

〔一〕膊：原作「腰」，據《後村題跋》卷一改。

夏元鼎悟真篇陰符經入藥鏡註

《真誥》載〔一〕：古帝王聖賢多爲仙，惟祖龍、劉季至今在地下爲某官。其説以爲英雄多殺，永不得仙，余讀而深悲焉。然傳記所述，仙者多自俠士、劍客中來，世言鍾離公亦故將，豈度世輕舉乃慷慨烈丈夫之事，非婉孌兒女子所能辦哉！余以《真誥》之言推之，天道惡殺，好殺者違天，違天者不祥。李廣殺降，終身不侯；欲侯不可，況欲仙乎？

永嘉夏君元鼎頃事賈制置涉，宣勞於山東、河北，既而棄官學道。觀其所註三書，皆遁世之學也，深於道矣。余獨問君向在兵間曾殺人否，非疑君之殺也，懼害君之仙也。君歷舉某事某事，皆談笑脱人於死者。使世無仙則已，有仙非君其誰爲之！及與君抵掌論兵，頗有武安君意致〔二〕；間語楚臺叛寇，又欲盡僇之而後已。噫，是猶有用世之心也！昧者疑其合於兵法而離於仙道矣，惟余知君非果於遁世者。方今三邊宿師，四郊多壘，國家物色豪傑，弘濟艱難，君不得已出而用世，必不肯坑趙卒，必不肯盡僇山東人，然後大藥可成，三書可傳矣。

〔一〕詒：原作「語」，據《後村題跋》卷一改。下同。

〔二〕意致：原無，據《後村題跋》卷一改。

姚鏞縣尉文藁

右姚君雜著一卷。百詩森嚴，一賦二記峻潔，四六尤高簡，縮廣就狹，刊陳出新，變俗趨雅，斲華返質，一字不可增損，半句之工、片辭之善，賢於它人千篇百首，天下之名作也。然才力有定禀，文字無止法。君以盛年挾老氣，爲之不已，詩自姚合、賈島達之於李、杜，文自《公》、《穀》達之於左、馬，四六自楊、劉達之於歐、王，翡翠鯨魚，並歸摹寫，大鵬尺鷃，咸入把玩，則格力雄而體統全矣。

日者葉宗山行卷

上饒葉君宗山過余談命，余素不曉支干，又不信吉凶禍福之說，且厭夫世之挾技者諂諛以求悦，揣摩以幸中也，未甚奇之。君徐言予命火，炎而水少，太快傷和，太察生疑。又曰宜清心以養神，息怒以養腎。類皆中余微隱，藥予病痛。噫！此益友之言也，賢於星翁曆史遠矣。西山先生以嚴君平比之，豈虛言哉！

真仁夫詩卷

古以王官采詩〔一〕，夫子教伯魚學詩〔二〕，詩豈小事哉！古詩遠矣，漢魏以來，音調體製屢變。作者雖不必同，然其佳者必同。繁濃不如簡澹，直肆不如微婉，重而濁不如輕而清，實而晦不如虛而明，不易之論也。予友真君仁夫之詩絶去塵穢，刊落冗腐，簡淡而微婉，輕清而虛明，有唐人、半山之思。然爲西山先生之子，傳嫡承家，學問名節本也，文藝末也。小晏之於臨淄，小坡之於玉局，仁夫優之矣；公休之於涑水，原明之於申公，仁夫勉乎哉！

〔一〕古：原作「右」，據《後村題跋》卷一改。
〔二〕夫：原無，據《後村題跋》卷一補。

黄勉齋書卷後

嘉定戊寅，勉齋來江淮，謀制置使軍事。其年三月，行臺駐揚州，勉齋與余子壽、黄德常及余同在軍中，坐起寢食未嘗離也。虜退，凱旋，勉齋力辭召命請祠，余亦求監嶽廟。後數年，同舍郎皆貴顯，子壽、德常今各持節使一路，於是勉齋宰木已拱。予方以格爲縣，因葉君雲叟出示勉齋遺墨〔一〕，感歲月之逾邁，悼耆舊之零落，爲之慨然。初，勉齋名重一世，門人高弟甚衆。既歿，篤守師統不畔者，士大夫中惟陳漳州、趙荆門，士人中惟雲叟一二人耳。然則雲叟尤可重也。

〔一〕叟：原作「臾」，據《後村題跋》卷一改。

王秘監合齋集

義理至伊、洛，文字至永嘉，無餘藴矣。止齋、水心諸名人之作〔一〕，皆以窮巧極麗擅天下，合齋之文獨古淡平粹，不待窮巧極麗亦擅天下。自止齋、水心一輩人皆尊事之，猶袁、郭之稱黄憲，嵇、阮之服山濤也。蓋其言議風旨有在於文字之外者矣。

〔一〕名：原作「君」，據《後村題跋》卷一改。

宋母墓表

趙昌父作。宋自適母。

真、陳所跋，蓋聞而知之。若余者，嘗登母之堂，忝爲令子之友，見而知之者也。凡章泉翁所載，字字不誣。

陸氏墓誌

陸夫人之賢略似余妻。世間悍婦不死，乃使二婦死耶！覽卷悽然，系以小詩云〔一〕：「一夕死生異，百年甘苦同。孤身操井臼〔二〕，愁殺老梁鴻。」

〔一〕云：原無，據《後村題跋》卷一補。

〔二〕孤：原無，據《後村題跋》卷一補。

宋自適詩

年來鳴者皆瘖，大宋獨啾啾不已〔一〕，天公恠兩鳥，各捉一處囚，可不懼哉！

〔一〕大：原作「犬」，據《後村題跋》卷一改。

灌園蘇翁事蹟

高皇御極，張、趙並相，南渡極盛時也〔一〕。弓旌所至，巖穴一空，蘇翁爲當軸故人，乃深自晦匿如此，方知巢、由不爲差事。

〔一〕時：原作「事」，據《後村題跋》卷一改。

李耘子所藏其兄公晦詩評

昔韓、歐二公病六朝五季文體卑弱，於是各爲一家之言以變之，不獨一時學者從風而靡向，使徐、庾、楊、劉諸人及與二公同時，亦必北面竪降矣。今舉世病晚唐詩，猶歐陽之遺意也。然徒病之而無以變之，苛於評而謙於教，獨何歟？蓋公晦及穎叔論近人之詩詳矣，竊意公晦所謂沖淡淳古之趣、穎叔所謂和樂之音，可以變，可以教，而余偶未之見也，君其爲余訪焉。

輝上人攜其父所作偈求跋

學佛者以師爲父，以父爲俗父。輝上人俗父臨終作偈，擲筆長往，若大寺長老辭世然，囿乎方之內而能遊乎方之外者也。輝既學佛而彈琴有履霜之聲焉〔一〕，哦詩有《蓼莪》之哀焉，游乎方之外而未嘗離乎方之内者也。其父子皆豪傑過人矣。

〔一〕「而」下原有「輝之」二字，據《後村題跋》卷一删。

陳户曹詩卷

户曹陳君示詩一卷，清麗調暢，有承平公子富貴之氣，加之以年，賀方回、晏叔原不難至也。雖然，詩之内等級尚多，詩之外義理無窮。先民有言：德成而上，藝成而下。前輩亦云：願郎君損有餘之才，補不足之德。君粹然佳弟子，非不足於德者，余恐其爲藝所掩也，故微著切磋之義焉〔一〕。

〔一〕著：小草本、翁校本皆作「致」。

李耘子詩卷

唐世以詩賦設科〔一〕，然去取予奪一決於詩，故唐人詩工而賦拙。湘靈鼓瑟、精衛填海之類，雖小小皆含意義，有王回、曾鞏之不能道。本朝亦以詩賦設科，然去取予奪一決於賦，故本朝賦工而詩拙。今之律賦往往造微入神，温飛卿、李義山之徒未必能髣髴也。耘叟爲今之士，應今之科目，盍亦先留意於主司之所以去取予奪者乎！余識耘叟累年，未見其它文而屢得其詩，因其赴舉，祝之曰：使耘叟之賦如詩，今秋歌鹿鳴，來春冠南宮，非子其誰！

〔一〕詩賦：原倒，據《後村題跋》卷一乙。

吴孝子傳

清湘林別駕爲予言，延陵吴若鳳既葬父母，寢苫不去，余聞而異之。別駕曰未也，葬之夕哀號而於菟避廬之所感格而甘露降，余尤異焉。別駕又示余以《吴孝子傳》，蓋若鳳之鼻祖也。噫，有自來矣！自孝廉科廢，然稽之令甲，微有酒饘之賜，大有門閭之旌。夫孝子未嘗蘄人之知〔一〕，而國家之於孝子自不容已如此，豈非以其爲倫紀風俗之所繫歟！若鳳既不自言，郡縣又未必知，別駕與余皆退閑無氣力，雖知之不能爲吴君重也，姑書之於《孝子傳》之後。

〔一〕蘄：原作「靳」，據小草本、翁校本改。

張季文卷

盱江張季之文，世未有知之者，西山先生始稱其以清峻之辭寓幽遠之味。讀季所作，益信西山之善評。然文字不可過清也，過清則肖乎癯。仁義之人，其言藹如，未嘗癯也。不可過峻也，過峻則立乎獨。德不孤，必有鄰，未嘗獨也。清峻不已，其幽必至於絶物，其遠必至於遁世。季有親有同産，資季以活者，將持此文安歸乎！西山欲推季入山林，故其論高；余欲挽季向場屋，故其論卑。它日呈似西山，必發一笑。

章援致平與坡公書

邢和叔有居實，章子厚有致平，皆不能諫乃翁之失，信乎人之勇於爲不善者，雖父子之間不能回也。蘇、章本布衣交，子厚當國，乃竄坡公於海南。及子厚謫雷，坡公書云：「聞丞相高年，寓跡海隅，此情可知。」且勸其養丹儲藥。君子無纖毫之過，而小人忿忮，必致之死；小人負邱山之罪，而君子哀憐〔一〕，猶欲其生。此君子小人用心之所以不同歟〔二〕！致平在當時諸家子弟中尤豪傑，然知愛其父而不知斯立、叔黨之徒各愛其父，知海康風土之惡而不知嶺南風土有惡於海康者〔三〕，又可悲也。

〔一〕哀：原作「愛」，據《後村題跋》卷一改。
〔二〕「小人」下原有「之」字，據《後村題跋》卷一删。
〔三〕有：原作「猶」，據《後村題跋》卷一改。

西山贈日者郭生序〔一〕

異哉，郭生之論命也。其言曰：嗜潔惡濁，金與水實爲之。至哉！西山之言性也，曰：使余命不值金水，好惡可易置乎？推郭生之言，是命之值火者必暴，值土者必貪，堯、桀、舜、跖皆命使然，而性善之論廢矣，豈不可懼哉？郭生試以西山之言精求之〔二〕，不獨技進而道亦進，藝成而德亦成矣。

〔一〕生：原作「公」，據小草本改。
〔二〕求之：原作「求而」，據《後村題跋》卷一改。

蘇子美帖

王文康公坐萊公貶，蘇子美坐祈公廢，二人皆爲婦翁所累。然文康卒至將相，子美未牽復死，有命也夫！帖尾託人相花字，似是通人之一蔽。

東坡與歐陽棐帖

此帖當在未下臺獄時。述古，陳公密學；純父、巨源，錢、孫兩内相也。叔弼此時豈預知李定輩將鞫詩案乎〔一〕？昔虞卿解相印，與魏齊俱亡；魏其寧失侯，不使灌夫獨死。坡公之貶，嘗與倡和之人不過贖銅，而人情覰望〔二〕，至不敢往還如此〔三〕，世變日下而世故亦可畏矣。爲之太息〔四〕。

〔一〕弼：原無；李：原作「季」。據《後村題跋》卷一補改。
〔二〕覰：原缺，據《後村題跋》卷一補。
〔三〕至：原缺，據小草本補。

〔四〕爲：小草本作「覽」。

米元章焦山銘

米老此銘不獨筆法超詣，文亦清拔，想見揮毫時神遊八極，眼空四海。

閩王帖

王氏既改元自尊，然猶爲僧寺押帖，前稱長樂府，印以「長樂府印」四字爲文，而其末乃自稱國主，其淺陋不經如此〔一〕。頃見方孚若云：吳曦既僭，以隨軍轉運安公爲丞相長史，以廳爲殿。一日坐殿罷，長史退至廊角，有吏持咨目送議事，不坐五百千。安公笑曰：古今豈有這樣官家！後在長沙，爲孚若道其事，猶絶倒。一千年後，當與此帖同編入笑林矣。

〔一〕陋：原作「漏」，據《後村題跋》卷一改。

東坡墨蹟

王右丞攜孟浩然入禁中，蘇公亦以李端叔詩卷至玉堂，前輩欲成就士子聲名類如此。然孟生竟以「不才明主棄」之句忤明皇意放還山〔一〕，端叔雖仕至尚書郎，晚節落泊甚矣。詩雖工，如命何！

〔一〕生：原作「先」，據小草本改。

楊補之墨梅

予少時有《落梅》詩，爲李定、舒亶輩箋註，幾陷罪罟。後見梅花輒怕，見畫梅花亦怕，然不能不爲補之作跋。小兒觀儺，又愛又怕，予於梅花亦然。

惠崇小景

王介甫於聲色貨利淡如也，獨喜觀畫，如惠崇者尤爲稱奬。同時僧居寧善作草蟲，介甫亦有五言予之，竊意介甫姑借此以發其詩，非必真喜畫也。

趙大年小景

大年胸次蕭灑，故見於筆端如此，豈睦親宮中終日騎木馬、放鵓鴿者所能爲哉〔一〕！

〔一〕睦：原作「族」，據《後村題跋》卷一改。

東坡辭承旨乞郡奏藁

蘇、程二公在朝，不獨爲當時小人所忌。蓋攻蘇公者，朱公掞、賈明叔也；攻程公者，劉莘老、器之、孔經父也〔一〕。按是時群小比肩散地〔二〕，蓄忿伺隙。元氣壯而後可以杜外邪，衆賢和而後可以制羣小，不易之論也。而諸公不悟，各尊其師，各私其黨，日有紛紛，不待章、蔡復用，諸賢固已自相攻擊而去矣。想見蘇、程爭時，呂吉甫輩必相與拊掌竊笑，後之君子謹無爲吉甫輩所笑哉！

〔一〕父：原作「文」，據《後村題跋》卷一改。

〔二〕「時」下原有「是」字，據小草本刪。

李伯時羅漢

前世名畫如顧、陸、吴道子輩〔一〕，皆不能不着色，故例以丹青二字目畫家。至龍眠始掃去粉黛，淡毫輕墨，高雅超詣〔二〕，譬如幽人勝士褐衣草履，居然簡遠，固不假衮繡蟬冕爲重也。於乎，亦可謂天下之絶藝矣！

〔一〕顧：原作「顔」，據《後村題跋》卷一改。

〔二〕詣：原作「誼」，據《後村題跋》卷一改。

恭跋欽宗皇帝宸翰

臣恭惟靖康皇帝之英睿憂勤，忠定李公之忠義奮發，卧薪嘗膽，鞠躬盡力，而不能救中原之蕩覆，豈非所謂天方授楚者耶！乃今守緒自焚，完顔無種，在天威靈亦足以少慰矣。

恭跋高宗皇帝親征詔

臣恭覽高宗皇帝此詔，然後知紹興戊午所謂和議者，非出聖意也。嗚呼，秦檜之罪可勝誅哉！

李賈縣尉詩卷

友山詩攻苦鍛鍊而成，思深而語清〔一〕。律體師島、合，樂府擬籍、建。其言曰：「詩道至唐猶存。」又曰：「僕亦學唐者。」豈惟學唐，殆逼唐矣。然謂詩至唐猶存則可，謂詩至唐而止則不可。本朝詩自有高手。李、杜唐之集大成者也〔二〕，梅、陸本朝之集大成者也。學唐而不本李、杜，學本朝而不由梅、陸，是猶喜蓬户之容膝而不知有建章千門之鉅麗，愛葉舟之掀浪而不知有龍驤萬斛之負載也。念昔奉教於先大君子，友山時方丱角，後二十年〔三〕，余益衰益惰，而友山新有詩名，感耆舊之無幾，歎英妙之可畏，輒題卷尾而歸之。

〔一〕思：原作「詩」，據《後村題跋》卷一改。
〔二〕李杜：原倒，據《後村題跋》卷一乙。
〔三〕年：原與下句「余」互倒，據《後村題跋》卷一乙。

徐寶之貢士詩

徐君詩如「炊熟風飄動，吟歸雪硯枯」，如「盡日飛花急，隔溪芳草深」，皆鍛鍊精到，而卷中不能皆然。昔人有刻玉爲楮葉三年而成，或笑之曰：使造化之生物如是，則物之有葉者少矣。君詩以温、李爲師，故工，惟工故少。少非詩病也，寫物易，生物難耳。余方有公事，而君之歸甚遽，尚有欲言者，且止。

仲弟詩

昔梅聖俞日課一詩。余爲方孚若作《行狀》，其家以陸放翁手録詩稿一卷潤筆，題其前云：七月十一日至九月二十九日，計七十八日，得詩百首。陸之日課尤勤於梅。二公豈貪多哉，藝之熟者必精，理勢然也。無競弟手作千詩而好之未已〔一〕。繹其言，咀其味，以質勝綺，以雅絀哇，以靜治躁，高處往往無蹊徑可尋，不繩削而自合，可謂至精至熟者矣。余少亦酷嗜，後廢不爲且二十年。悲夫！同奕也，有不勝其耦焉〔二〕，有百戰百勝焉；同射也，有不至於彀焉，有百發百中焉。余日衰日惰，不勝其耦、不至於彀也久矣。弟其益勉之，使世之同業者皆相推伏，曰奕秋通國之善奕，又曰天下之射惟羿愈己，余雖憊甚，其憑軾寓目，鼓旗助躁，不亦平生之一快哉！

〔一〕已：原作「幾」，據《後村題跋》卷一改。

〔二〕有：原作「而」，據《後村題跋》卷一改。下句「有不至」同。

單父趙氏事實 爲趙小坡而作

趙氏自僖質公以重厚輔先朝，康、廬二牧以忠赤死敵難，其家繇單父僑臨川。繇天聖至嘉熙，更二百年，傳七世，而偉人名士層出迭起。約而在下者泊然自守，有理義之樂；達而居上者侃然正色，以名節自任。南北有離合而門風如一日，仕止有顯晦而家法無二軌，懿乎哉！蓋立家難，承家尤難。西平有子，非有子也，能濟美也；郄鑑無孫，非無孫也，不能傳忠也。權臯以德輿著，甄濟以逢顯。蕃忠唐，史臣喜風烈之似；彧附曹〔一〕，先儒發嗣守之歎。豈非繼志述事，象賢亢宗，以大節不以它美歟？《傳》曰「殁而不朽」〔二〕，趙氏之先正有焉；《詩》曰「是以似之」，趙氏之後裔有焉。

〔一〕彧：原作「或」，據《後村題跋》卷一改。

〔二〕朽：原作「休」，據《後村題跋》卷一改。

梅谷集

余昔爲建陽令，友人方德潤以書稱崇安范君之賢，余爲賦《梅谷詞》。後十餘年，識范君於樵川〔一〕，始見所謂《梅谷集》者。夫梅，天下之清物也，在人品中惟伯夷可比，西湖處士亦其亞焉。世人皆欲與梅爲友，竊意梅之爲性，取友必端，非其人而强納交，梅將以爲浼己也。余與德潤方爲逐客，而范君尚諄諄求余語不已，其嗜好之異如此，庶幾可與梅爲友者耶！

〔一〕川：原作「州」，據《後村題跋》卷一改。

黄慥詩

詩比他文最難工，非功專氣全者不能名家。余觀他人詩，及以身驗之，良然。頃遊江淮幕府，年壯氣盛，建業又有六朝陳迹，詩料滿目，而余方爲書檄所困留，一年閲十月，得詩僅有二十餘首。及出幕奉南嶽祠，未兩考，得詩三百，非必技進，身閑而功專爾。俄復起家涉世，事之觸發於心、詩之積蓄於腹者愈多。然已避謗持戒，十餘年間一句一字不敢出吻〔一〕，非曰才盡，膽薄而氣索矣。子實詩多在淮、蜀時所作，時邊事益急，子實内筦嚴君機密，外參主公計謀，乃有餘力及此事，固已奇矣。出蜀未幾，横遭口語，子實一不懲艾，益放於詩，機軸老成，音節頓挫。處煩碎而功專，經憂患而氣全，豈非名公之才子、吾輩之畏友者歟！

〔一〕十餘：原作「余十」，據《後村題跋》卷一改。

黄憪文卷

始余爲玉牒所主簿，今禮部游尚書爲卿，暇日爲余言：侍郎黄公鎮蜀，既經畫其大者，而應酬羣碎，動中機會。所與四路監司帥守下至郡縣鎮戍小官書疏〔一〕，奬勵督勉，隨物賦形，隻字半簡，人争藏去爲寶，往往皆出内幕手，由是子實俊聲滿於坤維。後余攝吏部郎，故樞密魏公方兼領天官，每喜稱子實，與游公無異。余及與侍郎公同幕〔二〕，識子實少時，不知別後精進如此。嘉熙丁酉，始得子實四六一帙讀之，多乎哉！如大賈居貨無窘急之態，如名醫蓄藥有倉卒之備，閎放鉅麗，奇出不窮。使之草露布，裁詔書，于公巽、封敖之流當退避三舍矣。蜀士談子實毀譽多失其真，惟魏、游二公之言最可信〔三〕。

〔一〕郡：原作「群」；戍：原作「守戎」。據《後村題跋》卷一改。
〔二〕及：原作「友」，據《後村題跋》卷一改。
〔三〕「可信」上原有「有」字，據《後村題跋》卷一删。

王元度詩

詩貴輕清，惡重濁。王君詩如人鍊形，跳出頂門，極天下之輕〔一〕；如人絶粒，不食烟火，極天下之清。殆欲遺萬事而求其内，離一世而立於獨矣。雖然，古詩如人倫刑政之大、鳥獸草木之微，莫不該備，非必遺事也。《考槃》於君，《小弁》於親，惓惓而不忍舍，非必離世也。君爲梅溪先生諸孫，門户傳付之重，家庭責望之厚，方當出而鳴國家之盛焉，烏得爲是往而不返者哉！他日寄我以續集，當别爲君下語。

〔一〕極：原作「絶」，據《後村題跋》卷一改。

劉叔安感秋八詞

長短句昉於唐，盛於本朝。余嘗評之：耆卿有教坊丁大使意態，美成頗偷古句，温、李諸人困於撏撦。近歲放翁、稼軒一掃纖艷，不事斧鑿，高則高矣，但時時掉書袋，要是一癖。叔安劉君落筆妙天下，間爲樂府，麗不至褻，新不犯陳，借花卉以發騷人墨客之豪，託閨怨以寓放臣逐子之感，周、柳、辛、陸之能事，庶乎其兼之矣。然詞家有長腔，有短闋。坡公《戚氏》等作，以長而工也；唐人《憶秦娥》之詞曰「西風殘照，漢家陵闕」，《清平樂》之詞曰「夜夜常留半被〔一〕，待君魂夢歸來」，以短而工也。余見叔安之似坡公者矣，未見其似唐人者。叔安當爲余盡發秘藏，毋若李衛公兵法，妙處不以教人也。

〔一〕夜夜：原脱一「夜」字，據《後村題跋》卷一補。

二李易説

李君昆仲以擬進《易解》示余。昔夫子五十而學《易》，二君年甚少，有科舉之累，乃能用功於《易》，爲之義疏，豈非所謂後生可畏者歟！余聞先賢著書，百世以俟聖人而不惑；《史記》初成，亦自言「藏之名山」。蓋書以善而傳，不以進而傳也。二君其益懋所學，珍閟此書，他日朝廷命有司給筆札〔一〕，遣掌故傳受，出之未晚。

〔一〕札：原作「禮」，據《後村題跋》卷一改。

後村先生大全集卷之一百

題跋

傅自得文卷

日余出守宜春，行盱、撫亂石中，盛寒大雪，人跡既絶，鳥影亦稀。有一士獨載贄追余，問其姓名，南城傅生自得也，踐雪淖行二百餘里矣。余竊怪生求余之急如此，豈有謁哉。坐而叩之，無他説，袖文一卷蘄余商榷而已。余忍笑曰：甚哉，生之迂也！然絶奇其人，又奇其文。後余斥居田里，世所僇笑，以爲狂人，户外無屨，几案上無故舊書，生復勤勤寄聲，其求余之急猶前日也，生之迂不愈甚乎！夫人皆爲文，文不能皆奇，由俗學窒之、俗慮汩之耳。迂則不俗，不俗則奇，非極天下之迂不能極天下之奇，生其懋焉！或曰：今人之文主於適用，不主於奇，何也？曰：非惡夫奇也，惡夫迂也。迂者去富貴利達常遠，而去淡泊枯槁常近也，生其擇焉。生族父泳之，余友也，故生諸文皆有泳之之風。泳之不可復見，因書以貽生。善爲之，汝伯不死矣。

林去華省題詩

古詩有以一句擅名者，「池塘生春草」、「黄花如散金」之類是也。有以一聯擅名者，「微雲淡河漢，疏雨滴梧桐」、「斷橋荒蘚合，空院落花深」之類是也。有以結句擅名者，「曲終人不見，江上數峰青」、「何慙《刺客傳》，不著報讎名」之類是也。蓋一篇之内不能皆工，僅得十字焉；十字又不能皆工，僅得五字焉。至於一篇皆工，不多得也，雖郎士元、錢起所作皆然。林君去華省題詩二百首，多乎哉！然多非難也，多而工難也。或曰：去華他文皆工，奈何獨以五言六韻行世乎？余曰：去華六館名士，使其早達，去而賡栢梁黄鵠之歌、和薰風微凉之句久矣。是體也，惟其老於頓挫故多，惟其久於鍛鍊故工，雖以此行世可也。昔楊無咎補之，江南高士，試南宫以八陣圖爲題，補之警聯云：「陳迹千年在，斯人萬古無。」同案之士用之擢上第，補之汔不偶。詩雖工，有命存焉。去華勉之，安知暗中無摸索曹、劉、沈、謝者！

吕炎樂府

樂府李賀最工，張籍、王建輩皆出其下，然全集不過一小冊。世傳賀中表有妬賀才名者，投其集溷中，故傳於世者極少。余竊意不然。天地間尤物且不多得，況佳句乎？使賀集不遭投溷之厄，必不能一一如今所傳本之精善，疑賀手自詮擇者耳。余幼而學之，老矣無一字近傍焉，因止不復爲。建陽吕君炎示余樂府三十首，幾富於賀集矣，余甚駭之。夫開拓使之多，余之駭已如此；若斂縮使之少，其駭余特未已也，君尚勉之。

安溪縣義役規約

役法更君實、介甫一番争辯，講之無餘藴矣。今天下皆行熙豐條貫，獨海外四州猶用元祐之舊，民亦便之，豈差、募均有利害耶〔一〕？

義役法後出，最善。余曩宰建陽〔二〕，境内都九十七，者一百八，義役居四之一。它不能皆然，亦有始於義而終於訟者。内某鄉某都率數歲鬬役人，郡守丞與常平使者迭差不能定，復下之縣。余鈎考隱匿，參酌律令，定其當差，而猶不受令，則爲之喟然，判其牘曰：使人情畏役如此，爲官吏者可以自反矣。稍久，邑人頗相孚，往往有踵縣門求給朱記者〔三〕。詰之曰：何前傲而後順耶？則巽謝曰：自明府下車，吾輩不識追胥也，引判少也，誅求絶也，檢驗無大費也，吾願及明府未去受役焉。於是向之不能定者皆定。雖竊自喜，然汔余去，不能使一邑皆爲義役，亦復自愧。

安溪邑小民貧，百錢之産不免於役，常以四户充一歲，限滿而貲破矣，故安溪之民尤畏役。會朝家修義役法，太守侍郎趙公下之屬邑，明府趙侯崇栗始創義規，十八都、十六里相勸從之。寓公余使君首助以田，從而助穀者四千斛，民爭受役〔四〕，訟源永息。惻隱發於寸心，仁遜興於一國，三君子可謂賢也已。初，侍郎公赴鎮，余爲言明府佳士，有志於爲善者，然猶未知其材敏如是。蓋余三年不克爲者，明府年歲之頃談笑爲之，其可敬也夫，抑亦可愧也夫！

〔一〕均：原作「君」，據《後村題跋》卷二改。
〔二〕囊：原無，據《後村題跋》卷二補。
〔三〕朱：原作「米」，據《後村題跋》卷二改。
〔四〕役：原作「獄」，據《後村題跋》卷二改。

表弟方遇詩

南昌徐君德夫爲方遇時父作詩評，其論甚高。蓋今之爲詩者尚語而德夫尚志，尚巧而德夫尚拙。以德夫之論考時父之詩〔一〕，往往意勝於語，拙多於巧，時父可謂善爲詩而德夫可謂善評詩矣。抑余願有獻焉。世所以寶貴古器物者，非直以其古也。余嘗見人家藏盤匜鼎洗之屬，凡出於周漢以前者，其質甚輕，其範鑄極精，其款識極高簡，其模擬物象殆幾類神鬼所爲，此其所以爲貴也。苟質範無取，款識不合，徒取其風日剥裂、苔蘚模糊者而寶貴之，是土鼓瓦釜得與清廟鐘鼓並陳也。時父勉之，使語意俱到，巧拙相參，它日必爲大作者而不爲小家數矣。

時父余表弟也，初見於臨川，余年十七，時父十四。後見於福唐，於臨安，於莆，每見顔髮益蒼老。時父猶未脱場屋，余仕亦連蹇，方乘傳遵海而南。老兄弟臨別，握手商論間，宜各有以康窮乏而蘇困阨者〔二〕，今通夕參語乃是一段冷淡生活，然則予二人之窮非不幸也。

〔一〕以：原作「矣」，據《後村題跋》卷二改。

〔二〕乏：原作「之」，據《後村題跋》卷二改。

趙司令楷詩卷

昔曹氏父子以翰墨稱雄於建安、黄初之間。孟德之詩曰「周公吐哺，天下歸心」，是以周公自擬也；子建之詩曰「願我賢主人，克符周公業」，是以周公擬其父也。夫德義不足而直以雄心霸氣陵踐一世，誰其聽之？司令趙侯席旂裳鐘鼎之貴而自牧如寠人子〔一〕，示余詩卷，用事屬辭欲追昔人。方其隆盛烜赫，於功名之際謙謙不敢當；及其遷徙流落，於君親之義惓惓不忍忘。余聞湖湘之士皆嘗聞五峰、南軒之遺風緒論，意侯所學蓋有在於詩之外者，侯其勉之。

〔一〕貴：原作「銘」，據《後村題跋》卷二改。

趙司令楷沙市辨誣

昔人云三世爲將，道家所忌，爲其多殺也。余謂不然，不有所殺不能有所活。太公封營丘，子孫與周相終始。郭汾陽百戰，門户貴盛，家屬三千口，豈非救民於水火，再造唐室，所全活者衆歟！司令趙侯示余《沙市辨誣》之書。余竊以爲古者不以一眚廢士，侯方盛年，它日秉旄授鉞，先謀後戰，所殺者少，所活者多，雖世世爲將可也，何三代之忌哉！新善可記則前誣不必辨矣。

董明府叔宏溪莊圖詠

余所居門前隙地，極目尤庳濕，沙礫艸棘聚焉〔一〕。故老相傳，云金鳳池舊址也。由池而北，至官道地稍高，是爲後村。余少時欲疏鑿其庳者，復池之舊，而培築其高者爲書堂，復齋陳公爲書「金鳳池」三字，北山陳公爲書「後村精舍」四字，楷篆極妙，藏之篋中久矣。然其地屬數家不可合，余宦不遂。至端平丙申地始合〔二〕，余逐於朝，始役三百夫而池成，始揭復齋舊扁。會除袁守〔三〕，心謂書堂可成，至郡數月，坐前論事斥歸〔四〕，不能插一椽，施一钁，北山所書之扁蛛網蟲蝕之矣。二陳公墓木已拱，余亦益老〔五〕，未知書堂成在何日。嗟夫！若余所謂池與書堂，在貴家視之猶盆池馬廐耳，而余周旋斯世三十餘年，常有是心而無是力，故每見人家園囿池館則健羡之。

永福明府董君叔宏示余《溪莊圖詠》，凡余心所欲爲而不能爲者，皆在明府《圖詠》中矣。力足以充其心，一可羡也；景物足以稱其池館，二可羡也；賦詠足以寫其景物，三可羡也。因書其事附於兩侍郎親筆之後。

〔一〕棘：原作「林」，據《後村題跋》卷二改。
〔二〕地始：原倒，據《後村題跋》卷二乙。
〔三〕袁：原作「表」，據《後村題跋》卷二改。
〔四〕坐前：原倒，據《後村題跋》卷二乙。
〔五〕益：原無，據《後村題跋》卷二補。

唐察院文藁

所貴乎士大夫者，學問也，操守也，議論也。王金陵捨周、孔而談管、商，是素學可改也；林希、邢恕始賢終佞，是素守可改也；蔡嶷以魏徵方了翁，晚欲殺之以滅口，張商英以周公方馬、吕，後建追貶之議，是素論可改也。悲夫！内無定見，外無定力，利欲之所誘怵，世故之所驅使，有亟改者，有漸改者，有終身屢改而未已者。余行天下，見此多矣。御史唐公論著若干卷，平生單辭隻字、粗言細語備焉。他人扃鐍覆藏不可示子孫者，公悉録以傳後，曰策論，曰師友問答，曰奏議，曰賦詠，曰記序，曰書疏。自太學生至爲御史〔一〕，自吳尉至爲方伯連率，一學問也，一操守也，一議論也。余少從公遊，凡公一話一言，昔親炙於三十年之前，今扣擊於三十年之後，如律令，如符券，未嘗少差。前輩謂龔彦和爲玉界尺，余於公亦云。

〔一〕爲：原作「於」，據小草本改。

唐察院判案

自義理之學興，士大夫研深尋微之功不愧先儒，然施之政事，其合者寡矣。夫理精事粗，能其精者顧不能其粗者，何歟？是殆以雅流自居而不屑俗事耳。御史唐公則不然，方其與朋友講學也，一字之差，一義之疑，反復論辯累數千言〔一〕。及其爲百姓決訟也，察見情僞，出入條令，嚚訟之人皆駭伏，舞文之吏不能變，可謂本末具舉、精粗無間者矣。昔歐公累歷大府，尹開封，皆有治聲，基於令夷陵閲舊牘之時〔二〕。唐公漕江左，帥南海，見謂吏師，兆於尉吳門與常平使者争競之日。舊牘且閲，況生事乎？使者不能脅，況豪右乎？不卑小官，所以宜高位也；不鄙俗事，所以全雅道也〔三〕。卷中如妾毋得主財，如質鬻共業須同籍人僉圖乃成券〔四〕，余白首州縣之所未講。覽之喟然歎曰：仕者當寫一通置之於座右。

〔一〕反：原作「及」，據《後村題跋》卷二改。

〔二〕夷陵：原倒，據《後村題跋》卷二乙。

〔三〕全：原作「宜」，據《後村題跋》卷二改。

〔四〕質：原作「貨」，又「共」上原有「母」字，據《後村題跋》卷二改、删。

許介之詩卷

本朝起遺逸之士，惟种放、常秩徑拜臺諫、侍從。河南監司薦邵康節，僅除潁州推官〔一〕；張樂全、歐陽公薦老泉，止得霸州文安縣主簿。雖曰愛惜名器，然尺度亦已太嚴矣。端、嘉以來，中外多故，天子稍越拘攣拔士。余所識如江西曾無疑、金華杜叔高、九華葉子真、衡陽許介之，相繼聘召。無疑、叔高入館，子真、介之但爲諸侯客。是數君子皆老於文學〔二〕，而介之尤磊落尚奇節，有南渡右丞之風。昔黏罕長驅，舉國退避，獨右丞與李伯紀丞相慨然欲當其鋒〔三〕，天下至今悲其壯志。今狄難日深，左衽之憂近在目睫，荆湖遂爲次邊，介之既謀元帥軍事〔四〕，當合故楚之奇材劍客，被髪纓冠而圖之，上以保城郭封疆，下以衛鄉井〔五〕。顧方築堂聚徒，講學篡言，若處安平無事之世，豈其外示閑暇，内有規畫，人所不知耶？抑才大位卑，姑自放於翰墨耶〔六〕？國家之待介之雖不及种、常二處士，然比邵、蘇蓋優之矣，介之其益以忠義自勉，它日功成，需人作凱歌露布，僕雖老矣，尚堪執筆。

〔一〕潁：原作「穎」，據《後村題跋》卷二改。

〔二〕皆：原作「偕」，據《後村題跋》卷二改。

〔三〕「右丞」下原有「相」字，據《後村題跋》卷二刪。
〔四〕事：原作「士」，據《後村題跋》卷二改。
〔五〕衛：原作「爲」，據《後村題跋》卷二改。
〔六〕放：原作「妨」，據《後村題跋》卷二改。

文章正宗

西山先生真文忠公遺書，曰《西山讀書記》、曰《諸老集略》者〔一〕，綱目詳〔二〕，篇帙多，其間或未脱藁。曰《文章正宗》者，最爲全書。既成，以授湯巾仲能、漢伯紀〔三〕，某與焉。晚使嶺外，與常平使者李鑑汝明協力鋟梓，以淑後學。是書行，《選》《粹》而下皆可束之高閣，猶恨南中無監書，而二湯在遠，不及精校也。

〔一〕記：原作「説」，據《後村題跋》卷二改。
〔二〕詳：原作「常」，據《後村題跋》卷二改。
〔三〕授：原作「受」，據《後村題跋》卷二改。

趙明翁詩藁

昔孤山居士有《摘句圖》，蓋自擇其生平警句行於世。嘉熙戊戌，余嘗爲明翁序詩。後四年，明翁更示近作，乃録集中警句於後。五言云：「風霜先遠客，天地獨扁舟」，似老杜；「巧須出天造〔一〕，清欲與秋争」，似孟郊；「山寒梅意峭，林茂鳥聲深」，似張祐；「笠戴天童雨，鞋穿雪竇秋」，似劉夢得；「鳥殘桃見核，蟲蠹葉留痕」，似林逋。七言《多景樓》云：「江連淮海東南勝，山出金焦左右青」；《岳陽樓》云：「左右江湖同浩蕩，東西日月遞沉浮」，似許渾。「徑有泉流安得暑，亭因風掃自無塵」；「鋤草就平眠鹿地，芟松勿損挂猿枝」，似張籍、王建。「墨湧清池聚科斗，雪明碧嶂過春鉏」，殆天然着色畫，水田白鷺、夏木黄鸝之句無以加也。

余與明翁皆嗜詩者，然明翁失臺郎而歸，其詩愈奇；余銜使指而出，不復有一字半句，閒忙之效如此。因讀明翁絶句，有云「留取葡萄浮大白，肯將容易博涼州」，歎其高標卓識，爲之爽然自失。嗟夫！余衰矣憊矣，俗甚矣，不足與明翁上下其論矣，會當箋丹悃於公朝，返初服於後村，澡瀹塵襟〔二〕，抽發滯思，庶幾有以答明翁之貺。

〔一〕天：原作「大」，據《後村題跋》卷二改。

〔二〕淪：原作「淪」，據小草本改。

泉州歲賜宗室度牒聖旨跋語

代西山作

恭惟陛下嗣服以來，明目達聰，四方利病皆得條奏。臣所領州實宗正分治之所，先朝歲賜祠牒以助廩稍。後不復賜，顓責之郡〔一〕，民力殫而根本不暇恤，吏才竭而智巧無所施，宗室俸爲之也。臣愚謹上其事尚書，請復歲賜以紓泉民，詔與其半。其年上始親政，復可前奏，歲賜百牒如紹興故事。七宮數千口之聚，莫不歡呼抃舞，稽首北闕，祝聖人壽。又以知始刓不予，柄臣之爲，今應如響，英主之斷，甚盛舉也。自頃外邸屬籍日增〔二〕，禄賜不貲，券旁山積〔三〕，議者病之，或以爲濫矣。《書》曰「九族既睦」，美其均也；《詩》曰「則百斯男」，贊其盛也。昔也美其均而贊其盛，今也議其濫而病其多乎？夫廩禄供億，有司之小費；本支蕃衍，國家之大慶。陛下叡明洞照，必有見於此矣。臣叨恩假守〔四〕，敬刻聖旨於石，以示萬世。

〔一〕郡：原作「令」，據《後村題跋》卷二改。
〔二〕邸：原作「郎」，據《後村題跋》卷二改。
〔三〕山：原作「人」，據《後村題跋》卷二改。

〔四〕守：原作「手」，據津逮秘笈本《後村題跋》改。

鄭樞密與族子仲度詩

凡人矯飾於外無所不至，惟閨門親族之間可以觀真情焉。昔陶威公之母遺其子書曰：「汝爲吏，以官物餉吾，非惟不益，反增吾憂。」教以廉也。淵明遺一力助其子，曰：「此亦人子，可善遇之。」勉以恕也。觀樞相鄭公送其族子雩都明府詩，始於律己，終於愛民，可謂賢父兄矣。明府能佩服此言，勿至失墜，可謂佳子弟矣。

嚴某和坡詩

自歐公有「放子出一頭」之論，至今二百年無敢以文字敵坡公者。豈真不可敵耶？往往爲盛名所壓，望風屈膝爾。三山嚴君盡和坡詩，不少謙下，其真可敵者耶！孟子曰：「舍豈能爲必勝哉，能無懼而已矣。」竊意嚴君之才氣亦然。

陳教授杜詩補註

杜氏《左傳》、李氏《文選》、顔氏《班史》、趙氏《杜詩》，幾於無可恨矣，然一説孤行，百家盡掃，則世俗隨聲接響者之過〔一〕，善觀書者不然。郡博士陳君禹錫示余《杜詩補註》，單字半句，必穿穴其所本，又善原杜詩之意，趙註未善不苟同矣，舊註已善不輕廢也。第詩人之意，或一時感觸，或信筆漫興，世代既遠，雲過電滅，不容追詰。若字字引出處，句句箋意義，殆類圖象罔而雕虚空矣。予謂果欲律以經典，裁以義理，雖杜語意未安亦盍商榷〔二〕，況趙乎〔三〕？禹錫勉之，毋爲萬丈光燄所眩也。

〔一〕者：原無，據《後村題跋》卷二補。

〔二〕榷：原作「確」，據《後村題跋》卷二改。

〔三〕乎：原作「氏」，據《後村題跋》卷二改。

贈楊醫

醫以多愈疾爲良，所愈尤多爲尤良。《扁鵲傳》僅載三事，《太倉公傳》二十二事，《華佗傳》十六事。就此諸事中，有立愈者焉，有尅期而愈者焉，有遂不愈者焉。三醫皆神人，止爲治可治者，世醫乃云能治不可治者，余未之信也。楊生自長溪來莆，莆無醫〔一〕，以生爲良，病家争遣輿馬輦錢帛迎致。生不以醫道之行爲喜，而以未聞長者之教爲恨〔二〕。余空空無以教生，願生益修方，多活人，余嘗屢書不一書，以俟傳方技者采焉。雖然，前語三醫事殊未竟。扁鵲以技高爲秦太醫令李醯所殺；倉公或不爲人活病，病家怨之，果中以法，賴少女緹縈救免；華佗恃能，曹操累書呼不至，斃操手。名盛而禍速，術工而身危，此亦生所當知也。方紫微欲爲生痛下一劑，余曰一劑未也，宜併兩劑爲一。生矍然起拜曰：敬受教！

〔一〕莆：原無，據《後村題跋》卷二補。

〔二〕以：原作「已」，據《後村題跋》卷二改。

何伸詩

桓温位窮將相，權震人主，而孟嘉但目以老兵，王述亦曰「兵何可與女」。王尼，護軍府養馬卒爾，胡毋輔之諸名士持羊酒就馬廐下與尼飲，不見護軍而去。蓋兵而佳，士也〔一〕；士而不佳〔二〕，兵也。古人位置人物如此。然則何伸之詩，其可以兵廢耶？嘉熙戊戌中秋，書付其子謙。

〔一〕士也：原無，據《後村題跋》卷二補。
〔二〕佳：原作「加」，據《後村題跋》卷二改。

益公親書艾軒神道碑後

平園晚作益自磨礪，然散語終是洗滌詞科氣習不盡〔一〕，惟《艾軒誌銘》極精，簡嚴有古意。今祠堂本乃復齋陳公所書，而平園真蹟藏外孫方之泰巖仲家〔二〕，巖仲他日有佳石，當併平園小楷刻之祠中。

〔一〕科：原作「料」，據小草本改。

〔二〕泰：原作「秦」，據《後村題跋》卷二改。

趙公綱摘稿

尤溪二趙，一出一處。處者遯世無悶，終其身不改，琴張、曾晳之流也；出者難進易退，終其身不屈，下惠、少連之所愧也。余不及識二君，長君之子阜爲福清主簿，示余家集。其言曠達而切情，閑淡而詣理，縱不踰矩者也，戲不爲虐者也。自昔名士鮮不爲詩酒所涴〔一〕，劉、阮敗德，嵇、謝災身，禮法之士或羞稱之。君獨爲復齋陳公所許，豈非觴詠君之寓言而名教君之實踐歟！君既没，少君所立尤高，主簿亦清苦，有二君之風。

〔一〕昔名：原作「惜明」，據《後村題跋》卷二改。

方寔孫樂府

「看似尋常最奇崛，成如容易却艱辛」，半山語也。樂府妙處要不出此二句，世人極力模擬，但見其尋常而容易者，未見其奇崛而艱辛者。方君端仲年事富，筆力健，取古人難題軼事斲成數十百首，激昂蹈厲，流出胸臆，亦可謂之快事矣〔一〕。昔之名家惟張籍、王建、李賀，然唐人於籍云「業文三十春」，於建云「白頭王建在」，以齒宿而工也。賀母憂，賀嘔出心肝，以思苦而傳也。君他日益老蒼，益刻苦，語出驚人，如半山所云，則此編目以別集可也。

〔一〕事：原作「士」，據《後村題跋》卷二改。

方寔孫詠史詩

方君寔孫示余《詠史》詩一編，連日春陰，小窗尤闇，余目昏，苦君字小，不能徧閱，信手開一葉，見其詠卓氏之什而有感焉。蓋文君之奔也，王孫大怒；及見其婿乘駟馬高車，則又大喜。坡公固嘗鄙之爲暴富遷虜矣。今方君更引太史邀不覿君王后事〔一〕，抑此揚彼，其論尤健〔二〕。嗚呼，奔而爲后，猶得罪於父如此，況若文君之瑣瑣者哉〔三〕！學者以此持身必爲修士，仕者以此事君必爲端人。余謂君尚論古人，不必求奇，但以此篇意義爲準的，雖不中〔四〕，不遠矣。然前輩詠史皆簡切可諷味，今累百言，押十韻，失之繁，斲而小之乃善〔五〕。

〔一〕太史：原作「大使」，據小草本、翁校本改。
〔二〕健：原作「捷」，據《後村題跋》卷二改。
〔三〕者：原無，據《後村題跋》卷二補。
〔四〕雖：原作「則」，據《後村題跋》卷二改。
〔五〕善：原作「喜」，據《後村題跋》卷二改。

南溪詩

故丞相餘干趙公當國，天下所謂君子者皆聚本朝，其遊於門、延於塾者亦皆一時之選。南溪先生其人也，忠定諸子師焉，家事咨焉。先生當趙公盛時，絶口無自媒之言。及趙公去，時事變〔一〕，門下客類掃迹避禍，惟先生慷慨悲憤，往往發於詩文。同其憂患而不同其富貴，可謂特立獨行之士矣。某先友林井伯亦趙公客也，每言先生雖終身隱約，然刻意教子，手鈔慶曆四諫奏議授之。子後貴顯，是爲給事公，徧歷臺院，果如先生所期。

給事出帥番禺，出詩一編示某曰：「吾先人之作也。」某袖歸熟讀〔二〕，竊以爲先生詩兼衆體，歌行布置起結彷彿少陵。《明妃曲》卒章致意於烏孫二公主，先王姬〔三〕，後宮嬪，實前人所未發。《題山谷書范滂傳》，借漢事痛黨禍，尤當時所難言。古體若槁而澤，若質而綺。《秋花》云：「挹香不盈懷，餐英淡無味。」又云：「向來紅與紫，隨流去如雲。雖有故枝在，花落何紛紛。」幽閑微婉，有無窮之味，殆先生自況也。唐律屬辭如諧樂，用事如破的，一字不可易置。其《題清音堂》云〔四〕：「賦詩纔刻畫，語墜渺茫間。」前輩謂淵明不爲詩，寫其胸中之妙爾〔五〕，先生有焉。

某聞先生所著非一書〔六〕，方將從給事公端拜求觀，而被命出嶺〔七〕，解印之期甚迫，傳業之心不遂，姑識所見所聞於先生詩卷之後。

先生名簡，字某，番易人。井伯丈名成季，莆人，艾軒猶子。

〔一〕時事：原倒，據《後村題跋》卷二乙。

〔二〕袖：原作「授」，據《後村題跋》卷二改。

〔三〕王：原作「生」，據《後村題跋》卷二改。

〔四〕題：原作「體」，據《後村題跋》卷二改。

〔五〕「妙」下原有「云」字，據《後村題跋》卷二删。

〔六〕非：原作「不」，據《後村題跋》卷二改。

〔七〕嶺：原作「領」，據《後村題跋》卷二改。

李監簿墓誌 用之之父

真文忠公誌監簿李公之墓，詳諫書〔一〕，略他美，惜公之言未行而於公之子有望。昔仲尼稱臧孫之有後〔二〕，左氏録狐突之教子，此書法也，亦心印也。至端平初，文忠帥閩，余忝議幕〔三〕，御史公方需次績溪令，應詔上封附驛置以聞。余見其稿，視監簿公嘉定所言有進無退，於是文忠之言始驗。迄嘉熙中，余與友人方德潤皆坐論事斥居田里，每共讀邸吏所傳臺中章奏，其間有格言精論、老謀碩畫，雖不著姓，余二人輒能辨之，曰必李御史之筆也，問之果然，於是文忠之言益驗。夫江從嶓冢，河出崑崙，御史以監簿爲父，文忠爲師，淵源所漸遠矣。

〔一〕諫：原作「其」，據《後村題跋》卷二改。
〔二〕孫：原作「後」，據《後村題跋》卷二改。
〔三〕忝：原作「參」，據《後村題跋》卷二改。

西山與李用之書

右西山先生與洞齋李公問答一卷。當先生自禮侍免歸也，流言方譁，後禍叵測。道遇某尚書被召，謁之，其人辭以疾，不出見。某舍人，先生故吏也，入都不敢由浦城，迂涂取上饒而西。且天子初無怒先生意，其所交游萬無連坐之理，而人情過於避就如此。洞齋乃於是時從先生講學質疑，執弟子禮〔一〕。後先生召歸，亦不翕翕趨附，方以格領縣。今先生殄瘁〔二〕，宰木已拱，門人或更名它師，洞齋顧收拾其寸簡隻字，如襲珠璧。彼貴則合、賤則離、死而遂背之者，聞風宜少愧矣。

〔一〕弟子：原倒，據《後村題跋》卷二乙。

〔二〕今：原作「令」，據小草本改。

西山與丘宣義書

以先生數帖考之，丘府君可謂長者矣。雙薦又能廣乃祖之陰隲，寶先賢之遺墨，可謂長者子矣。臞軒題後八年，甲辰冬至日，後村劉某題〔一〕。

〔一〕末句原無，據津逮本《後村題跋》卷二補。

林氏瑞雲山圖

噓而族〔一〕，雲之常也；不噓而雲〔二〕，非常也。根而生，木之常也；不根而木，非常也。非常者爲瑞。林氏子光世既合葬其先夫人於滄溪，瞻其麓有五色雲焉，斸其土得薌山焉。余見其繪事，質於里人而信，識者以爲林氏將興之符〔三〕。自君伯祖舍人忤蔡太師不大用〔四〕，祖刪定抗節死虜中，百年門户，不絶如縷，興之者其在君乎！君才而文，頓挫場屋，挾策干今樞密趙公於淮閫〔五〕，公喜而客之。邊事少寧，公自西府還寓里，追服親喪，君亦歸窆其母〔六〕，余以是知君賓主皆忠孝人也。夫生養死葬，子道之常，然有牽於世故而不克遂其情者，有奪於王事而不敢顧其私者。自温嶠、狄仁傑之流，千載而下莫湔此愧，況其餘乎？人能盡其常者而天畀之以其非常者，理也。故自昔甘露靈芝之類多見於純孝之丘墓，而求忠臣者必於孝子之門〔七〕。林君其勉之。

〔一〕族：原作「施」，據《後村題跋》卷二改。

〔二〕不噓而：原作「慶」，據小草本改、補。

〔三〕將：原作「稱」，據《後村題跋》改。
〔四〕「伯」下原有「助」字，據《後村題跋》删。
〔五〕「干」原作「於」，「闔」原作「相」，據《後村題跋》改。
〔六〕其：原作「之」，據小草本、翁校本改。
〔七〕者必：原無，據小草本、翁校本補。

後村先生大全集卷之一百丹一

題跋

宋氏絶句詩

兩年前，余選唐人及本朝七言絶句，各得百篇，五言絶句亦如之，今鋟行於泉，於建陽，於臨安。元、白絶句最多，白止取三二首，元止取五言一首。惟竇氏兄弟曰羣、曰牟、曰鞏，所作極少，然皆可存。夫合兩朝六七百年間，冥搜精擇，僅四百首，信矣絶句之難工也。王筠自謂其家七葉文章，人人有集，由今觀之，集惡乎在？蓋詩之傳以工〔一〕，不以多也〔二〕。金華宋吉甫祖子孫三世八人，所作詩何翅萬首，或者止摘取其絶句一百七十一篇行於世。余謂竇氏之少足以勝王氏之多，它日宋氏此篇必傳〔三〕，談者必曰後村眼毒。

〔一〕「傳」下原重一「傳」字，據宋刻本、小草本、翁校本刪。

〔二〕「不」下原有「傳」字，據宋刻本、小草本、翁校本刪。

〔三〕「宋氏」下原有「於」字，據四庫本及《後村題跋》卷三删。

趙忠定公朱文公與林井伯帖

某爲童子時，受教於先友井伯林丈，初筮主靖安簿，辱授印焉。卷中諸帖昔皆嘗見，後三十餘年，復從君保陳君見之，蓋先友宰上之木已拱而其家亦益落矣。感今念昔，不勝悲慨。當乾、淳間，艾軒先生與忠定相君同館，井伯丈以艾軒猶子爲忠定上客，所交皆當世名人，而於朱、張、吕三君子尤厚。忠定帖雖家事瑣碎亦謀焉。文公帖如黨論之興、大愚之貶、衡陽之薨，皆當時大變故，士大夫掩耳不敢聞者，文公獨諄諄然赴告於井伯丈。一太學生，未脱韋布，而隱然任世道之隆替，受諸老之付囑，可不謂賢矣哉！

初，餘干縣尹有憾於忠定，謫命下，祖昔人撼萊公、元城故智〔一〕，張皇特甚。井伯丈適在吳中，先馳礬書以報，忠定賴以自安。嗚呼，使遇良史筆之，豈減於陳仲弓、郭有道耶！昔太史公書傳楊惲〔二〕，蔡中郎書傳王粲，韓吏部文傳李漢，不必其家子孫也。君保其善藏之。

〔一〕公：原作「子」，據四庫本及《後村題跋》卷三改。

〔二〕惲：原作「揮」，據四庫本及《後村題跋》卷三改。

建陽馬揖菊譜

菊之名著於《周官》，詠於《詩》《騷》，植物中可方蘭、桂，人中惟靈均、淵明似之。後漢胡廣貴壽，偶然爾，乃託菊水以自神，糞土之評，萬古不磨。烏乎〔一〕！非廣之辱，菊之辱也。至忠獻韓公始有「晚香」之句，膾炙人口，近時番禺崔公辭相印不拜，自號菊坡，俱爲本朝佳話〔二〕。嗚呼！非二公之榮，菊之榮也。

建陽馬君譜得百種，各爲之詠，其嗜好清絶可喜，亦幸君未爲人爵所縻〔三〕，林下趣專，獲與菊相周旋如此。未知君它日宦達，將爲伯始乎〔四〕，抑爲韓爲崔乎！將以榮是菊乎，抑以辱是菊乎〔五〕！君其謹之，勿使菊有遺憾〔六〕。

〔一〕乎：原作「焉」，據四庫本及《後村題跋》卷三改。

〔二〕話：原作「語」，據四庫本及《後村題跋》卷三改。

〔三〕亦幸：原無，據四庫本及《後村題跋》卷三補。

〔四〕始：原作「使」，據四庫本及《後村題跋》卷三改。

〔五〕辱是菊：原作「菊是辱」，據宋刻本、小草本乙。

〔六〕句未原有「亦幸」二字，據宋刻本、小草本、四庫本、翁校本刪。

艾軒繳新除殿中侍御史書黄奏藁

近歲詞頭積壓，朝士有供職累月銜内猶帶新除者〔一〕。惟一二緊官，除書下，舍人運筆如飛，辭免下，已詣閤門受告，往往借王言以納諂。慶元初，某人除正言，鄧舍人駉命詞，末云「罔或弗良於言，則有無疆之恤」〔二〕，寓訓誡之意焉。某人勃然，謂其挾命令以箝制臺諫，當時以鄧公爲難。今觀艾軒先生繳謝某殿中除目，然後知先生之爲尤難也。首引宋敏求繳李定事，先生此舉真可以繼宋公。然宋公去，蘇、李二賢又以不奉詔去；艾軒去，他舍人遂急奉行，是淳熙士風有愧於熙寧矣。謝某不敢仇艾軒，而某人敢怒鄧公，是慶元士風有愧於淳熙矣。前輩益遠，覽卷爲之慨然。巖仲，艾軒之外孫也，它日勉旃。

〔一〕内：原作「書」，據四庫本及《後村題跋》卷三改。

〔二〕疆：原作「彊」，據四庫本改。

朱文公與陳丞相書

文公上受孝皇深知，當時元老大臣多敬事公；下爲天下學者師尊，惟不爲時相王魯公所喜，或言因按發唐台州而然。夫爲天下之宰，當平其心，顧以一鄉人芥蔕胸中乎？文公與陳福公帖，云「除書朝下，章劾夕聞」者，亦足以見其不容於時之大意。蓋曰主眷，曰人望，曰公論，至此皆不足恃，而相權亦可畏矣。若夫上無人主之知，次無元老大臣之助，下無天下之譽，又值王魯公輩當軸秉鈞，止有山林一路可入，别無它法。林君善藏此帖，非我輩人勿輕出。

柯豈文詩

觀人言語，可以驗其通塞。郊、島詩極天下之工，亦極天下之窮。方其苦吟也，有先得上句，經年始足下句者；有斷數鬚而下一字者。做成此一種文字，其人雖欲不窮不可得也。元、白變其體，求以諧俗，茗坊酒壚，往往傳誦〔一〕，詩稍濫觴矣。然元至宰相，白亦侍從，余所謂通塞之驗非耶！

抱甕翁蓋嘉泰、開禧間大詩人，集中奇古刻深者，本色人讀十過方解。然生有高名，殁不沾寸禄，詩雖工，何爲者？豈文頗趨平易，務使人易曉。或謂：其與乃翁機軸相反。余曰：士一身之通塞，六親之休戚繫焉。使人人學郊、島則詩人之家皆當咽於陵之李而食首陽之薇矣。孔子曰「辭達而已矣」，豈惟辭哉！余既哀抱甕翁之窮，又將賀豈文之達矣。

〔一〕誦：原作「送」，據宋刻本、小草本改。

宋吉甫和陶詩

和陶自二蘇公始，然士之生世鮮不以榮辱得喪撓敗其天真者。淵明一生惟在彭澤八十餘日涉世故，餘皆高枕北窗之日，無榮烏乎辱，無得烏乎喪，此其所以爲絶倡而寡和也。二蘇公則不然，方其得意也，爲執政，爲侍從；及其失意也，至下獄過嶺。晚更憂患，始有和陶之作。二公雖惓惓於淵明，未知淵明果印可否。金華宋吉甫在其兄弟中天姿尤近道，自少至老不出閭巷，不干公卿，有久幽不改之操。未論其詩〔一〕，若其人固可以和陶矣。況讀之終卷，寄妙指於篇中，寓高情於筆下，其詩亦不可及歟！

〔一〕未：原作「末」，據四庫本及《後村題跋》卷三改。

卓君景福臨淳化集帖

自蔡公仙去〔一〕，里中書學遂絶〔二〕。近歲二陳出焉，崇清宜大字，愈大愈奇；復齋字可至二三尺，而小楷行草端勁秀麗在崇清上，寸紙流落，人争寶藏。至今後生輩結字運筆，十人中九作復齋體。然復齋本學歐陽，後謂余曰：「少時實師《九成宫記》，今五六十矣，當向上作功夫，豈必尚寄率更籬下也耶！」所跋卓君臨《淳化集帖》凡一百十有五字，老氣森嚴，殆欲掃去歐、虞、褚、薛而自爲一家者。卓君蓋其中表，親授筆法，今亦以能書名。聞之奕家弟子必高師一著，豈惟奕哉？逸少，衛夫人弟子也，突過其師；大令，逸少子也，與父齊名。卓君勉旃，復齋可作，必有咄咄逼人之歎矣。

〔一〕仙去：原作「遷居」，據四庫本及《後村題跋》卷三改。

〔二〕學：原無，據四庫本及《後村題跋》卷三補。

王實齋送林叢桂序

漢有孝廉科，最近古，於時郡國不興廉、不興孝者有罰，其求之勤如此。始也得王吉、鮑宣之流，其後濫觴及於孟德、仲謀矣，然必矯揉乃可得譽，必考察乃可充賦〔一〕。唐以後諸科皆廢，雖有曾、閔，不過旌門閭、饋酒餼而已，若夷與跖則混爲一區〔二〕，無所别異。惟進士一科尤爲世所貴重，苟能操筆〔三〕，不必矯揉，無事考察，立取顯美。

林君孟芳甫冠擢第，不以當世共貴重爲喜，而以前輩一不幸之語爲憂〔四〕，請益於實齋王公，公勉以孝廉二字。孟芳歸以示余，余曰：此子思子所謂夫婦之愚可行而聖人有所不能行者也。士不致力於其平且實者〔五〕，而騖志於其高且虚者，横渠所謂自誣也〔六〕，誣人也。夫孝自事親而移於君，廉自簞食豆羹而達於千乘之國。實齋既發明其大端，余又爲作義疏，孟芳勉之，它日有進德之譽，則實齋獲知人之名矣。

〔一〕充賦：原作「克副」，據四庫本及《後村題跋》卷三改。

〔二〕混：原作「流」，據四庫本及《後村題跋》卷三改。

〔三〕苟：原作「局」，據四庫本及《後村題跋》卷三改。

〔四〕之語：原在「前輩」下，據四庫本及《後村題跋》卷三乙。
〔五〕者：原無，據四庫本及《後村題跋》卷三補。
〔六〕「自」上原有「其」字，據四庫本及《後村題跋》卷三删。

李敏膚行卷

往年有求小篆於北山陳公者，公曰：吾老盍脱籍矣，有余伯咎筆法極高，請糺充當行〔一〕。今李君敏膚求詩於余，嗟夫！余之脱籍久矣，江湖間新詩人甚多，不止一余伯咎，余欲糺將不勝其糺也〔二〕，姑書此以謝李君。

〔一〕糺充：原作「紀克」，據四庫本改。
〔二〕兩「糺」字原作「紀」，據四庫本改。又「余欲」二字原倒，據四庫本及《後村題跋》卷三乙。

先君與貴溪耿氏書後

余從父麟臺公宰貴溪，仁民而好士，士之秀異者莫不登宓賤之堂〔一〕，至言游之室焉，耿君諱壽之其一也。先君與從父尤相友愛，從父所敬，先君亦敬之終身〔二〕。從父後入館，言者指其僞學及趙忠定公黨人，急擠去，年不登五十；先君仕差顯，亦不登六十。自二父下世，吾家無耿氏書問四十年矣。晚使江東，耿之孫廷龍攜先君書一軸示余〔三〕，内一帖云「貧緣羣從，定交文字」，又一帖云「家弟不救，恨不得相屬一慟」，皆爲從父發也。嗟夫！前輩益遠，惟善可以燾後，惟學可以亢宗，余於二父無能爲役矣。耿氏奕世忠義，繇河南僑江表，百餘年間，顯官中微而秀士迭起。廷龍嘗貢於鄉，方勇於善而力於學，興之者其君乎！德輿，臯之子也；群、彧，寔、淑之孫也。

〔一〕堂：原作「臺」，據《後村題跋》卷三改。
〔二〕之：原作「其」，據四庫本及《後村題跋》卷三改。
〔三〕攜：原作「遺」，據四庫本及《後村題跋》卷三改。

御製二銘跋

臣恭惟皇帝陛下躬聖德，膺駿命，新治化，飭法度，乃正元日涣發王言，奎璧之光爛然下燭，薄海内外有目咸覩。謂我祖宗以仁立國，以禮義廉耻待士大夫，而有位者或淫於刑，或冒於賄，爰作二銘，以儆以訓。聖謨洋洋，萬喙傳誦，與章聖御製之七條、熙陵戒石之十六字，馬圖龜畫，相爲表裏，傳千萬世永爲臣軌。臣既以宸翰刻石，置之廳事〔一〕，朝夕覽觀，如對威嚴。因念待罪臬事甫一歲，奉行赦宥者一，疏决者二，減降者三，皆謹刑也。戒之以建隆、乾道舊法，禄之以新楮，命臺臣、監司糾其不悛者，皆訓廉也。陛下之於吏民，可謂仁至而義盡矣。有君如此，其忍負之！臣雖愚劣，願以身率。孟子曰：「無惻隱之心非人也，無羞惡之心非人也。」自今以始，有一於此〔二〕，違君父之明詔，犯聖賢之格言，亡其四端者也，人而異類者也，窮奇饕餮之流不可訓誨話言者也。臣職在澄察，請以詔書從事。

〔一〕廳：原作「所」，據四庫本及《後村題跋》卷三改。

〔二〕一：原作「益」，據四庫本及《後村題跋》卷三改。

樂平吴桑書説

諸經古注尤高簡，理切而事信，辭約而意明，或一章累數十百言，止費二三字體貼出來〔一〕，毛、鄭、王、何諸人皆然。蓋經繁於注，未有注繁於經者。至唐諸經各立正義，如《書》合二十四家爲一編，亦太繁矣。

樂平吳君與權所著《書解》，卷帙三倍《正義》，後受説於獻肅柴公，稍斂縮之，猶數十萬言。世儒每獲是古非今、博而寡要之譏〔二〕，君以今準昔，由博反約〔三〕，其於君德治道之汙隆、天命人心之去留、中國夷狄之盛衰、君子小人之消長離合，上起邃古〔四〕，下逮本朝，探端觸類，舉此明彼，汗簡所載綱羅略盡。近世信書之篤、説書之辯，未有及君者，即河汾、東萊復出不能廢也。

昔桓榮以《書》致身師傅，子孫咸列公侯，至陳車馬於庭，以爲稽古之力。君之學勤於榮而上春官輒不售，方以累舉恩奉大對〔五〕，兹所謂命者耶！雖然，讀其書故是金華殿中語也。先朝林瑀、徐復皆以布衣講邇英，君未遇有力者推挽耳。曩者晦静湯公爲余言君經術鄉行，晦静有重名於時，使在人主左右，必且進君於朝，不幸淪没，遂成遺憾。然此爲君身窮達言耳〔六〕，若君之書固不以晦静之在亡爲輕重也。《詩》不云乎：「愛莫助之。」姑題卷末，以識余愧。

〔一〕貼：原作「帖」，據四庫本及《後村題跋》卷三改。
〔二〕譏：原作「議」，據四庫本及《後村題跋》卷三改。
〔三〕反：原作「及」，據四庫本及《後村題跋》卷三改。
〔四〕邃：原作「逐」，據四庫本及《後村題跋》卷三改。
〔五〕舉：原作「學」，據四庫本及《後村題跋》卷三改。
〔六〕言：原作「計」，據四庫本及《後村題跋》卷三改。

贈上饒日者吕丙〔一〕

余不通算學，聞人説陰陽運限干支之類，漫不省爲何物語，於世之談天者尤不能辨其工拙中否，故挾此技訪余者絶少〔二〕。上饒吕君一日攜亡友湯晦静詩相過〔三〕，因晦静遺言知君又嘗爲楳埜徐公所賞。湯、徐皆古遺直，其有取於君，必以其有山林朴野之氣如吕蝨山人之流，而君談余命乃若姑順適余意者，此余所以疑而不敢信、拒而不敢受也。

昔鍾毓令管輅筮已生年月日皆合〔四〕，大驚曰：「死以付天，不以付君！」因不復筮。魏元忠問相於張憬，藏不答，大怒曰：「富貴屬蒼蒼，何豫君事！」鍾貪生者也，魏未忘情者也，余年耳順，視世榮利無一可忻，君言禍余未必驚且怒，君言福余豈必喜哉？姑書此附於晦静詩後。

〔一〕饒：原作「繞」，據四庫本改。

〔二〕絶：原作「實」，據四庫本及《後村題跋》卷三改。

〔三〕攜：原作「遺」，據四庫本及《後村題跋》卷三改。

〔四〕己：原作「以」，據四庫本改。

汪薦文卷

余覽近人之作，常恨其詞繁而意少。黟士汪君示余行卷，篇篇有意，如評孫子斬二姬爲防微〔一〕，項籍爲漢驅民功高蕭、張〔二〕，單于以閼氏餌東胡智在婁敬之先，庶乎今昔人所未道者。然昔人辭意俱到，乃至兒童婦女皆記念上口〔三〕，君詩未爲人傳誦者，豈非雖有此意而詞未足以發之歟，則修詞之功何可少哉！卷中五言云：「秋風駝卧棘，春雨燕巢林。」感時傷事，有足悲慨〔四〕。七言云：「十八九常如意少，百千億任化身多。」極妥帖排奡之力。《演雅》六言云：「布穀不稼不穡，巧婦無褐無衣。提壺不可挹酒，絡緯匪來貿絲。」又云：「螺蠃堯舜父子，鴻雁魯衛弟兄。鬥蟻滕薛争長，狎鷗晉鄭尋盟。」此即誠齋自作也〔五〕，何擬之有〔六〕？少陵云「語不驚人死不休」，山谷云「自鑄偉詞」，以君之才〔七〕，更加精思，前無古人矣，今人不足言也。

〔一〕評：原作「吴」，據四庫本及《後村題跋》卷三改。
〔二〕驅：原作「歐」，據四庫本及《後村題跋》卷三改。
〔三〕口：原作「日」，據四庫本及《後村題跋》卷三改。
〔四〕悲慨：原倒，據四庫本及《後村題跋》卷三乙。

〔五〕此即：原無，據四庫本補。
〔六〕有：原作「何」，據四庫本及《後村題跋》卷三改。
〔七〕「以君」二字原倒，又「才」原作「不」，據四庫本及《後村題跋》乙改。

裘元量司直詩

辛未、壬申間，予仕南昌，獲交二李君：國録字茂欽，後以死守蘄州者；司直字敬子，世所謂宏齋先生者〔一〕。裘君字元量，繼來幕府，其標致高勝，有顔氏之臞、龔生之潔，終於大理司直，竹齋是也。後三十六年，其猶子南康理掾應材擕竹齋遺墨古律詩三首，又其季元齡手録四十二首示余。其言若近而遠〔二〕，若淡而深。近而淡者可能，遠而深者不可能也。君爲人自貴重，耻表襮，惟詩亦然。追懷昔遊耆老〔三〕，存者百無一二，而余亦老矣。世知竹齋者多而見其詩者絶少，理掾盍鋟諸梓，與同志共之。

〔一〕宏：四庫本及《後村題跋》卷三皆作「弘」。
〔二〕遠：原作「逮」，據四庫本及《後村題跋》卷三改。
〔三〕昔遊：原倒，據四庫本及《後村題跋》卷三乙。

宋自達梅谷序

建安士人范君自號梅谷，二十年前余嘗爲賦詞，後又爲作跋焉〔一〕。晚識金華宋君，居於洪之西山，亦自號梅谷。范、宋競谷，千載而下遂與王、謝争墩作對矣。然宋無范之貲力，范無宋之才思；范有游勉之、方德潤諸名人爲之著語〔二〕，宋僅寶藏臨川曾景建一序而已〔三〕。按寶慶丁亥，景建以詩禍謫春陵，不以其身南行萬里爲戚，方且惓惓然憂宋君營栖之無力，尤可悲也。余厚宋之諸昆，亦厚景建，感今念昔，覽卷慨然。宋君名自達〔四〕，字德甫。

〔一〕焉：原作「爲」，據四庫本及《後村題跋》卷三改。
〔二〕著：原作「着」，據四庫本及《後村題跋》卷三改。
〔三〕「已」下原重一「已」字，據四庫本及《後村題跋》卷三删。
〔四〕自：原作「士」，據四庫本及《後村題跋》卷三改。

宋自達詩〔一〕

金華宋氏有丈夫子六人，僑居豫章，余少時皆識之〔二〕。謙甫尤知名，八龍之絶少、五虎之最怒者。及來江東，又識德甫，示余詩一卷，蓋謙甫之群從弟，年少於謙甫而筆力咄咄逼之矣。自昔以一家兄弟致盛名，其殿後者必愈偉，晉有小陸〔三〕，南朝有小謝，唐有小杜，它日君家景文公亦號小宋，君其披襟當之勿讓〔四〕。

〔一〕自：原作「士」，據四庫本及《後村題跋》卷三改。

〔二〕「余」下原有「皆」字，據四庫本及《後村題跋》卷三删。

〔三〕小：原作「少」，據四庫本及《後村題跋》卷三改。後文「小杜」、「小宋」同。

〔四〕其披：原作「之被」，據四庫本及《後村題跋》卷三改。

程垣詩卷

昔杜牧罪某人不合稱處士，其説以爲下有處士乃上之耻，處士之名自尊也，謗國也。徽士程君自號逸士，將無爲牧輩嘲侮乎！然孔子記古逸民〔一〕，僅得七人，如沮溺、荷篠之流，皆存其言論；於諸弟子中，説漆雕開與曾點，曷嘗以隱居爲非乎？然則君雖稱逸士，可也。余得君詩七卷讀之，竊知君喜姚合所編《極玄集》而自方賈島。余謂姚、賈縛律，俱窘邊幅，君所作稍抑揚開闔，窮變態，現光怪〔二〕，絶不似姚、賈，未知與任華、盧仝何如耳。華與李、杜游，仝客於昌黎文公之門，故有奇崛氣骨。意君詩實本任、盧而陽諱之，否則殆兵家所謂暗合孫吳者，異日見君當請問之〔三〕。

〔一〕孔子，原作「古氏」，據四庫本及《後村題跋》卷三改。

〔二〕光：原作「老」，據四庫本及《後村題跋》卷三改。

〔三〕請問之：宋刻本、小草本皆作「究其論」。

趙戣詩卷

歙郡趙君寄予詩五卷，五七古亦宗晚唐，然稍超脱，不爲句律所縛，歌行中悲憤慷慨、苦硬老辣者乃似盧仝、劉乂。或曰：古人之作由性情而發，後人之作以氣力相雄而已。余曰：不然。夫太湖靈璧玲瓏可愛，而匡廬、雁蕩，拔起萬仞，紫翠掃空；山礬水僊幽澹見賞，而喬松古柏絶無芳艷，直以槎牙突兀爲奇爾。君益勉之，性情人之所同，氣力君之所獨，獨者難彊而同者易至也。

葉介文卷

休寧葉君槖其文《甲乙藁》者六十四卷，請余評之。予讀之曰，多乎哉！覺君之鋒穎意氣如孫伯符下江東之兵，如張雷出匣之劍，如胥江初三、十八之潮，有剽甚不可當、沛然不可遏之勢。不惟人望而畏，雖君亦自以爲斯世莫己敵者。君尤豪於詩，編帙幾侔杜、蘇。然予觀古人名世之作，或以一字而傳，梁鴻之「噫」是也；或以二字、三字而傳，元道州之「欸乃」、魯山之「于蔿于」是也〔一〕。推而至於三百篇亦然。豈惟詩哉？君學本周、張，以余觀之，周子所著一圖、張子二銘而已。君它日觀窗前之春艸，撤座上之虎皮，深養而謹出之，則六十四卷之中必有所去取矣。

〔一〕「魯」下原有「于」字，據四庫本及《後村題跋》卷三刪。

贈日者許澄之

横渠大儒也，喜論命；了翁遺直也，嘗與日者語。亡友晦静湯君學問節義人也〔一〕，其贈許子之言衛道甚嚴，然不能不惓惓於許子之流，蓋精詣不減於横渠，而樂易殆過於了翁矣〔一〕。卷中多吾故人，如子文侍郎、貫卿考功皆爲著語，亦足以見許子之術有以動人，否則賈誼、宋忠輩人安肯過而問之乎〔三〕？

〔一〕義：原作「宜」，據四庫本及《後村題跋》卷三改。
〔二〕詣：原作「誼」，據四庫本及《後村題跋》卷三改。
〔三〕而：原無，據四庫本及《後村題跋》卷三補。

東園方氏帖

蔡端明茶録

《茶録》余凡見數本，此本與臨真草《千文》、《唐太宗哀冊》，頃屢同方孚若借觀，主者出於袖中，卷舒纔畢急袖之去，其秘惜之如此。後三十年，乃爲方君所得。始君之求之也，不得不止；及既得之也，則又大喜，巾襲扃鐍，若恐有負之而走者。噫，君可謂好之篤者矣！

余聞異書名蹟，天所靳固，人欲以區區智力擅爲己有，自昔及今未有能久者。蔡邕藏《論衡》

於帳，辯才樓《禊帖》於梁，皆爲人盜去，是猶曰匹夫不足於力耳。虬鬚帝絶重鍾、王筆迹，貯以玉匣石函入陵中，後爲温韜所發，諸帖遂傳人間。甘露宰相捐厚資或官爵鉤取名書畫〔一〕，鑿垣納之。禍作，爲人剔取奩軸金玉，而棄書畫於路。此一主一相以天下之力而不能守，而世之篤好必取者尚有以爲可傳萬子孫而不失，幾於惑矣。

或曰：守之有道歟？余曰：惟得之無愧者差庶幾。昭陵諸帖皆懸金帛而得，惟《禊序》以譎取，然賜蕭翼銀瓶一、金鏤瓶一、碼碯碗一，並實以珠，内廐馬二，第一區，賜辯才物三千段、穀三千石，固非虧價矣。劫陵之厄，殆不可曉。王廣津以榷茶致宰輔，以權力聚玩好〔二〕，身與家且不能庇，烏能庇書畫耶？君有好古博雅之名，無巧偷豪奪之謗，不但廣求以足所好，又能積善以永其傳，然則雖久而不失之矣。

〔一〕捐：原作「損」，據四庫本改；資：原作「賄」，據《後村題跋》卷三改。
〔二〕聚：原作「如」，據四庫本及《後村題跋》改。

蔡端明臨真草千文

藝未有不習而工者。右軍書《禊帖》至數十本，智永臨《千文》凡八百本，辯才年八十餘，日臨《蘭亭》數過。忠惠蔡公書法爲本朝第一，然二王帖、真草《千文》、《樂毅論》皆有臨本，而《千文》尤爲妙絶，豈非備衆體然後能自成一家歟！

蔡端明臨唐太宗哀冊

文皇帝除亂致治，功德儘可形容，使班、馬秉此筆，必甚奇偉，斯作稍似不稱。然「沙場罄翦，斗極咸羈。狼山入囿，瀚渚歸池。東旆若木，西旆條支。龍鄉委贄〔一〕，鳥服來儀」，亦佳語也，今人恐不能道。

〔一〕鄉：原作「卿」，據四庫本及《後村題跋》卷三改。又「贄」上引作「賫」。

蔡端明三司日録

西川絹、汾州石、虢州木植、延州修橋枋、解州鹽、荆湖茶〔一〕，皆入思慮，微而麥麪亦爲經畫。蔡公本以名節翰墨著名〔二〕，而勤於吏職如此。蓋先朝擢才，必貴實用，往往由翰林學士判省府〔三〕，然後輔政。士大夫亦不肯以清談自高〔四〕。如歐、蔡皆臺閣名臣，及主計尹京，有健吏所不能及。近世喜吏事者多爲名勝不與〔五〕，號爲名勝者例不屑細務，非委事於儇佞少年，則受成雁鶩行而已。使見蔡公此帖，必以爲絜。

〔一〕號：原作「號」，據四庫本及《後村題跋》卷三改。
〔二〕名節：原作「明節」，據四庫本及《後村題跋》卷三改。
〔三〕由：原作「有」，據四庫本及《後村題跋》卷三改。
〔四〕談：原作「淡」，據四庫本及《後村題跋》卷三改。
〔五〕者：原無，據四庫本及《後村題跋》卷三補。

山谷書范滂傳

黨禍東都最慘，唐次之，本朝又次之。固、喬皆社稷臣，伏刑都市，膺、滂諸賢率身貫五木，駢頸就僇。所殺天下賢俊數千人，其幸而得免如陳寔、申屠蟠之流僅一二數。使孟德、仲謀不生，漢亦必亡。唐末舉當世清流盡投之濁河，而國隨之矣。

本朝黨論屢興，事與漢唐同而治亂與漢唐異，蓋列聖至仁至明，静觀徐察。竦、夷簡指富、范爲黨魁，而昭陵隨悟；章、蔡請斲君實、晦叔棺〔一〕，族莘老，而泰陵不聽〔二〕；檜欲按誅趙元鎮等家族，上賴思陵保全；侂誣陷忠定王〔三〕，禁道學，因而廢錮名勝，茂陵一旦奮發，雪忠定，弛學禁，而羣賢復用矣。三百餘年之間，邪説終不能以勝正論，小人終不得以勝君子，雖更陽九百六之會，適以開一馬渡江之業，歷丙午、丁未之厄，晏然享太一臨吴之福，有以也夫！

予嘗謂前世黨人有刀鋸之禍〔四〕，若本朝則烟瘴而已。然前世或自繫於獄，或誼不獨生，或以齊名李、杜爲榮，同於爲善，同於嫉惡，同於舍生取義。嗚呼，盛矣哉！季世風俗不然，隨好惡而改化，視勝負爲向背，首畔大防者有之，反噬安石者有之，范忠宣諸子多賢，尚勸乃翁求出籍，而「斬頤萬段〔五〕，恕亦不救」者皆是也。此風既成，竊意未必樂與范、尹、歐、余同貶〔六〕，況甘與君、厨、俊、及同死乎〔七〕？豫章公遠竄不悔，因宜州譙樓上〔八〕，猶書此傳，無愧於孟博矣。忠定子吏部、孫尚書，當慶元初闔門避謗〔九〕，絶口不自明，尤賢於忠宣之家矣〔一〇〕。彼世之雍容立朝〔一一〕，進無刀鋸之禍，退無烟瘴之憂，而不能自彊於善者，覽卷宜有愧色。

〔一〕晦：原無，據四庫本及《後村題跋》卷三補。
〔二〕聽：原作「聰」，據四庫本及《後村題跋》卷三改。
〔三〕陷：原作「盜」，據四庫本及《後村題跋》卷三改。
〔四〕謂前：原作「爲近」，據四庫本及《後村題跋》卷三改。
〔五〕頤：原作「熙」，據四庫本及《後村題跋》卷三改。按「頤」指程頤，此乃《續資治通鑑長編》卷四九三載邢恕語。

〔六〕與：原無，據宋刻本、小草本補。

〔七〕「乎」上原有「矣」字，據宋刻本、小草本刪。

〔八〕譙：原作「樵」，據宋刻本、小草本改。

〔九〕當：原無，據宋刻本、小草本補。

〔一〇〕矣：原無，據宋刻本、小草本補。

〔一一〕彼：原作「此」，據宋刻本、小草本改。

王元邃詩

元邃使君長余三歲，三十年前相遇於衢、嚴客舍中，示余詩卷，於時筆力如雷奮蟄户而出，如風挾鵬翼而上，如河決宣房、瓠子而下也。歲月幾何，予屢逐於朝，使君亦上還二千石印綬，相視各六十餘，鬚髪無黑者，意使君橐中詩且萬首矣。一日餉予束本，略自譜年，每歷一官，涉數歲，僅存二三十首，或止三數首，通不出一帙。蓋其掩抑光怪而趣味深遠，黜落葩艷而骨幹老蒼。至於商今榷古〔一〕，談經訂史，精論深義〔二〕，絶異一世，前人高處未嘗摹擬，亦不自知其合轍也。

昔者周公惟作《鴟鴞》、《七月》二詩，夫子不自爲詩，合王朝列國千餘年風人之作，删取三百五篇，其嚴如此。乃若人自爲集，集之多者至數十倍於夫子所删，烏乎，詩之盛固詩之衰歟！前輩謂有意而言，意盡而言止，爲天下至言。試以此説觀近人之集，類無意而言者也，意盡而言未止者也。如使君所作，則非有餘於辭而不足於意矣。惟少故精，惟精故傳，奚以多爲哉！初，使君少與長君以律賦齊名，莆之作者皆在下風。長君早夭，士林痛惜，向來同袍子如德潤方公諸人多已貴顯，使君方連蹇推遷三郡，浩然無歎老嗟卑之意，其言論風旨略發於詩。使君王氏，名太冲，元邃其字也。長君名秉哲。

〔一〕榷古：原作「確右」，據四庫本及《後村題跋》卷三改。
〔二〕「深」下原有「異」字，據四庫本及《後村題跋》卷三删。

後村先生大全集卷之一百丹二

題跋

聽蛙方氏帖

東坡穎師聽琴水調及山谷帖

檃括他人之作，當如漢王晨入信、耳軍，奪其旗鼓，蓋其作略氣魄固已陵暴之矣。坡公此詞是也。他人勉强爲之，氣盡力竭，在此則指麾呼喚不來，在彼則頡頏偃蹇不受令，勿作可矣。但韓詩云「濕衣涙滂滂」，坡詞前云「彈指涙縱横」，後云「無涙與君傾」，或以爲複。余曰：前句雍門之哭也，後句昭文之不鼓也，結也，非複也。山谷帖雖止三行二十九字，然爲人作墓誌必咨問行狀中事，亦可見前輩直筆實録之意，可以爲諛墓者之戒。

蔡端明帖

蔡公詩云「荔枝纔似小青梅」，蓋四月初作。四月未有荔枝，所謂似小青梅者，乃一種早荔，名火山，亦有佳品，熟以五月間，人不以爲貴也。又一帖借《六典》。劉茂才何人，藏書乃富於蔡公耶？「騰」本當作「謄」，疑筆誤，或通用也。

又

蔡公没將二百年，宅相子孫寶其遺墨，雖寸紙隻字亦補綴成帙，如襲珠璧，公之擇壻與壻之貽後〔一〕，皆不可及矣〔二〕。世傳第五倫撾婦翁，張延賞輕子婿，惜其未見此帙也。

〔一〕後一「壻」字原無，據四庫本及《後村題跋》卷四補。

〔二〕「皆」下原有「亦」字，據四庫本删。

朱文公與方耕道帖

吾里前輩方耕道耒乾道二年擢第〔一〕，歷仕有廉直聲〔二〕。受學朱、張之門，嘗從宣公辟，爲湖北帥屬。文公與之書云：「既爲辟客，有見聞當密言。」又云：「當斟酌度量，有益而後言。」又云：「若一言不契即欲忿然引去，則不可。」文公性方峻，與他人言多勉其剛烈激發，而與耕道言，更欲其委曲和緩。若耕道者，可謂直諒之友矣。

按宣公少從忠獻兵間，所交皆大儒名卿相，耕道晚出一書生爾，所見豈有超出宣公者哉？然宣公懷必竭，事必咨，不以耕道之卑而不即也。耕道感激知己，遇事無隱，或因杯酒輒發，或欲搢笏顯誦，不以宣公之賢而不諫也。

昔孔明下教，許州平幼宰之參署；韓愈送河陽從事，願處士無圖利於大夫。長必求屬以自助，屬必盡忠於其長，古之道也。若夫長之賢未至於宣公，屬之賢未至於耕道，各宜録文公遺墨一通置之座右。

予既跋前一帖，又讀別帖云：「聞所苦增進，不勝驚憂。」又云：「欲助醫藥而不可得，今那五十千遺去。」嗚呼！文公之金，伯夷之粟也。前帖見耕道之直，此帖見耕道之廉，遂併識之。

〔一〕耒：原作「來」，據四庫本及《後村題跋》卷四改。

〔二〕仕：原作「事」，據四庫本及《後村題跋》卷四改。

南軒與方耕道帖

「聞元晦在閩與陳丞相甚欵，不知此公近來議論趣向如何」，此南軒與方耕道帖也。是時丞相方起帥金陵，與歐公起帥太原時略同。前輩尤惜晚節，南軒之憂陳公猶韓公之憂歐公也。及丞相過闕，極論時事，故南軒别帖云：「陳公入對有忠切之言，使人愈增巖瞻之敬。」又云：「元晦寫寄劉樞遺奏，讀之涕零。」嗚呼！以正獻、忠肅二公平生所立如此，而識者必要其終而後定，此聖賢所以臨深履薄，至死而後已也夫！

南軒送方耕道詩

漢魏以後，士大夫風流掃地，人物於忠孝置不復論，直以權位相操持。桓温謂孟嘉：「人不可無勢，我乃能駕馭卿。」野哉斯言！又以景升大牛況袁宏，欲殺以饗士，其去黄祖也幾希。南軒先生人物之宗，望臨一時。辟一選人入幕，其未至也，望之不翅一日三秋；於一尉之去，登樓餞飲，賦詩惜別。韓子不云乎：「死於執事之門，無悔也。」故南軒父子尤得天下士心。忠獻之幕如陳丞相、劉寶學、張安國、王嘉叟、查元章諸公，皆爲南渡名臣；南軒之客若游誠之、方耕道之流，官雖不遂，亦介潔自守，終身不可屈摺。嗚呼，盛矣哉！

魯簡肅吳文肅宋次道帖

吳公大科，宋公詞臣，其翰墨不必更論。魯公以强諫直節名而詩律筆法精妙如此，世所未知也。此三帖皆與忠惠蔡公者，今在方君審權家。初，君曾大父宙字子正，爲忠惠宅相，多收蔡公與其交游帖，雖寸紙隻字不失，勤於李漢矣。君珍藏之愈謹〔一〕，賢於王粲矣，蓋爲人子孫者、爲人外孫者法式。君自號聽蛙翁〔二〕。

〔一〕珍：原作「瑶」，據四庫本改。

〔二〕君：原無，據四庫本及《後村題跋》卷四補。

蘇才翁二帖〔一〕

二蘇草聖，獨步本朝，裕陵絶重才翁書，得子美書輒棄去。書家謂才翁筆簡，惟簡故妙。聽蛙方氏所藏二帖，前一幅真才翁筆，後一幅録杜詩者稍斷裂，以爲才翁耶筆意欠簡，以爲君謨耶字法差縱，莫能定其爲何人書也。然君家自河東轉運公寶藏，至君凡四世，自熙寧甲寅至今將三甲子，可謂之故家舊物矣。

〔一〕才：原無，據四庫本及《後村題跋》卷四補。

劉原父陳述古帖〔一〕

古靈公字不多見，此帖姿媚如此，可寶也。公是先生帖纔四十字〔二〕，訓對之語雖簡，賓主之情甚真，尤可寶也。次山小金紫公字，名嶠，爲太常寺少卿，聽蛙君之高祖父云。

〔一〕述：原作「迹」，據四庫本及《後村題跋》卷四改。

〔二〕「先生」之後，原爲底本第五頁，乃錯簡，今參攷諸本，移至第九頁前。又第六頁之首「字」字，亦隨上頁移後。

趙清獻公帖

清獻公世號鐵面，觀其與小金紫公四帖，情詞縝密如此，與青雲得路而隔同年之面者異矣。然金紫公所以爲清獻所敬，豈專以同年之故？帖中如廢榷酤一節〔一〕，宜清獻之心服也。時清獻守虔，故有「貴部猶爾，贛川可知」之歎。後二百年，贛宿重兵，州計顒仰於酤，日榷至數倍舊額，未知有金紫、清獻輩人稍弛張弓之勢否，覽卷慨然。

〔一〕廢榷：原倒，據四庫本及《後村題跋》卷四乙。

陳了翁鄭介夫帖

右了翁、介夫真蹟，與故河東運判方公者。公名宙〔一〕，字子正，君謨之婿。京認君謨爲兄，及當國，召子正爲農丞〔二〕，語不合，僅七日去國。惟其爲京所薄，所以爲了翁、介夫所厚也。烏呼，子正亦賢矣哉！

〔一〕名宙：原倒，據四庫本及《後村題跋》卷四乙。

〔二〕召：原作「詔」，據四庫本及《後村題跋》卷四改。

余襄公帖

小金紫公仕仁皇朝，所交游皆天下第一流人，余襄公亦其一也。予從公之四世孫審權借觀諸帖，僅見十數公真蹟，聞韓魏公、龐潁公諸老尺牘尚多散在族中〔一〕，法當裒聚入石，名曰「方氏帖」。

〔一〕散：原作「散散」，據四庫本及《後村題跋》卷四删。

陳懶散王晉卿帖

前輩謂蘇才翁字筆意高簡〔一〕，今觀陳懶散書亦然。山谷云懶散得才翁屋漏法，不知陳師蘇耶，抑所謂暗合耶。夫變真爲草，猶厭難趨易爾，若曰事忙不及草書，而草之偏旁點畫反繁於真字，失之遠矣〔二〕。懶散之字既高簡，三詩亦妙。王都尉傅粉貴公子，醉夢玉簫錦瑟間者，而草聖傑然有王子敬、張長史之遺意〔三〕，豈非納交當世偉人，近朱者赤乎？

〔一〕高：原無，據四庫本及《後村題跋》卷四補。

〔二〕之：原作「字」，據四庫本及《後村題跋》卷四改。

〔三〕有：原作「者」，據四庫本及《後村題跋》卷四改。

題丘攀桂月林圖

余爲建陽令三年，邑中士大夫家水竹園池皆嘗遊歷，去之三十餘年，猶彷彿能記憶其處，丘君月林之勝則未之覩也。圖以示余，且抄時人題詠一帙偕來。夫題品泉石，模寫景物，惟實故切，惟切故奇。若耳目之所不接，想像爲之，雖有李、杜之妙思，未免近於莊、列之寓言矣〔一〕。余既退老，無復四方之役，深以不獲往遊爲恨。君名攀桂，方有志於科舉，竊意其亦未能擅此一壑也〔二〕，姑書其圖後而歸之。

〔一〕言：原無，據四庫本及《後村題跋》卷四補。

〔二〕一：原作「某」，據四庫本及《後村題跋》卷四改。

許教一鶚廷對策

友人許君孟翀奉對大廷語直，屈居第七〔一〕，聞者壯之。子曰：「言之不出，耻躬之不逮也。」君策既痛斥清臣、祖洽，他日所立必有以愧二人之面而服其心者，否則天下後世將以我之所以責人者而責我，豈不甚可畏哉！或曰：科舉之士志於得而已〔二〕，李、葉之罪不在於少壯應程度之初，而在於老壽已貴顯之後。余觀二人仕宦最久〔三〕，皆磨礪新善、洗濯前非之日也，乃迷而不復，流而忘返，終其身而後止，兹其所以爲可罪歟！昔張安國對策譽檜，既魁天下，大悔之。後交遊朱、張，爲紫巖公上客，亦安國也。蔡嶷應舉時師了翁，及貴，欲殺了翁亦嶷也。然則初節似文饒，未足爲君喜；晚節似安國，君可不勉之哉？

〔一〕屈居：原倒，據四庫本及《後村題跋》卷四改。

〔二〕得：原作「德」，據四庫本及《後村題跋》卷四改。

〔三〕宦：原作「官」，據四庫本及《後村題跋》卷四改。

跋東園方氏帖

韓致光帖

當朱三飛揚跋扈時，唐名公卿坐微忤而夷滅者甚衆。致光以一詞臣首觸虎狼之怒而去，立節固已奇矣。以偓集考之，謫官經硤石縣，天復三年癸亥也。史言天祐二年復召爲學士，偓不敢入朝，挈其族南依王審知。按天祐二年弑昭立哀，政出朱氏，尚能召致光還禁林耶？謂不敢入朝，得其實矣。至謂依審知，然審知據福唐，致光乃居南安，曷嘗遂依之乎？

士大夫處亂世〔一〕，鮮能自保，緇郎璨賊，至於賣國與人，亦有植立於暫而改化於久者。馮道相數姓，不以國破君辱爲戚，而以官穹年高爲樂〔二〕。楊凝式諫父之語壯矣，既而身歷五季，每一革命則一進官，終於太子少師〔三〕。致光自癸亥去國至甲戌悼亡十有二年，流落久矣，而乃心唐室，終始不衰。其自書《裴郡君祭文》，首書甲戌歲，銜書「前翰林學士承旨、銀青光禄大夫、行尚書户部侍郎、知制誥、昌黎縣開國男、食邑三百户韓某」。是歲朱氏簒唐已八年，爲乾化四年矣，猶書唐故官而不用梁年號，賢於楊風子輩遠矣。宋景文修唐史，合列於司空表聖之後，不知何以不收，豈爲《香奩集》所累耶？慶曆中，詔官其四世孫奕，足以勸忠臣之後矣。奕家有致光手寫詩百餘首，刻於温陵，以碑本與墨林方氏所藏甲戌祭文並觀，偏旁點畫無豪芒差，其爲致光真蹟無疑。烏呼！以致光晚歲大節如此而世徒以其少作疵之，故曰君子不可不早有譽於天下也。

〔一〕士大：原無，據四庫本及《後村題跋》卷四改。
〔二〕以：原作「已」，據四庫本及《後村題跋》卷四改。
〔三〕少師：原作「少保」，據四庫本改。

蔡端明書唐人詩帖

右蔡公書唐人四絶句：劉禹錫一，李白二，杜牧一。後題：「慶曆五年季冬二十有九日，甘棠院飲散〔一〕，偶作新字。」是歲公年三十五〔二〕，以右正言、直史館知福州。初疑甘棠院在何處，而歲除前一日觴客結字其間，後訪知院在郡圃會稽亭之後。公集中别有《飲甘棠院》三詩〔三〕，則在郡圃無疑矣。此一軸大字極端勁秀麗，不減《洛橋記》、《冲虚觀詩》，在《普照會飲帖》之上。劉詩二十八字，濃墨淋灕，固作大字常法。及李詩則筆漸瘦，墨漸淡；至牧詩愈瘦愈淡，然間架位置，端勁秀麗，與濃墨淋灕者不少異，在書家惟公能之。故公自云「蓋前人未有」〔四〕，又云「珍哉此字」。墨林君家藏蔡字多矣，小楷以《茶録》爲冠〔五〕，真草以《千文》爲冠，大字以此帖爲冠。內「淮水東邊舊時月」今作「唯有淮東舊時月」，「雲想衣裳花想容」今「雲」作「葉」〔六〕，「解釋東風無限恨」脱「恨」字，往往飲後口熟手誤爾。

〔一〕棠：原作「堂」，據四庫本及《後村題跋》卷四改。

〔二〕「是歲」以下爲原本第九頁，以上則錯簡於第五頁，今參攷諸本移併。

〔三〕詩：原作「司」，據四庫本及《後村題跋》卷四改。

〔四〕有：原作「自」，據四庫本及《後村題跋》卷四改。

〔五〕爲：原作「云」，據四庫本及《後村題跋》卷四改。

〔六〕雲作：原倒，據四庫本及《後村題跋》卷四乙。

林竹溪禊帖〔一〕

斷石本

此帖與余家所藏斷石本點畫無毫髮異〔二〕。定石羽化之後，贋本盛行，而真贋遂易位矣。竹溪其珍閟之，十五城勿輕换。

定武本

初，薛氏子竊去舊石〔三〕，刊此本以代之。今士大夫家藏及都城鬻書人所貨，皆薛氏子續刊本也〔四〕。竹溪此本亦然，去斷石本遠矣。

三段石本

此婺州倅廳本也，前輩評其有定武典刑。石初裂爲三，號三段石本，亦名梅花本，後裂爲五。余家兼有此二本，石今不存矣。

〔一〕禊帖：原無，據四庫本及《後村題跋》卷四補。
〔二〕「石」上原有「本」字，據四庫本及《後村題跋》卷四删。
〔三〕子：原作「余」，據四庫本及《後村題跋》卷四改。
〔四〕本也：原倒，據四庫本及《後村題跋》卷四乙。

跋林竹溪書畫

伯時臨韓幹馬

此畫元中題老杜讚於前，伯時自跋其後。元中小楷有名，伯時行書間見，諸帖參校，與此軸字無少異〔一〕，字真則畫真矣。或言伯時畫以紙不以絹，以墨不以丹青〔二〕，而此用絹又著色，何也？余曰：臨韓幹馬，欲其肖幹，若用素紙，不出色，是伯時馬也，豈曰韓幹馬哉？

〔一〕與：原無，據四庫本補。

〔二〕句首原有一「畫」字，據四庫本及《後村題跋》卷四刪。

戴崧牛

曹霸、韓幹以畫馬遇開元天子〔一〕，崔白以工翎毛待詔熙寧，易元吉以畫猿蒙光堯賜詩。戴牛雖妙，乃未爲人主賞識，若非吾輩田舍漢，殆無人領略此黑牡丹也。

〔一〕霸：原作「伯」，據四庫本及《後村題跋》卷四改。

王摩詰渡水羅漢

此軸必有十六僧，所存者卷末三僧爾。「王摩詰」三字，恨無摩詰它字可參校〔一〕。上用圓角印，其文爲「埜釋」，豈摩詰別號耶？世畫渡水僧，或乘龍，或履龜鼋，類多詭怪恍惚，不近人情。今最後一僧先登於岸〔二〕，雖目視雲際孤鶴，然脱衣坐磐石上，欠伸垂足，若休其勞苦者。前一僧未渡纔數寸淺水，而中一僧乃倒錫杖以援之〔三〕。三僧者皆至人大士，而涉川之際謹重如彭祖之觀井，曷嘗以蘆渡杯渡爲神哉？烏乎，此固非摩詰不能作歟！三僧抑禪家所謂老古錐歟！

〔一〕校：原作「板」，據四庫本及《後村題跋》卷四改。

〔二〕先：原作「光」，據四庫本及《後村題跋》卷四改。

〔三〕中：原作「水」，據四庫本及《後村題跋》卷四改。

江貫道山水

故參與莊敏龔公家有江貫道山水一巨軸，用疋絹作〔一〕，其布置疏密、點綴濃淡與竹溪此卷皆合，但巨軸之後有葉石林、陳簡齋詩跋。龔畫今在其外孫方君采處。貫道名參，衢人，其畫因石林得名。南渡召至杭，未見，一夕卒。彼挾一藝而進，使見思陵，不過待詔尚方，或賜金帛，蒙天一笑而已。然命薄如是，士之遇合有大於此者，果可以智力求哉？

〔一〕疋絹：原倒，據四庫本及《後村題跋》卷四乙。

厲歸真夕陽圖

此畫不待模寫「青山猶銜半邊日」之句，而卷中自有蒼然暮色。畫家以韓滉、戴嵩牛爲神品〔一〕，厲道士唐末五代間亦以此技擅名，其妙不減韓、戴，非近時范顛輩所敢望。但輕蓑短笠，日與觳觫君相周旋，乃在野明農者之事。竹溪方當駕天廄之飛黄，行緑槐之御路，顧寶惜戴、厲二畫，嗜好如此，毋乃侵余之疆乎！昔徐師川拜内相〔二〕，子蒼寄詩云：「尚憶平生故人否，夜驅黃犢在田間。」竹溪他日坐摛文堂，草制罷展卷觀畫，毋忘老夫。

〔一〕家：原作「象」，據四庫本及《後村題跋》卷四改。

〔二〕「川」下原有「相」字，據四庫本及《後村題跋》卷四刪。

韓幹三馬

龍眠馬於今未易得，況幹馬乎？以畫家記載考之，幹仕至太府寺丞，此題云韓將軍筆〔一〕。幹畫馬師曹霸〔二〕，霸仕至左武衛將軍，然則稱將軍者霸也，疑子中誤也。按子中元豐間爲禮官，當使高麗，辭行，謫監杭之樓店務〔三〕，清獻餉畫當在此時。或曰：清獻亦厚子中耶？余曰：子中在紹聖以前，其議論未嘗不是涑水而非荆舒〔四〕，厚坡公而薄亶、定〔五〕，未出「元祐老姦」之語也，未擲筆而發「名節掃地」之歎也，清獻安能逆料其晚節乎？因子中父子題識，反爲名畫之累。

〔一〕韓：原作「幹」，據四庫本及《後村題跋》卷四改。

〔二〕幹：原作「簡」，據四庫本及《後村題跋》卷四改。

〔三〕杭：原作「税」，據四庫本及《後村題跋》卷四改。
〔四〕「非」下原有「刺」字，據四庫本及《後村題跋》卷四删。
〔五〕定：原作「走」，據四庫本及《後村題跋》卷四改。

信庵墨梅

京洛貴人所愛，金盆盛牡丹爾，信庵乃以幾務餘閒爲梅寫真。其蒼枝老幹槎牙突兀者，元暉、宣仲不及也；其繁葩疏蘤幽妍芳潔者，花光、補之復出也。烏乎，其身廟堂而其心巖壑者歟！頃當國宰相欲求公一筆，公怒曰：「趙某乃爲某寫梅耶！」公靳寸墨不予彼相，顧掃匹紙以贈故人，此其所以爲一代之偉人歟！

李伯時畫十國圖

十國者：日本，即倭國；於闐，在葱嶺北；三童國人眼皆有三睛，「童」「瞳」通用，此誤題爲三瞳；日南，古越裳氏，唐爲驩州；天竺，即漢身毒國；拂菻，一名大秦，一名犂鞬；女國有二，一在扶桑東，一在葱嶺南；堅昆，在康居西北；波斯，在達曷水之西；又一國失其名。

皆去漢唐舊都萬餘里，然日本、日南、波斯至今猶與中國相聞，則所圖亦非虛幻恍惚意貌爲之者。其王或蓬首席地，或戎服踞坐，或剪髮露骭，或丫髻跣行〔一〕，或與羣下接膝而飲，或瞑目酣醉，曲盡鄙野乞索之態。惟天竺者乘象，往往國俗皆然，不必文殊、普賢也。荒遠小夷，非有衣冠禮樂之教，而其國人所以奉其主者甚恭，或執蓋，或奏技，或獻寶，或雅舞，或膜拜，或進酒〔二〕，或扶上鞍，其笙簫鼓笛樽罍牲果之類亦與今同。又一國不知名者，爲鷙獸將犯穹蒼、或張弓抽矢、或徒手欲搏之狀，華人尊君親上者無以加也。

畫外國人物非一家，精妙鮮有及此。舊題云李伯時學吳道子畫〔三〕，按梁元帝自畫《職貢圖》，至唐猶存，似非道子作古，竊意此畫源流甚遠。留觀數日，以歸竹溪。

〔一〕丫髻：原倒，據四庫本及《後村題跋》卷四乙。
〔二〕酒：原作「上」，據四庫本及《後村題跋》卷四改。
〔三〕學：原作「欲」，據四庫本及《後村題跋》卷四改。

米南宮帖

光堯尤喜書畫，恨不與黄太史、米南宮同時〔一〕。世謂用徐師川爲執政以其舅，擢元暉爲侍從以其父，余曰：非也。師川不踐僞楚之廷，挂冠而去，元暉父子皆宣仁后外姻，光堯方崇奬名節，方修復元祐政事，故二人者俱貴顯，豈直以詞翰之工乎？此卷字既雄拔，父書子跋，尤可寶愛〔二〕。

〔一〕史：原作「公」，據四庫本及《後村題跋》卷四改。

〔二〕寶愛：原倒，據四庫本及《後村題跋》卷四乙。

跋放翁與曾原伯帖〔一〕

余大父著作爲京教，考浙漕試，明年考省試，吕成公卷子皆出本房。放翁《與曾原伯帖》云：「主司劉某，天下偉人也，故足以得之。」家藏大父與成公往還真蹟，大父則云「上覆伯恭兄」，成公則云「拜覆著作丈」，時猶未呼座主作先生也。成公父倉部娶茶山女。原伯茶山長子，名逢，官至大理卿；仲躬次也，名逮，官至侍從。皆成公母舅。放翁學於茶山，喜成公得薦書，賀原伯如此。

余爲儀真掾，原伯孫黯字温伯爲揚子宰，出此帖於縣齋。余曰：「君收放翁帖千百紙，此幅關我家門户，盍輟以見惠？」温伯不與。後與温伯同朝，求之，復不與。晚使江左，與温伯書曰：

「初見帖時，余纔三十，今遂六十，君且八十，不得帖死有遺憾。」温伯亦愴然，緘帖餉余。帖内曰叔遲者，茶山季子也，名迅；樂道者，温伯父也，名槃。温伯擢第，人物高雅，詞翰精麗，有晉、唐風韻。放翁嘗舉自代，今挂冠居於越上。初，茶山深於禪學〔二〕，厚勤、杲二公，故叔遲入山訪杲，茶山有詩哭勤〔三〕。前輩不獨篤於師友，其於物外高人亦極其惓惓，今士大夫不復然矣。

〔一〕曾：原作「曹」；原：原作「元」。據四庫本改。
〔二〕深於：原作「有詩」，據四庫本及《後村題跋》卷四改。
〔三〕勤：原作「慟」，據四庫本及《後村題跋》卷四改。

舊潭帖

《潭帖》尤爲坡公所賞，以爲希白作字自有江左風味，比淳化待詔所摹爲勝。世俗不察，争求閣下本，誤矣。以余所見，《潭帖》凡有數本，有絶佳者，有稍殘缺者，有行數不同者，有漏落數行者。時謂劉相刊二本，一留郡，一藏家，而後人翻開於黔、和等州者，又不知幾本也。於十卷之末，或題云「慶曆五年」，或云「八年」，或云「六月」，或云「季夏」，或云「模勒上石」，或無

「上石」二字，或云「重模」。若以八年者爲重模，則五年下亦有「重模」字，不應一年內已模而復模也。內第三卷山濤帖末有「風筆惻感」之語，《容齋隨筆》已歎其不成文，容齋知其一爾。此卷謝發帖云「執筆惻感」，今至「執」字止〔一〕；濤帖云「風尚所勸云云」，今至「風」字止，却多「筆惻感」三字在濤帖之後，移「所勸」以下十九字在欣帖之後。又第六卷右軍字先後失次尤甚。

帖字屢經臨模，固已失真，劉次莊釋文雖有未盡，亦十得五六，加以陳去非、黃長睿、施武子更迭考辨，十得八九。若《潭帖》乃悉顛倒而錯亂之〔二〕，幾成異域神呪矣。往往刊帖之時不敢比擬尚方，欲自爲帖，但異其行數可也，亂其文理不可也。豈劉公本非博雅，或貴重不暇參校，或希白雖工於模字而拙於尋行數墨歟！鐫刻雖工，如不可讀何！

坡既推《潭》勝《閣》，近時陳師復善書，亦於《閣帖》有異論。余恐蘇、陳所見非真閣本爾。真者或七八行爲一板，或十六七行爲一板，皆李廷珪墨模印，其黑如漆，字尤豐艷有精神。蓋熙陵八法既高，王著輩亦精其技，標題可見，非希白敢望。舊《臨江》非不善，失之險薄刻削，去閣本遠矣。帖家固當以《閣》爲祖，《絳》次之，舊《臨江》次之，《潭》又次之，《武岡》又次之。《臨江》佳者可亂《閣》，《武岡》佳者可亂《絳》，《汝》《鼎》拙野，無以議爲也。余晚得一本，乃以舊《潭》剪碎，按釋文排比裝背〔三〕，歷歷可讀，必一老士人舊物，惜不令希白見之〔四〕。

〔一〕今至：原倒，據四庫本及《後村題跋》卷四乙。

〔二〕悉：原作「昔」，據四庫本改。《後村題跋》作「皆」，亦通。
〔三〕比：原作「此」，據四庫本改。《後村題跋》卷四作「次」，亦通。
〔四〕之：原無，據四庫本及《後村題跋》卷四補。

跋馬和之覓句圖

夜闌漏盡，凍鶴先睡，蒼頭奴屈兩髋，煨殘火。此翁方假寐冥搜〔一〕，前有缺唇瓦瓶，貯梅花一枝，豈非極天下苦硬之人，然後能道極天下秀傑之句耶！使銷金帳中淺斟低唱人見此卷，必發一笑。

〔一〕搜：原作「窗」，據四庫本及《後村題跋》卷四改。

石鼎聯句圖

此必是臨李伯時、周忘機本子。其模寫侯、劉二子〔一〕，始而倨傲，繼而倡酬，俄而起立，又俄而伏屈，又俄而避席鞠躬，欲罷不能，末而困睡，睡起覓道士不見，與道士終始雍容崛彊之狀，極得韓序之意。余欲記以一詩，未暇也。

〔一〕子：原作「字」，據四庫本及《後村題跋》卷四改。

楊通老移居圖

一帽而跣者荷藥瓢書卷先行，一髫而牧者負布囊驅三羊繼之，一女子蓬首挾琴，一童子肩猫，一童子背一小兒，一奴荷薦席�盤帛槌之屬〔一〕，又繼之。處士帶帽執卷騎驢〔二〕，一奴負琴，又繼之。細君抱一兒騎牛，别一兒坐母前持箠曳繩，殿其後。處士攢眉凝思，若覓句然。雖妻子婢奴生生服用之具極天下之酸寒纖縷，然猶蓄二琴〔三〕，手不釋卷，其迂闊野逸之態，每一展玩，使人意消。舊題云《楊通老移居圖》〔四〕，不知通老乃畫師歟，或即卷中之人歟？本朝處士魏野有亭榭，林逋無妻子，惟楊朴最貧而有累，恐是畫朴，但朴字契玄，不字通老，當訪諸博識者。

〔一〕薦：原無，據四庫本及《後村題跋》卷四補。又「帛」上原有「布」字，據上引删。

〔二〕帶帽：原倒，據四庫本及《後村題跋》卷四乙。

〔三〕蓄：原作「畜」，據宋刻本、小草本、翁校本改。

〔四〕通：原作「君」，據宋刻本、小草本、翁校本改。

又題

余既書此跋，明日偶翻故紙，得朴集，洛人臧逋爲序，言其琴酒自娱，李翰林淑表墓，言其好方藥。又朴絶句云：「一壺村酒膠牙酸，十數胡皺徹骨乾。隨著四婆群子後，杖頭挑去賽蠶官〔一〕。」放翁跋云四婆即處士之配。蘇嶠季真家有處士夫妻像〔二〕，野逸如生。凡集内所載與卷内物色皆合，騎牛者四婆，作詩送朴赴召者也。

〔一〕挑：原作「掃」，據宋刻本、小草本改。

〔二〕季：原作「李」，據四庫本及《後村題跋》卷四改。

石虎禮佛圖

石氏自勒已敬重澄公，至虎尤加崇奉。澄公坐磐石假寐，一胡合爪致恭，二胡雛一持香合，一持帨巾，立其後〔一〕。勒至是老矣。合爪者當是季龍，二雛當是宣、韜兄弟。狂羯罪當萬段，果有佛教，必墮惡趣，猶欲求福田利益乎！想見入山作禮時，裸尸抱橋柱、同氣相夷滅境界，歷歷在澄公目中矣。此畫乃夾漈公舊物，聊存之。

〔一〕後：原作「老」，據四庫本及《後村題跋》卷四改。

明皇聽笛圖

張祜所謂「閑把寧王玉笛吹」者，虢、韓兩姨也〔一〕，安敢當御榻而坐乎？此背面橫篴，三郎曲肱而聽，幡綽執板立其傍以節之者，其爲玉環無疑也。

〔一〕「姨」下原有「者」字，據宋刻本、小草本、翁校本刪。

後村先生大全集卷之一百丹三

題跋

墨林方氏帖

仁宗宸翰

臣恭惟仁宗皇帝宸翰端重，作顔體，蔡忠惠家尚有之。此金花箋上一字似天篆，下一字御押也。又四小字云「福康公主」，蓋主家舊藏者。按仁宗公主十有三人，福康最長，制書有「生而甚慧，朕所鍾愛」之語，下降李瑋，後爲楚國大長公主，卒熙寧中。裕陵以主事仁宗至謹，謚「莊孝」。

徽宗宸翰三

臣恭惟祐陵天縱多能，詞翰爲帝中第一。此三御筆皆付和詵處分邊事。時女真已數犯契丹，故宸翰云：「爾詵雖武人，猶能持南北誓好，師出無名之論。」奈何黼主謀於内，貫專征於外，雖种師道之意亦鋭。詵以偏郡守臣争之不勝，及白溝之衄〔一〕，師道遁歸，詵坐違貫節度貶責矣〔二〕。議者追恨燕山之役，至今未已。以御筆觀之：一、小小劫掠即問有何釁端；二、未得遣問；三、體探戎主住坐〔三〕。上意曷嘗一日忘敵國外患哉？黼、貫罔上誤國之罪，上通於天矣。世言祐陵書本薛稷〔四〕，信然。於時奎畫之出既多，外庭以有御押者爲真。它旨揮瑣屑何啻千萬紙，字雖逼真，然無御押，但以小紅印印其上，云「違以大不恭論」者，皆弄臣楊球、張補輩爲之，所謂東廊御筆也。

〔一〕「及」下原有「血」字，據《後村題跋》卷五刪。
〔二〕坐：原作「生」，據《後村題跋》卷五改。
〔三〕主：原作「生」，據《後村題跋》卷五改。
〔四〕「薛」下原有「穆」字，據《後村題跋》卷五刪。

欽宗宸翰四

臣竊惟國家自建隆至靖康〔一〕，天下治安久矣，一旦胡騎奄至，京城戒嚴，謀臣武將倉皇失措。

忠定公一書生，非素知兵也；乾龍帝生於深宮，長於婦人，非以馬上得之也。而君臣之間，志義憤發，親犯矢石，誓以死守，蓋嘗折二酋之狂暴，全百雉之險固矣。使唐恪、耿南仲輩不主和，忠定公不去位，虜雖再至，安能遽得志哉？方事危急，樞臣手書片紙徑達，而細札十行，如響斯答，動中機會。以聖主賢相而不能回中原板蕩之勢，所謂「天方授楚」者乎！

夫蠻夷猾夏，修守備以待之，猶虎豹噬人，設檻穽以禦之也。今宸翰催天下兵，令師道勾集陝西人馬是矣，又云言語文字不可不謹密，恐爲金人所獲。嗚呼！調兵紓國難而畏敵人聞之，靖康以前未有此論也。自恪、南仲輩以和誤國〔二〕，劫寨則曰激虜之怒，調兵則恐爲虜所知，於是主削地斂戍者爲忠愛，而不割三鎮、力守京師者爲輕脱。今百餘年而其論未止，臣因覽乾龍帝、忠定公遺墨而有感焉〔三〕。

〔一〕靖康：原倒，據《後村題跋》卷五乙。
〔二〕「南仲」上原有「耿」字，據《後村題跋》卷五删。
〔三〕定：原作「廷」，據《後村題跋》卷五改。

高宗宸翰四

臣恭惟《樂毅論》乃楷法所從出，其本有至「海」字止者，有終篇者。世云止「海」字者善本也，人多寶藏而惜其不全。故直龍圖閣陳宓用五百錢得都下常賣人籃中别本，無一字缺，自以爲復見古人大全，什襲以爲珍玩，然不知元祐《續閣帖》已有此全本矣。陳號能書，乃不能别〔一〕，惟思陵八法冠古，一覽識真。所臨非一本，賜韓樞肖胄者止「海」字，賜允升者終篇。紹興間，又嘗别臨本賜諸郡國〔二〕。故參知政事龔公茂良代莆守作《謝表》云：「夏侯尚論於古人，樂毅號稱於名將。當七國戰争之際，士競尚於權謀〔三〕；觀二城取舍之間，兵殆幾於仁義。夷考精微之論，默符惻怛之心〔四〕。爰以燕間，爲之親灑。」嗚呼！思陵之字，天下之神筆也；龔公之表，天下之雅言也〔五〕。　臨《樂毅論》

臣竊謂字至《蘭亭》毫髪無遺憾矣。然藝不習則不工，雖右軍猶不免於臨池；辨才年八十餘，日臨數本。能積勤然後能絶妙，非偶然得名也〔六〕。光堯以萬機之餘閑，備八法之能事，前人名筆鮮不摹擬，而所臨《禊帖》尤多，宰臣出督視者、從臣除宣撫者、近戚左璫侍燕間者〔七〕，往往皆拜此賜。諸本散在人間〔八〕，各有姿態，此本尤清麗秀傑〔九〕，得繭紙鬚筆之意。時大將韓蘄王高價得硬黄本〔一〇〕，以爲逸少真蹟，馳獻，不知其爲椒房所書也。故相周必大在翰苑，作《太皇閣帖子》，云「筆法似慈皇」，信哉！臨《蘭亭》

臣恭惟高宗皇帝躬擐甲冑，櫛風沐雨，實開一馬渡江之業。於時蹕無定居，戎務倥偬，而今日臨《禊帖》，明日臨陸柬之所書五言《蘭亭詩》，豈真有觴咏興寄、游目騁懷之樂哉！臣嘗竊窺宸翰，蓋取羲之登治城答謝安數語，可以鍼砭晉人清談廢務、浮文妨要之病，且將以倡率南渡諸臣戮力王室，剋復神州之氣。嗚呼，聖謨遠矣！否則晉多名勝，何獨卷卷於羲之也哉！臨陸柬之五言《蘭亭詩》

臣嘗疑《千字文》，世以爲梁散騎常侍周興嗣所作，然法帖中漢章帝已嘗書此文，殆非梁人作也。光堯所臨不止爲智永體。此軸名爲臨孫過庭，實青於藍。按唐初人多善書，歐、虞、褚、薛各工真行而已，草字唯張長史，後有素、閑二僧，然去長史遠矣。過庭草聖精密妙巧，字字有右軍法，所謂範我驅馳者，非若長史以顛得名也〔一一〕。此匹夫名世之絶藝，而光堯以萬乘帝王能之，聖矣哉！《書譜》《千字》皆過庭得意書，而米芾抑《千文》而揚《書譜》，臣謂此論未公。臨孫過庭《千字文》

〔一〕能：原無，據《後村題跋》卷五補。
〔二〕又：原作「人」，據《後村題跋》卷五改。
〔三〕士：原作「上」，據《後村題跋》卷五改。
〔四〕默：原作「然」，據《後村題跋》卷五改。
〔五〕言：原無，據《後村題跋》卷五補。
〔六〕得：原作「偶」，據《後村題跋》卷五改。
〔七〕璫：原作「當」，據《後村題跋》卷五改。
〔八〕本：原作「客」，據《後村題跋》卷五改。
〔九〕此：原作「且」，據《後村題跋》卷五改。
〔一〇〕價：原作「賈」，據《後村題跋》卷五改。
〔一一〕顛：原無，據《後村題跋》卷五補。

孝宗宸翰十五

臣恭惟孝宗皇帝神聖英睿，卓冠百王。於時朝廷清明，海宇乂安，猶用建武故事，時出細札以賜郡國，昭回之光下燭人間，所至吏民皆聳動驚喜，以爲天子明見萬里之外。故參知政事龔公茂良守洪都日，盡以所被宸翰摹刻於石。臣初筮，白事府下，常摩挲瞻玩不忍去。晚見奎畫真蹟四：一、閔雨降香；二、種麥；三、四、砂毛錢。深居九重而精神心術之運如此！聖訓嘗云：「朕胸中每日走天下一遭。」大哉言乎！萬世誦此言，傳此心，則天下常乾道矣。 賜隆興府守臣龔茂良手詔四

臣聞之故老，孝宗留意人材，當時小大之臣多出親擢，罕由廟堂進擬者。臣於故相葉公顒家，見臣大父臣夙除著作佐郎，又於故參知政事龔莊敏公茂良家見蓋鈞改合入官二詔〔一〕，皆宸翰，館職京秩不輕畀如此〔二〕，況等而上乎！近歲惟侍從、給舍、臺諫、講讀官乃細札除授〔三〕，庶僚皆由啓擬矣。龔公以首參行相事，故其家藏當時除目甚多：一、史浩除少保、內祠、侍讀；二、李彥穎、王淮執政；三、蜀帥范成大進敷學；四、林光朝除中舍；五、趙粹中、周必大除侍郎；六、蓋鈞改官。 除目

臣按朱文公熹自紹興末至隆、乾初聘召不起〔四〕，除官不至，天下高之。龔公當國，啓擬旌以職名，宸翰與公商榷〔五〕，若以爲恐長虛名之士者。阜陵於朱公豈靳一直秘閣哉，有所譽必有所試，古之道也。其後起朱公，歷麾節，南康郡最、浙東荒政聞於天下，上不復有此言矣。晚歲擢公經筵〔六〕，則以待伊川之禮待公矣。若夫不練時務，不考事功，特緣虛譽躐處高位，漢之荀爽、晉

之王衍、殷浩之流是也，所就何事哉？烏虖！阜陵之詔可謂得用人之法矣。朱文公熹直秘閣

光堯時舊將帥加恩，察官以稱職轉兩秩，契勘南上、下庫一年收支〔七〕，令薛元鼎往秀州檢點財賦，皆當時大政事，竊意龔公回奏必有條畫〔八〕，可與宸翰互相發明，而公太祝之廳雖存，善和之書漸散，不可得而訪尋焉。此數詔皆在外孫方君采家〔九〕。時政四

〔一〕合入：原作「舍人」，據小草本改。

〔二〕畀：原作「卑」，據《後村題跋》卷五改。

〔三〕「官」下原有「也」字，據《後村題跋》卷五删。

〔四〕隆：原作「龍」，據《後村題跋》卷五改。

〔五〕榷：原作「確」，據《後村題跋》卷五改。

〔六〕晚歲：原倒，據《後村題跋》卷五乙。

〔七〕支：原作「之」，據《後村題跋》卷五改。

〔八〕「必」上原有「竊」字，據《後村題跋》卷五删。

〔九〕采：原作「來」，據《後村題跋》卷五改。

錢忠懿王帖

唐人崇尚文墨，臺閣公卿未有不工此者。風俗既成，雖蕃帥節將如于頔、高駢之流，皆以吟詠自喜，如羅紹威、王智興則兼逞詞翰，當時有李陵章句右軍書之佞。頔、智興一字不傳，無以驗工拙；駢、紹威所作，存者信工。予讀《絳帖》，有錢忠懿王使院律詩一首，練句結字不在駢、紹威之下。後於墨林方氏見忠懿與其子遺墨五幅，草聖奇古，簡而不煩，得鍾、王意。時忠懿方自杭朝京師〔一〕，每書必云「吾極無事」，又云「不用憂心，事已如此」。識天下之有歸，知王者之無敵，脱屣去之，無一毫失國之恨，異乎事窮勢逼然後面縛奉降牋、揮淚對宫娥者矣。忠懿書語既忠孝，筆法又精妙〔二〕，恭惟熙陵評入神品。前世帝王多與臣下争長，故有用掘筆書或爲累句蕪辭以求免禍者〔三〕。熙陵雲章奎畫前無古人，而推重忠懿翰墨如此，始知王僧虔、沈約、薛道衡輩所遭之不幸也。初，天聖中文僖公嘗刊忠懿十八帖，與墨林此帖草法酷似，碑本已足貴，況真蹟乎？

〔一〕師：原作「帥」，據翁校本改。

〔二〕又：原作「文」，據翁校本改。

〔三〕辭：原作「亂」，據小草本改。

趙忠獻王

與夫人書，前稱名，云「冬寒，尊體起居萬福」，後繫銜云「山南東道節度使、兼侍中、許國公趙花押狀上夫人」，夫婦之際相敬如此。然其間如藥錢、首飾之類，或甚瑣碎，乃若昵昵兒女語，何耶？自昔大賢哲、大勛業人未有薄於所厚者，豈必貴倨自尊，使嫂蛇行匍匐、妻不敢仰視哉！世言忠獻城府深，有海底井之誚，特未見其家書爾。國朝大臣如張齊賢母、王旦夫人皆得朝見，況忠獻造國元臣〔一〕，祖宗雪夜嘗幸其第，以嫂呼夫人，固待之如家人骨肉矣。身爲藩臣，不獲廷賀，遂遣婦女詣闕，此人情也，亦故事也。黄長睿辨其非位高多懼而然，是矣。然以爲忠順之至誠見於禮，則似君臣間猶有未相孚者〔二〕。忠獻前此雖爲盧多遜所間，及金縢一啓，上意釋然。其擁旄武勝，水魚之歡如初久矣，豈復藉禮以見誠乎！

〔一〕「國」上原有「七」字，據《後村題跋》卷五删。

〔二〕似：原作「賜」，據小草本改。

王魏公送中舍詩

疏廣、受之去，公卿設供帳都門外，世繪爲圖；楊巨源之去，丞相而下皆爲詩以送，豈不以薄榮利、知止足，人情之所難歟！王魏公手寫《送中舍懸車詩》，中舍不知何人。按王黄州集，亦有《送淳于中舍休致》詩，蓋姓淳于，然失其名。噫，以一萊州録事之微，能辦一去〔一〕，而當時諸名公敬之如此，況若种明逸之歸華山、文太師之歸洛歟！淳熙間郎有鹿何者，甫四十謝事去〔二〕，舉朝賦詩，流傳海内，猶有祖宗盛時之風。近世士大夫有不挽而來、見推而不去者，如挂冠還笏之事，久未嘗見此人，亦未嘗見此詩也。

〔一〕辦：原作「辨」，據《後村題跋》卷五改。
〔二〕事：原作「仕」，據《後村題跋》卷五改。

宋元憲

莒公詩極精麗，字則罕見。此帖與鳳山曾氏帖筆法一同。宣徽必是王君貺，當考。

文潞公

潞公自魏移洛，名位重矣，此帖乃言官吏郊餞，小困於酒，亦足以見魏人之愛公，而公雖貴，未嘗尊己而拒人也。舊見公字多矣，此帖秀美遒勁，有李北海之意〔一〕。吕汲公字亦然〔二〕。

〔一〕李：原作「吕」，據《後村題跋》卷五改。
〔二〕汲：原作「伋」，據《後村題跋》卷五改。

韓魏公

此帖乃謝蔡公書孝親題扁〔一〕，公筆法與歐公酷相肖，所謂「顔筋柳骨」者耶！

〔一〕扁：原作「篇」，據《後村題跋》卷五改。

富鄭公

舊説晏元獻公清儉，凡書簡首尾空紙皆手剪熨，置几桉以備用。富公此簡僅闊三寸，而布置七行百餘字，若書生燈下作蠅頭者〔一〕，意者二公性相似歟！諺云党進用紙一幅寫一「蕫」字不盡，惜不令見此字。

〔一〕蠅：原作「繩」，據文意改。

杜祁公

二帖一真一草，皆與蔡公者。其呼「記注學士」〔一〕，以脩起居注召時也；呼「知府密學」，進樞直知泉州時也。前真後草。世言公晚喜草書，信然。後簡謝其餉茗者〔二〕，當時方面大從官餉舊相止如此，彼使隴右諸侯供語鳥、日南太守進名花者，視公豈不有愧哉！

〔一〕記：原作「起」，據《後村題跋》卷五改。

〔二〕著者：原作「名」，據《後村題跋》卷五改、補。

曾魯公韓康公

前輩嘗舉揚曾公答人儷語，以爲精切，今觀散語亦簡而有味。韓公善結字。所謂致政少師，必杜公也〔一〕。

〔一〕也：原無，據小草本、翁校本補。

荆公

此帖頗殘缺，而清臞勁峭之狀、回斡開闔之勢，居然不可掩。公自言學王濛，近時趙南塘亦學王濛，公得其草，趙得其楷，惟深於帖者知之。

温公

次道《河南記》，潞公刻之，温公又以餉人，不待後世子雲〔一〕，同時之人固已重其書矣。時公已貴重，寫到「次道」處輒空一字，其執謙敬友如此。別一帖謝人送郊茶，豈非以《河南記》答其惠乎？《茶帖》宜在前〔二〕。

公與兄書如此，所以恭其兄者至矣。司馬氏自待制至公兄弟，家法素嚴，然二十監簿之换差遣、六寺丞之歸，猶費尊長督教，以此見公休之賢也。人情莫不汲汲於子弟寸進，公乃云「康侯稍涼令入京」，又云「其差遣有無及早晚俱不可期」。公未嘗爲子覓官，而公休一日擢經筵、諫省，所謂修其天爵而人爵從之者耶！前輩記公事兄謹甚，坐頗久必問饑飽，天色變必問衣添減。余謂書疏談話尚可以聲音笑貌爲之，至於田宅悉以兄郎中爲户，則有不容矯飾者矣。時章子厚父存而用章相公户買田，爲元祐御史所彈。使子厚人也，聞公之風自當愧死，況敢訕侮公乎！

〔一〕子：原作「於」，據小草本改。

〔二〕在：原作「其」，據《後村題跋》卷五改。

吳正憲

昭陵復土，費用巨億，老泉是以有華元之譏。時蔡公爲三司使，會計節縮，幸無闕事。此帖云「役兵逾八萬〔一〕，它費可知」，又言陝西折納鹽鈔之欺，必吳公守陝時也。夫計臣得如蔡公足矣〔二〕。余家有公年三十四漕閩日寫真，風貌髭髯如神；及晚年本則清癯，鬚髮如雪〔三〕，豈非劬瘁所致？然厚陵猶謂「三司事多不了」〔四〕，信遇合之有命耶！當時列郡與三司使書簡質如此，又以見前輩相與以真情不以虛敬也。

〔一〕八：原作「百」，據《後村題跋》卷五改。
〔二〕「得」下原有「用」字，據《後村題跋》卷五刪。
〔三〕如雪：原作「非如」，據《後村題跋》卷五改。
〔四〕厚：原作「昭」，據《後村題跋》卷五改。

呂汲公〔一〕

此帖蓋答邊臣者。公字有富貴氣，極似潞公。翰墨之妙、算筴之審，方提筆中書、科瑣邊吏之時，鬼章頭顱固已在檻車中矣。

〔一〕汲：原作「伋」，據《後村題跋》卷五改。

范忠宣

范公始歎左目獨用，及建中欲再相，左目亦翳。公既不能受印綬，始相韓師樸，師樸不能久，始相布、相京。前輩評本朝分裂之禍自范公不再相始〔一〕。烏呼，悲夫！

〔一〕始：原無，據《後村題跋》卷五補。

劉忠肅

許沖元，熙、豐從官，元祐再入翰林而不爲衆賢所稱。劉公與許帖，云「聞保釐北郊」，又云「壤地相接不數舍」〔一〕，蓋許自揚徙大名、劉自右相出守鄆時也。二公趣向雖殊，然劉公素有牢籠熙豐舊人之意，又適鄰路，故書札往還如此〔二〕。其後章、蔡欲發温公墓，卒賴沖元一語而解。噫！劉公之慮遠矣，其身之不免後禍，天也。

〔一〕數：原作「敷」，據《後村題跋》卷五改。

〔二〕札：原作「禮」，據《後村題跋》卷五改。

蘇魏公

此固未拜相以前帖，然父歷翰林學士，身爲顯官，而云「數年間困窮極矣，豈無望於拯救」。前輩清貧大率如此。公一介不妄取予，此帖不知與誰，能使公發此問，其人之賢非韓魏公即曾魯公，決非他人者。

張文懿

文懿相業平平，其「三入鳳池」之句爲人所傳，但在中書日設譎賣孔道輔一事，累德不小。

小吕申公

申公不以字行，大、小東萊字亦然。

右跋本朝名相帖十八家

魯肅簡包孝肅

魯、包二公，本朝之蕭、汲也〔一〕。世但仰其大節，至於魯詩律清麗、包筆法端勁，翰墨間風流醖藉，則未有知之者。前爲方楷跋肅簡詩一紙，與此帖無小異。

〔一〕汲：原作「伋」，據《後村題跋》卷五改。

趙清獻

次山方氏名嶠，仕至太常少卿，余嘗爲其孫審權跋所藏清獻四帖，今又見此帖〔一〕。

〔一〕又：原作「猶」，據《後村題跋》卷五改。

邵安簡

亢字興宗，與王陶俱事裕陵於潛邸。陶攻韓魏公，亢亦助陶攻吴奎，仕至副樞。弟必，字不疑，亦貴顯。

馮樞使

馮公少魁多士，蚤貴，而約客無酒，至折簡求二壺於人〔一〕。其清約如此，所以初唱第能却張堯佐求婚，已輔政能與王介甫立異，又門下能著得鄭介夫也〔二〕。

〔一〕簡：原作「節」，據《後村題跋》卷五改。
〔二〕夫：原作「甫」，據《後村題跋》卷五改。

韓門下

桐陰諸韓翰墨，持國爲白眉。此紙并宋次道帖皆與致政少傅，當時舊弼多以宫保、宫傅、宫師致仕，當攷其爲何人。

宋樞密王内翰詩

頃爲墨林跋王文正《送淳于中舍》詩，此二詩亦同時祖餞者。宋公咸平副樞，工筆札。王黄州詩文爲世傳誦，字之存者極少，可貴也。

楊文公

楊公不以字行，然此帖姿媚有態〔一〕，蓋公得意書也。

〔一〕姿：原作「恣」，據小草本改。

歐陽文忠公

右廬陵公五帖，皆與蔡公往復者。其一跋《荔枝譜》、《永城縣廟學記》，云：「君謨真草惟意，動造精絶，《譜》與《記》尤精而有法，俾世藏之。」蔡公自謄一本與歐氏，而歐筆遂爲蔡有。今蔡氏所藏歸於墨林，未知《譜》《記》并《跋》藏於歐氏者尚存否。其二歎文人滿朝而詩道中絶。其三云：「嚮春遂開七秩，兩目頓昏，書字尤艱苦〔一〕。平生所賴知此樂，若遂以目廢之，不知餘生何以爲遣。」時公年纔六十爾，余又加四歲，誦公之言，爲之悲慨。其四當在蔡公解三司使出守錢塘時，故有「展旗鳴鼓東下，箭流何勝快豁」之羡。其五乃送寫《集古録序》潤筆。昔皇甫湜爲裴公作記，自云字直三縑，蔡字比之湜文價當十倍，今僅以宣筆八十〔二〕、銅緑筆格花石盆各一、龍茶三餅、惠山泉八缶爲餉。世固有持蕪辭惡札而受人不貲之濡毫者，豈不有愧色哉！　五帖

前一帖未知與誰，後帖與丁元珍，名寶臣。公貶夷陵令，元珍爲州判官，後以太常博士守端州，坐儂寇至失守奪官。久之，復博士知諸暨縣〔三〕，又久之召入館。此帖呼「博士」，又云「承已

赴任」，必往諸暨時也。世俗多以成敗論人，公於元珍流落放絀惻然慰藉。晚爲表墓，書端州之事，則又歎其以儒者守空城，提羸卒力戰，戰敗而後去，天子察南方素無備，不責守吏以空手捍賊。其詞抑揚頓挫，讀者感動。末言元珍履憂患〔四〕，遭困厄，處之而安，非惟見元珍之賢，亦可見公之交誼矣。二帖

〔一〕苦：原作「若」，據小草本改。
〔二〕肇：原作「肈」，據小草本改。
〔三〕縣：原作「州」，據小草本改。
〔四〕末：原作「不」，據小草本改。

蔡忠惠

公爲三司使，本朝極盛時也，然陝西一番霜雹闔放，一番賑貸，軍儲已漏底，奏乞從京支撥銀絹和糴矣。當時塞下之積可爲寒心如此〔一〕。公因開封府界、京西、陝西亢旱，朝命各路體量闔貸，遂有此奏，且云：「臣非不知寬百姓爲美事，然國計有限，乞下諸路漕臣，早損當覈見實數，賑貸當回顧軍儲。」身爲計臣，意雖體國，而其言渾厚如此〔二〕。自昔儒者常主損上益下之説，董

仲舒以皇皇求財利爲耻，倪寬不肯督賦，世主例以爲迂，而桑、孔賤丈夫，各以商賈錐刀之智得操其柄。本朝始用蔡君謨主計省〔三〕，李公擇爲版書，持賢良文學之論而居公卿之任，此其所以異於漢也。近歲江東庾、漕大修荒政，都司胡、薛沮之於內，曰我體國也，彼市恩也〔四〕，干譽也，三復蔡公遺墨而有感焉。別帖宋書十二行，記啖、趙、陸三家《春秋解》卷帙類例，惜其闕亡而欲求善本以祛惑。公方貴盛，而究心麟史過於專門，世言公對客不談政事而談文章者，淺之乎知公矣。《奏藁》、記三家《春秋》

《素問》之書，文詞甚妙〔五〕，乃隋、唐間人修飾。又云：「《素問》非聰明睿智孰能通其説〔六〕？世醫口談王叔和《脉訣》已爲良矣。」信哉是言。今能談叔和《脉訣》者亦自難得，於是通天下無醫，可歎也。《素問帖》〔七〕

甥失解，乃告之云：「舉業精粗非所計，聖賢能自信然後能不屈於貧賤〔八〕。但更力學，通一二經，當自得之。」公此語由場屋之士視之若甚迂，然世未有通一二經而不精於舉業者，真父兄之格言也。別帖以外甥没在告，可見公甥舅間如此。《與甥帖》

一撥發之微，亦記姓名薦拔之如此。公行草妙逼顏魯公，時定者遂與蔡明遠並傳矣。《撥發帖》

余家有徐虞部《荔枝譜》碑本。虞部名師閔，字聖徒，嘉祐中守莆。其譜文字極簡質，至於品量荔枝高下美惡皆不錯，但爲蔡譜所掩，世未有知之者。然公答虞部書，稱其精密，又云：「嘗亦有作，大略相近，餘亦少有異焉。」殊無以己長蓋他人之意，此其所以爲公也。《與徐虞部帖》

蔡公自臺閣守福唐，貴顯矣，方茂才何人，乃欲求昏。公與母夫人即心許之，猶以家貧恐嫁遣不豐爲詞，又云「女子得一寒士足矣」。此帖見公雖貴而貧，女嫁士人而已，非惟可以矯薄俗，亦可爲不論人材而專尚門閥者之戒〔九〕。《求昏帖》

屯田名異，俟官人，與公同年。舊嘗約婚，及公出鎮福唐，屯田亡矣。公既銘其墓，又尋昏約，劉氏以死生貴賤非耦力辭，公自爲奩具，使仲子旬受室焉。生傳。及公薨，子勻、旬先夭，旻方九歲，二女未笄，傳猶襁褓，劉夫人竭力舉盧郡太、忠惠公及其夫三喪，又積其餘畢姑叔婚嫁。傳生樞，父子皆擢第，皆以四十五歲挂冠，世高其節。旻生伷，伷生洸，洸生戡，父子皆至法從，至今科第相踵，廟院增拓，城南舊地不能容〔一〇〕，至析居於浙，門閥貴盛幾侔韓、呂，皆一嫠婦持家存孤之力也。噫，劉夫人之賢，豈下於程嬰、杵臼哉！向使公自寒前盟，爲旬別結高援，不過多獲奩貲，婦德未必如劉〔一一〕。一旦冠劍歸長夜〔一二〕，門巷設雀羅，未必不飄揚而去矣。昔輔

氏之役，老父結草，以魏顆嫁其女之故，然則蔡氏之盛，安知非劉屯田結草之報乎！《銘劉屯田帖》

二帖草書其末者當是與子弟或部曲〔一三〕，又《溪流湍急帖》不知與何人，有諸王、二謝筆意。最後二帖一隸書〔一四〕，一散隸，公尤自矜隸法。墨林所藏可謂備矣。雜帖

右跋本朝名臣帖十八家上

〔一〕爲：原作「謂」，據《後村題跋》卷五改。
〔二〕其言：原倒，據《後村題跋》卷五乙。
〔三〕用：原作「州」，據《後村題跋》卷五改。
〔四〕彼：原作「被」，據《後村題跋》卷五改。
〔五〕詞：原作「章」，據《後村題跋》卷五改。
〔六〕睿：原作「有」，據《後村題跋》卷五改。
〔七〕此三字原無，據《後村題跋》卷五補。
〔八〕賢：原作「聖」，據《後村題跋》卷五改。
〔九〕爲：原作「謂」，據《後村題跋》卷五改。
〔一〇〕城：原作「門」，據《後村題跋》卷五改。

〔一一〕必如劉：原無，據《後村題跋》卷五補。
〔一二〕一旦：原作「且」，據《後村題跋》卷五補、改。
〔一三〕草：原作「花」，據《後村題跋》卷五改。
〔一四〕二：原作「一」，據《後村題跋》卷五改。

後村先生大全集卷之一百丹四

題跋

墨林方氏帖

梅都官

時蔡公以密學守泉，故帖有「南方景清物美」之羡。聖俞不以書名，而結字姸華在歐、蔡之間。所餉蔡公鼠鬚筆并散卓〔一〕，云此葛老加意者。葛亦宣城人，蔡公嘗倩製筆〔二〕，故聖俞有此餉。

〔一〕卓：原作「帖」，據小草本及《後村題跋》卷六改。
〔二〕製：原作「繁」，據小草本及《後村題跋》卷六改。

賈内翰

賈公名、字俱慕汲生〔一〕，其立朝大節似之。初，吕獻可嘗論公過失，及公爲中丞，吕除御史，辭避不拜〔二〕。公奏：「誨向論臣，一時公言，其人方正，願與同列。」史稱汲生戆褊，公蓋賢於汲矣。此帖與延平守，云「郡乃閩中孔道，冀少加彌縫，以弭嘵嘵」，所謂介而能通者耶！

〔一〕慕汲：原作「慕伋」，據《後村題跋》卷六改。

〔二〕拜：原作「許」，據《後村題跋》卷六改。

沈内翰叡達

此與蔡忠惠帖也。忠惠在計省最久，有勞於國。治平初，副樞闕，宰相擬忠惠及王珪以進，厚陵不用，而自擢王疇。文通所云「仰聽登用之命三年矣」，可見人望屬於忠惠如此。忠惠之不大用，猶以飛語中傷之故，文通方承眷寵，垂大用矣，年僅四十而夭。王疇輩材望不及二公遠甚，而名位過之，此所謂命耶！叡達詞翰突過其兄，而宦不遂，亦命也。

宋龍學

裕陵御製《韓魏公神道碑》，命次道書，次道乞如太宗皇帝書趙中令碑故事。上曰：「太宗宸翰，子孫安敢做傚？」又云：「卿父子皆善書。」次道始奉詔。上又求宣獻字，次道遂進數軸。然世但稱父子史學而罕稱其字，裕陵天縱多能，聖鑑尤高，非輕許可者。墨林所藏次道帖乃行草，恨未見其楷隸爾。次道名敏求，宣獻名綬，字公垂。

蘇文忠公

鮒與祁大夫皆欲脱叔向於難〔一〕，然叔向拒鮒不答〔二〕，卒賴祁大夫以免者，古之君子非但不肯因小人以求福，亦不肯因小人以避禍也。陳太丘弔張讓母喪，荀緄爲文若娶唐衡女〔三〕，雖非求福，未免畏禍，此在叔向下矣。欽、永附王氏，劉、柳黨叔文，既非避禍，專欲求福，此遠在荀、陳下矣。坡公書此有深意。世言章子厚本與坡公善〔四〕，爲蔡卞所劫，故坡亦南遷，豈非子厚嘗密導此意，坡公拒而不受乎？余讀而深悲之。《書左傳帖》

西域文字與中華絶異，然流傳既久，雖華人未免爲胡語。自唐人虞、褚帖中多用「和南」字，歐陽氏之學〔五〕，謂不曉和南爲何語，不肯寫此二字，學者衛道，不得不然。至坡公則手書佛經非一種。《心經》在貝葉中尤古奥簡捷，蓋在惠州時爲沈夫人所作。夫人乃南圭使君之内，嘗夢僧迦送子瞻過海者。《書多心經帖》

仙者葛洪、孫思邈皆有方書傳世，《抱朴子》方最多，世未有試之者，若《千金方》則試而驗者多矣。坡公於其中録出此方，豈以其言高虚似抱朴子者歟〔六〕！恨吾老矣，不能以身試方，當俟諸識者。《書千金方帖》

蘇子美贈秘演詩云：「賣藥得錢衹沽酒，一飲數斗猶惺惺。」演塗去之，子美大怒。演云：「公詩傳萬口，吾持戒不謹，已爲浮屠罪人，公又從而暴之乎？」懷素工草書，同時如顔尚書、張處士餉酒與魚；前輩如坡公，手録其醉筆。人固不可以無藝也，此二髡一畏人知其飲酒，一自狀其醉飽〔七〕，甚可笑。《書懷素自作五言帖》

公自紹聖以後詩文未嘗有貶謫之歎〔八〕。己卯，元符二年也，公在昌化，南遷七年矣。所書子美「天寒翠袖薄，日暮倚修竹」之句，可謂哀而不怨、婉而成章矣。《書杜詩帖》

公自跋云書夢得數詩，今僅存二首，前幅似爲人截去。「巫峽蒼蒼烟雨時」，「時」誤爲「枝」。《書劉夢得竹枝歌帖》

余評此詩在張籍、王建之下，望盧仝、劉乂尚隔幾水，坡公取其自在。前輩論文氣象開闊如此〔九〕。《書晚唐詩帖》

退之效盧、孟〔一〇〕，歐公效蘇、梅，坡公效黄、秦，輒逼真而反勝之，譬如老禪與學人問答，機鋒常有餘〔一一〕。郭功甫效太白，潘邠老效老杜，用盡氣力而不近傍，譬如窶人學富家調度，事力苦不足也。《書少游五言帖》

唐樂府惟張籍、王建，本朝惟一張文潛爾。坡公手録此篇，亦如退之於籍輩乎〔一二〕？然文潛每篇語意有緩弱處，不如籍、建句句緊切。《書文潛寒衣歌》

前詩紹聖南遷初至惠州所作也〔一三〕，後詩建中靖國北歸過嶺所作也，相去七年。集中各有題後。詩凡有二篇，本不相聯屬，今合而爲一，皆題云到惠州時，亦可疑。《書到惠州詩》

公貴盛時，士競趨其門，攻文者托公以重其文〔一四〕，挾藝者托公以售其藝〔一五〕。及其遷謫也，未聞一士如韓生從殷浩至東陽、李商隱從鄭亞來循州者，蓋有相遇都城，以扇障面，不揖叔黨者矣。潘衡何人，乃渡海忍飢，爲公留一年，其人賢於李公麟輩遠矣。墨百日不堅燥非善墨也，然婺墨至今猶托衡名焉。烏乎！墨工能托其身傳其藝如此，士豈可□□自下缺。

《萊州題名》：朝散郎何甫元符三年爲守。帖云「朝散使君」，即其人也〔一六〕。《容齋三筆》云：「英州江水貫市，架木爲橋，郡守建安何智甫始叠石爲之。橋成，坡公自海外歸〔一七〕，爲作《何公橋》詩。」然則何名甫而字智甫，帖云「智翁」者，豈避其名耶！南山之游，寧並轎而不先升車，以一代元老過荒遠小郡，執謙特甚，若不敢與太守鈞敵者，前輩厚德如此。海島非人所居，韋執誼、李文饒、盧多遜皆往而不返。此老羈囚累載，白首北還，乃云「何時得却掃一室，復如在海外時」，其浩然不屈之氣，非黨禍所能怖、烟瘴所能死也。《書與何智翁四帖》

方子容字南圭，金紫公名峻之第四子〔一八〕，擢皇祐甲科。坡公貶惠州，南圭爲守，相處甚懽。方氏書畫多經坡公題品，或爲書佛經，或爲書史傳，往還簡帖尤多。其家舊有萬卷樓，所收坡公遺墨至四百餘紙，後羽化略盡，墨林僅有寫《心經》及《左傳》三數、手簡十四幅而已。前二帖云

「日與吏民望前塵」，又云「治行有日，併增欣抃」，可見坡公先至惠〔一九〕，南圭後臨郡也。其三云：「厄困塗窮，衆所鄙棄，公獨收恤。」其四寫碑。其五答林媪酒。其六借《真誥》，可見太守之厚於黨人也。其七、其八、其九，皆言蔣簿葬事。按《列子》，極西儀渠之國，親死則取柴焚之，然後爲孝子。蓋荒唐之寓言，以誚尤而效之者〔二〇〕，謂後世中國真以火葬爲俗。蔣簿賴公一言免於茶毗之苦。前輩雖困厄中，而濟人利物之念終不少忘如此。其十則再謫海外離惠時也。其十一、其十二、其十三、其十四，則至番禺道間及至海外時也，云「廢逐之餘，傾蓋贛上，歡如平生」。世言坡素善南圭，以此帖考之，坡南行、南圭出守，始遇諸塗爾。又云：「薰濡之喜既深，煩恩之愧亦厚。」又云：「慰藉津道，求之古人亦未易得。」又云：「家累托治下，無内顧憂思之心。」又云：「邁時去請見兩新婦，許拜老嫂。」又云：「白首投荒，佩公『閉門杜口，謝絶萬事』之戒。」又託致家書至昌化〔二一〕。黨禍人所共畏，賢者避之〔二二〕，小人或販以爲奇貨〔二三〕。潭帥温益迫道鄉夜絶大江，宜守囚山谷於譙樓，遂死樓上，台守脅了翁，廣漕怖元城，雷守罪以屋僦子由之人。南圭當是時，獨能調護遷客，待之如骨肉，寧傲章、蔡之凶焰，不畏瘴疫之傳染，有東都節義之風。自惠州歸，年未七十，即挂其冠，蓋勇退之志素定矣。晚年夫婦壽考〔二四〕，見其孫略登科顯仕，抑天報歟！今直下雖微，坡帖雖散，其族人往往有珍藏者，墨林亦族也。又坡公手點《漢書》，見在方南圭族孫長溪宰之泰處。《與方南圭十四帖》

二君不知何人，可權失其姓，時澤雖著姓氏而失其名，當考。《與可權長官時澤推官帖》

醇之與二蘇交情如此，惜不得其姓名。方勸坡戒言語時，詩禍未有萌也。自密守徐，自徐守湖，自湖乃逮赴御史獄。坡聰明，了不自知，子由亦未之知，而醇之獨先知之，可謂見遠察微之士矣。墨林所藏坡帖〔一五〕，皆晚年時字，此帖在烏臺詩案以前，尤清媚可愛。《坡隸四帖》

〔一〕於難：原作「子雖」，據翁校本改。

〔二〕答：原作「達」，據小草本改。

〔三〕衡：原作「衛」，據小草本改。

〔四〕公：原無，據翁校本補。

〔五〕陽氏之：原缺，據翁校本補。

〔六〕歟：原作「輒」，據《後村題跋》卷六改。

〔七〕飽：原作「絕」，據小草本改。

〔八〕聖：原作「興」，據《後村題跋》卷六改。

〔九〕開：原作「門」，據《後村題跋》卷六改。

〔一〇〕孟：原作「益」，據《後村題跋》卷六改。

〔一一〕常：原作「當」，據《後村題跋》卷六改。
〔一二〕籍：原作「舊」，據《後村題跋》卷六改。
〔一三〕紹：原作「詔」，據《後村題跋》卷六改。
〔一四〕攻：原作「故」，據《後村題跋》卷六改。
〔一五〕藝：原作「意」，據《後村題跋》卷六改。
〔一六〕即：原作「郎」，據《後村題跋》卷六改。
〔一七〕公：原無，據《後村題跋》卷六補。
〔一八〕公：原作「功」，據《後村題跋》卷六改。
〔一九〕公：原無，據《後村題跋》卷六補。
〔二〇〕誚：原作「謂」，據《後村題跋》卷六改。
〔二一〕致：原作「諸」，據《後村題跋》卷六改。
〔二二〕避：原作「遜」，據《後村題跋》卷六改。
〔二三〕眅：原作「反」，據《後村題跋》卷六改。
〔二四〕壽考：原倒，據《後村題跋》卷六乙。
〔二五〕林：原作「帖」，據《後村題跋》卷六改。

李舍人

此熙寧三舍人之一也，可寶可寶。名大臨，字才元，蜀人。

右跋名臣十八家下

唐内翰諫院

唐氏人物最盛，彦猷居錢塘，質肅居荆南，然皆通譜。林夫翰墨不減彦猷，一問風節無忝質肅。蔡公有與彦猷帖云：「前月十九當直後殿，見殿中君作爲動揺山嶽〔一〕，雷霆之下挺然不動，遂有春州之行。」見人子弟爲善而賀其尊老，至情也；又絶口不自言嘗救質肅一節，盛德也。林夫俊人，始贊新法，後攻介甫，雖非粹德，要合於《易》之不遠復，賢於迷而不復者多矣。

〔一〕見：原作「且」，據《後村題跋》卷六改。

錢内翰

忠懿真行草字猶有唐人典型，至穆父則本朝人字矣。

張浮休

此帖在落待制謫守武昌之時〔一〕，詞意猶不自保，知黨禍之未已也。未幾再謫副團，商州安置。

〔一〕待：原作「侍」，據《後村題跋》卷六改。

劉元城

當公南遷，監司希宰相意，欲殺之以媒進。信臣者以一宰之微，乃因陳秀才遣曹亮以書候公起居，可謂賢矣。按信臣姓鄧，名彌亮，舂陵人〔一〕，元祐中登第，嘗爲新興令，與元城、道鄉善〔二〕，家藏二公遺墨甚多。

〔一〕春：原缺，據《後村題跋》卷六補。
〔二〕鄉：原作「卿」，據《後村題跋》卷六改。

陳了翁

了翁既爲二蔡所怨，交游畏禍，至斷往還。此帖謝其人餉子魚、荔枝，必莆士也。又云「在宜春得書，不敢修答」，豈非恐累其人耶〔一〕？吾里前一輩惟陳當時諫議與了翁先後居言路，意其與諫議公者。

〔一〕恐累：原作「怨畏」，據《後村題跋》卷六改。

陳殿院帖

殿院與了翁齊名，世謂二陳，字亦清麗可愛。

鄒道鄉〔一〕

道鄉直聲蓋穹壤，然惟諫書凜如霜日，一字不可增損，至如它文，亦多泛應。此帖求銘輒得，又以巽詞答之，亦可見公之盛德也。

〔一〕鄉：原文「卿」，據《後村題跋》卷六改。正文同。

鄭介夫〔一〕

介夫福清人，居於縣之西塘，先廬猶存，余屢至焉。手澤書數冊及坡公贈詩一卷，其家寶藏，至五世孫循不能守，多歸於墨林。此帖數冊中之一葉爾。

〔一〕以下三文原置本卷《張無盡》後，據小草本及《後村題跋》卷六乙。

以眉山方韓、柳可也，少游似未至此田地〔一〕，豈以禹錫秦氏子，有所假借耶。《與秦禹錫帖》

黄魯直

右山谷自書其得意唐律也。如「桃李春風一杯酒，江湖夜雨十年燈，黄流不解涴明月，碧樹爲我生涼秋」，固佳句。如「初平群羊」對「叔度千頃」，「淳于呑一石」對「庖丁解十牛」，則似欠工。學者止學得此等句，而前二聯未有似之者。本朝草書惟蘇才翁、杜祁公，若山谷草法，錢穆公固嘗評之矣。《書律詩帖》

朱給事名紱，字君貺，元祐黨人，清修君子也。山谷書謫仙此詩予之，殊不可曉。《書太白詩》

〔一〕地：原作「里」，據《後村題跋》卷六改。

秦少游

馬詩有李、杜之作在前，後人極力馳驟不能及。少游此詩非不工，但神氣慢散〔一〕，呼喚不來。然與晁、張俱客蘇門，而結字自爲一體，則異乎二三子之尚左者。

右跋本朝名臣帖十家

〔一〕散：原作「善」，據《後村題跋》卷六改。

蘇才翁子美

才翁兄弟皆抱負奇偉，有志於世，然一留落於外，一摧折而死，可悲也。二蘇書實爲本朝破荒。才翁録吕丞相事，筆力追王子敬〔一〕，下視張長史，字在紙上，乃欲飛動。其爲發運，置司於許，歎曰：「好時好日，在許州過了二年。」世但知哀子美之不遇，若才翁則以爲宦達〔二〕，安知才翁之志尤可哀乎！其年輩稍在蔡公前，以兄自居，呼蔡爲弟，蔡公亦自言草書得才翁屋漏法〔三〕，前輩樸實服善如此。若米顛自以爲勝坡公，師川自以爲過山谷〔四〕，足以發千古一笑而已。

〔一〕追：原作「迫」，據《後村題跋》卷六改。
〔二〕宦：原作「官」，據《後村題跋》卷六改。
〔三〕草：原作「蔡」，據《後村題跋》卷六改。
〔四〕川：原作「以」，據《後村題跋》卷六改。

陳懶散

彦默字子真〔一〕，蘇滄浪之婿也，慕嵇叔夜、陸魯望爲人〔二〕，自號懶散。了翁銘墓，稱其草書得外家法，詩亦有滄浪氣骨。

〔一〕彦：原作「君」，據《後村題跋》卷六改。
〔二〕此句原作「陵望爲魯人」，據《後村題跋》卷六改。

張義祖

友正字義祖，丞相鄧公季子，平生不出仕。世傳其有別業直三百萬，盡鬻以市紙，學書二十年不下樓，有「君謨淺近，元章狂誕」之評。今觀三帖清妙，信有晉、宋間人筆意。但或者稱其所用筆鋒長二寸，恐不近人情，自鍾、張、羲、獻無此筆也〔一〕。

〔一〕張羲：原倒，據《後村題跋》卷六乙。

周越

周越膳部與李西臺同時，所著《法書苑》論古今字學甚詳備。其草書《獵狐篇》非不點綴波畫，矜衒姿態，要似以五陵俠少結束華楚〔一〕，然都無士大夫風度。歐公評本朝書惟取才翁兄弟及君謨三人，不肯屈第四指。西臺且不見取，況膳部乎？滄浪公亦歎時人以其詩比杜默、字比周越爲不幸〔二〕。默詩所謂聖人門前大蟲者，默、越並稱，其不與越甚矣。葛立方乃謂君謨書初學越，此語全無按據。又躋米於蔡上，非特蔡、米輩行人品判如穹壤，姑以字論，蔡如周公繡裳赤舄，如孔子深衣玄冕立於宗廟朝廷之上，米如荆軻説劍，如尉遲敬德奪矟耳，烏得與蔡抗論乎！是何工於知米而拙於知蔡也〔三〕！

〔一〕似：原作「以」，據《後村題跋》卷六改。

〔二〕比：原作「此」，據《後村題跋》卷六改。
〔三〕前一「知」下原有「周」字，據《後村題跋》卷六删。

米元章

米老字畫極奇崛，詩文不陳腐。自書此詩於綾〔一〕，必是得意之作〔二〕。然爲人矜誕，遂有顛名。余嘗評其詞翰，要是世俗詭異之觀，非天地冲和之氣也。學者當以歐文、蔡字爲師〔三〕。
右跋本朝名筆六家。

〔一〕自：原作「是」，據《後村題跋》卷六改。
〔二〕必：原作「不」，據《後村題跋》卷六改。
〔三〕文：原作「公」，據《後村題跋》卷六改。

張無盡

此帖謂過廬山見熊伯通，有孤兒多怨之語〔一〕。按熊本字伯通，時自洪守奪一官歸鄱。無盡自察官責監鄂州酒税，既以申狀求廨宇，又云「公存恤逐客如此」，必無熊君之言矣，蓋與鄂守者。余嘗謂無盡在元祐初召入，獨言先帝陵土未乾即議更變非是，似非隨時向背立論者。向使復召，移其所以規元祐者規紹聖，豈不誠然大丈夫哉！奈何首誣名德元老，徧詆忠賢名臣，開投荒禦魅之門，倡毀碑斵棺之説。既以此取貴位，然後欲奮迅擺脱，以滌前垢而收新譽，生掠虚美，没竊佳謚，其智遠出章、蔡之上矣。予聞佛者宗杲嘗問無盡〔二〕：「賢温公而論之，何也？」答曰：「熱荒要做官爾。」噫！使無盡不爲佛學所誤，決不至於無忌憚如此。觀老僧「欲住烏寺，呵佛駡祖」之簡，蓋以謀國比之説禪，故曰佛學誤之也。若坡公其時果着力，吕申公果用之住烏寺〔三〕，不知又打駡何人，必是回戈攻半山老子及其門下士矣。禪家所謂「呵佛駡祖」者，猶抶公子之背以出公子也。無盡呵駡吕申者，豈亦抶之然後出之耶！然當舉世惡京怨京〔四〕，能與京異，能反京所爲，所謂彼善於此者夫！必如元城、了翁而後可以攻京〔五〕，無盡攻京，殆是以燕伐燕，京豈肯心服也哉！

〔一〕怨：原作「怒」，據《後村題跋》卷六改。
〔二〕盡：原作「虚」，據《後村題跋》卷六改。
〔三〕住：原作「往」，據《後村題跋》卷六改。
〔四〕當舉：原倒，據《後村題跋》卷六乙。

〔五〕必：原作「亦」，據《後村題跋》卷六改。

丁章呂蔡

丁謂之帖一，章子厚帖二，呂吉甫帖一，蔡元長帖二，元度帖四。謂之不甚工書，子厚書程沙隨評爲本朝第一。此二帖信佳，一薦同人黄君，云「此爲相近無人，不能獨延之」，豈子厚之力不能館一賓耶？抑持、援輩皆早慧，無待於師友耶？一歎京師無醫。元長帖皆與彦稽者，恐是方天若字，以「餉荔枝」等語詳之，其爲天若無疑。元度帖一録《老子》，一録《楚辭》，一小簡〔一〕，疑亦與天若者。一云：「家兄入輔幾政，豈獨宗族之幸，鄉閭聞之，想亦慶喜。」嗟夫！遭時如君謨，立節如君謨，然後可以言宗族之幸、鄉閭之喜。若卞與京，爲國巨蠹，宗族如子應方且閉户退藏，挂冠以避其臭，鄉閭如方軫方且叫閽憤激，擢髪以數其罪，而其兄弟不悟，自慶自幸如此，可發識者一噱。元長書比米顛尤險惡，元度用筆差老。

右跋張丁章呂二蔡帖六家。

〔一〕此數語原作「元度帖一録楚辭二一録小簡老子」，語義不通，兹據《後村題跋》卷六乙正。

鄭德言書畫

坡公進紫薇花詩真蹟

後一百六十有一年，淳祐丙午十月二十七日，今上皇帝講《禮記》徹章，詔宰執及講讀官十四人錫宴秘書省，克莊以少蓬説書崇政殿，兼權中書舍人，預焉〔一〕。故事〔二〕，書前人絶句賜群臣，至是始賜御書聖製七言唐律一首〔三〕。恭惟帝學同符元祐，克莊翌日恭和以進，又别獻一詩，然惡札蕪辭，上不足以賛明主緝熙，下不足以望前輩風流之萬一。夫必有臣如軾，然後對紫薇花無愧色。克莊末學淺聞，孤負君父奬擢多矣。德言其磨礪以須，它日與坡公並驅者，非子其誰？

〔一〕焉：原作「爲」，據《後村題跋》卷六改。
〔二〕故：原作「啓」，據《後村題跋》卷六改。
〔三〕「賜」下原有「一」字，據《後村題跋》卷六删。

西園雅集圖

本朝戚畹惟李端愿、王晉卿二駙馬好文喜士，有劉真長、王子敬之風。此圖布置園林水石人物姬女，小者僅如針芥，然比之龍眠墨本，居然有富貴態度，畫固不可以不設色哉！二駙馬既賢而坐客皆天下士，世傳孫巨源「三通鼓」、眉山公「金釵墜」之詞，想見一時風流醞籍，爲世道太平極盛之候。未幾而烏臺鞫詩案矣，賓主俱謫而囀春鶯輩亦流落於他人矣，自是戚畹始不敢與士大夫交遊。山谷詩云：「天網恢中夏，賓筵禁列侯。」深味此句，足以悲慨。

巨然春溪欲雨圖

本朝僧以畫著名如惠崇、居寧、巨然皆見於荆公詩，今巨然此幅又見於安晚公跋。二公於人之一藝小善記録如此，其爲天下宰不亦宜乎？

王輔道所作河東方漕墓誌

故河東轉運方公諱宙，字子正，少擢第，端明蔡公倩也。京雖端明兄弟行，差晚出，自爲小官即與公親善。後當國，以司農丞召公，不數日求外補，至死不復入。於時非京親故而夤緣附托以媒進者多矣，公真其親且故而惡京遠京，甚於蕭膂之見婦人、退之之譴瘧鬼也。烏呼，賢矣哉！公曾孫審權示余以其家所藏諸老翰墨，蓋公尤爲范忠宣、蘇文定所知，陳忠肅、鄭介夫其友也〔一〕，書帖皆存。又故老傳録公在京西乞給還伊川先生所買汝州田，言范蜀公子百揆罷官非辜，又言唐義問身後三子未禄，宜還其恩數。方黨禁盛時，邢恕有「斬頭萬段不救」之語，温益迫道鄉夜絶大江〔二〕，石慽陳獄具脅了翁〔三〕，某漕自詭殺元城〔四〕，而公於是時居官持論獨如此，忘一身之齟齬，援諸賢之流落，其人或已物故，尚欲旌録其後，烏呼賢矣哉！夫男子闔棺事定，今觀王寀輔道公作誌銘〔五〕，凡此諸事皆不書，是闔棺之事殊未定也。謂公爲時相章公、太尉吕公、師相魯公、從官徐鐸、吕嘉問所薦，恐非公意。然謂將處以臺閣，力請外，末言公氣勁，不數數榮利，晚節論事尤不苟合，稱之曰子正可以無愧，則可謂微而顯、婉而成章矣。輔道此文自佳，楷法絶妙，似褚河南，惜非真筆爾。或曰：了翁作《豐尚書行狀》，止述爵里卒葬年月，無垢祭洪忠宣，僅有「嗚呼哀哉」四字，子何求備於輔道之詳也？余曰：二公貴近於朝，其事顯；方公滯留於外，其事隱。故詳述以補誌銘之闕云。

〔一〕夫：原作「公」，據小草本改。
〔二〕大：原無，據《後村題跋》卷六補。
〔三〕石：原作「右」，據《後村題跋》卷六改。
〔四〕某：原作「其」，據《後村題跋》卷六改。
〔五〕「公作」二字原倒，「誌銘」二字亦倒，并據《後村題跋》卷六乙。

陳丞相家所藏御書二

臣恭惟隆興、乾道之盛比於慶曆、元祐，阜陵既同符二祖，而正獻公相業亦與韓、富、司馬匹休，豈有它道哉，不過君相之間皆以進賢退不肖爲第一義，當時之所黜陟用舍，天下皆以爲當而已。公家藏宸翰所書《用人論》，臣伏讀而嘆之曰：明此而南面，堯之爲君；明此以北面，舜之爲臣。此語足以贊此論矣〔一〕。《書用人論》

臣按故相王文公絶句尤多而工，阜陵書此篇賜陳正獻公者，豈非以其冲澹閑雅異於它作歟？

如「晴日暖風生麥氣，緑陰芳草勝花時」之聯，亦爲天語稱賞，蓋與前詩同一關鍵，惟深於詩者知之。文公又有「何時白石崗邊路，渡水穿雲取次行」之句，亦甚妙。《阜陵書荆公詩》

〔一〕「贊」下原有「天下」二字，據《後村題跋》卷六删。

復齋臨蘭亭

善書者未有不臨《禊帖》，然有貌似之者，有意似之者。余謂貌似之者，優孟之效孫叔敖也；意似之者，魯男子之學柳下惠也。復齋所臨，其意似者耶！

虚齋書畫

禊三帖

此五字未缺時本，尤可寶，而藏《禊帖》者多以五字缺者判真贋優劣，然則《易》《書》反不如出於秦灰、孔壁者爲可信耶！

此五字缺本，視他本尤奇妙，惜其墨蠟草草，或濃或淡。然筆意神逸，如星斗麗天，非輕煙薄霧所能翳也。

此本與余家所藏薛本無毫髮異，字畫皆極瘦，視今人所寶字畫肥者各不同。尤遂初、王順伯號博雅〔一〕，皆以肥者爲真。

〔一〕「遂」下原有「切」字，據《後村題跋》卷六刪。

胡笳十八拍

右南渡初御府本，奎畫既妙而丹青亦精絶，蓋宣、政間畫學生此時猶多存者，今畫工不能爲也。胡笳詞惟蔡琰自作者高古悲壯，格在建安、黄初之上〔一〕。此軸乃唐人劉商作，視建安、黄初邈然不及矣，顧亦非今人所能道也。

〔一〕黄：原作「方」，據《後村題跋》卷六改。下同。

後村先生大全集卷之一百丹五

題跋

方一軒諸帖

閣帖

近人多不識《閣帖》，某家珍藏某本，或用高價得某本，皆非真。真者字畫豐穠有精采〔一〕，如《潭》、《絳》則太瘦，《臨江》則太媚，又用李廷珪墨印造。凡淳化間所賜御書、喻言等帖，皆用此墨，不可以僞。無競弟始傳汪端明季路所記《閣帖》行數，恨無真帖參校。予偶於故家得第五卷一軸，非《潭》，非《絳》，非《臨江》，非《鼎》、《武岡》，甚異之。試取汪氏所記行數視之，皆合。又於某家冥搜，得第六、第九、第十卷，行四方必以自隨，二十餘年而不能合。

晚使江左，忽有示此帖十卷者，李瑋駙馬故物也。後有朱印，云「李瑋圖籍，上賜家，傳子孫，有德保，無窮年」，十卷之末皆有此印。用三千楮得之。其秋被召爲少蓬，始呼匠裝飾。大蓬尤伯晦見之，曰：「珍物也。」又曰：「某有三本。」昔山谷嘗嘆無萬二千錢致一本，時幣重物輕，一可當十，彼時已直百餘千，及今安得不愈貴重？然真帖可辨者有數條：墨色，一也；它本刊卷數在上，板數在下，惟此本卷數板數字皆相連屬，二也；它本行數字，比帖字小而瘦，此本行數字，比帖中字皆大而濃，三也；余所得江東本每板皆全，紙無接黏處，一部十卷，無一板不與汪氏所記合，乃知昔人裝背之際，寧使每板行數或多或寡，而不肯翦截湊合者，欲存舊帖之真面目，四也。

余得汪氏之訣，不敢獨善，逢人必告。方君敬則楷用余説求得十卷，前四卷稍渾全，後六卷爲或者翦截，然墨色如新，比余本無毫髮異，不謂吾鄉有此秘寶！帖末有端明蔡公親題云：「黄子正示及，因習草法。」末有子正印。子正不見它書，惟端明跋某僧臨《脊令頌》云〔二〕：「黄元吉子正得之曇休。」子正名元吉僅見此跋。曩余先得四卷，尚未敢深信汪氏；及得江東本，始知汪氏之不誣；及見此本，益知余本之可貴。吾鄉前一輩好古博雅如肯亭鄭氏〔三〕、雲莊方氏，所收皆贋本，而相夸曰「惟我與爾」，有是夫！噫，汪氏之譜未行，雖鄭、方不能辨真贋；既行，雖余之淺闇乃足以識真贋，況若敬則好之篤而求之勤乎？顧或咎余不當以其訣授人，余曰：贋帖惑人多矣，余之説傳，贋帖息而真帖出，不亦書畫家之一快乎！敬則其取汪氏所記、老夫所跋併刊之，以廣胸次而聚嗜好也。

〔一〕真：原無，據小草本、翁校本補。
〔二〕頌：原作「頌頌」，據小草本、翁校本删。
〔三〕亭：原作「庭」，據小草本、翁校本改。

絳帖

坡公重《潭帖》，山谷自嘆《閣帖》不可致，僅藏《潭》、《絳》帖。此時二帖未分優劣，自中原幅裂，北碑難得，始輕《潭》而重《絳》矣。頃見王簡卿侍郎評《絳帖》，尤貴潘氏城埤本。敬則此二十卷，潘本也，凡今本漫漶殘缺處，此皆可讀。後第二卷《唱箭帖》、《秀岳帖》與錢傲詩，視它本彼缺而此全。梁武帝帖與後第十卷顏魯公帖，視它本彼全而此缺。帖家以全多缺少者爲寶，然則潘本《絳帖》中之尤善，此本潘帖中之尤善。

盧鴻草堂圖

此乎若舊物也〔一〕，今爲方楷敬則珍藏，第所書《十志》多誤字，幾不可讀。如「期仙磴」一章，謂：「靈仙彷佛可期，儒者毁所不見則黜之，疑冰之言信矣。」此用蒙叟「夏蟲不知冰」事及荆公「蟲」疑「冰」之意，今書「疑」爲「凝」，大可笑。楊風子之跋贋也，周益公之跋亦贋也。鄭編修家有絹本，亦然。余既借本命工摹寫，托竹溪林侯作小楷書《十志》。林苦訛字不可致詰，唐文集中無盧鴻，又别無善本可參校，遇訛字則闕之。

〔一〕若：原作「君」，據《後村題跋》卷七改。

亞栖書

僧中善書者智永、智果、辨才、懷仁、懷素、高閑，亞栖書皆不足以望其彷彿。此帖未見所謂飛鳥出林、驚蛇入草者〔一〕。唐末僧如貫休、齋己、亞栖之流，詞翰若不甚高，而自稱譽太過矣。夫字以工爲貴，豈以其嘗供奉翰林、賜紫爲貴哉！鄭谷詩云：「愛僧不愛紫衣僧。」谷猶不愛，況人物有高於谷者耶？

〔一〕者：原無，據《後村題跋》卷七補。

高宗御札

臣以諸家記載考之，皆云邦昌誅由李綱，然邦昌賜死，綱已去位，其議實自綱發之。暴罪之詔有云：「宿福寧殿，使宫人侍寢。」綱家有宸翰，云：「華國靖恭夫人李從和見只就内中取問，仰李綱取於開封府枷訊。」烏乎，邦昌何所逃其死哉！初紹正統，首黜閏位，聖君也；甫提相筆，先誅叛臣，賢宰也。本不必辨，但赭半臂事人所共知，宸翰世所未盡見，蓋誅叛之舉出於獨斷，綱贊之爾。華國李姓，名從和，王明清誤以「李」爲「彭」，《繫年録》不載其名。

蔡公帖十二

蔡帖惟《觀書記》真行草諸體皆備，當爲公遺墨之冠。此軸若使靈寶見之，必穴厨後竊去〔一〕；使京東學究見之，必設計豪奪；使米顛見之，必要作贋本脱换。敬則其善藏之，無落諸人姦便。《觀書記》

世人臨書，全如崔琰假作魏武〔二〕，桓温貌類劉司空，亦可遮瞞俗眼，弟恐爲匈奴使及劉家舊婢勘破耳〔三〕。蔡公臨《轉授訣》九分逼真，使率更見之，不能辨也。嗚呼，可謂藝之至者矣！

臨率更《轉授訣》

右蔡公十帖，雖或止半幅，或止數行，皆有義味可研尋。如云「至杭未嘗遊覽」，足以見其勤於政也；云「忝知制誥，家世孤貧，母氏思歸」，足以見其難於進也；云「造宅已畢，田未有涯」，又足以見其貴而貧也〔四〕。至於論《瘞鶴銘》、諸葛漸筆、唐供奉墨、問歙郡墨工姓字，皆翰墨家所願見者。於時杜丞相、唐彦猷與公皆以書名世，杜餉公鼠鬚筆，公嘆其精妙。故相以十筆遺從官，私覿之禮止此，今人寄毛錐子少亦百枝，安得有佳筆哉？墨似廷珪法者，竟不知其爲何人。內十帖中或有可疑者，然真蹟要非贗筆所能亂。又先賢言語自有一種意度，後人强學之，不近也。《卜葬帖》云：「地里家説無了期，但無風水，免鄉人言可矣。」通人之論也。近世尤尊用《葬書》，魏元履葬於平坂，穴地三丈六尺，梯而下棺，蔡季通所卜也。既而元履之後遂絶。古人所以行營高燥者，高則遠水，燥則辟風，魏公之窆無乃太卑濕乎！莆人重黄涅槃、厲伯韶兩墓師如神，其所點穴或在高峰，或在廣野，有鳳凰展翅、玉帶出匣之説。爲其學者無二師眼力，塊守死法，高則入雲，下則及泉，惜無以公之説藥之。《論樂帖》云：「欲知古樂，必由胡部乃能通。」世儒謂删後無詩，公之於樂，雖胡部亦不廢，皆學者所當知也。此帖隸法尤妙。雜帖

〔一〕穴：原作「凶」，據《後村題跋》卷七改。
〔二〕琰：原作「炎」，據《後村題跋》卷七改。
〔三〕婢：原作「碑」，據《後村題跋》卷七改。
〔四〕「貴」下原有「貪」字，據《後村題跋》卷七删。

杜祁公帖

杜祁公字散見諸帖，皆行草，而楷法極罕見。此帖十一行，一百三十八字，皆端楷無一畫草，又以知古者改官、追贈、婚嫁、生子皆告禰廟〔一〕。公自題其末云：「至和乙未歲季夏録。」此九字草聖尤妙。蔡公復題十字云：「杜祁公親書見授，某謹記。」蔡公習於禮者，觀《家庭上壽儀》可見〔二〕，然猶問禮於祁公，得公所録寶藏之如此，此其所以爲前輩歟！

〔一〕告：原在「廟」後，據《後村題跋》卷七乙。
〔二〕庭：原作「廷」，據《後村題跋》卷七改。

唐彦猷諸公帖

此冊位置稍雜。蓋以人論則楊大年、蘇子由、曾子固、范淳夫、陳了翁當作一編〔一〕，以字論則唐彦猷、林夫與別冊才翁、子美字當作一編〔二〕，劉共父樞密帖當編入南渡後諸公翰墨間。名俊者何人？豈張循王耶？此一幅可疑。

〔一〕淳夫：原作「淳大」，據《後村題跋》卷七改。

〔二〕「才翁」上原有「子」字，據《後村題跋》卷七删。

御賜滕元發畫馬圖〔一〕

滕公初名甫〔二〕，元祐初避高魯王諱，以字爲名而字達道。按公事泰陵，歷蘇、杭、鄆三州，帥太原尤有威名。此圖云「賜滕元發」者，必在并門時也。始裕陵常以奎畫處分西北事宜，故前輩有「夜書細札賜邊臣，萬里風雲入長算」之句。若泰陵宸翰，臣庶之家蓋不多見，滕公本傳及他書俱不言嘗有此賜，當以訪博識者。

〔一〕元：原作「王」，據《後村題跋》卷七改。正文同。
〔二〕公：原作「王」，據《後村題跋》卷七改。

四諫帖 後有孫尚書仲益跋

孫公作此跋時，未秉譙周、李昊之筆也，過江後不能復爲此言也。

東坡玉堂詞草

坡公之文，使不善書者書之亦可愛，況公自札乎？或疑此卷塗抹多而點畫拙，似非公書。夫六十老人，詞頭夜下，攬衣呼燭，頃刻成章，豈暇求工於字畫乎？公固云「乞郡三章字半斜，廟堂傳笑眼昏花」，則此卷乃真蹟無可疑矣。

蘇黄小米帖

吾里收書畫家有數，昔惟城南蔡氏、萬卷樓方氏，後有藏六李氏、雲莊方氏。然尤物在天地間，聚散來去不常，藏六、雲莊之所收者，往往城南、萬卷舊物也〔一〕。俯仰未三十年，眼中所見書畫凡幾易主。昔藏百千軸者今或無片紙，而錦囊牙籤萃見於墨林方氏、上塘鄭氏、壽峰方氏，則又皆藏六、雲莊之散逸流落者也。墨林、壽峰皆萬卷樓之族，書畫入族人手，猶子孫也。此冊惟坡公《海棠》詩尤真，余所見凡數本，壽峰紙本、墨林絹本，吾里已有二本，未知世間共有幾本也。小米書不及父，恭惟思陵之評〔二〕，萬世公論。其謂山谷字得蒼頡悟門，良不可曉。

〔一〕往往：原脱一「往」字，據《後村題跋》卷七補。

〔二〕陵：原作「棱」，據《後村題跋》卷七改。

元祐王樞密奏藁

熙、豐羣小怨元祐諸賢刻骨，其尤深切者如劉莘老、王彦霖、劉器之、范淳夫、梁況之五六公〔一〕，它日遂興粉昆之獄，引用九族當坐之法。向非泰陵保全，則此數家無噍類矣。公雖早薨不及見，猶名刊黨碑，子孫禁錮。烏呼！自昔端人正士欲爲朝廷區別忠邪，卒之忠邪不可區別，而身反受其禍，如蕭望之、張猛、王章、京房之流多矣，此朱子《跋王公奏藁》所以三復太息而不自已歟！王公遭黨禍，朱子罹學禁，晚節略同。跋此卷時紹熙改元，時事比之乾、淳漸變矣。深味朱子之言，可悲也夫！

〔一〕莘老：原作「萃老」，據翁校本改。

李承之諸帖

李承之詩行於世，字則未之見。此帖端勁姿媚，有石曼卿《籌筆驛》詩意度，可寶也。名覺者必是莘老〔一〕，素不工書，此帖乃吏札〔二〕，不必存。孔經父、陳伯修以人重不以字重〔三〕，龔深父亦然〔四〕。

〔一〕莘老：原作「萃者」，據《後村題跋》卷七改。
〔二〕札：原作「禮」，據《後村題跋》卷七改。
〔三〕父：原作「文」，據《後村題跋》卷七改。
〔四〕龔：原作「襲」，據《後村題跋》卷七改。

曾子開鄒道鄉帖〔一〕

建中靖國改元，曾子宣當國，有可復爲元祐之機，乃方與韓相師樸争權，主紹述而援蔡京，然則子宣者真千萬世之罪人也。當時雖以子開之賢不能諫止，了翁乃欲以一右司郎官挽回其意，難矣。子開答朱給事書云：「衰拙於此豈能恝然，但再三則瀆，終恐無補。」弟兄間猶以瀆爲慮，然則士欲進言於相，夫豈易哉？道鄉方自昭州召還，而有決難再用之嘆，又欲乞一便鄉奉親處，豈非前知它日之必反覆，未知所税駕歟！朱公與曾、鄒善，其同入黨籍不亦宜乎！

〔一〕鄉：原作「卿」，據《後村題跋》卷七改。正文同。

李忠定手抄詩

忠定公手書自作詩，得一二篇已足貴，此二冊凡八十篇，皆建炎策免後避地入閩所作，雄詞勁氣有横絶九州、揮斥六合之意。卷中如許右丞《三友詩》所謂吴、李、孫者，元中丞相也，伯野樞密也，忠定也。忠定和許詩云：「我生值艱虞，慘淡風霾昏。挽翁共出力，一廓扶桑暾。此志竟蕭條，相顧聲爲呑。」時孫扈從北狩，吳南遷，忠定與許公皆去國，凡欲奬王室、不肯與虜戴天之人稍凋落，北向之志寖衰，保安之勢遂成。誦忠定「此志蕭條」之句，可以流涕痛哭也。昔於忠定孫景温架閣家見南渡諸老與忠定詩文，皆忠憤感慨語。又於象先上舍家見忠定手槀數巨編，及當時所畫《宣和金人圍城圖》，虜陣布置、我師守禦甚精詳〔一〕。景温所藏存亡未可知，象先書畫稍已散落，嘗密訪《圍城圖》，已不存矣。此二冊亦象先舊物，敬則善藏之。

〔一〕布：原作「有」，據《後村題跋》卷七改。

許右丞諸賢書

許右丞與李忠定論《易》、《春秋》各一書，皆密行細字。二書計三千餘字，皆端重真楷，無一點畫草草。書言：「吳元中每得翰經解，必論刺數十條，翰輒因其言，時有刊定。惟論《莊子·内篇》與《易》乾坤相表裏，數往反〔一〕，終不可合。」又云：「所誨經史闕文，謹當思而改之。」夫位高則不復學〔二〕，時危則不暇學，三公皆已爲宰輔而猶力於學。時吳過嶺，李過海，許公自言「虜騎渡江，所向摧陷，翰去分寧，扼瀏陽〔三〕，伏平江」。轉徙山谷林薄間，脱死毫釐而猶不忘學〔四〕。今士大夫位望未及三君萬一，已束書不觀，非有胡虜盜賊家族性命之厄，直謂身已貴，不當如窮書生矻矻講貫爾〔五〕。許公書人人當摹一通置之座右。汪玉山輩行後於許。邦彥豈士美乎？美成乎？與汪玉山、孫仲益帖當削去，吕居仁、韓子蒼、徐師川帖當别編。

〔一〕數往反：原作「往反數」，據《後村題跋》卷七乙。
〔二〕「夫」下原有「公」字，據《後村題跋》卷七删。
〔三〕「扼」原作「阨」，「瀏」原作「劉」，據《後村題跋》卷七改。
〔四〕「脱」下原有「而」字，據《後村題跋》卷七删。
〔五〕「講」下原有「爾」字，據《後村題跋》卷七删。又「矻矻」原作「吃吃」，據小草本、翁校本改。

鄧栟櫚宇文樞密詩帖〔一〕

栟櫚公詞翰當編在炎、紹諸賢間，于湖〔二〕、石湖稍後出，不可并也。折公功名人也，亦非栟櫚之倫。宇文公上粘罕五詩〔三〕，造次顛沛不忘朝廷，其云：「人生有死渾閑事，不斬奸邪此恨深。」又云：「横磨大劍人何在，裂背穿胸不汝忘。」豈非追原禍亂之始，恨不食京、黼、貫、攸之肉乎！覽其遺墨，爲之一涕。此帖似宜與死節者同編。

〔一〕宇：原作「字」，據《後村題跋》卷七改。
〔二〕湖：原脱，據小草本、翁校本補。
〔三〕粘：原作「帖」，據《宋史》卷三七一《宇文虚中傳》改。

江民表三賢帖

此冊惟江、謝、秦三家當存，餘皆惡札當刪〔一〕。余舊誦江公諫書，知其爲鄒、陳輩人爾。後見其《題艮嶽》云〔二〕：「春光吳地減，山色上林深。」比之鄧肅《花石綱》詩，彼刻露而此含蓄矣。此卷如「高低山接勢，清淺水分灣」，亦警句，蓋深於五言者，惜未見其全集。謝字聖藻，歷給舍，以論事不合，秦字辯之，漕陝西，以主棄地，與江公俱列名黨籍云。

〔一〕札：原作「禮」，據《後村題跋》卷七改。
〔二〕題：原作「趙」，據《後村題跋》卷七改。

朱張書

朱、張字固可寶，但其間一二幅使人代作者，不必存也。

夾漈艾軒帖

夾漈薦丘鐸於某人云：「尚書之門可以遺鄭樵，不可以遺丘鐸。」噫，其先人後己有如是耶〔一〕！艾軒與夾漈書云：「兄去吾聖人千餘歲，得不傳之學。」又云：「前數年聞夾漈説〔二〕，便心開目明〔三〕。」其推賢服善又如是耶！今人仕同時則噪，惟恐人之先己也；名軋己則忌，惟恐人之勝己也。此前輩之所以爲前輩歟！

〔一〕後：原作「從」，據《後村題跋》卷七改。
〔二〕聞：原作「間」，據《後村題跋》卷七改。
〔三〕使：原作「使」，據《後村題跋》卷七改。

小米二徐吳傳朋書

米元暉、徐明叔、徐穉山、吳傳朋皆南渡後善書者，聚爲一編，深合位置，後二帖非其倫也。

中興三相帖

右李忠定奏藁三，趙忠簡、張忠獻、陳魯公帖各一〔一〕。三公皆中興賢相，江左所恃以立國者，其遺墨當自爲編，不可雜以他帖。第一板名綷者，子華乎〔二〕？厚之乎？非同時，又人品各異，宜削去。忠獻帖前一板非忠獻筆，細視其名，乃汾字，非浚也。汾，忠簡子也，後人不察，以汾爲浚，亦宜削去。

〔一〕句中「張」與「陳」原互易，據《後村題跋》卷七改。
〔二〕華：原作「葉」，據《後村題跋》卷七改。

中興諸相帖

此帖聚南渡以後宰相真蹟，然亦有不必存者。第一板似非李忠定詩，或是同名。縱是李公之筆，亦不應入此編也。內周丞相書蓋答艾軒諸子。艾軒以集撰歿，其家求卹典，公告以劉汝一諫議、陳季陵侍郎皆帶集撰，并無恩數，且勉其昆仲力學。又云：「復之之子一上而收巍科。」復之者，余叔祖正字也。時阜陵尤惜名器，以艾軒之賢，身後止官一子。其後始有嘗除從官未供職死，亦有已死而除從官者，有自集撰追除待制者〔一〕，皆得以京秩奏薦。蓋論撰、次對雖止隔一階，而從官、庶僚恩數絶異，此先朝所以靳而不予人歟！

〔一〕待：原作「侍」，據《後村題跋》卷七改。

陳懶散帖

此冊以字論之，只有陳懶散與蔡子正一帖當留。觀懶散筆意，猶有才翁、子美氣骨，其後遂變爲于湖、石湖矣。

小米畫

古畫皆著色，墨畫盛於本朝。始惟文與可、李伯時，後東坡、寶晉父子迭爲之〔一〕，廉宣仲、王清叔亦著名。然元暉千幅一律，世有「無根樹、濛澒雲」之嘲〔二〕，可謂善謔矣。叔黨之才百倍元暉，元暉至侍從，叔黨死於小官，命也夫！

〔一〕東：原作「陳」，據《後村題跋》卷七改。

〔二〕濛澒：《後村題跋》卷七作「蒙頂」。

妙善帖

此老不求工於翰墨，而英傑之氣自不容掩如此。使其衣逢掖，冠章甫，力量氣魄朱晦庵、陸象山輩人也。

丁晉公諸帖

丁謂之、章子厚、吕吉甫、蔡元長、元度、居安五六公翰墨，世所罕見，彙而藏之，亦可謂之博矣〔一〕。程沙隨評章子厚書爲本朝冠，又曰後五百年議論乃定。果如程氏所云，則此帖似非真蹟。末一幅恐非李資深字，名偶同云。

〔一〕博：原作「傳」，據《後村題跋》卷七改。

花光補之梅

畫之至者不兩能〔一〕，花光補之專爲梅花寫真，所以妙天下。文湖州於竹，李伯時於馬，皆然。今畫者無所不畫，既不能皆工，歸於皆拙而已。詩與文亦然。

〔一〕畫：原缺，據《後村題跋》卷七補。

蔡公書朝賢送行詩序

此《序》與余所藏《三略》字體無毫髮異〔一〕。《三略》乃寶元己卯墨也，時年二十八；《序》乃慶曆壬午筆也，時年三十一。字雖精麗，未免矜持，視晚守錢塘書《清暑堂記》時，信有老少之異。然欲學公楷法，必自《三略》始，自此《序》始。余聞古之善書者，由楷以入行草，非由行草而入楷也。羲、獻、虞、褚皆然。本朝惟蔡公備此能事，米無楷字。蓋行草易而楷難，故藏帖之家有贋米無贋蔡。敬則什襲此《序》，客來求觀，立數丈外視之可也。

〔一〕序：原作「字」，據《後村題跋》卷七改。

再跋

一太常博士出倅而朝賢餞以詩者八十三篇，師回之賢可知也。案師回名鑄，亦莆人。《序》書字而不書名，曰陳某而已〔一〕。陳以天聖五年、公以天聖八年繼擢甲科，與陳輩行爾，而卑下之如此，可爲後生法。

〔一〕日：原無，據《後村題跋》卷七補。

又蔡公書四軸

右《孝嚴殿記》，凡一百六十有一字，在公衆書中筆畫差瘦，蓋公暮年得意書，與《清暑堂記》皆從心不踰矩之筆也。《孝嚴殿記》

蔡公不以詩名，然「草際飛螢乍有無」，詩家杳渺之音也，有王右丞、韋蘇州之風。《清暑堂會同年詩》

蔡公尤自珍其所作散隸。此數紙或斷裂，文義不全，或翻覆紙背書之，譬如珪璧，雖復殘闕，猶可寶也。散隸

余所見《茶録》凡數本〔二〕，暮年乃見絹本，豈公自喜此作，亦如右軍之於《禊帖》，屢書不一書乎？公吏事尤高，發姦摘伏如神，而掌書吏輒竊公藏藁，不加罪，亦不窮治，意此吏有蕭翼

之癖，與其他作姦犯科者不同耶〔二〕！可發千古一笑。淳祐壬子十月望日某書，時年六十六。

〔一〕茶：原作「蔡」，據《後村題跋》卷七改。

〔二〕與：原作「歟」，據《後村題跋》卷七改。

唐明皇鶺鴒頌

黄公不知何人，其與忠惠公翰墨往還如此。所收《閣帖》十卷與此卷皆爲蔡氏所藏。當訪黄公始末，它日别爲作跋。

又

始余見此《頌》及《閣帖跋》，深恨不知黄元吉爲何人，後見《集古録跋》云〔一〕：「皇祐、至和間，余在廣陵，有勑使黄元吉者以明皇自書《鶺鴒頌》本示余。」乃知元吉爲中貴人也。歐、蔡在當時尤爲嬖宦所仄目，且何爲皆與元吉往還也〔二〕？豈其人嗜好儒雅，異於其類，二公不絶之耶？歐公書其名是矣〔三〕，蔡公并稱其字，則愈可疑，豈字子正者别一元吉耶？然此《頌》歐公尚把玩之，未論真本〔四〕，雖臨本亦可貴也。

〔一〕録跋：原倒，據《後村題跋》卷七乙。
〔二〕皆：原作「日」，據《後村題跋》卷七改。
〔三〕其：原作「著」，據《後村題跋》卷七改。
〔四〕未：原作「末」，據《後村題跋》卷七改。

好一集録

歐陽公集《金石録》千卷，趙德甫《續録》二千卷〔一〕。歐輔臣也，趙宰相子也、侍從也，皆仕當天下全盛、南北未分裂之時，然各費二十年，網羅收拾，所獲止如此。南渡後，北碑寖難致。方君敬則妙年被服儒雅，凡世間貴介公子裘馬劍射槊棋聲色之事率皆不好，惟酷嗜古文奇字。間有一善碑，一真蹟，必高價訪求，不得不止。所收爲吾里諸故家之冠，而北碑尤多，自《石鼓》、《嶧山》、《詛楚》至隋、唐殘碣斷刻，一一裝飾而笈藏之，積至六百餘卷，日增而未已也。他日君年益壯，仕益顯，網羅收拾益廣，則其數必侔於歐、趙二家矣。余雖老，庶幾見之。

〔一〕續：原作「績」，據《後村題跋》卷七改。

乾道學官詩卷

朝士補外，同舍郎分韻賦詩以餞別，故事也。艾軒先生繇小司成出使廣右，兩學同僚餞者十有七人，今詩皆存，惟逸二篇，乃陳公居仁、何公澹所作。此十七人者，四至侍從，一執政，餘多當世名卿。蓋是時學官極天下選，可謂盛矣。内貫公偉者，故龍圖閣學士、贈太師公之父，今資政殿大學士秋壑公之祖，非所謂「不在其身，必在其子孫」者耶？艾軒之後寖微，外孫方之泰字巖仲、澄孫字蒙仲繼擢科第，篤「凱風」「寒泉」之念，艾軒祀賴以續，書賴以傳。此卷爲巖仲寶藏，暇日示余，因記《莆陽志》謂艾軒使粵，以張説除僉樞不往賀而去。按説除西府在七年三月，使粵在九年四月，記鄉人事猶不免誤，則傳聞失實若此者多矣。不賀説一節當在爲著作郎之時，《志》誤宜修〔一〕。

〔一〕志：原作「忠」，據《後村題跋》卷七改。

後村先生大全集卷之一百丹六

題跋

方蒙仲通鑑表微

蒙仲示余《通鑑表微》一編，爲讀袁氏《紀事本末》而作。此等文字前有范氏《唐鑑》，後有胡氏《管見》、朱氏《綱目》。聖賢復起，必從之矣，蒙仲又別爲書，豈非所謂後生可畏者歟！

余嘗謂公論根於人心。石勒不識字，聽人讀《漢書》，評量亦不錯，不必學士大夫然後能持論也。惟夫爲吕、武立紀，以魏繼漢，書諸葛亮入寇之類，大經大法皆與孔氏背馳。以涑水公之賢而不能改前史之誤，先儒自伊川有此見，范氏、胡氏略發之而未盡。至朱氏《綱目》出，然後女主始不得以移國命，閏位始不得以干正統，揚雄始不得不爲莽大夫，狄仁傑始不得不爲周司空，諸葛亮始得爲漢相，陶潛始得爲晉處士，可以破一世之盲聵，開千古之心胸矣。自朱氏所條大經大法之外，若無甚難通者。温、裕廢篡，貽笑於胡，此公論之在夷狄者；莽、堅僭竊，愧見其女，此公論之在女子者；廖立哭亮，郄超譽玄，此公論之在怨仇者；慶忌救雲，萬福拜城，此公論之在武夫者，遮道借恂，袖瓦送實，此公論之在小夫、賤隸者。夫夷狄異類也，女子懦者也，怨仇其心不平者也，武夫悍者也，小夫賤隸微者也，其是非褒貶之公如此，而況於學士大夫乎！

蒙仲此編不必就識者而商論，求名人之印可，試示之夷狄、仇怨，告之女子、武人、小夫、賤隸，如其皆有愜志，皆無異論，它日必與三家之書並行。設有一人焉，疑某義未安，指某義未瑩，當改之又改之，歸諸是而後已。否則意雖新而駭衆，論雖高而無助，余恐嗜膾炙者多而嗜艾昌歜者少，而是書孤矣。

方蒙仲記過集

《記過集》者，蒙仲存其國子秋賦、別院省試、大廷甲科之程文也。或曰：士既成名，當志其遠者大者，已陳芻狗，奚以存爲？余曰：是大不然。董仲舒、劉蕡他文不傳，然自漢唐至今，莫不目舒醇儒、敬蕡敢言者，以二人之策存焉爾。蒙仲奉對萬言，終始欲聚君子以續國之氣脉，明公論以强國之精神。夫既主君子，他日必能與希文俱貶；有倡斬頤萬段、殺瓘滅口之説者，必不忍和聲矣。既附公論，必能陪君實喫劍；有獻《愛莫助之圖》、建紹述之議者，必不肯挂名矣。然則蒙仲此編非直一時策名之梯媒，實亦萬世責備之案據，欲勿存得乎？

昔荆公曾中制科，人云「曲學暮年終漢相，高談平日謾周公」，詩則壯矣，然公相業似愧其詩。

蒙仲不可又愧其策也。

趙南安餞行卷

南安趙明府之官，茂實尚書、用之少蓬皆以詩餞，余纍然哀疢，不能詩，贈之言曰：古之爲宰者多矣，余嘗以爲仲由之於蒲不如言偃之於武城，西門豹之於鄴不如宓子賤之於單父。蓋由以才，偃以德，豹以智，子賤以仁，此夫子所以動聞絃之喜而太史公所以著不敢欺與不忍欺之辯歟！夫芝朮不攻治而疾疢平，鸞鳳不鷙搏而雄狡伏。明府行矣，余耳冷不聞于蔿于之歌久矣，庶於明府聞之〔一〕。

〔一〕聞：原作「見」，據《後村題跋》卷八改。

何謙詩

以詩爲難耶，則寺人賤妾之作列於三百五篇；以詩爲易耶，則伯魚之賢而未爲《周南》《召南》，左史倚相之博而不知《祈招》。自四靈後，天下皆詩人，詩若果易矣，然詩人多而佳句少，又若甚難，何歟？余嘗謂：以情性禮義爲本，以鳥獸草木爲料，風人之詩也；以書爲本，以事爲料，文人之詩也。世有幽人羈士，饑餓而鳴，語出妙一世，亦有碩師鴻儒宗主斯文而於詩無分者，信此事之不可勉强歟！余識何君乃翁，嘗品其詩，今君復以詩名。翁詩質實而飽足，坐胸中書融化未盡〔一〕，所欠高簡；君稍變體，借虛以發實，造新以易腐，因難以出奇。蓋乃翁機軸近於余所謂「以書爲本，以事爲料」者，君又能以意爲匠，書與料將受役於君矣。

或曰：子評碩師鴻儒也甚嚴，取羈人幽士也太寬，可乎哉？余曰：子論人，余論詩，奚爲不可？或又曰：古今詩不同，先賢有刪後無詩之說。夫自《國風》、《騷》、《選》、《玉臺》、胡部至於唐、宋，其變多矣。然變者詩之體製也，歷千年萬世而不變者人之情性也，君之情性豈與余異哉？乃用朱筆摘其警語而歸之。

君名謙。

〔一〕未盡：原作「予書」，據《後村題跋》卷八改。

趙阜示王李徐三賢書

士不以見知於當世之貴人爲難，而以見知於當世之賢人爲難，蓋貴者能軒輊人於一時，賢者能榮辱人於千載，學者於此二途宜何擇哉？尤谿趙君皁嘗筮仕福清，民服其廉。李公寓客也，故薦之力。又嘗衡文建安，士稱其平。王公府尹也，徐公郡前進士也，故期之遠。趙君於三君子非親非故，直以「廉平」二字見知，亦足以見趙君之賢也夫！又足以見三君子之賢也夫！

方汝一文卷

端、嘉間，余見蒙仲之文而愛之，蒙仲數稱其族弟清卿。後十餘年，清卿始示余《易論》二十篇，《中興將相論》十篇，它雜文并古律詩若干篇，皆黜陳腐，崇古雅，自有一種氣骨，賤利禄，貴名理，自有一種意味。寧貧，平原之金不受也；寧病，康子之藥不嘗也；寧饑，胡奴之米不炊也〔一〕。其自重如此，而又苦思冥搜，永歌長謠，往往出新意於前人機杼之外。略追扳蒙仲，而澹泊之味、深湛之思則過之。

昔王筠夸王氏人人有集，余於方氏父子兄弟亦云。蒙仲既擢高第，清卿亦再詣太常。其行也，徵言於余。余聞前輩之於交游也，不進其有餘而每勉其不足。清卿非不足於文者，然有一焉，夫主司常歎無好文字，士子常恨無明主司，二者相詬病久矣。惟韓子之論極平，譏陳商高深其詞而不合一世之好，欲孟郊和其聲以鳴國家之盛。商之文韓子三四讀尚不通曉，郊之詩過於寒，雖坡公亦廢卷而掩耳矣，則此文此詩將安售乎？夫子曰：「辭達而已矣。」余觀今昔之宗工鉅儒，其所論述大薦之郊廟，小刻之金石，皆辭達而聲和者也。竊意達者如長江洪河，千曲萬折必會於海歟！和者如鈞天虞廷，萬舞九奏必叶於律歟！

清卿誠以余言達其高深者，和其寒者，余將賀大宗伯徐公、張公之得士矣。二公所謂明主司也，清卿所謂好文字也。清卿方氏，名汝一，其再薦也，名汝則。

〔一〕之：原重一「之」字，據小草本删。

林灝翁詩

林君少嘉示余詩，篇篇幽遠，字字殊妍，品在唐人家數詩中。夫詩如花卉然，清絶者莫如梅，穠艷者莫如海棠，取次軒檻一枝半朵，固足以傾城而絶代矣。頃余嘗遊於儀真之梅園，極目如瑶林琪樹，照映十餘里。又嘗飲於豫章某家海棠洞，老樹樛結，不知其數。其開也，日光花色如慶雲瑞錦〔一〕；其落也，萬點糝地如紅雨絳雪〔二〕。二者皆極天下鉅麗之觀，與軒檻所見者異矣。少嘉此集，特其一枝半朵者爾，余已爲之動心駭目，它日盡出古錦囊中所謂極天下之鉅麗者，余之動心駭目未已也。

〔一〕慶：原作「卿」，據小草本、翁校本改。

〔二〕雪：原作「雲」，據小草本、翁校本改。

再跋陳禹錫杜詩補註

學者多以先入爲主，童蒙時一字一句在胸臆，有終其身尊信之太過，膠執而不變者。昔人温故，將以知新。如此觀書，謂之温故可也，知新則未也。

頃年讀禹錫《杜詩補注》，凡余意有所未喻而未及與君商榷者〔一〕。後十餘年禹錫示余近本，視前編剟削竄定十之七八〔二〕，或盡改之。偶有一新意，得一新義，則又改之而未已。人皆疑君之説新而多變，余獨賀君之學進而未止也。蓋杜公歌詠不過唐事〔三〕，他人引羣書牋釋，多不著題。禹錫專以新、舊唐史爲案，《詩史》爲斷，故自題其書曰《史註詩史》，此其所以尤異於諸家歟！然新、舊史皆舛雜，或采摭小説雜記，不必皆實，前輩辨之甚詳，而禹錫於三家書研尋補綴，必欲史與詩無一事不合，至於年月日時亦下算子，使之歸吾説而後已。

昔胡氏《春秋傳》初成，朱氏云「直須夫子親出來説方敢信」，豈非生千百載之下而懸斷千百載而上之事，雖極研尋補綴之功，要未免於遷就牽合之疑乎？然杜公所以光焰萬丈，照耀古今，在於流離顛沛不忘君父，禹錫於此等處尤形容發越得出，使子美親出來説，不過如是。

〔一〕權：原作「確」，徑改。

〔二〕定：原作「走」，據小草本、翁校本改。

〔三〕詠：原在後文「多不」下，據《後村題跋》卷八乙。

郡學刊文章正宗

頃余刻此書於番禺，委同官盧方春輩置局刊誤，屬以召去，去時書猶未成。後得其本，殆不可讀，有漏數行者，有闕一二句者，有顛倒文義者，如魯魚亥豕之類則不可勝數，意諸人爲官事分奪，未之過目耶？抑南中無善本參校耶？每一開卷，常敗人意。其後乃有越本，亦多誤。莆泮池書差備〔一〕，今郡文學王君謂朱先生《易本義》精於理者也〔二〕，謂真先生此書邃於文者也，既刻《本義》，遂及《正宗》。或慮費無所出，君命學職丁南一、鄭巖會學廩，量出入，得贏錢六十七萬，而二十四卷者亦畢工。吾里藏書多善本，游泮多英才，傍考互校，它日莆本當優於廣、越矣。世固有親登二先生之門，執經北面，師在則崇飾虛敬，托此身於青雲，師死則捐棄素學，束其書於高閣者。君妙年，前不及朱，後不及真，而尊敬二先生之心拳拳如此，豈不甚賢矣哉！君名庚，字景長，温陵人。

〔一〕池：原作「他」，據《後村題跋》卷八改。
〔二〕郡：原作「君」，據《後村題跋》卷八改。

林景復北地詩

景復始爲山陽之役，今丞相安晚鄭公贈之詩曰：「淮海轅門立奇士，要看左袒爲劉時。」景復雖爲叛賊驅之而北，羈囚山東，瀕死不屈，可謂無負安晚之詩矣。今督相信庵趙公方制東閫，捐金用間，智籥〔一〕、隨會得以反國。景復未歸，帛書不絶，密報虜情；既歸，膽氣益壯，願爲時用，可謂無負信庵之知矣。

士大夫負才業志節，惟恐不爲當時有力者所知。此二鉅公有大力量，出將入相，譬如種、蠡分國而治，以功名富貴與人如反手，其於景復知之如此，愛之如此，而南歸十載僅得烟瘴中一壘。國家憂顧在西北，機會在西北，景復國士〔二〕，如之何其不北旆而南轅也！昔洪忠宣公留穹廬十六年而歸，不免南遷；宗正少卿方公美朝八陵，行萬里，反命不容於朝，出使閩、廣，曰檜惡之也。景復之遇二相，與二公所遇之時不同矣，而仕途邅迴無以大異於二公，則又不可曉者。

曩余忝少蓬，兼詞掖，謁信庵於西府，從容問景復未用之故。公蹙然曰：「智將不如福將。」

古人云君相不言命，相亦言命耶！余别景復二十餘年，再見則皆老矣。景復盡出北地諸詩，因書其後，既爲景復嘆，又爲二相惜也。

〔一〕甇：原作「瑩」，據小草本、翁校本改。
〔二〕國：原無，據《後村題跋》卷八補。

庚戌寫真贈徐生

此何人耶？問於室，室人不知；問於市，市人不知。或曰：此吾里之後村翁也。余觀世所傳古人物〔一〕，其美皙悦澤者未必然，惟病瘁怪醜者不容僞。今徐生狀余〔二〕，極維摩詰之病〔三〕、屈大夫之悴、壺丘子之怪、哀駘駝之醜，宜似矣而卒不似〔四〕。豈余貌之難似耶？豈生有所靳於余耶？

生字少高，其技爲一郡冠。

〔一〕「世」上原有「古」字，據《後村題跋》卷八删。
〔二〕今：原作「余」，據《後村題跋》卷八改。

〔三〕詰之：原倒，據文意乙。

〔四〕宜：原作「君」，據《後村題跋》卷八改。

又贈陳汝用

畫者爲余記顔多矣，朝衣朝冠輒不似，儒衣儒冠輒又不似，暮年悉發篋而焚之。陳生汝用獨爲長松怪石，飛湍急瀑，着余幅巾燕服，杖藜其間，見之者皆曰逼真，他畫師見之者亦曰逼真。昔顧愷之畫謝幼輿，曰此子宜置之丘壑中。陳生得其訣於虎頭耶？然生以藝資身者也，當爲世間貴人冠進賢冠、腰大羽箭者奮妙筆〔一〕，開生面，大則播身價，小則輦金帛，顧乃有意模寫丘壑中人〔二〕，藝雖工，如貧何？

〔一〕「世」下原有「人」字，據《後村題跋》卷八删。

〔二〕乃有：原作「愷之」，據《後村題跋》卷八改。

楊浩禋祀賦

長溪楊君浩示余《淳祐禋祀賦》，余曰：昔杜子美嘗爲此賦矣，於時有韋見素、房琯一二公主盟於上，李邕、王翰諸人推挽於下，然猶潦倒流落，袖中賦草饑不可炊〔一〕。君賦未知比子美何如，世豈無韋見素、房琯、李邕、王翰者，坐廟朝，立臺閣，未知君所厚者幾人。若皆無焉，余恐不特賦誤君，而君亦誤賦矣。乃書其後而歸之。

〔一〕不：原作「無」，據小草本、翁校本改。

黄孝邁長短句

爲洛學者皆崇性理而抑藝文。詞尤藝文之下者也，昉於唐而盛於本朝。秦郎「和天也瘦」之句，脱換李賀語爾，而伊川有「褻瀆上穹」之誚。豈惟伊川哉，秀上人罪魯直勸淫，馮當世願小晏損才補德〔一〕，故雅人修士相戒不爲。或曰：魯庵亦爲之，何也？余曰：議論至聖人而止，文字至經而止。「楊柳依依」、「雨雪霏霏」，非感時傷物乎？雞栖日夕〔二〕、黍離麥秀，非行役吊古乎？「熠熠宵行」、「首如飛蓬」，非閨情別思乎？宜魯庵之爲之也。魯庵已矣，子孝邁年英妙，才超軼，詞采溢出〔三〕，天設神授，朋儕推獨步，耆宿辟三舍。酒酣耳熱，倚聲而作者，殆欲劘劉改之、孫季蕃之壘。今士非黃策子不暇觀、不敢習，未有能極古今文章變態節奏而得其遺意如君者。昔孔氏欲其子爲《周南》《召南》而不欲其面墻，它日與人歌而善，必使反之而後和之。蓋君所作原於二《南》，其善者雖夫子復出，必和之矣，烏得以小詞而廢之乎？

〔一〕願：原作「顧」，據《後村題跋》卷八改。

〔二〕夕：原作「久」，據《後村題跋》卷八改。

〔三〕溢：原缺，據《後村題跋》卷八補。

清源新志

温陵郡自南渡有屬籍、屯兵二費，始猶支吾，久益乏絶〔一〕。佩二千石印綬而來者類汲汲鮮懽，有不可爲之歎，由是郡多闕典。相臺韓侯既建牙開府，綱紀肅，條教清，曾不數月，昔所謂不可爲者皆刃解冰釋，坐以無事。暇日對賓客曰：「郡志五十年不續，亦闕典之一也。」以屬寓士徐君仲晦、王君無逸。二君訂舊聞之尤訛舛者、失記載者，摭近事之有考據者、未流傳者，爲《新志》十二卷。起嘉泰辛酉，迄淳祐庚戌。事之終始，政之沿革，循良之遺愛〔二〕，耆舊之緒言，網羅略盡。前輩謂本朝郡國圖經惟宋次道《河南志》最善〔三〕，以其簡而備也。留丞相序《舊志》，稍病其繁，《新志》增五十年之事〔四〕，名益五卷而文實損於昔，庶幾得次道遺意。二君槧其書，且以韓使所作序示莆人劉某。莆於温陵故附庸也，因題卷末。韓侯名識，仲晦名明叔，無逸名稼。仲晦弟茂功名茂叔，於是書尤有勞。

〔一〕乏：原作「之」，據《後村題跋》卷八改。
〔二〕句末原有「者」字，據《後村題跋》卷八删。
〔三〕郡：原作「邵」，據《後村題跋》卷八改。
〔四〕增：原作「贈」，據《後村題跋》卷八改。

林合詩卷

古之善鳴者必養其聲之所自出，静者之辭雅，躁者之辭浮，悊者之辭暢，蔽者之辭礙，達者之辭和，狷者之辭激〔一〕。蓋輕快則鄰於浮，僻晦則傷於礙，刻意則流於激。石塘兩生之詩獨不然，同用事琢對如斤妙而鼻堊不傷，合運思鍊句如韶奏而樂懸皆諧，大率無輕快僻晦刻意之病。或疑兩生年甚少，何以遽造兹境。余曰：意者聲之所出也，人皆有是意而輕出之；均之爲鳴也，顧所以鳴者異焉。兩生之修於家也，以聖賢父兄爲師友，以山林臯壤爲城闕，以禽魚花木爲賓從，養之厚然後鳴，故其聲有和者，有暢者，其尤高者幾於《雅》矣。昔從寒翁知兩生工文，未知其詩也。老漢常憂衣鉢無傳，今當雙手交付。

同字子真，合字子常。

〔一〕狷：原作「捐」，據《後村題跋》卷八改。

張天定四六

前輩作文必有師法。昔聞之西山先生曰：「某掌内制六年，每覺文思遲滯即看東坡，汗漫則看曲阜〔一〕。」晚見趙南塘及余四六，曰：「履常與兄合下由半山入，某未免由龍溪入，宜不及二君也。」又曰：「安得履常與兄對掌乎！」時南塘方以前館職流落外服，余亦浮沉州縣，而西山之評如此。後南塘果入儤直，余亦攝掌贊書。今余年耄學荒〔二〕，散語且懶作，四六遂不復有一字。張君能甫示余表啓一卷，典麗刊冗腐〔三〕，閑淡具姿態〔四〕，無狂瀾而委蛇曲折行焉，不設色而黼黻藻火備焉，非近時堆故事、用全句者所能至也。君爲吾故人左司鄭公子敬之倩。鄭，汪出也。玉山公四六名世〔五〕，君之學固有源流而然歟！玉山之作與曲阜同一關鍵，然就四六而論，當用西山之法，參取坡公，則益雄渾變化而不可測矣。

君名天定。

〔一〕看：原作「有」，據小草本、翁校本改。
〔二〕今余：原無，據翁校本補。
〔三〕麗：小草本、翁校本皆作「嚴」。
〔四〕具：原作「且」，據《後村題跋》卷八改。
〔五〕玉山：原作「王山」，據《後村題跋》卷八改。下同。

方景絢詩

往年主司專尚器數，太學補試以「周立九府圜法」命題，士非素講，多窘倉卒。吾鄉前輩方君景絢武子奏賦魁天下，有場屋盛名。既擢第，乃不得年，終於梧州郡掾。余少時聞其南中題壁五言云：「明月照齊州，玉龍棲欲起。壯士腸夜回，寒衾潑秋水。」常欲訪其他作，不可得。老矣，識其猶子實孫、子汝玉，從求遺草〔一〕，而記録不全，前五言亦顛倒其先後，蓋爲六丁取去者多矣〔二〕。

〔一〕求：原作「來」，據《後村題跋》卷八改。

〔二〕「丁」下原有「者」字，據小草本、翁校本刪。

方汝玉行卷

四六家以書爲料。料少而徒恃才思，未免輕疎；料多而不善融化，流爲重濁。二者胥失之。近時學者多宗梅亭，梅亭者，李功父侍郎也。憶余少遊都城，于西山先生坐上初識之〔一〕。時功父新擢第，欲應詞科，西山指榻上竹夫人戲曰：「試爲竹夫人進封制，可乎？」功父須臾成章，末聯云：「保抱攜持，朕不安丙夜之枕；展轉反側，爾尚形四方之風。」西山稱賞。今人但誦其全句對屬以爲警策，功父佳處世所未知也。全句尤能累文字氣骨，高手罕用，然不可無也。噫，果留意兹事，豈惟師梅亭哉！先朝精切則夏英公，高雅則王荆公；南渡後富麗則汪龍溪，典嚴則周平園。其餘大家數尚十數公，而歐、蘇又四六中縛不住者。方君汝玉示余四六一卷，庶幾有志者，因書以勉之。

〔一〕于：原作「子」，據《後村題跋》卷八改。

何謙近詩

前編猶有輕而踈者，此編則斤量加重〔一〕，經緯加密〔二〕，如《南嶽篇》之押韻，《采蜜諭》之命意〔三〕，《瓦缾作》之鍊句，比舊大有力量功夫〔四〕。中間短章絶句皆然。淳祐辛亥首春晦日天晴，老眼稍明，既用朱筆摘出警語，又題其後。何生勉之，向上更有事在。

〔一〕量：小草本、翁校本皆作「兩」。

〔二〕密：原作「蜜」，據《後村題跋》卷八改。

〔三〕蜜：原作「密」，據《後村題跋》卷八改。

〔四〕比：原作「此」，據《後村題跋》卷八改。

趙孟侒詩

詩必窮始工，必老始就，必思索始高深，必煅煉始精粹。趙君安中未冠中春官，出門行順境，而卷中佳句清拔流麗，他人掐擢胸腎、嘔出心肝形容不得者，君獨等閑片語道盡〔一〕。夫非窮而工〔二〕，未老而就，不思索而高深，不煅煉而精粹者，天成也。或以人力爲之，雖勉而不近矣。然有天資，欠學力，一聯半句偶合則有之，至於貫穿千古，包括萬象，則非學有所不能。君所聞於師者詳矣，奚待余言！

〔一〕道：原作「通」，據《後村題跋》卷八改。
〔二〕夫：原作「非」，據《後村題跋》卷八改。

周夢雲詩文

余晚居田間，聞人談鄰郡户曹之廉，審之則周姓而滂名〔一〕，衢人也，心竊識之。既而有示余以詩文三卷者，審之則户曹父也，以行誼爲鄉先生，名夢雲，字茂瞻。余讀盡三卷，作而曰：斯人之有子也宜哉！茂瞻詩師康節，流出肺腑，不以煅煉斲琱累氣骨。其學由關洛以達洙泗，發之於文皆然，而又貴名理而賤利禄，喜冲淡而厭譁競，有隱君子之風。衢爲今左馮，人物萃焉。自頃耆舊零落，山川寂寥，於是著作徐君、秘書郎留君、掌故劉君迭以直聲姱節相唱和，蓋孟子所謂一國與天下之善士而並見於一鄉，盛矣哉！茂瞻父子既自爲師友，復與二三君子同里，麗澤之所滋，衆芳之所襲，雖茂瞻老矣，不獲施毫芒於斯世，然家庭有美子可教，里巷有佳友可交遊，不亦人生之至樂乎！

〔一〕湧：原作「傍」，據《後村題跋》卷八改。

胡計院七思詩卷

《七思》之作，意度節奏出於張平子之《四愁》。但平子所思周於東西南北四方萬里之遠，似乎高虛；胡君所思不出於疇昔螢窗雪案尺寸之地，字字切實。夫樂富貴，惡貧賤，人之常情。方隱約而棄華軒之慕則有之矣，既顯融而憶短檠之味，未之見也，胡君之賢於人遠矣。

趙崇彪詩

委齋以嘉熙間通守於莆，與其民相爾汝，視其士如親戚〔二〕。余時與方德潤、王實之皆閑退杜門，而通守顧之良厚。秩滿，邦人郊餞，君慨然曰：「吾歸不復出矣。」聞者未以爲信也。既而君果不造朝，再食雲臺祿以終。蓋君去莆時年甫五十七，壯志未衰，榮途在前，其植立之高，決裂之勇，有今人之所難者。君仙去已久，余乃見君詩一卷，熟復而深味之，其恬淡静退之念蓋平日根著於心，非涉中年倦遊，遭危機傾陷，有所激發而然也。卷中往往有與余三人往復者，追念疇昔，君與德潤、實之不可復作，余益衰暮，形槁心灰，方且顧戀徘徊，爲世僇笑。數月間乞祠者六，乞挂冠者再，而未遂。夫可以來而不來，與可以去而不得去，余於是有愧於君多矣。君雖不至顯仕，諸郎各以才學自奮，必趲、必趨有聲宗庠，其所立未可量也。

君名崇彪，字伯虎，委齋其自號云。

〔一〕士：原作「壬」，據《後村題跋》卷八改。

韓氏舊聞

國朝父子繼居台鼎者，韓氏、吕氏，南渡後史氏繼之。然大中公已不爲當時諸賢所與〔一〕，史氏又不必論，惟相臺之韓奕葉濟美。魏公有大勳勞於社稷，儀公相建中初，以隻手挽回壞局，雪馬、吕於墟墓〔二〕，起鄒、陳於竄謫〔三〕，黜陟罷行，一時稱快。不幸布掣肘撓權，京奮臂覆羹〔四〕，公以直道去而黨禍再作。諸家交遊子弟愛憎任情，紀録失真，如河南邵氏、汝陰王氏，若謂公有德於京者。按京元豐從官，歷汴、杭、雍、蜀大方面〔五〕，豈以帥魏爲德乎？公自首相黜削〔六〕，刊名黨籍，其後章惇與布先還職秩〔七〕，獨公至薨牽復未盡〔八〕，長子叩閽，遂併獲譴，京固德公者乎？余讀曾子開諫其兄之書，未嘗不拊卷而嘆曰：「此國家治亂之機括，亦韓、曾曲直之斷案也。」至中興，詔贈公太師，易名忠定，諸家紀録之誣益不足辨矣。自有國以來，父子名德相望，衮衣蟬冕，接武原廟，侑食大烝，韓氏一門而已。儀公子多賢，少卿蚤忤時相，晚陷黨部，濰州握節死守，全家殉義。少卿子樞密、左司，皆爲渡江名公卿。

昔李繁爲《鄴侯傳》，而吕氏亦有《中國春秋》，左司所次《舊聞》，記先世塋域則動故國禾黍之感，述前輩言論則起正始風流之慕，叙江浙流寓則發新亭風景之嘆，非直爲韓氏私書也。初，少卿負文名，集經兵火，賴此編聞見一二焉。左司曾孫識來牧温陵〔九〕，既新忠獻堂，因刊《舊聞》，附於《魏公家傳》之後〔一〇〕，蓋韓氏之盛與宋匹休，幾若周、召之於周矣。

〔一〕賢：原作「侯」，據《後村題跋》卷八改。
〔二〕雪：原作「室」，據《後村題跋》卷八改。
〔三〕讁：原作「誦」，據《後村題跋》卷八改。
〔四〕羹：原作「美」，據《後村題跋》卷八改。
〔五〕面：原作「而」，據《後村題跋》卷八改。
〔六〕黜：原作「點」，據《後村題跋》卷八改。

〔七〕惇：原作「俊」，翁校本作「後」，皆誤；小草本作「厚」，雖不誤，然爲章惇避諱所改字，今改回原名。

〔八〕牽復：原作「後牽」，據小草本改。

〔九〕牧：原作「收」，據小草本改。

〔一〇〕之：原無，據小草本改。

方至文房四友除授四六

以文爲戲，其來久矣。南朝諸人有驢加九錫文、鯝謝官表，皆不脱俳體〔一〕。及《毛穎傳》出，亦戲也，然其繇辭真似《易》〔二〕，傳贊真似《左傳》、《史記》，不類假合而成者。於時士或大笑，雖裴度未免譏議，所謂讀之如捕龍蛇，搏虎豹，急與之角而力不暇者，惟柳子厚一人而已。夫文猶奕與射，然奕以智，射以力。國奕智在數着之先，庸奕不知也；國射力中百步之外，庸射不及也。是故機鋒相近則服，地位相遠則甚，此子厚所以異於大笑者歟！昔滎陽相作四友除授制誥表啓〔三〕，林直院肅翁繼之，余嘗效顰而不得髣髴。方君至年甚少而亦擬作，其用事造語往往有二公所未道者，信文字之樂無窮而人之材分有限也〔四〕。挑燈細讀，老眼爲明。

〔一〕「不」下原有「悦」字，據《後村題跋》卷八删。
〔二〕真：原無，據《後村題跋》卷八補。
〔三〕滎：原作「榮」，據《後村題跋》卷八改。
〔四〕人之：原無「之」字，據《後村題跋》卷八補。

後村先生大全集卷之一百丹七

題跋

西山帖

右，西山先生爲其邑子陳君適書課程如此。先生夢奠後二十年，陳君道莆以示某，念昔受學於先生，誨言在耳，遺編在笥，雖心力記憶未忘，然目力昏花，不能讀矣〔一〕。誦先生「欲專不欲雜、欲精不欲多」之語，爲之慨然。陳君於學不以先生存亡爲勤惰〔二〕，它日必能爲師之傳人。

〔一〕矣：原作「耳」，據《後村題跋》卷九改。
〔二〕存：原作「在」，據《後村題跋》卷九改。

爲徐國録跋西山先生帖

前一帖乃嘉定癸巳冬先生再守温陵時也，後一帖乃端平甲午春自温陵帥福唐時也。先生爲天下文章宗師，而州家箢記獨屬之仲晦、茂功。其言曰：「再留泉一年無所獲，惟獲二儁士。」時仲晦從元樞曾公往建江閫，帖中所謂「退之從晉公」是已。先生於仲晦卷卷如此，而仲晦不翕翕附和，方且獻四規，先生至欲銘之楹几，皆賢於人遠矣。此余昔參先生謀議所目擊者〔一〕。後二十年，先生墓木已拱，士有未嘗聆謦欬、經指授而托先生以干世媒身者〔二〕，至於真爲先生品題印可者，往往流落江湖，埋没山林，不願求知於世。猥曰西山門人滿天下，能辨其真贋者少矣。仲晦方牧南郡，茂功猶待禮部試，先生謂二儁且不偶如是，士之遇不遇果有命哉。余晚受明主異知，親近矣，終不能稱胡毋生，薦施讎而去，師友誼薄甚矣〔三〕，故題二帖之末以識余愧。

〔一〕「此」下原有「昔」字，「目」原作「自」，據《後村題跋》卷九删、改。
〔二〕干：原作「平」，據《後村題跋》卷九改。
〔三〕友：原作「交」，據小草本、翁校本改。

管生字説後

括，古郡也；管，名族也。名宗道字景孟者，佳士也，有文學志趣，多識當世聞人。爲景孟字説者一二公，皆余所敬，余無以復加矣。《詩》曰：「高山仰止，景行行止。」注者於上句曰：「仰，慕也。」下句曰：「景，大也。」以「景」爲「慕」，似是顛倒其義。西山先生初字景元，後改「景」爲「希」，是矣。然《孝經序》有「景行先哲」之語，則自唐以來承襲已久。古人多引上下文互相發明，雖通用可也。或曰：「孟，亞聖也，學者以自倫擬〔一〕，然歟？」余曰：昔宋齊丘字超回，時人譏之云：「足下齊大聖以爲名，超亞聖以爲字。」若齊與超則斷斷不可，學者師孔、孟而已，不慕孔、孟，當慕何人？景孟勉之。

〔一〕自：原作「是」，據《後村題跋》卷九改。

何統制詩〔一〕

先朝武人能詩者有曹翰、賀鑄、劉季孫，南渡以來有劉翰、潘檉，其警句皆膾炙人口。今又有何君，所謂出乎其類者。然使人稱詩名，不若使人誦詩句。蓋詩名在人頰舌，可以遊談致；詩句入人肝脾，不可以虛譽傳也。何君勉旃。

〔一〕 統：原作「絶」，據《後村題跋》卷九改。

坡公書韓詩

韓詩蘇字，希世寶也。按《惠州圖經》，松風亭在彌陀寺後山之顛。所謂潮士吳、許二君，吳當是子野，許當考。

吳垚投匭書後

先朝稍於科舉尺度之外拔士，徐禧、韓駒以上書至侍從〔一〕，鄧肅以《艮嶽詩》擢諫官。玉山吳垚屢詣闕上封事，陳諫詩，屢報聞而已。前余承乏後省，見韋布匭函已奏御付下者如山，未嘗有遇合者〔二〕，雖拈出，諸公無顧省者，豈非先朝上書者少，易於拔尤取穎，近歲上書者多，難於扣户拜官歟！孟浩然曰「不才明主棄」，杜甫曰「尚憐終南山」〔三〕，君雖屢報聞，猶皇皇斯世不舍，學甫者也，非學浩然者也〔四〕。

〔一〕韓：原無，據《後村題跋》卷九補。
〔二〕嘗：原在「遇」字下，據《後村題跋》卷九乙。
〔三〕甫：原作「肅」，據《後村題跋》卷九改。
〔四〕也：原作「耶」，據《後村題跋》卷九改。

余氏四以齋銘〔一〕

西山真文忠公、竹隱傅忠簡公，道義名節人也，然於給事余公訓子之四字〔二〕、侍郎陳公宥座之一銘，拳拳服膺如此，彼以新貴加舊德、以後生議前輩者宜少愧矣。昔余先君與給事同朝，屏間半面，至今不忘。後同鄭子敬、方孚若訪侍郎於仙遊，以八九十翁而具雞黍供客〔三〕，清談竟夕。歲月幾何，余、陳、真、傅皆已仙去。君實蓋給事之子，侍郎之壻，蚤擢世科，工詞翰，諸老期之甚遠，僅終於一縣令。君實子新連江尉亢宗出此軸，念余、陳二老，余鄉前輩也，真、傅二公，余師也，君實，余友也，拊今懷昔，爲之慨然。亢宗字德明，能踐大父之訓、外大父之銘，則君實不死矣。

〔一〕齋：原作「齊」，據《後村題跋》卷九改。
〔二〕公：原作「曰」，據《後村題跋》卷九改。
〔三〕供：原作「止」，據《後村題跋》卷九改。

跋聽蛙方氏帖

歐蔡二公帖

二府方與客食，從官至不得通，朝廷之體也。參與求黃雀鮓、牛尾狸於三司使〔一〕，朋友之好也。二物易致而東府無之，亦可見當時在外者不以方物爲苞苴，居中者不以鼎實改清儉，惜不使近世公卿見之。蔡公與筆工信求散卓，且寄絲鞵勒帛與之，前輩克勤小物如此。

〔一〕求：原作「來」，據《後村題跋》卷九改。

蔡公十帖

此十帖雖一時試筆游戲，然備真行草隸之體。內一帖云：「顧少連以笏擊姦臣，裴延齡、段實以笏擊朱泚〔一〕。」蓋公至大至剛之氣發於翰墨者如此。段太尉名上一字與公父名同偏傍，故不書。公於八法無所不學，如鍾紹京、歸登輩皆嘗習玩，所以書爲本朝第一。昔桓温見簡文謚議，曰：「此安石碎金也。」余於此十帖亦曰：此蔡公碎金也。

〔一〕段：原作「改」，據《後村題跋》卷九改。

坡二帖

余嘗考坡公先至惠而南圭後至，以前一帖觀之，稱「荔支、龍眼、柑橘之珍相續，日望公來同樽俎之樂」，益信余言之不謬。後一帖諾南圭早膳之招〔一〕，又云「幸遣白直數人見取」，可見前輩居是州斂縮省事之意。赴郡集旋借人肩輿，若平居則竹笠杖藜，與黎秀才、翟夫子、春夢婆輩相爾汝，是豈權貴之所能害，烟瘴之所能死哉！坡與南圭帖散落四出，此帖在其族孫立之家，尤可寶。

立之名審權。

〔一〕「諾」下原重一「諾」字，據《後村題跋》卷九刪。

古靈帖

古靈此帖云「蒙富相公薦召試」，其始進由富公也。又云「如入館中，須供職二年可得外任歸鄉」，富公當朝而古靈豫決歸興〔一〕，以富公進不以富公留也。五叔叔一貧儒，然古靈執子姪之恭特甚，召試則曰「皆教育之力」〔二〕，歲歉則曰「某貧窘，未有寸禄以及叔叔」，又曰「願叔壽考百歲，得少致奉養意」，何其孝謹而忠厚也！頃見涑水公與兄書亦然。昔王濟目湛爲癡叔，沈文通蚤貴〔三〕，呼存中爲括叔〔四〕，古靈之罪人也。

〔一〕興：原作「與」，據《後村題跋》卷九改。
〔二〕育：原作「肓」，據《後村題跋》卷九改。
〔三〕沈：原作「沱」，據《後村題跋》卷九改。
〔四〕括：原作「招」，據《後村題跋》卷九改。

曾文昭帖〔一〕

曲阜公書咄咄逼唐徐浩、本朝坡公。

〔一〕昭：原作「招」，據《後村題跋》卷九改。

江民表帖

遺直江公立朝大節與鄒、陳相望，然爲弟公亮求銀綱以參選，似未能免俗者。烏虖，此人之至情也！江公惟其自厚於倫紀如此，所以能諫祐陵之厚於倫紀歟！末一帖云「諸公見憐，除一小壘〔一〕，闕尚遠」，當在宣和初起守廣濟軍時。

〔一〕壘：原作「罍」，據翁校本改。

又

翌日偶讀吕紫薇作公《墓誌》，云：「公避地至京，京城舊有第宅，以黨人不敢入國門。鄭丞相居中爲白上，除知廣濟軍。」此帖所謂「浙東餘黨尚熾，浙西未爲奠居」，臘寇未盡平也。「諸公見憐」，謂鄭相達夫也。公自崇寧貶竄，白首流落，鄉國亂離，厄窮至矣。然寓京城二年，梁師成欲一見面而不可得。當時貴人有呼師成爲「恩府」、「先生」者，得不少愧乎！

李趙二相帖

當炎、紹初，王室艱虞，風塵澒洞，危亡之慮迫矣。二相方叢天下憂責，然忠簡猶不忘賞好文字如此，忠定猶不忘游戲翰墨如此。見獨之詩不傳，忠簡所謂高古者不可得而見；德久之節不終，忠定風雨鷄鳴之望孤矣。他人稍躋貴仕〔一〕，都忘舊學，二相已居台輔，不廢雅道，江左王、謝不得專美於前矣。

〔一〕躋：原作「擠」，據《後村題跋》卷九改。

吕紫微大慧帖

儒者率嘲侮釋氏〔一〕，而韓公尤甚，或欲火其書，或欲冠其顛。余謂靈師飲百琖醉花月，文暢北遊邊慕裘馬，董酒俗髡爾，宜爲韓嘲侮。若大顛稍識理道，解外膠〔二〕，則有不可得而嘲侮者矣。珪、杲二僧〔三〕，僧中鸞鳳也，吕紫微歎其可與共飲，而不得共飲爲可痛惜。然紫微惟待珪、杲如此〔四〕，使遇靈、暢，其嘲侮豈減於韓公哉！杲公與蔡中郎子應爲方外友，往返書帖不呼官，或呼道友，或呼靈巖山下大脱空。百十年前尚有此事，其後士大夫益自尊大，緇流益自卑屈，不復然矣。

〔一〕侮：原作「梅」，據《後村題跋》卷九改。

〔二〕膠：原作「膠膠」，據《後村題跋》卷九删。

〔三〕杲：原作「泉」，據《後村題跋》卷九改。

〔四〕杲：原作「果」，據《後村題跋》卷九改。下同。

陳懶散帖

懶公此詩此字，使才翁、子美見之，必有逼我太甚之嘆。

黄牧四六

文章於道爲小技〔一〕，四六又文章中之小技，然自唐以來，朝廷大典册率用此體，不習則不工。顧今之士有科舉之累，多未暇焉。間有留意者，儕輩非笑之，曰是子工外學。夫均之爲雕蟲，乃以其施之於場屋者爲内學，施之臺閣者爲外學，四六之衰也宜矣。故有字面突兀不安者，有對偶偏枯者，有蹈襲陳腐者，有堆故事、泥全句而乏氣骨者，有涣散不相貫屬者。繩以前作，曾未涉楊、劉徑蹊〔二〕，况敢望曲阜、東坡、廬陵、半山之藩乎！余諸文皆不工，四六尤荒拙，暮年併與所謂荒拙者廢忘之矣。里人黄君未知其然，録示新舊作一帙〔三〕，鍊字造語妥帖而不突兀，新奇而不陳腐。君年甚少，若老於翰墨場者。余退惰無可語君，而君請不已。竊謂能用事而不爲事束縛，能用古人語如自語者，筆力也；能使一篇意脉貫屬而不涣散者，意也。意高則筆力從之矣。君請益，余曰其追琢如玉斧之修月，其融化如獺髓之滅瘢，其屬對如新婦之偶參軍，尚有欲言者且止。

君名牧，字景淵。

〔一〕技：原作「友」，據《後村題跋》卷九改。

〔二〕句首原有「魯」字，據《後村題跋》卷九删。

〔三〕句末原有「二」字，據《後村題跋》卷九删。

臞軒王卿帖

樵士朱致遠出示臞軒王卿遺墨三幅，余讀而嘆曰：士大夫方其坐黄堂稱太守也，賓客唯諾，僚屬奔走，相尊奉唯恐後。一旦上印綬而去，敬者慢，譽者毁，至有袖瓦礫以送之者。臞軒去樵十年〔一〕，墓木已拱，而樵人寶藏其翰墨如此，亦異矣。三帖一勸朱公賑糶，二録所作《勸糶詩》〔二〕，三托印坊書，可見其私交也〔三〕。

朱君名亨祖，樵之望族。

〔一〕軒：原作「仙」，據《後村題跋》卷九改。

〔二〕「糶」上原有「糴」字，據《後村題跋》卷九删。
〔三〕「私」上，小草本、翁校本皆有「無」字。

趙崇安詩卷

前代宗室嗜章句者如楚元王父子，皆從申公、白公受詩。陳思王詩高於建安七子，唐詩人尤推賀、白。本朝全盛時，貴顯而負詩名者有德麟，近歲有南塘兄弟，詩工而命窮者有紫芝、仲白，而南塘遂爲一代騷人之宗。余少交芝、白〔一〕，嘗接南塘議論〔二〕，故江湖吟人亦或謂余能詩，顧詩豈易能哉！崇安明府趙君寶示余新舊詩二卷，氣骨清拔，音節諧暢，其合處往往流出肝脾，不待聳肩撚髭而成者〔三〕。惜其出稍晚，不及與芝、白商榷〔四〕，復未經南塘品題。若余者，本空疎，加老病，雖智足以知君詩之美，然力不足以爲君詩之重，姑題其末，以俟木鐸者之采〔五〕。

君名時鏢。

〔一〕芝：原作「紫」，據《後村題跋》卷九改。
〔二〕嘗：原作「當」，據《後村題跋》卷九改。
〔三〕成：原作「或」，據小草本、翁校本改。

史，以介潔稱。和靖身雖隱〔四〕，未嘗欲其子孫之俱隱也。然則子真爲閑，子常爲宥爲大年〔五〕，林氏父祖之所望也，奚必如雲夫父子皆爲少微星哉！

〔一〕野：原作「邵」據《後村題跋》卷九改。
〔二〕時：原作「士」，據《後村題跋》卷九改。
〔三〕力：原作「方」，據《後村題跋》卷九改。
〔四〕雖：原作「深」，據《後村題跋》卷九改。
〔五〕爲大年：原作「而大年」，據《後村題跋》卷九改。

方汝一班史贊後

昔孔氏論三子，曰果，曰藝，曰達；論子産、叔向，曰遺愛，曰遺直。孟氏論伊尹、夷、惠，曰任，曰清，曰和。皆以片辭而盡其人之平生〔一〕。太史公始人各爲傳，傳後又各系以己見，謂之贊。然不可勝贊，故有合數人而爲一贊者，視聖賢大費辭矣。班、范於贊尤不苟，班步驟《史記》而不覺相犯，范自謂「贊是吾史傑思，無一字虚設」。今觀二書於一代公卿大臣人品之賢佞，經生學士道術之純駁，仁人志士出處之精微，與夫外戚宦官姦雄夷狄禍亂之顛末，傳所不能該者，必於贊發之，往往中其肺腑而得其骨髓。方君清卿讀班《贊》，若有遺恨者，又各以己見系其後，多數百言，少亦一詩。或爲史所譽而見疵，或爲史所擯而節取〔二〕，或潛德久湮而深嘉屢嘆，或隱慝未彰而奮筆直書，或一語之乖謬，或一行之諂曲，雖其人之骨已朽，必繩以《春秋》之法，讀之使人汗出。余謂班氏記帝拜牀下問災異，安昌侯自顧年老，愛子念孫，不敢言王氏，及載博山侯望董賢車塵趨拜，所以形容二人情態甚於朝市之撻矣。清卿追咎光、禹、平當、公孫禄、馬宫、彭宣之流，筆力雖勁，乃是按前史已陳之迹，斷千古未盡之罪，謂之森嚴可也，謂之少恕亦可也〔三〕。然使爲善者知可以暫蔽虧而不可以終磨滅也，爲不善者知可以漏一時之天網而不可以逃千古之筆鉞也〔四〕，補史家議論之闕遺，佐王政賞罰之不及，其有益於世多矣。清卿既畢班書，必及范史。東都大臣莫寃於李、杜，莫貴壽於胡、趙，范贊李、杜如琨玉秋霜，胡、趙如糞土，與孔氏千駟餓死之論合，范亦能言者矣〔五〕。噫！責人易，責己難。當二漢諸人沉酣富貴，烏知班、范秉筆議其後哉？班、范文藝雖富，志節靡終，烏知如清卿者又秉筆議其後哉？清卿歷評前人，且議舊史，則立節必固，著書必無可疵，無使後有作者復得秉筆而議也。

〔一〕其：原作「矣」，據《後村題跋》卷九改。

〔二〕節取：原倒，據小草本乙。

〔三〕少：原作「小」，據小草本改。

〔四〕綱：原作「綱」，據小草本改。
〔五〕「亦」下原有「有」字，據小草本删。

蔡忠惠公國論要目真蹟

此十二條以公奏議考之，諸疏皆不著年月，但《去冗篇》中稱仁宗廟號，則知其在治平間爲三司使時所上也。公在諫省方三十餘，立節高而持論峻，及此則年事高，世故練。其所條畫〔一〕，字字忠實。以養兵百二十萬爲自古所未有，以磨勘法行能否無辨爲大獘，以阿附爲邪佞，又以邀虚名賣直譽爲巧詐。蓋此十二條非獨先朝與今人之通患，實千萬世國家之藥石、人主之龜鑑也。夫子之履、魏公之笏，後代寶之，況公諫草乎？況其行草妙絶不減羲、獻乎〔二〕？余借觀累年〔三〕，以還墨林。

〔一〕條：原作「縧」，據《後村題跋》卷九改。
〔二〕況：原作「見」，據《後村題跋》卷九改。
〔三〕借：原作「請」，據《後村題跋》卷九改。

王用和行卷

秦溪多名人。余曩時識悦堂吏部，清而嚴；識信齋處士〔一〕，博而約；識留耕參與，弘而毅。此二三君子皆以賢聞於世而不以詩名也。王君用和行四方取友，余曰：東家不有夫子乎？其人雖亡，然其流風遺書猶有存者，子歸而求之，它日所造詣、所植立將有在於詩之外矣。

〔一〕齋：原作「齊」，據《後村題跋》卷九改。

方實孫經史説

曩余見場屋之作及古律詩、長短句，知君之豪於文也。别數年，聞君以其所著《易説》獻於朝，始知君之邃於《易》也。俄又聞君以布衣入史局，預聞纂修之事，又知君之長於史也。書成進御，自監修大臣至諸史官皆被醲賞，時相以君累上春官，欲令免省奉大對，遽以風聞報罷。君浩然而歸〔二〕，示余讀《語》、《孟》、《詩》、《書》、《中庸》、《大學》各一帙，《西銘解》、《太極説》各一帙，《史論》一帙，凡世儒白首燈窗、殫精覃思所不能通解者，往往立談造詣，一覽融會。前輩有問劉道原讀到漢八年未者〔一〕，有欲挽伊川入山讀《通典》十年者，譏劉顓於史、程顓於經也〔二〕。君生季世之後，而欲集先賢之長，志大而才高，豈非吾黨之畏友乎！漢五經皆立博士，諸儒各名一經，不雜治，惟大儒舒、向三數公兼通焉，如賈山輩見謂涉獵矣。《易》至王荆公，《春秋》至胡文定，《書》至吕成公，其説密矣，或者乃曰「介甫《易》吾一日可著百部」，朱氏於胡、李二家之書猶未能無疑焉。若史學則自范氏《唐鑑》〔四〕、胡氏《管見》、朱氏《綱目》之外，可助此三書者未知其幾家也〔五〕。此事當篝燈煨芋，共下十年工夫。余既眊荒，君又行役，姑題諸卷之末，以俟他日商榷。

〔一〕而：原作「西」，據小草本、翁校本改。
〔二〕「道」原作「通」，「未」原作「末」，據《後村題跋》卷九改。
〔三〕程顓：原作「程灝」，據《後村題跋》卷九改。
〔四〕氏：原作「史」，據《後村題跋》卷九改。
〔五〕書：原作「事」，據《後村題跋》卷九改。

龍眠畫四天王　以下三篇爲林孟芳作

世言畫神鬼易，畫狗馬難，此論殊未然。自古至今，畫神鬼者多矣，唐惟一道子、本朝惟一伯時入神品，他名筆皆不逮。孟芳此軸得之福唐官所，故家物也。其畫天王大神通、大威猛之狀，與夫侍女之妍，將吏之武，兵械之盛，不施丹繪而縈映巧妙，變化恍惚，觀者莫知其作如何下筆，非伯時不能作也。余所寶伯時圖豢龍氏二幅，比此軸規模布置物色筆意皆酷似。借觀久之，以還孟芳。

楊補之詞畫

藝之至者不兩能，善畫者不必妙詞翰，有詞翰者類不工畫。前代惟王維、鄭虔兼之。維以詞客畫師自命，虔有三絶之名。本朝文湖州、李龍眠亦然。過江後稱楊補之，其墨梅擅天下，身後寸紙千金。所製梅詞《柳梢青》十闋〔一〕，不減花間、香奩及小晏、秦郎得意之作。詞畫既妙，而行書姿媚精絶，可與陳簡齋相伯仲。頃見碑本已堪寶玩，況真蹟乎？孟芳此卷宜題曰「逃禪三絶」〔二〕。

〔一〕闕：原作「闋」，據《後村題跋》卷九改。
〔二〕題：原作「顔」，據《後村題跋》卷九改。

花光梅

曩余爲宜春守，謁仰山祠，閱廟中藏寶，見楊補之梅花障子。其枝榦蒼老如鐵石，其葩蘤芳敷如玉雪，信乎名不虚得也。郡人言神尤寶愛，有位者或借觀越宿不還，輒現變怪。後爲鄭德言銘墓，其家以補之所作梅蘭竹石《四清圖》六幅潤筆〔一〕，與廟中障子筆意略同。蓋補之畫梅花尤宜巨軸。花光則不然，直以矮紙稀筆作半枝數朵，而曲盡畫梅之能事〔二〕。此卷就和靖八詩，各摘二字，爲梅傳神，爲和靖箋詩，花光得意之作也。末有鄭尚明跋〔三〕，甚佳。余亦有梅癖者，然善畫不如花光、補之，工詞翰不如和靖、簡齋，未知此跋視鄭老何如耳。

〔一〕「竹石」上原有「梅」字，據《後村題跋》卷九删。
〔二〕曲：原無，據小草本補。
〔三〕尚：原作「南」，據小草本改。按：「尚明」爲鄭昂字，其人善筆翰，撰有《書史》二十五卷，見

《書史會要》卷六。

二大父遺文

右，二大父《遺文》十卷、《附録》五卷、《史記考異》五卷，太守、監丞眉山宋公之所刊也。公下車，尚賢而崇教，既新三先生祠，復謂某曰：「吾將求君家隆、乾間諫草遺文，使與艾軒之書並行。」某追惟二大父没時，先君及諸父皆幼，所著書多爲人取去。及長而收拾，則散亡略盡，時於里中故家得半幅片簡。惟季父習静翁得年最高，盡平生心力纂輯成編，著作公之文十居其九。諸父之言曰：「麟臺公没信安傳舍中，故遺藁尤少。」有《春秋比事》二十卷，别爲書。此十卷内如手録近事數則，得之林徽猷家〔一〕，林公題其後云：「爲同年劉著作治後事，於几案間得其手書如此，遂筆之。」《答吕太史帖》論郡政，得之吕巽伯喬年。陸放翁《與曾卿原伯帖》稱：「主司劉某，天下偉人，故足以傅伯恭。」得之曾温伯黯。二帖某至今珍藏。麟臺公卷内有省試《春秋》首篇及《送莫郎中序》、《答三傳策》各一篇〔二〕，希仁弟續求訪而得者。賢太守既自題其編矣，某敬識其後〔三〕。

〔一〕徽：原作「微」，據小草本、翁校本改。

〔二〕有：原脱，據小草本補。
〔三〕「其」下原有「傳」字，據小草本删。

退齋遺稿

先君平生爲文最多，嘗手選初筮時所作爲兩帙，又命小吏抄爲選舉時雜著僅十帙〔一〕，皆克遜弟珍藏。及使淮浙，官事鞅掌，文字或令某代勞〔二〕。某去仕江西，先君始擢貳奉常，歷起居郎、舍人，遷吏侍，凡舉按官吏、奏疏已見、進故事之類，某遠官皆不及知。先君屬疾，急來省覲，遽罹大故。創痛深鉅，忍死扶喪南歸，而輜重書籍皆留先君親吏家，不幸其家殘於火〔三〕，書遂羽化。念先君之文不少概見於世，前所謂兩帙者、十帙者，克遜弟没，藏書數橱悉斷爛不可讀。悉搜故篋〔四〕，偶有小冊載丙寅、丁卯對劄、謚議及爲浙漕時律詩數篇，立嫡時賀郊祀慶成詩一篇而已。克剛弟之子質甫偶録得一卷，往往皆初筮之文，暮年老筆不可得而見矣。合新舊之作，得古賦一，古律詩二十六，奏劄五，謚議四，書五，四六十九，代論事四，薦士一，此直先君泰山一毫芒耳。然已失者不可追，僅存者尚可傳也。某猶記先君爲考功，嘗覆議故李太尉顯忠謚忠襄〔五〕，在奉常乞以周必大、留正二相配饗光宗。及某繼貳奉常，訪《覆謚議》及《論配饗疏》，老吏皆死，故牘亦不存矣，可勝嘆哉！時遜、剛二弟皆已逝，乃與季弟克永刻之家塾，以示子孫。繼此訪求有得，當附益焉。

〔一〕舉：原作「入」，據《後村題跋》卷九改。
〔二〕某：原作「其」，據《後村題跋》卷九改。後「某遠官」句同。
〔三〕句首原有「奴相家」三字，據《後村題跋》卷九刪。
〔四〕悉：原作「宜」，據《後村題跋》卷九改。
〔五〕太尉：原作「太府尉」，據《後村題跋》卷九刪「府」字。

後村先生大全集卷之一百丹八

·題跋

崔菊坡與劉制置書

清獻與文肅書如此，可見當時路帥事閫帥之禮，時嘉定甲戌也。後四年戊寅，余從制帥尚書李公行邊，清獻猶在揚。李公盛陳兵衛入境，清獻以素對數十人過揚子橋來謁。李公寓維揚館月餘，清獻每白事必減騶從，屏呵導，先至幕府見余輩。或問清獻公方岳重臣，奈何執禮如小侯，清獻曰：「某昔爲郎官，李公上某自代，今體統當然，況情誼乎？」文肅亦薦清獻者，前輩於知己禮敬終身不衰，今人不復能然矣。

然此特禮文之見於外者耳，至於持論臨事則各行其志，有毅然不苟同者。嘉定懲創丙寅、丁卯輕舉，中外以再和爲幸，而清獻告文肅，謂聘使往來，人情懈弛，必至之憂在於旦夕，宜急修守備以待。不旋踵其言皆驗。虜先犯浮光，清獻又勸李公持重〔一〕。俄而我出泗上，師失利，虜大入，廟謨以咎李公，議擢清獻代之，俾續和議，先貽書諭上意〔二〕。清獻力言虜垂亡不可和，李公不可去。後李公聞而嘆曰：「若他人必擠而奪之矣。」明年，余出幕，清獻自揚召歸，遂入蜀。余晚使粤，庶復見清獻道舊，至則已薨。嗟夫！功名之際，人各着鞭，雖士稚、越石亦未能免，而清獻處心無競若此，蓋世之所未知也。

昔者聞之西山先生，可爲制帥者可爲宰相，謂其度量能容受，氣力能負荷而已。上頃以相印起清獻，豈此意歟〔三〕！今大使秋壑賈公跋，稱清獻料邊事如燭照數計〔四〕。壑公建淮閫十年，忠勞百倍於清獻之時，而懷賢服善，了無毫髮矜功伐能之意。西山「可以相」之語，清獻未及爲之事，不在斯人者乎？

曩余得清獻翰墨甚多，懶惰不能收拾，今篋中尚有數紙，而文肅之孫應雷能珍藏此書，因以疇昔身履目擊者題之卷末。應雷方爲壑公辟客，兵間舊事不可不知也〔五〕。

〔一〕又：原作「人」，據《後村題跋》卷一〇改。
〔二〕「先」下原有「以」字，據《後村題跋》卷一〇刪。
〔三〕歟：原在下句「跋」字下，據《後村題跋》卷一〇乙。
〔四〕料：原作「制」，據《後村題跋》卷一〇改。
〔五〕也：原無，據《後村題跋》卷一〇補。

陳正獻家藏御札二軸〔一〕

皐陵命相多矣，惟張忠獻公、陳正獻公尤有天下之望。方忠獻之視師於外也，上對群臣語必稱魏公〔二〕。及正獻之釋位而去也〔三〕，所賜奎畫一則曰陳少傅，二則曰陳少傅。豈非所謂禮大臣者歟！二公當國皆不久，而上眷終始不替；它相雖秉鈞持衡，多歷年所，往往未去已厭，去則忘之矣〔四〕。烏虖！二公植立建明之際，進退出處之間，固有以起人主敬畏之心而然與！

〔一〕藏：原缺，據《後村題跋》卷一〇補。

〔二〕群：原作「郡」，據《後村題跋》卷一〇改。

〔三〕也：原作「者」，據《後村題跋》卷一〇改。

〔四〕忘：原作「亡」，據《後村題跋》卷一〇改。

巽獄降靈圖

圖中所畫鬼神〔一〕，其服御供帳、鹵簿儀衛，往往侔於王者〔二〕。余謂百神皆受職於朝，皆當以品秩爲等級。古五嶽視三公，竊意輿服宜用上公之制。然自唐至本朝，嶽神既加帝號〔三〕，則此卷龍駕帝服者非僭也〔四〕。頃見龍眠所繪東皇太乙雲中君，與此本筆意略同，決非俗子摹搨者。

〔一〕圖中所畫：原缺，據《後村題跋》卷一〇補。
〔二〕者：原缺，據《後村題跋》卷一〇補。
〔三〕嶽：原缺，據《後村題跋》卷一〇補。
〔四〕「此卷」下原有「則」字，據《後村題跋》卷一〇刪。

趙南塘洪平齋湯晦静遺墨

右，三山陳君天定藏南塘趙公二跋，一爲陳了翁論邢和叔疏藁〔一〕、一爲韓子蒼逸詩而作。五帖皆與其弟蹈中者。跋不待贅語，帖中如論《通鑑綱目》疑義，甚精確〔二〕，評蹈中詩尤森嚴可畏。噫！析理至朱氏完粹矣，而不肯苟同；煅詩至蹈中精密矣，而不少假借。西山真公拜内相，上公自代，公怫然不悦，前輩自重不屈搢類如此。

公與余翰墨尤多，余詩不逮蹈中遠甚，公有「雪騎追窮漠，風飄轉廣津」之褒〔三〕。又簡余曰：「兄才尤宜於古文〔四〕，而專用於詩、四六，斲而小之，可惜。」又曰：「兄文有法度，某不能及。」豈非恕於友而嚴於弟歟！

卷末又有平齋洪公、晦静湯公帖。此二公皆余故人，皆與南塘交遊者。三君子宰木已拱，余雖僅存，然耆舊凋謝，欲談前事無復人矣。陳君他日試呈似今常平使者湯公秘書，必有以發其感慨。

〔一〕邢：原作「刑」，據《後村題跋》卷一〇改。

〔二〕確：原缺，據《後村題跋》卷一〇補。

〔三〕颿：原重一「颿」字，據《後村題跋》卷一〇删。

〔四〕尤：原作「有」，據《後村題跋》卷一〇改。

尤溪趙珤廷策

尤溪趙君肖翁示余丙辰廷策一編，首尾八千餘言〔一〕，專以《乾》《坤》二卦奉對〔二〕。其析義理極精，其辨忠邪、條治亂極沉著痛快，其規切君相極忠憤憂愛。君生於庚寅〔三〕，是歲方二十七，而危言老氣嵂崒如此。昔人以杜牧居第五爲屈，乙科第九，得無少屈君乎？漢唐策士於廷多矣，如晁錯、公孫弘、牛僧孺之流〔四〕，皆裒然爲選首〔五〕，不旋踵取卿相。然遡其言以求其心，千載而下方笑未已〔六〕，其粹然出於正、浩然有所守者，江都相爾，劉布衣爾〔七〕。本朝策士於廷亦多矣，自葉祖洽非先烈以合時好，迄宣、靖一甲子間無直言入。南渡百餘年，求其可繼董、劉二子者，横浦張公耳〔八〕，梅溪王公耳〔九〕。窮達繫一時之命，賢佞有萬世之論，君其益講學，益進德，以錯、弘、僧孺、祖洽自鑑，以董、劉、張、王四君子自勉，使後之評君者曰〔一〇〕：是真能踐其言者！

〔一〕言：原缺，據《後村題跋》卷一〇補。
〔二〕坤：原作「常」，據《後村題跋》卷一〇改。
〔三〕君生：原缺，據《後村題跋》卷一〇補。
〔四〕鼌：原作「朝」，據《後村題跋》卷一〇改。
〔五〕爲選：原缺，據《後村題跋》卷一〇補。
〔六〕下方：原缺，據《後村題跋》卷一〇補。
〔七〕劉：原作「平」，據《後村題跋》卷一〇改。
〔八〕耳：原作「黼」，據《後村題跋》卷一〇改。
〔九〕耳：原作「輔」，據《後村題跋》卷一〇改。
〔一〇〕「君」下原有「子」字，據《後村題跋》卷一〇删。

起余草堂詩〔一〕

余爲童子時，嘗閲一遍，機鋒不起，遂不復閲，久爲棄本。因肅翁直院舉一二篇，余意終未領會。肅翁咎余於此詩匆匆草草，遂托里中老士人訪舊本，皆無之，□□□□郎能誦一二聯。一日有擕小冊來者，視之乃此集也。讀之三日，機鋒不起，與六十年前無少異。

詩貴苦思精鍊，集中諸人可謂思之苦、鍊之精矣。其間警句及體帖親切後生可學者，已擷取之矣。肅翁尤稱《駐蹕山》、《乘月登樓》、《腐草化爲螢》三數篇，今觀《駐蹕山》全首都不説山在遼東〔二〕，亦未足形容虬髯帝武略之盛〔三〕。如云「舉頭驚日近，滿目覺春還」〔四〕，又云「好語從天下，榮名落世間。鬼神驚拜賜〔五〕，草木頓開顔」，略不近傍「蹕」字、「山」字。《乘月登樓》第三第四句，云「鳥啼秋瘁柳〔六〕，人上月明樓」，似乎别造上句以偶下句，而不相貫屬。又云「刁斗聲無勇，家山淚欲流」，此二句説胡騎也，然非下面送聯則華戎無辨矣〔七〕，亦詩病也。别一首云「譙門長嘯外，胡騎一時收」，殊淺弱。《腐草化爲螢》之篇「寒光忽獨醒」，按獨醒出處乃醉醒之醒，似押未倒。元質云起余草堂詩皆不體帖，以印本考之，每篇各有批抹，不知何人之筆，但去取皆當。又於編首注云：「此集多脱體，不着實題，今擇其分曉可學者存之。」又云：「起余雕鐫太過，險怪尤甚〔八〕。」則是當時已有此論，非匆匆草草考之不精也。

因記少時見老儒孔初平誦《杏壇》詩「我來餘禮樂，人去獨林巒」之句，往往泣下。此二句去杏壇甚遠，莫曉感泣之由。以類求之，如《望祀蓬萊》云「雲歸還寂寞，日落更徘徊」，不見蓬萊；《墮淚碑》云「涕零遊憩地〔九〕，望斷莽蒼基」，不見碑；《志士思秋》云「良時天不再，前事水空流」，不見秋；《活計一張琴》云「蕭條終日趣，寂寞古人心」，不見琴；《口伐可汗》云「沙磧三年戍，秋風一夜寒」，不見題。句雖佳〔一〇〕，如不切何？肅翁深於詩者，當更與商榷〔一一〕。

〔一〕「余」下原有「詩」字，據《後村題跋》卷一〇刪。
〔二〕全：原無，據《後村題跋》卷一〇補。
〔三〕略之：原缺，據《後村題跋》卷一〇補。
〔四〕目：原作「自」，據《後村題跋》卷一〇改。
〔五〕拜：原作「科」，據《後村題跋》卷一〇改。
〔六〕秋：原作「人」，據《後村題跋》卷一〇改。
〔七〕戎：原作「我」，據《後村題跋》卷一〇改。
〔八〕「尤」下原有「其」字，據《後村題跋》卷一〇刪。
〔九〕地：原作「北」，據小草本改。

〔一〇〕佳：原作「住」，據小草本改。

〔一一〕榷：原作「確」，據小草本改。

趙倅與灝條具斡腹事宜狀〔一〕

淳祐辛丑，余待罪廣東漕。一日，經略劉直卿侍郎約議事，至則出密劄相書，言諜報韃謀由交趾趨邕、宜，有旨令帥整齪軍馬，漕積聚錢糧，以俟調發。時杭相李公初薨，山相獨運，余始識斡腹二字，與直卿各條所見以復命。余言漕計僅支吾目前，若欲隨軍餉鄰路，非另項科降〔二〕，恐緩急乏興，得祠牒五十道。既而諜報無事〔三〕，余召去，所得祠牒未用也。

自辛丑而後〔四〕，斡腹之說若緩若急〔五〕，將信將疑，歲歲如此。至去冬所傳愈響，或言韃已滅大理，窺我邕、宜；或言已越思、播，闖我沅、靖；或言襄閫以重兵禦於黃平寨，我師不利。聞者相顧失色，罔知虛實，且不識黃平寨爲何處。郡通守趙君與灝曰〔六〕：「我知之。」衆聳聽，君因歷歷言其處所及傍近阨塞險要，如履家舍。他日出一卷書示余，蓋君曩爲靖倅，被閫檄行辰、沅、靖三郡，條畫斡腹故牘也〔七〕。始者衆謂由思至沅，中間犵惹溪最險，由播至靖〔八〕，中間黃平寨最險，宜於二處置屯〔九〕。君不憚勞苦，身履目擊，圖繪以獻。且言二險雖可恃，然不可屯兵者五：深入生地〔一〇〕，無糧可因〔一一〕，陸餉既艱，水運又絶，一也；寨屋瓦甓〔一二〕，焉所取具〔一三〕，二也；靖入黄平八百餘里，沅入犵惹五百餘里，置孤軍於生界之外，聲援不接，三也；二處號爲險峻，僅通一人一騎，然其下私小路亦多，四也；官軍與生猺錯居〔一四〕，久之必不相安〔一五〕，五也。靖之管内土名旺溪，又名生地〔一六〕，有一路曰鬼叫衝〔一七〕；沅之管内土名平溪，又名便溪，乃思、播透入之路。皆有險可守，且去郡不遠，可相應接。此數處或已有寨而兵少，宜增戍；或傍近有寨而無助，或有險而無備，宜創寨。君以檄按行，淳祐丁未也。

嗟乎！斡復之傳久矣。余出嶺十八年，君去靖亦一紀矣，使山相及後來籌帷幄、建旗鼓者因諜言自治其内，結諸蠻爲强援，練土丁爲精卒，藩籬厚，根本固，勿勞師費財可也。奈何玩習苟且，憂其急而妄動，幸其緩而自寬。急則匆匆抽摘，虚北實南，遣戍者大半死瘴癘不返〔一八〕，又下令支郡皆築城清野，到處騷動〔一九〕，緩則一籌不畫。自始至終墮虜狡謀，至今以疆埸之憂上勤宵旰，執事者失策甚矣。

余每謂吏道世務皆可以智力勉彊，惟邊事非習則不知。方今名卿才大夫甚衆，求其軒豁喜功名、機警善籌策、老成更事變如君輩絶少。稍進若人於朝〔二〇〕，雲中功級虚實可止輦而問也，西域山川險易可聚米而圖也，顧使之滯於司馬、長史以老歲月，豈非進退人物者之責哉〔二一〕！君將解組造朝，乃書卷末而歸之。

〔一〕斡：原作「軫」，據《後村題跋》卷一〇改。正文「余始識斡腹」同。

〔二〕另：原作「令」，據《後村題跋》卷一〇改。
〔三〕無事：原缺，據《後村題跋》卷一〇補。
〔四〕後：原作「復」，據《後村題跋》卷一〇改。
〔五〕「斡」原作「幹」，「說」字原缺，據小草本改、補。
〔六〕趙君與灦：原缺，據《後村題跋》卷一〇補。
〔七〕膭：原作「樻」，據《後村題跋》卷一〇改。
〔八〕至靖：原倒，據《後村題跋》卷一〇乙。
〔九〕置：原無，據《後村題跋》卷一〇補。
〔一〇〕生：原作「主」，據《後村題跋》卷一〇改。
〔一一〕因：原作「困」，據《後村題跋》卷一〇改。
〔一二〕瓦：原作「村」，據《後村題跋》卷一〇改。
〔一三〕具：原作「其」，據《後村題跋》卷一〇改。
〔一四〕猺：原缺，據《後村題跋》卷一〇補。
〔一五〕句首原有「之」字，據《後村題跋》卷一〇刪。
〔一六〕生地：原倒，據《後村題跋》卷一〇乙。
〔一七〕有：原作「省」，據《後村題跋》卷一〇改。

〔一八〕遣：原缺，據《後村題跋》卷一〇補。
〔一九〕到：原缺，據《後村題跋》卷一〇補。
〔二〇〕稍：原作「精」，據《後村題跋》卷一〇改。
〔二一〕責：原作「貴」，據《後村題跋》卷一〇改。

居厚弟詩

右，居厚弟送勳姪赴漕試詩。初，居厚與兄志學場屋齊名，相踵擢第。志學得年僅三十一，無子，居厚命勳繼之。昔我叔父小麟臺公舍子而任弟，於是勳本生父審淵老死布衣，居厚爲兄立後而命以官，不屬他人而屬審淵之子，家法也，天道也。勳於居厚昔爲再從子，今爲從子。事叔父當如父，必共其教令；友墳弟當如同産，必極其恩意〔一〕，然後無負於叔父之選立。余耄矣，因勳訪別，語之曰：汝父汝叔俱奮孤童，攜束書徒步走京師應試〔二〕，於時貲用狹於汝，裘馬儉於汝〔三〕，卒能中黄甲，還青氈。汝雖清貧，視汝父、汝叔微時稍泰矣〔四〕。夫仕之通塞，命也，巧力不與焉；試之得失，藝也，工則中之焉。汝勉之，非惟汝二父之望，亦老伯之望。

〔一〕恩：原作「思」，據《後村題跋》卷一〇改。

〔二〕攜：原缺，據《後村題跋》卷一〇補。
〔三〕「裘」原作「裏」，「儉」原作「險」，據《後村題跋》卷一〇改。
〔四〕視：原缺，據《後村題跋》卷一〇補。

黄孝邁四六

四六必有新意，必有警聯，新意謂不經人道者，警聯謂可膾炙人口而不戟人喉舌者。雪洲黄君示余表、啓各六篇爾，然新意横生，自出胸襟，警聯叠見，一掃陳腐〔一〕。友朋中筆力及君者極少，余讀而愛之。嗟夫！不龜手之方一也，或以封，或不免於洴澼絖〔二〕；駢儷之作一也，或尚方賜潤筆金，或掃閣載寶玩。而君挾所長游四方，裘馬穿羸〔三〕，棲棲爲諸侯客，豈非洴澼絖之類歟！昔王初寮、汪浮溪微時，代人表牋已爲世傳誦，厥後終爲詞臣，君勉之！

〔一〕一掃：原作「去」，據《後村題跋》卷一〇改。
〔二〕「或」下原有「以」字，據《後村題跋》卷一〇删。
〔三〕穿：原作「竄」，據小草本、翁校本改。

再題黄孝邁長短句〔一〕

十年前曾評君樂章，耄矣，復覩新腔一卷。《賦梨花》云：「一春花下，幽恨重重。又愁晴，又愁雨，又愁風。」《水仙花》云〔二〕：「自側金卮，臨風一笑，酒客吹盡。恨東風，忙去薰桃染柳，不念淡粧人冷。」又云：「鷩鴻去後，輕抛素韤，杳無音信。細看來，衹怕藥仙，不肯讓、梅花俊。」《暮春》云：「店舍無烟，關山有月，梨花滿地。二十年好夢不曾圓合，而今老，都休矣。」其清麗，叔原、方回不能加，其綿密駸駸秦郎「和天也瘦」之作矣。昔和凝貴顯，時稱曲子相公；韓偓抗節唐季〔三〕，猶以香奩爲累。惟本朝廬陵、臨淄二公，於高文大冊之外，時出一二，存於集者可見也。君他文皆工，余恐其爲樂章所掩，因以箴之。

〔一〕長短句：原作「短長句」，據小草本、《後村題跋》卷一〇改。
〔二〕云：原無，據《後村題跋》卷一〇補。
〔三〕季：原作「李」，據《後村題跋》卷一〇改。

恭跋阜陵御書韋詩

右，韋蘇州五言古體十二首，乾道天子親灑翰墨以賜故相陳正獻公者〔一〕。後八十有四年，正獻孫增出以示臣，奎畫既妙，韋詩絶佳，希世之寶也。《郡中讌集》云：「自慙居處崇，未覩斯民康。」《西齋寄友》云：「郡公方雲集，獨余忻寂寥〔二〕。」仕有憂民之心，退無競名之意〔三〕。《觀稼》云：「倉廩無宿儲，徭役猶未已。方慙不耕者，禄食出閭里。」蓋畎畝不忘之義，此乾道天子之所以嘉奬而爲之肆筆也。

〔一〕故：原作「古」，據《後村題跋》卷一〇改。

〔二〕忻：原作「所」，據《後村題跋》卷一〇改。

〔三〕名：原作「民」，據《後村題跋》卷一〇改。

恭跋思陵書韓翃詩

「春城飛花」之句，不獨德宗喜之，我光堯亦喜之。使翃生於炎、紹，亦必爲詞臣矣。光堯御書便面滿天下，此乃鄉衮陳魏公家藏，可寳也。

黄户曹梅詩

和余《百梅絶句》者二十餘家，黄户曹和在諸人之後〔一〕，無一句一字與諸人相犯。如「天籟消沉斗柄斜，繞枝忽起護巢鴉，素娥青女新梳洗，來鬭寒梅半夜花」，如「白氈禪巾白石龕，跏趺無迹越山庵，朝朝拱立罔明手，昨日看梅廢小參」〔二〕，如「杯間翠羽啄枯槎，邂逅孤筇次水涯，飛過小溪留數語，殷勤報有隔橋花」，如「何須更辨傷春誇，歲歲飄零不及春」，如「效顰可醜張玄妹〔三〕，競爽宜爲東皙兄」，皆冥搜精煅，他人不可擬摹。若夫「小哉荀令香三日，甚矣桓公臭萬年」之句，雖老夫亦避君三舍矣。

夫學莫難於進，莫易於畫。進者如抹電之駿，瞬息歷三十二城；畫者如逆風之舟，終日遡洄而不離舊處。詩亦然。以君之才，加以年，輔以學，必大勇猛精進而未止，萬象將困君陵暴，梅特詩中一物爾。

〔一〕黄：原作「昔」，據《後村題跋》卷一〇改。

〔二〕日：原作「夜」，據《後村題跋》卷一〇改。

〔三〕醜：原重一「醜」字，據《後村題跋》卷一〇删。

林通議遺墨

玉融林氏自著作平六傳而至通議大夫格〔一〕，是生龍學，林氏始大。又四傳而至寒齋。龍學忠節見於史，金紫、寶章、寒齋三世行誼見於余所述墓誌，惟通議而上文獻無所考詳。故老言通議大父仲廉、父伯材，皆爲里大儒。通議五薦於鄉，由特科爲建州理掾〔二〕。此詩爲題云「新酎托黄親奠先塋」〔三〕，誦「身先失父母，禄止及妻兒」之句，不洎之悲，使人涕下。通議遺墨僅此片紙，余從寒齋二子同、合借觀，録而藏之。初，龍學在母腹中〔四〕，族人夢祖塋華表金書云〔五〕：「遇酉生珠玉。」既而龍學生於己酉，而寒齋亦然。昔人設首丘之喻，以不去鄉井、奉墳墓爲孝。孔氏世葬孔林，嬴博之事蓋不得已而然。後世有宦遊不能歸者，老泉葬蜀，長公葬汝，少公葬潁〔六〕，歐公亦不克返瀧岡。今林氏十一世松楸相望，歲時子孫瀝酒掃松，一日可匝。同、合又各爲生墓，距父祖宅兆一牛鳴間爾，烏虖盛哉！

〔一〕玉：原作「王」，據《後村題跋》卷一〇改。

〔二〕科：原作「料」，據《後村題跋》卷一〇改。

〔三〕托：原無；先：原作「新」。據小草本補、改。
〔四〕腹中：原無，據《後村題跋》卷一〇補。
〔五〕「族人」下原有「云」字，據《後村題跋》卷一〇刪。
〔六〕潁：原作「潁」，據《後村題跋》卷一〇改。

紹興獎諭詔〔一〕

公之乞挂冠樓前也，或謂公爲全身遠害計爾，嗟夫！中書舍人以書行詔令爲職，時二凶執國命，所謂大詔令，今日上自稱皇太弟而與子也〔二〕，改建炎爲明受也，明日褒崇二凶也，遣使和虜也，止勤王之師也，擢王世修而貶張德遠也。人各有能有不能，書行此等詔令，非公之所能也，公之去豈不壯哉！彼以揮翰如飛、書行惟謹者爲是，則公之去非矣。當時自朱丞相而下，順承二凶，莫敢少迕，諉曰陳平誅吕、荀爽圖卓亦然。前輩論平、勃事當以王陵爲正，史筆於爽譏其濡迹平、勃，視陵且有愧色，況爽輩有謀而未遂乎？

明受之變，賴天祚宋，張、吕倡議於外，李邴、鄭瑴正色於朝，龍學公寧去不踐其廷〔三〕，本强折衝，不崇朝而六龍出照扶桑矣〔四〕。否則雖有百朱藏一〔五〕，如之何哉？《秀水閒居録》非笑勤王諸公，若以爲無寸勞者。惟我光堯遭時艱厄，洞見群臣情態，朱公册免，吕、張迭相，李、鄭柄用。余讀紹興改元十月四日詔書，云：「林遹當苗、劉作過，首先致仕不出，可除龍圖閣直學士以寵其節〔六〕。」昔伯夷得夫子而名益彰，光堯此詔榮過華衮，以致仕不出爲節，異於或者之論，公得此可以流芳於萬世矣。

始，鄒道鄉南竄，惟公以一太學生祖道；後考廷試〔七〕，得胡澹庵；帥鄉閫，同邑鄭公介夫猶亡恙，公屏旗纛，步屧至其廬，展謁甚謹〔八〕；在掖垣，請官介夫之後。攷公本末，其大者既卓然有立，其小者亦奇偉如此。

〔一〕諭：原作「譽」，據《後村題跋》卷一〇改。
〔二〕與：原作「興」，據《後村題跋》卷一〇改。
〔三〕學：原作「李」，據《後村題跋》卷一〇改。
〔四〕矣：原無，據《後村題跋》卷一〇補。
〔五〕則：原無，據《後村題跋》卷一〇補。
〔六〕寵：原作「龍」，據《後村題跋》卷一〇改。
〔七〕考：原作「放」，據《後村題跋》卷一〇改。
〔八〕展：原作「假」，據《後村題跋》卷一〇改。

周天益詩

君生於福而僑於劍，劍人皆沿崖臨流以居〔一〕，望之如在圖畫間。然多水患，壬子溪漲，至冒城郭，君之草廬毁焉。家具蕩盡〔二〕，獨橐其詩來訪余，余爲作詩勸緣。後八年復至，曰：「吾廬雖復舊觀，然年益長，身益窶，溪山風月雖美，如饑何？」余問别後何所爲，君又出橐中詩，數倍前作。余語君曰：使君之家室屢漂摇〔三〕、屢拮据而未定者，溪誤之也；使君之身世栖栖然浪走於江湖、見遺於場屋者，詩誤之也。意君厭且倦矣，將改圖矣，而君尚戀溪不忍去，耽詩不輟吟，人固有嗜好與世如是之相反哉！

昔天台林景思，詩家前輩，號雪巢，近有同人劉某亦號雪巢；建陽劉叔通，考亭高弟，號溪翁，君亦號溪翁。余嘗戲劉君與景思争巢，今君又與叔通争溪耶！然景思、叔通詩皆行世，君其勉之。

〔一〕劍：原在下句「如」下，據《後村題跋》卷一〇乙。
〔二〕家具：原倒，據《後村題跋》卷一〇乙。
〔三〕室屢：原作「空窶」，據《後村題跋》卷一〇改。

黄珩和梅絶句

黄户曹祖潤既和余《百絶》，其族父珩亦繼作。凡詩以千首如一首爲易，以一筆兼衆體爲難；以衆句叙一事爲易，以一句貫一篇爲難。君所作首首不相犯，句句皆自鍛，若粹衆長、倩他手而成者，尤善於借彼明此，縮多爲少。其警句云：「豐鐘逐散雲遮路〔一〕，我欲伸寃玉帝家。青女一身都是膽，年年隨月下偷花〔二〕。」又云：「真色果無描畫法，漢人枉自殺毛公〔三〕。」又云：「一雙白鶴騎焉往，十萬青蚨散即休。吟透何郎早春句，輸他占射得揚州。」始謂户曹爲士林之英妙〔四〕，不知君家又有癡叔也，處仲父子未易優劣〔五〕。

〔一〕逐散雲遮路：原作「散盡曉雲遮」，據《後村題跋》卷一〇改。
〔二〕「月下」二字原倒，「花」原作「光」，據《後村題跋》卷一〇乙改。
〔三〕自：原作「是」，據《後村題跋》卷一〇改。
〔四〕士：原作「侍」，據《後村題跋》卷一〇改。
〔五〕仲父：原作「冲武」，據《後村題跋》卷一〇改。

甫姪四友除授制

此題安晚倡之，竹溪和之，後余繼作〔一〕，已覺隨人脚跟走矣。既而胡卿叔獻及倉部弟各出奇相誇〔二〕，里中士友如林公掞、方至、黄牧競求工未已，然止有許多事用了又用〔三〕，止有許多意説了又説，譬如廣場卷子，雖略改頭换面，大體雷同，文章家之大病也。

有張端義者，獨爲四友貶制，自謂反騷，然材料少，邊幅窘，非善辭令者。翀甫姪此作殿諸人之後，余覽之曰：世皆以列於《楚辭》者爲騷，殊不知荀卿之相、賈馬之賦、韓之《琴操》、柳之《招海賈》《哀溺》《乞巧》諸篇，皆騷也。同一脉絡，同一關鍵，而融液點化，千變萬態，無一字相犯〔四〕，至此而後可以言筆力。若疾走不如夸父，冶容不如西子，未免於學步焉，傚顰焉。警策處僅勝衆作，慢衍處反爲衆作所勝〔五〕，其如勿爲。

杜公云：「詩是吾家事。」余亦云四六是吾家事，著作公似歐、蘇，小麟臺公似楊、劉，然皆不獲用世。若余蕪拙，兩叨詞臣〔六〕，而無一篇可傳。翀也有志兹事，宜博覽，且精思，他日院吏腕脱，勑使口宣，有掃閣受潤筆之獲而無依樣畫胡蘆之誚，不獨爲吾父祖争氣，亦爲汝伯刷恥。四友特小除受爾，更有大典册在。

〔一〕繼：原作「聯」，據小草本、翁校本改。
〔二〕弟：原無，據《後村題跋》卷一〇補。
〔三〕「止」上原有「至」字，據《後村題跋》卷一〇刪。
〔四〕犯：原作「紀」，據《後村題跋》卷一〇改。
〔五〕衍：原作「善」，據《後村題跋》卷一〇改。
〔六〕叨：原作「以」，據《後村題跋》卷一〇改。

真窖遺文

聽蛙翁身九尺如張鎬相公，而歘起無風雲之會；年八十如魯申公，而高蹈無舂鉏之辱。余小翁七歲，以兄事不敢以友交也〔一〕。暇日出一編書示余，曰：「先君子昔多論著，未嘗蓄藁，今所存者絶少。吾子方網羅放失，賞好文字，獨無數語以寵嘉之乎？」余袖歸讀之，得古文六、古詩十二、律詩百三十一、雜文二十六，侃侃乎父師之容，鑿鑿乎典訓之言，簡而盡，訥而辨，若不經意而窮天下之思索，若不修辭而極文章家之妙巧。大篇短章皆然，蓋玉川子〔二〕、甫里先生之流，顧使之浮湛於閭巷，老死於山林臯壤，朝無伯休之召，史失兩生之名〔三〕，反復遺文，爲之慨嘆。

余不及識君，而識其兄特魁，名鎬，字仲京。君名銓，字叔平，別號真窖。聽蛙翁名審權，字立之〔四〕。奕世皆龐厚長者。

〔一〕「兄」原作「凡」，「友交」二字原倒，據《後村題跋》卷一〇改、乙。
〔二〕川：原作「州甫」，據《後村題跋》卷一〇刪改。
〔三〕史：原作「使」，據《後村題跋》卷一〇改。
〔四〕立之：原作「坵子」，據《後村題跋》卷一〇改。

方元吉詩

君家詩境公詩雖天材奇逸〔一〕，筆力宏放，亦書卷撑腸拄腹〔二〕、英華發外而然。又周遊天下，南轅湘、粵，北轍汴、燕〔三〕，縱覽祝融、扶胥、太行、黄河，故揮毫之際如有神助。余嘗有五言二十韻題其集〔四〕。若武成詩，得於天資於書者、足歷而目擊者，皆不及翁，直以冥搜精斲，有所悟解。每一篇出，仲白、李蕃輩皆驚異，水心、南塘二老各待以小友。余嘗誌其墓。其父子僊去，今踰三紀，於是海豐令君元吉亦接爲詩〔五〕。莆賦多而詩少，與君同嗜好者不三數人，皆推讓君。君益自喜，叢藁欲十倍於《煮瀑》〔六〕，數倍於《南冠》、《桂林》。諸藁君不能盡抄，前數年出舊作，近又出新吟各一編示余。余病眊不能徧覽，大率飄逸者學詩境，輕清者學武成，可謂善學矣。君才固高，然年少而仕淺，書果撐拄歟？游覽果周徧歟？氣銳而思敏〔七〕，人未一字，我已數首，果冥搜歟？果精斲歟？君以爲已然耶，未也。昔曾茶山以詩示吕紫微，吕病其無新意。朱晦庵讀吕詩則曰：「居仁論詩，要字字響，後來詩却都啞了〔八〕。」君試以此二説，就叢藁中擇其無新意者、啞者，不似此詩境父子者，去之又去之，去之盡則有新意者、字字響者、似詩境父子者出矣〔九〕。它日爲别一編，老漢當爲君重説偈言。

君方氏，字文甫，元吉名也，於詩境公爲叔祖，於武成爲從伯父。武成自號煮瀑庵。

〔一〕雖：原無，據《後村題跋》卷一〇補。
〔二〕拄：原作「柱」，據小草本、翁校本改。
〔三〕轍：原作「輒」，據小草本、翁校本改。
〔四〕五：原作「吾」，據小草本、翁校本改。
〔五〕是：原無，據小草本、翁校本補。
〔六〕倍：原作「陪」，據小草本、翁校本改。下句同。
〔七〕銳：原作「説」，據小草本、翁校本改。
〔八〕却：原作「都」，據小草本改。
〔九〕矣：原作「之」，據小草本改。

陳公儲作山龍自跋詩皆精妙戲題其後〔一〕

伯時馬，公儲龍。追列缺，拏空濛。挾雹雹，驅雷風。裂石出，與天通〔二〕。藝雖工，命則窮。

〔一〕山：小草本作「小」。

〔二〕與：原缺，據《後村題跋》卷一〇補。

喻景山例略賦集句詩卷

往年復齋陳公有重名，士多遊其門，而喻君景山尤號重客〔一〕。余數於復齋坐上接其緒論，間過余劇談。於書無所不通，所著有經史《例略賦》，每一書率以律賦一篇括之。亡友王卿實之嘗欲序而傳之〔二〕，不果。尤善集句，所資取非一家。凡古今大詩人、小家數之作皆默記，或即事，或對客感觸之頃，欬唾而成。如裴度用蔡人，臨淮代汾陽，一指揮間，莫不受令，非若郭象之竊向秀〔三〕，紹威之偷江東〔四〕，楊、劉諸人之撏撦義山而已〔五〕。復齋嘗病《例略賦》啓學者怠心，實之曰：「誦之則記憶愈精牢，何怠之有？」君素嗜陶、韋、荆公詩，自謂平生無一句近傍，因嘆筆力猶弓與秤，分寸不能强，故自作之詩絶少而集句特多，可謂博學精識之士矣〔六〕。

後三十餘年，君之子汝楫袖君集句詩一卷示余，内三十餘首君自緝，餘汝楫所録，行楷姿媚，外人不辨其爲義爲獻也。與之語，才學不減乃翁。憶初識君，風骨清睟，鬚髯漆黑，汝楫貌與髯惟肖，而皤然雪白矣。然則余之愈衰愈老〔七〕，亦可憐也已。

〔一〕「喻」下原有「山」字，「尤」原作「游」，據《後村題跋》卷一〇删改。
〔二〕實：原作「寶」，據《後村題跋》卷一〇改。
〔三〕象：原作「家」，據《後村題跋》卷一〇改。
〔四〕偷：原作「儲」，據《後村題跋》卷一〇改。
〔五〕捨：原作「捨」，據《後村題跋》卷一〇改。
〔六〕「博」下原有「精」字，據《後村題跋》卷一〇删。
〔七〕老：原作「左」，據《後村題跋》卷一〇改。

王實之與喻淮東書

臞軒磊磊落落，所謂眼空四海、神遊八極之表者，而加敬於鄉前輩，卷卷訪求其遺書如此。彼互鄉童子欲與先生並行，黄吻少年而輕議宿士〔一〕，見此當皆顔汗顙泚矣〔二〕。

〔一〕議：原作「譏」，據小草本、翁校本改。

〔二〕顔：原無，據《後村題跋》卷一〇補。

楊公節論語講義

當赤白囊交馳、戎馬滿郊之際〔一〕，蓋辨士説客奇材劍俠奮發功名之秋，楊君方挾朱氏四書與其伯父信齋禮書游行四方〔二〕，術迂而計左矣。昔管幼安客遼東、虞仲翔在交州，皆研究經學，開門授徒。近世尹和靖、譙天授先生亦轉仄兵間，卒爲大儒。先賢皇皇汲汲於學，不以時危世難而少輟也。君行矣，安知斯世無爲君築金臺者〔三〕。

〔一〕交：原作「父」，據《後村題跋》卷一〇改。

〔二〕「行」下原有「之」字，據《後村題跋》卷一〇删。

〔三〕築：原作「紫」，據《後村題跋》卷一〇改。

通上人詩卷

余自柱史免歸〔一〕，屏居荒村，面壁九年，門無貴客，惟游於方之外者辱臨焉。然閩僧多白首未嘗行脚，又未嘗參叩大善知識，與語，不過曰某刹虚，某貴人與某官善，書可求、刹可得也。主人急起洗耳，客不樂而去。人因謗曰：後村不喜僧。一日，有天台通上人入謁，余問來意，通曰：「無他，平生有吟癖。」袖所作詩兩卷，請余評之，其言異於閩僧，余修容加敬。徐讀兩卷，幽閑澹泊，如不設色之畫，不糁之羹，有自然色味。昔兜率悦語張無盡：「公對某説禪，猶某對公説文章〔二〕。」余病髦〔三〕，文章不及無盡；通足跡滿江湖，金山、靈隱、天竺、天目、育王，名山皆徧遊，諸方大善知識皆飽參，既説禪，又説文章。異時勇猛精進，禪不到悦，詩不到惠勤、道潛地位不止也。

〔一〕柱：原作「杖」，據《後村題跋》卷一〇改。
〔二〕公：原作「禪」，據《後村題跋》卷一〇改。
〔三〕「髦」下原有「耋」字，據小草本、翁校本删。

後村先生大全集卷之一百丹九

題跋

術者施元龍行卷

太史公傳日者不三二人，揚子雲以嚴君平與李士元並稱，其爲世所貴重如此。今挾術浪走四方者如麻粟而世反賤之，何歟？蓋古之士不必逢掖〔一〕，雖業一技而甚貧窶者亦莫不自重。屈原楚大夫，賈誼、宋忠漢名卿，皆即詹尹、季主而卜，有來而問無往而告也。史記君平垂簾閉肆〔二〕，國初麻衣道者非陳希夷不能致。今術士異於是，有盤街不售，有守門不得見，有不問而告者矣。上饒施君伯山過余談天，其學兼日者、龜筴之長，決以風鑑，倫類貫串，談論泉涌，品其儕輩皆在下風。然客四方，游三邊，進不能取一命，退不能謀把茅丘田。别我南轅，姑與之飲。嗚呼！安得有氣力貴人如燕昭，爲築黄金之臺，如杜工部芘以突兀之厦，如白傅蓋以萬丈之裘，使君不以饑寒累心，術益精，語益驗，爲鐵户限，非輦金帛而來叩者勿納。

〔一〕逢：原作「蓬」，據小草本、翁校本改。
〔二〕記：原作「君」，據《後村題跋》卷一一改。

孫夢得習齋

《語》二十章，習第一義。作聖功夫，實基於是。陳以名菴，陳公和仲。孫以名齋。劉叟贊歎，舜何人哉！

蘇澤先天太極論

書有坦明易通者，有微妙難通者。孔氏語門人曰：「吾無隱乎爾。」然當時高弟有「性與天道不可聞」之歎，雖伯魚親受於家庭者，不過《詩》《禮》而已。經莫粹於《易》，夫子五十而學。如先天太極之義，前有濂洛《皇極經世書》、《通書》、《易傳》，後有朱陸鵝湖往復之論，至矣盡矣。以葉龍泉之精詣、陳龍川之豪雋，猶不能添一字注脚，潮士蘇君澤乃著論以翼先儒之説而合諸家之異。嗟夫！余幼而執卷，今七八十矣，於書多未能通其易通者，君年甚少，顧能通其難通者，亦足以見余之耄，而君之英妙不可及矣。

陳邁高梅詩

自昔詠梅者少，六朝惟何遜揚州、陸凱庾嶺之作傳於世，至本朝孤山處士，「暗香疏影」之句擅名至今。此二三君子，或才思清麗足以譽梅，或人物高勝足以重梅，又首爲詩家破天荒，如優鉢曇花曠劫一見〔一〕，所以可貴。其後舉世皆詠梅，無論山林之士，雖市朝之人莫不有作，累數千百篇而不敢望前賢之一聯半句，於是不足以譽梅重梅，而反以褻梅輕梅矣。余往賦《百絶》，先犯此戒，和者二十餘家，仙溪陳先輩最後和，而押韻用事，清新無窮〔二〕。君妙年有場屋之債，宜且參取王沂公兩句，未可作此冷淡生活。

〔一〕曠：原作「擴」，據《後村題跋》卷一一改。
〔二〕清：原作「新」，據《後村題跋》卷一一改。

劉景山教學詩

難莫難於爲人師，而爲童子之師尤難。蓋敏鈍勤惰，受性各異，有能秤象者，有不能名六畜者，有襁抱中識之無者，有誤讀金根者。加以父兄驕惜，保姆擁護，左右便佞諂媚，少也不力，長而猶騃，童心無時而改，師教有時而倦〔一〕，則與之爲嬰兒而已，滔滔者皆是也。吾里劉君《教學詩》四十九韻，諄諄然廣《弟子職》、《小學書》之意〔二〕，而無韓子利禄之誘。使家塾每得若人任擊蒙之責，彼璞者可追琢成器，甘白者可和采爲色味，拱把者可培養，使之干霄拂雲也。

君名景山。

〔一〕時：原作「特」，據《後村題跋》卷一一改。

〔二〕職：原作「識」，據《後村題跋》卷一一改。

三山薛璞講義

自古有狄難，布衣之負材智、喜功名者皆遊邊以求售其説，而窮經考古之士所挾既迂，北轍不利，往往轉而南轅。長溪薛君以其學講於泉，泉之大夫國人相率以聽〔一〕。前御史洪公君疇取其引《周禮》經文以正歲爲周正、正月爲夏正之説，謂可以決千四百年之疑。君歸遽，余病眊不能細扣，君爲余略剖一二，其説皆信而有據，辨而不鑿〔二〕。夫六經中千四百年之疑不止於建子建寅一事，前人稱賈生，曰「群疑亡矣」，君不以其已通者自足，而以其未通者自勉，余與御史公當爲君特書屢書不一書。

〔一〕率：原作「師」，據《後村題跋》卷一一改。
〔二〕辨：原作「辦」，據《後村題跋》卷一一改。

章仲山詩

詩非達官顯人所能爲，縱使爲之，不過能道富貴人語。世以王岐公詩爲至寶丹，晏元獻不免有「腰金枕玉」之句，繩以詩家之法，謂之俗可也。故詩必天地畸人、山林退士然後有標致，必空乏拂亂，必流離顛沛然後有感觸，又必與其類鍛鍊追琢然後工〔一〕。或曰：「孰爲類？」曰：有子桑必有子輿，有孟郊必有賈島，有盧仝必有馬異。天台章仲山示予吟藁，庶幾有標致、有感觸矣，意君之友必有若子輿、若賈島、若異者，求之集中，未見其人。若達官顯人之評，蓋富貴人語也，非詩家語也。惜予老病，不得與君細論此事。

〔一〕琢：原作「璞」，據小草本、翁校本改。

鄭大年文卷

建士鄭君贈余騷辭文卷〔一〕，音節步趨屈子二十五之作。然《楚辭》惟《騷經》一篇三致意，諄複而不爲多，委蛇曲折而不爲費。君所作可以約而盡者必演而伸之，爲數十百言，豈祖述《騷經》而不參取《九歌》章句耶？余嘗謂作文難〔二〕，論文尤難，貌似者不若意似。貌似者，《法言》之似《論語》也，《兩京》、《三都》之似《上林》、《子虛》也；意似者，杜詩之似《史記》也，《貞符》之似《王命論》也。此事話長，他日當爲君傾倒。

〔一〕卷：原作「貌」，據《後村題跋》卷一一改。

〔二〕謂：原作「爲」，據《後村題跋》卷一一改。

嚴慤上舍詩卷

丙午，余自少蓬兼西掖去國，客或贈詩曰：「十載梅花曾作祟〔一〕，一番紅藥又無情。」辛亥，自右螭兼儤直去國，御史劾余猶提起梅花舊話。庚申，忝左螭、西掖之召，行至建安，太學嚴生餞詩又爲梅花下注脚。歲暮天寒，萬卉摇落〔二〕，惟梅梢已萌動，真余平生耐久之友。嚴君知名六館，慈恩之杏、廣寒之桂，還君好手，盍以梅花讓余。

〔一〕祟：原作「祟」，據《後村題跋》卷一一改。
〔二〕摇：原作「摧」，據《後村題跋》卷一一改。

曹夢祥石巖集

余少從事昇閫，毅齋徐公由歷陽守持江東庾節〔一〕，道昇，始見於傳舍，謀筦記之士於余。余薦段君昌武，公亦喜其文，畀以京削〔二〕。端平甲午，召彼故老，公還禁近，余亦有列於朝，遂得朝夕親炙。每望公眉宇，聽公緒言，竊意元魯山、陽道州輩人不過如是〔三〕。後二十餘年，耆舊凋落，余白首入京，與尚書郎王公鄰墻。王公示余曹君夢祥《石巖集》一編，其文無驚波怒瀾，泓然止水而已；無奇葩麗藻，蒼然老幹而已。既而知其爲毅齋之宅相。甚矣，曹君之似毅齋也！昔陶淵明爲孟嘉記述平生，號爲名筆；余嘗欲爲毅齋作傳，不果。曹君宜爲渭陽任此責，毋庸多遜。

〔一〕陽：原作「場」，據《後村題跋》卷一一改。

〔二〕京：原作「斤」，據小草本、翁校本改。
〔三〕魯：原作「曾」，據小草本、翁校本改。

劉瀾詩集

詩必與詩人評之。今世言某人貴名揭日月，直聲塞穹壤，是名節人也；某人性理際天淵，源派傳濂洛，是學問人也；某人窺姚、姒，逮《莊》《騷》，摘屈、宋，熏班、馬，是文章人也；某人萬里外建侯，某人立談取卿相，是功名人也。此數項人者，其門揮汗成雨，士群趨焉，詩人亦攜詩往焉。然主人不習爲詩，於詩家高下深淺未嘗涉其藩墻津涯，雖彊評，要未抓着癢處。天台劉君瀾抄其詩四卷示余，短篇如新戒縛律，大篇如散聖安禪，詩之體製略備。然白以賀監知名，賀以韓公定價，余未知君師友何人。序其詩者方侯蒙仲，余謂蒙仲文章人，亦非詩人也〔一〕。詩非本色人不能評，賀、韓皆自能詩，故能重二李之詩。余少有此癖，所恨涉世深，爲俗緣分奪，不得專心致志〔二〕。頃自柱史免歸，入山十年，得詩二百餘首，稍似本色人語。俄起家爲從官詞臣，終日爲詞頭所困，詩遂絶筆，何以異於蒙仲哉！君足迹徧江湖，宜訪世外本色人與之評。儻得其人，飛書相報，余當從君北面而事之。

〔一〕非：原作「未」，據小草本、翁校本改。
〔二〕志：原作「意」，據《後村題跋》卷一一改。

建寧縣平寇録

屬者蠻韃斡腹深入〔一〕，湘中之全、衡、永，江西之臨、瑞皆失守，惟陳侯元桂死城郭，他郡率瞯賊未至，委之而去，竄伏山谷，名曰移治。郡雖小，有厢禁軍，有隅總民兵，若平時拊以恩信，激勵而用之，可以守亦可以戰，何至倉卒無據如此〔二〕！林君經德之宰建寧也，賊去縣五里，君與其家端坐縣廨不去，布置方略，躬率官民兵逆敵，遂大克捷，黠酋凶渠以次俘馘。邑人相賀曰：「微宰君，吾邑其蹀血矣！」郡與臺閫方上其事於朝，君謙巽曰：「皆二寨之功也〔三〕。」嗟夫！一縣之力不大於郡，二寨之卒不强於厢禁隅總，彼以强大潰，此以弱小存，豈非君素拊其士而無虐使乎？時其衣廩而不刻削乎？向使君與全、衡、永、瑞之守易地而處，則千百瘴癘饑疲送死之虜，詎能蹂踐數城如履無人之境哉〔四〕！君才名三十年，猶綰銅墨，近方以學官召，而保境衛民之勞則未録也。昔臧質守盱眙，杜慆守泗，各以寡敵衆。謏曰彼者郡將，如田單以區區即墨拒强燕，雖樂毅不能下，謂縣不足守者，非也。惜余無太史公筆力，不足以發之。

〔一〕幹：原作「幹」，據翁校本改。
〔二〕據：原作「具」，據《後村題跋》卷一一改。
〔三〕寨：原作「塞」，據《後村題跋》卷一一改。下同。
〔四〕詎：原作「誰」，據《後村題跋》卷一一改。

陳秘書集句詩

昔之文章家未有不取諸人以爲善。然融液衆作而成一家之言，必有大氣魄；陵暴萬象而無一物不爲吾用，必有大力量。唐人評昌黎公之文雄偉不常，比之武事，余謂詩亦然。蓋雖古名將，必用素拊練士卒，素服習弓馬。廉頗爲楚將則無功，晉惠公乘鄭駟則敗，豈非氣魄力量有所限局歟？若李臨淮因郭汾陽之營屯壁壘，一號令之而精采變，李廣奪胡兒弓馬南馳，且射殺追者，此豈有法之可傳哉？集句詩自半山後，他人爲之，戛戛其難。秘書君於此咄嗟談笑而成，或詠物〔一〕，或感時觸事，或絶句，或五十六字，雜取前人警句〔二〕。無論小家數，若李、杜、韓、柳、歐、蘇、黄、陳大宗師，亦皆俯首受令於旗鼓之下，其氣魄力量固已關古今騷人墨客之口而奪之氣矣。是編乃君初擢第爲郡文學時所作，余又將順下風求續集而觀焉〔三〕。

〔一〕或：原無，據《後村題跋》卷一一補。

〔二〕謷：原作「鷩」，據《後村題跋》卷一一改。

〔三〕又：原作「文」，據《後村題跋》卷一一改。

信庵爲包君用作墨梅

頃年見信庵丞相爲林肅翁作墨梅横卷，肅翁自言嘗客於公之塾，後果擢上第，入翰苑〔一〕。今觀此卷乃爲永嘉包君用所作，筆愈老。君用亦公客也。蓋山相嘗求公一筆不與，若二客未遇，而公直以魁百花、調鼎實之事期之，可謂具眼矣〔二〕。君用勉之，他日科第官職當不在肅翁下。君用名國器〔三〕，余先君少師同年通守公之孫，余舊同官録參軍之子。

〔一〕翰：原作「韓」，據《後村題跋》卷一一改。

〔二〕眼：原作「服」，據《後村題跋》卷一一改。

〔三〕國：原作「因」，據《後村題跋》卷一一改。

二戴詩卷

余爲儀真郡掾，始識戴石屏式之〔一〕，後佐金陵閫幕，再見之。及歸田里，式之來入閩，又見之。皆辱贈詩。式之名爲大詩人，然平生不得一字力，皇皇然行路萬里，悲憮感觸，一發於詩。其姪孫頣稾其遺藁示余，追念曩交式之，余年甫三十一，同時社友如趙紫芝、仲白、翁靈舒、孫季蕃、高九萬皆與式之化爲飛仙。余雖後死，然無與共談舊事者矣。頣詩亦有石屏風骨，諸公多稱之。昔《禮記》有二戴〔二〕，余謂詩亦有之，敬尊石屏曰「大戴」，頣曰「小戴」。

〔一〕石：原作「不」，據《後村題跋》卷一一改。

〔二〕記：原作「樂」，據《後村題跋》卷一一改。

董檏發幹文藁

余山居十年，不見近人文字。白首入京，稍有袖文卷私淑余者，大率章句多而議論少。天台董君之作，盡卷無一篇詩，惟記序題跋誌誄，繁者千百言，簡者三數行。他人文或讀數句輒義墮，或首尾不相貫屬，惟君引筆行墨略無凝滯。其融液先儒同異，掊擊後學疑誤，透徹痛快，必達其意而後止〔一〕。使君進用而行其言，必有補於世道，賢於風雲月露之作遠矣。初，余未識君，見修齋王尚書稱其人；後識君，又見其文〔二〕，歎曰：知人！

〔一〕止：原作「上」，據《後村題跋》卷一一改。

〔二〕又：原作「人」，據《後村題跋》卷一一改。

爲徑山聞老跋宸翰

臣恭惟皇帝陛下聖學淵奧，儒釋兼該，奎畫高妙，古今獨步。乃者親御翰墨，賜徑山主僧廣聞號「佛智禪師」。聞侈上恩，出以示臣。臣謂智之爲義，在儒家曰大智，曰上智；在釋氏書曰佛智，曰菩薩智，惟真知大覺者能之。昔初祖遇梁帝，忠國師遇唐宗，皆有問答，至今傳誦。聞所以受知於陛下者，雖不以語臣，然故鄭丞相清之、尤端明焴皆深於佛，皆臣所厚，觀其爲聞序跋，更迭稱贊，竊意聞必有言句上契聖心者，陛下豈輕以名假人哉！聞將勒石山中，臣幸以薄技待罪禁林，贊歎有分。

蕭棟所藏畫卷

畫《洛神賦》，余見數本，皆曰龍眠所臨，雖使善鑑定者莫能辨其真贋。廬陵蕭君此本末有澗泉跋語〔一〕，不必伯時真蹟，自可重矣。

〔一〕末：原作「未」，據《後村題跋》卷一一改。

方梅卿和御製聞喜燕詩

和詩難，和御詩尤難。柳誠懸「殿閣微凉」之句，雖無顯刺，亦含微諷，而坡公尚有「公權小子」之語。莆士方和仲以所賡聖製《聞喜燕賜新進士》詩示余。是日余忝從臣與燕，恭和以進〔二〕，久之乃見和仲詩。昔章子厚憤不在前甲，見於色辭。和仲高才奉對，僅得文學，然安義命、敬君賜如此。頃余嘗客和仲於塾，兹幸以薄技在天子左右，小不能如楊得意之誦相如，大不能如常何之薦馬周，可愧也，姑爲跋詩。

和仲名梅卿。

〔一〕和：原作「賀」，據小草本改。

再跋宇文肅愍公詩

余七十歲時爲肅愍公跋此詩，後六年，詩與跋歸肅愍公之孫提管君陞祖。身膏穹廬而手澤返於中國，不歸他姓而歸賢孫，天也。

黄龍南禪師真蹟〔一〕

南公與黄檗勝公書有楊風子〔二〕、近世陸放翁、朱晦庵筆意，言語不掉書袋而自粲然成文，璇公其寶藏之。

〔一〕南禪師真蹟：原無，據《後村題跋》卷一一補。
〔二〕風子：原倒，據《後村題跋》卷一一乙。

宗上人所藏楊文公劉寶學朱文公三帖

宗上人所寶三帖，楊文公一也，劉寶學二也，朱文公三也。久軒此跋只舉朱公，而楊、劉則置而不言，是宗上人惟是之從，不問同異，而久軒未免猶有同異也。雖然，久軒學於朱氏者〔一〕，其尊師衛道之意嚴矣。余景定壬戌九月告老得歸，出宿湖山，宗之徒恬侍者出示此卷〔二〕，念西山、久軒皆不可作矣，因題其後。

〔一〕於：原作「與」，據《後村題跋》卷一一改。

〔二〕恬：原作「括」，據《後村題跋》卷一一改。

給事徐侍郎先集

某庚申仲冬朔侍立，直前奏事。越三日，蒙恩擢貳夏卿，仍兼西掖。時矩山徐公兼東省，同論思，同封駁，每見公於朝廷文字溫潤精切，常自愧其言之繁蕪〔一〕。其於宮府命令、士大夫除授〔二〕，必是是非非，義形於色。某素懦，雖欲自毀袖中之藁，附名淳夫之末，而不敢近傍也。兩省同寅者幾二載，一日公出二徐先生遺文一帙〔三〕。曰覺溪，公王父也；曰觀過堂，公嚴考也。覺溪之作如蟠桃實，如優鉢曇花，希世一見，見則爲瑞。觀過公大篇如廣樂萬舞，短章如廟瑟三歎，鶴鳴章指，金華殿中語也，豈特足以補吕氏《讀詩記》哉！二老有文如此，而終身隱約不遇，書詩之澤鍾於矩山公之身，宜哉！昔坡、潁爲文章大宗師〔四〕，而歐公尤稱老蘇秀才之言，曾南豐亦作明允哀詞。山谷爲詩初祖，而句律自「山鬼木怪著薜荔，天禄辟邪眠莓苔」之語而出，某於矩山公三世亦云。

〔一〕言：原作「論」，據小草本改。
〔二〕授：原作「受」，據《後村題跋》卷一一改。
〔三〕帙：原作「帖」，據《後村題跋》卷一一改。
〔四〕潁：原作「隸」，據《後村題跋》卷一一改。

包侍郎六官疑辨

某丙午以少蓬兼説書，有旨講《尚書》〔一〕。辛亥，以大蓬再兼説書，當講《論語》。俄遷右史，進侍講，當講《周禮》。辛酉，以兵侍兼侍講，復講《周禮》。上於經學皆深造，某於《周禮》

非素習，每進講不免旋讀疏義，傍采諸家解説，陳之旃厦。至於心有所疑，理有未安，既不敢爲臆説，率是捏合遷就，以傅經文。常恐明主顧問，無以奉對。聞宏齋包公有《周禮説》，北面而請焉，始見所謂《六官疑辨》。蓋先儒疑是書者非一人，至宏齋始確然以爲國師公之書，某心有所疑、理有未安者，如破痞刮膜矣。

一日開卷緝熙，講《天官》至《𢿱人》，奏曰：「臣雖按注疏如此説，終是自信不過，豈能有補於聖學萬一？」又奏：「周禮一用於新室〔二〕，再用於後周，三用於熙寧，皆爲天下之禍。臣舊疑其書，近見包某《疑辨》，豁然與臣意合〔三〕。若陛下因包某進講，試取其書觀之，便見其人見識高，非世儒尋行數墨者所能及。」上頷之。

是日貴主將下嫁，講退，見大箱小篋拍塞殿廡，竊意天子應酬群碎亦如人間〔四〕，講席所奏未必留聖慮矣。及還舍，坐未定，得宏齋柬，謂有旨宣諭：「劉某奏卿有《周禮》解義，可録進呈。」某與宏齋相與贊歎，陛下之勤於典學未嘗須臾離也。雖開甥館而猶延儒臣，方治家事而急聞經説，真萬世帝王軌範。宏齋既奉詔，抄其書奏御，某因題卷末而歸之宏齋。

〔一〕講：原作「請」，據《後村題跋》卷一一改。
〔二〕室：原作「政」，據《後村題跋》卷一一改。
〔三〕與：原作「每」，據《後村題跋》卷一一改。

〔四〕子：原作「上」，據《後村題跋》卷一一改。

劉瀾樂府

劉君瀾嘗請方蒙仲序其詩〔一〕，以示余。余曰：「詩當與詩人評之，蒙仲文人，非詩人，安能評詩？」今又請余評其詞，余謝曰：「詞當叶律，使雪兒、春鶯輩可歌，不可以氣爲也〔二〕。君所作未知叶律否，前輩惟耆卿、美成尤工，君其往問之。」讀余此評者必笑曰：君謂蒙仲不能評詩，君顧能評詞乎？

〔一〕瀾：原作「澗」，據《後村題跋》卷一一改。

〔二〕也：原作「色」，據《後村題跋》卷一一改。

吳必大檢察山林素封集

昔陶穀尚書伐其翰墨之功，希望大用。善乎藝祖聖訓曰：「吾聞翰林草制依本畫葫蘆耳。」吳君此集十有七篇，皆翻空出奇，幻假成真，無本之葫蘆也。雖然，有《毛穎、革華傳》在前，謂之依本亦可，但文字巧拙，世有公評。君於四六精妙之至矣〔一〕，余獨惜君才思鬱積無所洩，而姑見於游戲如此。他日秉筆以鳴國家之盛，當充其所謂精妙者，爲温潤典雅，爲和平沖澹，新集行則此編爲少作矣。

〔一〕六：原作「方」，據《後村題跋》卷一一改。

歐良司户文卷

輦路二年，閱士友贄卷多矣〔一〕，率叢編鉅帙，多千篇，少亦數百〔二〕。余病眊不能悉讀，或讀不能終卷〔三〕。盱江歐君示余古文八、賦一、古律詩十四、儷語四，其言質而綺，簡而不煩，如高人韻士，深衣幅巾，見者屈膝，不待有衮及繡，自然貴重。其《佛老論》、《王制、月令辨》皆精確，《硯銘》、《真贊》皆峻潔，詩如《貞女采蓮》之篇尤有古意。《雜興》云：「璧固君所奇，鏡亦妾所惜〔四〕。乍可返君璧，妾鏡不可得。」語尤高簡於《還珠吟》矣。五言云：「紅黄冬樹葉，紫翠夕陽山。」惠崇、大年着色畫也。

〔一〕卷：原作「巻」，據《後村題跋》卷一一改。

〔二〕數：原作「敘」，據《後村題跋》卷一一改。
〔三〕讀：原在「能」字下，據《後村題跋》卷一一乙。
〔四〕妄：原作「妄」，據《後村題跋》卷一一改。下同。

蔣廣詩卷

友人方善夫示余以宜興蔣君子充詩卷，留之年餘。余方待罪禁林，客屨滿門，詞頭盈几，未暇讀。及告老得歸，出泊湖山，善夫來徵所留卷，始拂塵開卷。不三數首而城中賓客相尋未已，終不得細讀〔一〕。余聞詩人警句皆旬鍛月鍊，嘔心搜腸而成，蓋有踰歲始補足一聯者。此集百七十餘篇，少亦費十年功夫。余挑包行矣，且題姓名於卷末，他日板行，以一本寄山間，當別著語。

善夫名至，子充名廣〔二〕。

〔一〕讀：原作「續」，據《後村題跋》卷一一改。
〔二〕子：原作「于」，據《後村題跋》卷一一改。

毛震龍詩藁

詩料滿天地，詩人滿江湖，人人爲詩，人人有集，然惟極天下之清，乃能極天下之工〔一〕，放一生客投社，著一俗字入卷，敗人清思矣。生客不必貴要，但聞人皆是；俗字不必請求，但浮譽皆是。林和靖在天聖、明道間，詩名獨步，招聘不至。一旦杭守至山間置醴，詰旦以儷語叙不能出山謝地主之意，大爲物議所非。衢士毛君霆甫示詩一帙，有事外之志，但其間頗爲聞人浮譽所累，余謂當盡撥棄之乃極清。極清則極工矣，余此語亦當撥棄。

〔一〕極：原作「及」，據小草本、翁校本改。

黄挺之詩卷

先人開禧初與白石同朝，余端平初與魯庵同朝，有情好。魯庵雖不得年，然詩名不下乃翁，今其子若孫又皆能詩，詩固不可無源流耶！抑白石僅至九卿，不登侍從，疑詩爲之也；魯庵僅至學官掌故，不持一麾，亦詩爲之也。去辨父子高才，俱未解褐，疑又詩爲之也，豈昌其詩者固嗇其禄位耶？余少喜吟，所至齟齬跋疐，後禁不爲，然後稍宦達〔一〕，詩能窮人之説，余以身體驗之，信而有證。

〔一〕宦：原作「官」，據《後村題跋》卷一一改。

贈鄭潛

衢人鄭君潛善風鑑，然未嘗出山而四方名士莫不接識。余聞古之有道術者如嚴君平、司馬季主，皆下簾閉肆，人即而問，非即人而售也。君之術余不能知其淺深，然不即人而人即之，有嚴、馬之風矣。君生於庚戌，余於君長三歲〔一〕。

〔一〕三：原無，據《後村題跋》卷一一補。

魏司理定清梅百詠

作詩難，和詩尤難。語意相犯，一難也；趁韻，二難也。惟意高者不蹈襲，料多者不拘窘。

建陽魏君和余《百梅詩》，鑄偉詞新新，押險韻易易，蓋意高而料多者。念昔宰建陽，徧交邑之賢儁，歲晚凋零，百無一二。嗟夫！余之去邑久矣，君生於丙戌，余去時君方三歲，今才名如此，詩筆如此。子不云乎：「後生可畏。」又云：「吾衰也久矣。」

江山王明府尚友堂詩跋

永嘉王君友直名其堂曰「尚友」，秀巖李公、鶴山魏公皆爲詩賦以推明其義，繼李、魏爲詩並跋者盈卷，尚友之説無餘藴矣。余不及識君，而卷中諸公如鶴山長春官，余爲郎，擢西府，余爲掾；如止堂則同師西山，同攝兩省；如西澗則早同朝，晚同侍從；惟秀巖出蜀時，余已去國。而此數公者皆當世名臣，其言重於時而信於後矣。君讀書萬卷，取友千載，終身隱約，不求聞達。而其子江陽明府繼名堂之志〔一〕，任肯堂之責，擢儒科，宰畿邑。余行役出其境，上官譽之、輿人誦之無異辭〔二〕。異時縮銅墨於斯者，率不旋踵傷錦而去，惟明府愈久而民愈信。余叩明府縣譜，則蹙然曰：「吾汲汲督賦以應期限，未有以及民也。」然邑人固諒明府之心矣。余未知明府父子所欲友者，以諸公所言推之。周元公曰：「志伊尹之志，學顔子之學。」君欲友元公者歟？邵康節曰：「諸賢寛之一分，民受一分之賜。」明府其欲友康節者歟？

〔一〕名：原作「明」，據小草本、翁校本改。
〔二〕無：原作「牙」，據《後村題跋》卷一一改。

松山趙氏義莊規約

聖門以無改父道、以善繼志述事爲孝，孩提之童知誦此言，及乎耄老，能踐此言者寡矣。父置醴待賓師而子不設，父開東閣而子施行馬〔一〕。夫卮酒無庖廩之費〔二〕，一揖無吐握之勞〔三〕，而父子嗜好相反如此，況先志有大於此者乎？本朝故家買田贍族，昔惟文正范公，今惟信庵趙公、靜齋趙公〔四〕。然非創置之難而增廣之難，靜齋之田六百石，冶幹君增爲千石，其景慕忠宣公者歟！他日宦達〔五〕，是莊之增未已也。

〔一〕馬：原作「焉」，據《後村題跋》卷一一改。
〔二〕夫：原作「父」，據《後村題跋》卷一一改。
〔三〕一：原作「子」，據《後村題跋》卷一一改。
〔四〕庵：原作「奄」，據《後村題跋》卷一一改。
〔五〕宦：原作「官」，據翁校本改。

崇蘭圖詩跋〔一〕

三公始有山林共隱之約，既使江貫道圖之，又各賦詩以見志。其後簡齋大用，北山入爲詞臣，皆未嘗踐約，而三公相繼仙去矣。此圖流傳，跋者滿卷，如汪公彦章、辛公企李、朱公希真、張公巨山、謝公季思、劉公季高，皆南渡文章宿老，筆精墨妙，照映縑素。乾、淳以後名公卿姓字，亦班班見焉。蓋崇蘭主人没於紹興壬戌，至是甲子再周。趙氏世寶此圖，今在其四世孫與稽處〔二〕，出以示余。余曰：此君家舊物也，君其珍秘之，無若永禪師藏乃祖《禊帖》不密，爲京東學究所竊。

〔一〕詩：原作「是」，據《後村題跋》卷一一改。

〔二〕稽：原作「積」，據小草本改。

再題

汪公跋此卷年七十四，有衰病龍鍾之歎〔一〕。余書卷末年七十七，衰病龍鍾甚於汪公矣，掩卷慨歎不已。

〔一〕病：原作「漸」，據《後村題跋》卷一一改。

姚南一齋名

鄱陽姚君齋名乃與南渡參與陳公相犯。陳公遠矣，必不競此陳迹〔一〕，然長樂黄侍郎、永嘉謝左史亦以簡名齋，歲月尚近。余恐君未免有與謝公争墩之嫌，兩家未免有不虞君涉吾地之問。

〔一〕必：原作「心」，據小草本改。

李炎子詩卷

看人文字必推本其家世，尚論其師友。《史記》、杜詩固高妙，然子長世掌太史，如董相、東方先生皆同時相頡頏；子美自謂吾祖詩冠古人〔一〕，又與子昂、太白、岑參、高適諸詩人倡和，故能洗空萬古，自成一家。

余少走四方，於當世勝流多所欵接，識果齋伊、洛之醇〔二〕，識斛峰蕭、汲之直，識徑畈龔、鮑之潔。今三君子僅存其一，余亦耄老，孤陋寡聞甚矣。樵士李君雲仲示詩三帙，讀而異之。問其譜系，果齋其諸父也；觀其賦詠，斛峰、徑畈其師也。卷中格律若未離唐體，然其意度脱换《騷》《選》，包含理致，大而道德性命，小而草木蟲魚，自昔經生學士、詞人墨客，智所未及、筆力所未能發者，皆長言而永歌之。蓋其濡染於家庭、熏炙於師友者深矣。

然士生叔季，有科舉之累，以程文爲本經，以詩、古文爲外學，惟才高能並工。賈浪仙有詩名，入試乃問原夫輩乞一聯。楊補之妙辭翰，禮闈作賦，至第七韻思不屬，求助於同人。同人戲之曰：「何不畫梅一枝足之？」余慮君之本經爲外學所掩也，既誦其美，因以箴之。君父師皆以其學魁天下〔三〕，詩文特其緒餘耳。

〔一〕人：原無，據《後村題跋》卷一一補。

〔二〕洛：原作「落」，據《後村題跋》卷一一改。

〔三〕學：原無，據《後村題跋》卷一一補。

跋梅窗程公坦詩卷

吾詩工，人曰拙，勿信也；吾詩拙，人曰工，勿信也。孰信哉？自信而已。郊以寒，島以瘦，盧仝、劉乂以怪，皆名家。然止求昌黎公印可，不徧求名公卿也，君其思之。

後村先生大全集卷之一百一十

題跋

聽蛙方氏墨蹟七軸

張公不以詞翰名，然行草故自豪邁。所謂學士老兄者，何人歟？下云「負大才名」，必是與王元之輩人。張文定公齊賢帖

楊公帖乃已貴顯時所作，片紙小字極謹楷。茯苓、呵子皆易得之藥，答簡有「珍荷」之語，前輩謙厚如此。許帥不知是何人。所謂壹丸者不知是何藥，而能起重病也。坡公帖十八字耳，居然韻勝。楊文公、蘇文忠公小簡

山谷二帖當是自黔南北歸所作，故有「伯氏道次戎州，人回」之語。山谷帖

《與發句帖》尚易得，惟《跋李邕帖》小字行書者可寶玩。米帖

居中諱宮，小金紫公之季子，仕止於南昌宰，然與陳了翁、江民表厚善，可以知其人矣。元城帖未知與何人，有「邑事清簡」之語，豈在南昌時所得乎？二公寸紙隻字，它人尚知寶惜〔一〕，方氏子孫其永襲之。了翁、元城帖

梅聖俞謂郭功甫有太白之才，今觀其自書五言只如此，恐去太白尚遠。然方氏藏之百餘年，竊意同時東思亭者非一人〔二〕，惜不得盡觀以驗工拙。

坡公二帖皆與南圭使君者，萬卷樓舊物也。烏虖，主人爲吾寶之！坡公帖〔三〕

〔一〕惜：原作「帖」，據《後村題跋》卷一二改。
〔二〕東：原缺，據《後村題跋》卷一二補。又小草本作「題」，翁校本作「簡」。
〔三〕坡公帖：原無，據小草本補。

三處士贈告〔一〕

綗山

古之學者必尊師，子夏以不稱師受曾子之責，許行以背師爲孟氏所貶。竹溪中書君之學受於樂軒，樂軒受於綗山，二師皆老死布衣。竹溪在三之念愈篤，其再入爲詞臣也，年勞當遷元士，乞以此一階回授師友。師，綗山、樂軒也；友，寒齋也〔二〕。詔下其事，議者以爲旌異遺逸，朝家盛舉也，宜報可，回貤之請宜勿聽。竹溪頓首言：「弊例易啓〔三〕，真情難察，他日源源而來者，將以某爲口實矣。」大臣以聞，上忻然，如竹溪初奏，贈二師初品官。堂帖采綗山贊書語，號曰「文介先生」。初，綗山接艾軒嫡傳，聞晦庵緒言，其詩文古雅，節行高潔，帥趙忠定公舉遺逸，不就，謂之文介，實副其名矣。昔荆公患士風不美，坡公有「今之君子争半年磨勘」之戲，竹溪此舉，彼争磨勘者聞之可以愧矣。

樂軒

前輩言事師之謹者惟石介、李洞於孫明復，坐則立，昇降拜則扶。游酢侍程伊川，雪深三尺而不敢退。此謂事其生爾。竹溪之於樂軒也，以其無後則祀之家廟焉，歲時則祭於墓焉，入白尚書，下郡邑禁二墓之樵采焉。師死而事之如生，有前輩所難者。上既可竹溪回貤之請，堂帖采樂軒贊書中「趣尚高遠」之語，號曰「文遠先生」。讀其書尚論其人，無愧於此名矣。昔叔孫之弟子、半山之門人皆尊其師爲聖，蓋漢廷方用嗣稷君制禮，崇、觀方以《新經》《字説》造士，其尊之也有所爲也。若竹溪師友乃窮書生，老選人，其宰木已拱，非有權位可軒輊、氣力可榮辱人者〔四〕，而竹溪懷向來一瓣惓惓如此，豈有所爲而爲之哉？

寒　齋

三先生褒綸既下〔五〕，或問余曰：「竹溪事樂軒如父，事網山如王父，師弟子情義得矣，寒齋纔長竹溪四歲，於網山、樂軒若爲班乎？」余曰：韓子不云乎：「其聞道先乎吾，吾從而師之。」昔陳了翁早貴，楊龜山年六十猶爲比較務，然了翁稱龜山必曰中立先生。竹溪之於寒齋亦然。上以寒齋嘗力辭改秩給札，特賜陞朝。或又問曰：「寒齋何以謂之『文隱』也？」余曰：六記百詩，至文也；不隱山林而隱市廛，大隱也。故蒙齋袁尚書見其書驚喜，謂得慈湖、絜齋心傳之妙旨；杜、游兩丞相聞其風，咨擬待以泉章、漫塘起隱之故事。蓋曰隱者，乃公朝之紀實；曰文者，非寒齋之求顯。

〔一〕告：原作「答」，據小草本、翁校本改。

〔二〕寒齋：原倒，據《後村題跋》卷一二乙。
〔三〕弊：原作「與」，據《後村題跋》卷一二改。
〔四〕人：原作「入」，據《後村題跋》卷一二改。
〔五〕綸：原作「論」，據小草本改。

朱文公帖

曩余宰建谿三年，見文公遺墨多矣，輒能辨其真僞〔一〕，亦能知其交游往還人爲誰。自谿上歸踰三紀矣〔二〕，此二帖與子禮六七兄者，行草尤妙，其爲真蹟無疑。但怳然不記子禮姓名〔三〕，疑是五夫諸劉。偶涵江山長祝君相訪，其祖姑，文公母也〔四〕，亟以問之。祝亦不記所云，折簡言求之於文公集〔五〕，有誄子禮文，始知子禮乃草堂先生之子，文公夫人之同産也〔六〕。團兄弟求時官書，而文公乃慮鄉曲見疑而不果作，又勸子禮避嫌，其居鄉謹重如此，學者所當法也。帖中云子厚者，黄氏名銖，工古體詩，文公序其集。計議陳君得此帖以示余，借觀累日，書其後而歸之。

〔一〕輒：原作「輙」，據《後村題跋》卷一二改。又「真僞」二字原缺，據上引補。
〔二〕矣：原缺，據《後村題跋》卷一二補。

〔三〕記：原作「紀」，據《後村題跋》卷一二改。
〔四〕文公：原作「文父」，據《後村題跋》卷一二改。
〔五〕求：原作「永」，據《後村題跋》卷一二改。
〔六〕「文公」下原有「矣」字，據《後村題跋》卷一二刪。

李巖孫詩卷

李氏自樵川通守爲鄉先生，及門著籙牒者多名士。至亭山尤爲鄉評所推，今爲太史氏，掌南宮牋奏。其子若猶子名某，孫某，或踵世科，或偕計吏，往往有聲場屋。一日巖孫者示余詩一卷，乃舍黄策捷徑而爲山林幽子、江湖游客之語〔一〕。余告之曰：「汝伯文章宿老也，奈何厭家雞而問外人乎？」君復余曰：「昔謝公問王子敬：『君書何如君家尊？』子敬曰：『故自不同。』公曰：『外論不爾。』子敬曰：『外人那得知？』」然則余固不足以知君矣，姑書此紙以代還贄〔二〕。

〔一〕「徑而」二字原缺，據文意補。
〔二〕姑：原作「姤」，據《後村題跋》卷一二改。

刁通判詩卷

歐陽公自言少時未有一人見知，惟内翰刁公開端誘導，至於有成而後止。其後游於諸公，雖有知者，莫之先也。蓋杜、范、韓、富援歐於知名之後〔一〕，内翰識歐於未知名之時，非具眼不能爾。藏春公内翰子也，底法父，所交皆名公卿，歐公稱其四紀擅名，美其歲晚解纓。蓋刁氏之源流遠矣，文獻相傳，至清漳通守復以詩鳴。余嘗評本朝詩，崑體過於雕琢，去情性寖遠，至歐、梅始以開拓變拘狹，平澹易纖巧。子曰「辭達而已矣」，豈必撏撦義山入社乎〔二〕？通守所作近情切理者有王黄州、邵康節之風，意所欲言，辭必足以發之。監郡以後諸篇條鬯而不縛律，放縱而不踰矩，真老筆也。通守以稟本示余，輒題其後。

〔一〕范：原作「苑」，據《後村題跋》卷一二改。

〔二〕社：原作「杜」，據《後村題跋》卷一二改。

蘇才翁二帖

才翁兄弟皆以書名，然裕陵尤重才翁而抑子美。今觀才翁帖，自負得二王意，謂子美有懷素風爾，乃知裕陵聖鑑之爲確論。才翁使閩與君謨同時，今使者碧栖陳公既浚才翁八井，封植君謨道旁松，不幸遭斧斤者栽補之，訪求兩賢遺墨刻之雪觀之上。惟才翁書尤難得，此二帖皆莆人墨林方氏所藏，碧栖以滄浪三帖易之。去蘇、蔡遠矣，而公懷賢尚友、存古詔後之意如此，豈特翰墨風流與兩賢神交於二百餘年之前哉！

林子彬詩

玉融林君子彬示詩七十篇，其言曰：「吾藏之以待後子雲，然其人不可待，今江湖間多以此事推君，試爲吾評之。」余耄惛，未暇細觀，君貽牋督過。余既愧謝，徐味其詩，果多警句。古體若發興高遠，然有子昂、太白、朱文公數十篇在前，便覺難追扳。律體若造語尖新，然視晚唐、四靈猶恨欠追琢。而君自謂可以見古人矣，又曰可以藉口白先君矣，自許如此，使余道何物語？

昔尹生從列子學御風之術，數月不省，又十反而十不告，懟而辭，去而復至。列子曰：「昔吾師老商氏，友伯高子，三年始得夫子一盻，五年始一解顏而笑，七年始一引吾並席而坐。九年而後，心凝形釋〔一〕，骨肉都融，形之所倚、足之所履，隨風東西，不知風乘我耶，我乘風乎。」余謂豈真乘風哉，去重濁而就輕清爾。豈惟詩哉，惟學亦然。儒家有服勤至死者，前輩有立雪不敢退者，有十五年學恭而安者。余雖未至於老商氏、伯高子及先儒地位，君投贄屬耳，立談之頃而欲盡余肘後，可乎？未可也。願與君各勉之。

子彬名文之。

〔一〕凝：原作「疑」，據《後村題跋》卷一二改。

趙卿遺藁

昔元昊叛，士大夫多言西事，惟韓、范之言最精，以其目擊而身履之也〔一〕。金亡韃興且三十年，抵掌言邊事者衆矣，静齋趙公奏疏獨謂：「江上精兵良將分戍淮城，一步不可移動，又掇舟師防渦口，根本之地反覺無恃。」又言：「張、韓、劉、岳列屯江上〔二〕，所部或不下十萬，或五七萬，此兵聚之效，豈若今日各城株守不能運掉哉？」又言：「虜有窺江之漸，江面空隙處多，毋謂虜不能渡。」爲尚書郎，爲樞掾，終始持此論。及己未滸黄洲之變，公言始驗。又言今日於邊將賞常厚，罰常薄，驕蹇者不能裁抑，罪戾者不知循省，皆切中時病膏肓。蓋公仕宦於淮東西最久，亦如韓、范之行西邊，非若耳聞而意料者〔三〕。余銘公墓時未見遺藁，後其子上虞令君與稽以槀本示余，因題卷末以補墓誌之闕。

〔一〕擊：原作「繫」，據《後村題跋》卷一二改。
〔二〕韓：原作「翰」，據《後村題跋》卷一二改。
〔三〕而：原作「其」，據《後村題跋》卷一二改。

跋鄭子善通守諸帖〔一〕至

淳化帖

《閣帖》止十卷，惟《絳帖》二十卷。此十卷剪截之餘，猶有「日月光天德願上登封書」，缺「封」字〔二〕，九字隱隱可辨〔三〕，蓋《絳帖》別本，失去其半。今題云「淳化帖」，誤矣。文山父子號博雅，亦誤乎？

法帖第九卷

此帖摹刻精妙，紙墨皆北碑，然以淳化及元祐、大觀本比對皆不合。它帖板數次第皆列於逐板之前〔四〕，此帖如第一、第二皆列於其頂。相傳元祐諸王借閣本翻開，安知此非王邸本乎？惜也止存一冊，然皆二王字，可寶也。

禊帖 一

此五字不缺本，校余舊藏者無一點一畫不同，但余本有尤、王二公鑑定，真蹟耳。

禊帖 二

此亦五字不缺本，來處甚真。近世惟俞松壽老專收《禊帖》，作《蘭亭續考》。余得其五字缺本，今傳相魯公見而擊節，爲跋三百二十八字，始知壽老凡寶三本，以其一遺安晚，其一遺余，留其一尤佳者，後以遺魯公。世傳薛氏子竊定武石以歸，始鑱損五字以掩其迹，故五字缺本尤爲世重〔五〕。

樂毅論

此五段石本，與余所藏無小異〔六〕，但王順伯跋乃贋本〔七〕，非真筆也。

黄庭經

此帖宜年少目明者。伯紀小余七歲，猶能於鴻濛縹渺間望天仙，余目力不逮伯紀，攬卷茫然。

遺教經〔八〕

此碑無書人名氏。相傳二王書在京兆府，山谷云「小字莫作癡凍蠅，《樂毅論》勝《遺教經》」，真確論也。歐公謂是唐寫經生所書。

率更千字文

以余家舊本參校〔九〕，余本中裂一痕而首尾全。此本尾裂爲四，當是兩處所刊，皆可寶玩。

徐會稽題經

徐季海書列於夾漈《金石略》者三十餘種，此碑楷法尤妙〔一〇〕，在西京。

懷素草書

素師帖如貞元九年者凡五十二行〔一一〕，比《自序帖》尤神妙，未知刻於何處，當考。

五季遺墨

鄭公見閩王時人及國初人詞翰愛之如此，余見鄭公詞翰亦然。

閱古堂詩刻

頃見范公所書《伯夷頌》，今又見自書《閱古堂詩》，以一代元老大臣而作蠅頭小楷端謹如此。後有忠獻、忠定父子二跋，蓋本朝極盛時也。南北隔絶，堂存否不可知，而況碑乎？覽之三嘆。

坡公石鍾山記

坡公此記，議論天下之名言也，筆力天下之至文也，楷法天下之妙畫也。夫水石相搏固有聲，然非風無以發之。蒙叟之言曰：「是惟無作，作則萬竅怒號。雖大木之竅穴似鼻似口似耳者，皆激謞叱吸〔一二〕，叫譹突咬，況山下皆石穴，又大石可坐百人，空中而多竅，其受風不愈多乎？公夜艤舟其所，聞其噌吰者，又聞其鞺鞳者。李似之侍郎云亦嘗於此艤舟，止聞其吞吐者，疑水仙靳噌呟鞺鞳之聲私於坡公者。余謂蒙叟固云泠風則小和，飄風則大和，竊意李是夕適值風恬浪静耳。余平生閲坡字多矣，此卷當爲楷書第一。跋語或以擬《樂毅論》、《畫贊》、《洛神賦》，非也。惟富季申樞密以爲學徐會稽《題經》，得之。

二蘇公中秋月詩

二蘇公彭城中秋月倡和，七言可拍謫仙之肩。坡五言清麗者似鮑、庾，閑雅者似韋、柳〔一三〕。前人中秋之作多矣，至此一洗萬古而空之。詩既高妙，行書又妙絶一世，諸家所收坡帖皆在下風，子善其深藏之，十五城勿易也。吳才老猶以二公所用韻平仄反切爲疑，前人亦以此議昌黎公。才老以字學名家，未免爲沈約四聲束縛〔一四〕。余謂韓、蘇皆大儒也〔一五〕，語出流傳，人人肝脾，萬世珍誦，豈若場屋舉人規規然檢《禮部韻略》，惟恐其不合格乎？

總　跋

端平甲午，文忠真公帥閩〔一六〕，余忝議幕，故尚書郎鄭君伯昌主管機宜。其年真公召，余與伯昌相率祖餞，六月六日也。小舟熱如炊甑，伯昌與真公子仁夫各出篋中書畫俾余鑑定。余非博識者，二人更迭旁諫，余伏艎板操觚，半日間了數十軸，真公見之稱善。後兩家寶藏者皆爲六丁取去，惟跋語留余集中耳。伯昌仙去十年，而子善通守吾州，一日又出法帖六冊、古石刻八軸、五季遺墨一軸、《閲古堂詩》一軸、坡公《中秋月唱和詩》一軸、題跋一軸、坡公《石鍾山記》一軸、題跋一軸，欲余著語〔一七〕。追念往歲舟中作跋甚敏，今留子善卷帙累月，老病畏寒，不能涉筆。此三數日稍暄和，始坐書案，每卷各附管見，又爲總跋以系焉〔一八〕。於是余年七十八，距甲午三十有一年矣。

〔一〕守：原作「宋」，據《後村題跋》卷一二改。

〔二〕缺封字：原無，據小草本補。

〔三〕辨：原作「辦」，據《後村題跋》卷一二改。

〔四〕逐板：原作「其頂」，據《後村題跋》卷一二改。

〔五〕尤：原無，據《後村題跋》卷一二補。

〔六〕小：原作「卜」，據《後村題跋》卷一二改。

〔七〕贋：原作「贍」，據《後村題跋》卷一二改。

〔八〕教：原作「孝」，據《後村題跋》卷一二改。

〔九〕以余：原倒，據《後村題跋》卷一二乙。

〔一〇〕楷：原作「皆」，據《後村題跋》卷一二改。

〔一一〕貞：原作「真」，據《後村題跋》卷一二改。

〔一二〕謪：原作「讁」，據《後村題跋》卷一二改。
〔一三〕雅：原作「雜」，據小草本改。
〔一四〕免：原作「勉」，據《後村題跋》卷一二改。
〔一五〕皆：原無，據《後村題跋》卷一二補。
〔一六〕帥：原作「師」，據《後村題跋》卷一二改。
〔一七〕著：原作「着」，據《後村題跋》卷一二改。
〔一八〕跋：原作「叙」，據《後村題跋》卷一二改。

慈濟籤

以《易》卦訓釋籤意，舊惟霍山如此。今莆漳妃、真人二祠之籤亦然，雖其辭出於箕筆，然隨叩輒應〔一〕，豈易道廣大，仙聖亦不能外歟？余謂鬼道幽陰，肸蠁有靈，驚動禍福人者能之；仙道玄妙，變化無方，非功行圓滿者不能至。世傳孫思邈至今爲地仙，真人平生探丸起人死多矣，蟬蜕之後，人有感奇疾危證、命在頃刻者，瓣薌扶輿，搏顙祈哀，或立愈，或經昔，或數日，皆棄杖步歸。始惟閩人奉事，今香火徧江浙，豈非與峨嵋山中黄襦叟皆以活人之功度世乎！自文王、孔子皆以《易》占，然則以卦釋籤，雖箕筆也，亦真人意也。真人祠里中非一所，余所書者在擷陽塘蕭氏太學平校生桂發家，其大父老人皆厖厚長者。

〔一〕輒：原作「輟」，據《後村題跋》卷一二改。

鄭子善絳帖

通守鄭君子善示余此帖，前後各五卷，以余所藏《古絳》參校，無一點一畫互異，行數疏密、裂刓闊狹處皆合，其爲真《絳》無疑。惟晉王廙書，余本自「娅何如」以下始裂四行，此本自「七月十三日」以後先裂三行，則不可曉，豈余本未裂時所印耶〔一〕？惜此本前僅存第六至第十，中間十卷羽化矣〔二〕。古帖寸紙可寶，況十卷乎？

〔一〕未：原作「末」，據《後村題跋》卷一二改。

〔二〕矣：原作「以」，據《後村題跋》卷一二改。

顏權縣福清詩卷

昔有厭苦其縣令，嘲其推不去者。顏君數月假令耳，輿人誦之如此，士大夫歌詠之如此，其去也又慕戀之如此。使君真得百里之地，賦三年之政，其所立豈下於子游、子賤哉？卷中人皆是邦之勝士、中朝之名流，而竹溪、東澗二賢，余執友也。翰墨精妙，覺我形穢。

朱文公書一軒二字

敬則方君以「一」名軒，舊矣，余爲作《一軒詩》亦十餘年矣。人兩端首尾，君持定見；人多歧亡羊，君遵大路。可謂深於主一者，猶慊然若吾斯未之能信。一旦得文公所書「一軒」兩字，喜不自勝，匱藏緹襲，且扁之楣間。按文公此字爲屏山家子弟作，後歸於文公長孫鉅，鉅以遺番易洪某，今爲敬則所得。劉氏、洪氏守護不謹，以至流落；敬則得之，如獲照乘珠、連城璧，如武夷精舍親付授者，豈非主一之學當然乎！文公書滿天下〔一〕，余年八秩，讀之未匝。竊以爲玩文公之翰墨不若味文公之論著，敬則富春秋，眼如月，其益勉之，無若宋人然。宋人有拾遺契而喜曰〔二〕：「吾富有日矣！」

〔一〕天：原作「矣」，據《後村題跋》卷一二改。
〔二〕人：原作「公」，據《後村題跋》卷一二改。

通首座手書二經

《楞嚴經》十册、《法華經》七册，通首座追嚴其親，刺血所書。世目浮屠爲出家兒，賢沙、黄檗兩尊宿親母疾餧，不與粥藥，其徒夸傳之，曰「吾教然也」。列子謂夷人有大父死，負其大母而棄之，曰鬼妻不可共處〔一〕。以兩尊宿之事觀之，《禦寇》豈寓言哉？儒者以不毁傷髮膚爲孝，然唐人元魯山、李元賓皆嘗以臂指血繪像書經，不害其賢。瞿曇已滅度，猶現空中爲母説法；目連設盂蘭盆供，其母由餓鬼道生人天。通書二經，計出血數斗，功德大於設盂蘭盆，此念發時〔二〕，其母生忉利天必矣。

〔一〕妻：原作「母」，據《後村題跋》卷一二改。
〔二〕發：原作「法」，據《後村題跋》卷一二改。

高端禮詩卷

自昔名公卿嗜竹者無如李文饒，至於問竹平安。然當軸八年，窮富極貴，隴右語鳥、日南名花日接於目，竹之安否不及問矣。名流勝士嗜竹者無如王子猷，雖借宅亦種此君。及蘭亭之集，同游十九人皆爲茂林脩竹賦詩〔一〕，子猷二詩差不逮其父兄，豈非竹自竹、人自人、詩自詩，了無交涉耶？高君以竹名屋，諸公皆爲著語〔二〕，余亦隨喜。君曰：「是詠竹屋爾，余嘗有行卷，君忘之歟？」余取而反覆紬繹，乃知君苦吟而精思者。昔和靖詠梅，萬口膾炙；王郊大夫詠竹，或者忍笑不住。君卷中未有爲竹而發者，試倣和靖，冥搜一二聯以啓發余〔三〕，可乎？夫嗜竹固予之所奇，嗜詩尤余之所敬，姑書此於君温卷之末。

〔一〕十九：原倒，據《後村題跋》卷一二乙。
〔二〕著：原作「着」，據《後村題跋》卷一二改。
〔三〕啓發：原作「發葉」，據《後村題跋》卷一二改。

江咨龍註梅百詠

昔爲《梅百詠》，和者十餘人，如袁湘子〔一〕、趙克勤、方蒙仲、王景長皆已物故，存者各離群索居，忽得漳浦江君咨龍所註《梅百詠》。余讀書有限，聞見不廣，今日所作明日覽之已如隔世。君相去千里，未嘗欵接緒言，乃能逐句逐字箋其所本。凡余意所欲言而辭不能發者，往往中其微隱，若筆研素交者，不獨記問精博之不可及也〔二〕。憶使江東時作五言詠史絶句二百首，游丞相愛之，置書笈中，雖入省以自隨。書謂余曰：「每篇雖二十言，實一篇好論，宜令子弟註出處板行。」然余子弟竟未暇爲。君與余風馬牛不相及，顧屑爲余箋詩，有前輩服善之風，無近人争名之意，其賢尤可尚也。

〔一〕湘：原作「相」，據《後村題跋》卷一二改。

〔二〕不獨：原倒，據《後村題跋》卷一二乙。

徐氏習射括要

本朝文治，通天下士罕讀兵書戰策，射又特兵家之一藝，精之者少。昔夫子射於矍相之圃，觀者如堵。門人記夫子弋不射宿，則夫子固工於射者，謂藝成而下，吾未之信也。總戎信安徐侯出其先大夫子源《習射括要》一書，蓋子源既以右科發身，又爲書以傳其子及其里之俊秀。其言曰：「射以體法爲先，體法善，雖不中不遠。」不易之論也。先朝名臣惟陳公堯咨自號小由基，由知制誥鎮荊南，母問郡政，公以射對。母曰：「汝父教汝忠孝，奈何矜一夫之技乎？」怒而杖之，金魚墜地。二事政相反。余謂陳母怒子善射〔一〕，平世也；徐父教子習射，多事之世也。皆是也。他日奪弓射胡兒，一矢斃撻覽者，非侯其誰？

〔一〕「怒」下原有「乎」字，據《後村題跋》卷一二刪。

題龍溪蔡德容道院

古良醫如岐伯雷公，如緩，如和，如長桑君，如公乘陽慶，如淳于意，如華佗，技雖高，身歿則已。惟扁鵲葬湯陰，相傳墓上土可療病，禱之有得小丸如丹藥，太史公謂至今天下言脉者由扁鵲，豈非活人功大，身後靈異有不可泯歟！始惟漳、泉二州尊顯佑真人起白焦，醫術妙一世，能於鬼手中奪人命。既仙去，人事之如生。蔡素修方，及信，今廟貌徧湖、廣、江、浙矣。龍溪蔡君德容奉香火尤謹，真人降焉，密傳符呪。蔡得神授，益自信。然顓以救危厄，起膏肓，未嘗問賄謝。余每謂叢祠滿天下，小者希勺酒狍䝘之荐〔一〕，大者受萬年之饗。真人則異於是，生不茹葷〔二〕，死不血食，挹澗泉擷溪毛而來，殤者失痛、痿者却扶而去之，固㪚冕食萬羊者之所愧也。前輩《詠市毉》云：「左手檢方右顧金，兩手雖殊均劍戟。」蔡君則異於是，富者至予之藥，貧者至亦予之藥，固兩手均劍戟者之所愧也。乃題其贈卷而歸之。

〔一〕狍䝘：原作「獨號」，據《後村題跋》卷一二改。

〔二〕茹葷：原倒，據《後村題跋》卷一二乙。

徐總管詩卷 汝乙

元祐間最爲本朝文章盛時，荐之於郊廟、刻之於金石、被之於絃歌者〔一〕，何其衆也！惟賀方回、劉季孫不緣師友，頡頏其間，雖坡、谷亦深嘉屢歎，所謂豪傑奮興者耶？其後有劉翰武子、潘檉德久，尤爲項平菴、葉水心賞重。此四人警聯快句，余少傳誦，老猶記憶。總戎徐侯詩律可與四人方駕，顧今世無好詩者，又侯出稍晚，前不及坡、谷，後不及平庵、水心，余雖好之而老病得謝，雖欲効見素誦少陵之佳句、摩詰荐浩然於明主，不可得已。

〔一〕絃歌：原倒，據小草本乙。

莊龍溪民謡

昔孔門論政，曰「期月可也，三年有成」。子産治鄭，輿人始而怨之，三年然後從而歌之。近世張乖崖亦有「只一箇信字，三年做方成」之論。温陵莊君謙父宰龍溪僅五月而去，而邑之寄公若士若民，皆詠歌歎美之，或彙成編帙以示余。今之邑以三考爲任，君之去非有飛語中傷，亦無吏議督責，直以守將不相知，不忍奉行急符以厲民，寧懷檄而去。余雖不詳君之縣譜，而聞其去就大致如此，固士民之所以翕然詠歌歎美者歟！君去，郡政益暴急，歲餘畲禍作矣，守將爲公論所繩閒廢。君盛年壯志，强爲善未已〔二〕，它日所至詎可量哉！

〔一〕未：原作「而」，據小草本改。

柯豈文近詩

曩爲豈文跋詩，謂抱甕翁詩稍艱深〔一〕，故老死不遇，豈文語差易直而瀏亮，必顯融於世。日往月來，豈文竟亦未脱白。余得其近詩，其易直瀏亮不減於昔，然顔髮蒼皤不異於乃翁奉對南廊時矣。唐人或以一聯半句遇合，豈文父子再世爲詩，何止千百首〔二〕，然上不使之和「薰風微涼」之句，次不使之吟「看花走馬」之詩〔三〕，而專發於螢雪佔畢之間，豈文何負於詩而詩誤豈文至此哉！子美云「吾祖詩冠古」，蓋審言唐初詩人，與其子閑俱不顯，至甫始爲詩家大宗師，故又書此以勉豈文之子。

〔一〕艱：原作「難」，據《後村題跋》卷一二改。

〔二〕止：原作「至」，據《後村題跋》卷一二改。

〔三〕看：原作「着」，據《後村題跋》卷一二改。

福清黄尉字説

玉融少府黄君名梓，父命之也；字順父，族父止堂命之也。余不及識君之尊府君，然與止堂事西山先生，同門也〔一〕；事理宗皇帝，同兩省也。凡止堂昔與余一言一話，誦之終身；順父親受止堂耳提面命，芳洲雖鄉丈人行，而勸順父改字〔二〕，非余之所知也。夫字所以敬其名也，敬字説所以敬其字也，字可改，名亦可改矣，然則止堂字説將委之草莽乎〔三〕！吾聞順父涖官，邑人目爲清尉〔四〕，其大節甚似止堂，故書此附於字説之後。芳洲謂黄太傅子大。

〔一〕句首原有「之」字，據《後村題跋》卷一二刪。

〔二〕「父」下原有「母」字，據《後村題跋》卷一二刪。

〔三〕字：原無，據小草本、翁校本改。

〔四〕目：原作「自」，據小草本、翁校本改。

竹溪所藏方次雲與夾漈帖

昔聞之林井伯、孔初平諸老，言麟臺方公給札時〔一〕，院吏先送策題，却之曰：「何待我之淺也！」發策者遂以三國六朝形勢戰守爲問，廋辭僻事，若傲以所不知者。公一揮六千字，條列縷析，如響答聲，凡陳壽、王隱、孫盛、習鑿齒、沈約、魏收諸書所載，無毫粟漏失。學士大夫讀之失驚。入館未幾而去。性高亢〔二〕，惟友夾漈，善艾軒〔三〕。今遺文惟詩卷，又律賦「一馬渡江，五龍夾日」之聯見於《夷堅志》。素妙心畫，今大字惟存「祥應廟」三字，行草惟竹溪所藏此帖，有二王筆意。以公精博，眼空四海，而猶約艾軒相聚，盡借夾漈新書讀之，前輩尚友服善如此。然則謂公恃材傲物，不容於館閣者，非篤論也。

公子景嚴有父風，趙介庵德莊以子妻之。景嚴死，其後遂衰。咸淳乙丑九月，與竹溪會於海月堂，竊觀墨本，因題其後。

〔一〕句首原有「能」字，據《後村題跋》卷一二删。

〔二〕亢：原作「尤」，據《後村題跋》卷一二改。

〔三〕艾：原作「文」，據《後村題跋》卷一二改。

恭跋穆陵宸翰

臣克莊與臣希逸俱事先帝，相先後爲詞臣。然再同朝皆不甚久，一出一入，若燕鴻相避者。臣既告老，希逸亦奉祠，乃示臣以先帝與故相忠定鄭公商榷希逸除目宸翰一幅〔一〕，凡五十八字。首曰「本欲召用而大臣有抑之者」，大臣謂范左相。初，鄭公屢薦希逸，玉音諭令上封，希逸耻自鬻，固辭。鄭公以聞，帝曰：「觀此一節，志趣可嘉，爲之喜而不寐〔二〕。」又曰：「翌早當盼召試之命。」

世徒羡希逸以文采動人主，而不知其以恬退簡聖知，雖臣亦不知之。及詔開資善，擢希逸內講，臣在後省已書黃矣，俄格不下。聞希逸自以闔音未改固辭〔三〕，其視榮利每如此。臣扣希逸：「此宸翰何以在君家？」曰：「鄭公以遺我，今以公回奏俱勒於石〔四〕。」臣捧讀而感慨曰：聖哉！先帝之觀人也，士有志趣則曰「爲之喜而不寐」。賢哉！鄭公之愛材也，士辭寵利則曰「其陳誼甚高，臣不敢强」。他人得主相片語，鮮不夸示得意於人，希逸深藏二十年，垂老始以示友。「盼試」之上漏一「召」字，希逸晚侍緝熙，袖進，帝補足之，遂刊爲二本。

烏虖！瑤池之駿、鼎湖之龍遠矣〔五〕，臣與臣希逸今皆白首，攀髯無路，惟抱疇昔所賜羲畫堯章相對慟絶爾。昔人以郭隗不殉昭王爲負心，噫！受人千金而世責望之如此，先帝於二詞臣長養成就，豈不大於千金之賜哉〔六〕！《詩》不云乎：「欲報之德〔七〕，昊天罔極。」咸淳乙丑九月日，具位臣劉克莊恭跋。

〔一〕榷：原作「碓」，據小草本改。
〔二〕寐：原作「寢」，據《後村題跋》卷一二改。
〔三〕句首原有一「萡」字，據《後村題跋》卷一二刪。
〔四〕俱：原作「但」，據《後村題跋》卷一二改。
〔五〕湖：原作「胡」，據《後村題跋》卷一二改。
〔六〕大：原作「失」，據《後村題跋》卷一二改。
〔七〕德：原作「得」，據《後村題跋》卷一二改。

恭跋昭陵飛帛書

臣恭惟仁宗皇帝恭儉恬澹，無他嗜好，嘗飛帛書「國泰民安」四大字，後題「慶曆六年五月二十一日賜美人張氏」。書家以飛帛爲難，自唐太宗後，惟仁宗筆法尤精妙。臣以國史考之，我朝自建隆、淳化至景德，車書混同，方内乂安，然遼、夏猶爲邊患。至慶曆五六年間，始盼曆於夏〔一〕，曩霄始遣使賀乾元節，契丹始獻九龍車。二虜欵塞，天下全盛。前代人主撫昇平，萌侈汰，或喜繁聲，或自度曲，其隆儒右文者〔二〕，不過召相如奏《大人賦》、李白作《清平調》而已。仁宗於早朝晏罷嬪御滿前之際，乃屏去玉笛羯鼓，游戲翰墨，一則曰國，二則曰民，真堯舜用心也，廟號曰仁，不亦宜乎！宸奎流落，今爲承直郎、福建路提點刑獄司幹辦公事臣張果寶藏〔三〕。咸淳二年寒食日，具位臣劉克莊拜手稽首謹書。

〔一〕于：原作「子」，據《後村題跋》卷一二改。

〔二〕右：原作「古」，據《後村題跋》卷一二改。

〔三〕辦：原作「辨」，據《後村題跋》卷一二改。

黄貢士詩卷

自元祐間，天下皆稱蘇、黄，亦曰坡、谷，稱子由曰少公，叔黨曰小坡，惟蘇、黄之名與韓、柳、李、杜等，盛矣哉！谷雖罹黨禍，及思陵再造，尤重其詞翰，不幸子相無禄，猶擢其甥執政。至茂陵而谷之後益蕃，子邁、子耕皆顯融，伯庸尤貴重。名克昌者最後出，爲一時名公所稱，示余《甲藁》、《丙藁》、《春風雜詠》、《過秦》詩各一帙〔一〕，字其名曰紹谷，名其集曰《後谷》。昔宋齊丘一字超回，或曰：「足下齊大聖以爲名，超亞聖以爲字。」君得無似之乎？余曰學者儗孔、顔，僭也；孫不紹祖宗，當紹何人哉？及讀其詩，驚曰：《甲藁》已有鼻祖熙豐氣骨，《丙藁》而後則漸入元祐、建中境界，使加以年，駸駸近黔、宜晚筆矣〔二〕。謂之紹谷可也，後谷亦可也。抑少陵有云：「吾祖詩冠古〔三〕。」又云〔四〕：「詩是吾家事。」其尊祖至矣，然少陵實兼《風》、《雅》、《騷》、《選》、隋唐衆體〔五〕，非不欲放他姓入社者〔六〕。君卷中有不經人道語似王令，有抑揚頓挫語似小邢〔七〕，不專作元和脚也，覽者當以余爲知言〔八〕。

〔一〕帙：原作「帖」，據小草本改。
〔二〕駸駸：原作「鋟鋟」，據《後村題跋》卷一二改。
〔三〕詩：原作「師」，據《後村題跋》卷一二改。
〔四〕又：原作「有」，據《後村題跋》卷一二改。
〔五〕少陵：原倒，據《後村題跋》卷一二乙。
〔六〕「入」原作「人」，「者」原作「家」，據《後村題跋》卷一二改。
〔七〕邢：原作「刑」，據《後村題跋》卷一二改。
〔八〕知：原作「智」，據《後村題跋》卷一二改。

傅渚詩卷

亡友王臞軒〔一〕，天下雋人也，其文字膾炙萬口，其論諫雷霆一世。雖偶然引筆行墨，爲古風近體，單辭半簡，皆清拔鉅麗，有一種風骨，友朋爭藏去爲寶。自斯人仙去，吾無與語者。傅君渚字子淵，贄余詩一帙，大篇能演而伸，短章能反之約。余覽而異之，物色其人，或曰是臞軒邑子也，諸生也。雖風骨未及師，其意度軒豁，固已若桓大司馬之似劉司空也〔二〕。然國家設三場校士〔三〕，士謂程文爲本經，他論著爲外學。臞軒由甲科郎擢瀛洲學士，以程文不以詩也，未知君程文何如爾。或曰君於場屋之技尤工，不發則已，發必中鵠。余曰君外學如此，本經又如此，勉之，他日爲臞軒爭氣，非君而誰！

〔一〕臞：原作「矔」，據《後村題跋》卷一二改。後同。

〔二〕「已」原作「也」，「桓」原作「栢」，據《後村題跋》卷一二改。

〔三〕校：原作「拔」，據《後村題跋》卷一二改。

鄭南恩家陳復齋遺墨

復齋陳公早以楷法擅名，晚稍縱筆。余叩其旨，公曰：「吾老矣，豈能長寄率更籬落下哉？」故凡與人書疏，行草尤妙，有二王筆意。此一卷乃與故檢院鄭使君諱思忱者〔一〕。公宰安溪，於邑士中得使君而友之〔二〕，相與講學析理，多累數十百言，少三數行，其論皆折衷聖賢，據依名節。於仕止之際尤嚴，曰：「若都不得志，有去而已。」使君誦之終身，又彙其平生往還翰墨爲大帙寶藏之。使君僅牧恩平，方召用而先去，今學者推爲復齋高第。莆少府必中，使君子也，出以示余。余亦復齋所厚，憶赴靖安簿、儀真督郵、江淮閫幕，公大書三序相餞，或爲余書碑板歌詩，他尺牘滿篋。余曩不知愛惜，往往爲人取去，晚始收拾，則存者無幾矣。因記公初歿，竹隱諫議傅公謂二子都官、少卿曰：「師復遺墨可裒集爲卷。」傅公名輩先於公而重其心畫如此，若余者非特有愧於傅公，亦有愧於使君父子也。

〔一〕諱：原作「韓」，據《後村題跋》卷一二改。

〔二〕使：原作「史」，據《後村題跋》卷一二改。後同。

後村先生大全集卷之一百一十一

題跋

吳帥卿雜著

恕齋記

今閩帥廬山吳公少受教於先大君子，以恕名齋。後得紫陽夫子所書「恕齋」兩大字揭之楣間，公自識之，久軒蔡公、平舟楊公、可齋陳公爲作二記一跋，所以發明孔、曾言外之意高矣美矣，余不復下注脚。然三公言恕之體，余請言恕之用。以此處朋友，必恥獨爲君子；以此居鄉黨，必能薰晉鄙之人；以此淑問，必可以長王國〔一〕；以此敵愾，必可以使人即戎；以此謀國，必可以祈天永命。恕之功用大矣，惟公能終身行之。方今三邊豈不急於中州，内治豈不先於外庸，惜公施爲僅見於尹京兆、鎮甌閩，出其毫芒已足以震曜一世，而未極恕之用也。世道方有賴於公等，努力自愛。

恕齋詩存藁

嘲弄風月，污人行止，此論之行已久。近世貴理學而賤詩，間有篇詠，率是語録、講義之押韻者耳。然康節、明道於風月花柳未嘗不賞好，不害其爲大儒。恕齋吴公深於理學者，其詩皆關繫倫紀教化，而高風遠韻尤在於佳風月、好山水〔二〕，大放厥辭，清拔駿壯。先儒讀《西銘》，云某合下有此意思，然須子厚許大筆力。公學力足以蓄之〔三〕，筆力足以洩之，分康節之庭而昇明道之堂，非今詩人之詩也。

恕齋平心録

歐陽公傳《詩》已精粹〔四〕，然對客喜談政事，尹京兆，典大藩〔五〕，皆談笑辦治〔六〕。曾子固發明理學在伊洛之先，與歐齊名，爲宋儒宗。然集中如越州糶濟、齊州保甲丁夫帳目、洪州使院行移期限，雖微必載，豈文章政事同一機鍵耶！恕齋吴公之學，由關洛遡洙泗者，談經析理，深入聖處。其門生故吏彙其歷官擬筆判案曰《平心録》，爲十四卷，補遺一卷。凡民負抑、胥舞文、吏俯首受欺〔七〕、曲董狐之筆、高下伯州犂之手者，公一覽如鏡見像，湯沃雪，是是非非，兩造厭服。夫人情予之則恩，奪之則怨，賞之則喜，罰之則怒，至於奪人邑而伯氏不怨，廢人終身而爲李平、廖立所思，惟管、葛能之。公何以使人至此哉？平其心而已矣。

恕齋讀易詩

京房、嚴君平輩以《易》爲占書，鄭司農區區訓詁不離漢學，至王弼始一掃凡陋，以理求《易》，當時美其吐金聲於中朝，後人稱尋微之功必曰輔嗣，先儒教人且看輔嗣《易》，而或者罪之如桀紂。烏虖！亡晉者玄也，非《易》也；衍也，非弼也。余謂前輩邵猶是數學，惟程氏《傳》最醇粹，自言止説得七分，蓋謙志云。恕齋吳公每卦括以一詩〔八〕，援朱子答學者之言曰〔九〕：「此書看得破，精粗巨細皆可受用；如其未然，且將其間旨意分明處反覆玩味，亦自可樂，不必深求幽遠，枉費心力。」余讀六十四詩，言下悟解者信如公與文公之言；亦有管窺未覩、茅塞不通者，方將贏糧挾册，求導師之指迷焉。

恕齋講義

此卷金華殿中語也。國初命王昭素説《易》，南渡命尹和靖、張南軒勸講，惟其人不惟其官也。恕齋理學宜侍旃厦，輔緝熙，曾未展究。如僕輩涉獵而非深造，然爲説書者三，勸講者再，勸讀者一。晚見此編，未免有淳夫得講師三昧之羡。

〔一〕國：原無，據《後村題跋》卷一三補。

〔二〕在：原無，據《後村題跋》卷一三補。
〔三〕蓄：原作「畜」，據小草本、翁校本改。
〔四〕已：原作「易」，據《後村題跋》卷一三改。
〔五〕大：原作「人」，據《後村題跋》卷一三改。
〔六〕辦：原作「辨」，據《後村題跋》卷一三改。
〔七〕「吏」上原有「世」字，據《後村題跋》卷一三刪。
〔八〕卦：原作「封」，據《後村題跋》卷一三改。
〔九〕援：原作「授」，據《後村題跋》卷一三改。

徐氏二誥

徐先輩唐季擢第〔一〕，不肯仕朱梁，歸死於莆。其墓只書「唐徐先輩」，與朱文公書「晉處士陶潛」何異？史失其傳，至六世孫昶仕於本朝。家藏二告，一雍熙告，自前晉州汾西縣主簿三考授曹州司理判官。其告猶用唐制，首云：「徐某年三十九戊申，身材中形，面貌黄白色，少有髭。」次云：「興化府莆田縣崇業鄉，身爲户，曾祖贇。」先輩乃唐朝名士，見遺於史，而獨見於裔孫告身如此。

端拱告贊書云：「郡司理，古小國之秋官也。比來佐僚皆用郡吏，朕重惜人命，乃選士流。以爾曹州司理判官徐昶佐彼獄官，綽有能聲，言事者達予聞聽，召赴闕廷。嘉其俸薄而能廉〔二〕，位卑而不屈，陞爲佐邑，用勸下僚。慎爾初終，無忝恩寵〔三〕。可授楚州寶應縣主簿。」除卑官而有訓詞，歷郡掾而授邑佐，由文林而陞登仕，殊不可曉。此綸言出於知制誥王元之筆，此公非輕許可者，其人之廉而不屈可謂「無忝爾祖」矣。

前告楊公徽之、蘇公易簡皆繫銜，後告太保兼侍中普、右僕射昉、中書侍郎兼户部尚書平章事蒙正。以《實録》考之，歲月職位悉合。於此時雖抱關擊柝亦可樂，豈必顯融哉！

〔一〕季：原作「學」，據《後村題跋》卷一三改。

〔二〕嘉：原作「加」，據《後村題跋》卷一三改。

〔三〕寵：原作「寵」，據《後村題跋》卷一三改。

又

余友貢士徐君端衡請余跋其八世祖諱昶雍熙、端拱二誥，余既着語於雍熙誥之後矣，因問貢士家譜，君曰：「本徐彦伯之後。」彦伯見《唐史》，與蘇味道、李嶠、崔融同時，以文章擅名。彦伯生務，天寶避亂入閩，居泉州莆田縣崇仁里徐村。務生在蒙，始居延壽。又五傳至先輩，是爲延壽之徐先輩，晚年有「歸來延壽溪頭坐，終日無人問一聲」之句。今釣磯草堂基猶存。至曾孫以「俸薄能廉、官卑不屈」爲詞臣王黄州所稱。蓋徐氏自彦伯後〔一〕，種詩書遺子孫，綿綿不絶。貢士於先輩爲十一世祖，於曹州郡掾爲八世祖，詞章似先輩，操履似郡掾，其淵源所漸遠矣。復書此於端拱告之後。

〔一〕自：原作「字」，據《後村題跋》卷一三改。

右軍畫讚

《畫讚》、《黄庭經》、《樂毅論》，小楷之本祖也。《洛神賦》咄咄逼乃翁，率更《千文》、褚河南《黄庭》稍拘狹矣〔一〕。

〔一〕狹：原作「挾」，據小草本改。

右軍禊帖

此梅花《蘭亭》三段石本，與余家所藏本無小異。

率更千文

余見率更《千文》多矣，此本毫髮無遺恨。今無工小楷者，惜不令趙虚齋、湯東澗見之〔一〕。

〔一〕齋：原作「齊」，據《後村題跋》卷一三改。

蘭亭辨考

右《蘭亭考》，甚詳實，然非仲京老子親札，其子雲莊名審誨所書。雲莊，好古博雅君子也。

趙志仁百韻柞木詩

志仁工部賦《柞木詩》，始五十五韻，明日增之七十韻，又明日增之百韻，以示友人肅翁，中書君有七言唐律贊美之。又以示余，余一生縛律，嘔心斷髭，時有一首兩首，似恁大篇，開拓不去。又讀書不多，志仁詩引用古今柞事或余所未識，但以柞比櫟樗似未然。《南華》言櫟樗以不材無用逃斤伐〔一〕，漢有五柞宮，則非不材無用之木矣。詩家多以一字命題，半山《詠龜》七言長篇用盡龜事，《詠蝨》、《詠棋》亦然。志仁此篇甚古，然古人詩一言半句，兒童婦女、小夫賤隸皆記念上口；叔世詩或累百韻，或數十韻，而精博者不能通，聰惠者不能記。況若余之耄及智昏，誦志仁之作如貧兒見大富長者，伸手丐乞之不暇，安敢與之角力哉！寄聲中書君〔二〕，且放志仁獨步。

〔一〕斤伐：原作「矣代」，據《後村題跋》卷一三改。

〔二〕寄聲：原缺，據《後村題跋》卷一三補。

坡公題背面美人行

卷首所畫背面美人，與余家舊藏本無毫髮異。此卷後坡詩墨濃筆縱〔一〕，暮年書也。畫佳，非周昉不能作。疑此本爲真，余舊藏者爲臨本。

〔一〕此卷：原倒，據《後村題跋》卷一三乙。

林和靖遺墨

《與猶子》云：「汝數年來應舉，不曾有一句好言語在人口，若據如此荒唐，何以望它科第？愁人愁人！十郎下筆便道得些言語，極蔑視汝，汝見此後，切須寄取新做底事業來，千萬千萬！」和靖一生抗志物表，然程督猶子應舉業如此之嚴。後二姪皆登第有聲〔一〕，家訓也。

〔一〕姪：原無，據《後村題跋》卷一三補。

徐總管雨山堂詩

右，《雨山堂十六詠》，總戎信安徐侯伯東之所作也。十六詠：曰《雨山堂》，凡六十四首；曰《午峰》，曰《裛香》，曰《細香》，曰《洞庭曉霜》，曰《盤隱》，曰《德逸》，曰《適安》，曰《皆春》，曰《芙蓉墅》，曰《清兮》，曰《東疇》，曰《存菊》，曰《秀遠》，各十六首。或爲卉木、或爲泉石而作〔一〕，非一景也；或五七言，或大篇，或短章，不一體也。余昨爲侯賦唐律，附衆作列堂上，時猶未見此編也。歲行未周，而侯自作此堂詩〔二〕，增至百六十首。他人嘔心撚髭，鉤章棘句，營度甚苦，而侯得手應心，易易如此。時方多事，三邊用武，惜不移此手磨盾墨颯颯草軍書，乃作窮書生冷淡生活，無乃侵余之疆乎！

昔張步兵云「黄花如散金」，五字耳，而太白以爲風流五百年；孟浩然云「不才明主棄，多病故人疏」，一聯耳，而王維攜入禁中。以高妙傳，不以多傳也，余又將覩侯之老筆焉。

〔一〕作：原與下句「非」字互倒，據小草本乙。

〔二〕詩：原作「時」，據《後村題跋》卷一三改。

蒲領衛詩〔一〕

唐元和、大曆間，詩人多是韓門弟子，如湜、籍，如翺老，舊皆直呼其名〔二〕，雖稱盧仝玉川先生，然語意多諧謔，惟於孟郊特加敬，比之長松巨鍾，自比青蒿寸莛，又曰低頭拜東野。其没也，謚之曰「貞曜先生」。史稱退之木强非苟下人者〔三〕。余嘗論唐詩人自李、杜外，萬竅互鳴，千人一律，忽有《月蝕》等作，退之自是驚異，非謔之也。如東野諸詩，自出機杼，無一字犯唐人格律，如鷃弁短衣中見古人衣冠，如盆盎中見罍洗，退之豈陽尊而謬敬之哉〔四〕！

夫詩在天地間，有貴窮公相、學爲宗師而無一字近傍者，有山人幽子而能道驚人句者。心泉蒲君示余詩百三十、古賦三。前此二十年，君家有陶、猗之名，余未之識也。後君家貲益落，誅茅泉上，余始爲賦詩〔五〕，又十年乃見君詩。今江湖諸人競爲四靈體，君卷中時有三數句似四靈古體，如《九日》、《蛩菊》、《送杜生歸田》、《閨意》、《投所知》、《師巖見大閱》、《蚊歎》諸篇，皆冥搜苦思，變現光怪，脱换騷雅。使退之見之，必引而進之盧、孟之間矣。古賦在詩之下。昔人善擬古者，倣其意不倣其辭。柳子厚有騷十首，或散語，或三字，或四字，不盡拘兮字爲長句也。三賦皆用《楚詞》體，按模出墼爾〔六〕。

〔一〕蒲：原作「满」，據《後村題跋》卷一三改。
〔二〕呼：原作「乎」，據《後村題跋》卷一三改。
〔三〕强：原作「疆」，據《後村題跋》卷一三改。
〔四〕敔：原作「歌」，據小草本改。
〔五〕「詩」字原在「始」下，據《後村題跋》卷一三乙。
〔六〕磬：原作「繫」，據《後村題跋》卷一三改。

林和靖帖

和靖天聖、明道間詩人，然得闕下方袍及館中三二君子唱和數章，約江夏茂才來看。方袍失其名，館中君子當是李建中輩人，其倡和敢寄和靖，和靖至約客共觀，可見前輩無争名之意。茂才必亦當時社中人也。坡公評和靖書，謂其少肉，此帖穠艶，非少肉者。

鍾肇史論

本朝如晏叔厚、賀方回、柳耆卿、周美成輩，小詞膾炙人口，他論著世罕見，豈爲詞所掩歟？

抑材有所局歟？惟秦、晁二公詞既流麗，他文亦皆精確可傳。余始見延平鍾君樂章而異之，及見其《史論》一斑，作而曰：「此非曲子中縛得住者！」惜余已老而君方少，不得究其論而別。

毋惰趙資政奏藁

右，毋惰資政趙公淳祐丙午十月五日、十二月九日奏論山相二藁。於時朝野傳其覆出，從官、言路、館學聯章合疏，五庠諸生投匭伏闕者以千百計，咸請削奪，疏皆留中。余適與毋惰公同兩省，公一日問余：「旦夕有大除目〔一〕，子何以待之？」余曰：「必駁論。若綿力不能挽回，則有給舍聯銜封駁故事〔二〕，公與茂實繼之可也。」至初九夜，御筆：「嵩之昨預乞致仕，今服闋，可令守本官職致仕。」衆憂復用，聞其休致皆喜，惟余當草其致仕制〔三〕，未免留黄駁論其無父之罪四、無君之罪七，請其罪名著之訓詞。不報，又加大觀文殿學士。上使游丞相、謝侍郎迭宣諭〔四〕，趣書黄行詞〔五〕。余執前論，凡三奏，皆不報。毋惰公憐余獨立雷霆之下，約余、茂實聯名繳黄〔六〕。上意感悟，卒奪其大觀文之命。

游丞相方嘉其論事回天之功，章琰殿院乃論其貪榮去親、賣直欺君之罪。初，余論駁留中，嘗自劾：「臣有老母不歸養，事聖君不力諫，未能自責，安能責人？」言者急欲逐余，遂因其自劾之罪以罷之。去之日，毋惰餞飲湖山。別去簡余曰：「適見貝錦之言，二字見還，四明之所欲也〔七〕。」自古快讐之速未有如此者。

余既爲計院使君出毋惰遺墨，使君亦爲余出毋惰諫草，上距淳祐丙午二十有二年矣，始知山相休致之議實公發端，臘月九日御筆，純用公是日經筵諫草中語。烏虖！景定聖人於毋惰公君臣遇合之盛，雖虬鬚帝於魏文貞不若也〔八〕。余手録二藁寶藏，又題其後，以俟南董氏之筆。

〔一〕「夕」下原重一「夕」字，據《後村題跋》卷一三刪。
〔二〕銜：原作「街」，據《後村題跋》卷一三改。
〔三〕制：原作「致」，據《後村題跋》卷一三改。
〔四〕侍：原作「待」，據《後村題跋》卷一三改。
〔五〕「詞」下原有「報」字，據《後村題跋》卷一三刪。
〔六〕聯：原作「之」，又「繳」字原無，據《後村題跋》卷一三改、補。
〔七〕明：原作「方」，據《後村題跋》卷一三改。
〔八〕貞：原作「真」，據《後村題跋》卷一三改。

毋惰趙公辭執政恩數簡

理宗皇帝臨御久，閱士多，群臣或見面得之眉睫，或隔膜知其肺肝〔一〕，有前敬而後怠者，有始密而終疎者。余事軒陛，耳目所覩，記士大夫終身爲上禮貌親信，寄之以心腹，待之以賓師，惟毋惰公一人而已〔二〕。雖去而國有大政，猶以小槧咨訪，公何以得此於帝哉！

余告老歸田，公兄子計院出牧於莆，始見公與使君木史蠅頭細字約三十餘行，可五六百字，乃晚年出處大節目，矍然起敬曰：公召入陪祠，甫稅冕即行，留之不可。時相矩堂董公爲上言，欲加公執政恩數，公掩耳曰：「以吏部尚書則辭，以執政恩例則受〔三〕，吾事上十年，聒聒頂門一鍼。」每言：「治亂原於君心公私之判，南陽攀附者當盡换右階，官寺精黠者當遣出外任。今南陽則兩人，儼然爲從官；官寺則兩人，儼然逐臺諫。如此而呼之則至，上必待以無廉耻之人矣，何面目見上乎？今若必不出，必不受朝廷分毫官職。上冷地思量，或自感悟，即是爲君相扶持國事。」使君以此槧示樞掾葉仲圭以白矩堂，遂寢前説。公辭受如此，世所未知。

昔温公以攻新法忤旨，然以不拜副樞一節，使人主有「若他人雖推之不去」之語。公辭執政與温公事相望，穆陵敬公〔四〕，猶裕陵之敬涑水也，豈苟然哉！余前所謂前敬後怠、始密終疏者，未必人主之眷不可恃，毋亦有自取輕之道歟？余謂使君當礱片石刊此墨妙，以備史館采擇。

〔一〕知：原作「如」，據《後村題跋》卷一三改。
〔二〕人：原作「身」，據小草本改。
〔三〕執：原作「報」，據《後村題跋》卷一三改。
〔四〕陵敔：原倒，據《後村題跋》卷一三乙。

毋惰趙公與兄子書

此一卷八幅，毋惰公所與兄子計院使君書。時使君習詞科，公謂：「作文已是謬用其心，況於務博爭新，鏤詞鐫語，殆是敗德之具，不若以義理之書澆灌胸次。」又云：「且理會古人言行，如輕名利、薄軒冕等事，則不以摇其踏實地之脚。」論諸暨諸事云：「所言固疾惡之意，但聖門却有疾之已甚一條。況宗族間有疏密，事體有幾樣，若一絶之，則此後不復可誘其向善矣。」父兄典訓之言也。別幅云：「劣叔身入都曹，恐無益於國，復無益於身。」又云：「時事日有變態，益覺孤立之難。」大丈夫富貴不能淫者之言也。諸帖皆行草妙絶，有楊凝式、朱文公筆意。方鼎貴而寄錢漆書厨，卷卷於戚家塢書籍籠，無一念忘簡編，此其所以爲毋惰歟！

頃余未識使君，友人湯伯紀見余所作《毋惰公哀詩》，有「中壘老猶上封事，三閭去尚作《離騷》之句，謂與伯紀誄文暗合〔一〕，因言毋惰已矣，其猶子嶷嶷有立，趣造不凡。使君朝辭二疏、治郡大指，廉直有季父風〔二〕。

〔一〕與：原作「歟」，據《後村題跋》卷一三改。

〔二〕季：原作「李」，據《後村題跋》卷一三改。

湯埜孫長短句又四六

孫花翁死，世無填詞手，後有黄孝邁，近又有湯埜孫，惜花翁不及見。此事在人賞好，坡、谷亟稱少游，而伊川以爲褻瀆，莘老以爲放潑〔一〕；半山惜耆卿謬用其心，而范蜀公晚喜柳詞，客至輒歌之。余謂坡、谷憐才者也，半山、伊川、莘老衛道者也，蜀公感熙寧、元豐多事，思至和、嘉祐太平者也。今諸公貴人憐才者少，衛道者多，二君詞雖工，如世不好何？然二君皆約而在下，世故憂患不入其心，姑以流連光景、歌詠太平爲樂，安知他日無蜀公輩人擊節賞音乎！

余既賞湯君小詞，君贊余四六一卷，亦絶出輩流。其擬作松、竹、梅三友除授制，雖戲用前人《驢加九錫》類例〔二〕，然意新而語綺。世常謂藝之至者不兩能，由君觀之，豈有不兩能之理哉？

然四六千變萬態，有用故事而工者，《辭拜相》云：「宜選於衆，舉格於皇天之材；使暨乃僚，纂迪我高后之事。」《收復燕山加恩時宰》云：「昆夷惟其喙矣，周公方且膺之。」是也〔三〕。有不用故事而工者〔四〕，《宰相求去》云：「責任非輕，此豈久居之地；從容求去，幸當未厭之時。」《舊相謝降秩》云：「國皆曰殺，雖無可恕之情；耄不加刑，姑用惟輕之典。」是也。有用全句而工者，《謝越州減放降秩》云：「敢効秦人〔五〕，坐視越人之瘠？欲安劉氏，理知晁氏之危。」是也。有不用全句而工者，《謝不候回降發廩賑濟》略云：「惟比年之通患，視荒政爲具文。昔嘗竊嘆於閭閻，今忍自欺於天日？」末聯云〔六〕：「使殺身有益，尚堅一節以報君；況爲善無傷，敢替初心之及物？」是也。余謂四六家駕清談者輕虚，堆故事者重濁〔七〕，諛辭傷直道，全句累正氣，寧新毋陳，寧雅毋俗，寧壯浪毋卑弱。君勿忘老夫此語，後有新作毋惜商搉。

〔一〕莘：原作「莘」，據《後村題跋》卷一三改。
〔二〕加：原作「如」，據《後村題跋》卷一三改。
〔三〕是：原作「事」，據《後村題跋》卷一三改。
〔四〕有：原作「又」，據《後村題跋》卷一三改。
〔五〕敢：原作「致」，據《後村題跋》卷一三改。
〔六〕末：原作「未」，據《後村題跋》卷一三改。

〔七〕堆：原作「惟」，據《後村題跋》卷一三改。

張文學詩卷

建安張君仲節示余《玉澗藁》一卷，律體流麗者有元、白材情。《閨思》云「蝴蝶似知春夢熟，穿花飛度畫屏東〔一〕」，《宫怨》云「夜夜月明金苑裏，如何照不到長門」之類是也。古意奇崛者有盧仝、樊宗師風骨〔二〕，《征婦怨》云「凱歌四面動地來，斬得名王歸獻闕，一朝驃騎先論功〔三〕，封侯佩印授齋鉞〔四〕，不知去年征戰時，妾家良人在還没」，諸篇是也。他人之作率是辭多意少，惟君篇什簡質涵蓄，不現光怪。徐玩味之，悠然深長，寧不足於辭而有餘於意。意，本也；辭，末也。然聖門之論，曰「辭達而已矣」，又曰「質勝文則野」，辭亦豈可少哉？君力學而苦思，勇猛而精進，試參取張籍、王建之調鬯，以發越盧仝、樊宗師之奇崛，則高無對矣。

〔一〕花：原作「巷」，據小草本、翁校本改。
〔二〕仝：原作「工」，據《後村題跋》卷一三改。
〔三〕騎：原作「騂」，據《後村題跋》卷一三改。
〔四〕「印」下原有「劍」字，據《後村題跋》卷一三删。

桐鄉艾軒所作富文行狀誌銘

余少於桐鄉、艾軒二公之文〔一〕，單辭隻字皆記念上口。二公蓋光堯、重華兩朝詞臣，其文貴重於世，不以一字假人。然艾軒狀富文翁累千二百六十言，桐鄉銘亦九百言。艾軒受學於富文翁，狀公行時方三十餘，猶未脱白，自稱門人，敬之如此。桐鄉輩行在前，埋辭亦詳而備〔二〕，富文翁之賢可知矣。竹溪林君肅翁守莆，訪求艾軒遺文鋟梓，余與有勞，而《行狀》乃漏落未入集，至公之曾孫君節始得其本。竊意尚有六丁下取未盡者，可以物色也。富文翁生不蒙稽古力，僅止一麾，君節遂奮孤童，擢甲科，入爲瀛洲學士，兼掌南宫牋奏。「不在身必在子孫」，豈不信然！雖以論事去國，其大節毋忝爾祖矣。余既銘公之孫録參之藏，君節示余此軸，墨妙筆精，敬書其後而歸之。

〔一〕桐：原作「銅」，據《後村題跋》卷一三改。

〔二〕埋：原作「理」，據《後村題跋》卷一三改。

方名父松竹梅三友除授四六後語

安晚鄭丞相兩宰天下，名位之重，機務之繁，雖操化權而未嘗一日釋筆硯。嘗爲文房四友除授制詔，客録本示余，戲擬數篇，依本葫蘆爾，公見之擊節。後效顰而作者益衆，意益新，語益工。又有於四友之外別以歲寒三友命題者。

余謂唐虞命官，或一字，或數語而已。叔季王言太繁，而封拜大臣告廷之辭尤繁，往往溢美，且純用儷語，欠古意〔一〕。等而上之，又有一種難題。漢魏以來，篡奪者必先加備物典冊以示改物之漸，志節之士聞而洗耳，其踴躍操觚者皆出於文章鉅公、臺閣貴人之手。揚雄《美新》、阮籍《勸進表》、袁宏《九錫詔》〔二〕、樊系《冊文》，古今一律，可勝歎哉！善乎謝公之言曰：「卿固大才，安可以此示人？」前人或以《驢加九錫制》非惟誅竊弓之盗，亦以愧秉筆之人也，姑舍是勿談。

方君名父示余松竹梅三友除授四六一卷，年少而筆老〔三〕，意高而語綺。此等文字易流於諧俗納諂，然三友者皆凍餓自守，抗箕、潁之志〔四〕，稱其美無媚悦之謗，與之厚無附麗之嫌。然才藻如此，不用之於朝廷之黄麻紫誥，而發之於山林之素封，遇合有時，君其席珍以待。卷中有代三友《辭免謝表》，夫辭免謂未拜命而辭，謝表謂已拜命而謝，當析爲二，今合爲一誤矣。君宜改作，併爲族父廣文刊誤。

君舊名名父，字持叟〔五〕，甲子鄉荐〔六〕；今名夢華〔七〕，丁卯再荐，猶以舊字行。

〔一〕「欠」，下原有「者」字，據《後村題跋》卷一三删。
〔二〕宏：原重一「宏」字，據《後村題跋》卷一三删。
〔三〕少：原作「年」，據《後村題跋》卷一三改。
〔四〕「抗」原作「杭」，「頴」原作「穎」，據《後村題跋》卷一三改。
〔五〕字：原無，據《後村題跋》卷一三補。
〔六〕甲：原作「卑」，據《後村題跋》卷一三改。
〔七〕名：原作「古」，據《後村題跋》卷一三改。

顧貢士文英詩傳演説柳氏國語辨非後叙

顧貢士文英示余《詩傳演説》、《柳氏國語辨非》各二十卷〔一〕，余久欲疏愚管見以還贄〔二〕，匆匆未果爲〔三〕。君貽書督過，時余已喪明，取君書令子弟展誦，巍坐聽之。《詩傳》大略如鄭夾漈、朱文公〔四〕，黜小序，專以經文求作者之意。近世趙南塘談經多與先儒異同，惟《詩》不能廢觀鄭氏、朱氏之説。嘗謂余曰：「莆前輩惟鄭漁仲善讀書，兄可繼之。」余昏惰，舊讀不記一字，觀君所作《演説》，妙年美質所見乃與朱、鄭二先生暗合，後生可畏，豈不信然！《國語辨非》之書，是丘明而非子厚，亦與世之隨聲附響者絶異〔五〕。世謂《國語》乃未脩《左傳》〔六〕，非也。子厚於《左傳》無疑而獨不取《國語》，亦非也。司馬遷云「左丘失明，厥有《國語》」，以《國語》爲失明後所作，則《傳》成於《國語》之先矣。子厚非其誣，又非其耄，君持論欲與子厚争雄，所謂豪傑之士矣。

顧氏自國子博士乾、淳間以律賦擅名天下，場屋至今傳誦。余先人與博士昆仲辛丑同年，余與君大父行君任、君謀、君房、君審、君立及君尊公雲卿明府皆厚善〔七〕。異哉，萃於一門，盛矣哉！

往年趙庸齋有盛名，高自標致，士及門者尊崇之過於顔、孟，皆曰仲尼復出。昔叔孫通爲漢定朝儀，薦進諸生不過皆拜官賜金爾，而諸生至稱其師爲聖人〔八〕，其來久矣，豈特庸齋門人哉？今庸齋墓木已拱，向之尊師者稍懈散。余謂孟喜之改師法，不如侯芭之守《太玄》；房、魏之貴顯，不如董、常、程、仇之隱約。顧君嘗學於庸齋者，書以勵君，亦以勵庸齋之門人。

〔一〕二十卷：小草本作「二卷」。

〔二〕見：原無，據小草本、翁校本補。
〔三〕匆匆：原作「忽忽」，據《後村題跋》卷一三改。
〔四〕滐：原作「際」，據《後村題跋》卷一三改。
〔五〕附：原作「結」，據《後村題跋》卷一三改。
〔六〕未：原作「朱」，據《後村題跋》卷一三改。
〔七〕明府：原缺，據《後村題跋》卷一三補。
〔八〕人：原作「門」，據小草本、翁校本改。

方俊甫小藳　元英

自詩境父子仙去，里中無與言詩者，及文甫、俊甫出，始接爲詩〔一〕。文甫詩予前十年既評之矣，俊甫示予《小稿》二十首，皆尖新組麗，若百鍛而後出冶〔二〕。世稱能傳家學者爲書種，惟詩亦然〔三〕。文甫於詩境公爲叔祖，俊甫於武成爲父，予視俊甫爲通家子〔四〕，和其投贈二詩，美之也，因以箴之。

三百五篇有出於小夫賤隸、寺人媵妾、放臣逐子之作，而聖筆不能刪，高弟子夏、名儒衛宏不能序，韓嬰不能傳，左史倚相不能知，毛、鄭不能箋，束晳不能補，王通不能續，其故何也？余觀古詩以六義爲主，而不肯於片言隻字求工。季世反是，雖退之高才，不過欲去陳言以誇末俗〔五〕。後人因之，雖守詩家之句律嚴，然去風人之情性遠矣。君詩之病在於鍊字而不鍊意，予竊以爲未然。若意義高古，雖用俗字亦雅，陳字亦新，閑字亦警。君歸而求之，高無對矣。

〔一〕始：原作「姑」，據《後村題跋》卷一三改。
〔二〕治：原作「治」，據《後村題跋》卷一三改。
〔三〕「然」下原有「之」字，據小草本删。
〔四〕予：原作「子」，據小草本改。
〔五〕末：原作「未」，據小草本改。

徐貢士百梅詩註 用虎

鄉友徐貢士用虎和余《百梅》詩，又篇篇下注脚，發藥余甚多。嘗問余其間三首，如：「環子麗華皆已矣，謫仙狎客兩堪悲。懸知千載難湔洗，留下沉香結綺詩。」又：「唐朝才子總能詩，張祜輕狂李益癡。管甚三姨偷玉笛，誑他小玉寫烏絲。」又：「浮休嗟柳斫爲薪，子美憐梅傍戰塵。

只願玉關烽燧息，老身長作看花人。」疑與梅不相關，非通論也。太白、玉江總皆未免爲二妃所累，抑二妃所以重梅也。三姨，貴妃之姊；小玉，諸王之女。玉笛、烏絲事甚秘，因張、李兩生而播傳，抑兩生所以掩二女子之謗。然二女子非《列女傳》中人矣，亦所以重梅也，輕薄子弟豈能點污梅哉〔一〕！又疑「子美憐梅傍戰塵」之句，時禄山陷兩京，遂有「柳條弄色不忍見，梅花滿枝空斷腸」之感。徐必因杜五言有「遥憐故園菊，因傍戰場開」，遂有此疑。菊傍戰場，梅、柳豈能免耶？余意如此。

〔一〕弟：原無，據《後村題跋》卷一三補。

趙静齋詩藁後叙

余誌静齋趙公之墓，述公勳勞尤詳而實，後十年始見公《義莊規約》，又一年始見公奏議，皆叙之以補墓誌之闕，然猶未及見公賦詠。咸淳戊辰，公子與稽自田里奉公遺藁一卷〔二〕，古律詩百一十五首、長短句十四首。距余誌墓時十又六年〔三〕，余年已八十二，耆且盲，命子姪朗誦而諦聽之。內二十章爲宗族尊幼而作，於倫紀最隆。三十章記宦游車轍馬跡所至〔三〕，於淮東西、湖南北三邊亭障堡戍風寒險要如指諸掌〔四〕。凡爲朝家帥閫畫兵籌軍冊，歷歷在目。他如投贈餞送和韻之屬，片言隻字皆有義味。

公嘗參謀故抑齋陳公韡〔五〕、故尚書開府杜公杲大幕府〔六〕，而從杜公最久，與之相爲始終。杜公奏凱，薦公自代。其《述懷》、《感遇》諸篇，雖郭隗之於燕召、齊客之於田横，無以過也。公不爲奇崛險奥語〔七〕，皆人所共知者，但人不能道耳。竊嘗評公所作，其含情切理者借曰思慮所及，其語在目前、意存事外者，巧力不能至也。余又述之以補遺稿之闕。

與稽於公緒業必竭力負荷，於公手澤無一字失墜，可謂能子矣。

〔一〕田：小草本作「寓」。

〔二〕誌墓：原倒，據《後村題跋》卷一三乙。

〔三〕宦：原作「官」，據《後村題跋》卷一三改。

〔四〕障：原作「陣」，據《後村題跋》卷一三改。

〔五〕參：原無，據《後村題跋》卷一三補。

〔六〕杲：原作「果」，據《後村題跋》卷一三改。

〔七〕奥：原缺，據《後村題跋》卷一三補。

建德縣賑糶本末

余既告老歸田，咸淳丙寅，江浙春澇夏旱，其時郡縣饑民至嚙草木以食，而衢、嚴尤甚〔一〕。舊仰糴京粟，至是輦下禁糴〔二〕，官吏搏手無策。廟謨密運，與神爲謀，漕粟三百萬斛夕入京師〔三〕，大農所轄豐儲諸倉有廩廥處〔四〕，官吏預備槩量以待，未丙夜而三百萬斛皆窖藏充滿，若鬼輸天雨。衆大之區何啻百千萬户，初不見舟車所由之途，亦不知紅腐之物取之何所，既而始云皆公田所銖積寸累而來者。時中外方多竊議公田有利與害，言人人殊，一旦歲荒民饑，朝家得此以活六軍兆民之命，又霑丐及於數郡菜色雷腹之民，於是前之議公田者始服廟堂之深思長慮。

時建德令趙君以才選宰赤縣，於荒政先爲條目〔五〕，勸諸都上户各出粟三十碩，以糶都内鰥寡孤獨之人。又曰：「此事當以身帥〔六〕，某願出己財就使府賑糶米内回糴，湊爲百碩。乞送所屬交錢給米。」遂輦芝楮一千一百緡，内五百緡係己財，六百緡係庫吏借過知縣俸米錢。府從申〔七〕，仍從府倉添糴百石，併撥一年義倉米三百二十餘石下縣，庶幾爲惠稍廣。府縣勤卹如此。宰又申郡，願倡率邑中十數家，備財就公朝回糴五千斛。府以其説備申，準省劄，奉鈞判劄付建德府行下本縣，每碩作芝楮一十二貫，内撥二貫充船脚外，浄納一十貫文，計數起解封樁庫〔八〕，限一月了足。宰遣官吏賫一半價錢二萬五千貫〔九〕，先赴封樁庫交納，餘錢候糴畢足。

余謂今之長官多剥下以奉上，趙君能毀家以紓一邑餓殍之民，仁人也。今之牧守多以父摧子揚，侯能視屬邑如子舍〔一〇〕，古循吏也。至於絶席百僚之上，俯視生靈辛苦若不相接，而一令之微，乞米五千石，叫閽直達，應之如響〔一一〕，此古大臣耻一夫不獲如己推而内溝之心也。嗚呼，盛哉！

趙令故閫帥静齋之子，孝而廉。乃翁以俸餘置田六百斛以贍族，君增至千斛。及領民社，又能輕貲救荒如此，謹識本末於左。君名與稹，以邑最就擢通守建德府，從民望也。

〔一〕衢：原作「衝」，據《後村題跋》卷一三改。
〔二〕糴：原作「港」，據《後村題跋》卷一三改。
〔三〕漕：原作「渭」，據《後村題跋》卷一三改。
〔四〕膺：原作「會」，據《後村題跋》卷一三改。
〔五〕「爲」，原作「謂」，「目」原作「日」，據《後村題跋》卷一三改。
〔六〕當：原缺，據《後村題跋》卷一三補。
〔七〕申：原缺，據《後村題跋》卷一三補。
〔八〕計：原無，據《後村題跋》卷一三補。
〔九〕半：原無，據《後村題跋》卷一三補。

〔一〇〕俟：原作「候」，據《後村題跋》卷一三改。
〔一一〕響：原作「嚮」，據《後村題跋》卷一三改。

章南舉小藁〔一〕

僕曩官建上，多識其士友，去之數十年猶記憶，如新相知。今屈指故交，存者十無一二。予昔所賦詠，老不復記，惟溪上故人往往猶能舉似。晚得謝生昕照鄰，愛其詩有唐風。照鄰又以書稱其友章君南舉才名，贈余五言，又小藁三十七篇，蓋余齒髮盛壯時望而畏者，今耄矣，精華竭矣，何以拜君之惠而還君之贄乎！

昔余以所作示南塘，此老雖甚擊節，其意常闕然未滿。其言曰：「兄讀書非不多，然吞餌上鈎皆黄口小鮮，而鯤鯨大物皆未受令。」及晚爲侍從，見余賦詠，始自悔前評之誤，有分庭抗禮之語。君才十倍於余，吾見其進未見其止也，他日有續編，當再商榷〔二〕。

〔一〕小：原作「千」，據小草本改。
〔二〕榷：原作「確」，據《後村題跋》卷一三改。

丘撫幹遺藁　升

自昔振古豪傑立大功名人，聲應氣求，有若符契節合〔一〕，不膠漆而固者。故龍學、丞相二趙公有衛社大功〔二〕，賓客從者如雲，丘君升字成叔，獨搦寸管居二公記室之任，横槊之所賦〔三〕，磨盾之所草，無論座上客，雖帳下兒讀之，莫不嘆二公何以能致此士，又莫不奇此士何以見知於二公。

其遺文存者僅有古律詩二十篇，書檄雜文一卷。余不及識君〔四〕，讀《行狀》奇其人〔五〕，嘗爲五言以誄之。時應甲方總角，未幾擢高第，英邁有父風，而安溪明府太淵又槖君之文請予評之。卷中《訓雞》之篇，雞事該括略盡，奇正無窮而語意不犯重，姿態横生而文義相貫屬。書檄諸作，使之生建安、黄初之間，豈不與王粲、鮑昭、陳琳、阮瑀諸子相頡頏哉！君没時纔四十九，屬纊遺趙公牋，猶勉以忠義，無昵昵兒女語。予讀而悲傷之，且惜其見知於二公之初節也。使及見丞相之晚節功愈高，位愈尊，權愈重，建大宣威府、都督府，幕下士有爲將相者，而君竟終於選調。君生雖悒悒不得志，然身後一段冷淡生活得吾輩表而出之，未爲不遇也。

予嘗窺應甲一斑〔六〕，青出於藍者。昔枚乘一生僅爲梁園賓客，子臯始以賦頌被遇天子，貴震一時。若天假予年，聞漢廷之上有與東、馬、嚴、徐共奮飛者，非應甲其誰？

〔一〕節：原缺，據《後村題跋》卷一三補。
〔二〕學：原作「舉」，據《後村題跋》卷一三改。
〔三〕所賦：原倒，據《後村題跋》卷一三乙。
〔四〕余：原作「子」，據《後村題跋》卷一三改。
〔五〕「行」下原有「溪」字，據《後村題跋》卷一三刪。
〔六〕斑：原作「班」，據翁校本改。

莊侍郎行實

近世公卿家傳、行狀非出於子弟則出於門生故吏，辭多浮誇，雖河南邵溥稱康節、伯温，李端叔狀范忠宣，猶有此謗。《莊公行實》乃其高第歐陽偉之筆，余同舍生也。其人樸茂不妄語，故其文詞雖欠發揚蹈厲，然皆平實確訒。余在史館覽公《實録》本傳，往往得之《行實》，余誌公墓亦多采焉。

魏鶴山南平江使君墓碑

南平始隸渝州，元豐始創郡。傳記所載賢牧，前惟劉孝標，後惟江君叔文，賢令惟陳少遊，而江君行始見於西山之《序》、鶴山之《誌》〔一〕。仕者多華人譽士，地稍荒遠則以卉裳鴂舌鄙夷其人。建、邛二先生録江君之賢以發藥今士者之病，其論高矣美矣，豈容復措一辭？

余觀自昔賢守宰有父子守吉陽而澹庵胡公名其堂曰「盛德」，有以名臣宰巴東、夷陵，兩邑之民至今蒸嘗之者〔二〕，豈必豐都大邑哉〔三〕！否則爲壯哉縣，方綰銅墨而其民有推不去之嘲；以尚書尹京，甫解印綬而都人有袖瓦礫以送之者。江君先大君子牧相郡有聲〔四〕，莆通守鋏闕決有父風。予與南平甲申同班，於通守歲晚受廛，通守命予曰：「子厚余先君而學於二先生者。」乃攬涕濡筆，書於螭首龜趺之後而歸之。

〔一〕始：小草本作「治」。

〔二〕蒸：原作「丞」，據《後村題跋》卷一三改。

〔三〕豐：原作「酆」，據《後村題跋》卷一三改。

〔四〕相：小草本作「象」。

間爲余言，多掩惡而揚善，矯薄而歸厚，親友皆勉其好學而進德。使其官稍可行志，力稍可及物，豈非佳子弟乎！吾此言非譽兒者，將以激勵之爾〔一〕。

山甫家書

〔一〕「激」下原有「奮」字，據《後村題跋》卷一三删。

李翰林集

按元和十二年，宣池觀察使范傳正作《太白新墓碑》云：「公一子名伯禽，以貞元八年卒，生無官。傳正訪其後，欲申慰荐，凡三四年乃獲公孫女二人。搜於篋中，得伯禽手疏十數行，紙壞字缺，不能詳備。」向非傳正新碑，則併伯禽與草木俱腐。二女一嫁陳雲，一嫁陳勸。傳正於謫仙之後卷卷如此。余詳古人名子莫不有義，如明月奴、頗黎之類，只是小字，太白非不能名子者，當更考。

後村先生大全集卷之一百一十二

字説 雜記附

二趙

宋諸王孫崇乘弱冠奮儒科，崇東繼踵拔冑舉，伯仲競爽〔一〕，璧聯珠映，見者欽挹。二子以乃翁之余厚也，求敬其名。《易》曰「雲從龍」，説者曰：「龍乘雲氣，窮乎玄間。」又曰：「龍不得雲無以神其靈。」有逢時感會之象焉，字伯曰雲卿。《書》曰：「宅暘谷，寅賓出日。」注者曰：「暘谷，東表之地也。」又曰：「暘，明也。」有進德輝光之義焉，字仲曰暘卿。

〔一〕競：原作「兢」，據小草本改。

陳倩玉女

陳倩琰求字於余，余謝曰：「君家有嚴君，余安能僭？」君請不置，而其乃翁亦竟未暇爲，余不復辭。按韻書：琰，玉之美色者。漢中郎以名其女，晉太傅以名其子。文姬遭亂，失身於胡〔一〕，反累伯喈；惟謝家郎君功節高全，不忝文靖。然則非褒飾其名之難，而負荷其名之難也。君乾道丞相魏公之曾孫，恂恂謙謹，無貴公子氣，庶幾實副其名者，抑余有規焉。今夫有璞於此，必日夜攻治，尺寸圭黍皆合制度，然後爲琮璧，爲圭瓚，奉之郊廟。苟爲切磋未至，巾襲不嚴，不幸而有秋毫之玷，則繅藉祼薦之望絶矣。《記》曰「玉不琢不成器」，先賢曰「貧賤憂戚，玉女於成」，請字曰「玉女」。

〔一〕胡：原作「吳」，據小草本改。

周士姪

工部弟名其次子曰興甫而未字也，余字之曰周士，興甫請其義。余曰：士莫盛於周，尤莫盛於文王。《書》曰「灼俊」，知之也；《詩》曰「譽髦」，賢之也。何代無士，而文王獨知之，又賢之。士生斯時，不獨芻蕘之微知所奮興，雖太公、伯夷之流，莫不聞風而至。故當時歌之，曰「凡周之士，不顯亦世」；後世稱之，曰「周之士貴」，可謂盛矣。然孟子猶謂待文王而興者爲凡民，無文王而興者爲豪傑，然則《詩》、《書》所謂俊、髦者，皆孟子所謂凡民歟？太公、伯夷猶不足以爲豪傑，然歟？曰：孟子之前言爲上之作人造士者設也，其後言爲士之立身行己者設也。周士其熟復孟氏之言，而深思二父所以名汝、字汝之意，勉之哉！

趙倅建叔

清漳通守趙侯與澣以檄來莆，余老退爲農，侯方有公事，僅一再盍簪。察侯之意，若將有所屬者，臨別始語余曰：「某受名於先君而以建叔爲字，義取石建所以事萬石君者，某佩服而行，不敢失墜。昔人有既名字其子而又爲之説者，先君遠矣，敬以字説累君。」按班《書》，建爲中郎將，每休沐，取萬石君中帬厠牏躬澣灑之〔一〕。注者曰：「近身之衣也。」時建已白首矣，世稱建純孝而已。以傳考之，其奏事上前，即有可言，屏人切諫，至廷見如不能言。其事君之際又如此，惜其不居大位也。侯於親在，事之竭力；親歿，慕之終身。語及父兄，涕下欷歔，所謂家法孝謹，不言而躬行者歟！顧其立朝衮補□久，使之進而移忠於君，所謂入則切諫、出則如不能言者歟！昔陸放翁絶筆宗子詩云〔二〕：「但知勤孝謹，事事鑑恬俟。」恬俟者，建弟慶也，仕至丞相，醇謹而已，言議風旨似不逮兄〔三〕。烏乎！陸公欲其子爲慶，修靖公乃欲其子爲建，其家法又嚴於陸公矣，建叔勉之！

〔一〕牏：原作「踰」，據小草本改。
〔二〕詩：原作「書」，據小草本改。
〔三〕旨：原作「昔」，據文意改。

達卿姪

達卿姪初名桂，字千里，有聲場屋。主司具眼者常摸索得之，人謂必唾手取世科、還家氈矣。年甫强仕，忽厭舉子業，買山築室於壽溪之上，以栽花移竹、行吟坐釣爲樂，自更名求志而字達卿。或曰：「君之名若慕箕、潁〔一〕，有志於獨善者；君之字又若慕禹、稷，未忘於兼善者，何哉？」余曰達有二義。昔子張以在家必聞、在邦必聞爲達，子曰：「是聞也，非達也。」然則凡世之崇飾名譽，超取顯美，直子張之所謂聞；必沈酣義理，涕唾榮利〔二〕，然後庶幾於夫子之所謂達歟！余聞達卿方且爲四書闡新義〔三〕，以輔先儒之説。玆事體大，非博學詳説、真知實踐未易爲。抑余聞之，學者以不阿世爲難，隱者以不改操爲難。祝欽明舍五經而舞八風，盧藏用起處士而隨駕，常秩閣《春秋》而譽新法，豈非學者歟？隱者歟？或疑達卿未忘兼善者，要爲愛達卿也。達卿矍然起拜曰：「敢不書紳銘坐，以從祝規？然前云茲事體大，請問其目。」余曰：辭達而已矣，作文體要也；下學而上達，作聖功夫也。子其勉旃！

〔一〕若慕：原倒，據小草本乙。

〔二〕唾：原作「吐」，據小草本改。

〔三〕闡新義：似不通，小草本字迹亦不清，「闡」或當作「闢」。

方郎居之

竹溪翁爲吾家方郎廣翁居之作字説，高矣美矣，然義理無窮，余請爲竹溪作義疏，可乎？按孟氏居移氣養移體之論，特借齊王之子以啓發學者，當與「今爲宫室之美、妻妾之奉而爲之」一章並觀。自古聖賢居窮處約而當時後世宗師之者，以其道之巍巍，非以其居之潭潭也。不以道而以居，則四代禮樂非陋巷所能容，而百官宗廟亦不在魯東家矣。夫士之大節曰居曰行而已。申申夭夭，其氣象也；戰戰兢兢，其操□也；獨行不愧影，獨寢不愧衾，其踐履也。凡所以居之也，居之安則推而行之，如乘安車駟馬徐驅於九軌之塗，大風有隧勿迷也，終南捷徑勿由也。居之方富春秋，力學而强爲善，知及之仁，又能守之，可以負荷此名字而無愧矣。

方郎立道

方郎與柳誠懸同名，若慕藺者，余字之曰唐卿。君曰非吾志也，改字立道，請余作字説。余問其旨，君曰：「聖人云『可與適道，未可與立，可與立未可與權』，是適道而後能立，能立而後能權，以權爲聖人之極致，非也。《易》曰『巽以行權』，巽之義爲謙爲順，惟聖人能之。未至於聖而以謙順制行，恐知柔而不知剛、能通而不能介矣。字者所以矯其質之偏，吾將書紳而佩韋焉。」余曰：君言有味，吾試演而伸之。其大者如周公誅管叔，季友酖叔牙，孔明取劉璋，權也。行一不義、殺一不辜得天下，不爲，道也。彼一聖二賢，千載而下有慙德矣。其次若雄爲莽大夫，或爲操謀主〔一〕，約爲梁佐命，權也。不立惡人之朝，不踐二姓之廷，道也。彼三子萬代遺臭矣。又其次蔡邕懷卓私遇，郄超預温逆謀，宗元爲伾、文死交，其始豈不借反經合權之説以自文，其終何如哉？君名權而字立道，佩父祖義方之訓，發聖賢書外之藴，吾之畏友也。或曰：子謂惟聖人能謙順，何也〔二〕？余曰：見南子、欲從公山不擾之召，必仲尼而後可。若未至於仲尼，則子路之不悦者爲正，不易之論也。誠懸大節如筆諫之類，真廊廟之言，徒以和「殿閣微涼」之句欠規諷，爲坡公所貶。君與之名同而字異，它日所就豈與誠懸若是班乎！吾意君之卓爾有立者如中流砥柱之立，巽以行權者，非九二牀下之巽矣。

〔一〕或：原作「或」，據小草本改。

〔二〕何：原缺，據文意補。

黄有容

詩人黄君寬夫求字於余，余曰：君詩律精妙，有王□、邢居實氣骨，然其吟太苦，思太深〔一〕，胚樸惜不甚大。古今詩人如麻粟，惟唐李、杜，本朝歐、梅、半山、玉局，南渡放翁、誠齋號爲大家數。蓋語意深淺，規模闊狹，士終身之通塞榮悴繫焉，詩云乎哉！郊云「出門即有礙，誰謂天地寬」，島云「我要見白日，雪來塞青天」。嗟乎！礙塞郊、島者誰歟？二子自礙塞之爾。前輩論李、杜，云「與元氣侔」，又云「横破六合，力敵造化」；於歐、梅云「自從二子死，天地收雷聲」〔二〕；至半山、玉局，何止平生三千篇哉〔三〕；楊、陸二老〔四〕，放翁萬首，誠齋亦數千，未有繼者。此諸老先生耳目口鼻與人同，而氣魄力量與人異，以其大足以容之也。君假以年，持滿而發，盈科而進，可以追攀諸老，豈若晚唐蛩唫蟬噪者之爲哉？余將求君續稿而觀焉。君進而未止者，不惟社友將避君三舍，雖老夫亦當放子一頭矣。《中庸》曰「寬柔温裕，足以有容」，敬字君曰有容，君其勉之。

〔一〕思：原作「恩」，據小草本改。
〔二〕收：原作「取」，據小草本改。
〔三〕千：原作「寸」，據小草本改。
〔四〕二：原作「三」，據小草本改。

心泉

初，君行山間，得泉一泓，愛之，有會於心。即其所結菴，扁曰心泉，曰：渴飲泉，饑讀書，終吾身於此矣。余久絶還往，斷知聞，未知有君，君顧知有余，數寄聲求余語題泉上。余笑曰：甚哉，君之緩而不切也！君復貽書陳詩，介徐友懋功以請益勤。余非君，安知君之心，然即泉名以求其義，蓋有可得而言者。夫泉至清，撓之則濁；心至虚至明，汩之則昏〔一〕。善疏泉者必澄其源，否則末流之弊，河汙濟矣；善治心者必端其本，否則毫厘之差，舜爲跖矣。以此復君，可乎？君請其序，余曰：《蒙》之象曰：「山中出泉，蒙。」謂存養此心也。《孟子》曰「泉之始達」，謂充廣此心也。《中庸》曰「溥博淵泉而時出之」，存養充廣者然也。此其序也。君既厭銅臭而慕瓢飲，捨塵居而即巖棲，以心體泉，以泉洗心，於游息之間備仁智之事，雖聖賢復起必不麾之門墻之外矣。因次其語爲君勉。

〔一〕洎：原作「泊」，據小草本改。

謚議

侍講朱公覆謚議

謚，古也；複謚，非古也。《謚法》曰「謚生於行者也」，苟當於行，字一足矣，奚複哉？故侍講朱公没於爵，未得謚，上以公道德可謚，下有司議所以謚，謹獻議曰：六經，聖人載道之文也。孔子没，獨子思、孟軻氏述遺言以持世，斯文以是未墜。漢諸儒於經，始采掇以資文墨〔一〕，鄭司農、王輔嗣輩又老死訓詁，謂聖人之心真在句讀而已。涉隋唐間，河汾講學已不造聖賢閫域。最後韓愈氏出，或謂其文近道爾。蓋孔氏之道賴子思、孟軻而明，子思、孟軻之死，此道幾熄，及本朝而又明。濂溪、横渠、二程子發其微，程氏之徒闡其光，至公而聖道粲然矣。公持心甚嚴，不萌一毫非正之念。其於書，捨六籍則諸子曲説不得干其思。其於道，不敢深索也，恐入乎幽；不敢泛求也，恐汩其説〔二〕。讀書初貫穿百氏，終也韜以聖人之格言，自近而入微，由博而歸約，原心於秒忽，析理於錙銖，采衆説之精而遺其粗，集諸儒之粹而去其駁，曰純矣哉，孟氏以來可槩見矣〔三〕。公中科第時猶少也，薄游徑隱〔四〕，閉門潛思。朝廷每以好官召，莫能屈。不得已而出，惟恐去之不早。晚在經筵不能五十日，而閑居者四十餘年，山林之日長，講學之功深也。平居與其徒磨切講貫，皆道德性命之言，忠敬孝愛之事。由公之學者必行己莊，與人信，居則安貧而樂道，仕則尊君而憂民，重名節而愛出處，合於古而背於時。好若此者，真公之學也。烏乎！師友道喪，人各自尊。公力扶聖緒，本末宏闊，而弄筆墨小技者以爲迂；癯於山澤，與世無競，而汩没朝市者以爲矯；自童至耄，動以禮法，而跅弛捐繩墨者姗笑以爲誕〔五〕。世嘗以是病孔孟矣，公何恨焉！初，太常議以文忠謚公。按公在朝廷之日無幾，正主庇民之學鬱而不施，而著書立言之功大暢於後。合文與忠謚公，似矣而非也；有功於斯文而謂之文，簡矣而實也。本朝歐、蘇不得謚文，而得之者乃楊大年、王介甫。介甫經學不得爲醇，其事業亦有可恨，大年政復文士爾，文乎文乎，豈是之謂乎？世評韓愈爲文人，非也。《原道》曰：「軻之死，不得其傳。」斯言也，程子取之。公晚爲韓文立《考異》一書，豈其心亦有合歟！請以韓子之謚謚公〔六〕。

〔一〕采：原作「來」，據小草本改。

〔二〕汩：原作「泊」，據小草本改。

〔三〕見矣：原倒，據小草本乙。

〔四〕隱：原作「行」，據小草本改。

〔五〕捐：原作「指」，據小草本改。

〔六〕此下原有附記云：「先祖時以尚左兼考功，先君年十七，代作，姑附編末。」此當爲克莊子編輯文集時跋語，故移録於此。

雜記

辛酉，國史、實録院，日曆、會要、玉牒、經武要略、敕令所進書，太保、右丞相賈某拜太傅，加食邑。時余兼傔直，預備一制。及宣鎖，余適不當日，遂藏藁不出。朝士多見之，惟洪仲魯侍郎録副而去。後失其藁，不能追省，猶彷彿記三數語，首聯云：「總羣書，奏《七略》，載嘉汗竹之勞；立太傅，曰三公，爰峻面槐之拜。」中間云：「昔夫子却萊夷之後，定古文之百篇；周公踐商奄而歸，作太平之六典。向非天資學力之俱到，安能文事武備之兩全。」尾聯云：「於戲！倚相楚之良史，豈惟讀上古之墳典索丘；謝傅晉之偉人，可以繫中國之衣冠禮樂。」語意稍著題，與尋常進書加恩者不同。

上聖學尤高，詞臣進小字本，或用事稍晦，或一兩字未安，必反復詢究，或御筆徑改定。完顔氏垂滅，李梅亭草某制，用「銷金」字，取漢人銷金石之語，上改「銷」字爲「糜」字。程滄洲草禋赦，用「皇靈」字，上改「皇靈」爲「國威」。余擬《科舉詔》，草《楊鎮建節》、《吕文德加恩》制，進小字本，上於中間疑一二字，皆宣諭下問，即具出處回奏。政再改進，上或依改本，或批不必改。凡聖筆所定，無不曲當，此類不能悉記。

孟珙家請賜神道碑，詔學士院撰述，久無下筆者。其家請不已，本院具兩直院名銜取旨，御筆：「劉某撰述。」及進稿，翌日宸翰付出三省云：「劉某所撰《孟珙碑》，措詞平正。」

辛亥，余以右史兼内制侍講，時相安晚年高，二三執政方收士譽，諸人心懷向背，以攻安晚者爲賢。余一日見晚，晚不勝憤鬱而言曰：「吾負諸賢？徐直翁率全臺論某者〔一〕，力引爲執政；汝騰爲尚書，甫供職而去，超除真學士〔二〕。某非不容諸賢，諸賢乃不容某。某去，有不如某者來坐此，始見思爾。」余勸其召潘、吴二豸及董夕郎，則人言自止，安晚不納。外間皆言淳祐舊揆必相，衆憂之，不知所出。余因進讀《九朝通略》至澶淵事，上歎今無寇準，余從容奏云：「本朝國勢差弱，中間有三狄難，賴三大臣以身當之。耶律氏越幽、薊，犯河朔，決大駕親征之策斃撻覽者，寇準也；完顔氏越太行、黄河，犯汴京，决堅守京城之策走斡离不者，李綱也；逆亮百萬南吠，或欲散百官而航海，卒之扈鑾輿、幸建康者，陳康伯也。臣嘗謂此三人者，皆奮由書生，口不談兵，仕不歷邊陲，不曾作將帥，一旦國家有急，所立奇偉如此，豈有它哉，直以忠義之氣吞此虜耳。方今人材衰少〔三〕，求伊、吕、管、樂之材恐不可得，若就士大夫中求如準、綱、康伯輩，莫須有人。若不論其人節義大閑，但於曾作邊帥中擇相，中外之所以寒心也。」上稱善曰：「卿言良是，豈非疑朕復用某人耶？朕決不用之。」退而仰歎上英斷不已。侍讀趙端明用父聞之，歎曰：「人主豈可無儒臣在左右！」

頃，余以少蓬兼西掖侍晚講。一日湯左史季庸夜訪余曰：「聞君翌日進講，吾欲求外補而上未允，煩君一語贊上決。」余巽謝不敢當。季庸曰：「上於經筵中常目屬君，吾求退不求進，君何疑焉？」余漫諾之。及講罷賜坐，因奏：「湯中求去，陛下何以處之？」上曰：「其人甚賢，朕欲留之。」余言：「湯素恬退，自言初筮一考即蒙拔擢，由掌故學館歷諫官，至柱史，全不歷民事，乞一外任自試，萬一有外庸，它日召用，不憚再來。其人樸實〔四〕，非矯飾者。」上曰：「卿素識之耶？」對曰：「臣前假守袁州，中爲宜春主簿，與之同官。一旦求岳廟去，臣不能留，由此敬重之。」上曰：「然則合入何闕？」余曰：「此在君父。向來真德秀自右史除江東漕，若除監司亦可。」時江東闕漕，余奏：「以此處湯，何如？」上曰：「已許某人〔五〕。」退以告游丞相，游丞相曰：「上先諸楊伯嵒矣。」即擬奏湯某除秘閣修撰、湖北運判〔六〕。除目至後省，見御筆批其後云：「除右文殿修撰、湖北運副。」余遂以上意載之贊書。

端平乙未並拜二相之後，時事小異，安晚辭官表云：「憂心悄於羣小，或憂蹊隧之漸開；衆賢聚於本朝，未必規模之遽變。」再相數年，求去不允，羣議稍侵之。又表云：「大臣負曖昧之謗，不能自明；小臣竊忠直之名，以徼後福。」似此類不一，語意極條鬯。

辛酉夏，余進《皇太子宮端午帖子》云：「錯縣術進何裨漢，伾以棋親亦累唐。聖代尊經崇理學，講堂燕子日初長。」外議以錯、伾事不當用，丞相以爲問，余曰：「徧考前人所作，此如寒食必用介子推事、端午必用屈原事在上兩句，下二句却頌到本朝之美，似此者不可勝舉。又楊誠齋老於文學，於大蓬兼光宗諭德，賀東宮生日云〔七〕：『橘中延綺皓，瓜處屏伾文。』何嘗不用王伾事？某下二句歸美今日〔八〕，抑彼所以揚此也。」衆議乃息。

辛亥明禋前，余以大蓬兼内制、常少，又被勅攝卿。上既臨景靈宮齋殿，余與鹵簿使徐同知直翁立簾前。燭光烘簾，見上將易服，而貂璫輩忽離立偶語，若祭禮有未備者。余爲禮官，深慮失職，既而微聞尋瓚未見，謂在太廟失記攜來。久之，左右奏知，上徐曰：「去取來。」又久之，一璫走告，瓚止在神御殿柱邊，燭闇不之見。又以奏，上徐曰：「取來看。」既見本色，上易服，余始跪奏請上行禮。竣事，上還齋殿，左右請究詰掌瓚者，上不答而起，終無所問。因一瓚遲了十餘刻，百執事皆有窘色，惟上自始至終端坐，恬然若無事。余與直翁竊歎，萬乘之主而聖性寬洪一至於此，非德盛仁熟，其孰能之！

趙觀文與篋以版書尹京，都人頗議其挾筦榷以固位市寵，雖油醬瑣細皆籠其利。余侍經筵極論之，略云：「榷酤榷契，囊括無遺，弓張未弛。倅失利源，邑困繭絲之取；邑無生意，民受魚池之殃。」且引漢算緡、唐宫市以諷。又曰：「麟趾之澤熄，蠆尾之謗興。」聞趙愬於上曰：「言臣猶可，乃謗及國姓。」余不自安，講次乞骸以避之。上問其故，余奏：「臣素善與篋，此論國事爾。所謂『麟趾之澤熄』，蓋秀才家時文有『無《關雎》《麟趾》之意，不可行《周官》之法度』耳，於國姓無與。」聖意釋然。後鄭發論余，趙移書閩舶楊瑾云：「後村之去非某意。」

乙未六月，余爲編修官兼侍右郎官輪對，至待班所則吴叔永舍人已先在彼侍立矣。叔永借余奏劄一觀，余答：「對畢當納副本，今未敢示人也。」及對，至論倫紀處，上反復論難累百言，余一一條析以對。上色莊然，玉音温厚，不以爲忤。既退，叔永問曰：「對何其久也？某立得肚饑矣。」余示以奏藁，叔永歎美曰：「諸人皆不敢言矣，君真不易。」隔三數日，解后見叔永曰：「某爲君對語激發〔九〕，因皇女不育加封詞頭下，某既草詞，别入《貼黄》云：『陛下未有皇嗣，雖皇女亦多不育。』引梅福『續人者所以自續』之語，必爲故王立繼則子孫千億。及付出，則《貼黄》已揭去，聞上不樂。某封上且如此，君昨面對，天威咫尺，慷慨開陳，踰晷不退，某有愧於君矣。」後余爲季永所論，叔永與游果山聯騎餞余湖山，叔永云：「某不意舍弟如此。」余曰：「人各有所見，昔黄魯直除右史，蘇黄門不肯押省劄而寢，不以魯直乃坡公之客而少恕。其來久矣，何足怪也！」游公笑云：「天下乃有故事親切如此。」一笑而散。

丙午十月一日，余爲少蓬當轉對，論國本，大略謂：「此事不可謀之婦寺邪諂之人。」又曰：「當定於一。今也朝選一人焉，暮選一人焉，舉棋之勢未定，當璧之覬寖廣。」又言：「或難臣曰：『金枝玉葉之繁，將惡乎擇？』臣曰：『聖意之所屬，即天命之所屬。』」又言：「近臣無范鎮、司馬光累數十疏不已，大臣無韓琦、趙鼎以此事爲己任。」疏出，翌日聞游丞相亦有密奏。越三日，上享原廟，有貴州刺史之命，而先遣入内小學者歸其家塾〔一〇〕。後六年辛亥，余召對，再温前疏，願采臣自姪爲子之説。末言：「昔朱熹三見孝宗，言：『日往月來，不惟臣蒼顔白髮，仰瞻天顔亦非昔矣。』臣自丁未至今亦三見陛下矣，由臣視熹，愚賢雖異，愛君一也。誦熹此言，悽然有感。」上欣然曰：「朕意已定，小者略長成即教他人來。」既對，衆論以余不攻安晚，指爲晚黨。庠士陳宗干謁余，不愜所欲，嗾其黨上書，指余二疏皆非，惟論國本差强人意〔一一〕，然未免貪天之功。

余累乞骸納禄，頓首上前曰：「羣臣多論國本，陛下試編類，幾有一部《通鑑》多。臣止有一板半板，何功之貪？」天顔爲一笑。「貪天之功」四字，謂當權位者，若漆室女憂君、老子少倚楹而嘯，豈可加以貪天之名乎？景仁、君實一生名節可敬，論建儲特一事爾。同時職方員外郎張述亦論此事，尤切，大爲時相富文忠公所詆，何足道哉！

余自江東憲以太府少卿召對，御筆賜第入館，俄兼晚講，甫旬月又兼權中舍。余力辭至四五，游丞相云：「此上意，某不敢復奏。」余因白丞相：「多士滿朝，何至用某作詞臣？此距新春不遠，萬一省試差官，又當濫吹耶？」游公曰：「恐不能免。」余曰：「此大不可。先朝以王君貺、張安道同知舉，因争卷子，君貺自謂舉進士第一，駡安道曰：『公雜出身，曉不得。』張公以賢良進而人言如此，況某本無出身耶〔一二〕？」游公大笑。其冬，余因留黄去國。晚爲兵侍兼内外制，壬戌省試前，詣廟堂乞免考試，今傅相魯公答語，亦如游公。余舉君貺、安道舊話，魯公亦大笑，卒免差。余仕由門蔭，卿監則歷宗少、常少、大小蓬，史局則歷編修、檢討、同修撰，經筵則歷説書、侍講、侍讀，又兼西掖，再直北扉，可謂忝竊，惟不曾爲試官爾。

余少未爲人所知，水心葉公稱其詩可建大將旗鼓，西山真公自爲正録時，稱其文，延譽於諸公。初筮靖安主簿，年二十四。庾使絜齋袁公被旨來攝豫章，辱致之幕。教官擬賀冬年素不合，忽蒙改委，公不易一字。因白事留語：「主簿它日必以四六名家。」余答：「非素習，黽勉爲之耳。」公曰：「君年事未也，而四六乃有李漢老風骨，它日豈易量？」余謝不敢。當時但知李公《漢宮春》梅詞而已，實未見其四六也。退以告郡士萬枏伯材〔一三〕，自述空疎之愧。萬曰：「李公有一位在郡中居〔一四〕。」從其家借《雲龕集》與諸家所作誦習之，稍爲上官代箋記，大小狀皆以薄技得之，它無繆巧。故諫議忠簡傅公每見其文擊節〔一五〕，薦於朝曰：「使爲文字官，必稱職。」時余方在選調。上登極，舉賢能材識，公已告老，又以余應詔。謝以小啓，公自答云：「取舊知而論薦，應新詔之蒐羅。雖非當時有味之言，庶幾文若不休之意。」後南塘趙公爲西宗，評余四六云：「馴雅簡潔，全法半山。」又云：「老胡雙眼猶能別寶，更須參取歐、蘇，使之神化不測。」它日見余一二篇，又云：「某在兄雲霧中。今知前所見一卷，就某所好一體耳。」時南塘四六獨步一時，西山書云：「安得好時節，使兄與南塘對掌！」其後南塘直玉堂，余亦忝内外制。

西山四六高處不可慕擬。爲江東漕，與廣德守魏峴争賑濟，謝表惟歐公能道，他人莫及也。然書與余云：「某四六從龍溪入，兄與履常由半山入，故標致不及二公。」其謙下如此。

余開禧乙丑補入參果行，仲弟無競、從弟志學參持志〔一六〕，與安晚同齋，余因二弟識之。後余宰建陽，李知孝方興烏臺詩案，余蹤跡危甚。晚在瑣闥，力勸遠相不宜以言語罪人，其事遂解〔一七〕。余有一啓謝晚，或云語洩禍未已，遂不果投，惟録寄西山及陳參與正夫。遠蕘晚相，客見其座右寫陳振孫、劉克莊姓名，正夫乃示以前啓，俄有堂審之命。會西山帥三山，以議幕辟余，除將作監簿兼福建參議官。西山召，余遂牽連造朝。安晚初相，賀執滿牀，晚以余啓爲第一。及爲樞掾，以西山薨，堂白再乞福建參議以送其終。二相皆言：「早間方奏知，欲以禮部郎官相處，如何去得？」檢正余子壽〔一八〕、副都承顏耆仲、左司崔端純、右司趙汝談陶木、編修陶奎在坐〔一九〕，皆聞其語，退而相率賀余。余曰：「禍將作矣，何賀之有？」未幾，被論去國。李元善在諫省，小東云：「因南宮之除稍響，一表郎何足忌，忌余或爲詞臣耳。」然余晚遭遇，未嘗歷表郎而爲詞臣。

余爲廣漕被召，爲金淵所論，予祠。明年以尚右郎官召，爲濮斗南所論，皆言其披襟南宮。余每與游丞相及安晚諸公書言〔二〇〕：「某中年婚嫁迫人，但得一粗官，苟俸禄以送老足矣，雖凋郡邊城或總餉亦願爲。乃無故加以此名，幸無它過。今年之斥此罪也，明年之斥又此罪也。初負此謗未五十，今六十矣，惡名著身如染癩沐漆然。」詞窮理極，終不能免此等差使。壬戌二月，宣鎖草《楊蕃孫建節》、《皇姪乃裕檢校少保制》，二鼓盡進藁，至四鼓後宣諭問《蕃孫制》所稱「渭陽」二字。時將解衣就枕，旋呼燭作回奏，不禁勞苦，有「衰颯禿翁垂八十，四更燭下作蠅頭」之句。又六月二十九日召試館職，内宿，夜作策題，寫未畢，忽暈眩不自持。詰旦〔二一〕，遂語同院洪伯魯，決策求去，以貴主薨不敢入字，至八月末始得請。

余年六十二，罹陟屺之哀，始得暈滑二疾。初猶三兩月一作，及辛亥免喪召歸，則二疾月一再作，或數日一作。十日九謁告，上問宰執知余疾狀，云何不灼艾。宰執使人導玉音，余始灸丹田，餌烏附，自夏徂秋，小愈。迫禋祀，始參告宰執。徐樞直翁言：「昨奏差執綏官，上曰『劉克莊可而病，程公許可而老』，遂差陳顯伯。可見上有清切差遣，常屬意於君。」

辛亥，五使按嚴更警場，余攝太常卿與焉。版書趙德淵爲余言：「止消幾個使相，窮了版書。」因言趙悦道一員錫賚一千八百疋兩，始悟温公力辭郊賚之意。時悦道爲儀同、節鉞。德淵尹京，兼橋道頓遞使。

端平初，陳瑫洵益微惹外議，余輪對略及之，云：「北司貴臣，憑恃恩寵，風憲不敢劾。」上問爲誰，余以洵益對，上不以爲忤。稿傳，意臺中必不樂，而臺端王去非乃上疏相助，當時臺諫之賢如此。後李元善論宮媪及洵益，遷工侍，不拜而去。然未幾召用，至内相〔三三〕。一德度前代帝王所不及。

上洞知羣臣情態。端、嘉後言者多及宮媪，或言二吳陰與通譜，認之爲姑。道夫因論事亦有數語及之，若欲擺蹤者。唐伯玉察院晚講，上語及道夫，笑曰：「別人如此説，他也如此説。」伯玉因彈道夫，《貼黄》及毅夫。二吳一生權譎，而不知心術爲人主所窺如此。

宰輔賜謚多上自定。杭相李公當軸，除授公，户庭肅，鞭靴不及其門。與喬孔山相先後薨，上謚李曰「文清」，謚喬曰「文惠」，聖筆之嚴如此。近矩堂董相薨，御筆賜謚「文清」，余歸道建，徐公直翁問董何以謂之清，余曰：「見董公詞頭，至院草制，繳連其《乞致仕表》，自言策免後十年居里，自慙無益縣官，職俸祠俸皆不敢幫。豈非上見其遺言如此，遂得美謚耶？」徐默然。後陳益齋謚「忠肅」，直翁謚「忠簡」，皆出聖裁，不下有司。

〔一〕直：原作「真」，據小草本改。
〔二〕除：原作「徐」，據小草本改。
〔三〕衰少：原無，據小草本補。
〔四〕樸：原作「材」，據小草本改。
〔五〕已：原作「也」，據小草本改。
〔六〕奏：原作「卷」，據小草本改。
〔七〕云：原無，據小草本補。

〔八〕二：原作「三」，據小草本改。
〔九〕語：原作「女」，據小草本改。
〔一〇〕學：原作「塾」，據小草本改。
〔一一〕論國：原倒，據小草本乙。
〔一二〕某：原作「其」，據小草本改。
〔一三〕材：原作「我」，據小草本改。
〔一四〕位：似當作「侄」。
〔一五〕自此句「每見其文」至後文「正夫乃示」，底本爲一葉，錯簡在下文「以前啓」至「衰颯禿翁」一葉之後，今據小草本移正。
〔一六〕兢：原作「兢」，據小草本改。
〔一七〕事：原作「語」，據小草本改。
〔一八〕余：原作「奈」，據小草本改。
〔一九〕陶奎：小草本作「高奎」。
〔二〇〕及：原作「久」，據小草本改。
〔二一〕詰旦：原作「請且」，據文意改。
〔二二〕至：原作「王」，據小草本改。

後村先生大全集卷之一百一十三

表牋

袁州到任謝表

遭嘖言而去國〔一〕，自屏空山；奉明詔以典州，且叨善地。已臨封域，具布詔條〔二〕。臣中謝。伏念臣本起鯫生，最爲拙宦，偶逢總攬，遂忝旁招。猥塵公府之僚〔三〕，嘗奉便朝之對。莫施螢爝，裨日月之清明；雖批龍鱗，覺雷霆之開霽。惟小臣之孤立，恃明主以少安。及速抨彈，尚蒙涵貸。支離賦粟，方此養痾；象罔得珠，俄而起廢。惟袁爲郡，舊名安静之區；與盜比鄰，今亦孤危之地。城空無備，兵少且孱。以妄庸繆分千里之憂，恐倉卒難待一朝之變。而况别慈顔於膝下，魂夢屢驚；旅隻影於天涯，宦遊奚樂！徒有君親之一念，若爲忠孝之兩全。兹蓋伏遇皇帝陛下奮發主威，作新吏治。謂多壘艱虞之際，務使民安；凡録屏臨遣之人，率由聖擇。乃如臣等，亦在數中。臣敢不厚培本根，申畫封守？長江之險與我共，願爲强敵之防；四境不治如之何，此則微臣之罪〔四〕。

〔一〕嘖：原作「蹟」，據小草本、四庫本改。
〔二〕具：原作「且」，據小草本、四庫本改。
〔三〕公：原作「分」，據小草本、四庫本改。
〔四〕此則：原倒，據小草本、四庫本乙。

廣東提舉到任謝表

起廢察州，從天而下；便私易部，遵海而南。具布漢條，初行粤俗。臣中謝。臣竊稽使指，備載聖經。君之遺臣也有光華，臣之報君也以忠信。今百端之供億，殆徧國中；餘一髪之本根，獨惟嶺外。方且纙舟之發銜尾，鹺鈔之取及膚。空熙、豐以來之儲，增紹、淳未有之額。使賈生而及見，哀痛謂何；雖劉晏之復生，變通安出？乃如臣者，豈其任哉！嘗試絃歌，本宓賤、言游之緒論；追分符竹，慕陽城、元結之遺風。久閑退而里居，尤闊疎於時務。疚心徒切，着手實難。惟有清修，革彼篚苞之類；詎宜謬巧，取諸荷箬之間！民生或不自聊，臣死奚足塞責。矧郡邑之三風猶熾，與閭閻之五瘴未蘇，曾是人微，欲其身率。兹蓋伏遇皇帝陛下記功忘過，舍短録長。謂一男子妄上書，本緣愛主；屬見大夫無可使，遂取充員。庶令荒遠之情，悉達靖淵之聽。臣敢不褰帷而訪，草奏以聞。惟無瑕者戮人，必先己責〔一〕，以不貪而爲寶，少戢吏饕。

〔一〕己責：原倒，據宋刻本、小草本乙。

廣東除運判謝到任表

庾氏命官，法宜久任；漕臣乏使，恩許驟遷。外竊光華，内叢憂懼。臣中謝。臣恭惟列聖，尤重遠臣。在裕陵時〔一〕，命端頤之前輩；及淳熙世，用光朝之老儒〔二〕。非取其趣辦之能，蓋責以將明之事。如臣迂拙，荷上使令，憤士風之垢汚，慨國計之殫乏。雖有范滂之志，終非所長；豈無韓滉之心，不贍於力。君命幾於辱矣，臣罪猶自知之。曾謂選掄，就令飛輓。塞下之餉方急，湟中之糴復興。每於吏民相告語之間，具言朝廷不得已之意。然而東南之勢久矣弓張，中上之家今皆瓶罄。芹味若可羹而爲獻，葵根恐因刈而愈傷。況詔書之丁寧，極聖慮之憯怛，若爲展究，稍釋顧憂。兹蓋恭遇皇帝陛下德昭百官，明見萬里。並收多士，莫非建功立事之才；不棄諸生，有取固本深根之説。乃如孤外，亦在選中。臣敢不益秉公清，少蘇凋瘵。驅馳原隰，務畢達於下情；臨履淵冰，庶不隳於晚節。

〔一〕在：原作「存」，據四庫本改。
〔二〕光：原作「先」，據宋刻本、小草本改。

江東提刑謝到任表

寂寞之濱，粗安拙守；光華之遣，特出聖知。瘢僨爲之激昂，捧拜至於感咽。臣某中謝。瞻言江表，寖迫風寒，常情但急於防邊，廟算尤先於固本。蓋式敬爾獄，預知王國之長；而能察以情，可必魯人之勝。所以繇諸生而推擇，爲其係一道之慼休。伏念臣昨尾百僚，莫裨一畫。所言妄發，朱雲素著狂名；於短求長，杜牧尚堪粗使。不惟筭商鬻筴，抑且搜粟買牛〔二〕。文俗之事飽更，筆墨之道都廢。上前誦賦，諸老賞雕蟲之工；省中漏言，萬里獲池魚之禍。久矣三緘而避謗，恥於一字之辨誣。不圖改瑟之初，復忝乘軺之選。課事功則臣已試亡具，深慙毀畫於瓦墁；論風力則臣孤立易危，矧欲動摇於山嶽。彊顔一出，舉職極難。徒抱書生澤物洗寃之心，庶爲明主祈天永命之助。兹蓋伏遇皇帝陛下有建隆之神武，有乾道之英明，拔士不以一涂，觀人於其大節。謂山深林密，冥鴻久避於網羅；隰下原高，老馬粗諳於道路。起之閑廢，假以寵靈。臣敢不精白乃心，咨諏所部。容姦人則善者奚勸，憚大吏則小且有辭。無瑕可以戮人，首盍礪律身之操；靡盬不遑將母，終當陳反哺之情。

〔一〕買：原作「賈」，據宋刻本、小草本改。

貢布表 袁州

舜絃方奏，適當被袗之時；禹服攸同，爰謹貢絺之典〔一〕。意均芹曝，禮寓篚笆。臣中謝。恭惟皇帝陛下寶以儉慈，麗惟道德。輕徭薄賦，首捐布縷之征；固本深根，尤絀繭絲之稅〔二〕。凡受專城之寄，謹修任土之宜。臣叨守春臺，逖瞻薰殿。屬届金流之候，初御微涼；雖非火浣之良，庶存故實。

〔一〕爰：原作「奚」，據四庫本改。

〔二〕稅：原作「説」，據四庫本改。

謝戒諭贓吏表 江東憲司

皇之敷言，莫匪訓彝之大；官之失德，實由寵賂之章。賴聖天子之至仁，與士大夫而更始。

臣某中謝。竊以建隆創業，盜臣必具於五刑；乾道厲精〔一〕，污吏罕從於三免。伏窺一札丁寧之意〔二〕，仰合二祖英明之規。兹蓋恭遇皇帝陛下張國四維，操王八柄。謂恭儉無載爾僞，乃在位之典常；倘風愆有一於身，是甘心於暴棄。豈特麗朝家之重辟，亦永爲名教之罪人。臣敢不倡率屬封，恪共明詔〔三〕？昔跖廉夷溷，人或怠於自脩；今墨封阿烹，孰不强於爲善！

〔一〕厲：原作「属」，據四庫本改。
〔二〕札：原作「礼」，據四庫本改。
〔三〕詔：原作「昭」，據四庫本改。

明堂禮成賀表〔一〕

奉二卣於明禋〔二〕，邦儀八舉；練中辛之剛日〔三〕，祀典一新。溥率均驩，顯幽並貺。臣某中賀。恭惟皇帝陛下遵禹勤儉，法文肅雝。立重屋以饗天，若稽古制；陟茂陵而配帝，蓋取聖經。側身弭雲漢之裁，治外嚴采薇之衛。既交精祲，遂致休嘉。臣隃睇國陽，載馳江左。宣室受釐之問〔四〕，雖莫奉於末光；《清廟》顯相之詩，尚能形於善頌。

〔一〕賀：原作「謝」，據四庫本改。
〔二〕卣：原作「貞」，據四庫本改。
〔三〕剛日：原作「綱目」，據四庫本改。
〔四〕問：原作「間」，據四庫本改。

賀皇后牋

聖能饗帝，存茅蓋之遺規；王假有家，實椒塗之内助。驩騰寓縣，慶洽宫闈。臣中賀。恭惟皇后殿下體樛木之和，躬澣衣之儉。齊姜任，嗣太姒，聿追治古之隆〔一〕；屏玉女〔二〕，却虙妃，不待詞臣之風。既受多祉，遂形四方。臣跡遠闕庭，身馳原隰。瞻翠旗之旖旎，空想禔儀；秉彤管以形容，莫施薄技。

〔一〕追：原作「追」，據四庫本改。
〔二〕屏：原無，據四庫本補。

進銀狀〔一〕

潔周禋之三卣，祀典聿崇；獻禹服之中金，邦儀敢廢？上件銀寶寧愛地，冶匪鑿山。奉酎有嚴，奚慮失侯之罰；貢珍惟謹，且殊遣使之求。

〔一〕狀：原作「牀」，據四庫本改。

謝明堂赦表

在國之陽，既成熙事；配天其澤，爰下寬書。凡屬覆臨〔一〕，悉蒙曠蕩。臣中謝。恭惟皇帝陛下憂勤庶政，抑畏小心。稽典禮於累朝，薦馨香於重屋。周禋明潔，致祼鬯以告神；漢德沾濡，與吏民而更始。歡聲雷動，和氣春回。臣猥以暮齡，逢兹盛旦。身方遠外，莫瞻依玉輅之塵；職在平反，願推廣金鷄之詔。

〔一〕覆：原作「復」，據四庫本改。

除將作監直華文閣謝表

淑問周咨，蔑然事稱；崇班顯職，不以次升。簡記出於清衷，寵光萃於晚景。臣某中謝。伏念臣方心泥古，浮譽災身。素乏蛾眉，愧時粧之不入；譬猶蟲臂，聽元化之所爲。非上聖如天之并容，則孤臣何地以投足！然而弓旌每下，矰繳亦隨。北有斗，南有箕，靡堪挹簸；高曰原，下曰隰，甘心馳驅。貫索未清，埋輪無勇。客嘲雄之拓落，友笑良之往來。至若大匠名曹，重華奎閣，已隨梟雁而去矣，乃兼熊魚而取之。從雲氣，望蓬萊，雖歎風帆之引；夢鈞天，游帝所，尚聆廣樂之餘。曩嗟千載之漂零，今喜九重之賞識。兹蓋伏遇皇帝陛下既新庶政，尤體羣臣。憐杜甫之丹心，不忘明主；問馮唐之白首，猶是潛郎。未許退藏，復叨進擢。臣誓堅拙守，仰答睿知。君遣使爲之歌皇華，敢憚騏騆之遠役？臣無母何以至今日，終懷烏鳥之私情〔一〕。

〔一〕烏鳥：原作「烏烏」，據四庫本改。

謝賜同進士出身表

臣某言：伏準御筆，特賜臣同進士出身，除秘書少監、兼國史院編修官、實録院檢討官、兼崇政殿説書，已於九月十六日祗受賜出身勑命者。奉身去國，曷嘗一飯之忘君；錫第登瀛，親遇九重之知己。承學之流咸勸，明主之恩不貲。臣某中謝。竊以儒科至榮，史筆尤重。韓維廷試不就，因見遺仁祖之朝；曾鞏總叙既成，且莫副神宗之意。如臣者少雖勤苦，晚益惰荒。當劉蕡未對之時〔一〕，莫拔一第；及宗元久斥之後，絶意復收。起廢徒中，奉使江表。不圖白首，尚簡清衷。招屈原於修門，憫其憔悴；見賈誼於宣室，訪以治安。天顔咫尺之不違，雲漢昭回而下飾〔二〕。遂舉朝廷久虚之典，如待巖穴特起之材。無同進與争時名，有至尊以爲座主。昔先人掌太史，蓋嘗窺金匱之書；今天下詔諸儒，復使陪石渠之論。遭逢出於千載，光采震於一時。人以爲誇，臣之所懼。兹蓋伏遇皇帝陛下改絃更化，設虡待賢。雖得士於舉選之中，猶拔才於尺度之外。臣朔三千之牘〔三〕，始謂報聞；臣洪六十之年，乃蒙親擢。實惟不世之遇，愧匪能言之倫。臣猥以暮遲，忝兹優渥，不願矜文章之小技，但當蹈節義之大閑。惟孝惟忠，念君寵母恩之難報；則筆則削，奚天刑人禍之足憂！臣無任感天荷聖激切屏營之至，謹奉表稱謝以聞。

〔一〕對：原作「風」，據四庫本改。
〔二〕漢：原作「草」，據四庫本改。
〔三〕朔：原作「翔」，據四庫本及《史記·滑稽列傳》改。朔，東方朔也。

經筵進講禮記徹章謝轉官表〔一〕

禮毋不敬，甫終典學之功；王求多聞，爰懋談經之賞。光生虎觀，愧極鵷梁。臣某中謝。自淹中之傳失真，而野外之儀因陋。齊魯兩生之泥古，或遂許以大臣；并汾諸子之逢時，尚有慙於明主。於皇昭代，取則遺編。內而踐脩身齊家之言，外而詳班朝治軍之制。策進士，賜儒行，瞻淳化之奎文；幸太學，講《中庸》，屈重華之清蹕。肆英辟丕承於前烈〔二〕，命群儒各誦其舊聞。風雨不渝，星霜屢易。生而知之上也〔三〕，發明靡待於切蹉；臣何力之有焉，傳習未離於佔畢。例遷華秩，祗覺靦顔。茲蓋伏遇皇帝陛下以藻旒之尊，資氈厦之益，每稱制而臨決，亦刺經而參稽。仰止高明，一洗后倉、戴聖之訓詁〔四〕；顧如淺陋，莫傳胡瑗、張載之緒餘。偶際休明，繆叨優渥。臣等敢不俯鞭退惰，仰贊緝熙。漢臣誇稽古之榮，不過俗見；孔聖戒事君之諂，永佩格言。

〔一〕轉：原作「專」，據四庫本改。

〔二〕承：原無，據四庫本補。
〔三〕「之」下原有「者」字，據四庫本删。
〔四〕詰：原作「詰」，據四庫本改。

除秘撰福建提刑謝到任表

操觚入館，賁以舊氈；乘傳起家，榮於晝繡。雖愜循陔之志，詎忘存闕之心！臣中謝。伏念臣繇羈旅而立朝，恃君父爲知己。擢髪數世卿之罪，道路誦傳；造膝忠明主之言，天日臨照。及屢駮詞頭而抗論，果收還鬼質之除書。然猶受求疵責備之衆攻，叢賣直患失之二謗。擠排甚力，記憶愈頻。俟駕而行，固難逭防風氏之戮；出門有礙，懼見加匡章子之名。方將耕綿田而終身，敢作乞鏡湖之妄想？不圖睿渥，就擁皇華。奮於瓜牛廬之卑，被以駟馬車之寵。慈母一笑，喜問不疑之平反；故人相乎，勿犯孺文之公法。思仰副朝家之隆委，非直爲閭巷之美觀。兹蓋恭遇皇帝陛下更大化以作新，體群臣而任使。謂臣已侵暮景，有百年期頤之老親；察臣見齒旦評，無一飯睚眦之恩怨。拔諸閑退，處以便安。臣敢不絶瓜李之嫌，盡桑梓之敬？内存孝謹，常保垂魚之歡；外落驕榮，庶免沐猴之誚。

謝賜宸翰表

臣某伏蒙聖慈宣賜臣「後村」、「樗庵」四大字者。伏以侍經虎觀，忘其瀆告之求；肆筆燕朝，被以昭回之飾。傴躬捧戴，舞手兢榮。臣某中謝。昔在乾、淳，時多鴻碩，或錫「石湖」之扁，或蒙「野處」之題。當日瑰文，親遇重華之眷；至今奎畫，尚爲一壑之光。乃如孤臣，莫望前輩。考室在三家之聚，買山可數里之間。晚歲避喧，喜村居之遠市；平生無用，取樗散以名庵。不揆衡茅，輒希睿藻〔一〕。畏威顔而遂默〔二〕，既失曩時之機；乞骸骨而不言，恐遺異日之恨。螻螘之微忱甫徹，龍鸞之妙墨已頒。傳出尚方，粲犧書之呈洛；攜歸下國，瞻虹氣之屬天。樵牧驚誇，鬼神呵護。玆蓋伏遇皇帝陛下萬機餘暇，一札成文，遊觀靡出乎簡編，造次不離於翰墨。多能生禀，孰謂聖人之無全；八法心通，何止帝中之第一。眷私寵甚，感涕滂如。臣敢不深刻堅珉，永傳來裔。登牀而取，幸非劉湝之狂；插架而藏，可埒鄴侯之富。

〔一〕藻：原作「操」，據小草本改。

〔二〕「畏」原作「猥」，「默」原作「點」，據小草本改。

謝除權兵侍兼中書直院表

入隨天仗〔一〕，甫載筆於軒墀；擢貳夏卿，仍代言於扉掖〔二〕。名爲攝乏，實愧抱虛。臣某中謝。嘗觀班氏之書，有感漢臣之事。遷由史進，列於卜祝之間；臯以文名，視若俳倡之類。如臣殊遇，曠世罕聞。自丙午忝同進士之恩〔三〕，迨辛亥歷徧詞臣之選。入宮妬起，存闕戀深。群兒謗傷〔四〕，好輕於前輩；天王明聖，迴照於暮年。趣還之銀信屢馳，問勞之玉音甚寵。昔典午獻淮淝之捷，石掌五兵；建炎開江左之基，藻居兩制。厥今奏凱有武功之偉，聚奎兆文治之祥。臣膚闇不足以簡稽伍符〔五〕，衰落不足以斧藻治具，朽質繆紆於三組，素餐奚補於一毫！玆蓋恭遇皇帝陛下總攬權綱，改張政紀。謂臣曩塵清貫，盡出上知；察臣老抱丹心，俾參邇列。荷乾坤之施大，効涓露之報難。臣敢不求蓋空疎〔六〕，自鞭遲鈍？蕭蕭華髮，豈云奏薄技於從官；皦皦孤忠，尚欲告嘉猷於我后。

〔一〕仗：原作「伏」，據小草本改。
〔二〕掖：原作「夜」，據小草本改。
〔三〕自丙午忝：原作「自忝午」，據小草本改、補。

〔四〕群：原作「郡」，據小草本改。

〔五〕庯：原作「痡」，據小草本改。

〔六〕敢：原無，據小草本補。

謝皇太子牋

上一封之朝奏，甫徹九重；亞六典之夏卿，且兼兩制。恩踰鶴禁，愧甚鵷梁。臣某中謝。伏念某他無繆巧以媒身，獨荷聖明之知己。傷弓久斥，張華之心如丹；載筆重來，遂良之髮盡白。敢圖負扆，曲軫遺簪！扈漢屬車，昔以待嚴、徐之選；秉唐大筆，今寧無燕、許之倫？致寒畯之驟遷，皆春宮之密啓〔一〕。茲蓋伏遇皇太子殿下進修儲德，參決政機。重傅尊師，已致商翁之隱；好文下士，亦聞枚叔之名。拔之庶僚，列在近侍。某敢不靖循叨竊，勉竭論思？代如綸如綍之王言，雖慙蕪拙；作重潤重暉之樂曲，少答休明。

〔一〕宮：原作「官」，據小草本改。

謝兼侍講表

聖學高明，又新於始日；臣年遲暮，不及於前時。未嘗有溫習之勞，何以爲就將之助！沃心力薄，汗背愧深。臣某中謝。伏念臣昨典麟臺，洊陪虎觀〔一〕。誰謂倚相良史，不知《祈招》之詩；名爲河汾門人〔二〕，莫奉禮樂之對。竟何裨益，久已汰歸。屏空谷而逃虛，劃太陽之垂照。驟還從橐，重侍細旃。問學貴乎積勤，臣今荒落；義理在乎深造，臣素淺膚。徒以黃鮐，賜之清燕。兹蓋伏遇皇帝陛下法天德之剛健，探道心之精微。上求王人之多聞，將以立事；臣乏講師之三昧，奚其談經！欲殫一得之愚，常懼兩端之竭。帝聖其莫及，難窺天地之大全；儒勞而無功，或有涓塵之小補。

〔一〕洊：原作「游」，據小草本改。

〔二〕汾：原作「濱」，據小草本改。

謝皇太子牋

儲闈參決，並登進於時髦；講席載陪，猶招延於老學。被奎毫之拔擢，出金口之薦敭。臣某中謝。伏念某無旁蹊曲徑以媒身，以片文隻字而遇主。一見歎嚴安之晚，重來迫申公之年。所習雕蟲，已忘童子之故步；僅嘗涉獵，敢與醇儒而比肩？方且視草鼇扉，談經虎觀，無至藝兩能之理，有一身數器之慙。茲蓋伏遇皇太子殿下毓德温文，承顔孝謹。凡軍國幾微之務〔一〕，在宮廷唯諾之間。已致耆英，布滿賓師之列；尚爲君父，簡求誦説之臣。遂使罷駑，獲陪閑燕。雖微傑思，可賡暉潤之歌；願竭謏聞，少助緝熙之學。

〔一〕凡：原作「几」，據小草本改。

謝除兵侍表〔一〕

夏卿攝貳，曾未淹時；宸翰落權，靡須滿歲。乾坤施大，淵谷愧深。臣某中謝。伏念臣奮起鯫生，遭逢真主。奉宣室半夜之問，虛忝席前；和薰殿微涼之詩，莫能筆諫。宿昔已陳於芻狗，暮年殆類於木雞。不圖霜顛，重覲日表。及相如之病未甚，求其著書；曰仲舒之文可思，使之爲誥。灑奎畫以增敝帚之重，錫鞶帶而陞從橐之真。歷攷先賢，類更是職。臣愈授於長慶，必大擢於淳熙，無愧論思，有功潤色。彼多材而多藝，宜掌五兵〔二〕；臣不武而不文，乃兼數器。外竊腰黄之寵，内包尸素之羞。兹蓋伏遇皇帝陛下既集大勳，尚收小善。察臣昔猶盛壯，意廣才疎；憐臣今已惰荒，力疲心在。起於久廢，被以曲成。臣敢不圖報明時，誓堅晚節。形骸土木，謬忝紫荷囊之榮；光景桑榆，思返白襦裙之舊。

〔一〕除：原作「治」，據小草本改。

〔二〕掌：原作「常」，據小草本改。

謝皇太子牋

叨貳五兵，姑令攝乏；驟攽一札，遂俾爲真。繇儲后之開陳，致謏儒之忝竊。臣某中謝。伏念某傷弓三已，加璧屢招。曩歲揮毫，和凉殿薰風之作；暮年視草，貽春船上水之嘲。小不能潤色臺閣之典章，大不能陪輔朝廷之遺忘，浮沉無補，俯仰有慙。自憐鬢雪之多，人怪腰黄之速。兹蓋伏遇皇太子殿下謹三朝之問禮，贊九重之勵精。就傅春宮，廣招延於鴻碩；取材寒畯，密薦進於燕間。乃若癃殘，亦參華近。某敢不簡稽尺籍，道達綸言。祈父爪牙，未必堪夏卿之任；商翁羽翼，何幸觀漢嗣之成！

侍從賀宣繫駙馬表

産祥帝室，素推内則之賢；擇對母家，兹得後來之秀。既諧禁孌，允愜慈懷〔一〕。臣等中賀。竊以選尚至難，流傳可數。在前代有真長、子敬，至先朝惟端愿〔二〕、景臻。參稽往昔所聞，未若斯今之懿。兹蓋伏遇皇帝陛下盡修齊之道，隆親愛之恩。舅氏如存之思，淵衷尤切；王姬下嫁之禮，古訓是遵。喜洽宮闈，驩騰寓縣。臣等猥塵華近，適覩盛明〔三〕。《詩》美形二南之風，不知其舞蹈；《書》稱睦九族之德，莫得而贊揚。

〔一〕允：原作「久」，據小草本改。

〔二〕朝：原作「期」，據小草本改。

〔三〕覩：原作「睹」，據小草本改。

謝除權工書表

賤臣耄及，欲全晚節而歸；明主恩深，俾攝冬卿之乏。蝸黏有愧，蚉負曷勝！臣某中謝。伏念臣幸際休嘉，徧塵華近。屬當宁又新於盛德，舉在廷絶企於末光。濫虱其間，尤駑而下。詔見王者之志，臣慙草制之非工；議盡天下之心，臣無芻言之可采。屢祈謝事，輒復遷官。使斯司馬而罔功，命汝工垂而奚取？違挂冠之始願，忝曳履而胡顔。髮白而貪戀不休，肩頳而荷戴愈重。茲蓋伏遇皇帝陛下仁先求舊，明善燭微，憐其自山林而來，念其侍軒墀之久。官如懷祖，政恐於過情；年迫申公，未容於告老。徒持蠡管，何補黼裳！臣敢不激烈懦衷，研尋惰學〔一〕？事聖君無諫諍，莫殫獻納之小忠；報國恩惟文章，所願鋪張於洪業。

〔一〕惰：原作「隋」，據小草本改。

謝皇太子牋

暮景叨榮，第求閑退；冬官闕長，猥使攝承。甫拜命於龍墀，爰抒忱於鶴禁。臣某中謝。伏念某年運而往，氣惰欲歸。從上之回，疎遠扈甘泉之蹕；發帝之令，鈍遲慙下水之船。每侍威顔，屢乞骸骨。詔旨示挽留之典〔一〕，輿言有根著之疑。劃奉宸奎，驟遷台斗。履聲寵甚，慣看禁苑之煙花；絡首依然，徒夢江湖之水草。負山力薄，隕谷愧深。兹蓋伏遇皇太子殿下天稟温恭，日加新益。尊事壽耇，厚書幣以迎芝翁〔二〕；賞好文辭，覽賦頌而知枚叟。遂令衰朽，誤忝顯榮。某敢不紬繹舊聞，激昂晚節。東宫毓德，仰欽造詣之高明；南畝歸耕，終冀開陳於清燕。

〔一〕典：原缺，據小草本補。

〔二〕幣：原作「弊」，據小草本改。

謝陞兼侍讀表〔一〕

疊組之中〔二〕，談經尤忝；細旃之上，勸誦特高。荷奬遇之恩隆，覺空疎之愧厚。臣某中謝。伏念臣晚趨行闕，重侍邇英。上顧問謙虚，冀有愚者之一得；臣敷陳寡淺，難竭鄙夫之兩端〔三〕。曾謂出綸，猥加重席。傳《周官》以安國所獻，猶未終篇；問《祈招》而倚相不知，豈爲能讀？循名責實，得寵若驚。兹蓋恭遇皇帝陛下收於遲暮之餘，憐其奉事之久。啓乃以沃朕，老尚抱於遺編；知臣莫若君，終不逃於睿鑑〔四〕。乞骸未遂，着足愈危。臣敢不激烈扶衰，研尋温故。月將日就，盛哉旒冕之緝熙；山高海深，難以管蠡而窺測。

〔一〕陛：原作「陛」，據小草本改。
〔二〕中：原缺，據小草本補。
〔三〕難：原缺，據翁校本補。
〔四〕睿：原缺，據小草本補。

謝皇太子牋

暮景遭逢，曾蔑談經之益；前星薦進，驟陞勸誦之聯。自省惰荒，曷勝恩渥！某中謝。伏念某已侵華皓〔一〕，復侍緝熙。非堯舜之道不陳，行其所學；謂稷禼何書可讀，激哉是言。雖迫崦嵫而念歸，猶戀軒墀而未忍。始治章句訓詁，粗可析疑；今問丘索典墳，安能知遠？兹蓋恭遇皇太子殿下既闡清宫而就傅，尚爲丹地而儲材。顧明師在前，皆能言之諸老；念舊人無幾，俾濫吹於下陳。某敢不重理故書，勉求新義？非戴憑而重席，泚顙而有慙；慕弘景之挂冠，乞身而後已。

〔一〕華：原作「葉」，據小草本改。

周漢國公主薨從官慰皇太子牋

某等兹承皇女周漢國公主薨問遽傳，輿情共駭。伏惟皇太子殿下篤友于之愛，興泫然之悲。雖仲尼之有姊喪，禮方尚右；然文王之爲世子，朝必至三。欲君親寢膳之復初，在儲貳順承之加意。某等忝與論思之列，不勝忱切之祈。

謝宣賜御書扇金器纈羅香茶表〔一〕

宸奎依永，辱聖上之殊褒；寶箑將行，蓋詞臣之創見。榮光載於輦路，賜賚輟於尚方。得寵驚心，拜嘉稽首。臣中謝。竊稽往事，有慨微衷。漢姬合歡之詩，恐涼飇之易奪；唐相感恩之賦，縱秋氣以難移。如臣遭逢，振古希闊。所傳師説，猶着主之衣裳；及束睿知，久入君之懷袖。迫癃殘而丐去，察真實而曰俞。分天章下飾之光，賜月斧修成之樣〔二〕。金絲粲若，敢用以揮蠅？玉柄雪如，未誇於捉麈。既將之幣，又酌彼罍，加薰茗之芳甘，動縉紳之歆羡。身同禪衲，已無桃葉之歌；帝給橐裝，不問蒲葵之價。豈特一時之盛事，允爲千古之美談。兹蓋恭遇皇帝陛下肆筆文成，遺簪恩重。謂臣嘗居掌握，屢賡載於微薰；憐臣自乞便安，非棄捐於中道。捧龍鸞之妙墨，抱蛇雀之寸丹。臣迹雖歸田，心愈存闕。揚仁風以慰黎庶，老非試郡之時；函詔書以示子孫，永作傳家之寶。

〔一〕羅：原作「罷」，據小草本改。

〔二〕様：原作「樸」，據小草本改。

謝除寶章閣學士知建寧府表

千里而來，莫效辰猷之告；一辭而退，俾逃晚謬之譏。荷寶皮之隆名〔一〕，列御屏之高選。清衷奬異，皓首兢榮。臣某中謝。竊以老氏有知足不辱之言，孔門垂既衰戒得之訓。臣之癃憊，上所照臨。鼇禁詔書，非能博達見王者志；龍墀拜舞，常恐隕越遺天子羞。力陳懇切之危忱，親灑昭回之奎畫，賜之羽扇，酌以金罍。安車迎魯申公之來，忝陪諸老；祖帳送疏大夫之去，曾見幾人？因其抗休致之章，借以厲廉恥之俗。而況冠寧考寶儲之閣，需孝皇潛躍之州，未許徑歸，姑令漸退。兹蓋伏遇皇帝陛下獨觀萬化〔二〕，尤體群臣。若鏡湖賜知章，不違高興；以管城封毛穎〔三〕，誰謂見疎！已叨牧守之除，尚翼忠嘉之益。臣遭逢若此，報稱闕然。和堯民擊壤之歌，足娱暮景；作唐士摩崖之頌，願記中興。

〔一〕荷：原缺，據小草本補。

〔二〕皇帝：原倒，據小草本乙。

〔三〕穎：原作「潁」，據小草本改。

後村先生大全集卷之一百一十四

表牋

賀皇太子妃誕育皇孫表

皇儲豫建，兆熊夢之祥；世嫡始生，動龍顔之喜。頌聲洋溢，佳氣鬱葱。臣中賀。恭惟皇帝陛下接正統之傳，開中興之運。禹甸禹服，廣漸被於九州；文子文孫，綿本支於百世。開社稷無疆之慶，堅臣民同戴之心。臣既還里而躬耕，莫班庭而旅賀。自慚皓首，微商山鴻翼之勞；竊幸清朝，有豐水燕貽之美。

賀皇后牋

坤道成女，咸仰母儀；震索得男，乃生世嫡。藹鬱葱之瑞氣，騰溥率之頌聲。臣中賀。恭惟皇后殿下儷極之體尊，齊家之道肅。慮深國本，叶成主鬯之謀；躬荷天休，宜介含飴之喜。兩朝曠典，四海歡心。臣屏處草廬，遥瞻椒禁。祥開興運，端繇燕翼之功；才愧風人，莫繼《螽斯》之詠。

賀皇太子牋

日三朝而問寢，德著宫闈；震一索而得男，慶流宗社。臣某中賀。恭惟皇太子殿下學求新益，性禀聖仁。世嫡鍾祥，生於甲觀；天顔有喜，浴以金盆。實開瓜瓞之綿，可卜蘿圖之永。某雖歸南畝，猶列西清。誦周家貽厥之詩，本支愈茂；聞唐帝樂哉之語，溥率均歡。

賀天基節表 癸亥

在厥初生，寅正五日；周而復始，申命萬年。慶集睿明，歡均率普。臣中賀。恭惟皇帝陛下系傳正統，業濟中興。節紀開基，紹庚申於文祖；德升在位，同甲子於重華。兹臨樞繞之辰，適合環循之數。修齡未艾，巧歷難推。臣負耒歸田，稱觴無路。仗下三呼之祝〔一〕，莫尾班行；林間一瓣之香，尚存忠愛。

〔一〕仗：原作「伏」，據小草本改。

賀皇后牋

乾元統天，適逢於帝出；坤厚載物，密贊以母儀。瑞藹皇家，歡騰寰宇。臣某中賀。恭惟皇后殿下儉慈爲德，冲淡頤神。河俟千年而清，休符驗矣；《風》自二《南》而始，内則肅然。兹臨載震之辰，宜介並受之福。叶成泰道，同享昇平。臣隃睇椒塗，第深葵向。發祥甚遠，式符玄鳥之生；依永非才，莫贊關雎之美。

賀皇太子牋

聖皇握乾符，應期而出；長子主震器，受祉則均。某中賀。恭惟皇太子殿下講學尤勤，問安惟謹。金鑑紀千秋之節，睿筭無疆；玉帶首百官之班，天顔有喜。若今之盛，曠古所希。某屏處蝸廬，隃瞻鶴禁。上華封人之祝，徒效微忠；從綺里季之游，愧非耆德。

賀明堂禮成表 癸亥

四年既効，方幸小康；三歲親祠，聿嚴大報。顯幽昭格，溥率歡騰。臣某中賀。恭惟皇帝陛下德克有以享天，禮莫大於嚴父。辟公相洛邑之祀，孰不肅雍；天子建漢家之封，自憐留滯。雖阻駿奔於末綴，然猶爵躍於熙成。臣目覩昇平，心存忠愛。愧無藻思，可賡《清廟》之詩；豈有芻言，可補合宫之聽！

賀皇后牋

合宫蕆事〔一〕，已行柴燎之儀；宣室均釐，並介椒塗之福。慶流宗祏，喜洽宫闈。臣某中賀。恭惟皇后殿下化始齊家，體尊儷極。禋於宗，類於帝，忱格顯幽；大哉乾，至哉坤，功高覆載。成《清廟》《我將》肅雍之禮，由《關雎》《卷耳》輔佐之賢。臣迹已歸田，心猶存闕。祀文王后稷，聿考聖經之文；頌姜女太任，莫繼風人之作。

〔一〕蕆：原作「藏」，據小草本改。

賀皇太子牋

上帝女臨，肇稱元祀；長子主震，首介蕃禧。國本奠安，輿情欣忭。某中賀。恭惟皇太子殿下肖祖宗之仁聖，法君父之嚴恭。屛葷茹以齋居〔一〕，敬之至也；亞藻旒而裸獻，神之格思。臣庶屬心，元良受祉。某隃瞻暉潤，自歎滯留。騂角其舍諸，既精禋之竣事；羽翼已成矣，喜儲德之升聞。

〔一〕齋居：原作「齊君」，據小草本改。

賀冬至表 癸亥

登臺而書至日，陽德初亨；設仗而朝大昕〔一〕，天休昭格。祥開宮闕，喜溢堪輿。臣某中賀。恭惟皇帝陛下握符而闡珍，考圖而數貢。法《春秋》一字，正外夷内夏之經常；觀《否》《泰》二爻，察君子小人之消長。方開景運，翕受蕃禧。臣昔忝論思，今安耕釣。長夜叩牛角，不廢詠歌；五更入鵷行，尚形夢想。

〔一〕仗：原作「伏」，據小草本改。

賀皇后牋〔一〕

晷添一線，驗化國之祥；德冠六宮，願聖人之壽。臣某中賀。恭惟皇后殿下齊家之道肅，載物之功多。仰止璇霄〔二〕，若羲娥之並照〔三〕；質之彤史，與任姒而匹休。際運亨嘉，哀時戩穀。正位乎内，端繇陰教之修；申命自天，茂對陽剛之長。

〔一〕此題原脱，據小草本補。
〔二〕霄：原作「宵」，據小草本改。
〔三〕娥：原作「俄」，據小草本改。

賀皇太子牋

陽剛初長，義取《泰》爻；儲德又新，慶鍾震位。臣某中賀。恭惟皇太子殿下謙卑自牧，仁孝素聞。致敬於三朝問安之時，事親禮備；觀妙於七日來復之際，作聖功深。屬此迎長，宜其受祉。某昔塵扈從，今侶漁樵。重暉瞻鶴禁之賢，幸逢休盛；三點旅鵷行而賀，自歎滯留。

賀天基節表 甲子

謂帝出震，《羲易》之言；以王次春，《麟經》之法。甫孟陬之紀月，果上聖之應期。臣某中賀。恭惟皇帝陛下早乘龍以御天，再斷鼇而立極。蛇鄉虎落，悉主悉臣；夷面鳥言，同文同軌。木德届發生之候，椿齡非誇誕之辭。臣軒廐戀深，山林迹遠。年高聽重，喻聞嵩呼之聲；札惡詞蕪，莫獻河清之頌。

賀皇后牋

正次於王，有開明聖；女位乎内〔一〕，同介壽祺。臣某中賀。恭惟皇后殿下嬪舜娥英，興周任姒。春生禁掖，有樛木之恩沾；宴啓鈞天，以蟠桃之實獻。千齡一遇，兩曜並明。臣徒抱畝忠，阻陪廷賀。現南極老人之象，可卜休符；和西崑阿母之歌，聳觀聖製。

〔一〕女位：原作「主守」，據小草本改。

賀皇太子牋

繞樞之兆，命申自天；主鬯之賢，祉施於子〔一〕。臣某中賀。恭惟皇太子殿下德養蒙而火然泉達，學求益而月異日新。至寢門外三朝，謹雞鳴之問；迎商山中四老，成羽翼之功。屬逢震出之辰，宜介泰來之慶。某幽棲有趣，旅賀無繇。聞嵩山呼之聲，尚能皷舞；賡海重潤之作，自愧惰荒。

〔一〕祉：原作「社」，據小草本改。

賀正旦表

鳳曆授時，頒四方之正朔；龍墀設仗〔一〕，朝萬國之衣冠。景運聿開，頌聲交作。臣某中賀。恭惟皇帝陛下堯如天大，湯又日新。蒙叟謂春秋八千，殆匪寓言矣；絳人誇甲子四百，安知大年哉。數環循而無窮，命鼎新而未艾。臣身雖拾穗，心尚傾葵。昔飲獸尊，且無補朝廷之議；今叩牛角，安能効畎畝之忠！

〔一〕仗：原作「伏」，據小草本改。

賀皇后牋

環循六甲，瑞拆蓂堦；盤祝五辛，香浮椒殿。臣某中賀。恭惟皇后殿下俔天作合，載物無疆。震爲長男，若《螽斯》之宜爾；泰内君子，賴《關雎》之進賢。茂對新元，式裒多祉。臣雖違筆橐，猶戀軒墀。誦《北山移》，幸免裂荷衣之誚；侍西崑宴，悵莫分桃實之甘。

賀皇太子牋

天王頒正朔之初，有嚴設仗〔一〕；元子冠王公之上，稱慶奉觴。臣某中賀。恭惟皇太子殿下習若自然，生而知者。龍樓問寢，適當頒柏之辰；鶴禁延賢，並致茹芝之老。履端伊始，介福孔多。某甚戀明時，已侵暮景〔二〕。上挂冠疏，妄希華陽真逸之風；聞主鬯賢，尤甚横渠先生之喜。

〔一〕仗：原作「伏」，據小草本改。
〔二〕侵：原作「寢」，據小草本改。

謝進封開國子表

駿奔在廟，助祭無勞；爵賜其鄉，均釐有愧。新綸甚寵，小器已盈。臣某中謝。恭惟皇帝陛下欽若昊天，格於文祖。開明堂，受朝賀，至治馨香；御端門，發德音，湛恩汪濊。寶鼎芝房之歌作，白環銀甕之貢來。至如疎遠之臣，亦忝褒崇之列。臣屬方退處，竊喜熙成。神其盛矣乎，莫相蓋茅之祀；子者進之也，濫增食采之封。

謝皇后牋

采地益封，綸言甚寵；椒塗儷極，餕惠不遺。既竊身榮，惟慙官冗。臣某中謝。恭惟皇后殿下示儀宮壼，致敬廟祧。粢盛衣服之貢，有嚴竣事；山川土田之錫，寧過用恩。自憐華皓之臣，亦被龐洪之澤。臣食浮有靦，器小莫勝。通漢雍之班，名雖法從；詠周京之美，才匪雅人。

謝皇太子牋

多士奉璋，滯留莫預；元良主鬯，慶賞則同。竊身之榮，爲國之蠹。臣某中謝。恭惟皇太子殿下賢居嫡長，望繫宗祧。方貳觴亞祼之初〔一〕，肅雝惟謹；及徹俎分膰之際，疏遠不遺。雖久歸耕，猶叨進律。某運逢休盛，景迫暮遲。食采已多，矧復增於書社；羹芹而美，尚欲獻於儲闈。

〔一〕祼：原作「果」，據小草本、翁校本改。

謝除焕章閣學士致仕表

年侵八袠，早包戒得之羞；朝奏一封，夕奉曰俞之詔。貼職晉加於三等，綸言焕發於九重。雪涕滂如，華顛榮甚。臣某中謝。伏念臣篆雕技小，刀筆才粗。聖主如高廟、孝皇之好文，賞其詞藻；微臣非徐俯、陸游之宿學，錫以科名。凡禁闥清望之官，與氈厦邃嚴之地，人想夢不至者，愚忝竊迭爲之。持論無以出諸老先生，草詔曷嘗泣武夫悍將！履聲寖近，旒眷未衰。然而臣陳力不能，敢忘於知止？上退人以禮，寧過於用恩。橐尚有一疎之金，篋永寶九齡之扇。返耕桑之初服，佚穿絡之殘骸。以一藝而誤受明主之知，以萬乘而不奪匹夫之志。身安丘壑，命託乾坤。茲蓋伏遇皇帝陛下其德又新，人惟求舊。念臣拔擢於端平之更化，論思於景定之中興。昔侍重瞳，曾奉總章之訪；今含兩齒，已迫磻溪之年。非必旌賢，庶幾優老。臣矢心銜結〔一〕，掃迹退藏。補劓息黥，少復意而之破毁；臨深履薄，未忘曾子之戰兢。

〔一〕矢：原作「矣」，據小草本改。

謝皇太子牋

賤臣垂暮，藁奏辭榮；聖主如天，綸言報可。仰賴春宮之參決，曲成寒畯之始終。臣某中謝。伏念某頃玷清華，已瀕衰朽。帝於善言善行，樂取諸人；爾無嘉謀嘉猷，入告我后。難久尸喉舌之任，遂力乞骸骨而歸。昨返林泉，日親湯液，攣痺不能以伸縮，昏眵若有於蔽蒙。雖曰年高，亦緣福過。鶴襹褷而病翎甚短，安能奮飛；馬虺隤而絡首猶存，力求解脱。仁矣聖朝之内恕，決於儲貳之裏言。辭孝皇潛躍之藩，陟高帝寶儲之閣，其退若此，何榮如之！茲蓋伏遇皇太子殿下德久升聞，學尤新益。至寢門而問，禮謹清温；遣安車而迎，朋來耆舊。不奪匹夫之志，頗憐一老之遺。某敢不休息殘生，洗空妄念？牛簑魚笱，終身阿澗之槃；鳳輦龍樓，回首雲霄之隔。

大行皇帝升遐慰皇帝表

捷書系道，方忻胡運之衰；遺詔傳郵，忽駭杞天之壞。兩宮號慕，四海悲摧。臣某中慰。伏以大行皇帝享國之日長，施澤於民久。風寒設備，遠圖恐缺於金甌；宵旰積勤，微恙遽馮於玉几。陟方不返，同宇共哀。恭惟皇帝陛下有元德升聞之姿，適末命導揚之際。父恩罔極〔一〕，王業至難，情固荒迷，禮存節抑。雖甸服纘禹，端不忝於繼承；必羹墻見堯，乃無慙於付託。

〔一〕父：原作「文」，據小草本、翁校本改。

慰皇太后表

升遐變慘，奄閟梓宮〔一〕；儷極體均，痛深椒殿。臣某中慰。恭惟皇太后陛下俔天作合，密贊定儲，及上彌留，與聞顧命。死生大矣，荼毒奈何！鸞別好逑，追感和鳴之舊；龍胡攀惰，願寬伉儷之哀。

〔一〕閎：原作「闢」，據小草本改。

賀皇帝登極表

有王者興，繼明繼聖；際天所覆，悉主悉臣。廟社奠安，裔夷震疊。臣某中賀。伏惟皇帝陛下躬膺歷數，德肖祖宗。自豫建而天人之望咸歸，逮參決而國家之事明習。烈考再斷鼇而立極，甚矣勤勞；真主初乘龍而御天，艱哉負荷。先猷具在，近事可師。必崇獎東朝以承顔，必疎遠北司若棄唾，必首開衆正杜群枉，必不忘大患玩細娱。治體必如慶曆，以結吾民之心；服制必如淳熙，以教天下之孝。三年無改父道，孔氏有爲而言；數世以貽孫謀，周家必過其歷。臣曳履嘗塵於雍從，挂冠猶抱於畎忠。曩忝朝班，屢陳國本。丙午首闢祠禖占夢之諂，辛亥重温自姪爲子之言。微臣之奏藁如新，先帝之德音未遠。不圖耄耋，真覩太平。昔大明生東，固已傾心於暘谷；今衆星拱北，徒知矯首於雲霄。

今上登極賀皇太后表

如日之升，已臨南面；受天之祜，就養東朝。此在明時，久爲曠典。臣某中賀。恭惟皇太后陛下源流名相，佐佑先皇。不待晏朝，始進脱簪之諫；仰占天意，灼知當璧之祥。既握乾符，首崇坤載。臣旄期得謝，旅賀末由〔一〕。朝周寢門，曲盡宸襟之孝；頌漢長樂，自慙老筆之衰。

〔一〕末：原作「未」，據小草本、翁校本改。

壽崇節賀表

至哉坤元〔一〕，資生之功大；養以天下，致孝之禮隆。兹逢載誕之辰，敬上三呼之祝。臣某中賀〔二〕。恭惟皇太后陛下綦貴躬澣衣之儉，先幾定當璧之謀〔三〕。壽考且寧，協詩人之作頌；崇高莫大，明天子之有親。洽四表之懽心，裒二美而名節〔四〕。臣栖身南畝，矯首東朝。王母獻桃，誰謂崑丘之遠；大姒夢杞，實開周闕之祥。

〔一〕哉：原作「在」，據小草本改。
〔二〕賀：原作「謝」，據小草本改。
〔三〕謀：原作「媒」，據小草本改。
〔四〕美：原作「矣」，據小草本改。

賀皇太后表 丙寅〔一〕

上寶冊於慈闈，既加顯號；奉玉卮於前殿，申祝修齡。甚盛何加，非常之慶。臣某中賀。恭惟皇太后陛下産祥相閥，作儷穆陵。柔動也剛，定國本而豫建；退藏於密，斂神功而若無。厥初與佛以同生，其數後天而難老。臣收蹤草野，矯首椒塗。端門九重，現南極星之植杖；崑丘萬里，來西王母之獻桃。

〔一〕「表」原作「牋」，「丙寅」二字原無，據小草本改、補。

賀皇帝表

周庭衣裼〔一〕，適符佛浴之辰；漢殿稱觴，庸侈母儀之貴〔二〕。孝慈兩盡，普率均歡。臣某中賀。恭惟皇帝陛下健法乾行，明同離照。攘夷修政，增光烈考之伐功；約己隆親，壹用孝皇之故事。方四海同効華封之祝，然九重尤崇長樂之儀。臣猥以陳人，覩茲曠典。名蕩蕩巍巍之德，幸際盛時；賦融融洩洩之詩，莫追古作。

〔一〕周：原缺，據翁校本補。

〔二〕毋：原作「無」，據小草本、翁校本改。

賀皇后牋

與子功高，方上東朝之壽；事姑禮備，咸推中殿之賢。喜溢六宮，歡騰萬宇。臣某中賀。恭惟皇后殿下恭文外屬，慈憲諸孫〔一〕。慕彤管所書，素閑内則；佐玉巵之奉，上悦慈顔。周命維新，漢儀復見。第金馬甘泉之頌，竊自嘆於暮遲；陳《關雎》《卷耳》之詩，庶有裨於風化。

〔一〕慈：原作「玆」，據小草本改。

丙寅賀冬

皇帝表

陽生於子，方迎七日之來；龍飛在天，適際千齡之盛。祺祥滋至，普率均歡。臣某中賀。恭惟皇帝陛下握符闡珍，正位凝命。静觀消長，進衆賢於極辨之朝；洞見忠邪，退群小於積陰之地。法乾之健，如日之升。臣身已明農〔一〕，心猶愛主。候雞鳴而稷田舍，所願年豐；入鵷行而捧御床，難尋昨夢。

〔一〕已：原作「以」，據小草本改。

皇太后表

日臨南至，方占魯官之書〔一〕；天佑東朝，兼備箕疇之福。臣某中賀。恭惟皇太后殿下儀刑恭聖，輔佐先皇。一陽浮葭琯而生，踐長伊始；萬乘躬玉卮之奉，曠古罕逢。喜洽三宮，歡騰四表。臣昔陪扈從，今侶漁樵。學非耆儒，豈敢議明堂於暮齒；老無筆力，安能頌長樂之褘容。

〔一〕官：小草本作「觀」。

皇后牋

黍谷律調，一陽初復；椒房德冠，萬福是膺。瑞藹宮闈，慶流宗祏〔一〕。臣某中賀。恭惟皇后殿下儉惟澣服，諫或脱簪。有美含章，法順承於坤道；進賢去佞，玩消長於《復》爻。聳瞻母儀，翕受帝祉。臣形雖木槁，心尚葵傾。入捧御床，莫陪於旅賀；來嬪京室，徒頌於徽音。

〔一〕祏：原作「祐」，據小草本改。

丁卯賀年 按：「年」字原無，據小草本補。

皇帝表

帝出乎震，既履位於九重；　王次乎春，實改元之三載。臨照之下，忭蹈則同〔一〕。臣某中賀。恭惟皇帝陛下爲天地立心，膺祖宗傳序。在朝在野，咸誦堯言；於羹於墻，不忘舜孝〔二〕。頒清臺之新歷，躬泰畤之初郊。臣忝淳熙遺民，塵景定法從。今皇纘夏后之服，臣老已歸；是歲建漢家之封，臣病不與。桑榆雖迫，葵藿猶傾。先世舊田廬，久遂故栖之返；正衙大朝會，恍如曉夢之闌。

〔一〕忭：原作「忙」，據小草本改。

〔二〕忘：原作「至」，據翁校本改。

皇太后表

史課清臺，聿頒夏正；帝朝長樂，尤肅漢儀。治化一新，臣民交慶。臣某中賀。恭惟皇太后殿下鍾祥相閥，作媲穆陵。預知當璧而定儲，此功莫大；不竢撤簾而復辟，其道更尊。順臨獻歲之新，翕受對時之祉。臣久栖巖穴，睮遡闕廷。上欲娛親，方致謹玉巵之奉；臣嘗載筆，尚能補彤管之遺。

皇后牋

木德發春，履端伊始；椒塗儷極，受祉孔多。喜洽六宮〔一〕，歡騰萬宇。臣中賀。恭惟皇后殿下儲祥左畹，正位中闈。志在進賢，贊九重之決；身先示儉，形四方之風。鳳曆初頒，鴻禧滋至。臣曩塵獻納，今幸退藏。拜東上閤門，莫陪旅賀；尋西疇邱壟，尚可耦耕。

〔一〕六：原作「大」，據小草本改。

丁卯賀郊祀

皇帝表

授重華而協帝，取則前徽；祀后稷以配天，有光初政。一純蕆事〔一〕，四表歡心。臣某中賀。恭惟皇帝陛下剛健粹精，嚴恭寅畏。采《魯史》改卜郊之説，差擇元正；本周家有成命之詩，蒐求古禮。合群言而折衷，奮獨斷而舉行。廟社奠安，神祇悦豫。臣喜深爵躍，耄阻駿奔。上御端門，亦既敷於大賚；臣逃空谷，豈敢有於遐心！

〔一〕蕆：原作「藏」，據小草本改。

皇太后表

饗天饗帝，既受胙於圜丘；有尊有親，遂稱觴於長樂。煇煌曠典，洋溢頌聲。臣某中賀。恭惟皇太后殿下系烏衣太傅之宗，生赤城相君之閥。昔禁中定大計，豫知再拜厭紐之祥；今陛下履至尊〔一〕，初舉三歲燔柴之禮。惟敬可以對穹昊，惟孝可以報母慈。臣猥以癃殘，逢兹希闊。奏泰畤宗祈之賦，豈乏奇才；第《思齊》《訪落》之詩，愧無雅思。

〔一〕履：原作「覆」，據小草本改。

皇后牋

禮行五時，上既親祠；德冠六宫，天方錫嘏。維今盛舉，亘古罕逢。臣某中賀。恭惟皇后殿下寅奉玉齋，流芳彤管。却虚妃而微諷，何待詞人；介富媪之蕃釐，毋煩祝史。由椒塗之内助，致馨薦之熙成。臣幸以餘齡，覩兹曠典。疏《特牲》之義，良愧謏聞；誦《關雎》之詩，徒知贊美。

乾會節賀皇帝表 丁卯

帝得神筴〔一〕，日未來而推；古有大椿，壽不知其紀。幸逢聖出，適踵佛生。臣某中賀。恭惟皇帝陛下當清明之初，受艱大之託。歷數惟爾躬之在，薦禹於天；謳歌皆賢子之歸，纘禹之服。

萬歲千秋之祝，九州六合所同。臣昔忝詞臣，今儕野老。種東臯，獲西舍，未敢惰農；斟北斗，獻南山，末繇旅賀〔二〕。

〔一〕得：原作「德」，據小草本、翁校本改。
〔二〕末：原作「未」，據翁校本改。

賀皇太后表

序届南訛，龍爲佛生而吐水；辰居北極，電因聖作而繞樞。天不偶然，國之大慶。臣某中賀。恭惟皇太后殿下正位乎内，先齊其家。大莫大於域中之王，定策而援立；尊莫尊於天下之母，洗心而退藏。誕節同時，前朝曠典。臣乞骸得謝，廻首未忘。西崑白雲之謡，恍聆雅奏；東都赤伏之兆〔一〕，竊喜中興。

〔一〕伏：原作「服」，據小草本改。

賀皇后牋

乾元首物，開彌月之祥；坤道承天，賴長秋之助〔一〕。懽騰八表，喜洽三宮。臣某中賀。恭惟皇后殿下美在其中，位正乎内。懷進賢之志，酌以觥罍；諫晏朝之非，脱其簪珥。合寸天尺地所覆載，祝千秋萬歲之綿長。臣今田舍翁，昔柱下史。種南山之豆，力耕落而爲萁；竊西母之桃，妄想待其結實。

〔一〕秋：原作「私」，據小草本改。

賀冬至 丁卯

皇帝表

月正仲冬，陽生於子；天申休命，國壽於箕。愛景舒長，頌聲洋溢。臣某中賀。恭惟皇帝陛下用夬之決，法乾之剛。修内政，攘外夷，邊陲不聳；退小人，進君子，界限甚嚴〔一〕。七日方來，諸福類至。臣昔叨持橐，今已荷鋤。短衣叩牛角而歌，悽其垂暮；汗脚踏龍尾之道，恍若隔生。

〔一〕限：原作「隈」，據小草本改。

皇太后表

《魯史》書觀臺之瑞，具見聖經；漢儀嚴長樂之朝，方崇孝治。隆平盛際，溥率歡聲。臣某中賀。恭惟壽和皇太后殿下赤城仙聖之同鄉，黄閣相君之貴種。輔佐先帝，進賢之助多；援立嗣皇，定儲之功大。順臨陽長，茂介天休。臣雖久歸田，未忘存闕。奉玉巵之壽，莫覩禕容；補彤管之遺，更慚新意。

皇后牋

書雲之節，魯觀紀祥；貳極之賢，漢宫取則。囿形覆載，舞手歡欣。臣某中賀。恭惟皇后殿下佩服珩璜〔一〕，覽觀圖史。后節用澣服，咸師大練之風；上未明求衣，深納脱簪之諫。下缺。

〔一〕珩：原作「行」，據小草本改。

賀年表牋　戊辰

皇帝表

頒清臺之曆，文軌混同；設黄麾於廷，衣冠朝賀。照臨所暨，忭蹈惟均。臣某中賀。恭惟皇帝陛下握符而闡珍，披圖而數貢。四年既効，仁義之道力行；正月始和，寬大之書數下。屬更歲律，茂介天休。臣雖已耄惛，未忘憂愛。瞽者於設色無與，莫覩太平；野人以曝背獻忠，猶思美報。

皇太后表

禮尤重於東皇，椒漿浮斝；壽莫隆於西母，桃實登柈。佳氣鬱葱，頌聲洋溢。臣某中賀。恭惟壽和皇太后殿下俔天之妹，元台之孫。姜氏早朝，屢進脱簪之諫；平王抱入，灼知當璧之祥。

獻歲之初，後天而老。臣昔事先帝，今爲老農。弼指英廟御座而言，莫將明於孝德；軾聞宣仁停箸之語，徒感泣於聖知。

皇后牋

木德發春，履端伊始；椒塗儷極，受祉孔多。運際昇平，歡騰溥率。臣某中賀。恭惟皇后殿下正位乎内，先齊其家。法坤道之含洪，靡分嫡媵；玩《泰》爻之消長，洞見忠邪。歲律更新，天休滋至。臣遭逢華旦，荏苒耄期。詠《關雎》之詩，方陶美化；作親蠶之頌，愧乏好辭。